JN284865

鷹創刊五十周年記念

季語別鷹俳句集

鷹俳句会

ふらんす堂

序

「鷹」の創刊は昭和三十九（一九六四）年、先の東京オリンピック開催の年であった。それから歳月を重ねて「鷹」は本年創刊五十周年を迎える。この『季語別鷹俳句集』は藤田湘子、飯島晴子を筆頭に多彩な作者を擁して戦後俳句の展開の一翼を担ってきた「鷹」の五十年にわたる秀句を季語別にまとめた記念のアンソロジーである。

本書をご覧いただければ、時代とともに力強く変貌してきた「鷹」の俳句の幅の広さに驚かれることであろう。「鷹」の仲間にとって本書が「鷹」の歩みを知り「鷹」の未来を築くための心強い財産となることはもちろんであるが、広く俳句を愛好する諸氏にとっても戦後俳句の魅力をつぶさに知る格好の手引きとなるものと期待している。

責任者の加藤静夫氏をはじめとして編集委員各位による周到な準備と長期にわたる地道な作業なくしては本書は到底まとまらなかった。記して深甚の謝意を表するものである。

また本書の出版に当たってはふらんす堂のスタッフの皆様に懇篤なるご配慮、ご協力を賜った。厚く御礼申し上げる。

平成二十六年七月

小川軽舟

凡　例

一、季の配列は春・夏・秋・冬・新年・雑の順とし、さらに雑以外の季語の分類・配列は、時候・天文・地理・生活・行事・動物・植物の順とした。

一、見出し季語、傍題・関連季語の選定及び収録順は講談社『日本大歳時記』に準拠したうえで、角川書店『俳句大歳時記』、角川文庫『俳句歳時記』などを参考にした。

一、見出し季語は太字のゴシック体で表した。

一、見出し季語のルビは歴史的仮名遣いとした。

一、作品の片仮名の拗音促音は平成二十五年以降小さく表記することとなった。

一、作品には掲載年月を明記した。昭和三十九年七月号は（S39・7）、平成二十五年六月号は（H25・6）で表した。

一、作者名は作品発表当時の俳号のままとした。

一、主季語については目次のほか巻末に五十音順の索引をつけた。索引の読み仮名はすべて現代仮名遣いとした。

季語別　鷹俳句集　目次

春

夏

秋

冬

新年

雑

海

時候

春（はる）

治癒者来て春の薫りの言葉置く　植田　竹亭（S40・5）
春こだま空腹となり杣帰る　市野川　隆（S42・5）
春の幾叩頭われも求職者　志井田牧風（S42・6）
老樹よりいでたるごとき春の霧　田中かずみ（S44・7）
春卵あさきかなしみ弄び　植田　幸子（S45・7）
春寂しけれ壺の中のぞき込む　茶山　平（S46・4）
鍛冶屋よりむかうの村の春の火事　大屋　達治（S48・12）
子おろしの春手拭ひを濡らすかな　東条　中務（S49・4）
柔毛吹き悪沢へ呼ぶ春谺　佐宗　欣二（S49・4）
春勧進川の岩とびわたりけり　中野　柿園（S51・6）
安住や流浪や春の黒き椀　金田みづま（S52・5）
春の蛇座敷のなかはわらひあふ　飯島　晴子（S52・6）
髪吹かれ春の魚に似てきたり　角田　睦美（S52・6）
春の蔵からすのはんこ押してくれる　飯島　晴子（S53・4）
漣を見つめて春の短かかり　武田　白楊（S53・7）
モナリザの顔をおもへば春の妻　伊藤　四郎（S54・4）
口あけて薬草園の春の少女　鳥海むねき（S54・6）
日の春をさびしがらせよ煙出し　沼尻　玲子（S54・6）

春ひそかなり藁束を蹴る娼婦　一柳　吐峰　(S55・3)

日照雨また雲へ戻りぬ春の鯉　神尾　季羊　(S55・7)

春の航わが紅唇を怖ぢにけり　飯島　晴子　(S56・5)

少女息す春の御仏また息す　永野　安子　(S56・5)

鵜の島の春や少女のふくらはぎ　助川　千代　(S56・5)

手枕の痺れて鱶の春なりけり　田中　一光　(S56・6)

うつつには春や鯨の模型見る　辻　桃子　(S56・7)

三輪山へささげるごとし春の肥　中野　柿園　(S56・7)

虎刈の頭は春の頭なり　寺澤　一雄　(S56・7)

春くらく猫の鳴き真似してみたり　今野　福子　(S57・4)

春はまた土手を人形一座かな　吉沼　等外　(S57・6)

春なれや谷の底まで道ありて　天野　慶子　(S57・6)

はるのすな君あらあらし我かすか　冬野　虹　(S58・3)

春の航四十九日の終りけり　金子　うた　(S58・5)

我が記憶ごつそり痩せて春の街　熊中ひろ子　(S58・5)

あさまらのめでたき春となりにけり　藤田　湘子　(S58・5)

春もやうやう右往左往の給仕人　伊沢　恵　(S58・6)

夕ぐれのづかづかと来し春の家　藤田　湘子　(S58・6)

長老のごとくに春の瀧を去る　飯島　晴子　(S58・7)

空腹を春よ春よとなだめおく　三木　聆古　(S59・5)

恙なく山椒魚は春の貌　宮坂　静生　(S59・6)

めがねの人ばかりの春の昇降機　浜中すなみ　(S59・6)

世の中や春の梯子ののぼり下り　沼尻　玲子　(S59・7)

春の霊園シエパードと調教師　峰　芙三子　(S59・8)

喪服ぬぐ春の七曜あしたから　野村　和代（S60・5）

火の山のにほひが春のふもとまで　田口　弥生（S60・7）

汝が春の日記に我が名ありやなし　笹井　靖子（S60・8）

伯林のサーカスも春ジンタかな　花眼亭椋鳥（S61・5）

恍惚と春沓下に左右なし　七戸　笙子（S61・8）

軒しづくつめたき春の天の川　小川　軽舟（S62・6）

人文字の春の一人がこぼれけり　吉沼　等外（S62・9）

尼が出て掃きをり春の滝の道　諏訪ふじ江（S63・4）

春の人絵襖さつと開きけり　福田恵美子（S63・6）

諒闇の春や屑籠座右にあり　伊藤　四郎（H1・4）

春焚火四十は海女の盛りとよ　伊沢　恵（H1・5）

急ぎいそがず春のヘリコプター通る　田中ただし（H1・6）

荒樫の風下の春こよなかり　布施伊夜子（H1・7）

尼になりたし春の焚火に尼とゐて　榊原　伊美（H1・7）

艾屋に長居をしたる春の人　中岡　草人（H2・3）

鯨幕春の大路へふくらめり　岡本　雅洸（H2・6）

樹の上にはとり残り春の寺　持丸　子燕（H2・9）

春の藁塚（わらづか）犬に嗅がれて傾けり　和田左千子（H3・4）

眠る刻しほさゐ春と思ひけり　金子　うた（H3・5）

老夫婦のみ見え春の鉄工所　大野　稜子（H3・5）

照り降りや春は河原へ集ひたし　広川　公（H3・6）

春の湯の濁らぬままをおとしけり　飯島　晴子（H3・7）

春なれや隠しやうなき藁塚いきれ　吉沼　等外（H4・5）

雁落ちし田も鋤く春となりにけり　高野　途上（H4・5）

城美しき隣県へ春の航　野上寛子（H4・6）
歩きたき春や大和は母の故郷　喜納とし子（H4・7）
受洗せり春の風花浅間より　松井千枝（H4・8）
としよりに春はいつたりきたりかな　隈崎ろ仙（H5・6）
わが思ふことを子の言ふ春の道　光部美千代（H6・5）
ある夜わが誹返りを春と思ふ　今野福子（H6・5）
からまつの枝剪りためて春の道　宮坂静生（H6・7）
狭間田に人おり春の旅始まる　進藤弓子（H6・8）
電線の春よはるよと野を渡る　筒井龍尾（H6・9）
土の香の春百姓の性に合ふ　丸山敦子（H7・4）
水鳥に一尺寄りて春とおもふ　広川公（H7・5）
禅寺やわれに坐せよと春の石　永島靖子（H7・7）
六つ鳴るはじめの一つ春の鐘　神尾季羊（H8・9）
相容れぬ人の首みて春に在り　宮本八奈（H9・6）
彗星に枢落して春の家　土屋未知（H9・7）
割烹着みんな着てゐる島の春　北川俊子（H10・6）
一万円くづして春となりにけり　加藤静夫（H11・5）
はらつぱやむかしの春のしんとあり　吉沢孝子（H12・6）
春ひとり塩の塊砕きをり　渡辺小枝子（H12・7）
蛹化せず羽化せず春の火消壺　檜尾とき魚（H14・4）
女とて舞うてみたかり春神楽　津田あぐり（H14・5）
曳馬場へ春色の騎手散らばれり　宮崎晴夫（H14・6）
タラップの風に吹かるる春の人　和田智子（H15・5）
ヌード展出て春の少女の素足見き　細谷ふみを（H17・5/6）

雨聴いて春はもの問ふこころあり　岩永佐保（H18・6）
春の蔵兄が燃やしてしまひけり　藤咲光正（H18・7）
いくさ知る人ら老いたり春焚火　市川恵子（H19・7）
野阜も納所坊主も寧楽の春　市川葉（H20・6）
大泣きの子の出で来たる春の家　市川葉（H20・7）
銃眼に春のうしろを覗き見し　川上登（H22・8）
死は春がよし眼前の竹箒　永島靖子（H23・6）
艶夢など羅利骨灰に春のなゐ　星野石雀（H23・9）
春なれやヘリコプターが空敲く　榊原伊美（H24・6）
未来への最短距離の春の疎林　榊原伊美（H25・5）

二月（にぐわつ）

二月の芯蒼し濡れたる豹を置き　青木城（S48・5）
押花のひいふうみいよ音二月　鈴木義喜（S49・4）
かなしみの煙めくなり二月山　飯倉八重子（S50・4）
水音は二月の空をこぼるゝよ　田口裕子（S62・5）
死鯉の地に置かれたる二月かな　中島ふき（S62・5）
二月憂し水飲む鶏の上向いて　内野幸男（H1・5）
川二月小舟に銃とランドセル　佐野渓石（H2・4）
黄八丈ぞろりと二月役者かな　椰子次郎（H13・4）
なまなまと舌の先あり二月来ぬ　澤木正子（H16・4）
藁焚きて畑養生の二月かな　瀬戸松子（H21・5）
仏壇の花持ちの良き二月かな　野田まち子（H22・5）
薬飲む白湯に水差す二月かな　中山玄彦（H25・5）

睦月（むつき）

睦月生れ睦子十五の誕生日　小野　まさ（S57・4）

旧正月（きうしやうぐわつ）　春節

旧正や九官鳥に嫌はるる　伊沢　恵（H13・4）

春節や父母に満洲親しかり　西條　裕子（H20・6）

寒明（かんあけ）

日に酔つて寒明け雀灸婆　五月愁太郎（S57・5）

戸袋へ寒明けの戸のまつしぐら　鈴木　響子（S57・5）

砲丸のドスンと寒の明けにけり　吉沼　等外（S59・4）

寒明の黒尽しをり雨の幹　荻田　恭三（S60・6）

寒明や海の機嫌を見て街へ　鳥海　正樹（H2・5）

山羊の背の突兀と寒明けにけり　小浜杜子男（H4・5）

山塊へ道突き刺さる寒の明　梅津　博之（H6・5）

寒明や桑二百本根こそぎに　芝崎芙美子（H9・5）

百畝の茶山の寒の明けにけり　田中白萩子（H11・5）

寒明けたり九十歳へまつしぐら　隈崎　ろ仙（H12・5）

両膝に手をひとつづつ寒の明　奥野　昌子（H13・5）

杉整然竹雑然と寒明けぬ　安孫子郁枝（H18・5）

菜畑のさみどりに寒明けにけり　木村　幸（H20・5）

ぐおんぐおんと発電風車寒明けぬ　くろさわ遊（H22・4）

窓さぐる虫の触角寒明けぬ　矢島　晩成（H23・5）

寒明やけふをねぎらふ晩御飯　杉崎　せつ（H23・6）

立春（りつしゆん）　春立つ　春来る

立春やもうせんせいはゐなさらず　若林　小文（S45・4）

立春の婆に箸の先暗し　市野川　隆　(S45・6)
立春や甘い葱食べ煙立つ　市野川　隆　(S46・6)
同じ樹にまたあふ春の立ちにけり　永島　靖子　(S49・2)
真魚・少女山国の春きていたり　穴沢　篤子　(S54・6)
立春の仏蘭西麵麭の虚かな　小澤　實　(S56・4)
立春の時計の音よ兄の忌よ　下本　愛　(S56・4)
立春や幹打ちし掌を吾子の頭へ　鳥海　正樹　(S58・5)
立春大吉電気鰻の皮ごはごは　小澤　實　(S58・5)
立春の壺に映りて顔長し　山田みつへ　(S59・4)
立春の羽虫止まりし牛の耳　丸山　福子　(S60・7)
鴨南蛮春来る荒と思ひつつ　伊沢　恵　(S62・4)
春立ちにけり屏風絵の遊女達　永島　靖子　(S63・4)
散らばつて春を迎へにゆく雲か　麻生　朗　(H5・5)
一滴に一音春の立ちにけり　柿﨑　洋子　(H10・5)
立春や巫女に必須の英会話　上村　慶次　(H11・5)
春立てり一善為さむ心がけ　山本　柳絮　(H12・4)
春立つと干(ひ)魚(うを)菩薩を炙りもす　藤田　湘子　(H16・4)
春立つや金平糖の量売　中村美津子　(H20・5)
立春や賢さうなる焼豆腐　奥坂　まや　(H21・5)
春立つや弁当開く事務机　岩佐　恭子　(H21・5)
草の戸の呼鈴に春立ちにけり　小川　軽舟　(H22・3)
立春や京人形のおつぼ口　森田　六波　(H22・4)
立春や声匂はしき軒すずめ　古川　英子　(H22・5)
立春や外車の端先の女神　福永　青水　(H23・6)

早春（さうしゆん）　春さき

何求めきて早春の竹尽きず　吉井　瑞魚（S45・5）

早春の沼青年の眼を憎む　福原　稜声（S47・5）

早春の浅黄好きなる空湯島　高野　途上（S49・4）

早春の赤犬やはり舌赤し　瀬戸　草舟（S56・5）

早春やひとに飽くればちから減る　沼尻　玲子（S59・5）

春さきや土龍はちやんとしごとして　飯島　晴子（H10・5）

早春や昨日なかりし山の色　中西　俊（H22・5）

春浅し（はるあさし）　浅春

浅春や切株好きで一日中　佐藤　千代（S53・5）

春あさき木賊を焚けば沼鏡　原　しのぶ（S53・7）

浅春の磧焚火につきつきり　坂田はま子（S58・6）

春浅し踏切りが鳴る子守みち　渡辺　民子（S60・6）

はればれと水を流して春浅き　寺沢てるみ（S62・4）

浅春や松籟退きて笹の風　伊藤たまき（H2・6）

春あさし小皿にとりし醬油の香　蓬田　節子（H21・5）

何事も番号順や春浅し　三浦　良子（H22・5）

ひらひらと水が櫓にふれ春浅き　小川　軽舟（H23・4）

春浅し座敷箒のかがり糸　藤森　弘上（H23・5）

冴返る（さえかへる）　寒もどり

母の咳さながらに出で冴え返る　大森　澄夫（S45・5）

髪刈りし者ゐて寒の戻りしよ　青木　泰夫（S54・4）

冴返る大合唱の中にをり　友永嘉都子（S54・5）

冴え返る電気鯰を見し報い　鈴木　俊策（S57・5）

冴え返る野に猟犬の肋美し　武室　瑛子（S57・7）
届く波届かぬ波や冴え返る　花村　愛子（S58・6）
才なけれ冴返る町なが歩き　関　とみ（S60・5）
乗りてすぐ連結音や冴返る　長谷川明子（S62・5）
冴えかへる薬呑むためもの食うて　橋本さゆり（S63・6）
東入ル西入ル街の冴返る　佐野　美樹（H5・5）
冴返る吹替に口ひたと合ふ　日向野初枝（H6・6）
冴返る能の子役の変声期　清水　啓治（H7・5）
また夢の地震に目覚めぬ冴返る　羽田　容子（H7・6）
戞然と梁鳴らしけり冴返る　村井　古泉（H8・5）
冴返る線香の火の小粒なり　清田　檀（H22・6）

余寒（よかん）

吊鐘の余寒やつれを旅先に　古川砂洲男（S59・1）
熱海まで膝養生の余寒かな　中井　満子（H18・6）
ネツクレスざらりと置ける余寒かな　植竹　京子（H19・6）
文机に寄れば余寒の膝がしら　磯﨑　青泉（H25・5）

春寒（はるさむ）　料峭

春寒や犬と老人長い鎖　岡　千代（S44・4）
春寒し干鱈に貌のなきことも　石井　雀子（S51・3）
春寒し羊歯か少女かすれちがひ　浅井たき子（S52・5）
春寒し眼の巨いなる魚焼いて　緒方　厚子（S52・7）
春寒や夜目に蓮華岳の白襖　藤田　湘子（S54・4）
春寒しカウンターには羊の絵　篠原あさ子（S57・8）
春寒しわが身蝕むものと寝る　天野　慶子（S58・2）

春寒や追越しざまのスピーカー　阪東　英政（S60・5）
春寒料峭曖昧宿の置き薬　星野　石雀（H2・7）
春寒や顴骨たかく人の中　岩永　佐保（H7・5）
蓋開けて電池直列春寒し　奥坂　まや（H9・6）
春寒や孔雀の上ぐる甲（かん）の声　大塩理恵子（H10・6）
孤児吾にイヤゴーの性春寒し　弓山　猛（H12・5）
異国より来て料峭の身を売るか　井原　悟美（H13・5）
春寒や速き流れに身の傾ぐ　リー香穂子（H14・7）
春寒し画集ひらけば灯のうつり　小川　軽舟（H16・6）
鉄打つと水に火の色春寒し　亀山　歌子（H19・7）
春寒やわが思考また回遊魚　山田　陽子（H21・7）

遅春（ちしゅん）　春遅し

春遅したまの休みの溜め洗ひ　斎藤　則子（S59・6）
春遅し折葦に死魚堰かれいて　後藤幸次郎（S61・5）

春めく（はるめく）　春きざす

軒氷柱たまらず落ちて春めきぬ　堀見　正男（S60・5）
春めきぬわれをつつみて松の塵　倉林　凪帆（H3・6）
水晶の大塊に春きざすなり　小澤　實（H5・4）
春めきぬ紺が浅葱（あさぎ）に変る如　藤田　湘子（H9・3）
脚うつる靴屋の鏡春めける　織部　正子（H9・5）
床の間の遺影と魚拓春兆す　日高　智子（H24・4）
春めくや時報に合わす掛時計　松岡　雲辺（H24・5）

魚氷に上る（うをひにのぼる）

魚の氷に上るや閉ざす写真館　藤原　美峰（H5・4）

一相場張るべし魚の氷に上る　富永　花鳥（H7・5）

獺魚を祭る（かはうそうをまつる）　獺祭

獺祭や空気枕の音ひやうと　山地春眠子（S58・12）
卓袱台の隅のエプロン獺祭　佐藤えみ子（H22・5）
老ふたり獺の祭を見にゆくと　蓬田　節子（H25・5）

二月尽（にぐわつじん）

昼黒きさざなみ二月尽きにけり　永島　靖子（S49・4）
刺青のえのぐ溶きけり二月尽　今岡　直孝（S53・6）
腑を病めば臓の相つれ二月尽　今井八重子（S58・4）
二月尽踏台といふ味方あり　浅井　たき（H2・5）
老木とねぎらひ合ひて二月果つ　佐々木かちよ（H11・5）

三月（さんぐわつ）

三月へ羽音散らばる木挽唄　高橋　増江（S47・6）
古櫛に三月流れはじめけり　瓦　京一（S51・4）
三月や灸をふやして埒もなし　鈴木　萩月（S52・5）
三月やときどき馬をおもひやる　山本　雅子（S60・6）
三月の忌日忌日を庭雀　伊沢　恵（S61・6）
澎湃と三月来たるおもちや箱　山本　孤峰（S62・6）
三月がゆく足ならししておかな　隈崎　ろ仙（H1・6）
三月の樹やちりぢりになる仲間　長谷川朋子（H2・5）
三月の記憶本所区深川区　藤田まさ子（H4・6）
三月の沖へ捧げて赤ん坊　山本　源（H4・6）
三月やビー玉あそぼあそぼといふ　渡部まりん（H12・6）
手探りに灯す三月十日かな　細貝幸次郎（H22・5）

砂つもる音三月の家具売場　有澤榠櫨（H22・6）

如月（きさらぎ）

きさらぎの一夜で濡るる桐の幹　沼尻玲子（S49・4）
髪すこしのび如月の日向虻　丸山よし絵（S49・4）
夜詣りの灯先かすれて如月は　五島一葉（S51・5）
きさらぎよ眼鏡の割れし夢を見て　小浜杜子男（S53・5）
きさらぎの空ふりかかる林かな　荒田省吾（S55・5）
ものをおもへときさらぎの海鳴れり　鴫志田理沙（S62・5）
天離れたるきさらぎの蝶ヶ岳　小林洸人（S63・4）
首桶をみてきさらぎの果てにけり　宮坂静生（S63・5）
きさらぎや供華一本の枯れを抜き　大石香代子（S63・5）
きさらぎや水音欲しがる磧石　中島畦雨（H2・4）
念念の塵うつくしき雪解月　藤田今日子（H2・5）
きさらぎや寺に使ひの樵の子　八代良子（H9・5）
きさらぎの身にたくはへむ怒濤音　飯島晴子（H10・4）
必ずと云ひてきさらぎそれつきり　宮﨑尚子（H11・3）
如月や都府楼照らす望の月　隗一骨（H23・6）
きさらぎの野へ早馬を飛ばすなり　戸塚時不知（H24・6）

啓蟄（けいちつ）

啓蟄の土つけて母家にをり　岸本青雲（S47・6）
啓蟄の腹たよりなき村歩き　高橋喜玖子（S50・4）
啓蟄や花盗むこと憎もして　神尾季羊（S51・5）
啓蟄や金を貯めねば死もならず　笹山美津子（S58・5）
啓蟄の夜の自転車の空気入れ　小原俊一（S59・7）

啓蟄や剃らずのこせし行の髭　金田 眸花（S61・5）

啓蟄や駅前旅館掃除中　中村 昇平（H3・5）

啓蟄のいの一番のかんたろう　山本 雅子（H8・5）

啓蟄や蚕飼仲間も散りぢりに　浅見 松生（H9・6）

啓蟄や用なき杖と思ひしに　馬原 島彦（H13・5）

啓蟄やコピー途中の拾ひ読み　藤澤 正英（H13・5）

啓蟄や喞筒へくれし誘ひ水　林 隆一（H17・7）

啓蟄やもぐら叩きの赤き槌　伊達 文代（H21・6）

啓蟄やわが心臓の遊び癖　廣瀬 嘉夫（H22・6）

啓蟄や滅法減りし蚤蝨　宮田 淑尚（H24・6）

啓蟄や横一列に嗽の子　和田 妙子（H25・6）

鷹化して鳩と為る

鷹鳩と化すや男を持たぬ日々　布施伊夜子（H11・5）

鷹化して雷門の鳩となり　片倉サチエ（H20・5）

竜天に登る

龍天に荒草となる根ごしらへ　藤田 湘子（S63・5）

竜天に昇り夜ふけの西部劇　中山 玄彦（H1・6）

竜天に地に風媒花虫媒花　倉垣 和子（H13・5）

竜天に昇り鳶のつづきけり　角田 睦美（H16・6）

竜天に垂直の都市明けはじむ　大野 満（H21・6）

竜天に登るや土竜塚あまた　須永美知子（H22・6）

竜天にのぼりし後の祭かな　藤森 弘上（H23・6）

彼岸

蹄あと裏山越ゆる彼岸かな　戸塚時不知（S45・6）

ゆくもまたかえるも彼岸手ぶらなり　黒田　肇（S47・5）

裏口に手が出しぼんやり彼岸かな　増山　美島（S48・6）

おどろくや彼岸の沼の退きしを　増山　美島（S50・6）

彼岸栗父のしむら不意に思ひ　宮坂　静生（S58・12）

細枝の細身の鳥も彼岸かな　永島　靖子（H2・6）

野のものを野にて束ぬる彼岸かな　布施伊夜子（H3・7）

能面の裏のでこぼこ彼岸寒　中島　畦雨（H7・6）

墓前まで彼岸の雪を掻きにけり　新田　裕子（H20・7）

夕さりて彼岸の雪の波頭　宇高　町子（H23・6）

三月尽（さんぐわつじん）

面窶れして三月を逝かしめぬ　笹山美津子（H5・6）

晩春（ばんしゆん）

晩春や雲のゆくへをなぜなぜと　秋本　楊柳（S50・7）

晩春のこの世華麗に喀血す　古屋三四郎（S57・7）

晩春や妻の取りつく天袋　小川　軽舟（H21・6）

四月（しぐわつ）

蛍光灯音し四月の日も終り　山下　国大（S40・7）

弥生（やよひ）

なんとなくあつまつてきてはなさき月　金子　うた（S50・5）

高畦に佇つや信濃に弥生くる　丸山　敦子（H6・5）

石あれば蹴つて進みぬ夢見月　牧野　君子（H7・6）

春の日（はるのひ）　春日

春の日の水車のほとり少女冷ゆ　観音寺邦宏（S39・7）

安曇野の雪貪つて春日落つ　座光寺亭人（S41・4）

春日さすささがき牛蒡さらす水　野尻みどり（H24・6）

春暁（しゅんぎょう）　春曙

春暁のガスの揃い火父母来給う　市川　恵子（S42・6）
春暁や柩に母のゐる不思議　田中ただし（S44・7）
春暁の一枝垂るる棚田みち　吉井　瑞魚（S50・5）
春あけぼの梯子の中に残されぬ　増山　美島（S52・8）
春暁の竹の国にて遊ばむか　須藤　妙子（S55・6）
春は曙カウンターには鸚鵡貝　角田　睦美（S56・5）
春暁の枕にのこる窪みかな　松葉久美子（S57・2）
春曙四十九日の柄杓の柄　菅原　君男（S57・4）
春曉の夢に力の入りけり　宮坂　静生（S60・6）
春暁の水をはなるる光あり　服部　圭伺（S63・5）
春暁や喘鳴またも夫に来し　若宮　靖子（S63・7）
水にある春暁の色流れそむ　永井　一見（H2・6）
春曙捨てし職場の夢に覚む　山内　皓生（H8・6）
春は曙猫ふにやふにやと生れけり　大沼　たい（H9・6）
春は曙いきなり腹のすきにけり　坂口　森彦（H12・5）
東京の春あけぼのの路上の死　加藤　静夫（H15・6）
春暁や宿格安の賭場の町　松原ミドリ（H16・8/9）

春昼（しゅんちゅう）　春の昼

春昼や男の眼もて妻を見る　藤田　湘子（S40・6）
春昼のゆるき電線採血後　飯倉八重子（S44・6）
古櫛の匂ひきはまる春の昼　藤田　湘子（S47・5）
塩倉を出て春昼の桐畠　金子とみ子（S48・4）

春昼の婆ちぐはぐに笑ひけり　辺見　秋江（S48・5）
春昼や琴は女系のにほひ箱　大屋　達治（S49・5）
春昼の戸口開けば草の罠　北原　明（S49・6）
春昼の猫の反り身や一訃音　住　素蛾（S52・6）
春昼の扉ひらけば椎大樹　伊東ちか子（S56・6）
春昼のプラットホーム端まで行く　天野　慶子（S58・5）
文楽の明眸うごく春の昼　山本　良明（S59・5）
春昼の野天風呂より男の子　下本　愛（S60・7）
糸切れて真珠が膝に春の昼　村上多重子（H3・5）
春昼の封切館に逢ひにけり　福永　節子（H5・5）
マネキンの片手が床に春の昼　高木　知子（H6・5）
春の昼孤独と言へば孤独なる　北川　俊子（H7・7）
電話鳴る家を過ぎけり春の昼　石川　黛人（H9・5）
川音へ入りゆく漢春の昼　福田クニ子（H9・6）
死を聞いて飯を啖ひぬ春の昼　天地わたる（H9・6）
尺鯉のぶつかりあへり春の昼　菅井　郁子（H10・6）
春昼や足解いて立つバレリーナ　細谷ふみを（H12・5）
春昼の姿見に立つ自虐かな　関　とみ（H12・6）
マネキンの片手はずされ春の昼　佐藤いさお（H13・7）
春昼や波の捨てたるものの数　山下　吹雪（H14・5）
春の昼剃刀咽喉にあたりゐし　津国　蘆刈（H16・6）
春の昼聞香の耳紅潮す　小川　軽舟（H16・7）
春の昼白き絵具に酔うてをり　東　文津子（H16・7）
春昼のなにも洗はぬ洗熊　加藤　静夫（H17・5/6）

うつそりとあり春昼のふくらはぎ　岡田　靖子（H17・8）

春の昼鳥のかたちの鬱とゐる　新延　拳（H18・6）

ひるがへる魚に音なし春の昼　帆刈　夕木（H19・6）

春昼やラジオ講座の二十分　山本　直子（H21・5）

春昼の切符売場のテレビかな　木内百合子（H21・6）

春の夕（はるのゆふ）　春夕べ

春夕べ洋書若干壺ひとつ　黒田弥代子（S62・7）

もの食ふに並びし春の夕かな　松本三江子（S63・6）

粗食して富める思ひや春夕べ　若林　小文（H3・6）

洞然と機関車ありぬ春夕　橋場千英子（H11・7）

大いなるからつぽの田や春夕　土谷　啓子（H14・6）

春夕好きな言葉を呼びあつめ　藤田　湘子（H17・4）

玄関に下駄ぬぐ春の夕かな　松本三江子（H19・7）

女から男は生まれ春夕　折勝　家鴨（H20・6）

人ながめ人待ちてをり春夕　わたなべくにこ（H20・6）

水底に鈴鳴るごとし春夕　大井さち子（H21・7）

布かけし籠の鳥なく春夕　福永　檀（H23・6）

春の暮（はるのくれ）

春暮わが血に火の母と水の父　山口　睦子（S44・7）

負け犬のうしろ姿の春の暮　岩瀬張治夫（S46・9）

孔雀まで吹かれて来り春の暮　藤田　湘子（S49・7）

人去つて壁が血を噴く春の暮　瀬戸　哲雄（S52・7）

土の音松にのぼりぬ春の暮　藤田　湘子（S55・3）

湖の島に人ゐる春の暮　小沢　実（S55・7）

悍気たつ馬がテレビに春の暮　高橋　増江　(S56・5)
耳奥へ耳掻とどく春の暮　三井　菁一　(S58・4)
春の暮こよなく水の溶け合ふも　揚田　蒼生　(S58・7)
雲水に駅を教へて春の暮　土屋　秀穂　(H5・5)
ゆくゆくはわが名も消えて春の暮　藤田　湘子　(H5・7)
干魚とて尾鰭うつくし春の暮　永島　靖子　(H5・7)
はづしたる眼鏡見てをり春の暮　笙　美智子　(H6・6)
便々とゐて人憎む春の暮　村上　妙子　(H6・7)
切株に樹の俤や春の暮　中山　秀子　(H7・6)
燃ゆるとき竹はくれなゐ春のくれ　市川　千晶　(H8・5)
懇ろに我を思へり春のくれ　木村　房子　(H8・6)
わが家の刃もの鈍なり春の暮　布施伊夜子　(H8・7)
能面に眼窩ふたつや春の暮　奥坂　まや　(H9・5)
乞食に僧が道問ふ春の暮　上村　慶次　(H11・8)
寄生木を見上げておれば春の暮　福田クニ子　(H12・7)
硝子戸は海の入口春の暮　辻内　京子　(H13・6)
石投げて石に当たりぬ春の暮　辻内　京子　(H14・7)
さはに降るくぬぎの微塵春の暮　桜井美恵子　(H14・7)
田に沁みる水は急がず春の暮　藤田　湘子　(H15・7)
面打の正坐くづさず春の暮　二階堂あき子　(H18・7)
面打のとばす木屑や春の暮　吉澤喜見江　(H19・9)
貝の舌のびて何見る春のくれ　山田　敏　(H20・5)
抽斗にもどす爪切春のくれ　蓬田　節子　(H20・8)
灯してわが家ちひさし春のくれ　辻内　京子　(H23・5)

幕引がすたたたたと春の暮　岸　孝信（H23・8）

土手を下り土手を上りぬ春の暮　瀬戸　松子（H25・6）

春の宵（はるのよひ）　春宵

春宵や腕を上げたる洋食屋　北川　俊子（H22・4）

春宵や箸置かれある予約席　喜納とし子（H22・8）

ほろ酔の先を急がず春の宵　廣瀬　嘉夫（H23・5）

春の夜（はるのよ）

春の夜の糸屋にて聞く啜り泣き　田口　冴（S48・7）

諷詠と無縁春夜のあぶら足　田住　満夫（S51・4）

春の夜の小舟のやうな鎖骨かな　西村　薫（H23・4）

暖か（あたたか）　ぬくし　春暖

草ぬくし悲しみ添いに水を煮る　鳥海むねき（S46・5）

あたたかし蒟蒻腹に夜の雨　藤田　湘子（S47・1）

雨ぬくし戸に出て雨の畔見え　五島　一菓（S48・4）

あたたかき夜がきてあかんぼの放屁　小林　進（S48・6）

暖かくなればなつたの耳鳴りよ　片山　辰永（S52・6）

あたたかく妙齢も後手をしたり　増山　美島（S53・6）

あたたかき頭のなかの港かな　上野まさい（S54・6）

あたたかき大石に倚り會良のこと　青野　敦子（S55・6）

あたたかや柩担ぎし手を洗ふ　後藤　隆介（S57・5）

頬白の一羽のために暖かき　神尾　季羊（S61・5）

あたたかし雨を承知のすすぎもの　安島　愛子（S61・6）

暖し地下鉄風（かぜ）もビル風も　山地春眠子（S63・7）

恋の句の罷り通りてあたたかし　井上　園子（H1・5）

あたたかやわが江の電の快走も　諏訪ふじ江（H2・4）
暖かき気分づくりをしてゐたり　沼尻玲子（H3・7）
あたたかや僧の入りゆくアーケード　掛井広通（H4・5）
名優の老いて傍役あたたかし　珍田龍哉（H12・6）
あたたかし殊に田圃に雨降る日　北村香芽子（H15・4）
あたたかし大福餅のやうな日ぞ　地主雨郷（H16・6）
指当てて活版の詩（うた）あたたかし　春木燿子（H18・6）
春あたたか回して椅子を高くせり　奥坂まや（H18・7）
貝に柱魚に縁側あたたかし　佐武まあ子（H18・8）
暖かし耳を模様と想ふとき　南十二国（H20・3）
駄菓子屋に寄る子寄らぬ子あたたかし　山脇洋子（H24・6）
死にますといふ死顔やあたたかし　新宮里梼（H25・5）

麗（うらら）か

うら〻かに顔をいたはる両手かな　千葉久子（S45・6）
そばに立つこの子いとしく麗らなり　伊藤浩資（S56・5）
うららかな歌を少女に口うつし　松葉久美子（S59・6）
うら〻かな丸太も杭となりにけり　小村四温（S60・6）
怨霊の墓てふ形（なり）も麗らなり　野本京（S60・6）
うららかや何に怒りし岩の割　金丸綾子（H12・8）
うららかや馬に水やる一斗罐　桜井美恵子（H17・7）
うららかや貝に右巻左巻　渡辺和江（H19・4）
紙の上の雲形定規春うらら　坂本千惠子（H20・5）
音聞きて揚ぐる豚カツ春うらら　吉長道代（H23・8）
うららかや杉を叩きて山誉める　佐藤守（H25・6）

長閑（のどか）

半島の先の先までできて長閑　松本三江子（S61・5）

日永（ひなが）

永き日　日永し

永き日や殊にをんどりらの仰天　布施伊夜子（S48・6）

屛風絵の田楽舞も日の永し　辻　桃子（S58・7）

永き日の池の中より松支柱　山本　貞子（S59・5）

永き日の道に出て咲く藪の花　飯名　陽子（S59・7）

仏間より出で来し母に日の永く　橋本　民可（S59・7）

斑鳩（いかるが）に馬の尻見て日の永し　神保　隆子（S60・5）

歯車の一嚙一進日の永し　大石香代子（S62・6）

イヤホンの畳に鳴れる日永かな　吉沼　等外（S63・7）

永き日やときをり夫のかなつんぼ　安部みち子（H6・5）

永き日や想凡にしてただ健啖　佐藤たつを（H10・6）

日永し沖縄菓子のちんすこう　飯島　晴子（H12・7）

永き日のピカソへ視点変へにけり　山本　良明（H16・6）

釘の嵩揺すつて減らす日永かな　小川　軽舟（H19・5）

猫の目の閉ぢて無くなる日永かな　野尻みどり（H22・5）

本屋にゐて日永本屋を出て日永　野尻みどり（H23・5）

廃屋の郵便受の日永かな　西山　純子（H25・6）

遅日（ちじつ）

暮長し　遅き日　暮れかぬる

水音を聴き暮ながき蓮華岳　藤田　湘子（S42・6）

花嫁が立ちたる庭の遅日かな　さいとうとよ（S58・6）

草刈りしあと裏富士の永き夕　青野　敦子（S58・9）

御出家の寄附にふれたる遅日かな　金田　眸花（S60・5）

蔵の書を拾ひ読みして遅日なり　金田　眸花　（S60・7）
火の国の遅日に耐ゆる山の形(なり)　山本　雅子　（S61・7）
獣園遅日羊駝(ラマ)のひつくり返つてをり　飯島　晴子　（S62・5）
楠美(は)しき国の遅日の鳳蝶(あげは)　藤田　湘子　（H3・6）
遅き日の漱石の髭重たからん　飯島　晴子　（H6・6）
けぢめなき老と云ふもの暮かぬる　橋場千英子　（H9・5）
ともづなを解きたる舟の遅日かな　吉祥　治郎　（H12・6）
側溝に鼬もぐりし遅日かな　坂本もと江　（H17・7）
兄弟に母の手ふたつ暮れかぬる　南　十二国　（H25・6）

花(はな)冷(びえ)

さくら冷

花冷の津軽仏具屋きらきらす　梅田　萠芽　（S49・9）
さくら冷スッポンの首切られけり　酒井　鱒吉　（S59・7）
花冷のもののはてなる帆が白し　菊地　志通　（S60・6）
鼻大き法師もさぞや花の冷　蜂須賀　薫　（S62・7）
かんかんと音する炭や花の冷　金田　眸花　（S63・7）
花冷えの今も昔も港まち　島瀬千鶴枝　（H2・6）
花冷に買い天金のアンソロジー　栗尾　美明　（H2・7）
花冷に里文楽は太刀落とす　青野　敦子　（H2・7）
花冷や古賀メロデーと珈琲と　松井　太　（H7・7）
花冷や舟は燦たる名を賜ひ　光部美千代　（H8・7）
花冷や会社とそりの合わずなりぬ　澁井　和夫　（H11・6）
面打の仕上げの眼さくら冷　田崎　繁美　（H11・7）
この身またこの花冷の痰地獄　石田　小坡　（H12・7）
だんだんに花冷となり湖西線　渡辺　千絵　（H12・8）

花冷やひきずる音が二階から　矢島　晩成（H16・6）
花冷や能楽堂の鏡の間　斉藤　理枝（H17・8）
菅公の絵馬にハングルさくら冷　上村　慶次（H20・9）
道照らす湯屋の灯りや桜冷　松浦　俊介（H23・7）
スタンドの明かり手許に花の冷　磯﨑　青泉（H25・6）
花冷や矢に刳かれたる羽根黒き　山脇　洋子（H25・6）

木の芽時（このめどき）

木の芽晴足型減りして窯場道　田浪　富布（S45・7）
住井すゑとれいとの違ひ木の芽風　住井　玲（S61・8）
暫くは腥を断つ木の芽時　岡本　平（H6・6）
陵のひとも出で来よ木の芽晴　藤岡　与志（H9・6）
ゲート入拒む一騎や木の芽風　桐野江よし子（H13・5）
木の芽晴山羊のどれかが鳴きにけり　津村　和子（H18・6）
木の芽晴山が大きくなりにけり　藤岡田鶴子（H20・7）

花時（はなどき）

桜時　花過ぎ

花どきの日ぐれ鏡に足の先　北原　明（S50・5）
簞箕を七力と書くさくらどき　神尾　季羊（S52・6）
さくらどき目の玉ちさくなりしかな　金子　うた（S54・4）
花時の蔵の匂ひを知つてをり　豊島　満子（S56・5）
花どきのめまひに何か飛びきたる　伊沢　恵（S57・6）
花どきの鉄鎖垂れゐる舞台裏　日向野初枝（S57・6）
思惟の手の頰にとゞかぬ桜どき　川野　蓼艸（H2・5）
花過ぎの忙しき人を羨しめり　渡辺くに子（H8・7）
さくらどき道たがへれば旅に似て　中山智津子（H9・7）

蛙の目借時

目借時

裏山が働き出して目借時　三浦青杉子（S45・5）

丼といふ字も目借どきにして　東　陶淵（S51・7）

笛の音の家をいでゆくめかり時　須藤　妙子（S53・5）

コンタクトレンズなれども目借時　榑林　敏子（S57・6）

目借時ならむと思ふ野晒しも　篠　あき（S58・5）

口程に物云はぬ目も借られけり　北島たか子（S60・7）

アレルギー治りし眼をも借られけり　葛谷　一嘉（H3・7）

目借時得体の知れぬ茶がはやり　富永　花鳥（H5・9）

日本に目借時ありセナ爆死　光部美千代（H6・8）

電線に水平のなし目借時　牛久保　經（H8・7）

おばさんが電車にあふれ目借時　穴澤　篤子（H9・8）

鶏小屋の予算も議題目借時　小田部雄次（H11・6）

戦争が無かつたやうに目借時　山田　喜美（H13・7）

目借時渡哲也のポスターが　黒澤あき緒（H18・6）

蛙来て老のわが目を借りたがる　深井　㦤一（H22・7）

春深し

春たけなは

量られて臟物も灯に映ゆ春たけなは　藤田　湘子（S40・5）

灰の畑渡り父来る春深し　沼尻　玲子（S45・8）

野鼠をさいごまで見て深む春　荒井　成哉（S49・5）

春深し千の写経も半ばにて　隈崎　ろ仙（S56・8）

たけなはの春やシヤベルに名を刻む　寺内　幸子（S57・6）

夢醒めしのちは魚かも春深し　上窪　青樹（S57・7）

春闌けぬ深き谷より女連れ　小澤　實（S58・8）

春深し隣の田へも声を張り　丸山　澄夫（S61・7）
春深し敷居に立ちてもの言へば　真下登美子（S62・7）
南無阿弥陀仏南(なー)と称へて春深し　飯島　晴子（S63・7）
竹の節(よ)の内なる春も深からむ　浅井　たき（H1・6）
春深し女のための百度石　奥野　昌子（H1・6）
常念岳の裾に姫り春深し　藤原　美峰（H1・7）
春深しいま終幕の長科白　今野　福子（H2・6）
一堂の中の一燈春深し　森　優子（H3・8）
流れ疾く人懈く春深みたり　若宮　靖子（H4・6）
首なしのマネキンに春闌けにけり　鈴木　清一（H5・8）
舞鶴港一膳飯屋春ふかし　田上　典代（H7・7）
友情のごときふぐりと春深し　藤田　湘子（H9・6）
春闌けにけり藁屋根のあそび藁　蓬田　節子（H9・7）
春闌けぬ衿しんしんと能衣裳　岩瀬和華子（H10・8）
春ふかし柩をおとす手が見えて　今野　福子（H11・8）
女絵師狂はせし春闌けにけり　古川　明美（H12・6）
日付なき履歴書春の闌けにけり　新延　拳（H13・6）
蔵ぬちも日向すずめも春闌けぬ　岩永　佐保（H15・7）
春深しどんぶり飯に味噌ぬつて　富永　塔児（H16・6）
空気10円自転車屋春闌けにけり　島田　星花（H17・7）
サツフオーも見し夕星か春深し　安食　久子（H19・8）
食べて終る調理実習春ふかし　黒澤あき緒（H24・6）

八十八夜(はちじふはちや)

嬰にめぐる八十八夜後の星座　野平　和風（S49・7）

八十八夜体叩いてとびまはる　飯島　晴子　（S52・8）
寝る前の雲は八十八夜かな　池辺みな子　（H5・8）
八十八夜近づく一重瞼かな　塚原ひと美　（H6・7）

春暑し（はるあつし）

春暑し少年たばこ怖れ買ふ　今井　薫　（S39・7）
春暑しわらわら畳む雨合羽　林　隆一　（H22・6）

暮の春（くれのはる）

暮春　春暮る

何摑み得しや暮春の教師の手　波賀　鮭男　（S46・7）
ふくいくと巣藁に柔毛泛く暮春　野平　和風　（S48・6）
少年の少年殺す暮の春　小澤　實　（S55・4）
釘打ちし暮春の家に戻らざり　吉田　成子　（S56・7）
海わたり江田島に来し暮春かな　宮坂　恭代　（S59・8）
指圧師を京より招き山暮春　住　正恵　（S60・8）
人波に喪心ながしゆく暮春　斎藤　夏野　（H2・7）
用あると思へばありぬ暮の春　安川　喜七　（H6・8）
長崎道鳥栖に分かるる暮春かな　小川　軽舟　（H7・8）
廃屋に鳥の入りたる暮春かな　小和田知江　（H10・6）
猫の尾の脛に触れたる暮春かな　森山いほこ　（H10・6）
釣竿を真水に洗ふ暮の春　山中　望　（H10・7）
田を分つ一本の道暮の春　杉谷　たえ　（H10・7）
フラスコに森映りゐる暮春かな　永島　靖子　（H11・5）
暮春なり悲しき時のカツサンド　幸尾　螢水　（H15・7）
わが使ふ道かぎられて暮の春　布施伊夜子　（H16・7）
鍵盤を拭けば音立つ暮春かな　市川　葉　（H23・6）

濡れて着く旅信一葉春暮るる　永島　靖子（H24・7）

饅頭に月桃薫る暮春かな　兼城　雄（H25・5）

行く春（ゆくはる）

春行く　春尽く

逝く春のわが清十郎ふりむかぬ　後藤　綾子（S48・7）

行春や膳所の雀のとぶさまに　高野　途上（S51・6）

行春や魚の眼左右色ちがふ　横井　肅（S56・6）

春ゆくや劇薬の壜煌煌と　浜中すなみ（S58・6）

行く春の鎖のさきに犬眠る　志村　夫佐（S58・6）

日の丸を見あきし春のゆきにけり　伊東ちか子（S60・7）

行く春や天守へ上る監理人　林　千里（S60・7）

ゆく春の城の板の間畳の間　神尾　季羊（S61・6）

春尽きにけり月蝕の滑走路　坂　亮平（S61・8）

逝春の媼となりし女房かな　伊藤　四郎（S62・7）

徂く春や踏まれて邪鬼のよろこびゐ　宮坂　静生（H4・7）

旅遙か来てゆく春のふらんす語　鴨志田理沙（H4・7）

春逝くや袴着けゐる能楽師　鶴田登美子（H4・7）

行春や木切れのごとき鰹節　細谷ふみを（H5・7）

行く春や秣に刺せる五寸鎌　前川　彰子（H9・9）

蝌蚪を育てて春のゆきにけり　上田　鷲也（H10・7）

ゆく春や一時間ゐて竹生島　中本美代子（H10・7）

逝く春やわが家の前の熊野道　市野　安宏（H10・7）

行く春や杜甫に一献奉る　戸田　翠（H12・7）

行く春の綿菓子売の発電機　山本　良明（H15・6）

ひとしきり道濡らし春ゆきにけり　南　十二国（H19・8）

若き友逝きたる春の逝きにけり　山口安規子（H20・5）

行く春や鶏締めること延び延びに　中村富夫（H20・8）

行く春や呼ばれて閉づる週刊誌　古賀和世（H23・6）

行く春の海檠然（けいぜん）とみおつくし　志田千惠（H23・7）

ゆく春や野に聴く駅のアナウンス　羽田容子（H24・6）

春惜（はるを）しむ　惜春

惜春や鉄工午後の尿にごる　安斉千冬子（S39・7）

惜春や畦の鴉と目を交し　田中ただし（S42・7）

惜春や竹の箸買ふ竹の寺　高野途上（S46・6）

ぶらさがる縄が最も春惜む　伊藤四郎（S54・7）

旅もやうやう惜春の木の根つこ　吉沼等外（S55・7）

惜春の淡きもの着て由なき日　山本百合子（S60・7）

春惜しむ生涯教師たらむとし　高荒静子（S61・8）

春惜しむ病衣の衿も合はすべし　神尾季羊（S63・7）

惜春や巫女の着替へをかいま見て　小和田知江（H5・7）

終刊の琴座アララギ春惜しむ　山城たつ子（H9・7）

親指はほかの指見て春惜しむ　藤田湘子（H11・7）

妻預く東の間の春惜しみけり　吉沼等外（H14・8）

春惜しむ店の机にもの書いて　大石香代子（H19・6）

百年も秒の蓄積春惜しむ　井上頼男（H19・6）

見舞ひたる役者と春を惜しみけり　志賀佳世子（H20・6）

惜春やかたりと置ける象牙箸　永島靖子（H21・6）

惜春の雨の大学ノートかな　髙柳克弘（H23・6）

夏近し（なつちかし） 夏隣

夏近し肩甲骨に手がとどき　中村　昇平（H4・7）

水脈強く放つスクリュー夏隣　井上　魚州（H21・7）

弥生尽（やよひじん）

われを仕舞ふ懐中鏡弥生尽　宮地かずこ（S56・6）

刃に鯛の膩（あぶら）が滲み弥生尽　奥坂　まや（H20・7）

四月尽（しぐわつじん）

食べ落すこんにやく四月終りけり　土屋　秀穂（S60・7）

諏訪人の云ふ湖冷えや四月果つ　熊谷美智子（S63・8）

灯る家灯らざる家四月尽　渡辺　柊子（H23・7）

春日和（はるびより）

春日和もつたいなしと先を急く　長岡 和恵（H7・5）

春光（しゆんくわう）　春景色　春望

指先の蜜なめてより春景色　揚田 蒼生（S57・5）

春望を卑しくしたる人出かな　吉沼 等外（H4・6）

春の空（はるのそら）

ミルク瓶底抜けて春空濡るゝ　山口 睦子（S40・5）

春空は競馬のあたり淋しくす　田浪 富布（S55・4）

縄跳に春空たわみやすきかな　奥坂 まや（H1・5）

小屋を出し羊に春の空全部　桐野江よし子（H14・8）

ことば呼ぶ大きな耳や春の空　小川 軽舟（H17・5/6）

春の空言葉は歌になりたがり　南 十二国（H19・5）

あをあをと春空あふれやまぬなり　奥坂 まや（H21・6）

春の雲（はるのくも）

安静といふ春雲を見る時間　真下登美子（H2・6）

春雲のごと来て坐せり伴奏者　光部美千代（H8・6）

たくさんの返事を持つて春の雲　藤田 湘子（H11・4）

亡き人のアルバムにわれ春の雲　日高 通子（H20・5）

春の月（はるのつき）

半円の春月仰ぎ顔欠けし　山口睦子（S41・5）
春月に二番煎じの熱さまし　永井京子（S50・7）
牛小屋の前の欅の春の月　田中白萩子（S57・5）
何にでもおどろく母や春の月　杉山幸子（S59・5）
春月の森陸封の魚孕み　川野蓼艸（S60・7）
帆柱を春月のぼる母郷なり　永島靖子（S62・8）
春月に甲斐駒ケ岳起ちゐたり　田口弥生（S63・5）
春月や厠つめたき親の家　中山玄彦（S63・6）
春月を上げ商店街やすみなり　安島愛子（H1・6）
春月に一歩も退かぬ雪嶺見ゆ　佐々木碩夫（H3・4）
春の月笛となる竹ねかせあり　相澤裕子（H6・6）
春月や厠に闇の在りしころ　中山玄彦（H7・6）
播き終えて春満月を帰るかな　宮木登美江（H7・7）
毛の国の春満月の溝鼠　土屋未知（H9・6）
春月やいざなへば妻はしきやし　山本良明（H12・6）
春満月母幻聴に応へをり　岡田八女（H13・6）
春月や母は坊守我は寡婦　田中恵（H15・5）
三河屋に隣るさぬきや春の月　小川軽舟（H15・6）
春月や豊かになりし妻の腰　福永青水（H17・7）
春月の上りし諏訪湖音立てず　立神侯子（H19・8）
高野槇春月さらにのぼりけり　小川軽舟（H20・5）
春月やわが重心は臍にあり　辻内京子（H20・8）
連泊の宿に戻りぬ春の月　岩佐恭子（H22・5）

何食ふか決めて出にけり春の月　土居ノ内ひろ　(H22・6)

しばらくは家に入らず春の月　安藤　み江　(H23・5)

春月に雲ねつとりとながれけり　兼城　雄　(H24・7)

朧月（おぼろづき）

神将もくつろぎ給へ月おぼろ　小倉　大　(H6・7)

人形の足裏平らや朧月　清田　檀　(H18・5)

朧（おぼろ）

朧夜

朧の辻旅人の足にて曲る　小坂　英　(S40・6)

鍋伏せて今日の音断ち朧なり　小坂　英　(S41・5)

朧夜の糊効く枕二子の父　青木　泰夫　(S43・6)

朧夜の透きとほる水汲みつづけ　植田　幸子　(S44・5)

娘と同居おぼろじめりの灰ならす　栗林　千津　(S45・7)

朧夜の老残の箸散らばれり　阿部　郁子　(S47・5)

おぼろ夜の水にて塩を駄目にしぬ　布施伊夜子　(S47・7)

おぼろかな絹のことばを聞き捨てん　福原　稜声　(S49・6)

羽根おとし羽根おとしゆく朧かな　須藤　妙子　(S50・5)

遮断機に粥腹触るるおぼろかな　田中ただし　(S50・6)

朧夜の草木のおもひしづくせり　今井八重子　(S51・5)

朧なり男ばかりを書きつづけ　須藤　妙子　(S53・6)

木の死ぬは人の死ぬより朧にて　金田　眸花　(S58・4)

多すぎる髪に倦きたる朧かな　土屋　未知　(S60・6)

朧の夜少女の腰のくびれ初む　松葉久美子　(S61・4)

いつぽんの貨車を収めて渓おぼろ　鴨志田理沙　(S61・7)

廃屋へ猫の入りゆく朧かな　村尾古都子　(S62・6)

甲冑の貌にもの言ふおぼろかな　鷲見　明子（H1・6）

朧なり海女径といふ礁みち　横井千枝子（H1・7）

田の畦を狐がとほる朧かな　大塚あつし（H3・5）

おぼろ夜のをとこに打ちてゴム鉄砲　今野　福子（H4・6）

夜は朧背中の釦多すぎる　山口ひとみ（H4・6）

街おぼろ犬には当のあるごとし　麻生　朗（H5・6）

両国の先の朧へ渡りけり　鶴田登美子（H5・7）

火を招びしあとの朧や二月堂　笹井　武志（H6・6）

おぼろ夜の転び證文解読会　郡家　真一（H6・6）

恋の部に歌仙はうつり朧かな　出見　澄江（H9・7）

深海にうみへび生るるおぼろかな　川上　弘美（H9・7）

朧夜のわれのにほひの部屋に入る　小林　游（H11・7）

岩山の岩押しあへる朧かな　小川　軽舟（H13・6）

海へ去るおもひ誘導灯おぼろ　鴨志田理沙（H15・7）

氷川丸おぼろの海へ出で行けり　志田　千惠（H17・5/6）

おぼろ夜の椎ををとこの木と思ふ　小浜杜子男（H18・8）

おぼろ夜や末摘花の身八口　岡田　靖子（H19・5）

抽斗に軍靴の響き朧の夜　新延　拳（H19・7）

朧夜の使はぬ部屋の羽音かな　梅野　幸子（H20・7）

数式の蔓草模様朧の夜　藤山　直樹（H22・5）

人形を人の名で呼ぶ朧かな　荒井　東（H24・7）

春の星（はるのほし）

春星を撒きて週末何もなし　山口　睦子（S39・7）

春星まだ一顆太字で稿起す　神尾　季羊（S48・8）

田の上の春の金星応と見て　宮坂静生（S56・6）
御岳が自慢の村や春の星　村上多重子（H2・5）
春星に竹の擦り合ふ音すなり　八代良子（H7・6）
滅びても光年を燃ゆ春の星　藤田湘子（H13・5）
春星や詩を説く人の大き耳　伊藤卓也（H15・7）
春星や躰の水の入れ替はる　光部美千代（H18・7）
春星や昭和の歌と一括り　仲間健（H20・8）
眠られぬこどもの数よ春の星　髙柳克弘（H22・7）
ベランダに明日出す芥春北斗　野尻みどり（H23・7）
春の星数へて顔の大きくなる　植竹京子（H25・5）

春の闇（はるのやみ）

春の闇ぞろぞろ通夜へ歩む木々　市野川隆（S44・5）
旅先や春薄闇の木の机　瓦京一（S49・5）
みぞおちに春のくらやみ重なりぬ　吉田道子（S53・5）
教師古り校庭といふ春の闇　阿部達（S60・6）
春の闇羊千頭思へりき　立神侯子（S62・6）
春の闇出でざる声のふくらめる　明石令子（H1・7）
むず痒き鼻も吾がもの春の闇　藤森弘上（H4・6）
叡山の大音声の春の闇　光部美千代（H7・7）
父逝けり鏡の中の春の闇　若宮靖子（H7・7）
文殻の束の間の火や春の闇　上田鷲也（H17・5/6）

春風（はるかぜ）

財布鈴つけ春風の母生き残る　黒田肇（S46・5）
春風に出て奥山の切符切り　青野敦子（S53・4）

春風や三尺前(さき)の馬の貌　藤田　湘子（S60・7）

拝みたき卒寿のふぐり春の風　飯島　晴子（H4・6）

春風に和尚も道を急ぐかな　井上　園子（H6・5）

春風に聞いて忘れし話かな　市川　千晶（H6・6）

春風や卵だのみのわが昼餉　津高　房子（H8・7）

春風や藪のやうなる古俳諧　藤田　湘子（H12・6）

春風にペンギン立ちの妊婦かな　今岡　直孝（H13・3）

春風や鼠捕器をつるし売　蓬田　節子（H17・7）

春風や昆虫の愛無音なり　今井　緑（H17・8）

ポケットに半券二枚春の風　小谷　四雄（H18・6）

春風駘蕩光堂より中国語　遠藤　篁芽（H18・7）

春風や帽子阿弥陀に村夫子　松岡　東籬（H22・6）

春風や素焼蛸壺千朶積　山中　歩（H22・7）

東風(こち)

東風になつて雲に巣を組む僕らの唄　鳥海むねき（S44・4）

夕東風や身を透明に理髪店　木野　卯太（S45・5）

夕東風や盲夫婦に川の幅　穂坂　志朗（S51・3）

東風の滝同じ答えを淋しめり　目須田和子（S55・4）

東風夕べ鯉は金色ひきにけり　中西　夕紀（S60・6）

奥美濃の鶏冠びびと荒東風に　川野　蓼艸（S61・6）

夕東風に父が出でけり稲荷まで　大石香代子（H5・6）

身のうちの一本の杭東風吹けり　笙　美智子（H11・4）

東風吹けば別の時間のはじまるや　ミトロビッチ郁子（H12・6）

荒東風やレーサーすでに貌鎧ふ　光部美千代（H12・7）

夕東風や今も小さき楽器店　山口　睦子（H14・6）

わが船は十一ノット桜東風　木村　房子（H14・7）

貝寄風（かひよせ）

貝寄風や馬鹿貝とてもみづみづし　石井　雀子（S45・4）

黄泉もいま貝寄風ごろの悼み言　寺田絵津子（S48・6）

貝寄風や女を縛す絵看板　松井　千枝（H8・5）

貝寄風や歩きてひろげゆく記憶　植竹　京子（H12・7）

涅槃西風（ねはんにし）

海底を見てきし蜑や涅槃西風　須藤　妙子（S49・5）

きりもなく水吸ふ荒砥涅槃西風　島田忠五郎（S51・5）

鬼の面ぴつたり合いし涅槃西風　財津　牧仙（S54・5）

えびせんの蝦に目があり涅槃西風　田村　能章（S61・6）

飲食にあるまいにちや涅槃西風　持丸　子燕（H4・8）

食ひ余すこと憚れり涅槃西風　池辺みな子（H10・5）

涅槃西風道は林を想ひをり　諸江　正夫（H12・6）

切れてまた鳴りだす電話涅槃西風　伏見ひろし（H18・5）

切り出して石みづみづし涅槃西風　奥坂　まや（H18・6）

鈴懸の幹青みたり涅槃西風　滝本　久雄（H24・5）

比良八荒（ひらはつくわう）

八荒や警策掛くる太柱　戸田かづ子（H2・6）

比良八荒手摑みに炭継ぎくれし　中井　満子（H9・6）

比良八荒吾が鳩尾に艾おく　山本美恵子（H10・5）

伝説はをみなに暗し比良八荒　久保ともこ（H10・5）

切れ過ぎて刃物危ふし比良八荒　安川　喜七（H10・6）

八荒の波かぶりをる艇庫かな　横沢　哲彦（H14・5）

比良八荒百羽発ちつつ傾ぎけり　土居　水聲（H16・5）

比良八荒僧正の頭の絶壁に　林　めぐみ（H17・5/6）

春一番（はるいちばん）

髪切りし心がわりに春一番　渕上　千津（S44・6）

春一番湖の深処を知る鴨へ　島田百日紅（S46・3）

春一番わが竹藪に至りけり　江川　繁子（H2・6）

春一番かばの図体水を割る　矢内　洋子（H11・5）

春一番税が大枚攫ひけり　鈴木　重美（H15・5）

風光る（かぜひかる）

風光る眉剃る音も河に出て　松田ひろむ（S49・7）

共感の拳と拳風光る　吉沢　孝子（H4・8）

風光るサーフショップのドアの鈴　杉崎　せつ（H22・6）

春疾風（はるはやて）　春嵐

納屋深くチエホフを読む春の嵐　寺内　幸子（S49・3）

春嵐肘白く川のぼりゆく　桜岡　素子（S52・6）

春嵐この頁にていつも燃ゆ　小林　進（S54・5）

春嵐足ゆびをみなひらくマリヤ　飯島　晴子（S58・4）

春疾風四十男を叱りけり　土山　正代（S61・7）

きよらかに狂ふオルガン春疾風　明石　令子（H17・8）

春北風（はるきた）

ヒマラヤ地図春きたかぜに鶫鳴き　菅原　達也（S47・5）

油まじ（あぶらまじ）

磯山の鵯の鋭声（とごえ）や油南風　佐藤　中也（H21・7）

春塵（しゅんぢん）

地球儀の北極圏に春の塵　山本泰子（H19・5）

霾（つちふる）

黄沙　つちぐもり　霾晦

黄塵と不況来る野の一本道　山口睦子（S41・7）

霾や摺子木に炒豆の粉　田沢亜灯（S51・5）

心より暗きものなし土ぐもり　藤中和（S54・7）

赤き犬霾る棒を跨ぎけり　日向野初枝（S56・7）

霾りて墓標のごとく忘らるる　野本京（S57・6）

五頭山に麓の沼につちふれり　諏訪ふじ江（S59・5）

つちふれり茂吉の尿たる道も　福田道子（S59・8）

黄沙いまかの楼蘭を発つらんか　藤田湘子（S60・5）

水槽の魚闘へば黄沙降る　山村博（S61・7）

つちふるや左を得手の肘枕　中島畦雨（S62・6）

霾るや星斗赤爛せしめつつ　小川軽舟（S63・7）

なにほどの辞令一片黄沙降る　小林進（H2・7）

杉山の窈窕たるに霾れり　前川彰子（H3・6）

金星の燦爛として霾れり　吉野俊二（H5・8）

黄沙降る夜や子が連れて来し男　国重勝之（H6・5）

斑鳩の塔や西より霾晦　一条妙子（H6・7）

つちふるや納期せまりし手内職　小田さとこ（H7・6）

霾るや婚姻色の魚を売る　長坂希依子（H7・7）

宮内庁管轄の松黄沙降る　石田夏子（H11・6）

戦艦は海底にあり黄砂降る　大庭紫逢（H12・6）

生と死と窓口同じ黄沙降る　佐藤祥子（H12・8）

小博奕の余り銭あり霾晦　藤澤　正英（H13・6）

責馬のたてがみ赭し霾晦　岡田　芳昭（H14・5）

つちふるや鳴かぬ兎を愛ほしむ　市川　葉（H14・7）

窈窕と藁屋一軒つちふれり　土屋　未知（H14・7）

霾るや護符ぺたぺたと操舵室　別府　絹枝（H15・6）

霾やげに甲斐駒のけぶり立つ　中山　秀子（H16・6）

霾るや鳩には鳩の恋のうた　片倉サチエ（H19・5）

つちふるや古きピアノの音乾く　渡辺　柊子（H19・7）

霾るや東洋人とひとくくり　坂巻　恭子（H19・7）

マスターの大陸顔や霾晦　吉橋　節子（H19・8）

骨片のごとき太陽霾れり　南　十二国（H22・8）

煙草銭ほどの昇給黄砂降る　平山　南骨（H23・7）

春雨（はるさめ）

春雨に手をつなぐ子よ室生川　永島　靖子（S55・6）

傷癒えて肉やはらかし春の雨　帆刈　夕木（H18・8）

海青き地図を見てをり春の雨　坪野谷公枝（H22・6）

猿石に摩羅うつそりと春の雨　岸　孝信（H24・5）

春時雨（はるしぐれ）

春しぐれ小学校に負の記憶　田村　能章（H9・5）

春霖（しゅんりん）

春霖や新車しづかに進み出づ　田村　梨絵（H18・7）

菜種梅雨（なたねづゆ）

菜種梅雨夢短かくてすぐ変る　田中ただし（S40・5）

牛の膝摺れてひかるや菜種梅雨　丸山　福子（S52・7）

あけ方のしびれにひたる菜種梅雨　椰子　次郎（S55・6）
母がりの菜種梅雨なる眼鏡かな　日向野初枝（S56・8）
角帯を生涯締めて菜種梅雨　住　斗南子（S59・8）
胃におちて水薬(すいやく)にごる菜種梅雨　椰子　次郎（S60・6）
浴剤の白濁に痴れ菜種梅雨　宮崎りょう（H4・7）
書の中の二十世紀や菜種梅雨　関根しんのすけ（H20・7）

花(はな)の雨(あめ)

花の雨老婆略図を持つてゐる　岡　千代（S45・7）
いかやうに煮ても蒟蒻花の雨　植竹　京子（H11・6）
韃靼騎馬図六曲屏風はなのあめ　神田　和子（H14・6）
酒買ひに出し吾に雨花に雨　加藤　静夫（H16・6）

春驟雨(はるしゅう)

ミイラ展春の驟雨を抜けて来し　四ッ谷　龍（S53・7）
ニユーミユージックより春の驟雨を好みたり　山本　紅子（S56・7）
見せ場なり春の驟雨の村芝居　岩谷　京子（H2・7）

春(はる)の雪(ゆき)

春の雪ひらひら胸にカチユーシヤ棲む　田中ただし（S43・5）
春雪や微笑売る舗あるごとし　目須田和子（S44・5）
春の雪研師は海を想ひけり　藤田　湘子（S50・3）
春の雪赤松は昼過ぎにけり　岩瀬張治夫（S50・7）
春の雪父の衰ふ日もさこそ　穂坂　志朗（S51・4）
春雪となる宿帳をいつわれり　土屋　秀穂（S52・7）
春雪や一頁目の船の詩　山田みつへ（S57・6）
愛居はも春の吹雪の忽に　飯島　晴子（S60・5）

春雪や村のほとけに朱唇あり　小川　軽舟（H1・6）
春の雪京の花屋に傘たたむ　奥田　遙（H5・6）
春雪や筑前琵琶を聞く遠出　工藤ふくみ（H11・5）
春の雪魞になる竹ねかせあり　杉崎　せつ（H11・5）
なぜ我に紅絹の記憶や春の雪　五十嵐なほみ（H13・5）
春雪や老いて日高へ帰る馬　荒木かづえ（H13・6）
春雪や藪を小突きて矮鶏を出す　福勢　鈴子（H17・7）
春の雪電球点いて切れにけり　矢島　晩成（H18・5）
家置いて越して行きけり春の雪　細谷ふみを（H18・6）
老いぬ間に逢ひたき人や春の雪　徳田じゅん（H18・6）
海峡を鴉は越えず春の雪　藤山　直樹（H23・5）
餌台の林檎につもる春の雪　宮沢　豊子（H23・6）
春雪や電光文字に女優の訃　會田　高久（H24・5）
春の雪触れたるものの色に消ゆ　岡田　芳昭（H24・6）
飯を食ふさびしき時間春の雪　蓬田　節子（H25・6）

淡雪（あはゆき）　牡丹雪　たびら雪

提灯の「酒」の字能登の牡丹雪　佐藤ゆづる（S44・1）
牡丹雪箍しつかりと桶生まる　荒井　成哉（S45・5）
牡丹雪この日男に歌ふえん　中村じゅんこ（S46・6）
牡丹雪赤貧の詩そらんじる　石井　邦子（S49・4）
淡雪の門前町を現じけり　蓬田　節子（S53・4）
淡雪や姿知らざる魚喰ふ　鳥海　正樹（S61・6）
たのむべき嘸下のちから牡丹雪　住　素蛾（H2・5）
淡雪や些事にこだはる通夜の客　山本　良明（H4・6）

空がふとつぶやくやうに牡丹雪　是枝はるか（H5・4）
母とゐる昼ながければ牡丹雪　吉沢　孝子（H6・4）
火の如し額に貼りつくたびら雪　山地春眠子（H20・6）

斑雪（はだれ）

雪隠を風吹き徹る斑雪村　若林　小文（S44・5）
斑雪谷樅は全き日暮の木　宮坂　静生（S62・5）
転びしは鴉のせいよ斑雪　中井　満子（S62・5）
夕斑雪北行きのバス北より来　国見　敏子（S63・5）
蜂飼の下見来てゐる斑雪村　熊谷美智子（H3・5）
斑雪うつらうつらの木乃伊（みいら）かな　須佐　薫子（H4・5）
はだれ雪嬬恋村に葬あり　稲澤　雷峯（H8・5）
斑雪野や雲水は早や百歩先　伊沢　惠（H9・4）
杉苗は膝のたかさや斑雪山　福永ぽぷら（H13・4）
はだれ野や宙に鳶の目鴉の目　福永　檀（H16・5）

雪の果（ゆきのはて）

わが谷のわが灯に沈み雪の果　中西　夕紀（S59・6）
前衛は夭（わか）く死すべし雪の果　前田　半月（H11・6）

春の霙（はるのみぞれ）

原つぱは原つぱ色に春みぞれ　藤田　湘子（H3・4）

春の霰（はるのあられ）

寂しいは寂しいですと春霰　飯島　晴子（H3・5）
春霰の音の浄むる寝座（ねぐら）かな　飯島　晴子（H7・5）

春の霜（はるのしも）

赤子の名少し呼び馴れ春の霜　蓬田　節子（S58・7）

思ふほど墓へ行かずよ春の霜　立神侯子（S59・5）

こころざし朝は篤し春の霜　小川和恵（H10・5）

忘れ霜（わすれじも）　晩霜

晩霜や胸照りて啼く山鴉　藤田湘子（S41・6）

晩霜や蟬笑ひして来る老婆　野木径草（S47・6）

南に海ある町や忘霜　鳥海壮六（H17・7）

春の虹（はるのにじ）

夫よりも若き首すじ春の虹　市川恵子（S43・6）

春虹へ駈けてゆきしが数年経つ　高柳泉（S46・6）

友引のむくろ待たする春の虹　草間レイ子（S56・5）

土橋にて春田の虹の末想ふ　新原藍（H13・8）

春雷（しゅんらい）　虫出しの雷

春雷や土の香幹に沿ひのぼる　藤田湘子（S42・5）

春雷や仔豚の去勢待つたなし　吉田和城（S44・6）

掌中に乳房あるごと春雷す　藤田湘子（S45・4）

虫出しの雷や機関紙分けあまり　基万水（S48・5）

兵児帯の淋しかりけり春の雷　今野福子（S58・6）

春雷や赤城榛名の鳶が遇ふ　真下とみ子（S59・6）

春雷や切り残しおく仕事爪　鈴木茂實（H1・5）

春雷や肴がはりの焼うどん　脇嘉三（H1・6）

春雷や鳥羽街道の小家がち　鈴木しげ子（H2・6）

春雷や灯りてビルのうら若し　奥坂まや（H5・6）

忌の膳が廊下をゆけり春の雷　神尾季羊（H6・7）

牛駆くるなり赤岳の春の雷　葛井早智子（H10・6）

春雷や心底にある負の記録　村井　古泉（H10・6）

春雷や長大トレーラー曲がる　浅沼婦美恵（H13・5）

春雷やふぐりに付きし怠け癖　藤田　湘子（H15・6）

鶺飛べり出雲平野の春の雷　葛井早智子（H15・6）

春雷を軍鼓と信じ徘徊す　星野　石雀（H16・6）

伊吹山ころげ落ちたり春の雷　奥野　昌子（H17・9）

ここと決め根を張る小檜春の雷　岩永　佐保（H18・4）

春雷やポマードの香の帽子箱　岩永　佐保（H21・5）

晩学の灯ふたつや春の雷　舟木　和子（H21・6）

春雷やほのぼの尖る尾骶骨　岸　孝信（H25・6）

佐保姫（さほひめ）

佐保姫の莞爾としたる気配あり　山地春眠子（H16・5）

佐保姫の白き肉（しし）置き恋ひ渡る　石川　黛人（H17・7）

佐保姫に見えんと野に杖ひけり　景山　而遊（H20・6）

霞（かすみ）

煎餅割つて霞の端に友とをり　藤田　湘子（S43・4）

霞けんらんとさて髯を剃り初む　黒田　肇（S45・5）

肩車して血を伝ふ遠霞　高橋　順子（S45・6）

母見んと貝が口あく霞かな　永井　京子（S45・7）

霞む眼を洗いて霞むなか歩む　鎌田　一相（S47・7）

鯉を煮ておのれ養ふかすみかな　庚　無玄（S48・4）

水を出て鯉が口あく霞かな　座光寺亭人（S49・7）

霞む中最上階は女の絵　須藤　妙子（S51・5）

食後にておなじかたちの霞の木　瓦　京一（S51・7）

はじめから霞にゐたる細面　田沢亜灯（S52・4）

浮木にて風吹くを待つ霞かな　鳥海むねき（S55・3）

ひね種をつかまされたる霞かな　吉沼等外（S56・6）

同人誌廃刊天皇陵かすむ　郡家真一（S58・9）

まぼろしの蝶にならむと霞喰ぶ　山越文夫（S59・5）

富士霞むいやがる頭刈りにけり　吉沼等外（S59・8）

夕霞赤子の泣ける家に入る　芝崎芙美子（S63・8）

土竜塚霞に育ちゐるらしき　丸山澄夫（H2・6）

海霞む睫を薬とおもふべし　大石香代子（H6・5）

浅き水踏んで鴉や昼がすみ　伊藤左知（H7・6）

一本にならむと霞む鉄路かな　吉沼等外（H9・6）

少年は鏡に感け夕霞　植竹京子（H22・6）

短きは画舫の汽笛湖霞む　伊藤樹彦（H22・6）

雪ねぶり（ゆき）

鯉濃や越後新発田の雪ねぶり　岡田芳昭（H11・6）

陽炎（かげろふ）　かぎろひ

かげろふへ白い少年深入りす　植田幸子（S44・6）

かげろふやバターの匂ひして唇　小沢実（S54・5）

かげろふに平手打してまはりけり　飯島晴子（S56・6）

かげろふの濃くからみたる眼玉なり　飯島晴子（S58・6）

陽炎を来しリヤカーのひよこ鳴く　京崎伸子（S63・6）

三十年ぶりの男とかぎろへる　須藤妙子（H3・6）

五感衰へ陽炎となる母か　奥坂まや（H12・6）

陽炎へる街や失業給付果つ　安藤辰彦（H13・7）

我ながらぺんぎん歩きかぎろへり　古川　英子（H16・6）
坂道の上はかげろふみんな居る　奥坂　まや（H18・8）
陽炎や強く引かれし手の記憶　小川　軽舟（H19・6）

春陰（しゅんいん）

春陰や紐食い込みし届き物　高橋　三秋（S61・7）
春陰や青き聖母を窓に塡め　松野　苑子（S62・7）
春陰や天秤に置く一グラム　林　隆一（H16・5）

花曇（はなぐもり）　養花天

髪で研ぐ一本の針花ぐもり　寺田絵津子（S41・6）
子に引かれて行く先々の花曇り　千葉　久子（S42・7）
捨て水にひとのにほひす花曇　荒井　成哉（S47・6）
黒飴のをはりは噛みて花ぐもり　田中ただし（S55・6）
養花天虫に虫逢ひ驚きぬ　小林　貴子（S58・4）
判子いろいろ年を経て花曇　甲斐　潮（S58・7）
受講者の補聴器鳴りぬ養花天　清水　啓治（H1・7）
穴掘れば小石ごろごろ養花天　喜納とし子（H17・7）
肉叩く音に粘りや養花天　加茂　樹（H19・7）
白き和紙重ねて蒼し花曇　北川　俊子（H24・4）
手にのこる洗剤の香や花曇　矢野　修一（H25・6）

鳥曇（とりぐもり）

鳥ぐもり翳なきものに眼鏡拭く　石井　雀子（S46・5）
瞳すでに欠けゆく壁画鳥曇　冬原梨雨次（S50・5）
老いても靴の片減り鳥曇　島田天籟子（S56・7）
本屋から出てくる父よ鳥ぐもり　豊島　満子（S57・6）

土笛は出雲の音色鳥曇　天野　萩女（H8・7）

鳥曇一羽の骸ありにけり　幸村　千里（H15・6）

蜃気楼（しんきろう）　海市　かひやぐら

海市見せむとかどはかされし子もありき　小林　貴子（S57・6）

蜃気楼卵は安く売られけり　横倉　マツ（S58・5）

海市より遠きカイロへ行くといふ　目須田和子（S58・8）

海市見し魚かも鰭の大いなる　浅井　たき（S62・7）

夢枕に立ちて海市に棲むと言ふ　星野　石雀（S63・6）

かひやぐら蛤はいま睦みゐる　野本　京（S63・7）

かひやぐら犬の頸輪が砂にある　岩永　佐保（H2・7）

海市見る事もひとつの夢として　根本てる子（H4・11）

海市見しゆゑの窶れに他ならず　珍田　龍哉（H6・8）

一帆は失せ一帆は海市指す　小浜杜子男（H7・8）

蜃気楼より音楽の流るるか　中井　亜由（H11・8）

遺憾なく大蛤の気を吐けり　岩永　佐保（H14・5）

蛤の吐きし港湾都市ならむ　奥坂　まや（H14・8）

軍艦のあとかたもなき海市かな　荒木かず枝（H15・5）

寄居虫にとどきぬ海市よりの波　小浜杜子男（H20・6）

魚くさき手を洗ひけり蜃気楼　中嶋　夕貴（H24・7）

春の夕焼（はるのゆふやけ）

春夕焼三面鏡に出口なし　東　鵲鳴（H14・6）

セロファンの匂ひがするよ春夕焼　浅井　多紀（H19・6）

春夕焼誄詞短く友葬る　森田　六波（H23・5）

地理

春の山（はるのやま）　春嶺

春山ひとつ越えきて聴き革袋　野平和風（S48・4）

春の山山を忘れてあそびをり　伊藤四郎（S53・7）

春山のくらき処を笑いけん　鳥海むねき（S54・5）

刃こぼれも鉈の齢や春の嶺　萬蓼二（S54・6）

父の恩憶へり春の雑木山　芝崎芙美子（S60・7）

土地の子のくちびる赤し春の富士　浜中すなみ（S61・5）

春山の一画を占め工学部　林喜久恵（S61・6）

今日よりは明日の春の雑木山　榊原伊美（S61・7）

虚子選を受けしことあり春の山　金田眸花（S62・4）

春山に雲を育てる仕事かな　蜂須賀薫（H1・5）

春の富士いかにも白くこつてりと　飯島晴子（H1・7）

鳥居より道あり春の雑木山　豊島満子（H2・5）

人容れて人のこぼるる春の山　沼沢うめ子（H6・7）

春嶺や顔寄せ合ひて出雲の子　赤井正子（H15・5）

雑念のかたまりとして春の山　石井祥子（H20・5）

春嶺や影やはらかき操舵室　梯寛（H21・5）

山笑ふ（やまわらふ）

山笑ふたしかに次の日も白髪　田浪富布（S53・5）

山わらひはじめしころの夜の闇　灘　稲夫（S55・7）
どつと空く下りの電車山笑ふ　松崎　重野（S56・6）
山やまの笑ふに沼のしたがへり　松部みな子（S57・7）
心電図とげとげしくて山笑う　川村　允人（S61・5）
遠き海見て遠き山笑ふなり　朱　命玉（S63・5）
死火山と決めつけられし山笑ふ　富永　花鳥（H4・5）
大風のつきあたる山笑ひけり　浅沼三奈子（H6・6）
山笑ふタイツに腿を緊めにけり　是枝はるか（H7・7）
志ありて愚図なり山笑ふ　坂本　好人（H8・7）
顎長き人の一生山笑ふ　髙倉　展行（H14・4）
山笑ふ人居こぼるる診療所　服部　良作（H15・6）
縁側を行つたり来たり山笑ふ　古川　英子（H17・4）
どつちみち行先ひとつ山笑ふ　景山　而遊（H18・6）
山笑ふ茶釜の尻をあらひけり　廣川　公（H18・6）
山笑ふ我も調子を合はせけり　服部　佳子（H19・5）
空箱のやうな日溜山笑ふ　甲斐　正大（H20・5）
黒板に明日の日付山笑ふ　黒澤あき緒（H20・6）
働いて縮む鉛筆山笑ふ　今井　緑（H21・5）
今更のブッセの詩集山笑ふ　古川　英子（H21・5）
ごはさんでねがひましては山笑ふ　中村　敬宇（H21・6）
愛鷹山（あしたかやま）は翼を張りて笑ひけり　島田　武重（H21・6）
鬚取つてもやし素直や山笑ふ　中野田鶴子（H22・7）

春（はる）の野（の）

春の野の草に優劣なかりけり　市川　淑江（H14・7）

ジヤム作り失敗春の野に出づる　北村香芽子（H15・6）

攫ひたき児のゐて翳のなき春野　戸塚　啓（H19・7）

あかがねの鐘ぞ聞こゆる春野かな　徳田じゆん（H20・6）

呼ぶ声のとどかぬ子ゐる春野かな　高柳　克弘（H21・5）

春野ゆく老いたる父の背にすがり　桃井　薫（H25・4）

焼野（やけの）　末黒野

末黒野や異母妹に会ふ絹のひも　高橋喜玖子（S45・6）

末黒野のにほひ劣情不意に来ぬ　岡本　雅洸（H19・6）

春の水（はるのみづ）　水の春

昏の荒れに眠るや水の春　いさ　桜子（S59・7）

春の水ちよろちよろ収支相償ふ　三栗　健（S61・7）

春水を飛びて奈落を越えしとも　友利　昭子（S62・8）

たそがれをうつして水の春なりけり　今野　福子（H9・8）

瀞八丁春水緩をつくしけり　吉沼　等外（H11・7）

あかつきや枝の先まで水の春　藤田　湘子（H13・6）

春水や差し入れし手に魚触るる　甲斐　正大（H18・6）

水の春赤松の空ありにけり　田中　恵（H19・7）

水温む（みづぬるむ）

怒りなくば無意味や水輪ぬるみつゝ　小林　青揚（S43・4）

微笑してわが顔でなし水温む　寺田絵津子（S45・4）

白猫や紙漉く水も温もらん　植田　幸子（S45・5）

水温み見知らぬ僧が村にいる　岸本　青雲（S45・5）

よき噺両天秤や水温む　山田　敏子（S60・5）

猛獣と猛禽を見て水温む　飯島　晴子（S62・5）

水温むらし仔兎の耳の奥　飯島　晴子（S63・4）
おのづから赤子に利き手水温む　荻原　陽（H8・7）
いつか死ぬはずの手のひら水温む　松瀬　直仁（H19・6）
何んとなく得したやうに水ぬるむ　矢矧菜穂吉（H22・7）

春の川（はるのかは）

牛よりもさびしき日なり春の川　内藤とし子（S56・6）
日の丸は白地に赤し春の川　有澤　榠樝（H22・4）

春の海（はるのうみ）　春の渚　春の湖

髪切らむ春の渚を歩くため　石井美左於（S61・6）
音もなく空母の燃ゆる春の海　星野　石雀（H18・5）
もう少しかうしてゐよう春の海　林田　美音（H21・7）
春の海かもめの色のほどけたり　土谷　啓子（H21・7）
青空は何も落さず春の湖　岡崎　長良（H22・7）
栩りつつ任地の春の海思う　志田　千惠（H23・8）

春の波（はるのなみ）

塗椀に春の怒濤の重きかな　五月愁太郎（S50・7）
春濤やわれら三鬼の海と呼ぶ　石野　梢（S62・6）
岩礁の春濤妍をきそひけり　芹沢　常子（H20・7）

春潮（しゆんてう）

四五人に見られて春の潮引けり　細谷ふみを（S53・7）
春潮の濁れるかぎり声ころす　飯島　晴子（H1・6）
春潮や遂に素足の女学生　梅野　幸子（H3・8）

潮干潟（しほひがた）

松原の妻と干潟の男逢ふ　脇本　星浪（S57・7）

五十歩と百歩のちがひ汐干潟　珍田　龍哉（H8・5）

夕近し干潟に生れし水のみち　岩永　佐保（H14・6）

靴そろへぬぐなにごともなき干潟　志村　夫佐（H14・7）

ぺたぺたと干潟を行けば伽羅百済　藤田　湘子（H15・6）

干潟行く過去なき人の如くゆく　沖　あき（H20・7）

春田（はるた）

春田の方かんかんと鳴り昼間かな　寺内　幸子（S51・7）

祈禱師の家へ春田のどの畦も　塚原　時子（S58・7）

さきたまの春田の家の産着かな　芝崎芙美子（S59・7）

みちのくを思ふ近江の春田かな　前川　祥子（H23・6）

苗代（なはしろ）

足裏より直上の冷え夕苗代　佐々木碩夫（S40・6）

苗代寒老いて姉妹の貸し借り着　金田みづま（S44・8）

麓にて苗代寒となりゐたり　磯部　実（S55・7）

苗代に髪の毛すこしおとしけり　植松　三世（S55・8）

春の土（はるのつち）

馬の尿たちまち春の土穿つ　上原　富子（S62・4）

溶接の火花散りけり春の土　松井　紀子（H23・6）

春泥（しゅんでい）

春泥の足跡ぼくの墓へゆく　阪東　英政（S43・4）

春泥に遊びついでの遠出かな　永井　京子（S50・6）

椅子に置く春泥を来し厚眼鏡　常田　深雪（S56・6）

春泥をひと跳びしたる赴任かな　戸塚時不知（S60・7）

拾軒の店屋が銀座春の泥　鈴木　重美（H3・6）

春泥のあいまいを行き昼闌けし　西山　敏子（H14・5）
話し込む春泥の靴乾くまで　花村　愛子（H24・6）
春泥や雑木林の道細き　竹崎しずか（H24・7）

残雪（ざんせつ）　雪形

残雪と雲の白きに母病めり　稲荷　晴之（S42・6）
死後犬の尾が行き風の残雪湖　しょうり大（S45・4）
残雪の田を見るのみの湯治かな　星野　石雀（H4・5）
雪形や獄の夫なら待つに足る　田代　弘子（H15・6）
残雪やハモニカ吹けば軍鶏いきまく　林　達男（H16・4）

雪崩（なだれ）

小雪崩のしぶき上りぬ最上川　宮木登美江（H10・4）

雪解（ゆきどけ）

水中に顔の曇れる雪解山　佐々木碩夫（S44・3）
雪解橋花のかたちに唖の指話　木野　卯太（S44・7）
鋤の柄の雪解惧れて老いゆけり　武田　白楊（S45・4）
北山の雪消えたらば夫埋めん　篠宮　伸子（S46・5）
瞽女道の雪がとけだす稲荷ずし　竹部　照子（S47・4）
赤い婆出没パチンコ店雪解　鈴木　青光（S48・5）
乳離れを一日延ばす雪解の木　飯倉八重子（S49・4）
聖壇の蠟涙香立つ雪解かな　石井　雀子（S50・6）
死爪の心あたりや雪解風　丸山　敦子（S55・4）
雪解急林檎呆けゆくことも急　緒方　厚子（S56・5）
雪解けの川なり旅のひゞきなり　桜井　昌子（S59・8）
雪どけの情われにあり畦にあり　神尾　季羊（H3・5）

切株の紅さす髄や雪解川　須佐　薫子（H4・7）
雪解宿僧真先に寝入りけり　三井　菁一（H5・6）
雪解風山菜採がふっと消ゆ　石井　雀子（H5・6）
たかむらの誰もよごさぬ雪解かな　露木はな子（H6・5）
どう生きてゆくも八方雪解光　光部美千代（H7・5）
忽と立つうさぎの耳や雪解川　杉崎　せつ（H7・7）
雪解光たつぷり浴びて加賀を出づ　佐々木幸子（H8・7）
雪解水這松抜けて雲に落つ　天地わたる（H9・5）
僧が僧訪ねて小寺雪解風　太田　淳子（H10・5）
雪解風一茶まぐはふことしきり　石川　黛人（H12・5）
北側の薪は手付かず雪解村　井原　君代（H12・7）
雪解や廃馬を曳いてゆく牧夫　西山　純子（H15・6）
雪解やじぐざぐ歩く跳歩く　岩渕　乘子（H16・6）
読みきれぬ古人のうたや雪解川　髙柳　克弘（H18・6）
雪解川鶺鴒胸を濡らしたる　青木さかお（H19・7）
鶏小屋を尻より出づる雪解かな　景山　而遊（H21・4）
雪解川端山を蹴つて曲りけり　島田　星花（H21・5）
保安帽脱ぎて小昼や雪解谷　御供　知倫（H21・6）
集落のずり落ちさうや雪解川　林　るい子（H24・4）
雪解川道したがへて曲りけり　小林　千晃（H24・6）
遅刻の子早退した子雪解道　藤田まさ子（H25・6）

雪しろ（ゆきしろ）

雪濁り

村捨つる老もあるべし雪濁り　酒井　鱒吉（S59・6）
鷹の檻雪しろ強く響くなり　野尻みどり（H8・7）

雪しろや松のあはひの松の苗　須佐　薫子（H11・6）

雪しろや水底に澄むふきのたう　蓬田　節子（H21・4）

雪代の鎌白波の迅さかな　山地春眠子（H22・6）

鼠捕雪しろ水に浸けてあり　中島よね子（H24・6）

凍解（いてどけ）

凍ゆるむ

凍ゆるびたる天空の窪みかな　伊沢　惠（H12・5）

薄氷（うすらひ）

春の氷

不安なり月薄氷の沼に乗る　市野川　隆（S42・3）

富士見えて二階のきしむ薄氷　平松弥栄子（S46・1）

晩年や春の氷の水に浮き　寒川四十九（S46・5）

薄氷にみどり発して孔雀かな　佐宗　欣二（S49・3）

弾きがたり薄氷藁とながれおり　藤川　祐子（S51・4）

うすらひは深山へかへる花の如　藤田　湘子（S53・3）

薄氷に礫（こいし）まじれり寺泊　鳥海むねき（S56・4）

薄氷のなづみてをりし親の恩　磯部　実（S56・5）

うすらひは黒き田の花諏訪郡　中野　柿園（S61・4）

薄氷や牛のにほひの風さつと　蓬田　節子（S62・6）

薄氷を来て標本の蝶の国　目須田和子（H2・5）

音立て、割る、薄氷逢ひがたし　久保美智子（H3・6）

薄氷を抱き込む笑ひ雑木山　沼尻　玲子（H5・3）

薄氷や兎をころす童唄　市川　千晶（H6・5）

雲が雲のせて行くなり春氷　志賀佳世子（H8・4）

うすらひや色鉛筆の色無限　光部美千代（H8・5）

慕情とは薄氷にある風の跡　藤森　弘上（H9・4）

薄氷や百姓の血を恥ぢし頃　西垣　崇子（H10・4）
うすらひと水のさかひの暮光かな　永島　靖子（H13・5）
水瓶座生まれや水はうすらひに　植草はる枝（H14・4）
わが狂気うすらひに葉の載つてをり　永島　靖子（H15・5）
薄氷の下五位鷺の足黄色　大滝　温子（H17・4）
うすらひに石投げて音沈みけり　安川　喜七（H17・5/6）
春氷楢山あさく樵りにけり　木村　房子（H17・5/6）
さめぎはや慥かにうすらひにふれし　有澤　榠樝（H21・4）
薄氷の日差ざらりと遠江　津高　房子（H21・5）
薄氷の引張り合へる水面かな　寺田　姉生（H22・6）
薄氷や泣いてしまへば終る恋　佐野　恵（H24・5）

氷解く（こほりとく）

解氷　浮氷

解氷の音のかすかに貝合せ　大森　澄夫（S50・4）
はばからずをとこ呼びたる浮氷　乾　桃子（S57・5）
うたたねのわれも浮きたし浮氷　永島　靖子（S59・6）
ドストエフスキーは赭顔（しやがん）なるべし解氷期　藤田　湘子（S63・5）
南無南無と氷の浮いて行きにけり　藤田　湘子（S63・5）
しんしんと八ケ岳は巖の氷解く　藤咲　光正（H12・5）
太陽の退屈ならん浮氷　山下　桐子（H18・8）
浮氷補聴器外し耳憩ふ　藤田まさ子（H23・6）

流氷（りうひよう）

一枚の流氷発たす喪のすだれ　鈴木　敏雄（S45・6）
流氷の宿にかかりし土鈴かな　中野　鷹尾（S49・5）
流氷に雨ふり落ちて氷りたり　鈴木　青光（S50・6）

いつもこのかたちに眠る流氷よ　飯島晴子（S55・3）

流氷のまつたゞ中の獣みち　島蓉子（S58・5）

流氷の歔欷（きょき）にも馴れて睡りけり　荒木博子（S60・5）

馬柵低く流氷を待つ渚あり　蓬田節子（H3・4）

流氷やかむいのやからここに絶ゆ　石井雀子（H4・2）

流氷去る一本の櫂蒼海に　高城絭子（H5・5）

流氷期滑走路の灯天へ発つ　脇嘉三（H8・6）

流氷の来たりし町の万国旗　奥坂まや（H15・6）

花衣（はなごろも）

花衣尻の形に脱がれけり　長谷川きよ志（S57・5）

十指みな老の像（かたち）や花衣　天野萩女（H13・7）

春外套（はるぐわいたう）　春コート

標的とならむ真赤な春コート　森　澄子（H22・5）

春ショール（はるショール）

出航の刻充ちゐたり春ショール　保高公子（H4・6）

春ショール暗き切通しを好む　鎌田美代子（H10・7）

春ショール自分を証すもの持たず　和田智子（H12・6）

京へ発つ一番列車春ショール　秋山雅子（H17・8）

春ショール籠にたたみて献血す　木下水羽（H22・6）

日曜の朝の地下鉄春ショール　野田　修（H25・6）

春手袋（はるてぶくろ）　春手套

いまさらの夫との距離や春手套　志賀佳世子（H12・7）

春帽子（はるぼうし）

トンネルのここぞ汽笛や春帽子　穴澤篤子（S61・6）

春帽子ふるき形にとらはれず　坂田正子（H18・8）

春日傘（はるひがさ）

都府楼の礎石も入れて春日傘　野上寛子（S62・7）

わがうちの旧姓のわれ春日傘　笹井　靖子　(S63・6)
春日傘白樺と風交し合ふ　黒澤あき緒　(H5・7)
春日傘まつさきに差し世に遅れ　山口　睦子　(H9・7)
春日傘妻は太つてしまひけり　安藤　辰彦　(H10・5)
低くとぶ鳶の影や春日傘　桜井　澄子　(H20・7)

花菜漬　菜の花漬

雲満ちて菜の花漬の憂かりけり　夏目三知子　(S48・5)
花菜漬尼ににほひのありにけり　武居　愛　(S63・6)
花菜漬しあはせさうに死ぬつもり　若林　小文　(H1・5)
花菜漬ふはつと風のとほりけり　木村　房子　(H8・5)
すぐ揃ふ二人家族や花菜漬　清水　正浩　(H25・6)

蕗味噌

蕗味噌を笑ひて勤め第一日　寺内　幸子　(S56・5)

木の芽和

木の芽和はたと夕日のありどころ　藤田　湘子　(S55・5)
腰越の尼に招かれ木の芽和　西山とき子　(S58・7)
年金は我慢の利息木の芽和　須﨑　欣治　(H11・6)
雨の日の早き夕餉や木の芽和　森永　一声　(H17・7)
来てみれば未来平凡木の芽和　小川　軽舟　(H19・6)

田楽

田楽や自適といへば聞こえよく　石川　黛人　(H7・7)
田楽や話せば飛騨の匠なり　持丸　子燕　(H10・9)

青饅

青饅が匂いて雨の粒見ゆる　三浦青杉子　(S44・5)

青饅や死にたる夫のために食ふ　立神侯子　(S56·6)

青饅やまつりのまへの平泉　戸塚時不知　(H2·8)

青饅や夫のすさべるよし知らず　是枝はるか　(H4·7)

青饅や船霊さまの下がり酒　松本よし子　(H7·5)

蜆汁（しじみじる）

蜆汁誰の嗚咽か聞えたる　藤田湘子　(S46·6)

蜆汁深空のなかはさだまらず　飯島晴子　(S51·5)

蜆汁向ふの山と語らはな　川村允子　(S55·5)

しじみ汁国来（くにこ）国来（くにこ）と煮立ちけり　井上成美　(H17·5/6)

はるかなる日の夕暮やしじみ汁　塩川秀子　(H20·7)

蒸鰈（むしがれひ）

鰈

借形の身をほぐしたる鰈かな　藤田湘子　(S47·1)

寿ぎて子もち鰈を食うべけり　宅和清造　(H5·5)

干鰈（ほしがれひ）

干鰈一縷の暗さきのふより　藤田湘子　(S51·4)

干鰈新月に雲疾きかな　村井古泉　(H5·7)

天井に古りし闇あり干鰈　島　蓉子　(H7·6)

文の応（いら）へ北へ返して干鰈　岩永佐保　(H21·4)

目刺（めざし）

古傷や目刺の藁に火がうつり　相模洋子　(S45·7)

めつきりと友減る目刺燃えにけり　辺見秋江　(S51·5)

混沌の中に目刺も混りけり　脇本星浪　(S51·6)

目刺食べて丘のなだらに厭きあきす　日向泉子　(S52·6)

思ひ立つ目刺焼くとふはかなごと　越野としを　(S57·4)

目刺焼くおなじさみしさ知りてをり　森脇　芙美（S58・3）

目刺焼きブッセの空を疑はず　石井　雀子（H3・7）

戦なく貧しくもなく目刺焼く　金光　治子（H5・6）

目刺焼き口笛吹けば何か変　武田　新一（H5・7）

目刺焼き相性といふ妙なもの　阪口　和子（H5・7）

藁抜いて目刺も吾も楽になる　土門緋沙子（H20・7）

干鱈（ひだら）

これよりは干鱈嫗と目刺翁　中野　柿園（S61・6）

鶯餅（うぐひすもち）

隠　金　少　し　鶯　餅　二　つ　細谷ふみを（H10・5）

もの思ふうぐひす餅の色ほどに　上野　方水（H11・6）

てのひらのうぐいす餅の鳴いて欲し　伊藤　友梨（H12・6）

蕨餅（わらびもち）

門徒費の有無を言わさず蕨餅　三井ちえみ（H13・6）

蕨餅わが浮腰を見抜かれし　岩永　佐保（H21・6）

草餅（くさもち）　蓬餅

草餅や死海巡礼いたしたく　平井　照敏（S51・6）

てのひらや来世をかしき蓬餅　長峰　竹芳（S54・5）

草餅の草とることにはじまれり　松本三江子（S58・6）

ふるさとの海は鳴る海蓬餅　藤田　湘子（S59・5）

草餅のうまくて出づる泪かな　田中ただし（S59・7）

草餅やはればれと言ふひとり言　大沼　たい（S60・6）

草餅や戦争の文字とほざかる　金井　一雄（H3・6）

界隈に寺ある暮し草団子　松井　太（H6・6）

航海に持たせて大きよもぎ餅　田代キミ子（H6・7）

草餅や一郷ことを荒立てず　江藤　博方（H8・7）

蓬餅夫の外づら知りたくなし　志賀佳世子（H9・9）

草餅や夫の短所を侮らず　大島千代子（H10・7）

齢（よわい）来て姑と呼ばるる蓬餅　小早川哥子（H11・4）

草餅のきちんと並ぶ経木かな　壁谷やすこ（H12・7）

草餅の二九（にく）十八個差入す　豊島　満子（H13・6）

はいといふ響き貰ひて蓬餅　海老原信男（H16・5）

桜餅（さくらもち）

桜餅生きぼとけより食べはじむ　田中ただし（S45・4）

夢は病み現はさくら餅が好き　神尾　季羊（S50・7）

桜餅われに諂ふわれありて　田中ただし（S58・5）

桜餅起居もいつか年頃に　山下　半夏（H7・7）

銘仙は母の余所行さくらもち　阿部　逑美（H23・6）

白酒（しろざけ）

朝月や白酒すこし残りいて　坂本　泰城（S54・5）

老いらくの舐めては啜る濃白酒　星野　石雀（H6・6）

白酒に隠し男の如くをり　加藤　静夫（H16・5）

白酒や面上ぐれば夕景色　小川　軽舟（H18・4）

五加飯（うこぎめし）

五加木飯今日様は山寄りに　岩永　佐保（H24・5）

菜飯（なめし）

工夫ありただの菜飯と思ひしに　市川　葉（H9・5）

治聾酒（ぢろうしゅ）

治聾酒や黒灰厚き山の畑　浜中すなみ（S57・7）
手術すと決めし治聾酒二三合　佐藤たつを（S62・8）
治聾酒にはじまりすでに深酒に　小澤　實（S63・8）
治聾酒や持説ゆづらぬ老姉妹　鷲見　明子（H1・5）
治聾酒の金箔入りをよろこびぬ　加藤　征子（H4・6）
治聾酒や夫に苦学のむかしあり　中山　知子（H8・5）
治聾酒やむかし伏見にいくさあり　中西　宏（H18・5）
治聾酒や男女共学一期生　日高　通子（H19・6）

春窮（しゅんきゅう）

春窮やさかな屋の魚多国籍　逆井　孝子（H16・8/9）

春燈（しゅんとう）

春灯し悼む豆腐屋次郎右ヱ門　基　万水（S44・6）
春灯紅き鳥飼ひ死を忘れ　田中ただし（S45・7）
仏具買い春灯として灯しみる　黒田　肇（S46・7）
春灯男子の書きしもののみ読む　萩原　友邦（H12・5）
春灯原書の革の鐙ゆるなり　小川　軽舟（H13・7）
読み借しむ本の手触り春灯　萩原　友邦（H19・5）
消し忘れつけ忘れして春灯　内田　照子（H21・8）
仕立屋の腕の針山春灯　西山　純子（H22・7）
春灯やむかし芝居に身を窶し　渡辺小枝子（H24・8）
春灯まつすぐ夫に帰りけり　甲斐　有海（H25・5）
大鍋を洗ふ満足春灯　吉村しづこ（H25・5）

春障子（はるしやうじ）

一時間早く起きたる春障子　鈴木　茂實（S63・7）

野々宮に近き小店の春障子　河野　秋郊（H3・6）

誰かゐる鴫立庵の春障子　浅井　多紀（H4・7）

春障子死顔にあざむかれたり　新宮　里梼（H20・4）

蠟燭は上から減りぬ春障子　藤井　皎子（H20・6）

界隈の音明るしや春障子　深見　信子（H23・6）

春の炉（はるのろ）

春の炉のほてり貯へ婚の使者　矢間　桜火（S44・6）

春炬燵（はるごたつ）

足入れて中の虚ろや春炬燵　辻　桃子（S58・6）

春炬燵赤えんぴつをしまひけり　福川　君子（H17・5/6）

恋人と妻とのちがひ春炬燵　服部　佳子（H20・5）

鶴折りて時代劇見て春炬燵　吉岡　亨（H24・5）

春炬燵伊予の人なる新妻と　江連　若菜（H25・4）

春暖炉（はるだんろ）

妄想の展開迅し春暖炉　楠田よはんな（H10・4）

夢消えて春の煖炉の火掻棒　伊沢　惠（H13・5）

春火鉢（はるひばち）　春火桶

寺の子に僧の名を聞く春火桶　志田　千恵（S61・5）

笛方の一人ひとりの春火桶　芝崎芙美子（H13・5）

炬燵塞ぐ（こたつふさぐ）

白居易と馴染みし炬燵ふさぎけり　住　斗南子（S62・5）

炉塞

朝餉まへ炉を塞ぐ気となつてをり　佐藤　中也　(H9・6)

山国になほ奥嶺あり炉を塞ぐ　長坂希依子　(H9・7)

厩出し

厩出しの牛と歩いて縄たるむ　田浪　富布　(S57・8)

月山の雲の夜明や厩出し　須佐　薫子　(H4・4)

雪嶺の窈窕として厩出し　中島　ふき　(H4・9)

北窓開く

北窓を開けて首出す漢方医　常田　深雪　(S56・8)

北窓を開けて部屋の香変りけり　小林　静村　(S59・7)

北窓をひらきて十戸変らざり　寺沢てるみ　(S61・3)

北窓を開けて多佷の夜なりけり　野本　京　(S61・4)

ほかに窓なき北窓を開きけり　細谷ふみを　(H11・7)

北開くふりむき見れば妻は居ず　三上　良三　(H12・5)

北窓を開く小さき持仏欲し　高嶋　泰子　(H14・6)

北窓を開く福島までの距離　浅井　多紀　(H24・6)

目貼剝ぐ

巫女にするよき子がをりぬ目貼はぐ　神尾　季羊　(S59・5)

遠くには逃げぬ雀や目貼剝ぐ　松浦　俊介　(H21・5)

雪割　雪堀

雪掘つて日暮来るたび皺ふやす　須波　尚武　(S44・6)

橇蔵ふ

山毛欅山は窈窕とあり橇しまふ　中島　畦雨　(H8・5)

奥入瀬のたばしる水や橇しまふ　三田　喜法　(H14・6)

屋根替（やねがへ）　葺替

総領の娶らざる屋根替えにけり　大庭　紫逢　（S59・6）
大和より葺替の茅とどきけり　吉村しづこ　（H11・7）

垣繕ふ（かきつくろふ）

垣結へり住職と沙彌対ひあひ　景山　秀雄　（H6・4）

野焼（のやき）　野火　草焼く

川までの野焼く少女が焔くばり　飯名　陽子　（S43・4）
人間の一皮剥いて野火盛ん　荻田　恭三　（S44・3）
野焼き後の機踏むに箴奔り癖　和田　智子　（S49・4）
野火の夜や一尺跳んで笑ひたる　藤田　湘子　（S52・3）
あした焼く野の烈風にゐる夫よ　飯名　陽子　（S54・6）
隠れ逢ふ野なりききのふ焼かれけり　藤田まさ子　（H3・7）
野火かけて佳き弁当をつかひをり　安食　亨子　（H4・5）
空港の草焼ひたと余燼なし　和田　湖風　（H15・5）
父の血の吾に滾りをり野焼の火　野尻　寿康　（H21・7）
駄駄捏ぬる火の叩かるる野焼かな　藤井　皎子　（H23・5）
忽必烈（フビライ）の版図の涯の野焼かな　森田　六波　（H24・5）

山焼（やまやき）　山火

山火の夜白い頁を濡らしたる　瓦　京一　（S51・6）
山焼いてキユーバへ行つてしまひけり　武田　重子　（S52・4）
結願の寺山焼をそびらにす　大庭　紫逢　（H2・6）
山焼やをんなごゑして牧夫寮　福永　節子　（H6・4）
断弦のごとき黙あり山焼く火　仲村　映子　（H8・7）
山焼く火まならの闇へだてつつ　井守やよい　（H10・6）

山火見ゆ母に正気の刹那あり　市川　葉（H12・5）

畑焼く（はたやく）　畦焼　畦火

畦焼の女のめくら動きかな　石田よし宏（S59・7）

夕されば水の上なる畦火かな　小川　軽舟（H2・5）

二日月畦火のをはり踏消して　土屋　未知（H17・5/6）

芝焼く（しばやく）　芝火

芝火より蠅捕蜘蛛の飛び出せり　藤澤　正英（H3・5）

麦踏（むぎふみ）

送金の遂に了れり麦を踏む　石野　梢（S63・5）

麦踏むや天香具山いまは右　横沢　哲彦（H17・5/6）

振り返ることなく麦を踏み終る　高橋　正弘（H19・3）

農具市（のうぐいち）

いつしよけんめいへこむ薬缶や農具市　蜂須賀　薫（S56・5）

農具市亡き父の名をつかひけり　高橋久美子（H9・6）

ラジオから美空ひばりや農具市　石井　祥子（H24・6）

耕（たがやし）　耕馬

翔ぶことをやめて耕しおるごとし　細谷ふみを（S44・9）

荒耕（おこ）し済みたり白馬岳（はくばだけ）夕凍みに　茂野　圭永（S60・3）

叱られて耕馬はまこと一馬力　市川　千晶（H2・3）

島畑をひとり耕すひとり分　松田　節子（H4・7）

国つくるごと百坪を耕せり　萩原　友邦（H16・4）

耕や牛の巨体をなつかしむ　松坂　博士（H16・6）

田打（たうち）

春田打賽銭箱の卍かな　飯島八重子（S55・6）

田鋤牛にぶき空気にぶつかりぬ　宮坂　静生（S60・7）

バリウムに膨れし腹や春田打　竹田　越人（S62・7）

乗鞍はうきたつ白さ春田打　鈴木恵美子（H2・7）

半漁の荒るるにまかす田打かな　大西　正民（H13・6）

畑打（はたうち）

盛装に打ちしばかりの畑匂ふ　布施伊夜子（S56・6）

知り猫に愛想づかしや畑打　山崎　正人（H2・5）

ちかごろの野鳥かしこし畑打　鈴木　紀美（H10・6）

定年や石塊多き畑を打つ　黒木　鳩典（H22・5）

畦塗（あぜぬり）

塗畦にまづは千鳥の跡なりし　神尾　季羊（S56・7）

畦塗の一人の男小海線　武井　波真（H14・7）

鍬杖や吾よりうまき畦塗機　佐藤　守（H15・8）

種物（たねもの）　種袋　種物屋　花種

貸し借りのつまりは麦の種二升　山田　幸夫（S49・2）

地を擦って舞ふ種袋火山帯　小原　俊一（S51・8）

種屋にて咲く過ちを犯しけり　吉沼　等外（S53・6）

花の種踏切のよく鳴ることよ　横井千枝子（S53・7）

花の種どんどん飛んで曲終る　堀口みゆき（S53・7）

ふたなぬか手提げの中の花の種　野村　和代（S54・5）

雪掻きしみちのゆきつく種物屋　酒井　一栄（S57・5）

種屋にて腰のベルトのゆるみけり　市野川　隆（S57・6）

外国の花種貰ひ播かざりき　観音寺尚二（S59・8）

花種の袋の中の又ふくろ　芹田富美子（S59・8）

夕方は行く雲ばかり花の種　榊原伊美（S60・5）

同封の種についての二三行　松本三江子（S62・2）

空部屋の花種いかにひからむと　服部圭伺（S62・4）

雨待ちの種の心を如何にせむ　沼尻玲子（S62・7）

尋めゆけり黒花咲かすものの種　野本京（S63・6）

種袋音の入つてゐたりけり　奥野昌子（S63・8）

禅僧の立ち止りたる種物屋　佐野渓石（H1・7）

百姓の顔きかせをり種物屋　市野川隆（H3・7）

袋出て花種にもう音あらず　前川彰子（H4・5）

町並のどう変らうと種物屋　山下半夏（H4・7）

代替りしても丸顔種物屋　山口睦子（H5・7）

種袋どれを振つても同じ音　増野智子（H6・7）

癒えたしかなり蒔きどきの種袋　田上典代（H8・6）

花種や昔の顔の飛驒童　柿﨑洋子（H9・7）

種袋吊す場末の灯が黄色　植竹京子（H12・6）

雨鷽の来よ二十種の種袋　田中一枝（H12・6）

花種と乾酪（チーズ）と雨の日曜日　藤田湘子（H13・6）

選挙権行使花種もらひけり　舟木和子（H17・7）

種袋条件反射的に振る　細貝幸次郎（H21・6）

みづうみの照が土間まで種物屋　保高公子（H22・7）

種袋振れば羽ばたく音したり　山下桐子（H23・5）

挿してあり満開の図の種袋　島田星花（H24・8）

種選（たねえらび）

湖に引く波のなし種選　林喜久恵（S60・8）

種浸し（たねひたし）　籾浸け　種俵

籾浸けて指ばらばらな里おどり　布施伊夜子（S46・6）
遠目せる父に籾浸けどきの禽　布施伊夜子（S46・7）
行き過ぎて次第に昏し種俵　長峰　竹芳（S56・4）
種浸す一村の闇ゆるびなし　凌　由布（H3・6）

種蒔（たねまき）　種おろし

野に敷けるきちがひ雪や種下し　座光寺亭人（S40・7）
種蒔いて沼まで風に乗る農夫　鳥海むねき（S44・5）
種を蒔く鳥語自在の母なりき　野木　径草（S45・7）
木の洞を深覗きもす種蒔は　浜中すなみ（S58・4）
種蒔くや悔の数ほど石捨てて　菊地　志通（S59・7）
種蒔くや祭の花火西東　丸山　福子（S62・7）
種蒔いて死にさうな人忘れをり　諏訪ふじ江（H5・6）
種蒔の流れ作業の端にあり　小倉　豊子（H8・7）
丹田に唱ふ念仏や種おろす　糟谷さち子（H8・8）
阿夫利嶺に登りし自信種蒔けり　柿崎　洋子（H8・8）
種蒔の段取をつけ死者に侍す　市川　葉（H9・6）

種井（たなゐ）　種池

薄明の邑一族の種井噴く　佐々木碩夫（S41・6）
いち日を種池浚ふ手間返し　柳田　葆光（S59・6）

物種蒔く（ものだねまく）　花種蒔く

死後もはにかむ鳥へ白粉花を蒔く　山口　睦子（S47・9）
人参蒔くかくしどころのほのぼのと　増山　美島（S49・10）
朝顔を蒔くべきところ猫通る　藤田　湘子（S58・7）

子規のため鶏頭を蒔く今年かな　藤田　湘子（S60・6）
花の種字を書くやうに蒔きにけり　喜納とし子（H6・5）
憎みたく無し花種を蒔きにけり　堀内　佑子（H9・6）
花種をイーハトーブの風に蒔く　松尾　益代（H23・8）

苗床

苗床や会津に負けぬ裏の景　酒井　淳子（H16・7）

苗札

思はざる深さにはひり苗木札　福田　小枝（S61・5）
音沙汰の杳と苗札書いてをり　山岡とよ子（H1・4）
あきらかに掛け間違ひの苗木札　土屋　秀穂（H4・7）
苗札や猫に猫なで声もどる　志田　成（H11・6）

苗木市

手につきし口紅を見る苗木市　寺内　幸子（S51・5）
苗木買うとてつまらぬ道を通りけり　寺内　幸子（S55・4）
柿八年柿の苗木を買ひにけり　松重　侶水（H4・6）
苗木売ねむさうな子を連れてをり　市川　葉（H15・5）

芋植う

芋植うる後姿の仏かな　渡辺みや子（H16・7）

馬鈴薯植う

馬鈴薯植う白糠線の行詰まり　高田　政子（S58・6）
佐久平一歩に一個薯植ゑて　市川　葉（H1・7）

木の実植う

北極の融けゆく地球木の実植う　竹岡　江見（H19・6）

球根植う（きうこんう）

妻癒えん球根浅く植えにけり　景山　秀雄（S45・12）

苗木植う（なへぎう）

ふくべ苗植ゑてみる気になりにけり　堀尾　敏子（S57・9）

杉植うる青年雨をはじきけり　岡本　雅洸（H10・6）

桐植うる会津山師の末なれば　渡辺　柊子（H15・7）

剪定（せんてい）

剪定の切口の液不幸な家　荻田　恭三（S43・6）

接木（つぎき）

念のため接木に雨を願ひけり　増山　美島（S62・6）

乗馬部の顧問接木をしてゐたる　田代キミ子（H6・6）

長生をするが勝なり柿を接ぐ　小西　保男（H11・6）

挿木（さしき）

挿木済む山かげ親のずるきかな　石田よし宏（S46・7）

転職を考へもして挿木かな　角田　秀行（S61・6）

菊根分（きくねわけ）

閨の顔あとかたもなし菊根分　神尾　季羊（S56・8）

猫の子のぞろりと寄りぬ菊根分　大浜　和（H16・5）

慈姑掘る（くわゐほ）

慈姑掘り馬鹿正直な声を出す　たかはし千砂（S62・5）

若布刈る（わかめか）　若布干す

若布干す小藩なれど城下町　藤岡田鶴子（H22・7）

海苔搔き（のりか）　海苔干

海苔干場杭百本が波に瘦す　薬師寺白光（S43・2）

真直に通学路あり海苔干場　神戸　やす（S61・7）

牧開（まきびらき）

ゆく雲に高嶺はさとし牧開　土屋　未知（H11・8）

羊の毛刈る（ひつじのけかる）　山羊の毛刈る

山羊を刈る人の若さに近寄りぬ　田中かずみ（S54・6）

毛を刈らる羊見て風邪ひきにけり　原　高之（S57・6）

桑解く（くはとく）

何虐ぐ桑解きあるく山ふところ　磯部　実（S47・7）

桑解くや髪くろぐろと高麗乙女　福永　檀（H23・4）

霜くすべ（しもくすべ）

兎鳴く一夜二夜や霜くすべ　今野　福子（H3・7）

霜くすべ笛吹川に及びけり　関　宏子（H12・6）

桑摘（くはつみ）

乙女等の広東語桑摘みにけり　藤田かをり（H18・6）

蚕飼（こがひ）　蚕屋　捨蚕

内側のぬくみの彩の蚕屋障子　平松弥栄子（S47・9）

傘さして微動の捨蚕見てゐたり　芝崎芙美子（S53・8）

美人画をうやうやしくも蚕飼の家　生地みどり（S61・7）

巡礼の鈴通りゆく蚕飼かな　和田左千子（H4・8）

茶摘（ちやつみ）

朝日子にきのふまでなる茶摘籠　神尾　季羊（S55・8）

茶畑もゲートボールも寺領にて　高橋千恵子（H2・8）

むかうからこちらから摘み大茶垣　飯島　晴子（H3・8）

摘み頃の茶垣を撫でて通りけり　吉沼　等外（H4・8）

製茶(せいちゃ)　焙炉師

焙爐師におもわくの味うまれけり　田中白萩子（H1・8）

魞挿す(えりさす)

かはたれの父の国なり魞挿せる　峰　芙三子（S57・7）

鯛網(たいあみ)

くろがねの男の睡り鯛とれて　今井　雅城（S44・8）

磯竈(いそかまど)　磯焚火

磯竈海女四五十は朗らなり　長谷　静寛（H10・6）

磯焚火身を裏返しうらがへし　鶴岡　行馬（H22・5）

廃材の煙蘞(ゑ)辛(がら)し磯竈　小川　軽舟（H23・4）

磯開(いそびらき)

磯開大きな月の昇りけり　宮坂　静生（S59・9）

ヤソ寺の鐘が合図や磯開き　山野未知魚（S62・5）

磯菜摘(いそなつみ)

旅人が磯菜摘みをりこれはこれは　長谷川きよ志（S49・6）

磯菜摘日暮は何分にも速し　長谷川きよ志（S54・9）

海女(あま)

汽車行きてさて近景の鮑海女　岩瀬張治夫（S47・4）

海女潜くまへの生身が生火(なまび)欲る　飯島　晴子（H10・8）

磯遊び(いそあそび)

太腿を誇る少女と磯遊び　星野　石雀（S58・6）

鎌倉に住みし日貧し磯遊　植竹　京子（S59・6）

遠足(えんそく)

噴煙や遠足の子の青頭顱　古川　北星（S48・6）

遠足のどの子も叩く擬宝珠かな　吉沼　等外（S58・7）
遠足の列大佛へ大佛へ　藤田　湘子（S59・8）
遠足の子の散りたがる寄りたがる　後藤　睦美（S62・6）
遮莫（さもあらばあれ）遠足の列ふくらむ　小林　進（S63・6）
遠足の子に時国家あかずの間　岩永　佐保（S63・8）
遠足の降りて江の電よろめきぬ　和田左千子（H4・7）
遠足の空へ噴水調整す　市川　葉（H5・7）
遠足の子に金網を嚙む鸚鵡　角田　睦美（H6・6）
遅るる子待ちて遠足かど曲る　桝外　史（H20・8）
遠足の列つまりたる水田べり　飯島美智子（H21・8）

観潮（くわんてう）

観潮船コップは内側から乾く　四ッ谷　龍（S59・6）
観潮船ぎしぎしと椅子ぎしぎしと　鳥海むねき（H2・6）

踏青（たふせい）

青き踏む

大股に青きを踏みて小諸駅　小林　秀子（S54・6）
セスナ機の翼より降りて青き踏む　山田　幸夫（S56・7）
青き踏む殊にクローバ踏みにけり　土屋　秀穂（S62・7）
踏青の又もや菓子をくれる人　寺内　幸子（H1・6）
家事半端勤め半端や青き踏む　向井　節子（H5・7）
踏青や農鳥岳を手庇に　武居　愛（H5・8）
青き踏む借金の無きさびしさに　中山　玄彦（H9・6）
踏青や海の向ふに妻子ゐる　森永　一声（H12・5）
信濃にて信濃の訛青き踏む　山岸　文明（H16・6）
若返るならば十年青き踏む　向井　節子（H17・7）

野遊（のあそび）

踏青や何に怒りし岩の割れ　和田 節子（H19・6）

野遊びの如く井戸掘る他人かな　増山 美島（S45・5）

石積むは野遊びに似て匿す遺書　佐々木碩夫（S46・5）

野遊びの古簪を言祝がむ　景山 秀雄（S52・6）

野遊びの銀箔むけば雲が出て　野木 径草（S55・7）

野遊びの果のたくあんよく噛んで　青野 敦子（S57・8）

野遊びの近よりて草密ならず　山田 陽子（S60・6）

野遊や老虚子の杖思ひつつ　蓬田 節子（H3・6）

我去れば電柱も野に遊ぶらん　藤田 湘子（H9・4）

摘草（つみくさ）

草摘みの籠のなかから時報かな　藤田まさ子（S61・5）

摘草の刃ものきらりと妊れる　生地みどり（H5・9）

蕨狩（わらびがり）

出不精の蕨採りには行く気らし　小倉美枝子（S59・9）

老ながら越後湯沢へ蕨狩　川崎 福子（H13・8）

梅見（うめみ）

遠山に男とむらふ梅見かな　永井 京子（S45・4）

吊鐘を小突き梅見の二三人　市川 葉（H1・5）

花見（はなみ）

二人にて草を摘むとも花見とも　山下 半夏（S58・7）

川の底見え花見にはまだ早し　寺沢てるみ（S60・7）

お花見の玉子焼なら任されよ　唐木 和枝（H4・7）

神赦し給ふ域まで花見人　飯坂 藤枝（H13・6）

花見弁当大同にして小異あり　石川　黛人（H14・6）

存へて白寿の花見しようとは　井上　頼男（H18・7）

花筵（はなむしろ）

天守より見えて夕べの花筵　塩見　ゆふ（S63・7）

花筵猪のぬた場をまのあたり　堺昭　治（H18・7）

赤ん坊の手足ねむりぬ花筵　高城　紊子（H24・7）

夜桜（よざくら）

夜桜へ肥りはじめし妻佳からむ　増山　美島（S45・6）

夜桜や妙に片付く家の中　青野　敦子（S54・6）

まぼろしの殺陣師段平夜のさくら　石野　梢（S59・7）

夜桜に寄せオートバイまだ熱し　奥坂　まや（H5・7）

夜桜や罹災やつれの篝守　山本　良明（H7・6）

夜桜を過ぎて全身重くなる　津高　房子（H10・6）

夜ざくらのどの幹に母隠れしや　小浜杜子男（H11・7）

もの狂ひして能果てぬ夜の桜　村尾古都子（H14・6）

夜桜や風孕みたる能衣裳　志田　千恵（H20・7）

夜桜や連れの女がこんと鳴く　中村　哲明（H24・6）

花篝（はなかがり）

少年にジゴロの素質花篝　竹岡　一郎（H13・7）

花守（はなもり）　桜守

あぶな絵を蒐めはじめし桜守　今岡　直孝（S55・5）

花守のさても鰯のにほひかな　いさ　桜子（S62・7）

一睡の後のししむら桜守　三木　聆古（S63・7）

花守を事なくつとめ逝きたまふ　安藤　逸人（H3・7）

花守に花終りたる月夜かな　竹岡　江見（H4・9）
花守にマドロス時代ありしとか　田代キミ子（H5・7）
花守の二級障害者手帳　阪東　英政（H8・6）
花守曰く済州島に墓ありと　竹岡　一郎（H20・7）

花疲（はなづかれ）

夕雲の芯の黒さや花疲れ　阪東　英政（S39・7）
親子してうち萎るるは花疲れ　野木　徑草（S56・7）
花疲宿の畳に湯呑置く　吉田　稔（H24・8）

春スキー（はるスキー）

春スキー少女に兎とび出せり　新田　裕子（H17・10）

ボートレース

ゴール後の敗艇ついに先艇抜く　鳥海　正樹（S57・9）

猟期終る（れふきをはる）　猟名残

猟期果つ一重瞼の父と子に　鈴木しげ子（H3・5）
猟期終ふ塩一ふりの小豆粥　植竹　京子（H5・5）
食膳のものみな旨し猟期果つ　池田　萌（H5・6）
岩壁をあまねく見たり猟名残　望月　侑子（H5・6）
川に岩溺れさうなり猟期終ふ　細谷ふみを（H7・6）
山の神鎮めの砲や猟期果つ　佐藤　守（H14・5）
猟期終ふ猪の群通りけり　髙倉　展行（H14・5）
一献に済ます鎮魂猟期果つ　佐藤　守（H15・5）

貝合（かひあはせ）

おほかたは紫雲たなびき貝合せ　武井　成野（H1・8）

凧（たこ）

凧に絵を描く晩年の膝たゝみ　鈴木　青泉（S46・3）
糸切れし凧に鳥語や凧太郎　倉科　溪水（S50・3）
落ち凧の糸を跨げり都府楼趾　山本　素彦（S58・5）
凧抱いて道を塞ぎぬ石見の子　小林　青揚（S59・5）
錐揉みとなりし絵凧の写楽かな　丸山マサ江（S61・5）
校庭に山かぶさりぬ凧　松崎　重野（H5・4）
歯が痛し高圧線に奴凧　西垣　崇子（H8・4）
大凧の墨痕淋漓たるを揚ぐ　山地春眠子（H18・7）

風船（ふうせん）　紙風船

気負ふ俺に風船赤いだけの街　服部　圭伺（S41・5）
唖少女風船にあやつられて行く　池田　幸夫（S44・6）
赤い風船われに放埒の危機なかりし　吉田　裕（S44・10）
風船の割れぬ間に父逝きにけり　細谷ふみを（S45・9）
隻腕の風船売よ望郷よ　大庭　紫逢（S55・7）
風船の糸の長さの自由かな　鴻巣　京子（S57・6）
さびしからずや風船の糸襷　岡本　雅洸（S61・6）
風船と行進曲の中にゐる　望月公美子（H2・8）
大都会風船ひとつ流れける　須藤　妙子（H3・7）
風船の空気風船色なりし　喜納とし子（H6・7）
紙風船紙の音してふくらめり　小此木竹子（H11・4）
いたしかたなく風船の萎れけり　奥坂　まや（H13・7）
ぺしやんこの紙風船の時間かな　藤田　湘子（H15・6）
隻腕の風船売も老いにけり　中山　秀子（H15・7）

風船の行手読めざり数学者　山田　喜美（H17・8）
風船の割れて祝辞の型通　斉藤　理枝（H18・6）
ああ望郷風船売の縞のシヤツ　土居ノ内ひろ（H18・8）
風船のちやほやされて割れにけり　三代寿美代（H21・5）
島のバス風船の子を拾ひけり　川出　泰子（H22・7）
風船をふくらます胸ふくらまし　牧野　静香（H23・5）
栄転の如く風船海へ出づ　加藤　静夫（H23・8）
紐持てば我にも懐きゴム風船　加納　洋子（H24・6）

風車（かざぐるま）

子に恋人風車店風の中　高橋　順子（S43・9）
海峡に渦の刻くる風車　高橋　順子（S44・5）
かざぐるまどんどんきほうてかな　田原　紀幸（S51・5）
野の男つどひくるなり風車　須藤　妙子（S54・6）
山よりも早く雨降る風車　飯田　直子（S55・6）

石鹸玉（しやぼんだま）

石鹸玉流れて鶏の遠歩き　早乙女房吉（S48・8）
てのひらに光もどらずしやぼん玉　京谷　圭仙（S57・6）
しやぼん玉山手線の映り過ぐ　藤田　湘子（S59・5）
干蛸のあたりで消えししやぼん玉　谷　ひろ子（S59・9）
石鹸玉尼僧慕ひて毀れけり　駒形　定夫（S61・7）
しやぼん玉飛んで猫の眼金色に　鈴木　重美（H1・5）
しやぼん玉散つて天北平野かな　木村　照子（H1・7）
しやぼん玉ものおもはねば七色に　笙　美智子（H1・7）
石鹸玉出てくる昼の酒場の戸　後藤　義一（H3・7）

さよならの代りの石鹼玉ならむ　仲出川廣明（H15・6）
横丁の多き大阪しゃぼん玉　澤田　苑子（H15・7）
人の死の通り過ぎたりしゃぼん玉　佐竹　三佳（H19・5）
ゆふぐれの雲の色なりしゃぼん玉　辻内　京子（H19・6）
しゃぼん玉鏡の国を出できたり　矢口　晃（H20・4）
しゃぼんだま畳の部屋を通りけり　杉谷　たえ（H20・4）
もう一度巴里歩きたししゃぼん玉　澤田　苑子（H20・6）
しゃぼん玉音なき方へ流れけり　市川　恵子（H20・9）
しゃぼん玉神父の肩を越えにけり　小浜杜子男（H21・5）
石鹼玉汚れる前にはじけたり　長岡　美帆（H23・7）
隆明逝くしゃぼん玉でも吹くしかないか　内海　紀章（H24・6）
空つぽの心が吹きししゃぼん玉　田中　恵（H24・7）

鶯笛（うぐひすぶえ）

放りある鶯笛に艶の出て　鈴木　響子（S61・5）
二階より笛のうぐひす聞えけり　田中ただし（S63・3）
鶯笛竹のにほひの鮮らけく　市川　葉（H8・6）

ぶらんこ　鞦韆　ふらここ

ブランコの綱を真直にみる太陽　千葉　久子（S42・6）
ぶらんこの風に溺るる喪の帰り　小林　進（S44・6）
横浜や無人のぶらんこを愛す　永島　靖子（S53・4）
シヤガールの馬ブランコを宙へ漕ぐ　宮脇　真彦（S55・4）
ぶらんこの鎖のながき夜も去れり　小浜杜子男（S55・8）
ぶらんこの鎖の太し職を辞す　藤谷　緑水（S56・6）
家を捨てよとぶらんこの下りをり　細谷ふみを（S61・6）

鞦韆の吊綱太きロシア劇　後藤幸次郎　(S61·6)

ブランコが二つ水たまりが一つ　細谷ふみを　(S62·6)

ふらここの止まり一日古りにけり　冨本のりお　(H2·5)

ふらここを揺り夢のいろ思ひ出す　福間　徹　(H3·5)

ふらここに水掛論をしてをりぬ　佐々木安方　(H3·7)

ずぶ濡れのぶらんこ彼はレイテに死す　寺内幸子　(H4·10)

ふらここやこころ欅の空にあり　木村房子　(H6·5)

ぶらんこの右下りなり凶々し　牛久保　經　(H8·6)

加速してゆくふらここもさみしさも　斉木広美　(H10·5)

ぶらんこは苦手愛など奪えない　斎藤陽子　(H11·4)

回想の中ふらここはいつも夜　坂田はま子　(H11·6)

ふらここにもうひとりゐる月夜なり　佐々木幸子　(H11·7)

ぶらんこに志村喬のやうにゐる　喜納とし子　(H12·7)

ひとりつこ鞦韆好きと思ひたし　大内みちくさ　(H12·7)

ふらここを下りて少女の翼消ゆ　珍田龍哉　(H14·7)

ちんぎんといふ死語ぶらんこに坐る　小川軽舟　(H15·5)

鞦韆に奪ふ恋などして癒えむ　池田暘子　(H16·5)

ぶらんこの空近づきてあふれたる　川口藍々　(H16·6)

ふらここは静止僕らはもうゐない　光部美千代　(H17·5/6)

ふらここの軌跡が白しけふ暮るる　窪田ちか　(H17·5/6)

ふらここや耳とほき日は遠く見る　宮内正江　(H17·8)

珍田龍哉ふらんど漕げば押しくるる　岩永佐保　(H20·4)

ふらここや嫁に転勤話あり　保月武司　(H21·6)

ぶらんこの鎖切れたるごとき夢　小浜杜子男　(H22·5)

春の風邪

状差しに青塗りの山春の風邪　増山　美島（S45・4）

どんよりとまんばうのゐる春の風邪　奥坂　まや（H2・6）

竹藪に吸込まれさう春の風邪　御前　保子（H8・5）

花粉症

花粉症にて鎌倉の駅につく　稲澤　雷峯（H4・6）

瓶詰のピクルスわたし花粉症　生地みどり（H19・7）

種痘

種痘して鏡から出る夜のひかり　藤田　湘子（S44・6）

朝寝

朝寝つづく壺のくびれもあからみて　星野　石雀（S51・7）

朝寝よし水音も豊の泊瀬宿　中野　柿園（S63・7）

朝寝して耳が大きくなりにけり　喜納とし子（H11・7）

朝寝してさすらひ神に憑かれけり　奥坂　まや（H15・7）

濡れしもの乾かすやうに朝寝かな　中川　倫子（H19・7）

薄倖の朝寝の顔や不意に笑む　竹岡　一郎（H23・5）

なにもかも承知の助の朝寝かな　佐藤　中也（H25・6）

春眠

春眠の覚めぎわ何を追いて来し　阪東　英政（S46・5）

春眠のどこかで鷺と出会ひけり　岡　建五（S50・6）

春の夢

ジャムの倉庫の爆発春の夢のなか　田口　訝（S48・10）

喀きし血にまみれてゐたり春の夢　小浜杜子男（H2・5）

うつぶせの春の夢から醒めにけり　細谷ふみを（H3・6）

深海に鍵得てもどる春の夢　大石香代子（H3・6）
花札の散らばつてゐる春の夢　小浜杜子男（H6・6）
魚ほどつめたく老いむ春のゆめ　伊沢　恵（H11・5）
春の夢醒めて殺気の失せにけり　藤原めい子（H13・7）
奪衣婆を打ちのめしたる春の夢　後藤　虹児（H15・4）

春愁（しゅんしゅう）　春怨

春愁や起居句はずなりし妻　薬師寺白光（S44・5）
孔雀よりはじまる春の愁かな　藤田　湘子（S50・3）
春愁の紙魚の走るを見終りぬ　田中かずみ（S50・6）
絵草紙の春怨の眼をながく見て　田中ただし（S51・5）
ドラム缶詩派ともなれず春愁　北川　正年（S56・5）
春愁や船の切符の大きかり　後藤　隆介（S56・7）
いささかの春のうれひのすずめかな　杉山　幸子（S57・5）
春愁のほどにもやしの根の伸びも　山本　良明（S57・6）
まんばうのひれのごとくに春愁　豊島　満子（S59・6）
春愁やつるつるの木と棕梠の木と　後藤　綾子（S62・5）
油槽貨車黒蜿蜒と春愁　内藤とし子（S63・6）
三分間写真のわれの春愁　川野　蓼艸（H2・8）
猫の声まねて春愁はばからず　服部　圭伺（H3・7）
たまごみなたまご形なり春愁　藤田まさ子（H4・7）
はるうれひたこのまくらのうらおもて　松田　瑞江（H7・5）
水中の鴨の足見ゆ春愁　前田　寿子（H9・5）
春愁といふといへども舞稽古　神寄　総子（H9・7）
呼ばれしが春のうれひの終りなり　村井　古泉（H9・8）

春愁の気泡となりて青空へ　伊沢　惠（H10・5）
竹を着て竹人形や春愁　森山いほこ（H11・6）
春愁や古トランクの頭文字　矢野　明子（H11・6）
トルソーに布掛けてあり春愁　橘田　麻衣（H15・6）
捩切つてある針金や春愁　志田　千惠（H17・7）
止まり木の春愁の人瞬かず　珍田　龍哉（H18・6）
春愁と逢魔が時の白猫と　今野　福子（H18・8）
吊革に春愁の手がまたひとつ　金子富士夫（H25・6）

入学試験（にふがくしけん）　受験　合格

父とゆく受験後の髪容（かたち）など　戸塚時不知（S48・7）
受験生高きけむりと語りゐる　瓦　京一（S51・3）
まじまじと赤子を見たる受験生　池田　暘子（S59・5）
跡取りが管打楽器科を受験せり　山下　文生（S60・6）
受験期や校庭の雪無疵なる　熊谷美智子（S62・5）
ひたぶるに北国恋うて合格す　望月　秀子（H3・6）
神の眼の届くところへ受験絵馬　赤松　一鶯（H9・5）
受験生一輪挿を眺めゐる　星のぶあき（H16・5）
仏壇を拝んで行きし受験の子　稲田登美子（H25・5）

大試験（だいしけん）

ブレーキを確かむ列車大試験　藤原　美峰（S46・5）
姿見に少女入りたる大試験　吉沢　利枝（S53・3）
吹いてゐるごはんの白さ試験果つ　いさ　桜子（S60・5）
試験期や雨降つて減る土の嵩　大住　艶子（S63・6）

落第（らくだい）

鯛焼の尾にまであんこ落第す　永井　一見（S44・5）
火口湖に蛭泳ぐ夢落第す　永井　一見（S48・6）
落第の裸身をつつむタオルかな　田中かずみ（S58・5）
落第の子と七キロの老猫と　村上　妙子（H1・5）
猫の耳吹いてゐるなり落第子　市川　葉（H7・5）

卒業（そつげふ）

一本の葦が百本卒業歌　金田　眸花（S44・5）
卒業や薬指より血が流れ　寺澤　一雄（S56・4）
卒業期塩も砂糖も壺にあり　脇本　星浪（S58・3）
啄木をあまり好まず卒業す　寺内　幸子（S58・6）
卒業の吾子の矢絣飛ぶごとく　藤田　湘子（S59・6）
配られて卒業式の校歌の詞　小黒　和子（S62・4）
揃ひ立つ八本の櫂卒業期　鈴木　茂實（S62・5）
卒業の木曾を出てゆく子なりけり　手塚深志城（S62・6）
馬場に馬学習院を卒業す　穴澤　篤子（S62・6）
卒業歌高音部にて声揃ふ　村尾古都子（S62・7）
卒業や畦の十字の食ひ違ひ　鈴木　茂實（S63・5）
卒業後蛇口の数を思ひける　寺内　幸子（H1・5）
卒業の日もこの風に吹かれしよ　黒澤　昭子（H2・5）
夕ぐれや馬小屋にゐる卒業子　新田　裕子（H3・6）
鞍馬の子樹の根を跳びて卒業す　照井　艶子（H6・7）
頭上過ぐ一羽の速さ卒業す　岩谷　京子（H7・6）
茅山の中の日だまり卒業期　木村　勝作（H8・4）

停学を食ひし沙弥なり卒業す　大野　佳子（H8・6）

海女の子もサーファーの子も卒業す　春木　燿子（H9・5）

いくたびも巨船見し坂卒業す　中本美代子（H10・5）

オートバイ分解途中卒業す　佐藤　祥子（H10・6）

音響に全身任せ卒業子　天地わたる（H11・5）

人の輪の解けて渋谷や卒業期　星野　庄介（H11・6）

煙突を風逆流す卒業期　渡辺みや子（H12・6）

花籠を積みて渡舟や卒業期　山脇　洋子（H13・6）

卒業やコントラバスの弦を張る　野上　寛子（H13・6）

手慰みあらかた覚え卒業す　山地春眠子（H15・7）

羽音みな海へ出てゆく卒業歌　高橋　正弘（H18・7）

春休（はるやすみ）

少年の灯が竹照らす春休み　脇本　星浪（S54・6）

鯉の血の鮮烈にして春休み　神尾　季羊（S61・7）

進級（しんきふ）　新学期

杣の子に蓼の追風新学期　金子　潮（S40・11）

犬のせて舟とはりたる新学期　飯島美智子（H8・5）

はうれん草わつと束解く新学期　島田みづ代（H12・7）

入学（にふがく）

入学の帽子特々大の子よ　飯島　晴子（S63・5）

入学の村営バスの着きにけり　戸塚時不知（H3・6）

サッカーのための肢なり入学す　光部美千代（H5・6）

訛なきみちのくの子の入学す　上野　方氷（H5・6）

草に虫第二志望に入学す　松野　苑子（H12・8）

長女百七十センチ入学す　土屋　未知（H13・6）

新社員（しんしやゐん）　入社式

異動期のはつきり入る男櫛　小林　進（S45・7）

東京の線路ぴかぴか入社式　富樫　均（S60・6）

新社員サンドイッチの耳かわく　蓬田　節子（H1・5）

新社員寮母の犬に嗅がれをり　相澤　裕子（H6・7）

消火器を運び新入社員たり　山地春眠子（H11・7）

ストローの向かうへ折れて新社員　井上　宰子（H12・6）

新社員なりコンパスを油研（あぶらとぎ）　山地春眠子（H17・7）

抽斗に鍵ひとつあり新社員　窪田　ちか（H18・5）

春闘（しゆんとう）

潮流のおと春闘の終りけり　多田　和弘（H4・7）

春闘のなき兎箱干しにけり　布施伊夜子（H9・7）

春闘や丁寧にとるもやしの根　井田　栄子（H22・7）

行事

昭和の日　天皇誕生日

引き揚げ来て老いぬ天皇誕生日　石野　梢　(S58・6)
にはたづみごとの青空昭和の日　小浜杜子男　(H19・7)
パチンコに勝ちて昭和の日なりけり　大岩しのぶ　(H19・8)
夫も吾も昭和一桁昭和の日　山崎八津子　(H20・8)
手を腰に牛乳飲めり昭和の日　赤井　正子　(H21・7)
太陽を描くクレヨン昭和の日　折勝　家鴨　(H21・8)
昭和の子老いて昭和の日なりけり　山口　睦子　(H23・7)
書割の空の青さや昭和の日　福永　青水　(H23・7)
饅頭の経木の香り昭和の日　小野　冷　(H23・8)

みどりの日

家計簿に猫の出費や緑の日　大塩理恵子　(H12・8)

絵踏　踏絵

胎の子のゆゑに絵踏の肩さがり　山本　良明　(S52・4)
解さと疼き踏絵を見てよりぞ　窪寺寿美枝　(S61・7)
狐目の哭いては居らぬ踏絵かな　山野未知魚　(H1・4)
己が胸抱きて絵踏こばみしか　志賀佳世子　(H11・4)
絵踏して子孫ぞろぞろ残しけり　荒木ひでこ　(H17・7)

沖縄デー（おきなはでー）

がんばよ沖縄デーに帰らぬ子よ　正木　千冬　(S44・6)

沖縄デーへ溢るる小溝揺るる麦　大森　澄夫　(S46・8)

初午（はつうま）

午祭　一の午　稲荷講

燃え埃つけて婆ゆく午祭　長倉久仁三　(S47・4)

初午は昨日にて温泉へ誘ひあふ　神尾　季羊　(S49・4)

初午や藁苞の肚見えてをり　小林　愛子　(S52・4)

うまずめに初午だんご腐（ねぐさ）らず　住　素蛾　(S55・5)

一の午二の午山の荒びけり　鈴木　萩月　(S57・5)

初午やげに田舎山向ひ合ふ　増山　美島　(S62・5)

初午や川上の森ひとつ減り　星野　悠伽　(H5・5)

初午や銀座はづれの金春湯　八木　峰子　(H6・7)

初午やあくまで黒き陀羅尼助　八木　峰子　(H7・6)

初午や近々閉づるわが医院　隈崎　ろ仙　(H13・4)

稲荷講火を消す穴を掘りにけり　萩原　友邦　(H14・4)

面売の顔の平凡午祭　細谷ふみを　(H21・6)

二月礼者（にぐわつれいじや）

頤のさみしき二月礼者かな　牛久保　経　(H2・5)

蛙女房娶りし二月礼者かな　田中みづき　(H25・6)

二日灸（ふつかきう）

遠鳴りに川鳴る母の二日灸　鈴木きひえ　(S55・6)

横顔の子規より知らず二日灸　浅井たき子　(S56・4)

二日灸浮気の虫も焦げようぞ　星野　石雀　(H1・6)

針供養（はりくやう）　針祭

ひややかに沈みゆく針祭りけり　川本柳城（S44・4）

一灯の及ぶは闇か針供養　坂口可子（S53・5）

びびびびと水のうごくや針供養　乾　桃子（S53・6）

すが漏りの音の止みたる針供養　戸塚時不知（S61・6）

針供養沙弥を名指しの案内あり　長谷静寛（H1・5）

針供養白い手首が百あまり　木村照子（H5・7）

男等は止まり木供養針まつり　岡本　平（H8・5）

揃ふまで日向にをりぬ針供養　布施伊夜子（H14・4）

桃の節句（もものせつく）　桃の日

乗つてすぐ坐れて桃の日なりけり　加藤静夫（H15・5）

雛市（ひないち）

雛市の雛の見てゐる聞いてゐる　鶴屋洋子（H23・5）

雛祭（ひなまつり）　雛　雛の間

紙雛に燭ほそくおき睡るなり　桜岡素子（S40・4）

雛飾りし真上の部屋にひとり寝る　観音寺尚二（S44・5）

雛の夜を過ごす折々燐寸燃し　柏木冬魚（S44・5）

雛の夜の気懶さを抜け鳥の少年　吉田　裕（S44・5）

草むらの雨あらそはず雛祭　瓦　京一（S50・4）

まほろしの男雛を焼きしゆびの冷え　仁藤さくら（S52・5）

身のうちにくれないの階雛飾る　辻　桃子（S57・5）

云ふなかれ雛傷つきし日のことを　武田彦四郎（S57・7）

指組めばほとけや雛の間が見えて　田中ただし（S58・6）

紙雛を作る薄刃のそれにけり　篠宮伸子（S59・5）

折り方を変へて男雛と女雛かな　竹本　賀千（S59・5）
雛の灯の消され次の間灯りけり　大島　政江（S59・5）
わが雛嫁の雛より眉目よろし　牛久保　経（S59・5）
夕月や雛の軽さが掌に残り　大野　稜子（S59・5）
日矢入りて雛壇幽くなりにけり　五月愁太郎（S59・6）
蔵ふかく飾らぬ雛のありにけり　橋本さゆり（S61・6）
雛の歯の尖りてをりし宵のこと　飯島　晴子（S62・5）
雛壇のほか洋風の暮しぶり　谷　ひろ子（S62・6）
点け忘れ消し忘れして雛の灯　土屋　秀穂（S63・5）
わが雛いまも火中を流れをり　三木　聆古（S63・5）
紙雛まさかの時を仆れけり　藤田　湘子（S63・5）
虚空より風のかすかや雛祭　有澤　榠樝（S63・6）
箱出でし雛に蔵王颪かな　塩川　秀子（S63・6）
涎姫這ひまはりをり雛まつり　朝稲ゆき子（H1・5）
雛の日や日本の地図の開きぐせ　ホワイトさつき（H1・6）
笛失せし雛が永遠の指づかひ　武居　愛（H2・5）
古雛の唇と笛とのあはひかな　奥坂　まや（H3・6）
雛出してふたりの記憶くひちがふ　池辺みな子（H4・5）
わが雛写楽に似たる目鼻立ち　青木　廣子（H7・6）
とこしへに一重瞼や雛とわれ　庄司きみよ（H8・6）
端座して雛の吐息聞くとせむ　飯島　晴子（H11・5）
一睡のゆめや聞えて雛の笛　古川　明美（H13・5）
過去よりも短き未来雛飾る　岡田　靖子（H13・5）
性のこと問ひつつ雛飾りけり　穂曽谷　洋（H13・5）

古雛のまへ囚人(めしうど)のごとく坐す　奥坂　まや　（H14・5）
だいじにす雛飾る手もの書く手　井上すず子　（H14・5）
死ぬ人にテレビの上の立雛　石川　陽子　（H14・6）
雛の前去年と同じものを食ふ　志賀佳世子　（H15・6）
銃磨く明りのなかの吉野雛　末﨑　史　（H16・5）
正坐して雛の反古に埋もれけり　中野田鶴子　（H16・6）
夜つぴとい藪の騒げる雛かな　古川　明美　（H18・6）
今の灯のまぶしからずや享保雛　奥野　昌子　（H21・4）
皺の手に幼子診たり雛の日　竹岡　江見　（H22・6）
男より女長生き雛飾る　幸田喜代子　（H23・5）
雲廊(うんろう)の尽くる一間に雛の宴　竹岡　一郎　（H25・5）
何するとしもなく更けぬ雛の前　小川　和恵　（H25・5）

雛納め(ひなおさめ)

父のこと悪しく言はれて雛納む　住　斗南子　（S59・6）
納雛閾に一寸置かれけり　藤田　湘子　（S59・6）
雛納夕富士雲を払ひけり　滝本　久雄　（H19・5）

雛流し(ひなながし)　雛送り　流し雛

雨の雛送りし指の濡れにけり　武田　重子　（S44・5）
雛流す思慕も平になりにけり　熊中ひろ子　（S59・6）
青淵を幽かにもどる男の雛は　飯島　晴子　（S61・5）
女の雛をのせる荒瀬をえらみけり　飯島　晴子　（S61・5）
流し雛西に見上ぐる山あらず　国見　敏子　（S61・6）
流し雛かんむり髪をはなれじと　竹貫せき女　（S62・7）
流し雛うつつごころの伏目とも　谷　ひろ子　（H13・7）

かがよひて嶺見えがたし雛流　島田　星花（H14・6）

狂ふこと知らざる雛流しけり　荒木かず枝（H15・6）

闘牛（とうぎゅう）

牛合せ

勝牛の蠅ひきつれて帰りけり　亀田　蒼石（H13・9）

上皇の無念の島や牛合せ　澤田　佳久（H16・8/9）

鶏合（とりあはせ）

負鶏　勝鶏　闘鶏　賭鶏

負鶏を手前勝手につぶしけり　安達　徹淳（S46・5）

水黒し軍鶏の眼に血のにじみ出て　灘　稲夫（S50・4）

他所者の踝光る鶏合　大庭　紫逢（S52・7）

棒持つて吹かれゐる子よ鶏合せ　菅原　闌也（S59・3）

黄金（きん）耳輪して鶏合見てゐたり　山地春眠子（S59・6）

負軍鶏の焚火の端をつつきけり　小澤　實（H1・5）

負軍鶏をがつしと抱へ雑木山　塩川　秀子（H1・7）

円陣の一角割れし鶏合　斎藤　夏野（H3・10）

勝鶏や小豆はすでに茹でてある　大庭　紫逢（H4・7）

すき腹を騙す煙草や鶏合　伊藤　隄（H5・4）

集ひゐるやうに囲みて鶏合　友永　幹子（H5・9）

闘鶏師奉納石に坐りけり　吉田舟一郎（H7・6）

賭鶏の地に繚乱と仆れたり　高野　途上（H8・7）

島なれど隠岐は一国鶏合　和泉　研治（H9・5）

鶏合胸の十字架（クルス）に言訳す　山口　茂（H9・5）

闘鶏や村長ひよつと顔繋　伊藤　隄（H12・6）

雁風呂（がんぶろ）

雁風呂に全身の毛の泡もてり　三上　良三（H2・7）

雁風呂の底ざらつける十三の宿　市野川　隆（H5・4）

伊勢参り　抜参

抜参り鯰にすこしおくれたり　山口　寥（S58・6）

花に酔ひ月に酔ひつつ抜参　奥坂　まや（H24・5）

義士祭

屈背もて香配り了ふ義士まつり　高野　途上（S44・2）

四月馬鹿　万愚節　四月一日

万愚節長病みの身の帯剰す　阿部　郁子（S47・6）

万愚節道化の恋の道化かな　池田　実（S49・6）

四月馬鹿巣箱に丸き穴ひとつ　小浜杜子男（S56・5）

四月馬鹿狐の檻に狐ゐて　一柳　吐峰（S59・6）

ロボットに仕事を譲り万愚節　浜田　夢安（S59・7）

四月一日ゲーテの国の掛時計　松野　苑子（H2・7）

口嘗めて三鬼を語る万愚節　星野　石雀（H3・6）

産毛なほわが顔にあり万愚節　景山　秀雄（H3・6）

パンドラの函買ひにゆく万愚節　土居ノ内寛子（H3・7）

四月一日つぶさに読んで死亡欄　星野　庄介（H10・7）

万愚節花粉鱗粉べたべたす　光部美千代（H15・7）

着尽くさぬ衣服の数や万愚節　藤田　湘子（H17・4）

ママのアミが俳人なんて四月馬鹿　星野　石雀（H21・7）

メーデー

日射すキヤベツとなつてメーデーより帰る　服部　圭伺（S43・5）

メーデーの列断ちきつて乳母車　椰子　次郎（S49・7）

本閉じて起つ老教師メーデー歌　三上　良三（S58・7）

二度の職得てメーデーの列にゐる　森泉　双輪（H1・7）

メーデーやわれにかかげる旗のなし　高橋　正子（H3・8）

メーデー歌蹄鉄一個死蔵せり　藤田　湘子（H8・6）

メーデー歌野菜に土のかをりなし　伊沢　惠（H9・7）

業者来てメーデーの旗束ねけり　江島　則子（H14・7）

メーデーや木綿靴下打（ダース）買　吉村　東甫（H16・7）

メーデー歌鼠を水に沈めけり　鶴岡　行馬（H17・8）

メーデーや働く母に育てられ　矢野しげ子（H20・7）

黄金週間（わうごんしうかん）

ゴールデンウィーク

ゴールデンウイーク家賃を払ひけり　東　鵠鳴（H18・8）

春場所（はるばしよ）

大味の豆腐よ荒るる春場所よ　小林　秀子（S56・6）

都踊（みやこをどり）

無地を着て都踊の師範かな　谷　ひろ子（H13・6）

春祭（はるまつり）

春祭帽子に草の匂ひして　瓦　京一（S47・5）

はりがねの柵の行先春まつり　石田よし宏（S49・7）

春祭鴉も鳶も山寄りに　藤田　湘子（S50・5）

工場から土手のはじまる春祭　大島　邦子（S55・7）

山国の橋脚朱き春まつり　坂田はま子（S57・6）

香具師の子が川を見てをり春祭　古川　明美（H4・8）

春祭いつたん家にもどりけり　加藤　静夫（H5・4）

近々と山濡れてをり春祭　鈴木　紀美（H5・8）

春祭往きはまつすぐ行きにけり　山本　雅子（H9・8）

桐植ゑて会津に遅き春祭　佐藤たつを（H11・5）

ぱふぱふのひよこころがす春祭　青木くみこ（H12・5）

白山を指さすわらべ春祭　岡崎　長良（H12・6）

谷底へ突込む鳶や春祭　向井　節子（H16・6）

山羊の仔に角の気配や春祭　木山　弘子（H16・7）

伏流水ごんごん湧くや春祭　村上　幸子（H21・5）

夕空は宇宙の麓春祭　小川　軽舟（H24・6）

ハム赤きマカロニサラダ春祭　黒澤あき緒（H25・6）

北野菜種御供（きたのなたねごく）　菜種御供

菜種御供きしむ電車を堪能す　御前　保子（H15・5）

若狭のお水送り（わかさのおみづおくり）　お水送り

水送りすみし若狭の松の幹　北脇　泊船（H5・6）

安良居祭（やすらゐまつり）

夜須（やす）礼（らい）や懐妊ゆゑの薬断ち　山本　良明（H10・6）

鎮花祭（はなしづめまつり）

花しづめまつりの朝の足白し　細谷ふみを（S55・7）

奉る真処女（をとめ）四人花鎮　中野　柿園（S62・7）

靖国祭（やすくにまつり）

靖国祭喜寿の報告父にせり　佐藤　守（H21・7）

涅槃会（ねはんゑ）　涅槃　寝釈迦

涅槃会の杖で描きたる輪の中に　細谷ふみを（S49・4）

涅槃図に肉食の唇近づけし　佐宗　欣二（S50・2）

涅槃図の前にむだなき呼吸かな　早乙女房吉（S53・7）

松喰はれたる涅槃図の寺なりし　金田　眸花（S54・7）

涅槃会の沼わたりゆく酢の匂ひ　高橋　正弘（S54・9）
涅槃図を三日飾りて日向くさし　早乙女房吉（S55・5）
涅槃図のみみづく釈迦の方を見ず　望月　秀子（S60・5）
涅槃図の人ことごとく大頭　藤田　湘子（S60・5）
ゆるやかに微塵を放つ涅槃像　松野　苑子（S60・6）
涅槃図に余る明るさ入れ給ふな　山村　博（H1・6）
涅槃図につどう涅槃図さながらに　小林　進（H2・5）
この橋を行くは大方涅槃会へ　山下　半夏（H3・5）
涅槃像腐臭かすかにありにけり　三輪　立（H3・6）
おん顔にをとこの疲れ涅槃像　蓬田　節子（H5・5）
鼠取仕掛けて涅槃寺詣　今井八重子（H8・6）
足裏の荒削りにて涅槃像　塚原　白里（H9・5）
涅槃図の裏も覗きぬ念のため　鈴木　敏子（H9・5）
涅槃図に五六人火鉢にも五六人　山下　半夏（H9・5）
涅槃図に裏山の日の高きころ　小浜杜子男（H9・6）
涅槃図の嘆きの口のひとつひとつ　松野　苑子（H9・7）
人憂しと寝釈迦の睡りとこしなへ　岩永　佐保（H12・5）
涅槃寺までは町並保存地区　中野　さち（H12・7）
涅槃図の裏より床の軋む音　中野　さち（H15・6）
濤立つは海のうはつら涅槃像　光部美千代（H16・7）
涅槃像膝わづかづつ詰めにけり　花岡　孝子（H17・5/6）
消火器に夕日移れり涅槃寺　津高　房子（H17・7）
大足を以て田に入る涅槃かな　藤澤　正英（H18・6）
涅槃会や眼鏡はづせし長き顔　梶山　尚美（H20・7）

ふくらんで雨垂落つる涅槃かな　奥坂　まや（H20・8）

涅槃図の前に野鳥の会もゐる　津田あぐり（H22・8）

涅槃図へ泣かんばかりに近寄りぬ　横沢　哲彦（H24・4）

比良八講（ひらはつかう）

比良八講飴炊の火を落しけり　長谷川　朋（H24・6）

修二会（しゆにゑ）

髑骨に修二会やつれのありにけり　山本　良明（H10・5）

響きあう修二会支度の僧の下駄　多田　和弘（H14・6）

お水取（おみづとり）

角下げて歩む水取前の鹿　塚田嘉久正（S42・5）

お水取悪僧づらの減りにけり　吉沼　等外（S63・6）

籠松明首級（しるし）あげたる如く出づ　小川　軽舟（H24・5）

彼岸会（ひがんゑ）　彼岸寺　彼岸餅

彼岸会に水の行きつく処なし　藤田　湘子（S43・4）

彼岸会の日ざしに痩せて甲斐の畦　佐々木碩夫（S45・4）

厠あり午前と午後と彼岸寺　東　陶淵（S51・6）

彼岸餅テレビは馬を競はしむ　石渡　桃里（S51・6）

彼岸会や触れて冷たき猫の鼻　小林　恵子（H20・5）

御影供（みえいく）　御室詣　空海忌

あめんぼう御室詣にいつたきり　冬野　虹（S61・7）

池の水ながれ入る田や空海忌　関　とみ（H8・6）

開帳（かいちやう）

開帳の夢幻のごとき次第かな　藤原　美峰（S63・7）

開帳や頰赫赫と山の衆　有澤　榠樝（H4・6）

遍路（へんろ）

遍路にも似てともしびの暗い爪　小野寺芳江（S47・6）

水に泛く藁も遍路の見るものに　藤田湘子（S56・6）

味噌倉の戸より遍路に会釈かな　打越絢子（S57・4）

くみおきの水に日暮や遍路宿　宮坂静生（S57・8）

お遍路の小犬なだめてゆきにけり　金子千代（S58・4）

お遍路の落してゆきし傘雫　中山世一（S59・7）

いつせいに遍路も遍路杖も無き　有澤榠樝（H1・5）

真直ぐに行くためのまた遍路杖　土井聖（H1・8）

お遍路と云へど土産の多きこと　厚地百合子（H1・8）

遍路衆なかなか膳に揃はざり　大野佳子（H2・2）

白縫うて母への遍路支度かな　藤田まさ子（H2・6）

海境を何ぞ来るやと遍路衆　大石香代子（H8・5）

子遍路にまつかさ落す松の風　小川和恵（H10・7）

お遍路と同じ鈴つけ竹生島　鈴木敏子（H10・8）

遍路われ新幹線の中歩く　佐藤キヱ（H11・7）

日の落ちてまだある今日や遍路杖　門屋晶子（H16・6）

読捨ての文庫本あり遍路宿　伊澤のりこ（H16・7）

雨の遍路デモに鍛へし足使ふ　後藤義一（H22・8）

仏生会（ぶつしやうゑ）　灌仏会

湖に白波余る仏生会　飯島晴子（S59・6）

一番に来て灌仏をつかまつる　日向泉子（S59・7）

名草醜草競ひ出でたり仏生会　田中妙子（H6・7）

仏生会犬に股間を嗅がれけり　細谷ふみを（H10・7）

畑つものみな花もてり仏生会　片田末子（H12・7）

灌仏会和毛脱ぐもの野に山に　布施伊夜子（H14・7）

青竹の鋸屑飛べり仏生会　長谷川朋（H18・8）

浮草のはぐくむ気泡仏生会　市川葉（H19・7）

沈むまで日は海にあり仏生会　中山智津子（H20・6）

潮遠く引いて燦たり仏生会　やうち海（H20・7）

蒟蒻の雷炒りや仏生会　片倉サチエ（H21・6）

花祭（はなまつり）

花まつり大きな枝の落ちてくる　飯名陽子（S55・6）

染められて箱のひよこや花祭　阿部省三（S56・8）

富士山の片窶れせり花祭　芹沢常子（H17・7）

甘茶（あまちゃ）

甘茶仏

天をさす指に甘茶をかけにけり　石川美智枝（S60・7）

谷わたる鳥語きららか甘茶仏　関都（H15・6）

花御堂（はなみだう）

山すそを来る人見ゆる花御堂　新田裕子（H8・6）

武蔵野や大樹かむさる花御堂　豊島満子（H9・7）

山の子の学校帰り花御堂　谷和子（H10・7）

山越えてしづかな村や花御堂　小沢光世（H13・6）

もらひたし方尺のこの花御堂　吉沼等外（H15・7）

花御堂月照るまでに暮れてけり　小川和恵（H23・6）

御忌（ぎよき）

法然忌

雨足りて土の嵩減る法然忌　大住艶子（H6・6）

壬生念仏（みぶねんぶつ）　壬生狂言　壬生の鉦

頷いて訣れてゆくや壬生狂言　磯部　実（H6・7）

死病得て壬生狂言を見にゆけり　星野　石雀（H10・7）

音同じ濡場修羅場や壬生の鐘　牛田寿美子（H10・7）

壬生念仏鳴物なべて遅れがち　山本　良明（H12・7）

二十六聖人祭（にじふろくせいじんさい）　致命祭

巻貝を耳にあつるや致命祭　坂巻　恭子（H25・5）

バレンタインの日（ひ）　バレンタインデー

茶漬食ひバレンタインの日なりけり　小林　愛（S59・4）

バレンタインデー現役の諸君たち　珍田　龍哉（H10・5）

鸚鵡死すバレンタインの日なりけり　細貝幸次郎（H15・4）

謝肉祭（しやにくさい）

謝肉祭壁の仮面の位置高く　細谷ふみを（H14・6）

御告祭（おつげさい）　聖胎告知日

鳩聡き受胎告知の日なりけり　髙柳　克弘（H19・7）

灰の水曜日（はひすいえうび）

湯に溶かす蜂蜜灰の水曜日　小倉　赤猫（H9・5）

菜食に同調灰の水曜日　西賀　久實（H11・6）

聖週間（せいしうかん）　受難週

田に群れて昂ぶる鴉受難週　倉並　宏充（S39・7）

復活祭（ふくくわつさい）　染卵

染卵つくれり我も一信徒　小倉　玲（H3・6）

復活祭分封の蜂炎となりて　地主　雨郷（H4・7）

良寛忌（りやうくわんき）

音読の天井高し良寛忌　土屋　未知（S60・5）

諳んずる七草の名や良寛忌　上山　育美（H23・7）

夕霧忌（ゆふぎりき）

芒にもうしろ姿よ夕霧忌　飯倉八重子（S45・3）

荒縄の灰崩れむか夕霧忌　浅井たき子（S55・3）

夕霧忌合はせ鏡に闇写る　五月愁太郎（S61・4）

札（さつ）で面（つら）張る奴等の街の夕霧忌　竹岡　一郎（H24・4）

義仲忌（よしなかき）

武者絵好みし少年の日よ義仲忌　星野　石雀（S59・5）

夕闇は楠より立ちぬ義仲忌　奥坂　まや（S63・5）

実朝忌（さねともき）

たそがれの沖鳴西へ実朝忌　石井　雀子（S51・4）

海鳴に応ふ山鳴実朝忌　安藤　辰彦（H6・5）

谷（やつ）かけて霰急なり実朝忌　是枝はるか（H7・5）

濤の上ひた来る鵜あり実朝忌　関　とみ（H8・4）

頤に海の照受く実朝忌　井上　魚州（H18・8）

海原のおもてしづかや実朝忌　上田　鷲也（H19・5）

妓王忌（ぎわうき）

たぎる湯をなほたぎらすや妓王の忌　荒木　通子（S56・5）

兼好忌（けんかうき）

東京に馴染み過ぎたり兼好忌　永野　安子（S57・6）

夜をこめて田螺ききけり兼好忌　古川砂洲男（S61・6）

西行忌（さいぎょうき）

飯にまだ早き西行忌の没り日　岩瀬張治夫　(S47・6)

口で紐解けば日暮や西行忌　藤田　湘子　(S49・4)

鶲より桑畑さびし西行忌　中島　畦雨　(H1・4)

帰る家あるから旅へ西行忌　大庭　紫逢　(H6・4)

道々や草を咥へて西行忌　神尾　季羊　(H6・6)

紙燃えて飛ぶ西行の忌なりけり　安部　渓石　(H6・6)

連想のはじめは雲や西行忌　中山　知子　(H10・3)

船底に響く波音西行忌　福永　青水　(H20・9)

丈草忌（じょうそうき）

水に捨つ煙のけむりや丈草忌　永島　靖子　(S63・6)

水の闇たかむらの闇丈草忌　藤田　湘子　(H2・5)

丈草忌淡海の闇に波生まる　観音寺尚二　(H21・6)

橋すぎて濁りなき川丈草忌　大石香代子　(H23・5)

利休忌（りきゅうき）　利久忌

よくひゞく虚空利久の忌なりけり　座光寺亭人　(S49・6)

肚決めることを女も利休の忌　平野　葭女　(S61・6)

利久忌の粥得心の塩加減　大庭　紫逢　(S63・7)

利休忌の充ち来し雲に執しをり　日向野初枝　(H3・6)

火に落つる鴨の脂や利休の忌　小川　軽舟　(H18・5)

其角忌（きかくき）

一椀にはまぐりふたつ其角の忌　豊島　満子　(H11・6)

俊寛忌（しゅんかんき）

松に騰る濤おもふべし俊寛忌　斎藤　一骨　(S58・5)

人丸忌（ひとまるき）　人麻呂忌

鳶のもつ笛は一管人丸忌　奥野　昌子（S55・5）

水藻うねりてうねりてやまず人麻呂忌　蓬田　節子（S63・7）

人麿忌旅の枕を返しけり　細貝幸次郎（H17・7）

尊氏忌（たかうじき）

桜蘂降る里人に尊氏忌　鶴田登美子（H6・8）

負喧忌（ふけんき）

負喧忌の近しと鴨も侘助も　山内　丈（H3・5）

節　忌（たかしき）

節忌や畝にたまりし春霰　土屋　未知（H19・5）

かの子忌（かのこき）

かの子忌のスポンジの泡とめどなし　奥坂　まや（S62・6）

ジイド忌（ジイドき）

ジイドの忌少年の爪きりあつめ　仁藤さくら（S54・5）

鳴雪忌（めいせつき）

鳴雪忌ことに明治は羅紗の服　赤木　武男（H9・9）

多喜二忌（たきじき）

多喜二忌のジェット機啞の雲残し　吉田　裕（S44・4）

火の跡をつらぬく轍多喜二の忌　小原　俊一（S53・7）

多喜二忌の怠けて開ける蟹の罐　丹野　桂子（S58・4）

体臭のこもる車輛や多喜二の忌　浜中すなみ（S63・6）

不器男忌（ふきをき）

不器男忌や杉の花粉の障あり　栗尾　美明（H2・5）

茂吉忌（もきちき）

忘じたる母の乳房や茂吉の忌　鈴木　康彦（S60・5）

茂吉の忌山は山とし据りをり　林　喜久江（S63・5）

茂吉忌のひかりとなりし最上川　松浦　俊介（H6・5）

青山にその跡あらず茂吉の忌　清水　啓治（H6・5）

茂吉忌のバケツの底の氷かな　安孫子都枝（H16・5）

朱鳥忌（あすかき）

朱鳥忌や遠目して家深く居る　神尾　季羊（S51・4）

辛夷まつこゝろに過ぎし朱鳥の忌　高野　途上（S61・6）

春泥に落ちて火の粉や朱鳥の忌　鳥海むねき（H3・6）

穴掘つてまだ植ゑぬ木や朱鳥の忌　神尾　季羊（H7・6）

逍遙忌（せうえうき）

逍遙忌大学行のバスにあり　蓬田　節子（H5・5）

立子忌（たつこき）

春水の鳴れば立子の忌と思ふ　蓬田　節子（S61・5）

立子忌や水に触れたき水辺草　岩永　佐保（H17・5/6）

菊池寛忌（きくちくわんき）

美食して菊池寛忌の夜なりけり　今野　福子（H7・6）

真砂女忌（まさごぢよき）

真砂女忌や歯応へつらき貝の紐　山本　良明（H16・7）

梶井忌（かぢゐき）

燃差のマッチの軸や梶井の忌　橋見　静景（S58・9）

赤彦忌（あかひこき）

大風は湖のみならず赤彦忌　兼子　あや（H5・5）

鑑三忌（かんぞうき）

古書店の奥の集会鑑三忌　須佐　薫（H2・8）

三鬼忌（さんきき）　西東忌

舌焦す蝦のグラタン西東忌　野木　径草（S50・6）

種池の杭ぐうと鳴く三鬼の忌　吉沼　等外（S55・6）

ざりがにの腹に卵や三鬼の忌　湯浅　圭子（S56・6）

三鬼忌の沖より帰りきし巌か　越高飛驒男（S59・7）

花に蜜あふる、夜なり三鬼の忌　松田　瑞江（H5・7）

男来て手品見せけり三鬼の忌　楠田よはんな（H6・5）

旗巻いて敗者にあらず西東忌　三浦久次郎（H9・7）

着陸の車輪の火花三鬼の忌　福永　檀（H16・6）

木琴を敲けり三鬼忌のをはり　藤澤　正英（H16・7）

三鬼の忌くはへ煙草へかけ寄れる　岡田　靖子（H17・5/6）

三鬼の忌歯科の椅子より海見えて　角田　睦美（H18・7）

坂に見て船の灯や三鬼の忌　羽田　容子（H19・7）

光太郎忌（こうたろうき）

手は孤独なり光太郎忌なりけり　神谷　文子（H14・7）

放哉忌（ほうさいき）

放哉忌春蚊が硝子叩きをり　岸　孝信（H22・7）

放哉忌女が膝を崩しけり　春木　燿子（H22・7）

虚子忌（きょしき）　椿寿忌

虚子忌とも父誕生の干潟とも　金田　眸花（S54・5）

勢ひの悪しき虚子忌の植木鉢　細谷ふみを（S56・5）

虚子忌なり虹の翁と呼びかけて　金田　眸花（S56・6）

大風のごとく虚子忌の通りけり　藤田湘子（S58・7）

虚子忌なり虚子一族の累々と　藤田湘子（S62・6）

虚子の忌や野の弾力を踏みながら　小林　進（S62・7）

椿寿忌の全員に日の当りたる　加藤静夫（H2・6）

椿寿忌や大人（うし）句沢山子沢山　山崎正人（H3・7）

大虚子の忌の荒草を機械刈　鶴岡行馬（H6・7）

虚子の忌や鼓の皮の張つよし　八木峰子（H8・5）

贅言をつつしみ虚子の忌なりけり　前田寿子（H8・7）

虚子忌なり磁石は磁性失はず　安川喜七（H12・6）

椿寿忌や座布団の房大きかり　永島靖子（H13・6）

虚子の忌のどこにも触れず春の虹　島田星花（H14・7）

虚子の忌の小さき踏切わたりけり　松本三江子（H17・7）

能衣裳暗きに掛かる虚子忌かな　小川軽舟（H24・6）

塀払ひたれば原つぱ虚子忌なり　細谷ふみを（H24・7）

実篤忌（さねあつき）

豆摘まな三七日の実篤忌　五島一葉（S51・6）

啄木忌（たくぼくき）

同病の啄木の忌を咳くのみに　植田竹亭（S39・7）

遮断機下り始まる愁啄木忌　池田満子（S45・6）

欠航の船見てゐたり啄木忌　天野慶子（S53・8）

啄木忌一方向へアンテナ錆び　足羽鮮牛（S57・7）

分校の午後は野遊び啄木忌　須佐薫子（H3・6）

雨足りて光る啄木忌なりけり　荒川　匡（H7・7）

履歴書の我我ならず啄木忌　矢野修一（H24・7）

梅若忌

曳く犬の顔の淋しき梅若忌　佐宗　欣二（S57・7）

町なかに廃れしあそび梅若忌　阪口　和子（S63・5）

江戸絵図のはづれの寺や梅若忌　山下登志美（H14・7）

湘子忌

湘子忌の午後風が吹き雨が降り　星野　石雀（H19・8）

湘子忌やむさしあぶみも花のとき　布施伊夜子（H21・6）

華やかなおすし作らう湘子の忌　金子　登紫（H21・7）

康成忌

寝ぬる間もさくら散るなり康成忌　喜納とし子（H5・7）

バイロン忌

バイロンの忌も友の死も鳥曇　山口　睦子（S60・7）

百閒忌

鶉籠持ちこまれたる百閒忌　三井　菁一（S61・6）

集まりて人の匂いや百閒忌　鳥海むねき（H4・7）

大阪へ行こうと思う百閒忌　志田　千惠（H6・6）

旅にあればもの食ふ興や百閒忌　小川　和恵（H18・7）

猫好きの話に乗るや百閒忌　永島　靖子（H19・7）

荷風忌

尼寺の桜の脂も荷風の忌　中井　洋子（S58・8）

荷風忌のコロッケ二つ買ひにけり　北川まさゑ（H3・8）

傘のはね折れて荷風の忌なりけり　伊沢　惠（H4・6）

荷風の忌頬を遊ばす飴ひとつ　高野　途上（H17・7）

荷風の忌豆腐が買つてありにけり　服部　圭伺（H17・8）

荷風忌や箱積み上げし衣裳部屋　太田明美（H19・8）

鏡台の前の座ぶとん荷風の忌　安藤辰彦（H24・7）

修司忌（しゅうじき）

風をえて熾る吸殻修司の忌　石川黛人（H5・7）

幾たびの五月ありけり修司の忌　味岡康子（H19・8）

動物

獣交む（けものつるむ）

湖ぎはの畑に焔犬交る　小原俊一（S52・9）

若駒（わかごま）　春の馬

春の馬暴れて婆が観念す　伊藤四郎（S53・6）

馬の子（うまのこ）

手懐けし仔馬売られてしまいけり　水出万沙（S62・5）

馬の仔にヒマラヤ杉の雫落つ　斉藤理枝（H7・7）

馬の仔の陰核（へのこ）を高くよろけるよ　小倉赤猫（H12・7）

春の鹿（はるのしか）

春の鹿まとへる闇の濃くならず　宮坂静生（S62・7）

春の鹿幻を見て立ちにけり　藤田湘子（H10・5）

坊さまの列を遠見や春の鹿　鳥海壮六（H20・7）

あきらめてばかりと思ふ春の鹿　天野薫（H22・5）

孕み鹿（はらみじか）

孕鹿嗅ぎつくしたる草に臥す　谷ひろ子（H5・7）

くさはらの日照雨じめりや孕鹿　徳田じゅん（H17・9）

孕鹿射止めし夕酒不味し　佐藤守（H20・7）

孕鹿月のひかりに痩せにけり　西村薫（H24・5）

落(おと)し角(づの)

落し角音の詰りてゐたりけり　前田　寿子（H8・6）

猫(ねこ)の恋(こひ)

恋猫　春の猫　うかれ猫

煮つまつて餡につや出る猫の恋　金子　うた（S44・3）

恋猫に寄られギブスの足痩せる　小松　惟草（S44・4）

恋猫もショパンの曲も消燈す　五月愁太郎（S56・4）

恋猫の声の迷惑通夜の家　佐宗　欣二（S56・4）

恋猫にうす雪ありし京泊(どまり)　藤田　湘子（S57・2）

猫の恋シヤワー激しく使ひけり　中西　夕紀（S58・5）

人の世と猫の世とあり猫の恋　伊藤　四郎（S62・4）

蔵を出る人より先に春の猫　小此木竹子（S63・5）

野の草をゆがきてをれば猫の恋　飯島八重子（S63・7）

恋の猫一気に塀も踏切も　山田東龍子（H3・5）

とれさうな釦ちぎりぬ猫の恋　池本　陽子（H5・6）

老ひとりうかれ猫抱き方違へ　星野　石雀（H8・5）

エジプトの恋猫の闇青からむ　布施伊夜子（H12・5）

マタイ伝五章恋猫駆けりけり　山田　周子（H12・5）

稀覯書といへど仙花紙猫の恋　鶴岡　行馬（H12・5）

猫の恋占星術を侮らず　岡本　典子（H12・5）

恋の猫新薬師寺の門を入る　荒木かづえ（H12・7）

踏切の北はふるまち猫の恋　阪口　和子（H13・5）

恋猫に突然降りぬ豆礫　田代　弘子（H16・5）

恋猫は恋猫のほか見てをらず　岡田　靖子（H16・7）

8の字に輪ゴム置きあり猫の恋　吉田　逢夏（H17・4）

ゆふぐれを待つ恋猫の長き胴　堀口みゆき　(H18・7)
膝の上空いてをるなり猫の恋　古川　明美　(H20・5)
猫の恋寿福寺の門暮れにけり　小林　弘子　(H20・5)
恋猫に弾力強き闇ありぬ　伊澤のりこ　(H21・5)
恋猫やくわつと岡本太郎の眼　安　文雄　(H23・6)
鏡面にシャワー放てり猫の恋　吉田　博子　(H25・6)

猫の子（ねこのこ）

東海の小磯の宿の今年猫　竹林　仁　(H1・7)
猫の子の幸福さうな足の裏　松野　苑子　(H11・7)
猫の子にあけぼのの空はなだいろ　蓬田　節子　(H15・5)
箱の子猫鳴いて学級崩壊す　木内百合子　(H20・7)
猫の子のへろへろ啼も三業地　山地春眠子　(H21・6)
半玉の手を逃れ来し子猫かな　加藤　静夫　(H22・6)

亀鳴く（かめなく）

耳鳴りか亀の鳴くとも思はれず　田中ただし　(S47・6)
亀鳴くやわれに一筋長眉毛　浜　昼顔　(S47・7)
亀鳴ける夜の戸袋に嚙まれけり　岡本　勇　(S51・7)
亀鳴くと藁束を出る藁いつぽん　尾崎　幸　(S55・6)
破れ小屋は看板ぜめよ亀鳴ける　雨谷　ロク　(S56・5)
亀鳴くや指栞して歎異抄　篠宮　伸子　(S57・5)
涅槃以後亀も田螺も鳴くことに　石井　雀子　(S60・8)
下総の亀鳴くを待つつもりなり　古屋三四郎　(S63・8)
亀鳴いてと金に止どめ刺されけり　葛谷　一嘉　(H1・7)
にぎやかに亀も田螺も鳴きくれよ　後藤　綾子　(H2・5)

荒行の果ての三食亀鳴けり　栃木静子（H3・7）
飯どきや亀の鳴かうと鳴くまいと　飯島晴子（H5・7）
若者に偏差値の枷亀鳴けり　吉野知子（H6・6）
亀鳴くや行きしことなき本籍地　小川軽舟（H7・5）
亀鳴くを待つなり水の遠江　山田敏子（H7・7）
家族等に日本は他国亀鳴けり　鴨志田理沙（H7・8）
それからの亀は小声に鳴きにけり　小浜杜子男（H8・6）
芋銭とも親しき亀の鳴きにけり　小浜杜子男（H8・7）
返さるゝ基地いくばくや亀鳴ける　安室たづ子（H8・7）
亀鳴くと完敗の貌上げにけり　芦立多美子（H9・5）
亀鳴くや行末もまた懐しき　鈴木雅貴（H9・5）
亀鳴くや元宰相の頭数　大庭紫逢（H10・7）
亀鳴けり松に有金つかひたる　岡本雅洸（H12・6）
亀鳴くと悪しき因果を生くるなり　星野庄介（H13・5）
亀鳴けり心機一転しそこなふ　近藤周三（H13・6）
軽佻浮薄国事に及び亀鳴けり　御前保子（H14・5）
やはらかに使へぬあたま亀鳴けり　近藤周三（H16・5）
諸手杖見兼ねし亀が鳴きにけり　鹿児島涼古（H16・6）
亀鳴くと電球ふいに切れにけり　堀田安代（H17・8）
日出づる国や亀鳴き田螺鳴く　佐藤中也（H18・9）
亀鳴くやどんな時計も直します　宮下徹（H20・9）
逝きて知るをんなの齢亀鳴けり　神谷文子（H21・6）
おほかたは記憶抹殺亀鳴けり　鴨志田理沙（H22・7）
亀鳴くや老いて役者の芸に味　藤岡田鶴子（H22・10）

亀鳴くやどこか許せぬ山頭火　森　澄子（H24・5）

蟇穴を出づ（ひきあなをいづ）　蟇出づ

蟇出でて町内会の選挙かな　望月　侑子（H2・7）

蛇穴を出づ（へびあなをいづ）　蛇出づ

蛇穴を出てをちこちに醜女狩り　星野　石雀（S50・5）
蛇穴を出て目にあまる桑の瘤　座光寺亭人（S55・7）
蛇穴を出て青天に愛されし　いさ　桜子（S59・6）
蛇穴を出づと女の髪騒ぐ　松井　桂（S60・6）
蛇穴を出づ私は私流　須佐　薫子（H6・8）
穴を出し蛇暫くの寂光を　飯島　晴子（H8・6）
蛇出でて近江の雨に濡れにけり　徳田じゅん（H11・6）
蛇穴を出づ近隣の小火騒　大塚あつし（H12・6）
蛇穴を出でて男の子に愛さるる　松本三江子（H17・9）

蜥蜴穴を出づ（とかげあなをいづ）　蜥蜴出づ

蜥蜴出て石一つづつ可笑しかり　奥野　昌子（S50・6）
蜥蜴出てわれにほがらの一歩あり　野本　京（H2・7）
少年の頭刈りたて蜥蜴出づ　細谷登美惠（H15・6）

お玉杓子（おたまじゃくし）　蝌蚪　蛙の卵　数珠子　蛙の子

蝌蚪の田を雲と揺れゆく未知の旅　服部　圭伺（S40・7）
学僧の粗朶を折る音蝌蚪殖えゆく　大島波津子（S41・5）
あきらめの眼に皺ふやす蝌蚪の水　座光寺亭人（S41・7）
誤解かも知れず覗けば蝌蚪がいて　田中かずみ（S46・6）
のちのちのおたまじゃくしも黝からむ　植田　幸子（S47・5）
沼の蝌蚪育てり土間をけぶらす母　磯部　実（S47・6）

蝌蚪生れ豆大福の豆いびつ　吉井　瑞魚（S48・6）

蝌蚪の尾の動きを夢のつづきとす　小浜杜子男（S49・6）

蝌蚪の昼さびしき狼煙漂えり　木曽岳風子（S49・6）

妙案の浮かばぬおたまじやくしかな　田中かずみ（S50・9）

わが顔に責任ありや蝌蚪の水　野村　和代（S56・6）

名声のごと蝌蚪の尾の強(つよ)震(ふるえ)　四ッ谷　龍（S59・5）

おたまじやくしが騒然と国境　伊東ちか子（S59・9）

蝌蚪遊ぶこの世どこにも仏ゐて　古屋三四郎（S60・7）

老耄の杖さし入れし蝌蚪の水　三木　聆古（S60・8）

戸隠やおたまじやくしの大頭(つむり)　宮坂　静生（S60・10）

斑鳩の大きな日の出蝌蚪生まる　田中すゑ子（S61・7）

万能ナイフ蛙の卵搔きまはす　飯島　晴子（H1・7）

蝌蚪に足水中に倦みたればかな　白井　久雄（H2・6）

蝌蚪の群大号令を待つ如し　浅井　多紀（H4・8）

油断すなおたまじやくしの腹光る　飯島　晴子（H6・9）

蝌蚪に足父子時折ものを言ふ　須佐　薫子（H7・4）

人間に火のある暮し蝌蚪育つ　地主　雨郷（H8・8）

蝌蚪の国黄(くわう)厚き日をかゝげたり　小川　軽舟（H9・6）

石鎚の水森閑と数珠子かな　松本よし子（H10・5）

夢持てり蛙の卵きらきらと　島田みづ代（H11・6）

蝌蚪孵るまではなんでもなき少女　岡田　靖子（H13・7）

太陽に満ち欠けはなし蛙の子　市川　葉（H14・5）

蝌蚪の紐弄(いら)へと棒の捨ててある　吉沼　等外（H14・6）

吹ききたる風きな臭し蝌蚪の水　岡本　雅洸（H18・6）

蝌蚪の紐貧乏くさく重なれり　杉崎　せつ（H18・6）

蝌蚪に足もはや私の手に負へぬ　三代寿美代（H20・7）

葬列の角曲りけり蝌蚪の国　辻　和香子（H20・7）

旧約精読おたまじやくしが降つた夜　星野　石雀（H21・11）

水渋寄る蝌蚪の抜けたる蝌蚪の紐　友冨　和子（H24・6）

蛙（かはづ）

信じたしささやきとなる遠蛙　倉橋　羊村（S42・5）

殖える蛙に合槌多き農夫の会　岸本　青雲（S42・6）

土砂降りのあと蛙田の夜膨れ　青木　泰夫（S42・6）

盆地の夜教師の妻を蛙呼ぶ　脇本　星浪（S43・5）

夕蛙空かま焚いて嫁狂ふ　岡　千代（S44・9）

電灯に紐足して寝る蛙かな　名取　節子（S61・8）

死ぬ人の大わがままと初蛙　飯島　晴子（S61・8）

百千の蛙闐浮く心地して　浅井　たき（S61・9）

草の蛙急場しのぎに歩きけり　増山　美島（S62・8）

うつうつかうつらうつらか田の蛙　藤田　湘子（H2・6）

初蛙石屋の石の減りもせず　古島志げ子（H5・6）

夜蛙やとつくり酒に紙の栓　地主　雨郷（H9・10）

父母祖父母はや赤蛙浮かぶ沼　飯島　晴子（H10・5）

初蛙越の奥嶺の茜せり　岩瀬　和子（H14・6）

鳴き蛙つるみ蛙と犇めけり　斉藤　達美（H14・10）

夜蛙のいまだ独り身らしき声　松佐古孝昭（H24・6）

春の鳥（はるのとり）　春禽

懺悔室春禽の声透りけり　田尻　牧夫（S44・6）

春禽や切口ほうと楢の薪　藤田　湘子（S45・4）
みひらきし眼に雲を出て春の鳶　宮坂　静生（S47・6）
春の鳥木肌に文字を書くおもひ　佐々木碩夫（S47・6）
波にのり春の鷗となりけるよ　生地みどり（H3・7）
春の鳥銘菓小振となりにけり　越野としを（H5・5）
春禽を山にちりばめ坐禅僧　服部　圭伺（H16・6）
偶数は必ず割れて春かもめ　小川　軽舟（H18・4）
春鴉啼きてまだまだわが世間　榊原　伊美（H18・7）

貌鳥（かほどり）

かほよ鳥

少年は樹にくちづけぬかほよ鳥　有澤　榠櫨（S60・6）

花鳥（はなどり）

花鳥や一寸先の闇白し　灘　稲夫（S50・6）
花鳥の吾呼ぶ声に溺れけり　朱　命玉（H20・6）

百千鳥（ももちどり）

百千鳥鈴のかたちをいぶかしむ　穂坂　志朗（S53・6）
瓶を嚙む蓋てごはしよ百千鳥　中山　玄彦（H1・8）
雲水の疾風（はやて）あるきや百千鳥　藤田　湘子（H4・6）
黒服の埃ぐわんこや百千鳥　梅野　幸子（H5・5）
若き日は前世のごとし百千鳥　鈴木　悦子（H9・6）
講堂の椅子の行儀や百千鳥　足立　守（H14・6）

鶯（うぐひす）

初音　初鶯

うぐひすや人を忘れる墓ひとつ　吉井　瑞魚（S46・6）
鍼を打つ黙に鶯鳴かぬかと　佐宗　欣二（S52・5）
鶯には蔵をつめたくしておかむ　飯島　晴子（S54・9）

京料理うるさしや鶯も来て　篠　あき　（S58・4）
鶯の正調もまた補聴器に　藤田　湘子　（S58・7）
鶯や振つて定まる後手先手　五月愁太郎　（S60・6）
仲人や鳥鶯を吉とせる　山野未知魚　（S61・9）
うぐひすの恋山彦も奥天城　吉沼　等外　（H3・8）
舟宿の籠のうぐひす啼きにけり　新田　裕子　（H6・7）
うぐひすを聞く貌壁のモナリザも　吉沼　等外　（H7・7）
鶯にはいと答へてしまひけり　古田　京子　（H12・6）
鶯や指が紙縒を覚えゐて　山田　陽子　（H13・5）
茶畑の谷へ傾く初音かな　井上　魚州　（H15・6）
うぐひすや笛師に届く近江竹　田中杼伝音　（H15・6）
うぐひすや仏蘭西人は何と聴く　島田みづ代　（H17・5/6）
鶯や芥子利きたるハムサンド　吉長　道代　（H17・5/6）
切岸や鳥鶯の声青し　速見　綾子　（H18・6）
力ぬくこともおぼえてうぐひすは　山岸　文明　（H19・7）
鶯の独り天下や櫟山　蓬田　節子　（H21・7）
鶯のあれは胸張る声なりし　土門緋沙子　（H21・7）
探鳥や雨の鶯ききしのみ　吉光　邦夫　（H21・7）
いつもの木に初鶯や妻も来る　石山　貞夫　（H22・6）
靴べらに踵を落とす初音かな　古屋　徳男　（H24・5）

菊戴（きくいただき）　松毟鳥

鉛筆をちひさくつかふ松毟鳥　原　与志樹　（S47・9）

雉（きじ）

重力にゆだねて雉子は食われけり　しょうり大　（S47・3）

雉子の村しんと古畦まじはれり　高橋　増江（S55・4）
夕草を薙ぎゆく雉や出羽の国　青野　敦子（S59・7）
夕雉子や楢に遅れず櫟鳴る　国見　敏子（H1・6）
絵襖にちかぢかと雉子啼きにけり　鈴木　清一（H4・8）
裏山の雉子に痴れて安住す　長谷川明子（H4・8）
室生寺にとと走りせり雉(きぎす)の子　観音寺尚二（H13・6）
雉子の首澎湃として森歩む　山田知加子（H13・7）

小綬鶏(こじゅけい)

小綬鶏に啼かれて巫女に麦粒腫　神尾　季羊（S52・9）
小綬鶏にいきなり来いと鳴かれても　石井　雀子（H4・4）
小綬鶏に朝のぽつかり天気かな　市川　葉（H4・7）

山鳥(やまどり)

山鳥のねむるふもとの火を囲む　千葉　久子（S43・3）
山鳥を飼ひて寡食のこころざし　石田よし宏（S55・3）
辰雄の地山鳥の羽ちらばれり　土屋　未知（H10・5）

雲雀(ひばり)

拓地の婚雲雀庭先より揚る　海野　正一（S40・7）
菩薩絵に水の跡つく揚ひばり　飯島　晴子（S49・8）
七輪の火の色忘れ揚雲雀　平松弥栄子（S50・6）
雲雀鳴き死顔のいま懦夫ならず　土井　聖（S57・5）
南国の日に蕩(た)らされぬ揚雲雀　後藤　綾子（S59・7）
揚雲雀赤子ひよつこり立ちにけり　田多井みすゞ（S59・7）
揚雲雀大空に壁幻想す　小川　軽舟（H12・7）
夕雲雀聖書読む唇うごきをり　小川　軽舟（H14・7）

青空のうへはまつ暗揚雲雀　南　十二国（H19・7）

みづうみの風平らなり夕雲雀　中西　笑子（H19・8）

つきもののおちたるごとく雲雀落つ　土谷　啓子（H20・7）

野を歩くだけの授業やあげひばり　新原　藍（H20・8）

麦鶉（むぎうづら）

自転車に余分な弾み麦鶉　早乙女房吉（S53・8）

麦鶉上着脱いでは重ねては　渡辺　初子（S54・6）

ねむる間に月夜は消えて麦鶉　藤田　湘子（S54・8）

鷽（うそ）

近くにて鷽鳴く梢かつぎけり　浅沼三奈子（H2・8）

河原鶸（かはらひは）

自転車に雨のはじまる河原鶸　土屋　秀穂（S54・5）

頬白（ほほじろ）

頬白を呼び浅山に頬を染め　野木　径草（S48・5）

頬白の啼き真似をして病みゐたり　日向　泉子（S52・4）

頬白を聴くにめつきり弱気かな　日向　泉子（S55・4）

頬白の文語雲雀の口語かな　宮崎　晴夫（H20・5）

山椒喰（さんせうくひ）

少年にあさきかなしみ山椒喰　後藤　隆介（S58・6）

岩窪の水のさざなみ山椒喰　志賀佳世子（H18・8）

春の鵙（はるのもず）

春の鵙伊勢に訣れしひとのうへ　倉林　凪帆（H4・6）

燕（つばめ）

初燕　燕来る　つばくらめ　つばくら

燕や木片波に身を乗り出す　柏木　冬魚（S41・6）

初燕小蕪尻向け耀られけり　原田露星（S44・6）
燕くる若者切に髯欲しき　鈴木未萠（S46・5）
初つばめ入るに出づるに駿河富士　平野登宇（S56・7）
にんじんのやうな子が欲し初燕　中西夕紀（S62・6）
つばくらめナイフに海の蒼さあり　奥坂まや（H1・7）
燕来ぬつばめを見しと点字打つ　山田敏子（H2・6）
双眸をひらき月下のつばくらめ　市川千晶（H2・8）
単線の入りゆく谷や初つばめ　大野今朝子（H3・8）
わが畑の土の充実つばくらめ　露木はな子（H8・7）
怠けたる昨日が惜しや初燕　中西宏（H11・7）
燕来ぬ軒の浅きに男の子　永島靖子（H15・6）
涅槃には間に合はざりし燕来ぬ　吉沼等外（H15・6）
昔ほど泥は匂はずつばくらめ　門屋晶子（H15・9）
放浪のいつまで燕羽鳴らす　後藤義一（H16・7）
つばくらや生涯最寄駅一つ　稲澤雷峯（H17・8）
十字架の素朴な形つばくらめ　伊藤卓也（H18・6）
つばめ来てわが家の間口計りをり　宮崎麗（H18・8）
みんなみは歌湧くところ燕　奥坂まや（H19・8）
つばくらの空に直角ありにけり　渡辺和江（H21・8）
鍵を持つ妻待ちゐたり初つばめ　萩原友邦（H23・5）
少年は断崖（きりぎし）愛すつばくらめ　中山玄彦（H23・7）
つばくらや嫁がず娘昇進す　関都（H24・6）

引鶴（ひきづる）

鶴帰る

引鶴の高さの冷えを両眼に　足羽鮮牛（S53・5）

湯治宿から鶴引くを見送れり　高田　政子（S59・6）

黒き瞳の国より鶴の引きにけり　杉山ゆき菜（H1・6）

引鶴の惑ひてゐたる夢野原　田中ただし（H2・6）

鶴帰るまでを八代は野を焼かず　鈴木　道好（H3・4）

鶴引くや島の地酒にこくが入る　島田　花憩（H6・6）

野に立てば国見の気持鶴引けり　蓬田　節子（H10・6）

引鶴のさづかる天路青無限　布施伊夜子（H12・4）

鶴に艶漲つてきし引き近し　北村東海男（H13・6）

鶴引けり日輪に横一文字　荒木かず枝（H16・5）

鶴引くや平和日本に脚垂れて　光部美千代（H18・5）

春(はる)の雁(かり)

春の雁火事場の柱支へ合ふ　山岸　義郎（S57・4）

春の雁盲女螺鈿の卓にあり　清水偉久夫（S60・6）

河をはる河口のひかり春の雁　筒井　龍尾（H20・8）

帰(き)雁(がん)

帰る雁　雁の別れ　行く雁

すりこぎにこびりつく胡麻雁帰る　千葉　久子（S43・5）

鼻すぢのうす暗がりを雁帰る　木曽岳風子（S53・6）

雁かへる父よ母よと船焼けば　木曽岳風子（S54・4）

阿波の雁若狭の雁と帰りけり　塩崎　映子（S57・4）

雁行くや口中に舌厚くあり　布施伊夜子（S57・8）

雁ゆくやまよひしのちの灸と鍼　高橋　増江（S58・8）

寝たきりのははうらがへす帰雁かな　鳥海鬼打男（S60・6）

雁帰る女を知つて二三日　星野　石雀（S61・5）

波曳くとき雁帰るときまなこ荒れ　七戸　筌子（S62・6）

車椅子雁の別れを追ふやうに　笹山美津子（S63・6）

ゆく雁のVを沙漠のどまんなか　鴨志田理沙（S63・7）

喪のあとの何やかや雁帰りけり　北田　知彦（H1・6）

雁ゆきてあふみの艾けむりけり　中岡　草人（H3・8）

引く雁のこゑの近さや築地松　古川　英子（H14・6）

開きたる句集に眼鏡雁帰る　河原　朝子（H19・7）

わきみづの手にやはらかき帰雁かな　古屋　徳男（H20・6）

月山のあをぞらを雁帰りけり　田﨑　武夫（H20・6）

雁ゆきし後の水田や春(うすづ)きぬ　溝渕　淑（H20・9）

行く雁や大河は空の色運ぶ　稲田　三郎（H22・6）

吹き惑ふ一天を雁帰りけり　今野　福子（H23・5）

引(ひき)鴨(がも)　鴨帰る

大風に魂消て鴨の帰りけり　藤田　湘子（S62・4）

引鴨に伊吹かすかな雪あげし　大石香代子（H7・6）

赫奕と鴨発たす日の昇りけり　鶴岡　行馬（H8・5）

残(のこ)る鴨(かも)

少年のちんぽこ光り残る鴨　坂巻正二郎（S46・6）

某女とはあるひは我か残り鴨　常田　深雪（S60・6）

どつちみち何時かは一人残る鴨　豊島世四季（H24・8）

鳥帰(とりかへ)る

鳥帰る旗は垂れたるとき暗し　大堀　恒春（S46・5）

鳥帰る方へ柩をひとつ売る　神尾　季羊（S48・9）

鳥帰り万のほとけにまぎれけり　金田　眸花（S49・7）

鳥引きしあとの近江の小松原　北脇　隆史（S57・5）

鳥帰る夕浪音を忘れけり　渋谷　竹次（S60・6）
ショパン弾きたし鳥帰る鳥帰る　中西　夕紀（S62・5）
鳥帰る海の彼方のお伊勢さま　鈴木　敏子（H1・7）
鳥帰る遮断機下りて胸の前　鈴木しげ子（H7・5）
鳥帰るけふがしまひの習ひごと　藤澤　正英（H10・6）
ことばほど乱れぬ山河鳥帰る　穴澤　篤子（H15・5）
一竿に二人のものや鳥帰る　木本　義夫（H17・8）
子規庵の子規全集や鳥帰る　鶴岡　行馬（H19・6）
鳥帰るあけぼの色の近江かな　葛井早智子（H19・7）
鳥帰る人の定めし国境　桜井　園子（H20・7）
ドア開けていきなり道や鳥帰る　池田　なつ（H22・6）
鳥帰る皿のスープの冷めぬ間に　一木美鶴子（H23・5）
鳥帰る被災者帰る家もなし　遠藤　紀子（H24・8）

鳥雲(とりくも)に入(い)る　鳥雲に

鳥雲に抱きてみがく甕の腰　倉橋　羊村（S40・6）
鳥雲に数多の顔で生きてをり　観音寺尚二（S43・6）
母の待つ言葉が出でず鳥雲に　蓬田　節子（S45・7）
鳥雲に杉苗分くる机あり　河崎　麻鳥（S53・5）
鳥雲に子沢山なる出羽の僧　和田左千子（S55・7）
血を喀けばまた血の虜鳥雲に　山崎　正人（S58・5）
鳥雲に無垢の電柱ありにけり　伊沢　恵（S59・5）
忘れたきことは忘れず鳥雲に　観音寺尚二（S60・5）
鳥雲に父壮年の滞欧記　木下　益裕（S60・5）
鳥雲に松の幹から水蒸気　堀口みゆき（S60・5）

鳥雲に覚悟の寡婦となりにけり　熊谷美智子　（S61・7）

鳥雲に忘れぬための独り言　服部美矢子　（S62・6）

鳥雲に町内の人かたまれり　八島しづ江　（S62・6）

鳥雲にわが免状は筒の中　牛久保　経　（H1・6）

鳥雲に頰の飯粒遊ぶごと　甲斐　潮　（H4・5）

鳥雲にわれに老女の月日あり　市川　葉　（H5・6）

ホステスの八卦通ひや鳥雲に　木之下博子　（H6・5）

鳥雲に渡り慣れたる橋の幅　本田八重子　（H6・7）

鳥雲に大峰入りの陰陽師　安川　喜七　（H7・6）

鳥雲に入る子供等は勝手なり　石野美奈子　（H8・6）

鳥雲に赤子の具ふふぐりかな　志賀佳世子　（H9・6）

目づまりの鑪詮なし鳥雲に　吉沼　等外　（H9・7）

鳥雲に駅長村に居付きけり　山下　半夏　（H10・6）

鳥雲に入る老妻の空（から）乳房　地主　雨郷　（H10・7）

鳥雲に減反決むる酒なりし　福原　俊夫　（H10・7）

鳥雲に入る男娼のつけまつ毛　片桐　春生　（H12・6）

野口シカその子英世鳥雲に　木村　勝作　（H14・5）

鳥雲に湾流強く島を圧（お）す　北村東海男　（H15・5）

鳥雲に倒れて棒に向きありぬ　魚返　鐵雄　（H16・10）

白きもの白く洗へり鳥雲に　横井千枝子　（H17・5/6）

鳥雲に入る遺句集の色見本　向井　節子　（H20・5）

鳥雲に入る断水の知らせかな　髙嶺　みほ　（H22・5）

グーグルのわが家ちひさし鳥雲に　國持　重明　（H24・6）

スプーンはココアに汚れ鳥雲に　大井さち子　（H25・6）

囀（さへづり）

囀る

誰が磨きし囀りひびく夕空は　阪東　英政（S39・8）

裸婦像の豊頰出尻囀れり　田中ただし（S41・6）

ケルンはみなわかものの墓囀れり　八重樫弘志（S41・8）

いのち護らるるまばゆさに囀れり　植田　竹亭（S42・6）

囀りに詰めて弁当箱三つ　蓬田　節子（S42・7）

囀りて囀りて盥の水減らす　市野川　隆（S44・6）

囀りの大樹傾むく病みあがり　藤原　美峰（S46・6）

囀りのるつぼに棲みてもう五十　平野うた子（S49・5）

のびのびと酒造会社にさへづれり　大森　澄夫（S49・5）

囀りて囀りて死者の指輪抜く　藤原　美峰（S49・6）

囀りの湖なにいろと思ふべく　穂坂　志朗（S50・5）

囀りや若き塗師に窓ひとつ　玉木　春夫（S50・7）

囀りや仏は雲を踏みながら　彦部　稠子（S51・5）

乳房きらるる夢囀れり囀れり　稲葉ふみ江（S52・6）

囀りやガラスに映り丸ノ内　永井　京子（S57・6）

おさすり場おまたぎ場とて囀れる　吉沼　等外（S59・6）

囀の中や枸杞酒の二年もの　飯名　陽子（S60・7）

囀や眼を張つて陵守る　中西　夕紀（S61・7）

小説をよむにちからや囀れり　寺田絵津子（S63・7）

囀りやおもちやの国に船溜る　須崎　欣治（H1・7）

囀りに少年の尻緊りけり　明石　令子（H2・7）

囀りや夫がいなくて犬がいる　川崎　福子（H2・9）

大いなる仏頭を地に囀れり　浅井　多紀（H4・6）

なかんづくミロの描く鳥囀れり　白井　久雄（H5・6）

囀やはちきれさうな稲荷ずし　志賀佳世子（H7・6）

囀や少し薄着になりすぎし　福田クニ子（H7・6）

ひらがなをくづせしやうに囀れり　藤田　湘子（H9・4）

さへづりや赤鉛筆をよくつかふ　伊沢　惠（H9・6）

囀や薪小屋の薪いい匂ひ　有澤　榠樝（H10・7）

さへづりや鎌にふりたる清め塩　佐々木アヒ子（H14・5）

囀の木に近づきて眉けぶる　加藤よい子（H16・5）

囀や口に銜えて糸の端　三井ちえみ（H16・5）

囀や受話器が上を向いてゐる　窪田　ちか（H19・7）

そのなかに紐のやうなる囀も　小川　軽舟（H21・4）

囀の中青い鳥きつとゐる　桜井　園子（H21・7）

鳥交る（とりさかる）

鳥の恋　鳥つるむ

小石など弾きて鳥の恋なりし　柏木　冬魚（S40・4）

鳥交る一日親の顔をせず　瓦　京一（S50・2）

恋すゞめ建礼門に乱れたり　高野　途上（S55・6）

鳥交る通ひはじめし電熱器　浜中すなみ（S59・5）

乞食がつるむ鳥見て笑ひけり　隈崎　達夫（S60・7）

国境は荒寥として鳥交る　高木　雍子（H3・4）

鳥交む癇性に口漱ぐなり　松井　千枝（H4・7）

篁に隠る一寺鳥の恋　観音寺尚二（H6・6）

仰ぎたる眼鏡に映り鳥の恋　矢口　晃（H15・5）

畳みたるタオルの山や鳥の恋　吉田　容子（H17・7）

樹の下に立ちて素直や鳥の恋　山岸　文明（H20・10）

青空に月は隠れて鳥の恋　加藤静夫（H22・7）
降りだして樹冠かがよふ鳥の恋　中島夕貴（H22・7）
一山を移り移りし鳥の恋　瀬戸長太郎（H23・7）

雀の子（すずめのこ）　春の雀

誰も忙し子雀鳴くを聞いてやる　山崎正人（S48・7）
雀の子軒よりこぼれ気抜妻　金井友江（S54・7）
ほど近き春の雀の徒にとぶ　増山美島（S58・5）
雀の子草のことばを使ひけり　脇本星浪（S61・5）
雀の子葉がくれじゆつをおぼえけり　大野滋子（H15・7）
日に一度くる夕方や雀の子　岩永佐保（H16・6）
雀の子波郷の墓を覚えしや　小浜杜子男（H17・8）
雀子を鴉銜へし炎天寺　後藤義一（H21・11）
子雀に樫の根したたし踏みはづす　岩永佐保（H25・5）
叱られてをり子雀を獲りし猫　藤岡田鶴子（H25・6）

鳥の巣（とりのす）

みえる地を僂なむ鳥の巣にをれば　渡辺洋子（S49・5）
碧落に見し鳥の巣にほかならず　藤田湘子（S51・6）
巣のごときもの巣となりて夕日の木　田中ただし（S57・6）
掻出せる巣わらの嵩や東大寺　吉沼等外（H1・7）
鳩の巣をゆるしぬ羅甸神学校　小澤實（H2・8）
山風に乗つて巣藁を殖やしけり　丸山澄夫（H8・7）
晴三日鵲は巣に枝加ふ　岩永佐保（H10・6）
からつぽの鳥の巣無理に微笑して　塩川秀子（H15・6）
かささぎの巣に味爽の水明り　梅野幸子（H23・6）

古巣（ふるす）

清里や枝ごと落ちてゐる古巣　小林　貴子（H6・9）

燕の巣（つばめのす）　巣燕

母の財布紅し巣つばめ嘴そろへ　中西　松城（S39・8）

巣燕の口や天理に了る旅　高橋　増江（S54・8）

巣燕や形変らぬ信濃鎌　真山　尹（H1・8）

燕とぶ雲崗佛に巣をかけて　佐藤　吉子（H3・12）

雀の巣（すずめのす）

雀の巣微笑のいはれ聞きもらす　藤田　湘子（S47・5）

雨樋を流れ落ちけり雀の巣　黒木フクヱ（H17・10）

鳥の卵（とりのたまご）　抱卵期

抱卵期東に高き山揃ふ　国見　敏子（S60・4）

はじけとぶ洗濯ばさみ抱卵期　喜納とし子（H8・6）

湿原や抱卵の鶴立ち上がる　北川すみれ（H16・7）

巣立鳥（すだちどり）

妻を信じ水に近づく巣立鳥　石渡　桃里（S46・8）

水色を濃く使ひけり巣立鳥　井ノ口昭市（S49・6）

ふはふはのふくろふの子のふかれをり　小澤　實（S60・8）

巣立鳥明眸すでに岳を得つ　藤田　湘子（S63・7）

雛鳥に天日すすむ雲の中　小林冬日子（H2・10）

大岩に対ふ大岩鷹巣立つ　末﨑　史（H14・8）

夕近し草擦りてとぶ巣立鳥　小林　弘子（H19・8）

ホスピスの樟の繁りや巣立鳥　安食　久子（H20・6）

桜鯛（さくらだひ）

わが産みしをとこ四十ぞさくら鯛　寺沢てるみ（S62・5）
けむり吐くやうな口なり桜鯛　藤田湘子（H1・6）
博多座の楽屋口より桜鯛　金子登紫（H18・6）
水はじく新の俎板桜鯛　荒谷棗（H19・7）
廻し飲む枡の香りや桜鯛　石黒秀策（H22・7）
島山は星空迎へ桜鯛　開恵子（H23・8）

魚島（うをじま）

魚島や海を離れぬ汽車に乗り　平野葭女（S62・8）

鰆（さはら）

兄弟の舳先鰆の灘を指す　浜田夢安（S60・6）

鱵（さより）

満潮の桟橋に透く鱵かな　坂田久栄（H20・8）

白魚（しらうを）

白魚の沖へ白髪殖やしにゆく　柏木冬魚（S44・6）
白魚を育てむ雨の縷のごとし　沢田明子（S46・6）
ともしびに白魚の血の巡りそむ　揚田蒼生（S47・6）
芦の雨あたゝめて出す白魚椀　原しのぶ（S49・11）
白魚火にこころを売りしごとくなり　瓦京一（S52・6）
白魚をのみては見えき風の色　木野卯太（S55・4）
白魚を嗟（あ）と呑みこんでしまひけり　藤田湘子（S60・6）
身辺の男ら大事白魚椀　立神侯子（S61・6）
白魚が腹の真中を過ぎゆけり　今岡直孝（H3・5）
耶蘇浦の鑑札世襲白魚簗　長谷静寛（H4・7）

白魚を食うべぬ泪欲しければ　榊原　伊美（H6・6）

くちびるの咲いて白魚呑まれけり　藤田　湘子（H8・5）

音晴れぬしらうをほどのまなこ欲る　中岡　草人（H11・6）

漢籍に倦みし夕や白魚汁　沖　あき（H17・5/6）

雪嶺の奥に雪嶺白魚汲む　中山あきら（H20・4）

諸子（もろこ）

諸子散つて深き処に石一つ　小川　軽舟（H17・5/6）

夕方の降り癖三日初諸子　西垣　崇子（H20・7）

公魚（わかさぎ）

公魚売夕月を負ひ来たりしよ　脇本　星浪（S42・5）

公魚を掴んでくれし手が真赤　景山　秀雄（H9・5）

公魚の豊漁ほとけぬするまる　木村　君枝（H18・5）

桜鯎（さくらうぐひ）　花うぐひ

美作の終の一夜や花うぐひ　足立　守（H21・8）

乗込鮒（のつこみぶな）

分校の音楽へ鮒乗込むや　柏木　冬魚（S40・5）

風の畦乗込みどきの匂ひあり　浅井　多紀（H3・6）

乗込みの水にほひくる廃寺かな　稲澤　雷峯（H9・8）

子持鮒（こもちぶな）　春の鮒

春鮒と夕べの生（しやう）の息わかつ　高野　途上（H2・6）

交番に春鮒釣の掲示あり　珍田　龍哉（H15・5）

若鮎（わかあゆ）　上り鮎

上り鮎きらめきを早や身に備へ　早川　博泰（H3・8）

放たれて走つてみたる稚鮎かな　吉沼　等外（H10・9）

天竜に遅き瀬は無し上り鮎　有賀　敦子　(H15・7)

菜種河豚（なたねふぐ）

菜種河豚不義理ついでの無沙汰かな　山本　良明　(S56・5)

蛍烏賊（ほたるいか）

蛍烏賊くわうくわうと喉過ぎゆくか　岸　孝信　(H16・5)

栄螺（さざえ）

僧の箸栄螺の肉を引出せり　遠藤　蕉魚　(H9・8)

海女若し栄螺の角のほの赤し　古谷　空色　(H10・5)

はらわたの煮えくりかへる栄螺かな　小川　軽舟　(H20・6)

蛤（はまぐり）

手が動き生き蛤に串通す　高橋　順子　(S43・8)

弔は明日蛤の肉の襞　椰子　次郎　(S53・3)

暗澹と焼蛤もすずめいろ　山本　良明　(S59・4)

蛤の砂嚙む朝のふしあはせ　下村　速男　(S62・7)

はまぐり売る婆の銭勘定はやし　広江　徹子　(H2・6)

蛤の重なりて水弛みけり　植竹　京子　(H8・7)

蛤や益はなけれど性無口　後藤　義一　(H12・8)

浅蜊（あさり）

いふなれば浅蜊の啼きも惰性かな　土井　聖　(S61・5)

浅蜊売覗きて過ぎぬ曾根崎署　弓倉御代香　(H1・6)

浅蜊ぴゆと鳴きをりわれの宵つぱり　七戸　笙子　(H11・6)

ひとつかみ足してくれたる浅蜊売　重元　康子　(H24・5)

赤貝（あかがい）

赤貝の紐食つて夜をながくせり　いさ　桜子　(S58・10)

赤貝のチと鳴きて刃を入れられし　細谷ふみを（S60・2）

桜貝（さくらがひ）

さくら貝だんだん別の貌となり　奥野　昌子（S52・5）
一日づつわれの薄るる桜貝　平松弥栄子（S55・5）
渡されし綿の中より桜貝　市川　千晶（H1・7）
手にあそばする夕風と桜貝　永島　靖子（H22・6）

蜆（しじみ）

一日や蜆に刃物入れて終り　大垣　幸子（S45・9）
而して雨女我蜆取　一條　和子（H9・9）
余震またあり魚屋の蜆桶　鳥海　壮六（H23・6）

蜷（にな）

蜷の道

石仏の長耳つり合ふ蜷の道　佐宗　欣二（S49・8）
この昼をもつと知りたし蜷の道　寺内　幸子（S54・4）
日ぐれなり皺おそるべき蜷の貌　三井　菁一（S57・6）
蜷も亦田螺に倣ひ鳴きにけり　酒井　鱒吉（S60・5）
蜷進む吾れも何とかなるならむ　飯島　晴子（S63・7）
ときどきは兄も哭くとよ蜷の道　鈴木八洲彦（H2・6）
丹田を据ゑれば見えて蜷の道　白井　久雄（H4・5）
蜷の道花鳥の情ありにけり　山本　良明（H8・4）
夫死後の偸安にあり蜷の道　安部みち子（H9・6）
蜷の道後ろ進みもあるらしく　松野　苑子（H11・5）
田螺とは意を異にせり蜷の道　名久井清流（H19・6）
蜷の道金釘流を押し通す　後藤　義一（H20・8）
出発地うろ覚えなり蜷の道　三好　純子（H23・5）

蜷の道だうだうめぐりして居ぬか　市川　葉（H24・6）

田螺（たにし）

田螺鳴く

田螺煮る笑ひはじめし鍋の蓋　宮本　遊（S40・5）

田螺煮る夜の火こころ淫かな　灘　稲夫（S47・8）

笛太鼓たにしの穴に散る夜かな　坂本　泰城（S47・9）

娶る家南へ田螺歩き出す　池田　満子（S49・5）

雨中にて田螺を誰も忘じをり　神尾　季羊（S52・4）

田螺道中途半端に消えにけり　森田春秋子（S57・9）

山火事のうつる小川のえび田螺　椰子　次郎（S59・3）

ポスターの保守と革新田螺鳴く　池辺みな子（H3・6）

印旛野の田螺夫婦といはれけり　吉井　瑞魚（H3・8）

田螺鳴くを待たるるあふみ曇りかな　今野　福子（H4・5）

千金の夜とて田螺も鳴けるなり　藤田　湘子（H6・5）

田螺鳴くころの下北泊りかな　佐々木幸子（H10・7）

風鐸のさ揺れもあらぬ田螺かな　山本　良明（H11・5）

古田螺乍恐（おそれながら）と進みけり　山地春眠子（H12・5）

ゑくぼはも古りてしまへり田螺鳴く　沖元　睦子（H14・7）

木琴の鳴り終りたる田螺かな　中村　空（H15・6）

みちのくの伊達の田螺を聞きに来ぬ　佐藤たつを（H15・6）

初任給明細田螺鳴きにけり　藤澤　正英（H16・8/9）

光悦寺前の田螺の鳴きにけり　徳田じゅん（H17・5/6）

田螺鳴く八十にして鍛へ時　御前　保子（H17・8）

顔昏れて田螺のこゑを待ちゐたり　植竹　京子（H19・5）

足あとにたにし住みをり佐久郡　平林　静子（H19・6）

田螺鳴く加賀より客の来たりけり　田中みづき（H21・6）
美しき対句を得たる田螺かな　中山　玄彦（H22・5）
田螺鳴く言葉いよいよ軽き国　中山　玄彦（H23・5）
水を得て田螺は腰を浮かせたる　亀田　蒼石（H23・7）

烏貝（からすがひ）

烏貝怨みを棒のごと呑みし　山本　良明（S53・5）

望潮（しほまねき）

千代田区のとなり港区潮まねき　珍田　龍哉（H13・5）
潮まねき彼方の戦まねくなよ　竹岡　一郎（H18・7）

寄居虫（やどかり）

鹹（から）き音たて、寄居虫（がうな）に夕ながし　高野　途上（S43・7）
都市暮しやどかり程の音たてて　中西　夕紀（S63・6）
皆既蝕寄居虫殻を替へにけり　福永　節子（H8・7）
寄居虫のあはや赤裸の姿見す　珍田　龍哉（H10・6）
やどかりと貝の別れやあつけなし　竹岡　一郎（H15・8）

磯巾着（いそぎんちやく）

あきらかにいそぎんちやくを踏みし貌　加藤　静夫（H2・10）
心自由磯巾着に潮さして　池田　萌（H8・5）
すぐ笑ふ夫笑はないいそぎんちやく　岡田　靖子（H13・6）
戦熄まずいそぎんちやくが砂を嚙む　小浜杜子男（H14・7）
真中より揺らぎいそぎんちやく展く　奥坂　まや（H16・5）
こころ靡きいそぎんちやくの靡きけり　小浜杜子男（H16・7）

雲丹（うに）　海胆

海胆（うに）の海どこへともなく乳房向け　飯島　晴子（S47・10）

水槽の雲丹の混雑目出度しよ　池田　萌（H12・4）

雨虎（あめふらし）

突つくたび小さくなるよ雨虎　池田　萌（H12・6）

地虫穴を出づ（ちむしあなをいづ）　地虫出づ

あちこちに足がぶつかり地虫出る　四ッ谷　龍（S53・2）

ミロは亡しにぎやかに出よ地虫たち　大石香代子（S59・5）

父頑固抽斗頑固地虫出づ　竹内　昌子（H1・6）

ぴくぴくとまぶたけいれん地虫出づ　本郷　貞子（H5・6）

下駄箱の全部黒靴地虫出づ　前田　寿子（H9・6）

頻々の地震に地虫の出でにけり　石山　善也（H9・6）

全生徒電話携帯地虫出づ　中村　昇平（H13・6）

落葉松は壮年の色地虫出づ　名取　節子（H16・6）

出席簿あいうえお順地虫出づ　古田　京子（H20・6）

地虫出づ躓く虫もありぬべし　西　順子（H20・6）

蟻穴を出づ（ありあなをいづ）　蟻出づ

蟻出でて老斑の数うたがへり　橋本たみか（S50・9）

蟻穴を出でてウイノンウイノンノン　山地春眠子（H19・8）

初蝶（はつてふ）

初蝶や子にゆるびたる歯が一つ　藤田　湘子（S44・5）

初蝶に人待つこころ流れけり　山崎　駒生（S44・6）

初蝶の梯子に来り水に帰る　増山　美島（S49・5）

初蝶の近づかぬなり瓜人読む　田中ただし（S51・4）

初蝶よサド侯爵伝閉ぢたれば　瀬戸　哲雄（S52・6）

初蝶を見送りし跪坐（きざ）つづけけり　酒井　鱒吉（S58・6）

初蝶は帽子探しに行くごとし　高野途上（S63・7）
初蝶や窓あけてある日吉館　山本良明（H3・6）
初蝶に気づかぬふりをされにけり　小浜杜子男（H11・6）
初蝶や山浅くして僧の畑　木村房子（H14・5）
風颯と初蝶飛ばし伊豆の国　山岸文明（H17・3）
初蝶の埃色して吹かれたる　内平あとり（H17・8）
シーソーの支点初蝶生れけり　和田智子（H19・6）
初蝶や母の絣を仕事着に　阪口和子（H19・6）
初蝶の吹きつけられし籬かな　小林弘子（H20・4）
初蝶やおでことおでこ仲直り　太田明美（H22・7）
初蝶や医者に患者にバーコード　酒井游山（H25・4）

蝶（てふ）

揚羽

縦隊は悲しき記憶蝶蹤きくる　宮本遊（S39・8）
白蝶にうしろ影のみある如し　山口睦子（S40・7）
刻かけて渚ふれゆく蝶ましろ　小林青揚（S40・7）
揚羽過ぎ雨のにほひが地より立つ　菅原達也（S40・8）
泥炭路羽欠け蝶の落ちず去る　志井田牧風（S41・5）
とべぬ蝶抱き風化しそうな胸軋む　服部圭伺（S41・7）
おひたちや古井覗けば蝶の空　山口睦子（S41・9）
蝶のゆく速さで汽笛麓ゆく　観音寺尚二（S43・7）
病み臥せば蝶蜂泥鰌かなしまん　金田眸花（S43・7）
揚羽ゆく架空の人に逢ひにゆく　目須田和子（S45・9）
眠りては蝶大柄となりゆけり　増山美島（S46・6）
蝶をまぶしみ尼寺の厠借る　小林進（S46・6）

櫛洗ふ最後の蝶の通りけり　永島　靖子（S46・11）
蝶々と母にひらがな日和かな　今井八重子（S46・12）
あたらしき眼鏡に容るる蝶の丘　植田　幸子（S47・6）
蝶なじまざるや田神に熱き飯　荻田　恭三（S47・7）
尼寺へ入りぬ揚羽の形（なり）のまま　景山　秀雄（S47・11）
黄の蝶や話のりたる指人形　早乙女房吉（S48・11）
遊蝶を映し闘はざる牡角（をづの）　小林　進（S48・12）
造船区鳳蝶（あげは）刃に似て現れし　栗尾　美明（S49・10）
忽忽と蝶が南へ檗へ　増山　美島（S51・6）
蝶の迅きに呆れたるふたりかな　田中ただし（S51・8）
踏切の蝶そのあとを耽読す　増山　美島（S52・5）
揚羽より速し吉野の女学生　藤田　湘子（S52・7）
おとろへて昔の蝶と会ひにけり　山口　睦子（S52・8）
さなきだに潟の夕べをしじみ蝶　穂坂　志朗（S53・1）
このごろの蝶へ口笛吹くことなし　戸塚時不知（S53・8）
残照や野に一枚の黒揚羽　有馬　穰（S54・1）
喪疲れよ蝶蔟りて地震（なゐ）来たる　志摩　龍史（S54・2）
蝶に針ふかぶかと刺し潰れけり　青木　城（S55・5）
てふてふよ朝一団の水兵よ　浜中すなみ（S55・6）
抽出しの蝶の骸の消えにける　穴沢　篤子（S55・8）
柱傷蝶の庭から見てをりし　吉田　成子（S56・6）
揚羽蝶（あげは）より黒きもの着て檻の前　岩永　佐保（S58・11）
揚羽来るおいらん草は折らでけり　大木戸花代（S59・10）
死蝶を真綿に包みやさしからず　明石　令子（S63・9）

川音に貴船の蝶の透くばかり　奥坂　まや（H1・8）
家中にてふてふ湧けり覚めにけり　後藤　綾子（H2・6）
黒揚羽孤立無援を歌ふべし　新海亜久里（H2・10）
虚子のいふ小諸の蝶の未だ生れず　珍田　龍哉（H7・6）
山の日は中天にあり蝶の舌　志賀佳世子（H7・7）
番犬は鎖に哭いて蝶生る　中野　柿園（H7・8）
山椒に蝶五十のいよよ家嫌ひ　前田　寿子（H8・8）
沼彦に即かず離れず黒あげは　今井八重子（H8・11）
人ひとり曾々木に降ろす蝶の昼　蓬田　節子（H9・6）
てふてふのどこかにとんで畑仕事　佐々木アヒ子（H9・6）
蝶の昼眠りが下手になりにけり　鶴田登美子（H9・6）
蝶の翅たためば模様かさなりぬ　藤田　湘子（H9・7）
日蝕に進む音なし蝶の昼　市川　葉（H9・7）
黒揚羽恋愛詩集捨てにけり　田中　加代（H9・10）
つれづれやわが真つ向に蝶縺れ　鴫志田理沙（H12・7）
球磨川の崖つぷちより揚羽蝶　吉本　藍（H12・7）
おちつきぬ紋白蝶にぴん打つて　坂本千恵子（H12・8）
乱舞せる蝶の奪へり吾が視力　庄司きみよ（H12・8）
手話の手の蝶々放ちゐるごとし　後藤　睦美（H12・10）
てふてふやほこほこ香る粗鋤田　佐々木アヒ子（H13・8）
或る文字に妄想きざす蝶の昼　小川　軽舟（H14・5）
日のさしてかはる空気や紋黄蝶　市川　葉（H14・6）
よごれてもいいものを着て蝶の昼　豊島　満子（H14・6）
わが生に幾何（いくばく）の蝶殺めしか　山地春眠子（H15・5）

沈黙とクロワッサンと白蝶と　今泉なおこ（H15・5）

赤岳のみそなはす牧蝶生る　佐武まあ子（H15・6）

蝶の息てふには聴え交むなり　小倉 赤猫（H15・7）

蝶々のあそぶ只中蝶生る　髙柳 克弘（H15・8）

紋白蝶行きたい方へ行きにけり　古橋 和子（H15・8）

韃靼人馬上に蝶をつまみけり　山田 喜美（H15・9）

はらいそへはらいそへ蝶卍飛　山地春眠子（H17・5/6）

ミシン油をぺこぺこ注ぐ蝶の昼　安東 洋子（H18・6）

三角のゆるがぬ形蝶の昼　金子 登紫（H18・7）

楽な方らくなはうへと吾と蝶　飯田やよ重（H18・8）

崑崙を吹つ越す風に乗る蝶ぞ　山地春眠子（H19・7）

大切な人の掌蝶生る　辻内 京子（H20・6）

徘徊の父探しをる蝶の昼　吉光 邦夫（H20・6）

揚羽なら訪ひやすからむ朴下亭　山本 良明（H21・5）

蝶追うて三十代になるも佳し　矢口 晃（H21・5）

てふてふや音の消えたる昼の畦　尾林和華子（H21・6）

揚羽蝶朽木の匂ひ曳きて過ぐ　岡本 雅洸（H21・9）

黒揚羽ぶつかりあつて交むらし　加藤 静夫（H21・10）

つまづきし石小さかり蝶の昼　小相 澤幸（H22・8）

夜に思ふ肩にふれきし黒揚羽　住友 良信（H24・11）

信仰の押売が来し蝶の昼　安食 亨子（H25・5）

肉祖に撮る心電図蝶の昼　島田 武重（H25・6）

蜂（はち）

コップの水清浄脚長蜂の昼　一柳 吐峯（S46・10）

蜂飼ひに濁りそめたる羅臼沖　緒方 厚子 (S48・10)

蜂飼が南へ向ふ暮の町　石井 雀子 (S49・2)

戸隠の祭の中を熊ん蜂　市川 葉 (H3・2)

分封の蜂に大空たつぷりと　市川 葉 (H7・9)

瑞牆山分封の蜂空荒らす　小宮山智子 (H9・7)

脚長蜂ぽろりぽろりと巣立ちけり　古川ただし (H14・10)

蜂が蜂はじき出しけり蘂の中　井上豊志子 (H15・8)

アカシアに蜂のはたらく信濃かな　相澤 裕子 (H19・8)

蜂の巣（はちのす）

蜂の巣の下より夫と別行動　乾 桃子 (S54・10)

虻（あぶ）

喪を連れ来る虻たち拳半開き　鳥海むねき (S44・8)

人骨の模型に虻のくる微風　瓦 京一 (S46・4)

伐り口ほどかがやく火山麓の虻　鳥海むねき (S46・7)

藁きざむばばがときどき虻とばす　野木 径草 (S49・5)

アカシヤの虻を力と聴く日かな　山崎 正人 (S51・8)

渾身の虻の翅音やオホーツク　蓬田 節子 (S55・8)

虻一つ太陽へ行く倉庫街　寺内 幸子 (S57・5)

藤の虻ときどき空（くう）を流れけり　藤田 湘子 (S59・8)

昇る日が放つ一番虻の声　山崎 正人 (H1・10)

顳顬に当るを虻と気付くまで　加藤 静夫 (H1・10)

虻払ふステツキ艦か英国製　若生 雅子 (H3・7)

虻酔うて南瓜の花を出でにけり　小澤 實 (H6・10)

換気扇虻突つ込んでゆきにけり　奥坂 まや (H8・7)

牛臭き吾につく虻ふてぶてし　黒木フクエ（H10・8）

ドライヤー虻吹つ飛んでしまひけり　奥坂まや（H14・9）

はらいそも仏の国も虻黄金　伊藤たまき（H16・8/9）

虻とべり尾崎一雄の表札に　鳥海壮六（H18・7）

空中の虻ここは嫌ここも嫌　小川軽舟（H22・6）

けふ虻の強き翅音を味方とす　今野福子（H23・6）

二駅を湖北の虻と乗合はす　向井節子（H23・7）

春の蚊（はるのか）　初蚊

シルクロードの終りは日本春蚊出づ　奥野昌子（S58・7）

春の蚊が出てわが家にはあらぬ闇　加藤節子（S59・8）

春蚊出づわれを限りの診療所　隈崎ろ仙（H4・8）

図書室にわれと初蚊と堀辰雄　藤田まさ子（H7・10）

耳元に様子鳴きせる春蚊かな　吉井瑞魚（H16・10）

丸善の原書の棚の春蚊かな　太田淳子（H17・8）

補聴器の真顔に春蚊いでにけり　山本良明（H23・7）

春の蠅（はるのはへ）

九十鉄斎九十北斎春の蠅　小澤實（S56・7）

大型の春の蠅とぶ憎憎し　田中ただし（H5・7）

春の蠅タイルの目地を歩きをり　藤田かをり（H17・7）

地球儀の太平洋に春の蠅　福川君子（H20・7）

蠅生る（はへうまる）

巨き手を虔みをれば蠅生る　飯島晴子（S57・6）

蠅生る可笑しき事の何もなく　諏訪ふじ江（S60・8）

奈良の蠅生れ柱にはや遊ぶ　岩永佐保（H2・5）

大き鼻持余しをり蠅生る　宅和　清造（H5・6）
蠅生れ爺の仔牛も生れけり　正崎　国光（H14・6）
綿雲も郵便も来て蠅生る　浅沼　文恵（H15・8）

蚕（かひこ）

テレビに原潜蚕疲れの母眠りし後　佐々木碩夫（S41・7）
蠶に奪れ吾妹の沐音（ゆあみ）たてず　法本　妙子（S56・10）
妙義よく晴れて蚕の食いざかり　小林　日出（S62・5）

春蟬（はるぜみ）　松蟬

松蟬や舌頭いつか太平記　正木　千冬（S42・7）
春蟬や今日林中に杖を得て　山崎　正人（S51・7）
春蟬や地図をひらくは飢に似て　青木　泰夫（S53・6）
春蟬や加賀宝生の能舞台　住　斗南子（S59・10）
松蟬や天皇さまの日和にて　永野　和子（S61・7）
松蟬や礼拝堂へ坂がかり　津高　房子（H20・12）
松蟬や讃岐うどんの嚙みごたへ　今野　福子（H22・7）

植物

梅（うめ）

梅匂ふ眼帯きつきうす闇に　喜多　青松（S43・5）
梅さむし軍鶏が闘ふ骨の音　灘　稲夫（S47・3）
鶏の目のゆるみきつたり梅の花　山口　広子（S47・4）
梅林に鴉軍艦旗が湾に　北島　新生（S47・5）
梅一分咲きのこぎり踏みて猫ゆけり　菅原　達也（S48・4）
剃りあとに梅林の笛つきまとふ　堂島一草女（S48・4）
梅ひらく麓に籠り音の祭具　穂坂　志朗（S49・3）
梅月夜鳥ではじまる子のはなし　市川　恵子（S49・5）
鳩尾に梅が香を溜め尼になれず　乾　桃子（S49・6）
薄着してゆく天涯の梅の花　飯名　陽子（S49・6）
鈴もつて一里二里ゆき梅の花　東森久美子（S50・5）
英単語口に出て梅ひらきけり　長峰　竹芳（S53・5）
梅林にまつかな舌の子を抱きぬ　角田　睦美（S55・5）
梅散りし後の空気に他ならず　山地春眠子（S56・4）
梅咲いて夕暮の来る青畳　蜂須賀　薫（S60・4）
梅さむしわが死化粧なすは誰　岡本　恵子（S60・5）
梅日和来るなり水を所望せり　高橋　三秋（S60・5）
白梅の日向を終の縁者たち　山本百合子（S61・5）

何よりも正座落着く梅の花　白井　美江（S61・5）
夜の梅この頃爪の割れ易き　明石　令子（S63・5）
梅散つて和尚梵妻緩もんぺ　宮崎　尚子（H1・5）
頼まれて六十路の勤め梅白し　渡辺くにえ（H2・5）
一本の地酒がついて梅月夜　金子　うた（H4・5）
白梅と紅梅惨と交じり合ふ　飯島　晴子（H6・6）
梅ふふむ朝より金の出てゆけり　笹山美津子（H7・5）
笊干して富めるこころや梅の花　柿﨑　洋子（H14・5）
梅散りて裏藪もとの木阿弥に　わたなべくにこ（H14・6）
三七日に泣く者来るな梅ふふむ　黒木フクヱ（H15・4）
ポケットの手が出てまねく梅日和　木本　義夫（H15・5）
緊褌といふが男に梅ふふむ　藤岡田鶴子（H16・4）
梅白し危なつかしき平和なり　吉橋　節子（H20・6）
叱らねばわからぬ母や梅白し　吉川　典子（H20・6）
退職の荷の一箱や梅の花　荒谷　棗（H21・3）
白梅やきつと来る人待つ木椅子　八嶋しづ江（H22・4）
火渡の終りし闇や梅にほふ　梯　寛（H22・5）
すりばちとすりこぎは対むめの春　有澤　榠樝（H23・2）
梅かをる腰掛窓の二階かな　小川　軽舟（H23・3）
盆梅の匂う窓口切手買う　山口美恵子（H23・5）
梅白し死者のログインパスワード　折勝　家鴨（H24・4）
詰めに詰め子に送る荷や梅二月　竹内　昭子（H25・5）

紅梅（こうばい）

紅梅や一指一指に水やはらか　金子　うた（S42・5）

紅梅や尼寺とても階窪み　平松弥栄子（S44・4）

紅梅の右手（めて）にはげしき水あらむ　飯島晴子（S45・5）

紅梅に木霊と棲みてながかりき　津崎富（S46・6）

紅梅であつたかもしれぬ荒地の橋　飯島晴子（S47・4）

紅梅に肩揚とれし憂かな　小林愛子（S48・4）

紅梅がもう見えませぬ夕鴉　後藤綾子（S49・4）

紅梅や山なき町にあきにけり　永島靖子（S49・5）

紅梅の木を抱き昏るることもなし　飯島晴子（S51・4）

刮目の馬紅梅の中過ぎて　清水治郎（S54・5）

紅梅やむかし研屋の水たまり　服部美矢子（S55・5）

紅梅やことばかけねば父呆け　安東洋子（S60・4）

清搔（すががき）や濡紅梅の落ちて開く　山地春眠子（S60・5）

老紅梅きほひて花をつけすぎし　三井菁一（S61・5）

紅梅の色放ちたる深空かな　田口裕子（S62・4）

代替りして紅梅の恙なし　村井丕子（S62・6）

加賀にあり濡紅梅と酢海鼠と　山地春眠子（H1・4）

紅梅やテレビはけふも人殺す　阿部達（H8・5）

紅梅や雨戸一枚づつ送り　小川軽舟（H20・4）

紅梅やうしろ手に解く巫女の髪　松浦俊介（H20・7）

紅梅やわたくし雨の早雲寺　芹沢常子（H22・6）

紅梅や近づいてきて怨み言　加藤よい子（H25・6）

椿（つばき）

青年餓ゑ岬の森で突く椿　西野洋司（S41・5）

山中を時間が流れ椿落つ　佐々木碩夫（S43・5）

風の椿思ひ描きては時間消す　山崎　正人　（S44・6）
決未だ紅隙間なき落椿　平松弥栄子　（S45・6）
子を堕す話いくつも椿落つ　辻野　正広　（S47・4）
涅槃図を堕ちたる椿踏みにけり　小浜杜子男　（S50・6）
椿落つ金曜十三日の朝　山本　素彦　（S51・4）
日に一度写楽の笑ふ白椿　田中ただし　（S52・6）
篚（はこ）の底より喚ばれたる白椿　亀谷　朋興　（S53・4）
大風のたましひぬけの椿百　藤田　湘子　（S55・5）
白椿われに冥加の痣ひとつ　藤田　湘子　（S56・5）
腸のよろこんでゐる落椿　飯島　晴子　（S56・6）
ひとつ咲く椿をひとつばなしにす　野木　径草　（S57・5）
椿主椿盛りに呼ぶといふ　山崎　正人　（S58・4）
波はいま月に引かるる椿かな　鈴木　俊策　（S60・7）
ことごとく母樹讃仰の落椿　浜田　夢安　（S61・5）
藪椿農婦おほかた膝病めり　鈴木　紀美　（S61・6）
処女懐胎信ず深山の椿かな　真栄城いさを　（S62・6）
落椿踏みちやちやくりてみたりもし　飯島　晴子　（S63・6）
弓弦の性失せにけり白椿　広江　徹子　（H1・6）
庭椿手足やうやく火を忘ず　江川　繁子　（H2・8）
甘言を弄せば椿落ちにけり　藤原　美峰　（H3・7）
玄関のルオーに見られ椿落つ　石丸鐘浮立　（H4・8）
則天去私開きて白き椿かな　ウイン龍子　（H6・6）
かほどまで咲くこともなき椿かな　飯島　晴子　（H9・7）
落椿大いなる蠅とまりをり　小澤　實　（H10・6）

落椿百踏む老をむかへんと　伊藤　翠　(H10・6)
筆折りし絵師に今年の紅椿　古川　明美　(H13・6)
落椿積む一隅の時間かな　奥坂　まや　(H17・7)
誰かゐる椿明りの夫の部屋　横井千枝子　(H19・5)
日本史は暗し椿の落ちにけり　荒木ひでこ　(H20・5)
巫女出でて幸せさうに椿掃く　市川　恵子　(H21・6)
死ぬ時はどこに手を置く藪椿　池永千鶴子　(H24・5)

初花（はつはな）

初桜

初ざくら平屋に屋根のひろびろと　石橋　水葉　(H24・7)

枝垂桜（しだれざくら）

いくさなき空よりしだれ桜かな　根本てる子　(H6・7)
いづこかに月あるしだれざくらかな　小浜杜子男　(H7・7)
恋恋と風吹くしだれざくらかな　小沢　光世　(H18・8)
働く日数えてしだれざくらかな　折勝　家鴨　(H19・7)
夜空またつめたきしだれざくらかな　小浜杜子男　(H22・6)

桜（さくら）

さくらの下みな指太きクラス会　飯島　晴子　(S40・6)
さくらの会話風にかたより主婦の旅　服部　圭伺　(S40・6)
火夫の肌水もて拭ふ夕桜　安斎千冬子　(S40・7)
子がひらく地図に海濃き朝ざくら　海野　正一　(S40・8)
さくら咲く群集の中黒くゐる　吉井　瑞魚　(S41・6)
夕ざくらいのち余るを惧れけり　平松弥栄子　(S44・5)
父の忌のきのふ通りし桜の沼　永島　靖子　(S44・6)
大いなる鶏の喉見ゆ桜すぎ　植田　幸子　(S44・7)

朝桜椅子の血痕黄ばみけり　高山夕美（S47・6）

桜よりあかるき砂に病後の児　瓦京一（S47・7）

親に孝折れ枝に咲くさくらかな　高橋順子（S47・8）

犬が犬舐めてさくらのはじめかな　神尾季羊（S51・6）

忌日続く桜の中の高夕日　鳥海むねき（S52・6）

みちのくの桜おもふに飯噴けり　浅井たき子（S53・6）

上げ潮のごとくさくらの夜となれり　秋本楊柳（S53・6）

日の暮のからだ浮きけり桜橋　鳥海むねき（S55・5）

飛行雲あれば知覧のさくらかな　下本愛（S56・5）

桜子というが如くに生れけり　青砥順子（S56・6）

二階から桜見おろす源氏講　森優子（S56・9）

桜の色暗し今年の年回り　谷本ちゑ子（S57・6）

浮世絵に万朶のさくら爺に死期　天野萩女（S58・4）

枢（くるる）落つ音ちかぢかと夕桜　鳥海むねき（S58・6）

雨降山やつぱり降りて桜かな　金光治子（S59・7）

大枝に風はじまれり夕桜　菊池佳子（S59・9）

夕桜鉄道官舎皆平屋　酒井一栄（S60・7）

さくら咲く他国の鱒を喰ひにけり　金田眸花（S61・7）

桜前線来たりおそ番とまり番　竹林仁（S61・7）

墓をがむわれに絵島に桜かな　鈴木しげ子（S62・5）

不景気の今年のさくら濃かりけり　西浦節子（S62・7）

ほがらかにものを思へと朝桜　金田みづま（S63・6）

屋根に乗る石のうれしき桜かな　小澤實（H1・7）

白骨のさくさくと鳴る夕桜　今岡直孝（H2・6）

母のこと覚悟きめたる桜かな　田邊　文子（H3・7）
一合の酒を二合に夕桜　川野　蓼艸（H4・6）
一舟の雨に出でゆくさくらかな　関　とみ（H4・6）
さくらの夜不意に蛇口が水こぼす　宮坂　静生（H5・7）
朝桜まつすぐにきて塔のまへ　清水　啓治（H6・7）
少年は絶望知りぬ夕桜　奥坂　まや（H8・6）
最小の荷を考ふる桜かな　伊沢　惠（H8・6）
黒をぬぐ人形一座夕ざくら　山田　敏子（H8・8）
けしからぬさむさとなりし桜かな　喜納とし子（H8・8）
さくらの夜桜女郎の来るけはひ　志賀佳世子（H11・6）
朝桜選挙の負けを諾へり　黒木　久典（H12・6）
鯉の血を飲みたる桜月夜かな　金子　登紫（H12・7）
鏡出て鏡へ帰るさくらの夜　木村　照子（H12・8）
雨よりも人しづかなるさくらかな　髙柳　克弘（H15・6）
さはりなき肺二つあるさくらかな　亀田　蒼石（H15・7）
遠くよりやまひみまもる夕桜　足立すゞ子（H15・7）
一片も天に零さず夕桜　杉沢田三子（H16・6）
老桜よりさらさらと朝の風　伊藤　順雄（H16・7）
酒の名は立山さくら咲きにけり　喜納とし子（H18・8）
打つ釘のあをみたりける桜かな　髙柳　克弘（H19・6）
草を食む馬の余生や朝ざくら　舟木　和子（H19・7）
お互ひの名前忘れし桜かな　川原　詩介（H19・7）
夕ざくら母を他人に預け来し　志田　千惠（H19・8）
ゆるさるる時間桜を見てゐたり　橋田　麻衣（H19・8）

電話鳴る直前しづか夕桜　小川　軽舟（H20・6）
桜大樹どこも正面雨上る　橋田　麻衣（H20・7）
意識なき夫の時間や夕桜　松原　順子（H20・8）
鳥達の夜会へ急ぐ桜かな　小泉喜久代（H21・7）
ばらばらに来て惜しみける桜かな　新原　藍（H21・7）
人はみな嬉しき顔の桜かな　林　達男（H21・8）
男坂あといくたびの桜かな　椰子　次郎（H22・6）
晩年の肚くくりたる桜かな　向井　節子（H22・6）
上京の子より電話や夕桜　金児　迪子（H22・8）
ゆふざくら六時前とはいい時間　加藤　静夫（H23・7）
鳥の骨ねぶりて甘き桜かな　髙柳　克弘（H23・7）
一日を使ひきつたる桜かな　西山　純子（H24・6）
桜咲く鏡のなかの方が広い　奥坂　まや（H24・7）
可惜夜や桜女郎に憑かれたる　渡辺　柊子（H24・7）
知らぬ地に嫁ぎ十年目の桜　川本　梨枝（H24・7）
東京にからだなじみし桜かな　藤山　直樹（H24・7）
納戸より出す大皿や夕ざくら　斉藤　理枝（H24・7）
ひるの日のちひさくかかり樺桜　髙柳　克弘（H25・6）

花（はな）

雲の裾日に裂けて花了るなり　倉橋　羊村（S41・7）
上流に花咲けば風遡る　観音寺尚二（S43・5）
逢いに来て母の水音花ゆらす　横井千枝子（S44・7）
花に吉凶分けめ変へたる髪容　今井八重子（S45・6）
花眩暈わがなきがらを抱きしめむ　冬野　虹（S54・6）

しだれつつこの世の花と咲きにけり　藤田湘子（S57・5）

花を賞で日和を褒めて人焼けり　浜田夢安（S57・6）

花の午後日直教師釘ひろう　阿部　達（S61・7）

猫がゐて花咲くまへの飛鳥山　加藤静夫（H4・6）

花よりも墓にこころや深大寺　小川和恵（H6・6）

花更けてさて人形と人形師　星野石雀（H7・7）

聖堂に少年の香や花の昼　高橋乃里（H8・6）

シーソーの片方は宙花満開　黒沢廣子（H12・7）

腐刻画の死神笑ふ花七日　星野石雀（H13・6）

警笛ふあんと特急通過花の雲　井上宰子（H18・6）

籠抜けて花喰ふ鳥となりにけり　高柳克弘（H18・7）

花に佇つ盲導犬と青年と　若生雅子（H19・6）

ヨット部に誘つてをりぬ花の下　松尾益代（H19・7）

花の昼豆腐屋の桶伏せてあり　山本美恵子（H22・6）

尼寺にシチューの匂ひ花の昼　伊藤晃彦（H24・7）

ゆづられし席あさく掛く花の旅　亀山歌子（H24・9）

山桜（やまざくら）

一日がたちまち遠し山ざくら　宮坂静生（H1・7）

見下ろすといふ眼福の山桜　布施伊夜子（H3・6）

物見えぬ眼の奥の山桜　山本百合子（H5・5）

山桜ゆふやみ谿を上りゆく　蒲　和子（H5・6）

眠りてはこの世のそとへ山桜　奥坂まや（H7・6）

山ざくら男に眉宇といふ言葉　藤田湘子（H7・7）

山桜百歩のぼればわれ消えむ　植竹京子（H11・7）

廃院のかりそめならず山桜　隈崎ろ仙（H13・7）
山桜大樹に径の尽きにけり　奥坂まや（H15・8）
山桜仰ぐ眉雪となりしかな　坪井美世（H17・8）
山桜迷へと道の伸びてをり　佐武まあ子（H17・9）
岩根踏むわが大足や山桜　中山玄彦（H19・8）
陀羅助の頑固に黒し山桜　竹岡江見（H20・6）
ポスターの役者が着きぬ山桜　古川明美（H23・7）

遅桜（おそざくら）

紐を切る童女朝月遅桜　永島靖子（S47・7）
聖絵の跣ばかりや遅桜　佐宗欣二（S53・6）
学僧の高野を下りず遅桜　立神侯子（H10・7）

落花（らくくわ）

花散る　花吹雪　花屑

掌の中に鍵束雲は花降らす　東森久美子（S41・6）
ちる花へ影坐らせてから坐る　小林青揚（S42・6）
旅晴れぬ地のはなびらの疾き目ざめ　吉井瑞魚（S43・6）
離れ立つ幹が落花を交換す　志井田牧風（S44・6）
花びら敷き了ういつぽんの挽音に　鳥海むねき（S46・6）
散るさくら嫌ひな帯が背を占めて　吉持愁果（S46・6）
花息吹き花びら花びら経かたびら　大崎朝子（S48・7）
猫に気を許して桜散りにけり　住素蛾（S57・7）
花ちるとゆめの中にて讃へ合ふ　山田敏子（S59・7）
花吹雪さみしからねど五十過ぐ　加瀬律（S61・8）
花屑を掃きをりけふは何曜か　豊島満子（S62・7）
篝守落花にぴくと眉うごく　山本良明（S63・6）

谷の音谷を出でざる落花かな　奥坂　まや（S63・7）

散るさくらわたしがゐてもゐなくても　野本　京（H1・6）

今頃は桜吹雪の夫の墓　飯島　晴子（H3・7）

山風に分れし落花堰に合ふ　高橋久美子（H3・7）

杖に抛り落花浴びゐし翁はも　森瀬　茂（H9・8）

花散るや路地いつぽんの先斗町　石田　小坡（H11・7）

花屑を掃きぬ屋台の収支ゼロ　佐藤　潤（H11・8）

水よりもつめたき落花浴びて来し　竹内　久美（H13・7）

鎌倉やうむととらへて花一片　岩永　佐保（H14・7）

音もなし落花の渦の移りつつ　笙　美智子（H14・7）

さくら苗さくら吹雪をあびてをり　新原　藍（H14・7）

花散るや帰る刻来し春日巫女　志賀佳世子（H15・7）

夕暮の空白に散るさくらかな　井守やよい（H18・6）

死者生者いづれ分かたぬ落花かな　伊沢　恵（H18・7）

花散るや逆波しろき酒匂川　岸　遊子（H18・8）

空気より夕日つめたき落花かな　小川　軽舟（H21・6）

花散るや無表情なる水の上　髙柳　克弘（H21・6）

宿坊に僧見ず落花しきりなり　上村　慶次（H22・7）

散る花の声を濡らしたかもしれぬ　晶阿弥ひろこ（H22・7）

散る桜海に届かず殯（かりもがり）　山田　喜美（H23・7）

勝手口疏水に並ぶ落花かな　吉長　道代（H23・7）

花散らす雨や看取の悔すこし　御供　知倫（H24・7）

桜蘂降る（さくらしべふる）

音立て、桜蘂降る女の村　林　芳生（S44・7）

髭剃らねば夥し地の桜しべ　増淵三良（S48・6）
桜しべ友あり友なきごときかな　栗林千津（S51・8）
さくらしべふる鯉同志山女同志　座光寺亭人（S55・6）
桜しべ降る人形が捨ててある　小浜杜子男（S55・7）
さくら蘂降れり一笛茶毘へ発つ　山田敏子（H2・7）
桜蘂降る初めての定期券　菅井郁子（H5・7）
桜蘂ふる銭湯と英語塾　松田瑞江（H6・7）
桜蘂ふるをりふしの覚書　古川治子（H6・8）
桜蘂降る大学に自死ひとつ　大八木陽介（H8・7）
桜蘂降るや先祖に尼二人　中野美代子（H9・8）
桜蘂降る一万歩一万歩　高城恭子（H10・8）
桜蘂降るわれら握手のならひ無し　伊沢惠（H13・6）
桜蘂降る機関車の大鉄塊　中澤榛邑（H14・7）
桜蘂降る生立ちに秘密欲し　柴田合歓夫（H14・7）
桜蘂降るはやばやと通夜の客　市川葉（H23・7）

牡丹（ぼたん）の芽（め）

人恋ふを母がさびしむ牡丹の芽　桜岡素子（S43・5）

薔薇（ばら）の芽（め）

薔薇の芽や出かける前の自己暗示　徳田じゅん（H15・7）

山茱萸（さんしゅゆ）の花（はな）

山茱萸や板戸めぐらす能舞台　吾河憲子（H18・9）

紫荊（はなずはう）　蘇枋の花

六十のさてこれからや花蘇枋　若宮靖子（H3・7）
花蘇枋老いて姉妹のまめに会ふ　鈴木しげ子（H6・5）

辛夷（こぶし）

辛夷咲き田の香をシャツに父若し　後藤清太郎　（S40・5）
山国の雲軽く行く花辛夷　藤田　湘子　（S41・5）
告別をたれか濃くする辛夷の夜　福原　稜声　（S48・6）
辛夷散るを見て鯉沈む病かな　座光寺亭人　（S48・8）
少年は雲にとどかず花辛夷　山田　一笠　（S50・6）
だらだらと飲んで辛夷の山近し　日向野初枝　（S53・5）
見送りの日向に出でて辛夷かな　高木　正志　（S57・7）
国東（くにさき）は石育つ国こぶし咲く　喜納とし子　（H3・7）
甲斐駒の一巌（ひとついはほ）や辛夷咲く　小澤　實　（H5・7）
祈禱師に若き妻あり花辛夷　村上　妙子　（H6・5）
死ぬために帰り来し家花辛夷　椎名　康之　（H6・7）
青空に顔ひきしまる花辛夷　奥坂　まや　（H7・5）
舟止めて櫓臍の熱し夕辛夷　中岡　草人　（H8・7）
風さわぐ辛夷や天に八ケ岳　深津　孝雄　（H8・7）
辛夷咲き北嶺天を光らしむ　田嶋　武夫　（H9・7）
老のもの干す日出たさよ花辛夷　野本　京　（H11・6）
はたらきに来て学校の辛夷かな　萩原　友邦　（H11・6）
いつときの素足の起居辛夷咲く　萩原　友邦　（H14・5）
鎌倉の風にねばりや夕辛夷　藤澤　憝子　（H23・5）
休日の素顔の軽し花辛夷　甲斐　有海　（H24・6）
雑学の書架に日当る辛夷かな　志賀佳世子　（H25・6）
まさをなる空の量感花こぶし　稲澤　雷峯　（H25・6）

花水木（はなみづき）

花水木歩きたがつてゐる体　植竹　京子（H5・6）

かつて町新しかりし花水木　立神　侯子（H22・8）

ミモザ

ミモザ買ひシネマ通りといふ場末　白井　規子（H6・6）

五分後に恋あるごとしミモザ咲く　矢口　晃（H13・5）

昇天に叶ふ空ともミモザ咲く　細貝幸次郎（H18・4）

綿雲と光とミモザ呪文めく　やうち　海（H18・6）

わが性の哀しミモザの花咲けり　辻　和香子（H18・9）

三椏の花（みつまたのはな）

三椏の蕾きんいろ雨ぎんいろ　廣川　公（H17・5/6）

沈丁花（ぢんちやうげ）

沈丁

沈丁の闇に狂気の永くあれ　須藤　妙子（S44・5）

沈丁の闇をステッキ猫その他　市川　恵子（S49・6）

沈丁花瓦をあるく音のせり　角田　睦美（S53・6）

沈丁花闇の繚乱たる小ごゑ　山本　良明（S54・5）

沈丁や僧に美貌のまな娘　山本　良明（H14・6）

沈丁やあやに安けき奈良の闇　奥田　遙（H16・5）

肉慾の募る夕暮沈丁花　細谷ふみを（H17・8）

沈丁花人に会ひたき香なりけり　野本　京（H23・6）

洛中の図子に迷へり沈丁花　小川　舟治（H23・6）

沈丁や妻に親しき勝手口　速見　綾子（H23・7）

連翹（れんげう）

連翹の一花も怠けたるはなし　鳥海　正樹（S44・5）

連翹や祭の髪を結ひに出づ　中邑　義継（S44・7）

連翹や嬰児はじめて雲に会ふ　神尾　季羊（S49・5）

連翹や昭和に飽きし鍵一つ　島津　海郎（S50・5）

連翹や膝をかなしむ男にて　藤田　湘子（S51・5）

どの眼鏡かけ連翹を見にゆくか　福田　道子（S55・9）

れんぎようやよそへよそへと郵便夫　小泉　俊子（S62・6）

連翹や同じ宿から旅役者　高木　雍子（H3・7）

連翹のはみ出してゐる工場かな　田中　和井（H6・6）

連翹や七人の子の父母の墓　桜井　美恵（H24・5）

ライラック　紫はしどい　リラ

ハシドイの花や流浪を羨めば　木村　照子（S56・9）

リラ冷えの寝椅子に老の持時間　星野　石雀（H4・8）

千人のデモひえびえと夜のリラ　高橋　和志（H5・7）

ライラック少女こまめに洗顔す　牧村佳那子（H6・5）

リラ咲くや鈴のやうなる一つ星　山﨑　昭美（H22・6）

リラ冷の液晶画面触れて消す　安藤　辰彦（H23・8）

家近くなりし夜空やリラの花　細谷ふみを（H24・6）

山桜桃の花（ゆすらのはな）　梅桃

花ゆすら陽の森番は少し遊び　高橋喜玖子（S49・8）

花ゆすら野良着といふも初々し　谷　ひろ子（S63・6）

馬酔木の花（あしびのはな）

馬酔木咲き人のおもひの変りしか　立神　侯子（S52・6）

満天星の花（どうだんのはな）

満天星や旅立つまへの小ばたらき　飯島美智子（H10・8）

躑躅（つつじ）

白つつじ十指に十の使ひみち　植田　幸子（S45·8）

母にはよく鳥がちかづく白つつじ　寺田絵津子（S46·7）

白つつじなみだの減りし眼と思ふ　大堀　恒春（S46·7）

贋ニイチエ瘋癲院の白つつじ　高橋　楠秀（S47·2）

咳く父と咳く我と一つづつつつじ咲かす　斉藤　トヨ（S50·8）

家に病みて家に癒えたるつつじかな　野本　芙美（S59·7）

山つつじがれ場を貂の走りけり　片岡まさる（H10·7）

小粉団の花（こでまりのはな）　団子花

こでまりの花死爪の離るる日　上田多津子（S52·7）

文盲の大粒づくり団子花　乾　桃子（S54·3）

雪柳（ゆきやなぎ）

雪柳死ぬときの髪いかにせむ　小野寺芳江（S48·6）

田作りの叩き納めや雪柳　増山　美島（S49·6）

藁屋根をこぼるる雀雪柳　内田　祥江（H19·6）

木蓮（もくれん）　白木蓮　はくれん

白木蓮のひとひら母の寝呆けたる　穂坂　志朗（S49·6）

はくれむのとびまはりゐる夜空かな　吉沼　等外（S60·6）

白木蓮の高みに闇の加はれり　植竹　京子（S62·7）

はくれんのひしめく真夜をさめてをり　飯島　晴子（H4·6）

白木蓮やすぐ引つ込みし顔ひとつ　萩原　友邦（H16·6）

白木蓮やおもへばけふは親父の忌　隗　一骨（H18·8）

藤（ふぢ）

藤咲いて白髪うしろより増ゆる　蓬田　節子（S44·7）

白藤の曳くゆふぐれの賭けごころ　植田　幸子（S47・7）
紙人形乳房ほしくて藤の花　橋本　梢（S48・7）
童謡をかなしみて聞く藤のをはり　飯倉八重子（S49・7）
藤の花母の声音を蓄へむ　鈴木　文七（S53・7）
藤の花ながながとみて臈たけし　仙田　敬子（S53・7）
藤棚に父ゐるごとし月の出は　浅井たき子（S55・7）
藤房のとどきし水のくもりけり　金子　うた（S57・7）
鉢の藤老いが咲かせて吾がめづる　田中白萩子（S58・10）
藤咲くやこころ衰へ谿の中　清水　啓治（S61・8）
不便なるところに住めど藤の宿　西浦　節子（S62・8）
百年の藤に案内のことごとし　永尾　和子（S62・8）
藤棚の下休日の終りけり　中井　満子（S63・7）
山藤に汽笛鳴らすよ土讃線　後藤　綾子（H3・9）
山藤や列車はせをの国に入る　新田　裕子（H9・8）
伊藤四郎死の側にゐて藤咲けり　榊原　伊美（H10・8）
藤の花家に人住むくらさあり　笙　美智子（H11・7）
呼ばれたる思ひに藤を仰ぎけり　石川　敏子（H13・9）
男湯の阿呆話や藤の花　安食　亨子（H18・7）
覚めぎはの夢に風あり藤の花　深見　信子（H19・8）

山吹（やまぶき）

旅もどる月夜山吹黄なりけり　伊東ひろむ（S43・6）
ふところの手紙怖しや白山吹　荒井　成哉（S49・6）
一重こそよし山吹もまなぶたも　永島　靖子（S63・7）
山吹や雨の堅田の佃煮屋　山田　喜美（H21・6）

桃の花　桃の村

桃咲くや窯出しの壺一夜経て　飯名陽子（S44・6）
花桃の谷沿ひにじむ口説き唄　布施伊夜子（S47・6）
白波や声をうしなふ桃の鳥　永島靖子（S48・6）
井戸掘の瞳が出てこまる桃の村　志木苗（S48・7）
花ももの絵とき謎とき困じけり　後藤綾子（S50・5）
音読の日向荒れたり桃の花　上田多津子（S50・5）
耳がいたくなると緋桃の散りにけり　金子彩（S52・5）
用無しは灰をならしぬ桃月夜　金子うた（S52・6）
てのひらの皮剥いて待つ桃の園　今岡直孝（S56・4）
桃の花いたる所に幸ありて　野村里史（S57・4）
古綿を叩きに叩く桃の花　辻桃子（S57・6）
ガムに顎つかれきつたる桃の花　鈴木俊策（S58・5）
桃つぼみ競りの筵をこぼれけり　島蓉子（S59・5）
桃咲いてどの子どの子も首に鍵　竹内昌子（S62・5）
子の今や男ざかりの桃の花　飯島八重子（H2・7）
分校に劇団が来る桃が咲く　志田千恵（H7・5）
産婆の子産婆になりぬ桃の花　飯島ユキ（H7・7）
退院の茶漬を食へり桃の花　池本陽子（H10・6）
桃さくら子供神楽の稽古かな　藤田まさ子（H14・8）
大好きな掃除洗濯桃の花　蓬田節子（H20・7）
こころ白くなるまで抱かれ桃の花　加茂樹（H21・6）
手の届くところに風と桃の花　引間豊作（H21・7）
桃咲くや骨盤模型蝶の形　山田陽子（H22・6）

火の気なき歌舞練場や桃の花　帆刈　夕木（H23・5）

桃咲いて鶏（とり）が卵につまづいて　加藤　静夫（H24・7）

奥さんと昔呼ばれし桃の花　矢羽田和子（H24・7）

巴旦杏（はたんきやう）の花（はな）

巴旦杏の花とこたへてふり向かず　飯倉八重子（S56・7）

梨（なし）の花（はな）

梨の花膝折牛の気儘鳴き　荻田　恭三（S42・6）

鳴らし合う鈴忘れ来し梨の花　小野寺芳江（S45・7）

旅の横顔吹かれにきたり梨の花　高野　途上（S46・7）

梨の花影踏みあそび翳りけり　飯倉八重子（S50・6）

一村の尽きて道あり梨の花　瀬戸　松子（H21・7）

杏（あんず）の花（はな）

陰りきて死者の呼ぶ刻花あんず　倉橋　羊村（S44・6）

花杏地に縄張つて安心す　大崎　朝子（S44・6）

ひとたびは夢に従ふ花杏　吉沢　利枝（S47・8）

声だして人は肥りぬ花杏　秋本　楊柳（S52・6）

子育てのみんな無理して花杏　中山　秀子（S56・6）

よるべなき香のすぎにけり花杏　北川　正年（S57・5）

花杏いやに入歯の浮く日かな　明正　十夏（S57・6）

われ若し杏の花をよぎるとき　露木はな子（H8・8）

林檎（りんご）の花（はな）

暮れてきし血の冷たさに花林檎　藤田　湘子（S42・6）

花林檎北へ北へと影の嶺　青木　城（S46・7）

花林檎髪切りてけふ昏からず　宮坂　静生（S57・7）

北国の局番若し花林檎　幸尾螢水（H23・7）

八朔柑（はっさくかん）　八朔

八朔をむく長生きのくくり髪　玉木春夫（S48・7）

木の芽（このめ）　芽吹く　芽立

拾はれて芽吹く岬へ還る骨　宅和清造（S41・5）
海からフルート芽吹けば若く森で逢ふ　服部圭伺（S42・4）
古風な絃楽芽吹く欅の下に住み　飯名陽子（S43・5）
芽吹く木々煙の腰の強き日よ　柏木冬魚（S44・4）
音立て、雑木芽吹けり土不踏　八重樫弘志（S44・5）
芽立前凭れて刻を膨らます　田中ひとし（S44・5）
水溜めて鳥の重なる芽吹山　しょうり大（S45・5）
父母に一蔵書なし森芽吹く　岸本青雲（S46・6）
芽からまつ祖父裏山に死に通す　岩瀬張治夫（S47・7）
芽木の山肉声多少刈りとられ　鳥海むねき（S47・8）
膏薬をしつかり貼つて柿芽ふく　藤谷緑水（S49・6）
蓮芽立つ夜々対岸の習ひ撥　野平和風（S50・5）
落葉松の芽に峡の田は水待てり　鈴木智恵子（S62・7）
これからよ鳥居峠の栃の芽は　小林貴子（H2・7）
芽吹く色刷きしは山の夢名残　一条妙子（H4・5）
こゑのもうとどかぬとほさ芽落葉松　伊藤左知（H4・7）
五時起床七時朝食芽からまつ　前川彰子（H4・9）
いつぽんの大樹になじみ芽吹山　鈴木英子（H5・6）
わが鼻の笛鳴りすなり木の芽山　星野庄介（H7・6）
総身にからまつ芽吹く夕日あり　小宮山智子（H7・7）

芽からまつ聖歌のなかの己がこゑ　藤田まさ子　(H8・6)
馬好きの人と馬みる芽からまつ　酒井幸子　(H8・6)
馬未だ駆けて遊ばず芽落葉松　小笠原達人　(H8・7)
窯場より陶を割る音芽吹山　岩瀬和子　(H9・7)
岩魚小屋柱芽吹きてゐたりけり　吉沼等外　(H9・8)
現れて女なりけり木の芽山　石川黛人　(H10・7)
鳥葬の国遥かなり山毛欅芽吹く　淺村敦　(H10・7)
芽落葉松バスケットより犬出して　飯島八重子　(H10・8)
鎌倉は五十六谷戸辛夷の芽　志田千惠　(H11・5)
落葉松の芽や教会に坐つてゐる　柿崎洋子　(H11・6)
芽落葉松何も求めぬ旅なりき　池本陽子　(H11・7)
遠山は晴れ白みをり芽落葉松　保高公子　(H13・7)
芽吹きけり刺もつものは刺出しぬ　関都　(H14・5)
掬ひたる水は手の色芽からまつ　中山智津子　(H16・7)
わきみづに砂子まろべり芽落葉松　古屋德男　(H18・8)
大欅委曲をつくし芽吹きけり　隈一骨　(H20・6)
老欅頌(ほめうた)のごと芽吹きけり　小川軽舟　(H21・7)

蘖(ひこばえ)

ひこばえや谷はこだまを失つて　清水一助　(S49・9)
蘖や蹄ぽかぽかむかしから　神尾季羊　(S50・6)
蘖が鳴り日暮かと思ひけり　寺内幸子　(S51・8)

若緑(わかみどり)　松の芯

松の芯晩年は暇飼ふならむ　金田眸花　(S50・7)

山椒(さんせう)の芽(め)

山椒の芽きのふ若干けふ若干　大河原光児　(H10・7)

山椒の芽叩くてのひら姥ざかり　蓬田節子　(H18・7)

山椒の芽夭夭たるを毟りけり　窪寺寿美枝　(H24・5)

楤(たら)の芽(め)

楤の芽や川音川を照らし過ぐ　八重樫弘志　(S44・6)

楤の芽に午後の目覚し鳴りにけり　早乙女房吉　(S49・4)

靄青し誰ぞ楤の芽をつみ去るは　野沢府句　(S51・5)

月光の冷もつ楤の芽を摘めり　木原としえ　(S56・7)

数へるとなく楤の芽を数へゐし　斉藤一骨　(S57・5)

風強し楤の芽のはや八百屋もの　高橋正子　(H1・5)

楤芽食ひ骨のずいまで土着者　天野萩女　(H10・5)

籠掲げ爺にさしづや楤芽掻　真下千代子　(H17・8)

桑(くは)

桑畑

桑畑へ誰か入りゆく昼寝覚　木島郁江　(S57・8)

金縷梅(まんさく)

まんさくや山を歩いて帰る父　香月育子　(S46・6)

まんさくや低山めぐり婿えらび　村尾古都子　(S49・5)

はじめての授乳まんさく咲きにけり　稲葉ふみ江　(S50・5)

金縷梅(まんさく)に毫も匂ひのなかりけり　飯島晴子　(H2・6)

金縷梅や小字大方山の陰　佐藤千鶴子　(H14・4)

まんさくや夕光(かげ)あはき池の面　吉祥治郎　(H17・7)

まんさくや陶工の墓韓を向く　梯寛　(H24・4)

木瓜の花

木瓜ひらき眠る事よりはじめけり　須崎　茂子（S45・6）

逃げのびて木瓜の雫に睡りたる　大庭　紫逢（S54・4）

木瓜咲いて娘の家の鍋立派　立神　侯子（S63・7）

伯楽の血を濃く継ぎぬ木瓜の花　戸塚時不知（H10・7）

樝子の花　草木瓜

草木瓜や疾風にまじる雨の粒　北村　古陵（S40・6）

夫婦老い樝子に雨の玉雫　広江　徹子（S60・5）

松の花　松の花粉

ひとの掌欲る松の花粉の散る中で　上野多麻子（S41・6）

髪の根に朱き布うめ松花粉　北原　明（S49・4）

松の花鼓の指のしびれけり　飯倉八重子（S50・5）

つつと寄る出雲すずめや松の花　市川　恵子（S58・7）

松の花意しらずの写経かな　大岩美津子（S62・7）

松の花父より歌稿届きけり　岸　孝信（H18・7）

築地まで満ち来る潮や松の花　山田　華蔵（H19・6）

杉の花　杉の花粉

信ぜむと杉の花はた忘ぜむと　穂坂　志朗（S46・6）

身のどこも柔きいちにち杉の花　布施伊夜子（S47・8）

男らはいはけなかりし杉の花　布施伊夜子（S54・4）

汽罐車のどつと吹かれし杉の花　林　千里（S58・6）

墓購つて覚えし道や杉の花　小泉　淑子（S60・7）

只管打坐杉の花粉の中にかな　稲澤　雷峯（H11・5）

杉花粉とべる鶏冠まつかなり　大和田　毬（H18・7）

やよ励め杉も檜も受粉どき　布施伊夜子（H23・6）

榧の花（かやのはな）

わがぼるとがる文その五榧の花　後藤綾子（S51・7）

榛の花（はんのはな）

とびとびの榛は花揺り昨日なし　山下国大（S40・5）

少年のゆさぶり効けり榛の華　田浪富布（S48・5）

赤牛を一めぐりせり榛の花　浅井たき子（S51・5）

榛の花もう厄年のなくなりし　熊王すみゑ（S57・5）

気が乗らぬ眼さき眼さきの榛の花　飯島晴子（S59・6）

仔羊のあえかなふぐり榛の花　吉村しづこ（H14・7）

白樺の花（しらかばのはな）　樺の花

白樺の花岳人に独語なし　小川軽舟（H12・8）

草原に雄牛誕生樺の花　岡田八女（H15・8）

樫の花（かしのはな）

顔出せば済む用一つ樫の花　稲田登美子（H18・9）

猫柳（ねこやなぎ）

人間のめつぽう殖えし猫柳　豊島芳郎（S48・5）

雲水にくどくど問ふや猫柳　小森規恵（S55・5）

胸にひと棲みそめし子と猫柳　岡本雅洸（S57・4）

猫柳こぼれてをりぬ京都駅　中山あきら（H15・3）

柳絮（りゅうじょ）

柳絮舞う何数えんと折りし指　飯倉八重子（S45・6）

柳絮とぶ並木の涯にある記憶　鈴木萩月（H3・9）

柳絮とぶわれも余分のもの捨てむ　吉沼等外（H3・10）

柳絮とびどんどん遠くなるひとよ　豊島　満子（H6・9）

高千穂の佳境を飛べる柳絮かな　山本　良明（H11・4）

木苺の花

木苺の花御みくじも値上りす　土屋　秀穂（S56・7）

枸橘の花

からたちの肉太く組む火山麓　増山　美島（S48・8）

通草の花

盲人に礼を尽せり花あけび　飯倉八重子（S50・7）

竹の秋　竹秋

灯して血の音をきく竹の秋　寺田絵津子（S44・7）

首すじに親の声きく竹の秋　穂坂　志朗（S45・6）

竹の秋コップの水を配る婆　岡　千代（S47・7）

竹秋をさまよひ初めし眠りかな　田中ただし（S48・6）

竹の秋神楽狐は肩で息　飯倉八重子（S48・8）

竹の秋袋のなかの菓子くづれ　瓦　京一（S54・6）

立ち上がる時の吐息や竹の秋　福田　繁子（S58・9）

遊べとや莫迦になれとや竹の秋　土井　聖（S63・9）

藁屋根に日の移りけり竹の秋　山崎八津子（H19・6）

音の無き音楽室や竹の秋　谷本ちゑ子（H19・8）

春の筍　春筍

春筍にうつけ心に雨降り来　生地みどり（S63・6）

春落葉

巫女の掃く春の落葉も鹿島みち　小川　和恵（H20・8）

三色菫（さんしきすみれ）　パンジー

パンジーの列切れ花壇なほ続く　細谷ふみを（S57・8）

わらびだしさうな三色菫(パンジー)はらわらふ　篠　あき（S58・6）

パンジーにまた平凡な蝶来てをり　下村　速男（S60・5）

パンジーやきのふは老いてけふ若く　金子　うた（S63・6）

パンジーのほほゑみ攻めにあひにけり　佐野　美樹（H9・6）

パンジーのひらひら日本中同じ　窪田　ちか（H16・6）

パンジーや通勤に聴く恋の歌　柳浦　博美（H23・7）

黄水仙（きずいせん）

黄水仙赤子のからだできてゆく　三上　良三（H5・6）

喇叭水仙（らっぱずいせん）

土竜道喇叭水仙にて果つる　戸塚　啓（H14・5）

諸葛菜（しょかつさい）

近寄りて馬の高さや諸葛菜　池本　陽子（H7・7）

廃牛の尻強く押す諸葛菜　荒木かづえ（H11・8）

金盞花（きんせんか）

イタリアは巻舌の国金盞花　市川　千晶（H10・6）

勿忘草（わすれなぐさ）

ゆく水と勿忘草と吾とあり　牛久保　経（S56・7）

アネモネ

アネモネやとらはれしごと息ひそむ　高橋喜玖子（S44・7）

手鏡の中アネモネと夕汽笛　深町　家子（S59・6）

ゆくりなく真夜のアネモネ発光す　八代　良子（H6・6）

アネモネや別れ言葉を一夜置く　八代　良子（H7・4）

フリージア

フリージヤ何でも見える眼が欲しや　千葉　久子（S43・1）

金糸雀の声ありつたけフリージア　久保田高子（H14・4）

読み返す下書の文フリージア　山本　水香（H23・7）

チューリップ

チユーリップ風も子も一回りして　細谷ふみを（S48・7）

チユーリツプも一度こども生みたしよ　神谷　文子（H11・7）

女らは声ちらかしてチユーリツプ　吉沢　孝子（H13・7）

チユーリツプ杵屋の稽古二階より　麻木巴奈海（H15・7）

チユーリツプ靴音の尖んがつてゐる　黒澤あき緒（H19・9）

クロッカス

クロツカス恋の予感の丈そろふ　志賀佳世子（H4・4）

新しき馬来る日なりクロツカス　楠田よはんな（H9・4）

考へて考へ過ぎてクロツカス　武田　新一（H16・4）

シクラメン

シクラメンひそかに罪のかたちなす　初谷　杜風（S57・6）

奇術師にいつとき焦がれシクラメン　江川　繁子（H1・6）

気の晴れず行くさきざきのシクラメン　八木　峰子（H6・4）

脳中は同時通訳シクラメン　鴨志田理沙（H14・6）

ときめきに些事と大事やシクラメン　戸田　翠（H15・2）

恋の子の嘘に加担やシクラメン　林　めぐみ（H20・8）

運ぶとき頬摺したりシクラメン　立神　侯子（H25・3）

ヒヤシンス　風信子

おはやうと云ふさびしさやヒヤシンス　寺内　幸子（H5・7）

家計簿に数字のない日風信子　藤田まさ子（H6・5）
ヒヤシンス死者に時間のたつぷりと　市川　葉（H21・6）
クルーズ船図書室広しヒヤシンス　森田六波（H25・4）
絵本選る低き書棚やヒヤシンス　太田明美（H25・6）

苧環（をだまき）の花（はな）

をだまきや日浴ぶれば鶴おとろふる　浜中すなみ（S56・7）

菜（な）の花（はな）　花菜

鳥つれて花菜明りの道ぶしん　金子うた（S46・5）
老の字の矢鱈目につき花菜照　天野萩女（S57・5）
夕花菜ひとより迅く冷えにけり　牟田京子（S57・6）
菜の花や月蝕領の飛鳥寺　川野蓼艸（S58・6）
菜の花や癌の家系の狂いなし　熊中ひろ子（S63・6）
花菜雨血豆を潰す針焼いて　斎藤夏野（H1・6）
高咲（たかざき）の菜の花傾ぐ雨籠（あまごもり）　山地春眠子（H1・9）
菜の花や文庫になりしサザエさん　楠田よはんな（H7・3）
菜の花や月は隠れて育ちをり　遠藤蕉魚（H7・8）
菜の花や鳥を離るる柩船　伊藤隄（H10・5）
なのはなやはりせんぼんをのますうた　高橋和志（H11・4）
菜の花や子山羊を運ぶ背負籠　和田智子（H11・6）
菜の花の真中に立ちて母郷とす　庄子直子（H13・8）
波斯壺世は菜の花の盛りなり　伊藤たまき（H16・7）
菜の花や渥美清といふ役者　牧ただし（H17・5/6）
逆光の夕日ざらつく菜花かな　加茂樹（H21・7）
菜の花や聞える音のみな楽し　井田栄子（H23・7）

菜の花や転勤の子の箸茶碗　池田八重子（H24・5）

大根の花

子はふたり昼を眠りぬ花大根　脇本　星浪（S42・4）
花大根農婦の笑みにさそはるゝ　立神　侯子（S44・6）
死際につかふ次の間花大根　大崎　朝子（S45・4）
大根の花や七たびななたびと　鳥海鬼打男（S51・7）
亡き母を憎に惜しまれ花大根　瀬戸　草舟（S56・6）
晩学の言葉貧乏花大根　佐々木アヒ子（H2・7）
猫が猫よびに来てをり花大根　志賀佳世子（H4・6）

豆の花　蚕豆の花

蚕豆の花まづ我を迎ふべし　伊藤　浩資（S45・5）
空豆の花山鳩の山ふところ　横井千枝子（S46・4）
愛憎の日暮釣合ふ豆の花　古田　朝子（S48・6）
命令は通じぬ世なり豆の花　松崎　重野（S58・5）
ふた並び蚕豆咲いて遍路宿　松井　千枝（S63・8）
五時起きになれし手足や豆の花　川西　博子（H7・7）
家計簿の締はそろばん豆の花　関　宏子（H13・7）
親老いて我もいい齢豆の花　門屋　晶子（H19・8）
赤んぼの手足いそがし豆の花　佐藤　守（H21・6）

苺の花

表富士ことに苺の花ざかり　磯部　実（H1・6）

葱坊主

葱坊主啄木の歌きゝ並ぶ　戸塚時不知（S43・8）
老いはてのひとりわらいや葱坊主　景山　秀雄（S44・6）

葱坊主月夜であつたかも知れず　寒川四十九（S47・7）
刻を聞くいまはのきはの葱坊主　須藤　妙子（S54・5）
二日経て敗れしここち葱の花　武田　重子（S55・7）
葱坊主黙して帰り口真似す　藤谷　緑水（S56・8）
葱坊主しらを切られて困りけり　高橋　三秋（S57・7）
おのづから坊主上げたる囲ひ葱　松井　千枝（S58・6）
後からくる夜ばかり葱坊主　永井　徳子（S59・1）
干満をかさねて島の葱坊主　藤田　湘子（S59・7）
人の世を甘く見るなよ葱坊主　財津　牧仙（S61・10）
市振の日暮の風の葱坊主　酒井　写景（S62・5）
葱坊主満月の夜も葱坊主　紺野　武二（S62・6）
道ばかりふえて安曇の葱坊主　田多井みすゞ（H3・5）
この雨に葱は坊主をつくる気ぞ　藤田　湘子（H4・5）
葱坊主干しひろげあり儚（ぼう）々と　飯島　晴子（H6・9）
杖の身に何も起らず葱坊主　岩谷　翠千（H7・8）
塔描きをり前景は葱坊主　清水　啓治（H11・7）
歩くため歩きてをりぬ葱坊主　萩原　道子（H13・6）
葱坊主右向け右になびくなよ　西山　敏子（H14・8）
葱坊主思ひ断つには言葉欲し　狩野　ゆう（H15・6）
太陽の光平等葱坊主　半田　久江（H19・8）

茎（くく）立（たち）

茎立や目上目下といふことば　珍田　龍哉（H1・5）
茎立や身を励ますに割烹着　後藤　睦美（H3・5）
茎立や逝きて経歴つまびらか　山田　陽子（H5・5）

茎立や食も仕事も八分目　松田　佳久（H6・6）

茎立を引く髫をつかむごと　山城たつ子（H13・6）

春菜（はるな）

暗くなれば春菜を洗ひ鯉を呼び　寺内　幸子（S57・7）

萵苣（ちしゃ）　レタス

レタス嚙み女優の名前思ひ出す　飯田やよ重（H17・7）

菠薐草（はうれんさう）

夜のゲームほうれん草の好きな子と　山西　洋子（S51・4）

透谷の死に方はうれん草ゆでる　小沢　実（S53・5）

あぶらげとはうれん草と夢すこし　藤田　湘子（S59・6）

菠薐草ゆめの一つものにせむ　木下　益裕（H1・7）

はうれん草腹にある日の強気なり　河原　朝子（H8・4）

いかんとも身は透きがたし菠薐草　榊原　伊美（H10・5）

掌の厚きをとこを信ず菠薐草　石山なほみ（H11・6）

武器持たぬわれに菠薐草みどり　川島　満（H14・5）

父の血はやはりをのこに菠薐草　三宅　静可（H16・5）

独活（うど）

独活採りの足袋雪渓へ出て濡る丶　今井　雅城（S44・5）

独活を嚙む仏童消えし目覚かな　佐宗　欣二（S51・5）

山独活や絵の良寛は老ばかり　斎藤　一骨（S61・9）

たいそうに某（なにがし）村の独活もらう　井山　淑子（H1・7）

山独活を売りしほまちの使ひみち　竜野　照子（H1・8）

アスパラガス

アスパラガス食べ夫の夢たまにみる　青野　敦子（S52・9）

韮（にら）

脳病みにアスパラガスのはびこれり　吉沼　等外（S55・9）

山の唄アスパラガスを炒（いた）めつゝ　藤田　湘子（S59・7）

韮売の尻の大きな飛驒の国　細谷ふみを（S51・6）

韮くさき人の機嫌の横に居り　石田よし宏（S56・7）

晩年や即ち韮の卵とぢ　木塚　末子（H8・7）

蒜（にんにく）

蒜を掘るウラルアルタイ語族かな　小澤　実（S54・4）

山葵（わさび）

午後の日の雪嶺づたひや山葵採　藤田　湘子（S42・1）

飯どきの山葵田のぞき農継ぐ気　鈴木　萩月（S62・8）

死蟹のいづこも欠けず山葵沢　福永　檀（H13・7）

青麦（あをむぎ）

青穂麦いづこにも雲ゐて鮮し　菅原　達也（S39・7）

空が雲吊るあおい寝息の麦は青年　服部　圭伺（S43・8）

青麦の妬心ゆるめぬ穂なりけり　小浜杜子男（H2・8）

麦青む男の枕干しにけり　長岡　範（H6・5）

春の草（はるのくさ）

人変える歳月いまは春の草　福原　稜声（S55・4）

春の草孤独がわれを鍛へしよ　藤田　湘子（H11・4）

ロボットも博士を愛し春の草　南　十二国（H20・5）

下萌（したもえ）　萌　草萌

萌ゆる畦跳んで青年心に笛　佐々木碩夫（S41・5）

萌え遅き白樺ばかり白鳥碑　倉橋　羊村（S41・6）

ひとりが問う他の子も問う草萌え出す　横井千枝子（S44・3）
老が老みとりて草の萌えはじむ　山崎　正人（S51・5）
草萌ゆる病気と言へば病気なり　山崎　正人（S54・5）
老いし母老い初めし妻下萌ゆる　田村　俊（S59・5）
草萌のはや醜草の体たらく　水津美保子（S60・6）
田境のいつせいに萌え平家村　竹鼻えみこ（S62・8）
薊萌ゆ丈あるものは風に鳴り　山崎　正人（H2・6）
自己評価近頃よろし草萌ゆる　藤山　梅子（H12・5）
下萌やわが七十の影でこぼこ　吉村　東甫（H19・6）
つかまへてたたむ気球や草萌ゆる　志村　夫佐（H19・8）

草青む（くさあをむ）

草青む雨や寝酒に尻浮いて　鈴木　文七（S50・4）

駒返る草（こまがへるくさ）

駒返る草や返事を待ちゐたり　市川　葉（H19・6）

草の芽（くさのめ）　名草の芽

菖蒲の芽鋭し吾子を抱き足らざりき　千葉　久子（S44・6）
名草の芽わが病み季は過ぎにけり　清水　啓治（S63・6）
芍薬の寸鉄の芽のそろひけり　田﨑　武夫（H22・4）

ものの芽（ものめ）　芽

ものの芽やこのごろひとはさみしがり　金子　うた（S50・4）
ものの芽や煮たり焼いたりして老ゆる　唐木　和枝（S57・5）
芽おこしの雨や此頃へたり腰　引間　豊作（H13・7）
万出て肝心の芽のどれがどれ　吉沼　等外（H15・5）

茄子の芽

茄子の芽に喪明けの声をかけにけり　市野川　隆（S53・7）

雪間草

山の風聴かむと来しが雪間萌ゆ　橋詰　茂子（S61・5）

生国にもどりて初心雪間草　長谷川明子（H3・4）

雛僧の脛むきだしや雪間草　芦立多美子（H7・5）

雪間草時々刻々といふことば　池上　裕貴（H9・7）

雪間草心に音の増えにけり　伊藤たまき（H13・5）

雪間草呪禁のごとく湖鳴れり　岸　孝信（H17・7）

若草

若草に絵を並べけり写生会　大滝　温子（H18・7）

双葉

朝顔の双葉に甲も乙もなし　藤田　湘子（S60・10）

雀隠れ

雀隠れ時間どんどん減つてゆく　市川　葉（H22・5）

大学の雀隠を猫とほる　加藤　静夫（H22・8）

古草

来し母の古草焚きの煙きこと　細谷ふみを（S60・7）

畦青む

桂郎の妻問ひの畦青みたり　露木はな子（H9・5）

杖置いて逝きたる母や畦青む　志田　千惠（H24・6）

草若葉

ぴいひやらのひやらも吹けたり草若葉　穴澤　篤子（H15・7）

蔦若葉（つたわかば）

蔦若葉校歌文武に秀でよと　佐藤　久美（H7・8）

菫（すみれ）

菫咲く微光剝落磨崖仏　倉橋　羊村（S43・6）

もりあがる菫の土の古笑ひ　飯島　晴子（S45・6）

ひそひそひそとすみれのひらく生写し　飯島　晴子（S48・4）

目薬の一滴菫思ひつつ　石黒　一憲（S48・6）

足もとの劣情の白すみれかな　飯島　晴子（S51・3）

戦争に備えし菫草ならず　有馬　穣（S55・3）

あまつぶをつけて菫の国へゆく　小浜杜子男（S55・5）

菫咲きふたたびうごく病かな　星野　石雀（S56・5）

小板橋すみれ相撲を引き分けて　福田　小枝（S57・7）

たつぷりの土と菫と呉れてやる　小林　愛（S60・7）

しばらくは美菫の声を山菫　永島　靖子（S61・7）

湖と井水かよへりつぼすみれ　安食　亨子（H1・5）

古稀過ぎぬ世を捨てまじく菫摘む　梶原　清秀（H1・7）

銃口をすみれに向けて置きにけり　石川　艶子（H7・5）

漁港古り縄と菫と子供かな　永島　靖子（H13・7）

野は町にわすられてゐる菫かな　南　十二国（H20・8）

泣いてゐる子に毬がくる菫かな　岩永　佐保（H24・7）

紫雲英（げんげ）　蓮華草　げんげん

いちにちは風のげんげに泛き西へ　野木　径行（S44・6）

げんげ田の朝夕の彩嫁欲しと　池田　満子（S45・8）

れんげ村三人できてすぎてゆく　福原　稜声（S50・5）

足弱のけむりとあそぶれんげ草　金子うた（S51・6）

げんげ田にゐて還暦の深空かな　小林由季（S61・6）

げんげ田の風がまるごと校庭に　小川軽舟（S63・6）

切りたての髪さはらるる紫雲英かな　井上宰子（H5・5）

紫雲英束ねおのれ蔑みゐたりけり　鈴木しげ子（H5・7）

げんげんに太つて旅の終りけり　加藤静夫（H7・5）

げんげ田や昨日（きぞ）は成層圏にあり　松本百司（H12・6）

紫雲英田の蜂も画家（ゑかき）も帰りけり　吉沼等外（H14・7）

げんげ田に山羊一日を終へにけり　岩田英二（H21・6）

首蓿（うまごやし）

首蓿や馬鹿に徹せず教師業　近藤実（S41・6）

胃を病んで見えるかぎりの首蓿　穂坂志朗（S45・5）

赤詰草（あかつめくさ）

飯場へ帰る少女夕日の赤つめ草　小林愛子（S44・8）

薺の花（なづなのはな）　三味線草

三味線草咲くや泪は遅れて来し　山口睦子（S47・8）

三十路なりこれから先の花薺　玉応久仁子（S55・6）

後の世を白痴に生れて花薺　福田繁子（S57・5）

このちの身を飾らむと花薺　福田繁子（S59・8）

よれよれと男の子の尿や花なずな　池辺みな子（S62・7）

花なづな西国の道白きかな　松井千枝（S63・4）

一枚は三味線草の田となりぬ　内田ひろし（H22・6）

蒲公英（たんぽぽ）　蒲公英の絮

たんぽゝの一茎まぶし牛死なむ　戸塚時不知（S40・7）

絮飛ばすたんぽ、妻に妻の則　徳永　清子（S44・7）
たんぽぽにしげき足音物価上る　満川　千夏（S45・7）
たんぽぽの水つかう声濃き山びと　鳥海むねき（S47・6）
伴天連も蒲公英絮も飛ぶ日なり　野木　径草（S48・6）
もひとつのたんぽ、高きおもかげや　飯名　陽子（S48・6）
蒲公英に絮少年にしろき胸　小浜杜子男（S49・9）
赤彦の庭のたんぽぽ踏まれけり　手塚深志城（S54・7）
たんぽぽの全き絮に雨の粒　石川美智枝（S63・8）
たんぽぽをちぎりて競馬開催日　栗原利代子（H2・5）
蒲公英や古城かならず牢持てる　市川　千晶（H3・5）
蒲公英の絮吹くいとま妻にあり　小浜杜子男（H6・8）
蒲公英の絮吹くうなじ母となるか　小浜杜子男（H6・9）
賞を固辞蒲公英の絮吹きにけり　岡田　柚子（H11・9）
蒲公英に大泣きの子の通りけり　多田　禮子（H13・6）
たんぽぽの絮につられて笑ひ出す　加藤　静夫（H14・6）
蒲公英の絮とぶやうに生きられず　伊澤のりこ（H15・6）
蒲公英の道蝦夷富士の真白なり　田辺　健一（H15・7）
たんぽぽや片々として同人誌　髙柳　克弘（H21・4）
蒲公英は時間の岸に咲いてをり　中山　玄彦（H21・7）
たんぽぽやまばたきのなき死後の景　小川　軽舟（H22・5）
たんぽぽや親しくなりて名を知らず　音泉志津子（H22・7）
たんぽぽや犬側溝の蓋歩む　寺田　折生（H24・6）

土筆（つくし）　つくづくし　つくしんぼ

尼寺の袴の強（こは）き土筆なり　石井　雀子（S52・6）

役退いてつくしのあしの長きかな　藤谷　緑水（S53・6）
一族の自由不自由土筆出づ　丸山　敦子（S54・7）
補聴器の感度良好土筆出づ　三上　良三（S56・6）
夢の中ではよく歩く母つくづくし　竹林　仁（S57・6）
貫之の風待ちの浦つくし煮る　岡本　雅洸（S60・4）
土筆折る音たまりける体かな　飯島　晴子（S61・7）
飛鳥村飛鳥大仏土筆の子　松田　節子（S61・7）
土筆摘わかき比丘尼を呼び捨てに　小林冬日子（S62・6）
指弾して然りつくしの青頭　飯島　晴子（S63・6）
いち早く土筆授かり火山灰畑　笠原　良一（S63・7）
山の日の溜りてゐたる土筆かな　青木　廣子（H6・6）
人の家の鏡の反射土筆摘　光部美千代（H6・7）
風吹いてつくし誰の子我たれの子　筌　美智子（H12・8）
つくしこひし無冠の吾の何欲るや　馬原　島彦（H13・11）
ふるちんのむかしけざやかつくしんぼ　穂曽谷　洋（H16・6）
かへるさの余呉湖の土筆ひとにぎり　新田　裕子（H17・7）
毎日に次の日のある土筆かな　小川　軽舟（H18・5）
土筆野をきて紅唇にささやかる　中西　俊（H21・8）
一つづつ歳を捨てよと土筆出づ　黒木フクヱ（H23・4）

杉菜（すぎな）

悪筆の天衣無縫や杉菜生ふ　片山　辰永（S47・5）
烟立つ杉菜辺りの今昔　田沢　亜灯（S52・6）
空池に杉菜才ある者は去り　山口　睦子（S60・8）

蘩蔞（はこべ）　はこべら

心づけばいつもひとりやはこべ萌ゆ　藤田　湘子（S41・4）

はこべらに掘ぬきの井の音かわる　横井千枝子（S45・5）

十戸より増えぬ谷の灯はこべ咲く　平野　葭女（H2・6）

平凡な言葉かがやくはこべかな　小川　軽舟（H18・5）

はこべらや桶屋こまごま白木干す　松本よし子（H22・6）

次の日のちやんと来てゐるはこべかな　三代寿美代（H23・4）

桜草（さくらそう）

のんびり母さん小さくなつて桜草　服部　圭伺（S43・6）

さくら草音をねむらす耳ふたつ　吉井　瑞魚（S44・7）

夫より娘金持さくら草　志田　千惠（H10・6）

桜草丘までの地図頭の中に　綾部トミ子（H14・6）

うれしさは直ぐ声に出てさくら草　志賀佳世子（H23・6）

病人と献立同じさくら草　林　めぐみ（H25・5）

翁草（おきなぐさ）

風を聞く会津田島の翁草　窪寺寿美枝（S59・6）

二輪草（にりんそう）

一輪はまだ蒼なり二輪草　大石香代子（H8・6）

日のうこん月のしろがね二輪草　長谷川明子（H20・6）

虎杖（いたどり）

虎杖の太き中なり津軽線　菅原　君男（S54・7）

酸葉（すいば）　すかんぽ

すかんぽやしだい細りの人の恩　土井　聖（S56・6）

父の地の水平線や酸葉嚙む　阿部けい子（H7・8）

すかんぽや遊び呆けて星の中　中越　佐和（H9・7）
すかんぽを噛んで価値観同じなり　山崎日斗美（H9・8）
酸葉噛む昔はひと日長かりし　池本　陽子（H15・7）
すかんぽや女のためのからげんき　中西　俊（H19・8）

蕨（わらび）

初蕨

置き去りにされし泪の蕨かな　乾　桃子（S52・4）
日暈ゆき月暈ゆけり蕨山　東条　中務（S55・8）
四五日を晴れて蕨や遠江　堤　文子（S56・7）
落ちかけて日のとどまりし蕨かな　藤田　湘子（S58・7）
われにあり眼休めのわらびやま　岡本　雅洸（H9・6）
商ひは戸板一枚初わらび　林　るい子（H18・7）

薇（ぜんまい）

ぜんまいの強き渦見し夕枕　永島　靖子（S48・7）
ぜんまいを干してとろりと坐りをり　岡本　雅洸（H15・7）
薇に雪あたらしき早瀬かな　德田じゆん（H25・6）

草蘇鉄（くさそてつ）

こごみ

沢とよみこごみのの字ゆるびなし　向井　節子（H13・7）

芹（せり）

芹の水　根白草

花嫁来る芹の水音よそゆきに　市川　恵子（S43・8）
芹育つ水の昏さをうごかさず　永井　京子（S44・5）
芹の水いつも遅れて打ち解ける　寺田絵津子（S44・5）
とつぜんに齢とる芹に照らされて　飯島　晴子（S50・2）
振り出しに戻る川芹食べのこし　森脇　芙美（S52・5）
芹摘の誘ひのことば足らざりし　大崎　朝子（S58・6）

芹洗ふ流れ三尺ゆきて澄む　藤田　湘子（S60・5）

芹茹でむ芹田に月の出づる刻　志田　千惠（S60・8）

光るなよ芹摘婆の手のナイフ　飯島　晴子（S63・7）

芹の水芹のしげみに鳴りにけり　小林　日出（H1・6）

わが手首不意にうつくし芹の水　有澤　榠樝（H4・5）

芹の籠少女期は宙きらめけり　目須田和子（H10・7）

長靴にぺこと水圧根白草　吉沼　等外（H16・4）

せりなづな尼僧の産みし子はななつ　岩永　佐保（H22・5）

犬ふぐり

すぐ流る涙も保身いぬふぐり　高山　夕美（S41・6）

忘れようとして忘れゆく犬ふぐり　大崎　朝子（S44・5）

いぬふぐりぱちぱちと眼をひらきけり　平井　照敏（S50・6）

おおいぬのふぐりその色着て会いたし　辻　純江（H5・6）

商の未だ目の出ずいぬふぐり　谷　洋子（H13・6）

山里の嫠の日嫠の人いぬふぐり　池田　朝子（H14・6）

雲巻いて地球は蒼し犬ふぐり　井上すず子（H15・6）

働きてわが手明るしいぬふぐり　中島　悦子（H19・6）

錨草

早発ちの晴々と白いかり草　栗林　千津（S50・8）

十二単

はびこりし十二単を疎みだす　村上　妙子（S63・9）

春蘭

春蘭の斑や声ふかくしまひおく　飯島　晴子（S44・5）

春蘭や男は不意に遣さるゝ　飯島　晴子（S45・6）

春蘭の林を愛す古衣　大崎朝子（S53・6）
春蘭の土ほど頑なにおもう　鳥海むねき（S53・7）
春蘭やしたたる巌を胸の前　小宮山智子（H11・7）

化偸草（えびね）

曾我山は馬で越ゆべしえびねらん　吉沢利枝（S52・10）

熊谷草（くまがいそう）

熊谷草往還森をよぎりけり　滝本久雄（H21・8）

金鳳花（きんぽうげ）

共犯の唇を塗るきんぽうげ　椰子次郎（S51・6）

狐の牡丹（きつねのぼたん）

狐のぼたんふたり離れて河を見る　岡千代（S54・6）

一人静（ひとりしずか）

一人静ですねと一人旅同士　林めぐみ（H24・7）

母子草（ははこぐさ）

母子草川のごとくに父さびし　小川軽舟（H21・6）

蕗の薹（ふきのとう）

蕗の花　蕗の絮

ケルンより咲き出し蕗の絮とべり　石井雀子（S41・8）
蕗の薹食べし奇妙な声なりけり　東条中務（S44・6）
霧らひつつ兎あそべり蕗の花　宮崎尚子（S44・9）
湯治場や辻八幡の蕗の絮　佐宗欣二（S49・7）
蕗の芽や憎みしことをなつかしみ　石井雀子（S53・4）
蕗の薹ほじくり出してその太さ　飯島晴子（S61・6）
どの駅も枕木余る蕗のたう　河崎麻鳥（S62・6）
蕗の薹食べてこだまとなりにけり　山越文夫（H1・5）

むらさきの僧衣想へば蕗の薹　白井　久雄（H4・6）
蕗のたう獣医が牛の嚢に坐し　遠藤　蕉魚（H4・6）
ふきのたう雲迅き日を紬着て　浅沼三奈子（H5・5）
風にまだ人の香のなし蕗の薹　露木はな子（H5・7）
廃屋はわが住みし家ふきのたう　岩渕　乗子（H7・6）
ここまでは尋常に老い蕗のたう　石川　黛人（H8・6）
蕗のたう手指に勝る農具なし　遠藤　蕉魚（H13・6）
山女釣る渓の下見や蕗の薹　斉藤　達美（H16・6）

蓬（よもぎ）

木仏にてありし蓬の香をすこし　穂坂　志朗（S52・4）
戻り来し家の中まで蓬原　平松弥栄子（S52・6）
蓬道杜氏のからだ解かれたる　飯倉八重子（S53・5）
堀に入りこめり蓬の摘み敵　増山　美島（S60・6）
巻き戻したる巻尺の蓬の香　大庭　紫逢（S62・8）
干蓬新聞紙ごと飛んでなし　佐々木碩夫（S63・8）
屈みたる場所が一番蓬摘　橋爪きひえ（H2・6）
海原の歩けさうなり蓬籠　前川　彰子（H7・7）
蓬籠匂はしておく来世めく　木村トヨ子（H14・6）

嫁菜（よめな）

木曾人の義仲贔屓嫁菜萌ゆ　小澤　實（H5・5）

茅花（つばな）

みんなゐる夕日の中に茅花抜き　伊沢　恵（S54・6）
踊り子は朝をまぶしむ茅花かな　茂木　寿子（S56・9）
月明に茅花ながるる火山麓　大沢美佐子（S60・8）

とめどなく身の痩せゆけり茅花原　須藤　妙子（H2・6）
一本の茅花を抜きて牛久沼　大沼　たい（H5・8）
赴任せり鉄路の先は茅花原　帆刈　夕木（H12・6）
茅花抜くまやかしのごと若さ失せ　岩永　佐保（H12・7）
風圧に茅花もまるる離陸なる　今野　福子（H23・9）

髭草（かもじぐさ）

髭草（かもじ）狂はぬほどにたはぶれて　田中ただし（S55・5）

雀（すずめ）の鉄砲（てっぽう）

世はへんてこ雀の鉄砲でも撃つか　川口　百合（H21・7）

片栗（かたくり）の花（はな）

かたかごの花

かたかごの花や雑木の武蔵ぶり　林　千里（S59・7）
かたかごの花や野鍛冶は荒放題　赤木　武男（H2・7）
片栗の花青空はいつもある　小浜杜子男（H6・7）

稚児百合（ちごゆり）

稚児百合の根毛からむわが墓原　仁藤さくら（S54・12）

水草生（みくさお）ふ

水草生ひ甘い思ひ出は腐る　山口　睦子（S43・7）
水草生ふ羅漢五百の尻つぺた　阪東　英政（S55・6）
混沌を百夜重ねて水草生ふ　たかはし千砂（S58・5）
荒れ寺の宿直（とのゐ）夫婦や水草生ふ　住　斗南子（S60・8）
水草生ふ後朝（きぬぎぬ）のうた昔より　藤田　湘子（S63・5）
水草生ふ生活（くらし）のなかに猫のゐて　岩永　佐保（H2・6）
双塔の相寄るごとし水草生ふ　永島　靖子（H4・6）
文楽の頭（かしら）に懸想水草生ふ　小澤　實（H5・6）

水草生ふ快楽となりし未練はも　山中　望（H10・5）

刺青師のその後知らず水草生ふ　古川　明美（H18・7）

和蘭芥子（おらんだがらし）　クレソン

解剖室ではクレソンがのびている　冬野　虹（S55・1）

山鳩にクレソンの花流れけり　小相澤　幸（H16・7）

クレソンの花晴れてゐてつめたき手　浅沼三奈子（H19・7）

クレソンは北の小川のにほひせり　佐藤　祥子（H21・6）

薊（あざみ）

ナザレには杳（とほ）く薊をだきかへる　仁藤さくら（S52・8）

砂利道の薊とコイン精米機　木下　水羽（H23・8）

座禅草（ざぜんさう）

枯れし眼に比良見ゆるなり坐禅草　中岡　草人（H17・7）

飛ぶ夢を見ぬこと久し坐禅草　三浦　啓作（H18・8）

足跡に水浸みいづる坐禅草　野尻　寿康（H24・7）

春椎茸（はるしひたけ）

嫁なじむ榾の春（はる）椎茸（ご）のしろき耳　小林　愛子（S45・6）

昼月に春椎茸の傘を並べたる　織部　正子（S56・6）

和布（わかめ）　若布

ふるさとは富岡先生焼わかめ　角田　睦美（S50・7）

しずくして和布は海のうれいぐさ　宮　杜人（S58・8）

淋代の若布ときけば買ひにけり　岬　尚子（S58・8）

足枷のイエズスの如若布（め）を曳けり　北村斗箕生（H12・7）

海雲（もづく）

喉もとをすぎる海雲（もずく）や暗くをり　角田　睦美（S58・10）

灯台守海雲に一寸箸よごす　兼子あや（S59・5）

結願の酢をきかせたる海雲かな　酒井幸子（H5・8）

石蓴（あをさ）

ゆきあひの波に稚魚ゆれ石蓴掻　大石香代子（H18・4）

フエリー接岸渦に沸きくる石蓴かな　三浦啓作（H24・5）

海苔（のり）

海苔炙りをり欠航の風の音　吉橋節子（H21・6）

海髪（うご）

白日のざんばら海髪や神隠し　木曽岳風子（S49・7）

時候

夏（なつ）

炎帝　朱夏

鉄棒の少年握力増す夏へ　佐々木碩夫（S40・6）

蹴り運ぶドラム缶黄に赤に夏　志井田牧風（S40・9）

口笛ひゅうとゴッホ死にたるは夏か　藤田　湘子（S43・10）

熔岩かげの仔山羊噴煙となり夏へ　石部　桂水（S44・7）

夏鏡不意に飛礫の鳥を得し　山口　睦子（S44・9）

もえきつてしまえば夏の森還る　しょうり大（S45・9）

若い自由に赤いレンガの夏のひび　島　みどり（S45・11）

夏の魚姿弱しや山に風　鳥海むねき（S48・8）

今日ねむるだけの魚食べ夏景色　小林　秀子（S49・8）

夏の葉に女医の冷たき手を保つ　京谷　圭仙（S49・9）

うしろから昏れおり夏の貝殻あり　鳥海むねき（S52・9）

夏の岩歪みテレビの銃が鳴る　四ッ谷　龍（S53・9）

炎帝のなきがらを待つ海猫は　木曽岳風子（S53・10）

夏に死し蝦夷の一樹となるべかり　菅原　鬨也（S55・7）

開かれて夏の扉となりにけり　山口　剛（S57・9）

わが妻の贋乳房もう夏である　藤田　湘子（S58・8）

おかしさよ夏に太りて腰の肉　松本三江子（S58・11）

夏怠け放題の腰洗ふなり　増山　美島（S58・12）

盲導犬夏天龍の舟に乗る　有賀たけし（S59・10）

一と夏と言ふを過ぎたる塔淡し　丸山　敦子（S60・10）

夏やわが古新聞の束ね方　立神　侯子（S60・10）

恋ならず夏に伸ばせし己が髪　池田　暘子（S61・1）

炎帝に仏頂面もしてをれず　加藤　征子（S61・10）

待たされておそなつのこのがらんだう　佐々木幸子（S61・11）

黒き雨降りたる夏を記憶せり　小浜杜子男（H3・8）

わが家よりわが柩出る夏の夢　隈崎　ろ仙（H4・9）

落葉松やまぼろしの馬駈けて夏　中山　知子（H4・9）

熊笹の風や夏毛のきたきつね　和田左千子（H5・9）

わが死後も動く時計を買ひて夏　岬　尚子（H5・10）

首塚と伝ふる椎の夏景色　石井　雀子（H5・11）

立山の中腹に坐し夏と思ふ　矢花弥恵子（H6・9）

着陸の瞬間夏の旅終る　細谷登美恵（H7・11）

老人は大言壮語すべし夏　藤田　湘子（H9・7）

ホットドッグ売る炎帝に貌殺がれ　片桐　春生（H9・8）

百日の夏よく怒りよく忘れ　星野　石雀（H9・11）

いくさ止み二階の女肥る夏　星野　石雀（H15・7）

すくと立ち上りし我を朱夏に置く　伊澤のりこ（H16・8/9）

炎帝は微動もせざり摩文仁岳　古谷　恭介（H16・11）

ひと夏を過ごす二階の書棚かな　萩原　友邦（H18・9）

風鐸の音この夏の此処にゐる　志村　夫佐（H18・9）

炎帝に告げよ「あたしは美しい」　竹岡　一郎（H19・9）

破壊的快感放つ炎夏かな　越智　瑞華（H22・9）

地下街のネイルアートの店も夏　友納みどり（H22・10）

初夏（しょか）

夏始　首夏

夏はじまる箸ぎつしりと港の家　荒井　成哉（S48・8）
風の梯子父の涙をあおぐ首夏　鳥海むねき（S49・9）
一弾のあとはつなつの早瀬あり　菅原　闐也（S56・8）
はつなつの指軋ませてフラメンコ　鴨志田理沙（S59・8）
白身の魚細身の女夏はじめ　星野　石雀（S62・9）
仏師あり首夏の小路の鑿の音　大庭　紫逢（H5・8）
はつなつや縄文の玉（ぎょく）一顆欲し　藤田　湘子（H10・6）
お早うと言ふはつなつのひびきなり　奥坂　まや（H13・8）
初夏の木の花しろき師恩かな　布施伊夜子（H18・8）
初夏やつぎつぎはねる雑魚の首　歌津　紘子（H20・8）
初夏の水脈を鷗をまぶしめり　山脇　洋子（H24・9）

五月（ごぐわつ）

五月来る　聖五月

鉄を置く音響五月始りぬ　志井田牧風（S39・8）
足裏しろい五月若々しき不安　服部　圭伺（S42・6）
人に尽して恍惚の鳶浮く五月　山口　睦子（S44・8）
婚来る掌風よりかろく解く五月　小林　進（S45・8）
五月来るたたかふ蟹を飼ふびつこ　高橋　正弘（S49・9）
地下街の列柱五月来たりけり　奥坂　まや（S62・8）
聖五月山羊どちの糞漆黒に　飯島　晴子（S62・8）
どの樹にも沁まず五月のトラムペット　目須田和子（S63・8）
樹の色にひかる太刀魚五月来る　塚本　一恵（H1・8）
愚図ぐづを許さぬ水の五月なり　古山のぼる（H3・7）

五月来ぬ牛に仕へて迷ひなし　丸山　澄夫（H3・7）
空港に人種の匂ひ聖五月　市川　千晶（H4・8）
青春は寺山修司五月の樹　籾山みどり（H4・8）
ぶつつかり合ふや五月の交差点　吉村しづこ（H7・7）
馬の耳相似正しき五月来ぬ　伊藤たまき（H11・7）
ギザギザの葉つぱ五月の日ぎざぎざ　髙城　桊子（H13・8）
吹奏楽団起立五月のスタジアム　杉崎　せつ（H13・8）
五月来ぬピアノの角にひかり割れ　岩永　佐保（H16・8/9）
狂ひ鳴く鸚五月の雲あをし　佐々木幸子（H19・8）
黒板の歌詞にうたへり聖五月　帆刈　夕木（H24・7）
フエルメールの少女にわれに五月来ぬ　田崎　武夫（H24・10）

卯月（うづき）

接吻のごとく木の鳴る卯月かな　四ツ谷　龍（S54・6）
卯月神戸に釦落して来りけり　北川　正年（S56・6）
汝が夢に我の遊べる卯月かな　松葉久美子（S57・8）
本阿彌光悦卯月は如何なもの着しや　藤田　湘子（H1・7）
仏顔に木の罅はしる卯月かな　山本　良明（H18・8）

立夏（りっか）　夏来る　夏に入る

枷の縄斬るよ立夏の痩せ男　中沢星古城（S45・6）
電球の渚に流れつく立夏　藤森　弘上（S48・8）
同じ樹に同じ想ひや夏来る　一柳　吐峰（S52・10）
目つむれば母も童女や夏に入る　鈴木　響子（S55・7）
玄関の深きを出でし立夏かな　いさ　桜子（S57・7）
夏に入る靴完璧に磨かれて　橋見　静景（S57・7）

夏立つやくちびかりして父の唇　山口　広子（S59・9）
アスファルト切る水しぶき夏に入る　建守　秀二（S60・7）
夏に入る江戸のむらさき肥後の白　堂島一草女（S60・8）
虎の乳房四連夏の来たりけり　小澤　實（S62・11）
仲見世の颯と灯ともる立夏かな　中村　昇平（H2・8）
煎餅を割れば海老の香夏来る　岡田　八女（H5・8）
夏立てり田舎銀座の端から端　奥野　昌子（H8・8）
馬の目の淋漓と夏の来りけり　春木　燿子（H11・8）
水たまり跳べり立夏の街あざやか　芦立多美子（H11・8）
印画紙へ焼きこむ穂高夏来る　林　隆一（H16・8/9）
黒板のふかきみどりや夏立ちぬ　小川　軽舟（H19・7）
わが家から夫逝きし夏来たりけり　日向野初枝（H20・12）
連結器がつちやんと夏立ちにけり　前原　正嗣（H21・7）
宝石はでかいのがよし夏来る　森田　六波（H21・10）
両国に明荷の届く立夏かな　坂元　孝德（H22・9）
出国の小さきスタンプ立夏なり　石橋　水葉（H22・9）

夏（なつ）めく　夏きざす

夏きざす糸屋の百の小抽斗　望月　秀子（S60・7）
忽然と王君来たり夏兆す　佐久間鏡城（H2・7）
夏めくや白樺径は誰も急かず　中井　満子（H2・7）
夏兆す科学雑誌の土星の環　福永　節子（H4・8）
多羅葉の大樹夏めく日なりけり　阿部　逑美（H19・9）

薄（はく）暑（しょ）　軽暖

夜の薄暑手首にゴムの輪をはめる　千葉　久子（S42・8）

髪薄暑ずいぶん恥をかきにけり　千葉　久子（S45・8）
眼のどこか緩む薄暑の白い橋　田浪　富布（S45・8）
木を少し挽く裏口の夕薄暑　田中ひとし（S47・8）
うらがへす鰈の空の薄暑光　瓦　京一（S48・8）
大仏のうしろに廻る薄暑かな　中井　満子（S57・8）
小路より大路の見ゆる薄暑かな　伊東ちか子（S59・8）
軽暖や写楽十枚ずいと見て　飯島　晴子（S60・7）
年寄りの骨の浮き立つ夕薄暑　笹山美津子（S62・8）
廃鶏に籠の来し夜の薄暑かな　藤原　美峰（H2・9）
発情の牛のまはりの薄暑かな　鈴木　紀美（H3・8）
ポスターの目の追ひきたる夕薄暑　谷　和子（H7・7）
辛きもの皆赤ラベル薄暑なり　幸村　千里（H15・9）
窓に腰掛けて釘打つ薄暑かな　藤澤　正英（H17・8）
ジユーサーのがつがつ回る薄暑かな　野手　花子（H20・8）
人さがす眼なり薄暑の交差点　井守やよい（H20・10）
島唄は風にまぎれず夕薄暑　七戸　笙子（H24・9）

麦の秋（むぎのあき）　麦秋

麦秋や奔流にして一支流　喜多　菁松（S40・8）
自炊子に麦秋鮭の切り身透く　石井　雀子（S41・7）
麦秋や疲労の果の目をひらく　藤田　湘子（S41・8）
母の背に暈あるごとし麦の秋　武田　重子（S44・7）
麦の秋ひと買ひが村ひとまはり　中野　柿園（S50・8）
麦秋の鏡多くて悩みけり　寺内　幸子（S50・9）
乳首の不思議でもなし麦の秋　丸山　敦子（S51・8）

麦の秋銀行を出て笑いけり　坂本　泰城（S54・8）

作務僧に母在ることも麦の秋　野平　和風（S55・8）

簪に瑠璃の一滴麦の秋　三井　菁一（S56・8）

麦の秋ガラスに腕のうつりけり　蜂須賀　薫（S57・8）

脱ぎしもの脱ぎしかたちや麦の秋　野村　和代（S58・8）

峠にて犬帰しけり麦の秋　蓬田　節子（S60・9）

麦秋や伊予へ連れだつ釣敵　岡本　雅洸（S61・8）

ささくれも恋の疼きも麦の秋　星野　石雀（S62・8）

常念坊おりてきなされ麦の秋　臼井喜万江（H1・9）

用ありて憂しなくて憂し麦の秋　山内　皓生（H2・7）

麦の秋ＬＰ盤の滅びけり　小澤　實（H4・8）

麦秋や病のごとき昼寝癖　星野　石雀（H7・10）

鐘撞いて浮きたる体麦の秋　坂本千恵子（H8・8）

麦の秋末の子僧に嫁ぎけり　穂曽谷　洋（H11・8）

麦秋や常陸訛もすたれ初め　加多見　博（H11・9）

麦秋や妻に憑きたるあるき神　吉沼　等外（H15・9）

しもの世話本音はつらし麦の秋　小笠原英子（H18・9）

駅弁の奈良漬薄し麦の秋　山本　良明（H21・7）

五月尽（ごぐわつじん）

いはれなくけふ頸燃えて五月逝く　藤田　湘子（S44・6）

五月逝く一番星はゆめの星　八坂瑠璃子（S61・8）

やすやすと夕べただよひ五月ゆく　関　とみ（H8・8）

癌勢ひわれを蚕食五月尽　浅井　多紀（H23・8）

六月（ろくぐわつ）

水めぐり六月の花地に充てり　大島波津子（S41・8）
六月や鏡をみがく唇（くち）ひらき　木野卯太（S47・8）
わが山河六月の羽零れたり　穴沢篤子（S48・7）
酔のごとし六月の牛撲ちたるは　戸塚時不知（S50・9）
六月や真底あつき豆腐汁　福田繁子（S51・9）
六月の奇人をわらふかな備後　服部圭伺（S53・8）
六月が来る仏壇のおきどころ　野村和代（S54・7）
快々と六月の河緩流（ゆるながれ）　後藤綾子（S59・8）
六月の晴天甘き嘘聞きに　目須田和子（S61・9）
六月がゆくみちのくの味噌に変ふ　池辺みな子（S62・9）
六月やはだけし胸のおのれの香　藤田湘子（H3・8）
六月やさやさや翳る甕の口　岩永佐保（H21・7）

皐月（さつき）

さわさわとわれらさつきと応へけり　清水治郎（S51・9）
石見より瓦とゞきぬ早苗月　新宮文子（S56・8）
早苗月鴉の胸の光かな　飯島晴子（H1・7）
早苗月田映りのよき近江かな　高野途上（H8・8）

芒種（ばうしゆ）

斯のごとく鯉を食ひたる芒種かな　藤田湘子（S54・8）
芒種とや犬歯（けんし）のうらに舌当てる　山地春眠子（S54・11）

田植時（たうゑどき）　田植季

屠りゐて空に日のなき田植季　戸塚時不知（S40・8）

入梅（にふばい）

梅雨に入る

訥々と悼む梅雨入の伎楽面　山城すみゑ（S46・8）

梅雨に入るああ一介の百姓家　田中かずみ（S48・8）

梅雨に入る山の構へとなりゐたり　吉沼　等外（S60・9）

梅雨に入る養蜂箱の間隔も　細谷ふみを（H6・8）

白線は道路を逸れず梅雨に入る　細谷ふみを（H9・10）

一踏に揺らぐ川舟梅雨に入る　押領司昭彦（H15・8）

仏壇の燐寸擦る音梅雨に入る　城田トミエ（H18・8）

畳師の肘当饐ゆる梅雨入かな　後藤　虹児（H23・9）

梅雨寒（つゆさむ）

梅雨寒や抒情詩集の落丁も　四ッ谷　龍（S51・8）

梅雨寒や疝気に溶いて吉野葛　石井　雀子（S52・8）

梅雨寒の子をぐしやぐしやに泣かせける　田邊　文子（H5・11）

梅雨寒や陶土ちよつぴり嘗めてみし　珍田　龍哉（H15・8）

服叩き探すライター梅雨寒し　石橋　水葉（H23・9）

夏至（げし）

馬の尾を発つ夕光夏至の谷　鳥海むねき（S47・9）

一年の臍とし夏至をたふとべり　小林比砂子（H11・10）

白夜（はくや）

霧流れ白夜の底の魚老ゆる　大森　澄夫（S47・11）

転生の黒子をさがす白夜光　須藤　妙子（S59・8）

シヤガールの恋人たちに白夜来る　加瀬みづき（H3・9）

半夏生（はんげしやう）

半夏生白身いくたび剥くことも　宮坂　静生（S49・10）

鯉の口朝から強し半夏生　藤田湘子（S50・7）
くろかみに海彦つきぬ半夏生　乾　桃子（S53・9）
泡の中何の虫いる半夏生　野村和代（S54・9）
半夏生水を殺すに蓋をして　吉沼等外（S55・10）
半夏生虫も殺さぬ顔出来ず　北島たか子（S57・10）
人体のくぼみの湿り半夏生　鈴木紀美（S58・9）
頤も髪も細りき半夏生　名取節子（S63・9）
女あり晩学歎く半夏生　佐藤たつを（H1・9）
耳鳴りに耳貸しにけり半夏生　大原時子（H6・8）
吾が胸の弾痕消えず半夏生　小林比砂子（H14・9）
指紋まで草に染まりぬ半夏生　田上比呂美（H16・10）

晩夏（ばんか）

晩夏光仮面にかはる仮面なし　高山夕美（S41・11）
晩夏なり生き生きと火の起ち上る　西野洋司（S42・11）
病む晩夏山蟻塚を出でゆかず　八重樫弘志（S42・11）
森も孤島の匂いで迫る旅晩夏　服部圭伺（S43・9）
髪刈つて晩夏さとき身黄昏へ　藤田湘子（S45・9）
晩夏光ほとけに齢ありにけり　座光寺亭人（S45・10）
晩夏光ピラニヤを飼ひ首太る　飯名陽子（S45・10）
爪先に心こめゐる晩夏かな　波賀鮭男（S47・12）
つばらかに鴨の浮腰みて晩夏　八重樫弘志（S49・11）
うしろより少女の本を読む晩夏　初谷杜風（S53・11）
父の背の傷痕を見し晩夏かな　いさ桜子（S57・10）
ブルドーザー泥押し荒涼たり晩夏　北川正吐志（S58・11）

旅券よりコイン落ちたる晩夏かな　川野　蓼艸（H2・11）

晩夏なり沼に押入る山の砂　土屋　未知（H3・11）

馬の脚太し晩夏の軽井沢　山本　貞子（H4・9）

夕星やたたずめば吾も晩夏の木　斎藤　則子（H5・11）

晩夏なりすこし知的な顔をせむ　武田　新一（H8・11）

十二回時計の鳴つて晩夏なり　池田　萌（H9・11）

雲晩夏朴葉十枚づつたばね　大沼　たい（H10・12）

成熟せぬ胸なりカミユ読む晩夏　伊澤のりこ（H11・11）

人死んで梯子を探す晩夏かな　八木　峰子（H12・10）

導尿の溲瓶あふるる晩夏かな　内田ひろし（H18・10）

まつ白の家の模型や晩夏光　岡本　泉（H18・10）

土笛のつちのこゑ張る晩夏かな　中島よね子（H19・10）

晩夏なり薬缶の尻の真黒に　和田　勝代（H19・11）

七月（しちぐわつ）

七月の流木を挽き老いはじむ　岡田夕月子（S44・9）

七月の海へ労働後の空拳　小林　進（S46・9）

また逢えり七月の夜の砂荒く　穴沢　篤子（S48・9）

七月や雨脚を見て門司にあり　藤田　湘子（S49・8）

七月や目玉大きく合羽着て　松本　文子（S53・9）

亡き友の七月の家覗きけり　市野川　隆（S55・10）

七月の貝をたべたるからだかな　小原寿々美（S56・9）

茄卵七月ことも無く過ぎて　野村　和代（S59・10）

七月の雨の聞こゆる枕かな　有澤　榠樝（H17・9）

七月の夕のひかりにほひかな　頓田　空木（H18・10）

水無月（みなづき）　青水無月

水無月の山見返りて決めしこと　是枝　美幾（S49・9）
水無月のくぬぎ林に昏れにゆく　平松弥栄子（S53・8）
青水無月家深くひと入りにけり　今野　福子（S55・7）
水無月の闇の羽音をさかのぼり　瀬戸　洋子（S55・10）

梅雨明（つゆあけ）　梅雨あがる

忽然と森が近づく梅雨明けむ　田中ただし（S41・9）
梅雨上る繭風呂敷の屋号かな　手塚深志城（S53・9）
芋の葉の巻きかけて梅雨上りけり　細谷ふみを（S60・10）
山峡の梅雨明けの雷子沢山　古川　明美（H5・10）
梅雨明のふつと気をぬく野川あり　西島　敏代（H5・10）
那覇支局より梅雨明のファクシミリ　大庭　紫逢（H6・9）
梅雨明や牛にお早う樹にお早う　布施伊夜子（H15・10）
梅雨明の彼方直視や転轍す　松坂　博士（H16・10）

冷夏（れいか）　夏寒し

寒きこの夏月下の田水響なし　佐々木碩夫（S40・8）
夏寒しテント劇場黒一色　木村　照子（S55・11）
前後左右冷夏の街の灯浴びゆく　矢野　修一（H15・11）

夏の暁（なつのあかつき）　夏暁

毒消し飲む夏あかつきの黒簞笥　今井　雅城（S48・9）
ふるさとの夏暁にあり髪強く　林　喜久恵（S56・10）
夏暁の夢一本の樹を挽けり　小島　養厳（S59・10）

炎昼（えんちう）　夏の昼

影も他人炎昼の坂歩むなり　小坂　英（S40・9）

炎昼の溝跳び隠亡けむり見る　柏木　冬魚（S44・9）
炎昼の鳥ゆるくとぶ楠のうち　吉井　瑞魚（S46・9）
炎昼の鷺となる母かくまひぬ　飯倉八重子（S48・9）
炎昼を曳く氷塊のうすみどり　後藤　隆介（S56・10）
一瞥をくれ炎昼の銃器店　奥坂　まや（H3・9）
炎昼の事件のあとを通りけり　石川　黛人（H6・10）
炎昼や戸口に見えて猫・少女　篠原あさ子（H12・9）
炎昼の階段摑むところなし　辻内　京子（H14・10）
竹林のさびしさを行く夏の昼　小松　祥乃（H16・8/9）
炎昼や発車のベルの沸騰す　林　もり（H18・8）
炎昼や生まれくる人死にゆく人　三宅　栄（H19・12）

夏（なつ）の夕（ゆふ）　夏夕べ　夏の暮

無為にして粥一椀の夏夕べ　星野　石雀（S63・9）
韓国（からくに）の靴ながれつく夏のくれ　小澤　實（S63・9）
少女の腋に珠を挟まう夏夕　星野　石雀（H22・11）

短夜（みじかよ）　明易し

明け易し思ひの果にけものみち　今井八重子（S46・8）
短夜の夢一瀑に身を打たす　近藤龍桜子（S48・8）
濃みどりの発条（ぜんまい）はじけたり短夜　山地春眠子（S53・11）
川波のまれの白波明易し　飯島　晴子（S58・8）
短夜の脳天にジャズ炸烈す　竹本　賀千（S61・10）
明易の浜に我より先に人　高橋　百代（S62・8）
短夜やビデオ無音の早送り　七戸　筌子（H3・9）
いただきしいのちどうする明易し　隈崎　ろ仙（H13・10）

船に寝て失意の帰郷明易し　山本　素彦（H14・9）
短夜の老木神にならんとす　大庭　紫逢（H15・9）
短夜や夢の断片つなぐ駅　山本　素彦（H17・9）
短夜の艶夢惜しめば川の音　星野　石雀（H20・10）
明易し淀の河口の澪標　足立　守（H22・8）

土用（どよう）

足腰に狐が憑けり土用前　野沢　府句（S50・9）
首三寸伸びて日暮るる土用入　常石　三郎（S56・10）
あかつきの土用の死者を灯しけり　諏訪ふじ江（S60・11）
腹鳴りのはばかりもなき土用かな　真下登美子（S63・10）
馬のものだらりと土用過ぎにけり　佐々木安方（H1・10）
土用三郎六十にして太り初む　諏訪ふじ江（H2・11）
熱き茶に身を調ふる土用かな　中沢みなと（H5・11）
得心の研ぎとなりけり土用照　髙　司（H7・10）
まざまざと軍鶏の蹴爪や夏土用　地主　雨郷（H14・10）
土用太郎なんでも溜る机かな　伊藤たまき（H14・10）
一槽に翻車魚一尾土用入　福永　檀（H15・10）
雀らも狩のまなこや土用明　小沢　光世（H15・11）

盛夏（せいか）

夏旺ん

夏旺ん木の下に木の落すもの　布施伊夜子（S62・9）
水に水ぶつかる音や夏盛ん　幸村　千里（H18・9）
五歳若く見える特集盛夏号　林　めぐみ（H18・11）

三伏（さんぷく）

三伏のからくりの谷谺かな　長峰　竹芳（S51・10）

三伏や根津も外れの合鍵屋　藤澤正英（H4・10）
三伏の闇にをさまる檜山かな　矢花弥恵子（H4・10）
三伏や峡田に増ゆる青みどろ　吉祥治郎（H14・10）
使ひ道無き三伏の大頭　加藤静夫（H16・11）
三伏の月光蘆を倒しけり　岡本雅洸（H20・10）
三伏や馬車に吊りたる油差　津高房子（H21・11）

暑し（あつし）　暑さ　暑気　暑苦し

桐の葉の暑さだれして鬼子母神　土屋秀穂（S55・9）
山下りて小諸は暑し賑やかし　中西夕紀（S59・11）
踏切の暑しと鳴れり千曲川　池田暘子（S62・9）
山々の暑さ動かぬ出羽の国　新田裕子（S62・10）
いちまいの紙の反りたる暑さかな　藤村昌三（H1・10）
自転車のまるごと暑し厨口　田村清子（H3・10）
牛丼を食ひ大阪はただ暑し　須佐薫子（H5・10）
河内女軍鶏を抱き来る暑さかな　渋谷竹次（H5・11）
大津絵の鬼の出腹や暑気強し　神嵜総子（H11・10）
暑けれど佳き世ならねど生きようぞ　藤田湘子（H12・8）
ＩＴのなんのかんのと暑苦し　井上園子（H13・12）
軍艦のやうな靴穿き暑に出づる　植竹京子（H14・10）
中肉にして中背の暑さかな　加藤静夫（H15・9）
旨きもの少しづつ摂り暑に対す　山本良明（H16・8/9）
暑ければ叩けり甕の横つ腹　今野福子（H16・10）
暑さうな面皰有之医師（これあるくすし）なり　山地春眠子（H16・11）
大阪のあけつぴろげの暑さかな　岩口満里子（H16・11）

目ん玉の引つ込む暑さ耐へゐたる　渡辺　和江　(H19・11)
飛火野の鹿のぬた場の暑さかな　黄土　眠兎　(H19・11)
丼を傾けて喰ふ暑さかな　向井　節子　(H21・9)
玄関に神を説かるる暑さかな　永井　セツ　(H21・11)
東京へ電車あつまる暑さかな　鶴岡　行馬　(H22・10)
交番の中素つ気なき暑さかな　西山　純子　(H23・9)
歯車の嚙み合つている暑さかな　折勝　家鴨　(H23・10)

暑(あつ)き日(ひ)

暑き日や虫の顔して厠より　細谷ふみを　(S52・9)
暑き日の熱き湯に入るわが家かな　小川　軽舟　(H24・9)

大(たい)暑(しょ)

風すぎて大暑ふくるゝふぐりかな　河崎　麻鳥　(S44・9)
言霊に見放されたる大暑かな　今井八重子　(S56・10)
場違ひの人と隣りし大暑かな　金田　眸花　(S58・10)
犬小屋のひつくり返る大暑かな　井上　紀子　(S58・11)
僧が師を悪様(あしざま)に云ふ大暑かな　葛谷　一嘉　(S60・10)
文鎮の龍わだかまる大暑かな　三木　聆古　(S62・10)
白き毛の胸に生えたる大暑かな　星野　石雀　(S63・11)
時計屋に刻流れゐる大暑かな　掛井　広通　(H4・12)
夫婦して体重増ゆる大暑かな　新井八重子　(H7・12)
わが細胞全個大暑となりにけり　小澤　實　(H8・9)
大暑なり蹠に木目感じつつ　横井千枝子　(H12・9)
手間かけし弁当持たす大暑かな　田代キミ子　(H13・10)
舟べりは水ばかりなる大暑かな　山田　喜美　(H14・9)

楠も人も夜を待つ大暑かな　小川　舟治（H20・11）

行列の折畳まれし大暑かな　筒井　龍尾（H21・9）

号外を奪り取りたる大暑かな　野手　花子（H24・9）

極暑（ごくしょ）

極暑なり左入口右出口　竹内　昌子（H8・10）

津津浦浦大音声の極暑なり　友利　昭子（H13・10）

溽暑（じょくしょ）

人形師溽暑十日の座のくぼみ　唐島　房子（S63・10）

溽暑なり僻地医療の手弁当　内田こうこ（H6・10）

山に垂るる蠍座の尾や溽暑なり　志田　千惠（H10・9）

炎暑（えんしょ）　炎熱

塩壺に塩なし炎暑父病めり　市川　恵子（S41・9）

身辺の誰も死なさず炎暑来る　立神　侯子（S44・9）

一弾にクレー落せし炎暑なり　隈崎　達夫（S60・10）

炎熱や氷挽く音挽き切りぬ　今野　福子（H14・9）

名乗らぬ者扉を叩く炎暑かな　髙柳　克弘（H22・9）

熱帯夜（ねったいや）

熱帯夜犬がかりりと器嚙む　安部みち子（H4・1）

皿割れて模様散乱熱帯夜　矢口　晃（H15・9）

熱帯夜マネキンの四肢分解す　山崎日斗美（H15・11）

熱帯夜戎克（ジャンク）の光おびただし　藤田かをり（H22・9）

灼（や）くる

不意にある柩車朝より街灼けて　高部湖二郎（S42・9）

海鳴や壁画の女帝灼けて居り　岩崎破矢太（S57・7）

大仏の灼けたる胎へ女学生　山田　敏子（S59・11）
沖明るし乳房灼きたることのなく　蓬田　節子（S61・8）
巻尺の両端に人灼けゐたり　鈴木　茂實（S62・10）
ポルシエいま一鉄塊として灼くる　蓬田　節子（H2・10）
灼けてゐる安田講堂小さしよ　松野　苑子（H9・10）
目の奥の水平線が灼けてゐる　山地春眠子（H9・11）
勝者立つ灼けしロケット首より下げ　島田みづ代（H11・10）
一茶の地灼けて一人の子にも逢はず　蓬田　節子（H12・11）
港灼け黒人彫られたるごとし　植竹　京子（H14・9）
しやがみ餓鬼臍まで灼けて群れゐたる　山地春眠子（H15・9）
勝者の眼しづかに雲の灼くるなり　佐藤　祥子（H16・12）
ことごとく窓閉ぢ都庁灼けゐたり　橘田　麻衣（H17・12）
道灼くる良寛の海きらきらと　中村恵理子（H19・12）
百夜灼く蠍座の火に旅立てり　伊澤のりこ（H21・10）

涼（すず）し

朝涼　夕涼　晩涼　夜涼　涼気

朝涼のダイヤルがとらふ海の曲　飯名　陽子（S39・9）
白樺の夜涼に珠の子を産めよ　星野　一夫（S39・10）
夜涼水音充しきつては睡るのみ　西野　洋司（S42・9）
杉の幹男同志で見て涼し　高野　途上（S44・8）
黒豹を見て少年の血が涼し　瓦　京一（S44・9）
蟹赤き晩涼の水かくれあふ　寺田絵津子（S44・10）
観世音うす目に葛の涼気過ぐ　矢矧菜穂吉（S48・9）
尿とりし夫に涼しき睡りくる　金井　友江（S50・10）
喪主の身のどこか浮きたる夜涼かな　藤原　美峰（S52・7）

板の間の涼しかりけり淋しかり　大西　重子（S57・9）
夕涼の父匂うまで近づけり　安東　洋子（S58・10）
晩涼のとなりの門を眺めけり　永島　靖子（S58・12）
父母の閨かたく閉ぢたる夜涼かな　松葉久美子（S58・12）
板の間は涼しと母の口ぐせに　斎藤　雅子（S59・10）
蔵に読み涼し仏蘭西革命史　森脇　芙美（S60・10）
いくばくか涼し古びし物売りて　加藤あさじ（S60・10）
ぼんやりとゐて大望を涼しくす　藤田　湘子（S61・8）
国ことば捨てざる父を涼しとも　小川　和恵（S61・9）
出羽涼しくるみのやうな婆とゐて　川見　致世（S62・9）
白手甲涼しく女人高野かな　飯島　晴子（S62・10）
蓮華岳谺返しの距離涼し　後藤　綾子（S63・10）
居る者の飯の用意に雨涼し　増山　美島（S63・11）
町涼し仲仙道へ軒揃へ　小川　和恵（H1・8）
松毬眼鏡をはづす涼しさに　角田　睦美（H1・8）
青框の涼ひろごれり能舞台　土屋　未知（H3・9）
晩涼の欅の下に死者を待つ　飯島　晴子（H3・12）
甲斐信濃夜涼の星座分ちあふ　藤田　湘子（H6・10）
山見えて涼しき二階半生過ぐ　岩永　佐保（H6・12）
海中の魚見し眼すずしかり　斎藤　芳枝（H7・1）
川の名を涼しくこたへ宇陀乙女　林　喜久恵（H7・8）
早起きの眼すみずみまで涼し　石川まさみ（H7・8）
蝶結びすぐにほどけて涼しけれ　光部美千代（H7・10）
露涼し僧ひとりゐる鞍馬駅　前田　寿子（H7・11）

神楽太鼓ててとこ打てば山涼し　藤田湘子（H8・9）

勤（いそ）しむや無学涼しく土に親し　西垣崇子（H8・12）

直哉居の間取り涼しき人為（ひととなり）　高野途上（H9・10）

何風といふか金堂涼しけれ　藤村昌三（H9・10）

一声のひようとありける能涼し　深見信子（H9・11）

曖昧を許さぬ飛騨の山涼し　上野泰子（H10・8）

月読命涼しや鰡とばす　小川軽舟（H10・9）

働いて来し手涼しや卓の上　星野庄介（H10・9）

もう少し涼しく話し合へないか　加藤静夫（H11・10）

だいぢやうぶとは涼やかな呪文かな　井上宰子（H12・9）

藍涼ししつかり死にし小倉遊亀　豊島満子（H12・11）

剝製の鹿に降りつむ刻涼し　大井さち子（H12・12）

父の忌の過ぎし夜涼の帽子掛　西山敏子（H13・8）

樹々のこゑ草に移れる夜涼かな　大石香代子（H13・11）

河童をり貞任橋の涼しさに　藤澤正英（H15・8）

縮緬の風呂敷抱きて涼しかり　草間レイ子（H15・9）

夜涼なり棒のやうなる音を乞ふ　光部美千代（H15・10）

夕涼や草踏めば出づしじみ蝶　木村房子（H16・11）

旅の妻涼しき葉書よこしけり　梶塚葵風（H17・10）

金鈴の音の涼しく散りにけり　小沢光世（H17・11）

夕涼や流鏑馬の馬草食める　帆刈夕木（H18・11）

涼しさは淋しさに似て舟に乗る　志田千恵（H19・11）

夕涼や内緒ばなしに猫の耳　松坂螢子（H19・12）

わが問に涼しく答へ広辞苑　小川和恵（H20・9）

船涼し椰子の実運ぶ潮ならむ　後藤義一（H20・10）

杉山の上が涼しと星出づる　吉沼等外（H20・11）

阿修羅像肘を涼しく立ち給ふ　松原順子（H21・10）

松多き一遍絵伝見てすずし　宮内正江（H21・10）

朝涼の上り框の鞄かな　萩原友邦（H22・8）

親子丼手早につくり宵涼し　立神侯子（H22・10）

夕涼や汽水にひかる魚の鰭　加茂樹（H22・10）

涼しさや見ゆる限りの波頭　金井ミチ子（H23・11）

茅葺にくらき涼しさありにけり　中西常夫（H24・8）

何にでも正面のある涼しさよ　加賀東鶴（H24・11）

夏の果（なつのはて）　夏惜しむ　夏終る　ゆく夏

うきし釘打ち込み馬柵の夏惜しむ　後藤清太郎（S39・9）

泉の底に一本の匙夏了る　飯島晴子（S39・10）

ピトン打つ岩の谺の夏逝ける　矢上伊作（S39・11）

真白に記憶吹かれて夏終る　荻田恭三（S39・11）

脱糞終ふ牛の吐息の夏終る　後藤清太郎（S40・10）

夏果てぬギターと貝と少年に　石部桂水（S43・10）

夏果ての思案つめたき白障子　瓦京一（S46・9）

鯉の声きくともなしや夏終る　持木貞子（S51・10）

ひもじさも恋もなかりし夏の果　田中ただし（S53・9）

片傾ぐ弥次郎兵衛夏了りけり　斎藤一骨（S54・11）

夏逝くや聖も吾もひと色に　鈴木悦子（S57・11）

泥眼の見据ゑし夏も果てにけり　浅井たき（S58・9）

めんどりの尻蹴つてああ夏の果　藤田湘子（S58・11）

高波に二三人浮き夏の果　細谷ふみを　(S59・11)
母逝きてそれぞれの夏終りけり　野村　和代　(S60・11)
さらば夏たこ焼の蛸嚙みのこす　丹野　桂子　(S61・11)
鯉の尾が鯉打つて夏果てにけり　山地春眠子　(S63・11)
恙なく詩(うた)心なく夏了る　植松梅雨子　(S63・12)
銃眼に君を納めて夏果てぬ　須藤　妙子　(H1・12)
夏果てぬ葉山の町の大藁屋　金井　一雄　(H1・12)
腿太きサーカス乙女夏の果　和田左千子　(H2・9)
片寄りし弁当の飯夏終る　鶴岡　行馬　(H3・10)
夏果ての太陽濁る油槽貨車　風間　淑　(H3・11)
夏の果ストッキングが椅子にある　市川　千晶　(H7・10)
夏果や子役侍みの旅芝居　野田　千里　(H8・10)
喝采の中道化師の夏終る　関根菜穂子　(H14・9)
夏逝くとしづかにうたふ深海魚　檜尾とき魚　(H14・11)
串つたふ脂焼けをり夏の果　中村みき子　(H14・12)
夏の果痛き音して傘倒る　細谷ふみを　(H15・11)
さらば夏画帳白雲べたべたと　藤田まさ子　(H15・12)
舟おりて夏も終りのふくらはぎ　加藤　静夫　(H16・12)
立ち並ぶ旗へなへなと夏終る　白井　順子　(H16・12)
流れつつ靴裏返る夏の果　小川　軽舟　(H20・9)
くらやみの海からの雨夏果てぬ　松浦　俊介　(H20・11)
夏果つや艇庫の棚の油差　山本　良明　(H20・12)
夏果や飢ゑし音せる洗濯機　田中　未舟　(H21・12)
少年にかまけし夏も逝きにけり　春木　燿子　(H23・1)

秋近し（あきちかし） 秋隣

水のごとき夜気に寝返り秋近し　武田真紗子（S46・11）

水打のまた出て来たる秋近し　荒井　成哉（S48・9）

滑走路尽きたるところ秋近し　建守　秀二（S62・9）

一木に彫りなす仏秋近し　星野　庄介（H6・10）

秋近し銭湯にゐて旅役者　鱸　眞亜（H11・11）

退職の燃やす名刺や秋隣　諸星　功（H16・10）

灯台が海をまぶしみ秋まぢか　中村　敬宇（H21・9）

牡蠣筏の竹積まれあり秋隣　安藤　み江（H22・9）

夜の秋（よるのあき）

夜の秋の天上を水ゆくごとし　座光寺亭人（S52・10）

婆が爺あかず眺めて夜の秋　たかはし千砂（S58・12）

夜の秋の老いて美しジャズ奏者　石井　弘子（S62・7）

一枚の闇を加へて夜の秋　木島　郁江（S63・10）

琅玕の空より来たり夜の秋　高野　途上（H3・10）

夜の秋奏者ピアノを離れけり　井守やよい（H9・10）

電柱に電灯ひとつ夜の秋　笙　美智子（H9・10）

一つ樹の闇大いなり夜の秋　押野　裕（H10・11）

夜の秋や横顔のみの金貨の妃　倉垣　和子（H14・11）

空間を時間素通り夜の秋　加藤　静夫（H18・11）

わが修羅と黒板の傷夜の秋　新延　拳（H18・11）

笑ひから入る講座や夜の秋　金丸　綾子（H18・12）

首飾手に這はすなり夜の秋　小川　軽舟（H19・10）

夜の秋三つ編ぐせの髪を梳く　藤田まさ子（H19・11）

大鍋にすべらすカツや夜の秋　加茂　樹（H20・11）

夜の秋鑿の頭つぶれけり　轍　郁摩（H20・11）

われと古る百科事典や夜の秋　帆刈　夕木（H21・9）

散らかつてはかどる稿や夜の秋　天野あや子（H22・10）

天文

夏の空

夏空に背鰭の予感瓶積みて　藤井　宏久（S55・9）

梅雨空　梅天

梅雨空の白鳩狂ひ始めけり　青砥　順子（S45・9）

梅天や松に習ひて杉枯るる　堀尾　敏子（S60・9）

梅雨空にひらきて阿蘇の火口なり　奥坂　まや（S63・9）

夏の雲

嫁の勝利夏雲捲き替へ捲き返し　桜岡　素子（S42・11）

集金や眼鏡はづして見る夏雲　佐藤ゆづる（S43・7）

水溜りの夏雲を避け四十代　市川　恵子（S43・11）

夏雲や母を蔑して食ひにける　森　優子（S55・10）

夏雲の発止と生れ岩手山　三上　良三（S59・7）

夏の雲截られて石の若々し　松本よし子（H4・10）

夏雲や不倒翁われ杖を突く　伊東ひろむ（H7・10）

和箪笥の中はかはらず夏の雲　飛田　節子（H12・9）

夏雲や浮ぶことなき珊瑚礁　奥田　洋子（H13・9）

夏雲の下おうと言ひおうと言ふ　藤田　湘子（H14・9）

雲の峰　入道雲　石見太郎　峰雲　雷雲　丹波太郎

雲の峯わがはらわたに育ちゐる　座光寺亭人（S56・9）

雲の峰天に問へて曲りけり　吉沼　等外（S58・10）

安芸入道伊予入道とはち合せ　浜田　夢安（S61・12）

雲の峯わが身死病を育てをり　手塚深志城（S62・10）

使ひみち考ふる壺雲の峰　佐藤　祥子（H1・9）

母の中の少女は遠し雲の峰　掛井　広通（H2・11）

待つて居し如くに石見太郎かな　山下　半夏（H3・10）

峰雲や前方ひとり占めの舵手　高野　途上（H3・11）

人形の首すつと抜け雲の峰　掛井　広通（H3・11）

弱音吐かなくて何吐く雲の峰　飯島　晴子（H4・8）

両眼のまばたきひとし雲の峰　藤田　湘子（H5・4）

峰雲や草によごれし馬の貌　露木はな子（H5・9）

海底に戦艦朽ちぬ雲の峰　是枝はるか（H5・10）

雲の峰一枚ガラス軋みけり　光部美千代（H5・11）

雲の峰駄菓子屋の中賑はへる　梅野　幸子（H5・11）

たこ焼をはみだすたこや雲の峰　加藤　静夫（H6・10）

雷雲をヘリコプターの出て来たり　中澤　勝子（H7・1）

雲の峰雷魚に天蚕糸切られけり　山口方眼子（H7・10）

死の如し峰雲の峰かがやくは　飯島　晴子（H9・10）

雲の峰妻と娘を敵に回す　細谷ふみを（H9・11）

赤着れば赤のこころや雲の峰　柴田日出子（H10・10）

峰雲やあの世の名前決めておく　藤原　昭女（H11・10）

峰雲を真つ正面のわが鼻梁　梅原　環（H11・10）

丹波太郎杜氏に灸の書をあたふ　中岡　草人（H15・8）

行きゆきて崖に出でけり雲の峰　吹丘　一骨（H15・9）

海女浮きてひかり散乱雲の峰　岩切ふじ子（H16・10）
独房のごとく仰ぎぬ雲の峰　野本　京（H18・11）
釘抜の愚直を愛す雲の峰　中山　玄彦（H20・9）
打たれつつ力出す釘雲の峰　高橋久美子（H21・8）
海抉るモーターボート雲の峰　中本　弓（H23・10）
定年以後花束抱かず雲の峯　山口　睦子（H23・11）

夏の月（なつのつき）　月涼し

夏の月何から流浪始まりし　古屋三四郎（S53・8）
月涼し町の中なる卯辰山　前田　寿子（H6・10）
夏の月すつぽん首を立てにけり　持丸　子燕（H8・8）
夏の月黒マネキンを分解す　明石　令子（H16・10）
月涼し佐久の水田の畦高き　滝本　久雄（H19・10）
月涼し寝付きしあとの子守唄　藤田まさ子（H20・10）
ウクレレに貝の象嵌月涼し　吉長　道代（H20・12）
人は灰に人魚は泡に夏の月　兼城　雄（H22・12）
後添になりしと聞きし夏の月　帆刈　夕木（H23・8）
月涼し父の遺せし金蘭簿　太田　明美（H24・11）

梅雨の月（つゆのつき）

梅雨の月越後信濃の山睦む　稲荷　晴之（S62・9）
水に立つ岩裸形なり梅雨の月　岡本　雅洸（H20・8）
下京の家並みつしり梅雨の月　飯田やよ重（H20・8）

夏の星（なつのほし）　星涼し

夏星や草木に人の息かゝり　飯島　晴子（S46・6）
父と酔う谷の夏星杉にふれ　坂本　泰城（S47・7）

夏星やあるだけの鰭立てて来よ　飯島晴子（S56・8）
星涼し凱旋門に道発す　鷲澤喜美子（H6・9）
星涼し星に濡れゐる石涼し　大塚あつし（H8・11）
星涼し湯治の駅のぼんのくぼ　植竹京子（H10・10）
瓶詰のサハラの砂や星涼し　澤田苑子（H17・11）
高嶺村星座涼しくこだませり　やうち海（H22・9）
学名の中の人の名星涼し　藤田かをり（H22・10）
釜底飯味噌にぎるや夏の星　藤澤憼子（H22・10）
星すずし指に読ませて地獄変　中岡草人（H22・10）

旱星（ひでりぼし）

牛小屋に空気の薄き旱星　土門緋沙子（S56・9）
旱星家に買手のつかぬなり　景山秀雄（S58・9）
遊ばれて兎痩せたり旱星　松井千枝（H1・10）
終の地と決めたる阿蘇の旱星　山本素彦（H6・10）
旱星流木は山忘れざる　大庭紫逢（H7・9）
病人の作り機嫌や旱星　石川黛人（H7・10）
熔岩（らば）山の裾は熔岩原旱星　鴨志田理沙（H15・10）

南風（みなみ）

南風や吾子に男ののどぼとけ　武田重子（S44・8）
空港に裂かれし写真夕南風　今岡直孝（S58・9）
南風や短き怒声ヨットより　麻木巴奈海（H10・9）
キユーピーの翼小さしみなみかぜ　髙柳克弘（H17・11）
南風吹く声なきものらわたなかに　大石香代子（H18・10）
巻貝は時間のかたち南風　髙柳克弘（H20・10）

遺跡ふと未来に似たり南風　南　十二国 (H20・11)

鈴懸は大陸恋ひぬ南風　上田　鷲也 (H22・7)

地球儀を回せば青し南風　木下　水羽 (H22・10)

耳たぶにピアス甘ゆるみなみ風　荒木ひでこ (H23・9)

贄を待つ皿の白しや南風　髙柳　克弘 (H24・8)

老人の弔辞短し南風吹く　兼城　雄 (H24・9)

戦後しか知らぬ生涯南風吹く　利普苑るな (H24・9)

黒南風（くろはえ）

黒南風や闘争ビラの糊煮つむ　藤谷　緑水 (S44・8)

白南風（しろはえ）

白南風の夜明の見ゆる木の下へ　寺沢　一雄 (S54・9)

白南風や海に入りゆく信濃川　渡辺　フミ (S59・9)

白南風や一木の老見とどけむ　伊沢　恵 (S63・10)

白南風や禰宜見えて着く竹生島　前田　寿子 (H3・9)

白南風や流木に付く貝の夢　山下　桐葉 (H14・8)

白南風や桟橋に待つ鼓笛隊　松本三江子 (H18・10)

白南風や布巾かけたる皿茶碗　大島三太郎 (H21・9)

白南風や画架かつぎたる写生行　寺田　折生 (H21・11)

白南風や水平線を画布に引く　堀口　夜子 (H22・10)

白南風や自転車二人乗りの恋　黒木ワクヱ (H24・10)

茅花流し（つばなながし）

誓子亡き茅花流しとなりにけり　笹井　武志 (H6・7)

牛の仔に茅花流しのまともなり　小菅　光江 (H6・8)

天竜の長堤茅花流しかな　鈴木　敏子 (H15・8)

離陸待つ翼に茅花流しかな　梅野　幸子（H21・8）

筍流し（たけのこながし）

筍梅雨

酒盗む筍梅雨と決めてけり　増山　美島（S56・8）

土用東風（どようごち）

板の間に吾が身うつれる土用東風　金子　うた（S54・11）

青嵐（あをあらし）

纜に波の弾力青嵐　植田　竹亭（S41・8）
兄僧の猫足机青あらし　山口　睦子（S52・10）
青嵐大きな耳を見てゐたり　天野　慶子（S54・8）
青嵐流木ときに立ちあがる　萬　蓼二（S57・9）
青嵐わが乳房いま吾子のもの　市川　千晶（H3・7）
鎌倉は掘れば骨出づ青嵐　三田　穣治（H3・8）
青嵐嶺々の名を黒板に　松野　苑子（H8・9）
諸鳥に天餌足りたり青嵐　西垣　崇子（H9・8）
奏者みな髯の若者青あらし　清水　啓治（H9・9）
御仏と一対一や青嵐　山田　敏子（H16・8/9）
田に出でて平たくなれり青嵐　吉沼　等外（H17・10）

薫風（くんぷう）

風薫る

風薫るやうに見舞はれゐたりけり　島田　花憩（S62・8）
薫風や笛一管を床飾　藤岡田鶴子（H16・8/9）
薫風や鳥の時間は青いかも　西方　郁子（H18・7）
筆圧に私らしさ風薫る　柳浦　博美（H18・10）
薫風や己おどろく物忘れ　深井　丈一（H21・8）
みな美しき頃の写真や風かをる　横井千枝子（H22・10）

薫風や病人に買ふスポーツ紙　籠田ひろ恵（H23・7）

涼風（すずかぜ）　風涼し

涼風や束子よろこぶ京格子　安東　洋子（H3・8）

読む我についばむ鳥に風涼し　安東　洋子（H19・11）

橋くぐるときの涼風カーフェリー　山本　良明（H22・9）

百姓の父の句集や風涼し　長岡　和恵（H24・8）

夕凪（ゆふなぎ）

夕凪や薄縁（うすべり）で読む西遊記　永井　京子（S52・7）

夕凪や膝につきたる瓜の種　長谷川明子（H2・11）

放哉の島の夕凪地獄かな　渋谷　竹次（H8・10）

白き車出づ夕凪のレストラン　生地みどり（H11・9）

風死す（かぜしす）

風死して首の太さのきしみかな　遠藤　篁芽（H2・9）

風死せる沼の真中に亀の首　多田　和弘（H2・10）

風死すや塔の十字架刃物めく　池田　萌（H6・10）

風死すや非常階段宙に泛く　野村　和代（H14・10）

樹下の椅子偶数なれば風死せり　奥坂　まや（H14・11）

風死せり13号地影もあらず　大石香代子（H17・10）

走り梅雨（はしりづゆ）

父の雨衣着て父に似るはしり梅雨　吉井　瑞魚（S41・8）

石版に鳥彫り殺す走梅雨　田中　真理（S51・8）

刃物屋の刃のむき同じ走り梅雨　田上　典代（H4・9）

まちの灯の尽きて橋の灯走梅雨　山本　貞子（H13・8）

梅雨（つゆ）

梅雨の夜の勁き萓火とすれちがふ　飯島晴子（S40・9）

高窓に梅雨の薄日や出稼村　塚田嘉久正（S41・9）

梅雨の鳩啼き老人の反古やく刻　岡千代（S44・8）

梅雨馴れの一速度もて喪状刷る　石田よし宏（S45・8）

梅雨に瘦せ鏡の奥に首入るる　植田竹亭（S45・9）

梅雨荒るる夜の電柱は太るべし　穂坂志朗（S45・9）

木曾馬の片目あかるき梅雨の杉　稲葉ふみ江（S46・9）

荒梅雨に飛白のをんな坐りけり　田中ただし（S48・8）

梅雨の夜を妻と遊びて弱教師　波賀鮭男（S49・9）

長梅雨の草紙に遺る草の汁　鳥海むねき（S49・10）

書き終えてうしろを見たり梅雨山河　古屋三四郎（S54・8）

梅雨の僧訪ふに現れたる座敷犬　佐宗欣二（S56・9）

梅雨の車庫ロツクンロールわんわんと　山田士郎（S58・8）

荒梅雨の尸（かばね）焼く音憚らず　飯島晴子（S58・9）

屋上の稲荷最も梅雨の景　植竹京子（S58・10）

長梅雨の骨の鳴りたるわれがをり　田中ただし（S58・10）

梅雨めくや起ちて灯ともす独り酒　香月高祐（S60・8）

梅雨の海桃色ローソク点す家　飯島晴子（S61・9）

大嘘をつき了せしが梅雨に死す　隈崎ろ仙（S61・10）

無音にてテレビ点きをり梅雨の家　中山玄彦（S63・9）

鞆ノ津の酒肆の海図の梅雨じめり　川野蓼艸（H1・8）

大梅雨の分厚き唇を開きけり　細谷ふみを（H1・9）

梅雨深し裸婦の切手を舌に乗せ　掛井広通（H3・9）

梅雨激し柩と共に乗りて居し　冨沢　サカ（H3・11）

梅雨深し八坂の塔も豆腐屋も　建守　秀二（H5・9）

梅雨長し三面鏡の我幾人　石山奈穂美（H9・10）

こぼれ髪ありし頁や梅雨ふかし　遠藤　蕉魚（H10・9）

長梅雨の鞴場にある銚釐（ちろり）かな　吉田舟一郎（H10・9）

梅雨の電車皺の一語の聞こえけり　山内　皓生（H10・10）

佳きかほを梅雨の鏡に見せてから　光部美千代（H11・9）

梅雨の老だあれも遊んでは呉れぬ　松坂　博士（H23・8）

呼鈴不通梅雨さむざむと生家あり　穂曽谷　洋（H24・10）

青梅雨（あをつゆ）

梅雨青し

授業一語一語磨きて梅雨青し　近藤　実（S39・7）

青梅雨の襖あければ美少年　横井千枝子（S50・8）

青梅雨の濁りより抜く真鯉かな　岡本　雅洸（H2・7）

青梅雨や仏をかこむまろばしら　向井　節子（H9・9）

空梅雨（からつゆ）

空梅雨のゴッホは壁の真正面　山田　敏子（S57・7）

空梅雨ながしブルドックかたぶとり　小澤　實（S62・9）

空梅雨の喋らせておくラジオかな　斎藤　夏野（H13・10）

空梅雨や竹輪より抜く竹の棒　徳田じゅん（H13・10）

五月雨（さみだれ）

さみだるる

さみだれの鐘のまはりの早鐘よ　木曽岳風子（S54・9）

五月雨や利根大堰の下（しも）と上（かみ）　加藤あさじ（S58・8）

ねむごろにらふそくともしさみだるる　鴨志田理沙（S61・8）

さみだれや一間四人の島泊　笙　美智子（H2・8）

東京の地下は虫喰さみだるる　上田　鷲也（H19・8）

五月雨や籠鳥は餌をないがしろ　髙柳　克弘（H19・9）

五月雨や国境の灯は無表情　鴨志田理沙（H21・8）

孵卵器のつよき光や五月雨　髙柳　克弘（H21・9）

花街にうどんの出前五月雨　北川　俊子（H24・8）

送り梅雨（おくりづゆ）　戻り梅雨

一艘は長溜りして戻り梅雨　日野　雅規（S60・9）

薬降る（くすりふる）

薬降る峠からきて伊勢神楽　服部　圭伺（H3・10）

虎が雨（とらがあめ）

締めなほす小鼓の緒や虎が雨　志村　夫佐（H18・10）

夕立（ゆふだち）　白雨

夕立の降りそこないて三井の鐘　飯島八重子（S56・9）

サーカスに夕立来たる諏訪盆地　山本　孤峰（S62・10）

飛行直前の夕立あがりけり　干潟　英子（S63・12）

阿蘇谷の夕立に仔馬匂ひけり　梯　寛（H1・10）

夕立後の一音もなき楽器店　藤田　湘子（H2・8）

夕立や階段があちこちにある　山地春眠子（H3・9）

さつきから夕立の端にゐるらしき　飯島　晴子（H4・8）

せいろ一枚夕立の上りけり　坂　亮平（H4・10）

船旅の果ての夕立となりにけり　脇　嘉三（H4・10）

丹田をはかなくゐたり夕立あと　斎藤　夏野（H4・12）

夕立が来るぞ来るぞと豊後風　松本よし子（H5・10）

インディアン悲史も大河も白雨中　佐藤　四郎（H7・11）

軽く焼くたたみ鰯や夕立晴　中後佐知子（H8・8）

志ありて鈍なり夕立中　藤原昭女（H8・10）

青梅発電車夕立の蹤きたる　藤田まさ子（H8・12）

茅葺の家の貫禄夕立晴　松田みなを（H12・8）

夕立や現像室の赤い闇　三井ちえみ（H13・8）

夕立や指につきたるレモンの香　吉長道代（H17・9）

湖の色変へたる夕立比良つつむ　籠田ひろ恵（H17・11）

ものの影大きくなりぬ夕立あと　福川君子（H19・10）

夕立や貝殻のごと都市古りぬ　筒井龍尾（H21・10）

驟雨（しゅうう）

驟雨過ぎ昼の鏡に刃のにほひ　菅原達也（S45・8）

白杖打つ驟雨むざとは濡れまじや　清水偉久夫（S62・10）

喜雨（きう）

あな惜しや曾良に別れし後の喜雨　大庭紫逢（S56・10）

喜雨の音聞きつつ鍼の壺どころ　松原さよ（H6・11）

夏の霧（なつのきり）

青霧にわが眼ともして何待つや　藤田湘子（S43・8）

夏霧を来て教会は挙式中　大野今朝子（H4・9）

夏霧のかなたの鐘と聞きて病む　桃井薫（H23・9）

海霧（じり）

海霧重し戦中戦後消し難く　鈴木悦子（S56・10）

納沙布の海霧の速さを怖れけり　伊藤翠（H10・9）

夏霞（なつがすみ）

夏霞ふもとへ下る用もなく　鳥海むねき（S61・9）

雲海（うんかい）

朝焼の雲海渉る手だてなし　堂島一草女（H7・11）

雲海や現世の髪の逆立てる　市川　葉（H11・9）

雲海の未踏の白さ悼みけり　上田　鷲也（H21・11）

虹（にじ）

地に憩うバスの車掌ら伸びゆく虹　矢部　侃（S39・8）

机上はるか夕虹消えて果実老ゆ　脇本　星浪（S43・6）

虹立ちて壜かけめぐる谺かな　藤田　湘子（S44・8）

老人のごとくに虹は消えており　細谷ふみを（S45・7）

虹の端はらはらこぼれ閻魔堂　五島　一葉（S47・8）

虹町にコップとあそぶ日暮かな　永井　京子（S50・10）

桑の杖頼りに虹をわたるなり　座光寺亭人（S51・6）

三輪は山おきな呼ぶごと虹たてり　しょうり大（S51・7）

何人（なにびと）を打ちたる虹の一滴か　こばやし進（S57・11）

尿前のあたりが虹の端ならむ　佐野　渓石（S61・8）

虹夕べ老ゆるは怖し旅へ出づ　斎藤　一骨（S62・8）

夫なき家初めての虹見たりけり　立神　侯子（S62・10）

渡り来る人なき虹のたちにけり　飯島　晴子（S63・11）

虹立ちしばかりにこころ騒がしき　小川　和恵（H1・11）

片虹のまま赤松を離れたる　脇本　星浪（H2・11）

湿原の虹なり君の訃なりけり　伊東　礼子（H3・9）

夕虹や犬嗅ぎ合つて離れけり　中野美紗子（H3・9）

船橋に立ちて背後の虹を見ず　珍田　龍哉（H5・9）

人の死や雲中に虹果つるなり　小澤　實（H6・8）

虹立つやどこへも行かぬ氷川丸　喜納とし子（H6・9）
湿原はひびくものなし虹の橋　金子　千代（H7・9）
虹立てり急にたべたき海のもの　神尾　季羊（H9・8）
虹に向ひ一艇身を離さるる　中村　昇平（H9・10）
虹立ちて化石は光発しけり　勝田美二子（H10・10）
虹の中奔るみどりや少し祈る　光部美千代（H13・9）
腕解くや虹の撓みのおもたさに　佐武まあ子（H15・10）
虹消えて音楽室のデスマスク　岸　孝信（H17・8）
朝の虹汀の貝も虹こぼす　大和谷千代子（H17・8）
虹消えて見知らぬ街に戻りけり　小幡ともこ（H18・11）
虹消えて物干竿の雀かな　徳田じゅん（H22・9）
虹といふ大いなるものの影もたず　小川　軽舟（H22・10）

雷（かみなり）　鳴神　はたたがみ　雷神

遠雷や心を隠し隠す母　近藤　実（S41・8）
カンパして雷後大股なる工員　黒松多佳史（S44・7）
雷の夜のこんにやく掴み落しけり　田中かずみ（S48・10）
遠雷やいらだちて撲つ腿の瘦　田住　満夫（S50・9）
百姓の骨のあばらに日雷　岡本　雅洸（S56・9）
伊予びとのみな老い親や日雷　浜中すなみ（S59・9）
遠雷やなは藻のやうに朝の夢　星野　石雀（S59・11）
大阪中鳴神はしる水着展　椰子　次郎（S61・7）
はたた神脈が勝手に狂ひけり　田中ただし（S61・9）
筆擱きて老弟子雷を怖れけり　伊東　礼子（S62・9）
遠雷や看取りのひまの湯屋通ひ　小川　和恵（H1・9）

雷鳴の近づく牛を気遣はず　茂住　宏幸（H2・9）
日雷テレビに兜太あらはれし　掛井　広通（H4・11）
激雷やジユラ紀の森にゐるごとし　中橋　真韻（H8・9）
雷様と呼んで視力の衰へぬ　横倉　マツ（H9・9）
軽雷や仙人掌に出て子サボテン　佐武まあ子（H9・10）
餓鬼岳は雷神の座や見えずとも　小澤　實（H10・9）
布裁てり雷の最も激しき時　守屋真智子（H10・10）
パソコンに貼りて雷除の護符　加藤いろは（H11・11）
鳴りわたる浪速びいきのはたた神　干潟　英子（H12・8）
背にありてチヤツク一筋はたたがみ　五十嵐なほみ（H12・9）
雷遠し大和の辻の土けむり　藤田　湘子（H13・10）
鳴神や木偶の裾より手を入るる　山本　良明（H14・9）
よく食べて痩せてゆく父はたたがみ　大野　直也（H15・8）
雷鳴に舌が痺れてゐたりけり　加藤よい子（H15・10）
一片の白紙が床にはたたがみ　福永　檀（H16・8/9）
ぢだんだを踏むごとくなりはたた神　髙安美三子（H20・11）

五月闇（さつきやみ）

五月闇ながきひれあるものとゐる　長谷川　櫂（S55・8）
家深く柱はありぬ五月闇　岡田　靖子（H16・8/9）

梅雨晴（つゆばれ）

梅雨晴れ間燦と乞食は男がする　平松弥栄子（S44・8）
梅雨晴の鏡の老女われならむ　高田　良穂（S59・8）
一寸拝借梅雨晴の猫車　小池このの（S62・8）
梅雨晴や鍼師おのれに鍼をうつ　飯塚　みつ（H5・10）

梅雨晴間田を見てこころひろげゐる　鈴木　紀美（H7・10）

梅雨晴や米屋に頼む七分搗　江﨑　和雄（H9・10）

梅雨晴や雀の喧嘩五六秒　白根　幸寿（H16・10）

五月晴（さつきばれ）

駄馬とても祝をもらふ五月晴　植田　幸子（S46・7）

五月晴出雲の奥へ笹採りに　古川　英子（H7・8）

朝曇（あさぐもり）

目でひろふ雀の足音朝曇　宮本　遊（S40・10）

朝曇歩く目的あるにはある　関　とみ（H11・10）

こんにやくを沈むる桶や朝ぐもり　山本　良明（H20・9）

朝焼（あさやけ）

鉄研がれ呼吸朝焼け遊ぶ谷に　鳥海むねき（S44・9）

朝焼の楽団いそぐ無名のまま　小林　進（S48・10）

朝焼や少年騎手ののどぼとけ　豊島　満子（S56・9）

朝焼や太平洋にガムを嚙む　兼子　あや（S58・9）

朝焼やサロベツの野に仔牛生る　凌　由布（H3・9）

朝焼の一枚岩を登りけり　斎藤　夏野（H6・10）

朝焼や草を離れぬ蝶の群　佐藤　祥子（H10・10）

夕焼（ゆふやけ）

ウインドにわが顔夕焼け週末来る　玉井　淳一（S44・7）

夕焼けて糴棄てばやと思ひをり　細谷ふみを（S52・8）

酢のごとく夕焼けたり主よマズルカを　山地春眠子（S53・9）

夕焼の終りを腓返りかな　鈴木　響子（S55・12）

海鳴やこの夕焼に父捨てむ　奥坂　まや（S62・9）

夕焼や欠けずに育ち兎の仔　市川　葉（S63・8）
交む蛇見しゆゑ夕焼ながかりき　小浜杜子男（H3・12）
潜水着脱ぎたる顔の夕焼かな　小宮山智子（H4・10）
機上より見し街にあり夕焼けて　大野今朝子（H7・9）
夕焼の海に対えり晩年も　島瀬千鶴枝（H11・9）
歌ふごと夕焼は野をみたしけり　松野　苑子（H11・11）
夕焼や坂の途中の帰らぬ日　松坂　螢子（H19・8）
ちりぢりに燃ゆるや風の夕焼雲　髙柳　克弘（H19・11）
夕焼長し上野にコロー見たるあと　杉野千寿子（H20・12）

日（ひ）

盛（ざかり）　日の盛

日盛りの水の減りゆく巫女の前　山本　静子（S52・8）
なつかしむともなき桐の日盛りよ　寺内　幸子（S52・11）
寺の名がすぐ出ず紫蘇の日盛りは　飯田　直子（S55・10）
日盛りを河内へ帰る宣教師　木村　甲鳥（S60・10）
父逝けり日盛りただになつかしき　大石香代子（S62・11）
空也像狂気かすかに日の盛り　筌　美智子（H1・8）
日盛や行きもかへりもただ砂漠　朱　命玉（H11・11）
醜草の物言ふを聴け日の盛　奥坂　まや（H12・9）
日盛や泡吹虫は泡の中　市川　葉（H13・9）
日盛やひとを愛さず匙みがく　山口　睦子（H13・10）
日の盛大阪弁は白濁す　奥坂　まや（H17・11）
棒倒れ金属音や日の盛　奥坂　まや（H19・9）
鏡みな現在映す日の盛　南　十二国（H19・9）

西日

西日いま赫と教師の末知らず　新家　杏香（S39・10）

直線に鯖の腹割く西日中　加藤　草杖（S41・11）

西日中唾が白くて婆来たる　鳥海むねき（S45・8）

鳥籠に砂少しある西日かな　上野　稔樹（S50・8）

決心や西日のからだ冷えてをり　土門緋彩子（S55・9）

西日強いらるる忌中の小鳥籠　市川　恵子（S58・10）

広島の大桟橋の西日かな　前川　彰子（S60・10）

引く弓の的となるべし大西日　小林　秋市（S61・9）

父がりの西日に荒き柱なり　奥坂　まや（H2・7）

西日中西を向きたる椅子のこる　光部美千代（H5・9）

金借りて男に遣ふ西日かな　平山　土音（H9・8）

亡びよし旺んなほよし大西日　須藤　妙子（H9・11）

母亡くて薬缶鳴りたる西日かな　神田　和子（H12・9）

腕立伏ではどこにも行けぬ西日かな　小川　軽舟（H19・10）

馬券売る女の頬に西日かな　今岡　直孝（H21・9）

感傷の余地なき西日まともなり　服部　佳子（H22・9）

炎天

炎天にありて見えざる旗が鳴る　宮本　遊（S39・10）

炎天を来る押売のまなこして　石井　雀子（S40・9）

炎天の芯やしづかに綱垂れて　安斉千冬子（S40・10）

炎天の無風死す人立ち止まる　市野川　隆（S43・10）

炎天の杖や流転の齢置き　丸山　穂翠（S46・10）

炎天の壺海彦か山彦か　上野　稔樹（S46・11）

見ゆるもの見て炎天の竹青し　庚　無玄（S47・10）
炎天の吾想ひ樹の黝ずむも　後藤　一菓（S48・10）
炎天の石踏み猫の孕みけり　川本　柳城（S50・9）
この炎天ジヤックが豆の樹をのぼる　片山　辰永（S50・10）
炎天のいま氷上にあるごとし　座光寺亭人（S52・9）
炎天の僧を案内す蓬かな　増山　美島（S52・10）
炎天の幹に父居る普段かな　石田よし宏（S53・10）
炎天にあはき背びれを負ひしかば　仁藤さくら（S54・7）
炎天や銃もあらぬに泣声起つ　田辺　柿青（S54・9）
てるてる坊主炎天に死すごとく　渡辺　謙二（S56・7）
歩いてはもう行けぬ世を炎天に　座光寺亭人（S56・8）
炎天に錐揉したるクラクシヨン　橋見　静景（S57・9）
父の忌の炎天に水流れ出る　今野　福子（S58・9）
炎天を戻り来りぬ彼の死後　山田　穣二（S58・10）
炎天の血管広島に太る　藤谷　緑水（S58・10）
炎天の奥処知らねどこだませり　鳥海鬼打男（S59・8）
炎天に腹すえて出るあわれかな　小暮美恵子（S59・10）
義仲の地や炎天に弓の音　小原寿々美（S59・11）
炎天をもどれば猫の胴長し　武室　瑛子（S60・11）
炎天に人死ぬけふを恐れけり　佐野　渓石（H1・12）
炎天の記憶に夫を捨てしこと　唐島　房子（H2・7）
炎天や輪転機より紙怒濤　森田里恵子（H2・8）
炎天の龍舌蘭に離れ立つ　細谷ふみを（H10・8）
炎天の空地のマイク叫びをり　新延　拳（H12・11）

炎天の氷塊融くるまでは見ず　小浜杜子男　(H13・10)
炎天の不幸へ頭上げにけり　矢口　晃　(H13・10)
炎天や黒き矢印また矢印　喜納とし子　(H13・10)
炎天へ出づる自信や誕生日　伊藤たまき　(H14・8)
炎天の零にはじまるホイッスル　光部美千代　(H14・9)
炎天に炎天聳えゐたりけり　明石　令子　(H15・9)
炎天に眼のこして死ぬるかな　星野　庄介　(H15・11)
炎天下尻ぶらさげて歩むなり　加藤　静夫　(H16・8/9)
炎天や人きりすてて行く視線　服部　佳子　(H16・11)
一柱もなき炎天を歩きをり　加藤よい子　(H17・11)
尊厳死炎天のビル影投ぐる　神田　和子　(H17・12)
炎天下強気の翅音くらひけり　中島よね子　(H18・9)
炎天の声錆つよき錨より　佐々木幸子　(H19・9)
炎天やバイク神経剝き出しに　細谷ふみを　(H19・12)
炎天はあかがねの磬(けい)鳴るごとし　小川　軽舟　(H20・9)
炎天や行列うしろへのみ伸ぶる　有澤　榠樝　(H21・10)
炎天や宙に浮きたる架線工　山内　基成　(H21・11)

油照(あぶらでり)

人形の眠り自在や油照り　植田　幸子　(S44・10)
人体図きりきり痛む油照　今井　雅城　(S45・7)
わがセンチメンタル蝶も油照り　岡　建五　(S51・9)
絶対と言う事はなし油照り　北川　俊子　(S57・12)
海蛇を摑みて寡婦や油照　真栄城いさを　(S60・9)
油照ししむらうすき妻にかな　中野　柿園　(S60・10)

草の根を走る雀や油照り　吉野俊二（S61·8）
開いてゐるドア恐ろしき油照　明石令子（H3·8）
熊の胆を持ちて上京油照　佐藤健（H4·11）
人死して蛇口をひらく油照　奥坂まや（H6·8）
邪教にも縋りたきこと油照　小倉大（H11·9）
突然に神馬尿れり油照　白石延子（H11·9）
油照からすの着地つんのめる　深井弌一（H11·12）
油照イヤホンの人突如笑う　大庭紫逢（H12·8）
われのみの薬を煉れり油照　松本百司（H12·8）
納骨をいさかふ族（うから）油照　上村慶次（H12·11）
叫喚の児を引摺れり油照　石川黛人（H13·11）
油照幻聴われを歩ましむ　安川喜七（H14·8）

片蔭（かたかげ）

片かげり

選炭機大片蔭をもちて鳴れり　志井田牧風（S40·10）
片かげり余生はじまりゐるごとし　田中ただし（S43·10）
片蔭はささやくやうに続きをり　加藤静夫（H4·11）
片蔭に向ひ片蔭歩むなり　中村昇平（H7·10）
片蔭にパン食ふやうな旅もよし　細谷ふみを（H11·11）
片蔭や角を曲ればかの日ならん　新延拳（H12·9）
片蔭に現はれし君しか見えず　細谷ふみを（H13·12）
片蔭や避けてとほれぬことばかり　吉野朋（H21·10）
片蔭や土産両手に父来たる　尾林和華子（H22·10）

旱（ひでり）

旱天　旱魃

黒牛の全身鈍し旱空　田中ひとし（S39·9）

彫り加ふ墓碑の戒名旱年　山崎　正人（S42・10）

厭世の日照りつづきの竹梯子　穂坂　志朗（S46・10）

大旱や何とて婆の糊作り　金田　眸花（S48・9）

旱谷人かぞへては鴉降る　野平　和風（S48・9）

一枚の蝶闘へり旱空　清水　一助（S50・9）

厨より僧の声する旱かな　穂坂　志朗（S50・10）

高階へ櫛をとどける旱かな　小林　進（S53・10）

古布をずたずたにして旱かな　藤田今日子（S55・10）

滝の上に雲現はるる旱かな　高橋　増江（S57・11）

旱茄子ふぬけふぐりにさも似たり　宅和　清造（S58・11）

人形の髪植ゑてゐる旱かな　椰子　次郎（S59・8）

旱天やいたるところに神ほとけ　黒鳥　一司（S59・10）

廃鶏を籠に詰込む旱かな　斎藤　一骨（S60・9）

ジプシーの枕木つたふ旱かな　鴨志田理沙（S61・10）

壁画野牛角折れてをり旱なり　椎名さつき（S62・10）

旱魃や髪に虫つく木偶頭　椰子　次郎（S63・7）

飛びたたぬ一機ありけり大旱　藤原　美峰（H2・10）

徒歩く山鳩がゐて旱川　高木久良子（H7・11）

旱魃や国境越ゆる救急車　朱　命玉（H8・10）

尾燈赤く列車旱の町を出づ　市川　葉（H8・11）

地つづきに原子炉うごく旱かな　椰子　次郎（H10・10）

艫綱に蛇からみゐる旱かな　村田　和司（H12・9）

地理

夏の山（なつのやま）　青嶺

梳（くしけづ）る肘見えて青山中に　藤田湘子（S45・7）

青嶺みてあしたのことは見えぬといふ　香月育子（S45・9）

鉄瓶のしめりの色や青麓　飯名陽子（S49・7）

夏山に発たむくるぶし猫甘ゆ　若宮靖子（S62・11）

夏山を下りて魚津の魚市場　小林日出（H2・8）

青信濃歩きて背鰭あるごとし　溝渕　淑（H4・9）

夏山の魑魅にあはむ白づくめ　伊藤左知（H6・10）

リハビリの今正念場青嶺見ゆ　土門緋沙子（H7・8）

夏山や死木をつかむ鳶の爪　福永節子（H11・10）

八方に夏山の見ゆにぎりめし　吉村東甫（H13・9）

夏の山見てどんみりと男なり　藤田湘子（H14・10）

国分つ青嶺まはりぬ語り婆　髙橋貞子（H14・11）

夏山の雲中行路無音なり　岩口満里子（H17・8）

五月富士（さつきふじ）

五月富士笛となる竹磨きをり　小池こよの（H11・7）

皐月富士猪首ほきほき回しけり　御供知倫（H17・10）

富士の雪解（ふじのゆきげ）

雪解富士漁船はかもめつれ帰る　中井満子（H19・6）

雪渓（せっけい）

雪渓を踏み太陽の熱感ず　長谷川明子（H6・9）

雪渓を戴く村や結納す　石川　秀生（H7・8）

雪渓のしたたり月にひびきけり　天地わたる（H7・10）

落日の雪渓第二テント張る　志田　千惠（H9・8）

雪渓や橡の葉脈けざやかに　植竹　京子（H10・8）

雪渓の図太く立てり与（くみ）せむか　飯島　晴子（H10・10）

雪渓やいのちあるもののみ動く　関　宏子（H13・9）

放馬駈け雪渓緩みなく立てり　北出　鈴鼓（H13・10）

雪渓を横切り歩幅復活す　新家　崇子（H14・11）

雪渓を雲行き大き無音過ぐ　藤田　湘子（H15・10）

雪渓と雲相容れぬ白さかな　天地わたる（H22・8）

夏野（なつの）

卯月野

卯月野にうすき枕を並べけり　飯島　晴子（S59・8）

出水（でみず）

水害

水害に遇ひたる肚を決めにけり　山田　幸夫（S57・1）

出水川下駄渦巻いて消えにけり　渡辺　京子（H24・10）

夏の海（なつのうみ）

夏海へ己が色出て信濃川　福嶋　素顔（H3・10）

夏の波（なつのなみ）

夏怒濤

六十にして家忘る夏怒濤　友納　緑（H3・10）

夏怒濤老いては島へ帰らむか　服部美矢子（H7・10）

卯波（うなみ）

卯浪たつ三日二夜の晒竹　稲葉ふみ江（S49・8）

卯月浪父の老いざま見ておくと　藤田湘子（S54・6）
江ノ電のワイパー小さし卯波見ゆ　大西朋（H22・8）

土用波（どようなみ）

湧く星の粒大いなり土用波　藤田湘子（S52・11）
ひとなみに食べて白痴や土用波　手塚深志城（S57・11）
病める手を取ればねむりぬ土用波　吉沼等外（S59・11）
父の背の脂の匂ひ土用浪　野本京（S63・11）
土用浪道しろじろと市振へ　蓬田節子（H8・11）
真砂女には及ばぬ恋や土用波　関都（H23・10）

夏の潮（なつのしほ）

夏潮に痴れむと女信濃より　保坂とみ（H11・10）

青葉潮（あをばじほ）

青葉潮我が総身を帆と立てり　西山敏子（H13・9）

熱砂（ねつさ）

砂灼くる

かたはらに熱砂帯なす海女の墓　脇本星浪（S42・9）
熱砂ゆく祝女（のろ）が被りし草の冠　真栄城いさを（S59・9）
砂灼くる男も金のネックレス　延平恭子（S63・9）
熱砂踏むしづかにものをいふ人と　前田寿子（H8・1）

代田（しろた）

田水張る

電柱のここぞと立てり大代田　江川繁子（S61・7）
田へ奔る水の喜色に従へり　飯島晴子（H5・8）
ひたに入りひた〳〵に満ち田水たり　小川軽舟（H18・8）
田水張り熊野の闇を明るうす　西山純子（H18・11）

植田（うゑた）　早苗田

けらつつき棚田の苗の伸びにけり　山崎　正人（S42・7）

苗たらず田の隅に星あつまれり　揚田　蒼生（S46・8）

植田光父の夢見に猫甘え　田沢　亜灯（S51・7）

母病みて夜汽車のうつる植田かな　金子　うた（S54・9）

青空に闇が待ちゐる植田原　宮坂　静生（S62・8）

いま植ゑし田水の深さ踝に　田村　能章（S63・9）

早苗田や伊吹はけふも雲づくり　高野　途上（H5・8）

城趾より眺むる我の植田かな　三浦恵美子（H10・9）

頁の上みどり走りて植田過ぐ　細谷ふみを（H11・9）

水しんと昨日がとほき植田かな　吉沼　等外（H12・9）

百枚の植田を風の童子（わらし）かな　吉沼　等外（H13・9）

日と月と寵を惜しまず植田原　奥坂　まや（H24・9）

青田（あをた）

青田風にのせてささやかなる凱歌　服部　圭伺（S42・7）

細りたき老人とほる青田べり　揚田　蒼生（S46・7）

青田風尺八らしき音になりぬ　萱場　静子（S57・10）

青田風棟上餅の工面など　菅原　とく（S61・10）

踏切を越えて青田のすべて見ゆ　井上　園子（H1・10）

吾もまた青田の中のシヤツとならむ　松谷　梅行（H13・11）

田水沸く（たみづわく）

生（いき）死（しに）に西す東す田水沸く　萱場　静子（H2・10）

田水沸き噂七十五日経つ　八代　良子（H8・9）

田水沸く律義者ゆゑ仮想せり　大山　紺夜（H11・10）

光陰と記憶の交差田水沸く　伊沢　惠（H15・9）

日焼田（ひやけだ）　旱魃田

抱え来し縄あまた棄つ旱魃田　石黒　一憲（S47・12）

泉（いづみ）

不意に女の声して泉吃るなり　倉橋　羊村（S44・8）
泉見しより鋼の人と思いけり　角田　睦美（S49・9）
子ども失せ天神さまの泉かな　飯島　晴子（H3・10）
尾長とぶ波郷の泉訪ふわれに　藤田　湘子（H4・8）
泉にて洗ふナイフが欲しかりき　有澤　榠櫨（H9・11）
生きものの影入るるたび泉哭く　飯島　晴子（H10・9）
使ふ人ある泉の辺うつくしき　布施伊夜子（H13・10）
さし入れし手のとほくなる泉かな　小川　軽舟（H23・10）

清水（しみづ）

四五枚の棚田やしなふ寺清水　塩沢　耐子（S58・9）

滴り（したたり）　山滴る

石筍の滴り人を小さくす　須藤　妙子（S40・8）
滴りや岩に沁み入る根のあまた　長谷川きよ志（S57・9）
四方に今山滴るや馬祭　針生しん一（H5・9）
山滴る山川蟬夫の家はどこ　星野　石雀（H19・12）

噴井（ふけゐ）

老人のさやさやとゐる噴井かな　吉沼　等外（H16・8/9）

滝（たき）

滝しぶき浴びて楓のやうな父子　山口　睦子（S42・10）
死にし人われは滝見てパン食べて　高橋　順子（S51・12）

滝場への道や出腹を叩きたり　佐宗欣二（S52・10）

滝壺の色を掬つてきて娶る　小林進（S53・11）

糸滝の音よりぬけて日雀かな　隈崎ろ仙（S54・8）

滝口の用なき棒となりにけり　持木貞子（S55・9）

春画師の滝とどろくに窶れけり　後藤綾子（S56・8）

落ちつづく小滝に尼の起居かな　篠宮伸子（S56・9）

男の眼感じて滝をはなれけり　池辺みな子（S61・10）

名の瀧へ行きつくまでの瀬々の瀧　池辺みな子（S63・9）

滝行者出でたる水の衰へし　和田左千子（H1・8）

厨子ひらき滝のとどろきたてまつる　野田翠楊（H1・8）

二の滝へ水闘ぎあふ闇の中　山田敏子（H1・10）

瀧つぼに立つ脱帽の一遊子　金井一雄（H3・11）

えらばれし如く我在り滝の前　有澤榠樝（H8・10）

摘み捨てし花みだらなり滝の前　芦立多美子（H8・10）

滝落ちにけり絶対の無音界　蓬田節子（H11・9）

一とむらの笹の葉稚し滝しぶき　角田睦美（H11・9）

声もろとも滝に打たせて行者立つ　佐藤中也（H19・10）

滝の前だんだんわれの居なくなる　奥坂まや（H19・12）

轟音の中心滝自体無音　小倉赤猫（H20・9）

刃を立てしごとく行者や滝の中　天地わたる（H22・11）

滝を見て帰れば母の泣いてをり　辻内京子（H24・8）

ふるさとの朽ちてより滝光り出す　竹岡一郎（H24・10）

更衣（ころもがへ）

口中のくらきおもひの更衣　飯島晴子（S44・7）
更衣めしべをしべに日が昇る　千葉久子（S44・8）
更衣盥の鯉の消えてをり　田中ただし（S56・9）
夜も羽搏つものあり人ら更衣　神尾季羊（S58・8）
亡き夫の口癖をふと更衣　鈴木さだ子（S59・7）
更衣風貌鶴に近づけり　藤田まさ子（S60・8）
肉体のうちなるものに更衣　栗尾美明（S63・8）
老いらくも昭和のことば更衣　中沢みなと（H1・7）
嫁してより屋号を呼ばれ更衣　山崎てる子（H2・8）
腸半分失ひ衣更へにけり　古川明美（H5・8）
更衣生きてゐたれば老いにけり　鈴木しげ子（H7・9）
日の射して土の微音や更衣　植竹京子（H8・8）
もの買はぬ生活つづけり更衣　松田みなを（H9・8）
更衣昔も今も駅寂れ　鶴田順平（H10・7）
銭湯の富士見て足りぬ更衣　小澤實（H10・8）
今時の顔にあらねど更衣　加藤静夫（H14・9）
サラリーマンあと十年か更衣　小川軽舟（H24・7）

夏衣（なつごろも）

夏衣山現はれて暮れにけり　岡田　芳昭（H16・8/9）

夏服（なつふく）

麻服

麻服や鯉の匂ひのはなれざる　瓦　京一（S52・7）

夏服に煙まともや飛騨の家　中後佐知子（H4・9）

麻服の節を枉げざる歩幅かな　上野　和（H8・9）

麻服や倫敦便の老楽士　奥田　遙（H9・10）

麻服の鎖骨つめたし摩天楼　岩永　佐保（H18・11）

袷（あはせ）

素袷

素袷やのつぴきならぬ痩せつぽち　石田　小坡（H13・7）

素袷や脳天に呆けあつまりぬ　大石　幸子（H15・9）

素袷や雨後の日射のきしきしと　黒澤あき緒（H24・9）

ネル

その頃を目にネル繻絆手にとおす　山下　国大（S46・2）

セル

どの畦も同じもの咲くセルの膝　布施伊夜子（S51・6）

セルを着し頃の木造駅舎かな　中山　玄彦（H5・9）

母のセル着ていましむる五十かな　飯島美智子（H7・8）

セルを着てたたずむ坂の日暮かな　永島　靖子（H20・9）

セルを着て月命日の瀬音かな　藤田かをり（H23・8）

帷子（かたびら）

せんせんと魚の匂ひす帷子は　後藤　綾子（S53・10）

羅（うすもの）

薄衣

うすものや青杉あまた見し日暮れ　布施伊夜子（S46・8）

うすぎぬに杉の大樹の走り雨　手塚深志城（S48・10）

羅のふた言三言樹のまはり　石田よし宏（S51・11）

早死やうすものに袖通すたび　穂坂志朗（S52・10）

喪の二階うすもの脱ぎてありにけり　岡本雅洸（S60・10）

羅を着てうすものの心もち　池田暘子（S62・10）

羅や佐久に四時（しいじ）の鯉料理　田村能章（H1・11）

羅にすでに遠ゆくこころあり　光部美千代（H16・8/9）

羅やモジリアーニの細き首　木山弘子（H17・10）

羅や灯の押し合へる先斗町　阿部千保子（H23・8）

縮布（ちぢみふ）

縮

鳩尾に触れてかそけき縮かな　野本京（S62・9）

上布（じやうふ）

ゆらゆらと部屋毎にゐる上布かな　鈴木青泉（S45・10）

暮れぎわの千住までゆく上布かな　金子とみ子（S50・8）

白上布着るには齢足らざりし　篠原あさ子（H4・12）

玲瓏と齢満ちたる上布かな　佐々木幸子（H21・12）

甚平（じんべい）

庭に出て声の変りし甚平かな　小林和子（H1・9）

甚平を着て旋盤に専念す　阿部鈴子（H3・10）

斑鳩や甚平たふさぎ並べ干す　山田華蔵（H15・10）

甚平を着てさりげなき兄の恩　宮崎嘉子（H16・7）

甚平や山河すなはちはためける　藤田湘子（H16・8/9）

甚平着て日に千円の乱費かな　穂曽谷洋（H16・8/9）

甚平と太宰を愛し寡黙なり　大野直也（H16・10）

甚平に家運右肩下がりかな　中川倫子（H23・11）

甚平や簞笥預金の茶封筒　光吉五六（H24・10）

すててこ

脱ぎすててすててこの萎きはまれり　伊沢恵（S58・9）

すててこの端居の父も明けの夢　浅井たき（S60・8）

ステテコの夫に喧嘩を売りにけり　古橋和子（H12・9）

浴衣（ゆかた）

子の脱ぎし浴衣が我に似て怖し　高橋江翠（S39・10）

どうにでも歪む浴衣を父に着せる　飯島晴子（S45・10）

うちづらの仏頂面の浴衣かな　坂田はま子（S56・8）

落葉松の奥も落葉松宿浴衣　植竹京子（S59・11）

ゆかた着てまだ落ちぬ日を待つてゐる　西　絖子（S60・10）

浴衣の子ひと駅乗つて降りにけり　石川黛人（H2・11）

浴衣着て男の子の帯のしめどころ　石田マサ子（H8・10）

亡き夫を恋はず想へり藍浴衣　布施伊夜子（H10・10）

浴衣着て思ひがけない風が吹く　髙柳克弘（H15・9）

浴衣着て急に丈ある少女なり　小相澤幸（H16・12）

夕さりの松越しの雲藍浴衣　津村和子（H18・9）

白服（しろふく）

白服を着るやきのふに遠くゐて　川見致世（H5・9）

白服の我が子に名刺もらいけり　志田千惠（H11・10）

一列の白服乗せて空母発つ　古谷恭介（H13・8）

白服や草木おちつく朝の雨　岩永佐保（H22・10）

白絣（しろがすり） 白地

夢のやうに抱かれて仕立下しの白　細谷ふみを（S49・8）
きようだいは草にやせおり白絣　服部圭伺（S54・8）
白地着て婆と娘と島の中　小澤實（S55・11）
草に花木に花白地着よとこそ　神尾季羊（S61・9）
濁りこそ川のちからや白絣　宮坂静生（S62・10）
白地着てつまらなき道選びけり　鴻巣京子（H2・8）
白絣夕べの山のひろびろと　佐藤美恵子（H4・10）
白地着てこの老びとよわれの夫　松井千枝（H7・8）
白絣男の子の匂いよかりけり　安東洋子（H7・10）
六十の性根据ゑたる白地かな　阪口和子（H7・11）
白絣父の手業を夫継がず　大石香代子（H8・11）
雲の下病人もけふ白地着て　神尾季羊（H9・7）
白地着て男の夢に齢なし　金光治子（H9・9）
白地着る海幸彦に見えたく　戸田翠（H12・10）
白地着し夫を威張らせおくことに　安食美津子（H15・11）
身の中に残照ありて白絣　飯坂藤枝（H16・8/9）
ゆふかぜのあとかたもなき白地かな　髙柳克弘（H18・11）
すぐ乾く南国の雨白絣　岩永佐保（H20・11）
白地着て父の声恋ふゆふべかな　山脇洋子（H21・9）
青年の湯上りの香や白絣　安東洋子（H23・11）

レース　レース編む

レースカーテン悲恋小説不如帰　豊島満子（S59・10）
謎を解くいとぐち黒きレース編む　橋本さゆり（S62・9）

夏シャツ（なつ）

臍見ゆる夏シャツの丈妻となるか　大八木陽介（H9・9）

アロハシャツ

アロハシャツ着て屈託のなき背丈　吉村きく子（H7・9）

島人のように居るなりアロハ着て　安東　洋子（H15・11）

アロハ着て大分行の船に乗る　志田　千恵（H17・8）

海水着（かいすいぎ）　水着

水着なんだか下着なんだか平和なんだか　加藤　静夫（H24・9）

サングラス

サングラス我れにナルシシスムあるか　鈴木　芒（S39・9）

見るといふ至難や淡きサングラス　原田南海子（S57・11）

サングラス丹頂鶴にはづしけり　斎藤　一骨（S59・11）

集まれば老後のはなしサングラス　延平　恭子（S61・9）

雀見てゐる斎場のサングラス　若林　小文（H1・10）

甲斐に入る額に上げしサングラス　橋爪きひえ（H4・10）

サングラスかけて守りの態勢に　賀川　紅子（H5・7）

有珠山の崩るるばかりサングラス　前田　寿子（H5・9）

千差万別投売のサングラス　佐武まあ子（H5・10）

サングラスマルクス崩れ憚らず　穂曽谷　洋（H6・9）

サングラス欅の精気あびにけり　岩永　佐保（H6・11）

昔なら老人のわれサングラス　甲斐クニ子（H8・9）

女教師の連れの男のサングラス　杉崎　せつ（H9・8）

ゆくところあちこちありてサングラス　飯田　俶子（H9・9）

サングラス買いしは映画全盛期　西島　洋寿（H9・10）

サングラス妻の妹らしからぬ　萩原　友邦（H10・9）
半生をいはば出稼ぎサングラス　佐藤　四郎（H10・10）
サングラス故郷捨てたる手の白き　梶塚　葵風（H14・9）
サングラス銀座このごろつまらなく　蓬田　節子（H14・10）

夏帯（なつおび）

夏帯をしめ濁流をおもひをり　飯島　晴子（S50・6）
夏帯や流木に充分のひかり　黒沢　苑子（S50・10）
夏帯を解くやまつはる写楽の眼　西山　敏子（H9・9）
夏帯を締むる手男とらへし手　竹岡　一郎（H11・10）

日傘（ひがさ）

日傘高目にさす易々と夫を宥し　市川　恵子（S42・9）
水の輪が日傘と遊ぶ日曜日　市野川　隆（S44・9）
白日傘顔を大事に盲来る　青木　泰夫（S45・8）
しばらくは墓に残りし日傘かな　細谷ふみを（S45・8）
日傘して汽笛の音の次を待つ　藤田　湘子（S52・8）
しのび逢う日傘が過ぎて銀行閉ず　こばやし進（S57・10）
開きたる日傘のまわり遥かなる　寺沢てるみ（S61・8）
歩くため日傘の中を歩きをり　加藤　節子（S63・8）
なにごともなかりし日傘固く巻く　藤田まさ子（S63・9）
町内に相撲部屋ある日傘かな　蓬田　節子（S63・10）
海底の無音おもへり白日傘　黒澤あき緒（H8・11）
三尺はひとを恋ふ距離白日傘　広川　公（H9・10）
日傘廻せばほほと鳥ぴぴと鳥　中野　さち（H10・9）
日傘閉づ帝国ホテル伽藍めく　蛭子ふじ子（H13・11）

枝折戸のことりと閉ぢて日傘消ゆ　谷口　史子（H18・9）

ややありて舟にひらきし日傘かな　小川　軽舟（H20・8）

急ぐべし命儲けの日傘杖　杉浦まつ子（H20・8）

夏帽子（なつぼうし）　麦稈帽　カンカン帽

僕だけの寂しい国の夏帽子　清水志無子（S44・11）

東山七条西入る夏帽子　阪東　英政（S49・8）

恙なし麦藁帽を草の上　永島　靖子（S60・10）

翔ぶものを追ふ目となれり夏帽子　頼田　冬華（H1・10）

夏帽子奉仕のために購へり　酒井　淳子（H6・8）

最上川わたる茂吉のカンカン帽　中野　和子（H6・9）

こんな日もあるさあみだに夏帽子　牧村佳那子（H7・10）

手の染みに痛みの記憶夏帽子　栗原　修二（H16・10）

夏足袋（なつたび）

夏足袋を脱ぐや人の死すでにあはし　小川　和恵（H7・8）

白靴（しろぐつ）

白靴を沼に映して嘘つけり　藤原　美峰（S44・8）

川岸に白靴を脱ぎ直感す　寺沢てるみ（S55・11）

白靴をはきて荒地をゆく如し　谷　雅泉（S57・8）

白靴や草田男の沖見にゆかん　市川　千晶（H2・11）

白靴や弾みのつきし夫ばなれ　長岡　範（H4・10）

白靴や住宅資金返済中　百橋　美子（H20・12）

衣紋竹（えもんだけ）

京にあり朱一文字の衣紋竹　山田　陽子（H12・9）

汗拭ひ　ハンカチ

鳥の姿にハンカチ拡げ岬の少女　鳥海むねき（S44・6）

どこでもたのしむ大判の白ハンカチ　高橋　順子（S44・9）

ハンカチを足下に落し豹変す　永井　京子（S45・9）

ハンカチをたたみなほして傍観者　井上　園子（S63・9）

ハンカチを叛旗のように振る勿れ　小林　進（S63・11）

ハンカチを襟挟みせり老楽士　阪東　英政（H13・10）

ハンカチをたたみ邪心あり　徳田じゅん（H17・8）

ハンカチや好きも嫌ひも女偏　山岸　文明（H17・9）

ハンカチやわが晩景のさみしからず　伊沢　惠（H18・9）

ハンカチや折り返し出る島の船　明地　敬子（H21・10）

ハンカチにアイロン時局動きけり　阿部　迷美（H22・9）

ハンカチや夫の外面良しと聞く　中川　倫子（H24・10）

瓜揉　胡瓜揉

世を以て黄昏となす胡瓜揉　藤田　湘子（S57・9）

胡瓜揉暮しつまつて来たりけり　萩原　友邦（H20・10）

茄子漬

それとなく忌日はすぎぬ漬茄子　石井　雀子（S50・9）

梅干　梅干す　梅漬ける

梅漬けて壺の光陰なほ加ふ　加藤　春彦（S39・8）

梅干して誰にも逢はぬ畳かな　沼尻　玲子（S46・10）

梅漬けて西遠のくと思ひけり　増山　美島（S48・9）

梅を干し半日行方知れぬなり　金子　うた（S53・10）

寺領より拾ひ来し梅漬けるほど　あきのちぐさ（S60・8）

喪の家の梅干日和とぞ思ふ　兼子　あや（S61・11）

梅漬けるその外のこと考へず　笹山美津子（S63・10）

旅立つもなかなかの事梅漬ける　延平　恭子（H1・9）

梅漬けて谿におちつくいのちかな　田中白萩子（H6・9）

梅干して野口英世の生家かな　今井　妙（H18・10）

梅漬けて革命広場持たぬ国　関　都（H23・9）

梅を干す限界集落の生家　村上　弘子（H23・10）

鱧の皮（はものかは）

鱧の皮買ひに出でたるまでのこと　飯島　晴子（S56・9）

奥の間に琴の調や鱧の皮　辻内　京子（H19・9）

かみさんも関西育ち鱧の皮　吉村　東甫（H20・11）

晒鯨（さらしくぢら）

さらしくぢら人類すでに黄昏れて　小澤　實（S54・10）

星霜やさらしくぢらを食ひ足りき　田中かずみ（S56・2）

さらしくぢら言はざる過去を誰ももつ　吉沢　孝子（H11・10）

洗膾（あらひ）　洗鯉

木石にならぬ存念洗鯉　石川　黛人（H10・10）

土用鰻（どよううなぎ）　土用丑の日の鰻

水を出て犬の身ぶるひ土用丑　玉木　春夫（S51・10）

土用丑海のそばえの西へゆく　天野　萩女（S58・10）

土用丑勝手に腹の鳴りにけり　渡辺　孝子（H2・10）

土用うなぎ女も齢いふとしに　古川　英子（H4・1）

土用蜆（どようしじみ）

ちゆと吸へば土用蜆もちゆと応ふ　藤田　湘子（H16・8/9）

泥鰌鍋（どぢやうなべ）

泥鰌丸煮ロシア文学衰へし　鈴木茂實（H2・9）

泥鰌鍋子の四十面見るとなく　佐藤中也（H19・9）

夏料理（なつれうり）

わが畑は三十坪ぞ夏料理　田中一枝（H9・9）

さざなみのたつ器あり夏料理　髙橋正弘（H21・10）

冷奴（ひややつこ）

冷奴新番付のとどきけり　小林游（H2・10）

冷奴癒ゆることややつまらなく　市川葉（H5・11）

ふえる書に妻の不機嫌冷奴　亀田蒼石（H11・8）

長生きの損得知らず冷奴　伊東ひろむ（H13・12）

息子等はハワイに遊び冷奴　吉村春子（H19・9）

新聞のコラムに吾が意冷奴　竹岡江見（H21・8）

冷奴東京ふつと故郷めく　蓬田節子（H24・10）

スカイツリー灯る暮六つ冷奴　酒井游山（H24・10）

鮓（すし）

雨音の近づくごとし朴葉ずし　藤田湘子（S50・7）

鮎鮓や吉野の奢侈をつくしたる　山本良明（H12・9）

豆飯（まめめし）

姑の言ふにまかせよ豆の飯　諏訪ふじ江（H1・8）

豆飯を届けむ母の消えてをり　須藤妙子（H11・8）

豆飯の口もごもごと後生楽（ごしやうらく）　藤田湘子（H15・5）

夫在らば楽しからむに豆の飯　北詰セツ（H20・12）

豆飯や家族揃ひし日曜日　柳浦博美（H22・8）

豆飯や父は持たざる家の鍵　吉長　道代（H23・10）

筍飯（たけのこめし）

二膳めの筍飯もたつぷりと　中山　玄彦（S62・8）

大寺の筍飯に忌を修す　鳥海　壮六（H23・7）

冷麦（ひやむぎ）

冷麦に朱のひとすぢの所以かな　藤田　湘子（H4・7）

葛餅（くずもち）

葛餅や無口どこから崩さうか　木島みどり（H18・9）

葛饅頭（くずまんぢゆう）　葛桜

ただ眠く大和はありぬ葛桜　長峰　竹芳（S54・9）

葛ざくら山の手言葉子に伝ふ　近藤百合子（H10・7）

葛練（くずねり）　葛切

葛切や南さみしき京の空　藤田　湘子（H6・8）

葛切や世に追ひつかぬ辞書と我　天地わたる（H17・9）

葛切やあふまがときの京にあり　津高　房子（H19・11）

白玉（しらたま）

白玉に母の指型いくさ無し　蓬田　節子（S43・10）

白玉や能登の暮れ際見えながら　長峰　竹芳（S55・9）

白玉や明るい部屋に秩父の娘　寺澤　一雄（S56・8）

白玉や同時に言ひかけて黙す　天地わたる（H6・8）

白玉や貧の記憶のいま宝　浅井　多紀（H10・10）

白玉やテレビ点けねば平和な世　佐藤たつを（H15・10）

白玉の冷ゆる頃合軒雀　松原　順子（H20・9）

白玉や棕櫚の葉末の雨雫　古屋　德男（H21・8）

白玉や市の立つ日の女坂　藤田かをり（H21・9）

白玉の指のへこみの有情かな　野本　京（H23・8）

蜜豆（みつまめ）

みつ豆や老いて銀座を遠くせり　藤波　絢（H1・8）

蜜豆や結婚記念日の銀座　田辺　和子（H23・8）

土用餅（どようもち）

水門を全開にせり土用餅　玉木　春夫（S54・9）

粽（ちまき）

笹粽

ためらはで粽の笹を脱がせたる　三井　菁一（S57・7）

笹粽子供がこどもらしくなし　珍田　龍哉（H12・7）

柏餅（かしはもち）

柏餅葉つぱが幅を利かせをり　吉沼　等外（H20・8）

柏餅ならば大きな掌を出せり　遠藤　篁芽（H22・9）

夫に供へわれも相伴柏餅　小林　英子（H24・8）

麨（はつたい）

麦こがし

麦こがし持込みにけりかかりうど　増山　美島（S51・10）

麦こがし二夜の一夜ふるさとに　橋詰　茂子（S62・11）

麨やひもじかりし世美しき　砂子　多鶴（S63・9）

疎開とふ死語や麨固練りに　春木　燿子（H2・8）

にはとりも妻も老いたり麦こがし　中島　畦雨（H5・10）

強面の師が麨に噎ぶとは　加藤　静夫（H9・7）

麨の説明されて食ひたくなし　伊澤のりこ（H17・10）

心太（ところてん）

心太煙突休みゐたりけり　藤原　美峰（S56・7）

あらそひのあひてはおのれ心太　沼尻　玲子（S60・8）

心太むかしは富士も見えにけり　中沢　茂子（S61・8）

凶運の今年も半ば心太　石川　黛人（H1・9）

船長といふも一人や心太　山野未知魚（H1・10）

かなしみがかたまりかけて心太　有澤　榠樝（H9・8）

御僧の連れのをんなや心太　葛谷　一嘉（H10・9）

ひとつ知りふたつ忘るるところてん　武田　新一（H18・9）

心太死ぬときの顔考ふる　柳沢美恵子（H20・9）

月末の通帳軽しところてん　寺田　姉生（H20・11）

口コミに爺さんの突くところてん　細貝幸次郎（H21・8）

相席のもらひ笑ひやところてん　林　めぐみ（H24・9）

物棄ててそこが明るし心太　濱　和子（H24・9）

冷し瓜（ひやしうり）

寂寥の膝をたてたる冷し瓜　山本　良明（S58・8）

二階より見えて門波や冷し瓜　宮木登美江（H20・10）

町の火とまがふ漁火冷し瓜　松田みなを（H23・9）

葛水（くずみづ）

葛水の甘さの中途半端かな　芦立多美子（H7・8）

砂糖水（さたうみづ）

地獄絵を見て来し二人砂糖水　蓬田　節子（S53・9）

清涼飲料水（せいりやういんれうすい）

ラムネ　ソーダ水

サイダーの泡沫個々に来る日暮　小林　愛子（S44・11）

母を焼きし火の色ラムネ噴きこぼれ　椰子　次郎（S53・7）

父の死を待ちいる人らラムネ飲む　湯浅　圭子（S58・8）

長き長き戦後や華とラムネ瓶　永島　靖子（S63・8）

道を聞くためにラムネを抜いてもらふ　京崎　伸子（S63・11）

レモンスカッシユ左ぎつちよのふえにけり　加藤　静夫（H3・8）

ラムネ置き鳴呼晩学の英会話　弓倉御代香（H6・8）

美貌且つ性別不明ソーダ水　珍田　龍哉（H8・10）

日々平凡鼻にはじけてソーダ水　池田　萌（H9・7）

ソーダ水方程式を濡らしけり　小川　軽舟（H9・7）

ラムネ飲むわれにかぶさり東大寺　吉沼　等外（H10・8）

ソーダ水老女呼ばはりされし日なり　庄子　直子（H10・8）

ソーダ水腰掛仕事いくつ経し　後藤　義一（H16・8/9）

ソーダ水妻の指輪の金ほそし　山本　良明（H17・10）

着ぐるみのあたま置きたりソーダ水　加茂　樹（H17・10）

神かけて頼む事なしラムネ玉　杉浦まつ子（H19・8）

今日の雲眺めて老いぬソーダ水　德田じゆん（H19・10）

サイダーや使ひ太りの英和辞書　西山　純子（H20・9）

小説の中の時間やソーダ水　辻内　京子（H20・10）

海鳴とラムネの壜とおなじ色　黒澤あき緒（H21・8）

サイダーや老人多き映画館　佐藤すみれ（H21・10）

白髪の心安さよラムネ飲む　御前　保子（H22・11）

鸚鵡籠吊るして那覇のラムネ売　岩永　佐保（H24・8）

氷（こほり）

水（みづ）　氷旗　夏氷　氷店　かき氷

背後怖れず氷塊を剪りはじむ　藤田　湘子（S44・7）

氷水東の塔のおそろしく　飯島　晴子（S49・9）

氷鳴る逃亡兵のごとく鳴る　山地春眠子（S53・8）

氷水これくらゐにして安達ヶ原　飯島　晴子（S53・10）

母の忌や氷旗のごとく町汚れ　青木　城（S55・9）

決心の語尾美しき氷水　秋田マキ女（S58・8）

氷旗業平橋は川もたず　藤田まさ子（S60・11）

知るべなき町や氷の旗高く　金子　うた（S61・10）

夕河岸の床氷塊を走らしむ　岡本　和子（S62・10）

是是非非もなき氷旗かかげある　小澤　實（H2・11）

市振や氷の旗に日照雨　川野　蓼艸（H3・10）

氷旗聖天様はもつと先　小林　日出（H5・10）

うべなふや波に千鳥の氷旗　飯島八重子（H5・11）

かき氷無口の少女異を唱ふ　大石香代子（H6・11）

男にも唇ありぬ氷水　小川　軽舟（H8・10）

本州の最北端の氷旗　飯島　晴子（H11・11）

永遠にちどりの飛べる氷旗　木村　照子（H11・11）

かき氷だんだん舌の負けきしよ　佐々木幸子（H13・11）

賞状を一つ掲げて氷店　浅沼生美子（H13・12）

氷旗利根川の照り顔にあり　飯村　忠雄（H14・9）

幽霊画拝し谷中の氷旗　杉浦まつ子（H15・9）

氷旗太陽海を若うせり　杉崎　せつ（H17・10）

氷水がたりと父の老いてけり　細貝幸次郎（H18・10）

日に焦げし雀の頭氷水　大石香代子（H19・8）

勝ちに行く気持大切かき氷　岡本　典子（H19・9）

鋸入れて稜立ちにけり夏氷　石原由貴子（H21・12）

旅了へてわが町小さしかき氷　古川かつ子（H24・10）

氷菓（ひょうくわ）

氷菓喰う巫女装束のくらい喉　藤原　美峰（S46・10）

家康の城へ乗入れ氷菓売　津田　桂子（H9・8）

早熟の胸ひるみなし氷菓食ふ　金子　登紫（H11・8）

氷菓食ふかならず心細くなる　佐武まあ子（H20・10）

冷し飴（ひやしあめ）

心底にあきらめを据ゑ冷し飴　植竹　京子（S63・11）

ビール　ビヤガーデン

ビール抜くや姉妹（きやうだい）の性はじき合ふ　鷲見　明子（S61・9）

君達の頭脳硬直ビヤホール　藤田　湘子（H10・10）

麦酒飲む且つきまじめに薬飲む　守屋真智子（H12・9）

死がひとつビヤガーデンの灯の向ふ　春木　燿子（H15・11）

ビアガーデン満艦飾にしてがらがら　大庭　紫逢（H16・7）

缶麦酒迷子届けし駄賃とよ　馬原タカ子（H22・8）

ビヤガーデン風が通へば顔あげて　清水　風子（H23・10）

胸を張り胃を縦にしてビアホール　細谷ふみを（H24・10）

焼酎（せうちう）

焼酎の度が過ぎ過去をもらしけり　渡辺　潤子（S44・9）

冷酒（ひやざけ）　冷し酒

冷酒や父にまひるのみをつくし　浜中すなみ（S53・8）

不景気といふも太りぬ冷し酒　杉崎　せつ（H11・8）

頼りなきところに惹かれ冷し酒　西浦　節子（H12・9）

冷し酒愚妻愚妻と言はで欲し　田中美智子（H12・9）

甘酒(あまざけ)

甘酒に噎せて露西亜はきらひなり　日向　泉子（S52・8）

夏館(なつやかた)

仏壇の荘厳尽くす夏館　平川　眞吾（S62・11）
夏館少年少女白きかな　市川　千晶（H7・9）
夏館霧に漂ひはじめたる　中山　玄彦（H10・7）

夏灯(なつともし)　夏の灯

踏み台に軽々と乗り夏灯す　阿川　道代（S57・10）
夏の灯の入りて水槽めく二階　今野呉千堂（H1・10）
人の死の受付といふ夏灯　池田　暘子（H2・8）
夏灯三十万の夜景なり　穴澤　篤子（H5・9）
海底へかへらむこころ夏灯　中山　玄彦（H6・10）
黄泉を指す夜間飛行の涼しい燈　星野　石雀（H19・11）
夏の灯や夫の洗ひし皿をふき　甲斐　有海（H24・9）

夏炉(なつろ)　夏火鉢

待つてゐる死があり谷の夏火鉢　飯島　晴子（S43・6）
はからずも二人となりし夏炉かな　清水　啓治（H2・8）
夏炉冷えはるかなるものみな蒼し　塚原　花子（H3・10）
夏炉燃えジョーカー憑きし山男　津高　房子（H7・9）
夏炉燃えチルチルミチルいつ老ゆる　伊藤　翠（H8・8）
火の山を闇に沈めて夏炉燃ゆ　村尾古都子（H9・11）
オホーツク見下ろす夏炉焚きにけり　津高　房子（H13・10）
戸口まで樹海きてゐる夏炉かな　桐野江よし子（H16・11）

夏座敷（なつざしき）

水牛の角つるしたる夏座敷　飯島晴子（S56・10）

夏座敷人の枕は隠されて　神尾季羊（S58・10）

露台（ろだい）　バルコニー

バルコニー黄昏あはく姉妹をり　市川千晶（H5・8）

噴水（ふんすい）

夜の噴水背後に人の立つまぼろし　脇本星浪（S42・8）

保守多勢噴水ばかりたかぶりぬ　脇本星浪（S43・9）

噴水の飛沫懺悔はせしことなし　藤田湘子（S45・6）

噴水の声のひとすぢ盲少女　菅原達也（S48・8）

噴水の不意に上がるをかろんじて　鈴木響子（S55・11）

噴水の匂ひを憂しと通りけり　飯島晴子（S61・10）

噴水を離れし夫の痩せたるか　横井千枝子（S62・12）

噴水に早慶戦の果てにけり　市川千晶（H2・9）

噴水やオーケストラは扇形に　坪田晴美（H9・8）

噴水や祝祭のごと人行交ふ　伊沢惠（H11・8）

噴水や何か抗議に行く一団　志田千惠（H11・9）

噴水の高さに不満十七歳　青木くみこ（H12・9）

噴水の向かうの事件見てゐたり　辻内京子（H14・8）

噴水のをさなき虹も見て逢へり　小浜杜子男（H18・10）

噴水の止みたる草の香なりけり　津高房子（H21・9）

街眠りぬ夜の噴水墓標とし　上村慶次（H24・10）

夏蒲団（なつぶとん）　夏掛

夏掛や逢はねば人に忘らるる　市川葉（H20・8）

牛蒡縞なり湯治場の夏布団　山地春眠子（H21・1）

花茣蓙（はなござ）

花茣蓙の波を一二三度均しけり　宅和清造（S61・10）

花茣蓙やつまり徒労の揉療治　高橋三秋（H4・10）

姥捨のごと花茣蓙のまんなかに　木村照子（H13・10）

簟（たかむしろ）

簟（たかむしろ）眼にちから這入りけり　飯島晴子（S57・10）

一族に明治人無し簟　大庭紫逢（H3・7）

籠枕（かごまくら）

籠枕はしと思いし日照雨かな　土屋秀穂（S52・9）

がらあきの水平線や籠枕　京谷圭仙（S58・9）

籠枕かかへ家（や）内（ぬち）を流浪めく　須藤妙子（H1・11）

籠枕より頭が落ちて未婚なり　加藤静夫（H2・8）

君堂やつつがの尼が籠枕　小川和恵（H3・12）

文弱は腰に及べり籐枕　高橋やすお（H14・11）

陶枕（とうちん）

み名ながきすめろぎばかり陶枕　三木聆古（S63・10）

落莫と陶枕ありぬ棚の上　佐々木安方（S63・12）

陶枕の唐子の遊（ゆ）戯（げ）にまどろみぬ　後藤綾子（H5・10）

陶枕や越中富山暮れてきし　牛久保經（H6・10）

陶枕に耳を当つれば唐言葉　伊沢惠（H13・8）

陶枕の夢の続きを恐れけり　辻和香子（H17・9）

陶枕や泉下の男逢ひにくる　中山知子（H21・11）

竹婦人（ちくふじん）

百聞に如く一見や竹婦人　笙　美智子（H9・9）

網戸（あみど）

賞与得て一家網戸の中にあり　鈴木楽風子（S44・8）

一身の寥々として網戸かな　榊原　伊美（H2・1）

鮮しき山の来てゐる網戸かな　鈴木　のぶ（H12・9）

日除（ひよけ）

黄ばみたる日除ぎいぎい巻き出せり　大石香代子（S57・9）

留守番の小腹空いたる日除かな　小沢　仙竹（S58・9）

場末なるゲーテ書房の日除かな　露木はな子（H11・8）

青簾（あをすだれ）

簾

簾吹く風水色に少女病む　稲荷　晴之（S41・7）

夕すだれ目玉ばかりが淋しけれ　山崎　駒生（S44・9）

波いろにすだれ吊り夜の素顔妻　今井　雅城（S45・9）

喪つづきの簾巻き上ぐ顔ひとつ　山口　広子（S46・10）

青すだれ昨日はものを思ひけり　橋本たみか（S49・10）

放蕩や下連雀の青簾　国重　勝之（S53・10）

どの部屋も簾の風と如意ケ嶽　平澤　文子（S61・7）

簾掛く暗くなること承知して　佐藤　光三（S61・10）

もうほんの少しは欲しや簾の丈　飯島　晴子（H3・10）

夫病めり巻いて簾の半ばまで　北川　俊子（H7・11）

文芸を婆が口にす青すだれ　石田　まさ（H7・11）

戦争のなき座敷なり青すだれ　久保ともこ（H9・10）

地球儀の世界は静か青すだれ　奥野　昌子（H21・10）

葭簀（よしず）

むかし女はほほと笑ひぬ青簾　島田星花（H22・9）
光りしは葭簀はずれの鏡らし　山本素彦（S59・11）
葭簀編む飼猫よりも訪ね猫　増山美島（H1・6）
二〇〇〇年近し浜辺の葭簀小屋　吉田美沙子（H11・11）
海女若し葭簀一つを楯として　長谷静寛（H13・9）
角の店葭簀やつぱり出してあり　立神侯子（H16・11）
飲下す喉はづかしき葭簀かな　岩永佐保（H24・9）
割勘の銭あつめゐる葭簀かな　羽藤雄二（H24・11）

葭戸（よしど）　葭障子

落ち着ける暗さにすわり葭障子　古島志げ子（S63・10）

籐椅子（とういす）　籐寝椅子

翳よぎるゆゑあらなくに籐寝椅子　鈴木康彦（S56・10）
籐寝椅子ただ目をつむるだけのこと　斎藤則子（S58・11）
籐椅子の蘆花先生のくぼみかな　中澤茂子（S62・9）
籐椅子に力盗られてしまひけり　岩本千鶴子（H10・12）
木々さやぎ籐椅子のわれ無きごとし　植竹京子（H12・10）
籐椅子や喪服脱ぐたび年とつて　珍田龍哉（H15・9）
籐椅子や星をうつさぬ海の面　高柳克弘（H20・8）
籐寝椅子人ゐし気配風が消す　土門緋沙子（H20・9）
中庭の琅玕鳴りぬ籐寝椅子　加儀真理子（H21・10）

ギヤマン　びいどろ

びいどろの曇り生涯戦後なり　永島靖子（H12・11）
びいどろや今も勇の歌愛づる　伊藤樹彦（H20・10）

蝿帳（はへちやう）

蝿帳やわれを生みたる家静か　布施伊夜子（S63・10）

蝿叩（はへたたき）

厠にてつくづく棕櫚の蝿叩　吉沼　等外（S56・11）

証明は一片の紙蝿叩　奥野　昌子（S57・8）

蝿叩此処になければ何処にもなし　藤田　湘子（S58・10）

出はらつて布団の上の蝿叩　野村　和代（H1・11）

晩年の二人の間蝿叩　大野　滋子（H4・9）

子なければ叱り声なし蝿叩　島田　花憩（H5・9）

政局の変らぬ紙面蝿叩　中野　和子（H6・8）

船長は陸に疲れて蝿叩　加藤いろは（H7・9）

真夜を寝ず赤子赤邪鬼蝿叩　市川　千晶（H10・8）

土砂降りの三十分や蝿叩　土屋　未知（H13・9）

蝿叩蝿虎を叩きけり　門屋　晶子（H14・12）

人口が減る国に住み蝿叩　齋藤　伸（H18・10）

馬鹿言ひて淋しくなりぬ蝿叩　山田　陽子（H22・10）

蝿取器（はへとりき）

蝿取リボン

いそいそと下り蝿取リボンかな　鳥海むねき（H4・10）

恒産のなくて蝿捕リボンかな　中野　和子（H15・9）

蚊帳（かや）

わが未来蚊帳の中より眺めをり　市野川　隆（S42・10）

荒涼と真昼の蚊帳を落しおく　飯倉八重子（S55・10）

蚊遣火（かやりび）

蚊遣

母少し嘘つきたまふ蚊遣かな　若宮　靖子（S61・10）

蚊遣火や牧舎にぶき音絶えず　ハルツォーク洋子（H4・9）

放蕩の血筋絶えたる蚊遣かな　林　雅樹（H7・9）

子の家の日暮を倦めり蚊遣香　芹沢　常子（H18・11）

蚊遣香山昏れてより父親し　岩永　佐保（H23・10）

香水（かうすい）

香膏（パルモーサ）塗る失楽の午下がり　星野　石雀（S57・9）

香水を振つて己が身たしかむる　山本百合子（S60・9）

香水瓶並べし程に気まぐれも　古川寿美代（S61・9）

街夕べ吾が香水に倦みてをり　喜納とし子（H1・8）

香水はゲラン射手座として生れ　山本百合子（H5・10）

日記には香水の名を書きしのみ　松野　苑子（H7・1）

香水の蓋あけて夜を模糊とをり　光部美千代（H8・8）

老船長わが香水を言ひあてし　岩永　佐保（H8・10）

ものかげに入りて香水匂ひけり　小田部雄次（H13・9）

香水を許されてゐる死病かな　藤澤　正英（H13・9）

香水のをんな対角線にゐる　東　文津子（H14・9）

他の香の香水が来て圧倒す　藤田かをり（H15・9）

香水に倦み訝しきわが不調　内田　祥江（H15・10）

四方より香水責の予鈴かな　うちの　純（H17・10）

香水やエスカレーター交差せる　吉田美沙子（H24・10）

暑気払（しよきばらひ）

屋根裏に蛇棲みてをり暑気払　木村　勝作（H11・9）

香薷散（かうじゆさん）

獣園の宿直室や香薷散　八代　良子（H7・9）

桃葉湯（たうえふたう）

桃の葉の湯にてしずかに流れける　鳥海むねき　（S49・11）

桃葉湯船の揺れまだ身にのこる　山本　良明　（S55・8）

天瓜粉（てんくわふん）

山脈（やまなみ）の荒々しくも天瓜粉　飯島　晴子　（S50・6）

山の葉の一枚暗し天瓜粉　鳥海むねき　（S52・8）

天瓜粉おすまふさんになるといふ　中野　和子　（H24・10）

冷房（れいばう）

冷房のカーテン引きて過去へ入る　小林　青揚　（S42・10）

冷房や盲人の杖空きにけり　佐宗　欣二　（S45・11）

拡大の真珠冷房音かすか　足羽　鮮牛　（S45・12）

街明るし冷房車には鳥・刺客　穴沢　篤子　（S48・10）

夕鶴の間の冷房のききすぎし　豊島　満子　（S58・11）

冷房車山国に入る耳鳴ぞ　杉山ゆき菜　（S62・9）

冷房車金魚の弥富通過せり　鈴木　敏子　（H5・10）

冷房やマネキンどれも首持たず　杉山　満保　（H11・8）

冷房や定款の文字びつしりと　黒澤あき緒　（H12・10）

花氷（はなごほり）

ながながと老人の笑む花氷　永井　京子　（S48・8）

直立のあやしくなりぬ花氷　轍　郁摩　（S63・9）

命あるものを封じて花氷　市川　葉　（H14・8）

花氷瑪瑙のカフス釦映ゆ　山本　良明　（H24・8）

冷蔵庫（れいざうこ）

電気喰ふ音を立てをり冷蔵庫　細谷ふみを　（S62・10）

扇（あふぎ）

冷蔵庫開けて此の世のさびしさよ　榊原　伊美（H8・10）

扇ひらいて見つくせり雨の山　永島　靖子（S48・10）

白扇や山の半分けぶるなり　村尾古都子（S51・9）

後の世のをとこに会はむ白扇　浜中すなみ（S54・10）

白扇や裏富士ついに現れず　村尾古都子（S56・10）

白扇や敗走の日の山容　若林　小文（S56・11）

大阪の人遅れきし扇かな　牛久保　経（S57・8）

彼機嫌我不機嫌や白扇　広江　徹子（S58・10）

子規堂の子規に飽きたる扇かな　春木　燿子（H12・10）

幽霊図拝せる扇遣ひかな　沖　あき（H17・11）

団扇（うちは）

水に底ありしと気づく団扇かな　後藤　綾子（S57・10）

子規ほどの根気はあらず白団扇　藤田　湘子（S59・10）

胸の上に白し病人の団扇　石野　梢（S62・11）

魚勝が団扇もて来し頃のこと　石川　黛人（H1・11）

わが荷より柄の出てをるは奈良団扇　吉沼　等外（H9・10）

団扇絵の伏目女を嫉しとも　谷　ひろ子（H10・8）

韜晦の団扇へこへこつかひけり　伊沢　惠（H17・8）

団扇手に空気の読めぬをんなかな　田中　未舟（H18・10）

扇風機（せんぷうき）

扇風機浅草海苔を飛ばしけり　江川　繁子（S63・11）

扇風機酷使せりまだ何も得ず　鈴木　英子（H3・11）

六十の怒りは固し扇風機　植竹　京子（H5・9）

扇風機止め鑑刀の座となりぬ　引間豊作（H5・11）
妻老いぬ首振り早き扇風機　深津孝雄（H8・10）
夢いつも叫びてをはる扇風機　野本京（H10・11）
扇風機不漁の海が窓にある　兼子あや（H12・1）
捨てられず叩けば廻る扇風機　小此木竹子（H18・10）
銭湯に妻を思へり扇風機　細谷ふみを（H21・10）

風鈴（ふうりん）

風鈴暮れ病者の耳のふとるのみ　脇本星浪（S41・7）
桐の木が見え風鈴の仕舞いどき　新井たか志（S50・1）
風鈴の尾が切れてからまた四五日　武田美代（S57・9）
吹くからに風鈴売の黙しけり　隈崎達夫（S60・9）
絶えだえに江戸風鈴の鳴りにけり　斎藤夏野（S63・10）
がらくたの中の風鈴洗いおく　深山静汀子（H1・8）
風鈴を三つ四つ吊つて堕落論　星野石雀（H2・10）
風鈴や飯食ひに出て根津谷中　藤澤正英（H2・10）
かげながら祝ふ風鈴吊りにけり　土屋秀穂（H4・8）
老年や真夜の風鈴ふいに鳴る　是枝はるか（H8・11）
風鈴や一茶西鶴生嚙り　平原哲雄（H10・11）
風鈴の舌に嘗められゐたりけり　高野途上（H11・9）
曲るまで風鈴売と歩きけり　喜納とし子（H12・10）
風鈴を聞き少しづつ狂ひをり　新延拳（H12・10）
船宿も船も風鈴鳴りており　高田和子（H16・10）
風鈴を聴くたびこころとほくおく　向井節子（H16・11）
風鈴や猫が戻れば店じまひ　藤澤正英（H17・11）

貝風鈴艶なき音をたてにけり　栃木　静子（H18・9）
ユリの木に風鈴売によき風来　高橋久美子（H18・10）
眼の覚めて職なき自由貝風鈴　中村　哲明（H19・10）
見れば欲し貝風鈴も孫の手も　市川　葉（H19・12）
貝風鈴島のいづこも風に富み　新田　裕子（H21・8）
けふ終る貝風鈴の音色かな　永島　靖子（H21・9）
貝風鈴さもなき風をよろこべり　小川　和恵（H22・8）
風鈴に醒め風鈴にまた睡る　丹野　巨川（H23・10）
検番の南部風鈴鳴りにけり　若田　治良（H24・9）

釣忍（つりしのぶ）　吊忍

栄転といへども別離吊しのぶ　伊東　礼子（S57・10）
匂ふ血にをんなは鈍しつりしのぶ　岩永　佐保（H2・9）
息深く吸へば咳くなり吊忍　大塚　文子（H9・11）
吊忍麒麟も駑馬も老いゆくよ　渡辺よし子（H12・10）
いくさ知る女の勁し釣忍　鳥海　壮六（H19・11）
時間みな吾のものなり釣忍　喜納とし子（H24・10）

走馬燈（そうまとう）

北国の人魚の燭を走馬灯　田口　冴（S48・9）
走馬燈裏へ裏へと回りけり　藤谷　緑水（H1・11）
細工場に老人ふたり走馬燈　中村　昇平（H11・8）
走馬灯いまさら何を急げとや　斎藤　則子（H14・11）

西瓜提灯（すいかぢやうちん）

笑はねば吾の坐はなし瓜提灯　武田　白楊（S56・11）

朝茶の湯(あさちやのゆ)　夏茶碗

亡き人の話が供養夏茶碗　赤井　正子　(H24・9)

蒼朮を焼く(さうじゆつをやく)

蒼朮焚き考妣の傍にある思ひ　岸　貴代美　(H16・10)

虫干(むしぼし)　曝書

ルソンにて吾が血の染みし書を曝す　吉田　文二　(S42・9)

虫干のきのふを暗く思ひけり　佐藤　幻魚　(S45・9)

虫干のふはと落ちしを口にせり　寺内　幸子　(S53・11)

浮世絵を曝し沼辺の南蛮寺　今岡　直孝　(S55・6)

虫干や我が家の煙り山に入る　田中かずみ　(S57・11)

虫干の緋裏に触れし夕ごころ　藤田今日子　(S59・10)

図書館の曝書の日とは知らざりし　古畑　恒雄　(S61・9)

堂々と発禁の書を曝しをり　大野　風子　(S63・10)

曝したるアンネの日記子に与ふ　田口　彌生　(H1・9)

文豪の当字自在や書を曝す　小池　英行　(H2・8)

曝されし書にあり廓ひふみうた　菅原　閑也　(H2・10)

最下等勲章なれど虫干しす　山野未知魚　(H2・10)

曝したる江戸雑俳のひろひ読み　小林冬日子　(H5・8)

飢ゑし日の文語の聖書曝しけり　長岡　範　(H5・9)

刎頸の友は得ざりし書を曝す　椰子　次郎　(H7・9)

紙悪しき宮澤賢治曝しけり　松井　太　(H8・10)

放浪を支へたる辞書曝しけり　佐藤　四郎　(H8・11)

拾ひ読む曝書のなかの父のこゑ　石丸鐘浮立　(H9・12)

曝す書の青春われをとりまけり　内藤とし子　(H12・12)

夫の軍服われあるかぎり曝すなり　中村寿満子（H14・10）

授業日誌曝してあの子この子かな　水澤　久子（H15・11）

空ふかく波音かへる曝書かな　古屋　德男（H20・9）

曝す書に前途洋々たりし頃　穴澤　篤子（H21・10）

先生の葉書落ちたる曝書かな　喜納とし子（H24・9）

晒井（さらしゐ）　井戸浚

柩に入れし……櫛あらはれぬ井戸浚　椰子　次郎（S54・8）

井戸浚名のある石を動かしぬ　田口　裕子（S60・8）

日向水（ひなたみづ）

西方の帆は夢ならむ日向水　田中　真理（S51・9）

後継ぎの戻りし家の日向水　宅和　清造（S62・9）

牛飼は今年限りや日向水　横山　昌子（S63・10）

日向水表立つては云へぬこと　加藤　静夫（H19・11）

日向水雀みじかく飛びにけり　佐武まあ子（H20・9）

日向水ゐるかのごとく返事あり　新宮　里栲（H22・10）

打水（うちみづ）　水打つ

水を打てり同齢の友葬り来て　座光寺亭人（S40・9）

打水の匂に人を隔てけり　飯島　晴子（S56・9）

水打つて抵抗ルオーの太陽に　小竹　静江（S57・9）

まばたいてばかりゐし日や水を打つ　山口　瑞枝（S57・10）

打水や団十郎の色紙あり　岡野　邦子（S61・8）

打水や燕岳に夫のあり　横山　昌子（S62・11）

打水に起つ頃ほひの眼のかげり　豊島　満子（H1・11）

朝夕の打水の間の無為に在り　石川　黛人（H4・11）

女弟子奥に答へて水打てり　岩永　佐保（H4・11）
打水や逢魔が時の六本木　松田　瑞江（H6・10）
打水にすこし流れて子かまきり　藤村　昌三（H6・11）
気がつけば冥土に水を打つてゐし　飯島　晴子（H9・6）
夕方は施しの刻水を打つ　干潟　英子（H12・11）
水打つや葬儀屋なればそれらしく　川口　藍々（H18・10）
フランスと時差七時間水を打つ　永田　悟子（H21・8）
打水や夕日とどまる煉瓦塀　髙倉　節子（H21・9）

撒水車（さっすいしゃ）

撒水車働き過ぎの死なりけり　石野　梢（H3・10）

夜濯（よすすぎ）

夜濯ぎの作業衣星の硬さ持つ　山口　睦子（S40・11）
夜濯ぎを以て父の忌終りけり　山田　敏子（H1・10）
夜濯ぎの妻ゐる冥利思ふべし　隈崎　ろ仙（H3・10）
夜濯ぎの思ひつぎつぎ変りけり　飯田　俶子（H8・11）
夜濯の妻が唄へり反戦歌　上村　慶次（H19・11）

苗売（なへうり）

苗売の南部訛に騙されしか　三上　良三（H2・8）

麦刈（むぎかり）　麦車

一握づつ刈りて麦刈る刻減らす　佐々木碩夫（S44・7）
物どかと置く麦刈に咎はなし　相　光風（S45・7）
麦刈つてひろびろと山近づけず　遠藤　秀子（S60・9）
轆轤と夢を出てゆく麦車　宮坂　静生（S63・8）
麦を刈る印旛の人ら誰も老ゆ　吉井　瑞魚（H7・9）

麦藁(むぎわら)　麦稈

麦稈を一本抜いて用なきなり　塩川　秀子（S54・2）

麦藁の香に臈たけし髪膚かな　山本　良明（S55・5）

麦藁の不始末にある夜道かな　増山　美島（S56・9）

牛馬冷す(ぎうばひやす)　冷し牛　牛洗ふ　冷し馬

牛の眼の遠へたゞよふまで冷す　柏木　冬魚（S40・9）

冷し牛硬山没日大円に　志井田収風（S43・9）

禊川牛くろぐろと磨きけり　平川　真吾（S61・9）

冷し馬貞任橋にさしかかる　清水　桐村（H5・10）

溝浚へ(みぞさらへ)

溝浚へして一の水通しけり　野木　径草（S55・10）

西鶴の句作の町や溝浚へ　中岡　草人（H4・10）

あたま数に入れてもらひぬ川浚へ　鈴木　紀美（H6・7）

町内の溝浚へにて知り合へる　佐野　忠男（H24・9）

代搔(しろかき)

代搔の息子に田癖教えたり　青木　峯子（H10・8）

田植(たうゑ)

田を植ゑて無風の時刻僧通る　青木　泰夫（S44・8）

石仏の追々かわく田植茱萸(ぐみ)　早乙女房吉（S49・8）

投げ苗のすわりの悪き雲の中　岡本　雅洸（S56・8）

田植茱萸ぽたぽた落ちし牛久沼　日向野初枝（S56・10）

お互ひの田植布子(ののこ)を嗤ひけり　中沢みなと（H1・8）

渡良瀬の堤にあがり田植人　蓬田　節子（H6・9）

田植済み電柱遠くまで見ゆる　古川ただし（H23・9）

早乙女（さをとめ）

早乙女の眺むる汽車にゐて睡し　唐木　和枝　（S61・8）

雨乞（あまごひ）　祈雨

沼わたる蛇あり雨乞婆の来て　村尾古都子　（S46・10）

雨乞の禰宜のみてゐる岩木山　山田　敏子　（S57・10）

雨乞の叶ひし酒となりにけり　平野　規子　（S62・10）

拳パとひらく雨乞をどりかな　唐木　和枝　（H2・11）

雨乞の鯣ちりちり焙らるる　小林冬日子　（H6・10）

流されの世阿弥の打ちし祈雨の面　北村斗箕生　（H11・10）

雨乞の幣荒縄にねぢりこむ　豊島　満子　（H13・9）

気のせゐか白粉臭し雨乞師　加藤　静夫　（H22・10）

水争（みづあらそひ）　水喧嘩

水争ひ火となつて飛ぶ夕鴉　座光寺亭人　（S41・9）

水争ひあるやなしやで酒酌めり　原田　露星　（S43・10）

ゆふぐれはからくれなゐに水喧嘩　島津　海郎　（S51・10）

雨休み（あめやすみ）　喜雨休

湯の底に湯の華つもり喜雨休　西山　敏子　（H13・10）

早苗饗（さなぶり）

早苗餐や減反老婆の腑におちず　藤谷　緑水　（S45・8）

さのぼりやこつてり煮豆の卑猥うた　布施伊夜子　（S46・9）

さなぶりの絵皿もちよる土佐大津　揚田　蒼生　（S54・7）

早苗饗の叩頭によき風入る　増山　美島　（S58・8）

早苗饗や困じ果てたる安曇節　中沢みなと　（H4・8）

さなぶりや肌に食ひつく一番湯　野手　花子　（H14・8）

田草取(たくさとり)

灯台の影が日時計田草取　坂田　久栄（H8・9）
我が瞼生涯一重田草引く　田中　未舟（H19・9）

草取(くさとり)　草引く

いつまでの墓草を引く音と思ふ　飯島　晴子（H2・10）
貧にして貪なる草を引きにけり　鈴木八洲彦（H2・10）
草引いて氏子のつとめ果しけり　渡辺　真吉（H8・10）
草引くやきのふは加賀に在りしこと　佐々木アヒ子（H14・8）
引つぱれば踏んばる草となりにけり　岡田　靖子（H18・9）
くやしくてくやしくて草引きにけり　奥山古奈美（H20・10）

草刈(くさかり)

草刈女雫となつてすすみけり　天野佳津子（S54・9）
青春は草刈りすすむひろびろと　市川　千晶（H3・9）
声かけて草刈人にうとまるる　金光　治子（H10・9）
草刈を募りて町の情報誌　葛井早智子（H11・10）
草刈るや草の匂いのとげとげし　海瀬久美子（H15・10）
草刈機蝮の首をはねにけり　馬原タカ子（H20・9）
草刈つて水が素直になりにけり　荒川　匡（H23・9）

干草(ほしくさ)

干草の夜は霧トルストイ読まむ　内川　幸雪（S47・11）
算盤のおぼつかなくて草干せり　早乙女房吉（S55・8）
干草の匂ひて人の還らざる　峰　芙三子（S59・9）
干草の香を長身に曳きて逢ふ　岡本　雅洸（S61・10）
原野の駅干草の束出発す　蓬田　節子（H6・10）

菜種刈（なたねかり）　菜殻火

菜殻火を見納め冷酒（ひや）の舌ざわり　永井　京子（S49・9）

麻刈る（あさかる）

麻刈の眼を切長に巫女蒐め　田沢　亜灯（S52・10）

薄荷刈る（はくかかる）

薄荷刈る北見の空のつめたさに　蓬田　節子（H10・9）

藺刈る（ゐかる）

仏前に灰のとぼしき藺刈りどき　布施伊夜子（S47・10）

藻刈（もかり）

水に顔ふるるばかりや藻刈人　辻　桃子（S58・12）

三人の藻刈の幅のすすみ来る　奥坂　まや（H8・12）

天草取（てんぐさとり）

岩替る天草採と蜷採と　金治ふみ子（H3・8）

袋掛（ふくろかけ）

袋掛終りし村の灯かな　轍　郁摩（S57・7）

風の日の月山蒼し袋掛　花村　愛子（S58・7）

袋掛峙てるもの島になし　布施伊夜子（S60・7）

見て何か言ひたくなりし袋掛　神尾　季羊（H1・9）

袋掛となりの矮鶏の来て鳴けり　三田　喜法（H16・7）

瓜番（うりばん）

転生を愚かに祈り瓜の番　大庭　紫逢（S52・11）

白波の百度寄する瓜の番　加藤　節子（S59・10）

瓜番の扁平足の足音なり　大庭　紫逢（S61・7）

木の枝払ふ（きのえだはらふ）　枝払ふ

大枝を払ひし夜の蕁麻疹　伊沢　恵（S59・8）

竹植う（たけうう）　竹酔日

荷車の音のあかるき竹酔日　堀口みゆき（S53・9）

竹植ゑてそれは綺麗に歩いて行く　飯島　晴子（S55・6）

侃々と竹酔日を論ふ　石川　黛人（S63・10）

神はとけ鳴物好や竹植うる　山本　良明（H8・8）

虫送（むしおくり）

山の辺の夕日のぬるし虫送　津村　和子（H21・10）

水見舞（みずみまい）

水見舞柊の葉の話せり　寺内　幸子（S54・12）

上蔟（じようぞく）

上簇や一族青き魚喰ふ　いさ　桜子（S62・10）

強壮のもの薬研や上蔟期　小澤　實（H9・9）

繭（まゆ）

雷鳴の抜けゆく梁のはぐれ繭　飯名　陽子（S44・10）

繭籠る障子一枚の夕日かな　飯倉八重子（S46・9）

繭臭き指よ安曇に落ち着きぬ　京谷　圭仙（S54・9）

繭市の繭の白さに疲れけり　隈崎　達夫（S58・8）

鵜飼（うかい）　鵜縄　鵜舟　疲鵜　鵜松明

多情にて鵜縄さばきを見はれをり　沢田　緑生（S39・8）

折鶴の折目のごとく鵜舟波　五月愁太郎（S58・10）

疲れ鵜をさすり女にいふごとく　吉沼　等外（S63・10）

勝関のごと来て過ぎし鵜舟かな　河野　秋郊（H2・9）

鵜松明どろりと暗き川ありぬ　島田みづ代（H18・11）

疲れ鵜に松風ひびくばかりなり　田﨑　武夫（H23・8）

夜振（よぶり）

夜振火

夜振火に寝鳥飛び立つ草深し　橋本　緑泉（S39・9）

夜振火の引き上げにけり檜山　安島　愛子（S58・9）

魚簗（やな）

簗の道楠の大樹に始まりぬ　志村芙美子（H6・11）

簗終川もその気になつてをり　吉沼　等外（H13・2）

烏賊釣（いかつり）

烏賊釣火

烏賊火出て大灘の闇深くせり　花村　愛子（H24・8）

避暑（ひしょ）

活版のさびれを縷々と避暑の宿　星野　石雀（S57・10）

少年の葉つぱくさくて避暑期去る　吉沼　等外（S59・1）

自転車の手ばなし乗りや避暑名残　土屋　未知（S61・11）

床に落つ黄菅の一花避暑泊り　藤田　湘子（S62・9）

日の斑（まだら）避暑地に疲れ出づる頃　小林　貴子（S62・12）

鮫の鰭峻嶮にして避暑期なり　奥坂　まや（S63・10）

トンボ鉛筆ヨツト鉛筆避暑の家　市川　恵子（S63・11）

やすやすと庭覗かれて避暑の家　平林　桂子（H1・11）

木の階に絡む藤蔓避暑日記　市川　葉（H5・9）

避暑の人すらりと水に足入るる　有澤　榠樝（H9・9）

避暑期去る雨に流れて蝶の翅　佐藤　祥子（H11・11）

避暑名残白樺の種子ぱらと散る　豊島　満子（H14・11）

雨あとの幹のつめたし避暑泊　岩永　佐保（H18・9）

もてなしのポテトコロッケ避暑の家　蓬田節子（H18・10）

剥製の鹿の渇きや避暑家族　市川葉（H21・8）

納涼（すずみ）　夕涼み　納涼舟

兎の仔みんな黒くて夕涼み　飯島晴子（S57・9）

暗がりの涼み噺は女かな　石井雀子（S63・9）

涼み舟行き交はすときはなやげる　佐々木幸子（H19・10）

船遊（ふなあそび）　遊船

片目にて片目を覗く船遊び　下本愛（S52・8）

他人（ひと）の眼に我流れけり船遊び　松葉久美子（S58・8）

近松の戯作（げさく）の川を舟あそび　後藤綾子（S60・10）

遊船や物売舟の夫婦もの　宮澤友子（H14・11）

近ぢかとひとの耳たぶ船遊　有澤榠樝（H19・10）

ボート

貸馬のひだるく行くをボートより　辻桃子（S58・11）

ヨット

嘆く勿れ遠くヨットの帆がそろふ　若林小文（S60・9）

画用紙に海もヨットもまだかかず　竹内昌子（S60・10）

青春のあまりに遠しヨットの帆　織部正子（H8・10）

ヨット部の沖に結集朝の富士　牛田寿美子（H10・9）

サーフィン　波乗　サーファー

母癒えむ波乗りの子が幾人も　山口寥（S56・10）

朝焼のサーファーひとりひるがえり　七戸笙子（S62・9）

北斎の波サーファーに来たりけり　大庭紫逢（H8・6）

サーファーの躰乾きて喋り出す　細谷ふみを（H17・10）

二階より波乗板の下りてきし　荒川　匡（H17・10）

サーファーを恋ふにはあらず海を恋ふ　桃井　薫（H19・8）

登山（とざん）

登山口窓が細目に開いてをり　細谷ふみを（S56・8）

壁にあり富士に登りし父の笠　柳沢たつみ（S62・10）

沢庵もハムも原色登山宿　栗原利代子（H2・11）

ケルン

星は地に触れむばかりやケルン立つ　中島よね子（H14・9）

歩荷（ぼっか）

目の前の電球（たま）のぬくみや歩荷宿　宮坂　静生（S58・8）

キャンプ

さそり座の胸星尾星キャンプ張る　関　宏子（H13・10）

夜叉神の谷の底なるキャンプかな　小宮山智子（H14・10）

鳥数ふるごと人かぞふキャンプかな　藤村　昌三（H17・11）

喉通る水の明るきキャンプかな　古屋　德男（H21・9）

サマーハウス　海の家

鍋敷の丸や四角や海の家　生地みどり（S59・10）

バンガロー

バンガローとはこんなもの柴積みて　神屋　敷綾（S61・10）

泳（およ）ぎ　遠泳

首たてて沖へ計算なく泳ぐ　荻田　恭三（S44・9）

泳ぎたる髪乾きゆく音楽なり　細谷ふみを（S51・9）

夜を待つて泳ぐは何に敗れたる　こばやし進（S56・11）

遠泳の頭がひとつ否二十　菅原　闊也（S57・9）

遠泳の直後のしずく婚約期　こばやし進（S58・11）

はらわたの真紅を思ひ泳ぎけり　足羽　鮮牛（S59・10）

港良くなりて泳げる処なし　山下　半夏（S60・11）

泳ぎけり富士遠ざかることもなく　山内　文生（S61・11）

泳ぎ子のをんなのものを脱ぎてあり　岡本　雅洸（S62・10）

橋で分つ泳場と馬洗場と　今井八重子（H3・11）

しじむらを叩いて終る泳ぎかな　白井　久雄（H6・8）

沖泳ぐ見えざる君を見てをりぬ　徳丸比呂女（H10・10）

遠泳ののつぺらぼうに上がりきし　黒澤あき緒（H22・10）

プール

六十をすぎしプールの咳払ひ　増山　美島（S58・10）

わが息の充ちてビニールプールかな　辻　桃子（S58・10）

ぶつかつて来てプールの香残しけり　斎藤　夏野（S63・12）

妙齢の大足プールサイドゆく　楠田よはんな（H9・9）

反転の泳者が青し夜のプール　三浦久次郎（H11・11）

頭から突つ込むプール若旦那　加藤　静夫（H19・8）

青空を映すプールや缶に供花　福永　青水（H23・10）

砂日傘（すなひがさ）

空想のはじめは白し砂日傘　東　文津子（H14・10）

釣堀（つりぼり）

釣堀や目鼻おしこみ古帽子　木之下博子（H4・10）

釣堀に嫁の弁当ひらきけり　前原　正嗣（H24・10）

夜店（よみせ）

大学の前にてをはる夜店かな　いさ　桜子（S58・12）

なかんづくべつかふ飴の夜店閑　佐宗　欣二（S60・8）

もめ事のありし夜店の灯りけり　須﨑　欣治（H9・12）

まはりつつ夜店のねずみ月に泣く　山田　孝子（H22・11）

掌の夜店のひよこ鳴きやまず　中村　哲明（H24・10）

金魚売（きんぎようり）

金魚売こぼせし水に煙草消す　芹沢　常子（H17・9）

金魚売月を濡らして帰りけり　穂曽谷　洋（H23・9）

作り雨（つくりあめ）　作り滝

なまぬるき音を発せり作り瀧　小林冬日子（H4・9）

花火（はなび）

花火爆ぜ月のかへり血もろに浴ぶ　阪東　英政（S43・11）

揚花火花火師の貌誰も知らず　橋本　草郎（S44・8）

昼花火水岐れんと争へり　田中ただし（S44・11）

ひとり出て空樽を積む花火の夜　一柳　吐峰（S45・10）

音だけの花火烏の庭歩き　丸山　敦子（S50・10）

山鳩に踏まれしはかの花火跡　石黒　一憲（S52・9）

遠花火ほろびの世には違ひなし　田中ただし（S57・9）

花火見る群より出でて川流る　古川　修（S59・10）

揚花火終りの音を急ぎけり　吉沼　等外（S63・11）

亡き人の紛れていたり花火の夜　栗尾　美明（H1・10）

昼花火海べたべたに凪ぎゐたり　山岡とよ子（H2・9）

花火師の法被が紺と判る闇　茂住　宏幸（H2・11）

群衆はみな異邦人花火咲く　鴨志田理沙（H6・12）

思はざる男の沙汰や揚花火　吉村しづこ（H8・9）

花火の夜殺むるほどは愛すまじ　野本　京（H10・12）
一棟が一町会や揚花火　上田鷲也（H11・10）
嫁ぐ子の裸身も知らず遠花火　吉田美代子（H11・11）
揺椅子を花火に向けて哀しきか　山本良明（H14・11）
のぼりつつ喉笛鳴らす花火かな　小川軽舟（H19・10）
花火屑唖へて振りし雀かな　佐保光俊（H22・12）
風呂洗ふ今夜は花火妻洗ふ　椰子次郎（H23・10）

線香花火（せんかうはなび）　手花火　鼠花火

線香花火のにおいよかなしからざるに　北川正年（S55・10）
裏切れというやバケツに花火落つ　辻　桃子（S56・10）
手花火の終の一本持たせくれし　飯島晴子（S63・10）
善哉（よきかな）と爆ぜたる鼠花火かな　山地春眠子（H3・11）
抽斗（ひきだし）に手花火ありと寝て思ふ　田中ただし（H8・10）

ナイター

苺喰ふナイター雨となりにけり　市川景石（S56・8）
ナイターの膝の通勤鞄かな　小川軽舟（H24・10）

水鉄砲（みづでつぱう）

ポスターの美女は水鉄砲で撃て　山本素彦（S57・9）

浮人形（うきにんぎやう）　浮いて来い

浮いて来い浮ききてうかと古稀ちかし　酒井鱒吉（S57・10）
浮いてこい穢土なかなかにおもしろく　勝田けい子（S60・9）
浮人形死んでゐるなり穴あいて　後藤綾子（H1・10）
浮いてこい女が強くなりにけり　生地みどり（H1・11）
煮え切らぬ吾に浮いて来い浮いて来い　萱場静子（H4・11）

仲店の外人客に浮いてこい　河野　秋郊（H6・8）

丹田に力を入れて浮いて来い　飯島　晴子（H12・8）

からつきし読めぬ音符や浮いて来い　渡辺小枝子（H12・10）

さよならは言わないつもり浮いて来い　今田　節子（H14・10）

老人の余る世なれば浮いてこい　星野　庄介（H15・10）

浮いてこい一知半解なる我に　松原ミドリ（H15・10）

浮いてこい飯島晴子浮いてこい　檜尾とき魚（H16・11）

浮人形浮人形の腹の上　加藤　静夫（H17・11）

簡単に人を殺すな浮いて来い　隗　一骨（H18・11）

こんなとき人はどうする浮いて来い　小笠原英子（H19・10）

水中花（すいちゅうくわ）

ひもじさと恋と比ぶる水中花　小林　秀子（S52・10）

同情と薄情通ず水中花　鈴木しげ子（H5・9）

名を変えて夜を働くや水中花　下田ミナミ（H6・9）

金魚玉（きんぎょだま）

横浜に生まれて住まず金魚玉　野村　和代（S57・10）

史記一夜一伝金魚玉の卓　鈴木　茂實（S62・8）

女教師の老境に置く金魚鉢　諏訪ふじ江（S62・11）

鬱の日は鬱にかしずき金魚玉　長谷川明子（H1・9）

膝抱いて女の午後や金魚玉　井上　園子（H1・11）

死に近き人の仕事場金魚玉　星野　石雀（H5・8）

金魚玉昼のテレビに便便と　藤田まさ子（H5・10）

東京は闇に飢ゑたり金魚玉　三代寿美代（H19・10）

箱庭（はこには）

逢ひにゆかな箱庭の朱の橋渡り　松井　桂（S56・9）

眼閉づ箱庭の草戦ぐにも　飯島　晴子（H4・10）

箱庭にひとを佇たせて落着けり　西賀　久實（H11・10）

蓮見（はすみ）

ゆき交ひて跫音もあらぬ蓮見人　浅井　たき（H1・11）

蛍狩（ほたるがり）

蛍狩白歯のちからおもふべし　飯島　晴子（S54・4）

なまぬるき枝摑みけり螢狩　細谷ふみを（S54・7）

累々と死蛍踏みて蛍狩　須佐　薫子（H8・11）

闇鞣す水ゆたかなり蛍狩　小川　軽舟（H18・9）

蛍籠（ほたるかご）

目もとより嘘こぼれをり蛍籠　田中ただし（S41・8）

世之介のみめふたしかや蛍籠　北原　明（S48・9）

遺書書けり蛍籠から闇ながれ　いけだみつこ（S57・10）

螢籠どこに置きても夜なりし　観音寺尚二（S59・9）

光年は距離の幻蛍籠　前田　半月（H11・12）

昆虫採集（こんちゆうさいしふ）　捕虫網

森閑と雲荒るるなり捕虫網　木之下博子（H8・11）

捕虫網一枝弾きてゆきにけり　髙柳　克弘（H22・11）

草笛（くさぶえ）

水飲んで草笛の唇苦きかな　中島　畦雨（H1・10）

五十代鳴らぬ草笛川に投ぐ　加賀　東鶴（H14・10）

草笛や何をやつてもづば抜けて　黒木フクヱ（H15・8）

草笛を妻も吹きたる遠出かな　山岸　文明（H23・9）
老兵が草笛捨てて歩き出す　竹岡　一郎（H23・11）
草笛や灯の入るオートキャンプ場　島田　武重（H24・7）

草矢（くさや）

羚羊座（カプリコン）に生れて草矢躱し得ず　国東　良爾（S55・7）
僥倖を待たむか草矢放たむか　藤原　美峰（S57・9）
失いし右眼の記憶草矢とぶ　大塚　文子（S59・11）
麓まで来てくつたくの草矢かな　住　斗南子（H1・8）
草矢打つ降る寸前の八ケ岳　市川　葉（H8・8）
亡き人と吾とのあわい草矢打つ　井守やよい（H11・9）
五十年振りの草矢やへなへなと　古川ただし（H14・9）

麦笛（むぎぶえ）

麦笛やどんよりとして子守みち　植田　幸子（S47・8）
麦笛を吹いて見習海女通る　山野未知魚（S60・5）
ぴいひよろろとは啼けまいか麦の笛　本山　藍（S61・7）
麦笛の鳴る子鳴らぬ子泣きだす子　竹岡　江見（H24・7）

裸（はだか）

裸の子母の裸を嫌ひけり　島田天籟子（S57・10）
わが裸草木虫魚幽（くら）くあり　藤田　湘子（S59・10）
裸子のあふるる家や奥吉野　永島　靖子（S59・11）
雨音のかむさり祖母は裸で寝る　星野　石雀（S61・9）
山の子の裸にされて素直なり　武居　翠峰（S63・9）
裸子の着衣も早し磧草　梅野　幸子（H6・11）
太陽も海も大声裸子に　関　都（H14・10）

我が裸閲してをれば窓に蜂　安藤　辰彦（H17・12）
わが裸鏡に映る素朴なり　南　十二国（H19・10）
三日前任を解かれし裸かな　山田　華蔵（H19・11）

汗（あせ）

海藻を食ひ太陽に汗さざぐ　藤田　湘子（S39・7）
わが汗のひと粒落す棺の上　植田　竹亭（S40・9）
銀河よりきて青年の硬い汗　服部　圭伺（S41・8）
汗どつと出て子の言葉真くれなゐ　藤田　湘子（S41・10）
汗拭きて笑顔が全貌十年ぶり　倉橋　羊村（S43・9）
熊を飼ひ銃砲店の汗ばむ夜　飯倉八重子（S44・8）
汗し群れゆく青年たちに軍旅なし　山田　穣二（S53・10）
汗匂ふ女童に手が届きけり　東條　中務（S53・10）
端役にて汗を殺すといふことも　藤田　湘子（S60・10）
脱ぐやうに汗の赤子を下ろしけり　有澤　榠樝（S63・8）
木偶泣けば太夫大汗して泣けり　河野　秋郊（H1・11）
亡骸の寝汗くさきを言ひしのみ　鈴木じゅん（H4・1）
沸々たり余命を流す汗の量　石井　雀子（H4・10）
読むな書くな汗が眼鏡にさう申す　岩切　青桃（H4・10）
人の夢ひとのものなり汗を拭く　星野　庄介（H6・8）
汗かいて歩めり常にポストは赤　奥坂　まや（H7・9）
汗の顔ふいてしまへば欲失せて　高橋あき子（H7・10）
耳順なりふぐりたつぷり汗嘆ず　原　徹（H7・11）
汗ひきて葛城山のにほひかな　長谷川　朋（H8・9）
汗の子と胎の子とわが三十路なり　市川　千晶（H8・10）

正直の汗ぬぐひけり仏師の子　芦立多美子　(H11・10)

作務衣着て汗をかきたくなりにけり　加多見　博　(H11・10)

夕闇の貼りついて来し汗の顔　永島　靖子　(H13・10)

三鬼読む水色のシャツ汗ばめる　中島　幸子　(H13・12)

汗拭くや宇宙まで晴れきつてゐる　窪田　ちか　(H16・8/9)

汗をかくつもりの木綿着て安し　村上　弘子　(H18・11)

見る勿れ女の脱ぎし汗のもの　安食　亨子　(H19・10)

汗ふいて人良ささうな顔したり　成瀬　節子　(H22・9)

汗かくな物を跨ぐな女の子　安食　亨子　(H23・10)

家事たのし鼻に浮きたる汗小粒　小川　軽舟　(H24・8)

俺達がやらなきや誰が王の汗　菊池　幹郎　(H24・9)

跣足（はだし）

素足

はだしの子夕焼け橋の先知らず　池辺みな子　(H4・9)

乙女らの素足林立コカコーラ　黒澤あき緒　(H17・10)

讃美歌に赤子の跣よろこべる　小川　軽舟　(H19・9)

なにするでなくて楽しき素足かな　越前　春生　(H24・8)

稽古場の鏡若やぐ素足かな　谷　良子　(H24・9)

肌脱ぎ（はだぬぎ）

いつも二階に肌ぬぎの祖母ゐるからは　飯島　晴子　(S56・8)

日焼（ひやけ）

潮焼

吾ながら卑しき日焼手首かな　飯島　晴子　(S59・11)

還暦や日焼も灸もわが身体　藤原　美峰　(S61・10)

いちばんに日焼いつまでも日焼　後藤　睦美　(H5・12)

虚を衝かれしは首すぢの日焼かな　飯島　晴子　(H7・11)

日焼せりゴーギャンの絵の女ほど　牛田寿美子（H11・9）
潮焼の大き手死者の頭を撫づる　大和田毬（H23・9）

昼寝（ひるね）　三尺寝

子躓く無職昼寝のわが足に　志井田牧風（S42・7）
足の裏ひらく昼寝の深みにて　石田よし宏（S45・9）
昼寝覚ほろほろ鳥の数足らず　乾　桃子（S53・10）
晩節を全うせんと昼寝せり　石井　雀子（S54・9）
口中に欠けし歯ありぬ昼寝覚　いさ　桜子（S58・8）
昼寝覚まだ病みゐたる故人はも　野本　京（S60・9）
たつぷりと昼寝せし血を献じけり　唐木　和枝（S60・10）
海よりも陸荒々し昼寝覚　宮坂　静生（S61・9）
礫々と家霊つぶやく昼寝時　星野　石雀（S61・11）
昼寝覚ピカソに青の時代あり　杉山ゆき菜（S63・11）
江の島が大きくなりぬ昼寝覚　斎藤　将一（H1・11）
昼寝覚鸚鵡が人語発しけり　志賀佳世子（H4・9）
肝病めば肝に手を当て昼寝かな　山崎てる子（H5・10）
ふるまちの女もすなる三尺寝　土屋　未知（H6・10）
裏山は甲府金山三尺寝　窪寺寿美枝（H6・10）
昼寝夫埴輪の口をしてゐたる　保高　公子（H7・10）
昼寝覚死装束のとどきけり　藤原　美峰（H7・10）
投降の夢に怯えて昼寝覚　渡久山岳洲（H8・9）
昼寝覚号泣のひと誰だつたか　佐々木幸子（H8・10）
神護景雲元年写経生昼寝　小澤　實（H9・8）
蹄なき四肢にもどりぬ昼寝覚　佐藤　四郎（H9・12）

昼寝覚農家の嫁にまぎれなし　安食美津子（H11・9）

生きものの匂ひ薄弱昼寝人　岩田玲子（H11・12）

佳き人を昼寝の国に置いて来し　珍田龍哉（H12・9）

昼寝覚テレビ画面に誰もゐず　細谷ふみを（H13・10）

金運を使い果せし昼寝かな　柴田合歓夫（H14・10）

一日の予定の中の昼寝なり　萩原友邦（H15・11）

猫が足跨ぎて昼寝覚めにけり　林達男（H15・12）

浅ましや飲食の夢昼寝にも　小此木竹子（H16・10）

昼寝覚造花に香りあるごとし　杉沢田三子（H16・10）

昼寝してみたき畳や詩仙堂　景山而遊（H20・9）

潮風にさらす荷瘤や三尺寝　宮木登美江（H20・11）

鉄骨にシヤツ掛けてあり三尺寝　神谷文子（H21・9）

ひるねして時間減りたる山河かな　有澤榠樝（H22・9）

昼寝覚卵が先と思いけり　安東洋子（H23・9）

電線の渦なす枕昼寝人　後藤義一（H24・8）

端（はし）居（ゐ）

端居から篳篥が見えて父亡きなり　神尾季羊（S50・8）

端居僧緋鯉真鯉に会釈して　座光寺亭人（S55・10）

今日の根（こん）つかひはたせし端居かな　佐々木アヒ子（S60・9）

御岳のくすり零せし端居かな　山内丈生（S62・8）

榠樝酒の思はぬ出来や夕端居　桑原百合女（H3・10）

夫恋の母とありたる端居かな　佐藤たつを（H8・9）

一万歩三日坊主の端居かな　近藤茂彦（H8・9）

中国の大河見て来し端居かな　馬原タカ子（H9・9）

メキシコと隣りて知らぬ端居かな　松原ミドリ（H14・9）

海原のかぎり月さす端居かな　古屋　徳男（H21・10）

髪洗(かみあら)ふ　洗ひ髪

ほうほうと鯉の近づく洗い髪　阿部　きみ（S50・7）

かの舟のゆくて冥かり洗ひ髪　揚田　蒼生（S53・10）

洗髪心に翅音ふやしをり　中西　夕紀（S61・8）

結願の札所をあすに髪洗ふ　藤田まさ子（H3・11）

詩ごころさかんなるとき髪洗ふ　牛久保　経（H5・10）

洗ひ髪して甚大な語彙不足　壁谷やすこ（H10・11）

北窓はネオン街なり洗ひ髪　立神　侯子（H13・10）

髪洗ふわれから選りし独り住　山崎てる子（H14・8）

外(そと)寝(ね)

外寝して峠名かぞふ十余り　野木　径草（S50・10）

外寝人時々膝を立てにけり　隈崎　達夫（S60・8）

寝(ね)冷(びえ)

子供等の寝冷さそへり水の音　千葉　久子（S42・10）

寝冷えして箒のごとく立ちいたり　平井　照敏（S51・9）

寝冷せり医者ともあらう者がかな　隈崎　ろ仙（S57・11）

夏(なつ)の風邪(かぜ)

夏の風邪へうたんを吊り矮鶏を飼ひ　服部美矢子（S59・8）

夏風邪や水の色して薄荷飴　梅野　幸子（H17・10）

暑気(しょき)中(あた)り

モナリザに咎められたる暑気中り　駒形　定夫（S60・10）

夏痩（なつやせ）　夏負け

夏まけの妻や蛇の髭　石井　雀子（S46・10）

夏痩せて赤土山に人焼けり　波賀　鮭男（S47・11）

鸚鵡ほど冷たく夏を痩せてゐし　長峰　竹芳（S52・9）

何の木の花粉かしらず夏痩せて　奥野　昌子（S54・8）

夏負けて鳥居の創をうとみけり　長峰　竹芳（S55・8）

夏痩せぬ片側によるピカソの眼　鈴木依都子（S59・9）

夏痩せて弓の袋の濃紫　土屋　未知（S61・10）

夏負けやくるりくるりと鉋屑　小此木竹子（S61・10）

夏痩やおしろい焼けもいささかは　石井　雀子（S63・10）

夏痩せて貝殻道の続くかな　飯島　晴子（H2・9）

水甘しはや夏痩のきざしみゆ　河野　秋郊（H3・8）

夏痩にあらずゆるゆる痩せるのみ　山地　八郎（H3・10）

しんじつとなるまで思へ夏痩せて　光部美千代（H4・10）

非凡なる人のごとくに夏痩せぬ　武田　新一（H5・11）

夏痩せていたづらに勘働ける　山内　皓生（H7・9）

鶏百羽見し夏まけに外ならず　西賀　久実（H8・11）

壁白く家具しろく夏痩せにけり　岩永　佐保（H9・12）

夏痩せて父幻聴と遊ぶなり　楠田よはんな（H10・9）

夏痩せて英語ときどき役に立つ　志賀佳世子（H11・11）

恬として読まざりし夏痩せにけり　関　とみ（H11・11）

感嘆詞むやみに発し夏痩せぬ　徳田じゅん（H13・7）

夏負けの利かしすぎたるガーリック　金子　千代（H13・9）

粥を吹く姉夏痩と思いたし　髙田　和子（H14・9）

夏痩せて忘れの神に好かれけり　佐武まあ子（H15・8）
名曲に名作に夏痩せにけり　髙柳　克弘（H15・10）
夏痩や埃つぽくて夜の闇　塩川　秀子（H16・7）
夏痩や日々変はらざる岸の景　髙柳　克弘（H18・8）

汗疹（あせも）

太陽の呉れし汗疹よ旅果つる　鈴木　英子（S61・10）

水虫（みずむし）

水虫の欽仰（きんぎやう）の暑も去れりけり　酒井　鱒吉（S59・12）

夏休（なつやすみ）

馬の名のみんな片仮名夏休　井上　園子（H6・10）

帰省（きせい）

帰省子に会津小盆地大盆地　片山　辰永（S49・10）
こともなく帰省子と居り蛇の殻　京谷　圭仙（S54・10）
針金の幹に食ひこむ帰省かな　川村　允子（S57・9）
帰省子に翔ぶもの多き水の上　横井千枝子（H1・11）
帰省せりブツクカバーは紀伊国屋　脇　嘉三（H3・9）
月光にひとでの白き帰省かな　鈴木しげ子（H4・9）
校塔にかささぎのゐる帰省かな　梅野　幸子（H4・10）
帰省子が人形劇団に参加　大野今朝子（H5・10）
末の子の耶蘇名を持ちて帰省せり　松野　苑子（H7・8）
帰省沙弥猫に存問しばしかな　大野　佳子（H7・10）
帰省子に押寄せてくる鯉の口　高城　恭子（H7・10）
帰省子のもう使はざる博多弁　柴田日出子（H7・11）
帰省子に夜の暗さの八ケ岳　木村　勝作（H12・10）

帰省子の今エンジンを止めし音　宅和　玲子（H12・10）

かるさうに軽石浮ける帰省かな　小川　軽舟（H14・9）

草ぐさの肩肘張れる帰省かな　佐藤　中也（H18・12）

波音のぶつかつて来し帰省かな　高橋　正子（H19・10）

夕風に木賊騒立つ帰省かな　芹沢　常子（H21・9）

写真屋にあご引かされし帰省かな　前原　正嗣（H22・9）

橋の名のバス停続く帰省かな　太田　明美（H22・11）

帰省の子食器洗ひて発ちにけり　白川　良（H23・11）

夏期講習会（かきかうしふくわい）

電動鋸（チエンソー）の止む間みじかし夏期講座　吉沼　等外（S61・10）

夫恋ふる詩にはじまりし夏期講座　沖元　睦子（H3・11）

夏期講座大仏殿に集合す　帆刈　夕木（H12・11）

いづくにも遅しき婆夏期講座　水澤　久子（H12・11）

海見ゆる席より埋まり夏期講座　林　めぐみ（H21・10）

林間学校（りんかんがくかう）

林間学校夜の部屋ごとの祈りかな　須佐　薫子（H4・10）

行事

氷室（ひむろ）　氷室守

おほけなく男神折櫛氷室籠め　後藤綾子（S49・10）
氷室守雨音に雨遺りては　鳥海むねき（S51・5）
忌みてなお氷室の闇を忘れかね　大庭紫逢（S53・10）
こゝからの山の容（かたち）や氷室干す　小林秀子（S54・1）
宴果つ氷室守なりしを告げず　大庭紫逢（S55・11）
氷室守喫飯の刻違えざる　大庭紫逢（S59・8）
氷室守年経て蟇となりにけり　宮木登美江（H22・7）

子供の日（こどものひ）

子供の日川を見にくるいはれなし　高橋安芸（S56・7）
むさしの川みな浅し子供の日　佐久間鏡城（H1・7）
子供の日金時豆を播きにけり　安食亨子（H13・8）

母の日（ははのひ）

母の日のまともに見たる母の顔　岬尚子（S57・8）
母の日の我に買いたる広辞苑　小田さとこ（H5・8）
母の日や身体髪膚傷だらけ　村上妙子（H11・7）
母の日の母の手をとる京都駅　石田小坡（H17・8）
母の日の母が子のこと書く日記　松坂博士（H24・8）

愛鳥週間（あいてうしうかん）　愛鳥日

愛鳥の日なり帽子を後ろ前　三浦久次郎（H10・8）

電波の日（でんぱのひ）

学校の鶏なくや電波の日　丸山　順子（H17・9）

時の記念日（ときのきねんび）　時の日

時の日の正刻に入る厠かな　藤田　湘子（S58・9）

時の日の鶏が卵を生むところ　小林冬日子（H1・9）

時の日や目覚時計鳴るを待つ　三宅　静可（H20・9）

戸口より時の日の雨見てゐたり　吉田　光子（H21・9）

父の日（ちちのひ）

父の日の風樹をこぼれ歩き出す　藤田　湘子（S46・7）

父の日の棒のごとしや呟きぬ　穂坂　志朗（S47・9）

誰居るとなく父の日の家淡し　瓦　京一（S49・8）

父の日の青草をいつ摑みたる　長峰　竹芳（S54・8）

父の日にかかはりもなし爪死なす　手塚深志城（S59・9）

父の日の手持無沙汰に終りけり　阿部　省三（S59・9）

父の日の隣の村を二階より　進藤　弓子（S60・8）

父の日のなまぬるき雨釣堀に　天地わたる（H5・9）

踏台を戻し父の日終りけり　武田　忠男（H7・9）

父の日の忘れられても大事なし　清野　祥竹（H9・9）

父の日をかまうて呉れる娘かな　隈崎　ろ仙（H10・9）

踏台を拵へ父の日がをはる　近藤　周三（H14・8）

父の日や用心鳴きのちやぼがゐる　野村　和代（H14・9）

映画館出でて父の日暮れにけり　新田　創造（H17・9）

目玉焼教はる父の日なりけり　阿武　昭夫（H18・10）

波高く父の日の沖暮れにけり　鳥海　壮六（H21・9）

父の日やゆふべ艶ます竹の幹　桐野江よし子（H22・9）

父の日の尾道までの乗車券　黒澤あき緒（H23・7）

父の日の父の道具の手入かな　佐野　忠男（H23・8）

海の日

目が眼鏡はしがる海の日なりけり　守屋　まち（H18・11）

原爆の日　原爆忌

原爆忌都会に地下の職場殖ゆ　岡田夕月子（S39・11）

原爆忌写真の裏の白さかな　高橋　順子（S46・9）

老人と夢の話す原爆忌　望月　侑子（H3・10）

手がありて鉄棒つかむ原爆忌　奥坂　まや（H8・11）

木の床は油欲りをり原爆忌　ウイン龍子（H9・11）

片仮名に書くヒロシマの忌なりけり　新延　拳（H13・11）

原爆忌動かぬ川のありにけり　吉祥　治郎（H13・12）

鳴る電話つかむ右手や原爆忌　東　文津子（H14・11）

樹下の人みな静かなり原爆忌　岸　孝信（H15・11）

旅人のごと駅にあし原爆忌　森　徑子（H16・1）

原爆忌ゴム手袋が水に浮く　奥坂　まや（H16・10）

ひとりでに川へ向く足原爆忌　細貝幸次郎（H17・9）

雷魚煮る八月六日小雨なり　島田みづ代（H17・11）

知らぬ子が硝子に映る原爆忌　清水　風子（H18・12）

水面見て誰も老人原爆忌　山田　喜美（H19・10）

ガスの火の走り点りや原爆忌　奥野　昌子（H20・11）

テーラーの人台白し原爆忌　池田　なつ（H21・11）
人間の息に囲まれ原爆忌　竹岡　一郎（H23・9）
広島忌プールの大き時計見る　金子三津子（H24・10）

端午（たんご）

ちんぽこを賞めて端午の婆達者　河崎　麻鳥（S47・8）
赤松と中学校と端午なり　神尾　季羊（S53・8）
旅せよと端午の水脈の分明（さやか）なり　酒井　鱒吉（S57・5）
雑木山満を持したる端午かな　有澤　榠樝（H4・8）
川舟の淦（あか）汲んでゐる端午かな　吉田舟一郎（H5・9）

幟（のぼり）

昨夜仔馬産まれし家や幟立つ　河島　芳生（H16・7）

鯉幟（こひのぼり）　矢車

ラブホテルなども眺めや鯉幟　藤田　湘子（S59・7）
矢車はからからみんな東京へ　三島　芙蓉（H13・8）
乗鞍に風ぶつかつてこひのぼり　山崎日斗美（H15・7）
鯉のぼり前へ前へと泳ぎけり　引間　智亮（H20・8）

武者人形（むしやにんぎやう）

二日目の武者人形に草臥れぬ　奥坂　まや（H16・7）

菖蒲葺く（しやうぶふく）　軒菖蒲

菖蒲葺くちゆうぶうの手の伸びて葺く　山崎　正人（S47・8）
榛名嶺のいかづち雲や軒菖蒲　小川イサ子（H5・7）
椎葉村椎葉家菖蒲葺きにけり　芹沢　常子（H7・9）
工房にはがき漉きをへ軒菖蒲　伊藤美津子（H16・8/9）

菖蒲湯（しやうぶゆ）

しやうぶ湯や面立すでに大人さび　髙柳　克弘（H21・8）

薬狩（くすりがり）

橋脚に隠れし夕日薬狩　大野　凬子（S61・9）

夏芝居（なつしばゐ）

叱られて死んでしまひぬ夏芝居　小林　秀子（S57・6）

幕あいて船頭ひとり夏芝居　渡辺　真吉（H4・9）

夏芝居柱まつすぐにはあらず　奥坂　まや（H4・10）

たふさぎの緋を見よがしや夏芝居　浅井　多紀（H10・8）

いうれいの心情掬す夏芝居　德丸比呂女（H15・10）

薪能（たきぎのう）

朱色濃き衣服のわれら薪能　冬野　虹（S59・8）

はじめから笛高音なり薪能　桜井　徹子（H1・6）

笛方の指はねてより薪能　川野　蓼艸（H2・7）

夏場所（なつばしよ）

夏場所の力士公衆電話より　加藤　静夫（H1・8）

ダービー

ダービーの日にてありけり秋葉原　川崎　栄子（H9・6）

ダービーの若き歓呼の中にをり　宮崎　晴夫（H13・9）

ダービーや特観席に菊池寛　石山葱八坊（H17・9）

山開（やまびらき）　ウェストン祭

山開夕風馬をかがやかす　岩永　佐保（H5・9）

ウエストン祭どの葉も雫そだてつつ　黒澤あき緒（H8・9）

人うごく炎の向う山開　土屋　未知（H15・9）

山開巫女吹飛ばむばかりなり　宮崎　晴夫（H16・10）

独立祭（どくりつさい）

なりはひの黄色き五指や独立祭　ホワイトさつき（H3・9）

パリ祭（さい）

パリー祭　巴里祭

カウンターの最後の一人パリー祭　堂島一草女（S57・10）

方尺に生きて鸚鵡やパリー祭　武田　重子（S59・9）

くちひげに小鋏入るる巴里祭　建守　秀二（H4・9）

憚りながら大正うまれ巴里祭　喜田　潮（H8・9）

床に足とどかぬ椅子や巴里祭　小宮山智子（H21・8）

つつましく白き卓布や巴里祭　太田　明美（H22・9）

書架の本一つ覚ましぬ巴里祭　小川　軽舟（H23・9）

川開（かわびらき）

乱れたる緋の座布団や川開　川口　道子（S59・10）

海開（うみびらき）

雨の海開きを犬が素通りす　吉田　成子（S52・9）

朝顔市（あさがほいち）

トラックが開いて朝顔市の花　蓬田　節子（S59・10）

抽んでて朝顔市の力士かな　石川　敏子（H16・11）

鬼灯市（ほほづきいち）

酸漿市

酸漿市かなし日露の恋かなし　山口　寥（S59・7）

二人から鬼灯市の誘ひあり　加藤　静夫（H20・10）

土用灸（どようきう）

土用灸葉煙草小屋の荒れを見て　佐宗　欣二（S63・12）

恋魔物餓鬼猶魔物土用灸　西垣　崇子（H15・10）

祭（まつり）

神輿　宵宮　山車

野良犬の睡り満たせり祭笛　宮本　遊（S40・9）
葛の葉の揉む家見えて祭の夜　越野としを（S43・9）
注連くぐる黄色い老婆夏祭　小坂　英（S43・9）
黒髪焼いて蛇さそひ出す祭笛　三村　登志（S45・8）
外海やまつり太鼓の撥返す　高橋　順子（S45・11）
檜山より人誘ひだす祭笛　小林　愛子（S45・11）
休み田に田螺の殖ゆる祭笛　村尾古都子（S46・9）
流木にたましひ入る祭笛　金子　うた（S47・10）
俄か日やまつり衣をふるくしぬ　戸塚時不知（S48・8）
牛搏つて谿へ下りゆき曇る祭　神尾　季羊（S49・6）
水の輪とかやつり草と祭かな　藤田　湘子（S49・11）
泡立ちて流れ祭の夜なりけり　穂坂しげる（S50・12）
めんどりに真水が見ゆる祭前　菅原　闘也（S51・8）
夜祭へいつぽんの藁まぎれゐる　磯部　実（S52・2）
祭きぬ松の根元に少女置き　金田　眸花（S52・9）
川隠すぬるでや延になる祭　田浪　富布（S52・11）
猫を捨つ祭囃子が続きけり　細谷ふみを（S55・8）
消えやすき灯を祭より提げ戻る　辻　桃子（S55・9）
父に金遣りたる祭過ぎにけり　藤田　湘子（S56・8）
手力の男が開く神輿庫　藤田まさ子（S57・8）
昼の月祭の月となりにけり　上条　鈴村（S57・11）
祭の子神馬の糞に驚けり　市野川　隆（S57・11）
山の空まつりの箸をならべけり　国見　敏子（S58・12）

祭笛納めて職にもどりけり　鈴木萩月（S59・10）
力静かに祭馴れして馬の胴　布施伊夜子（S61・1）
飼葉切るひとりの音と祭笛　宅和清造（S61・8）
骰子の揃(ぞろ)目(め)郡上の祭宿　北川俊子（S61・9）
祭見て鏡の中へかへりたる　太田恵美（S61・10）
夕星や祭若衆畦づたひ　君田典子（S62・8）
五六足祭本部のゴム草履　土屋秀穂（S62・10）
神主の祭の顔となりにけり　中山智津子（S62・10）
胡粉溶く筆のばらけも祭あと　唐島房子（S63・9）
男らの汚れるまへの祭足袋　飯島晴子（H1・11）
祭果て伝法院の闇が立つ　杉浦まつ子（H3・8）
大正は一人となりぬ祭役　渡辺真吉（H3・9）
草深き祭をとほる念のため　増山美島（H3・11）
ほたほたと糞りて歩めり祭馬　藤澤正英（H4・1）
祭寄付すみ田も山もひた青し　広江徹子（H4・10）
犬が嗅ぎまはりて祭果てにけり　鈴木清一（H5・11）
ゆふかぜの立つを待ちをり祭笛　今野福子（H6・10）
くるぶしを刺す野の草や祭笛　楠田よはんな（H7・11）
癩園に祭浴衣の干されあり　小此木竹子（H7・11）
舫綱祭の空へ放りけり　前川彰子（H8・9）
鯖の斑の淋漓と祭来たりけり　小川軽舟（H9・8）
宵宮や味噌田楽を虫押へ　阪口和子（H13・8）
裏山の笹は無限や祭鮓　中川千里（H13・8）
だんだんに不憫な妻や宵祭　佐藤たつを（H13・11）

祭あと櫂を削つてゐたりけり　西山　敏子（H13・12）

隣り合ふ美濃も三河も祭前　宮野　栄（H14・9）

まつ青な竹二本立て山車らしく　横井千枝子（H15・10）

山国の星を集めて祭笛　安孫子都枝（H15・10）

三越を過ぎて神輿と別れけり　伊藤　樹彦（H17・9）

灯を点けて壁近づきぬ祭笛　辻内　京子（H17・9）

常の餌に尾をふる犬や祭の夜　杉崎　せつ（H18・9）

峰入（みねいり）　逆の峰

峰入や戸に嚙まれたる藤の蔓　和田左千子（S56・8）

峰入や壁の藁苆かわく音　中岡　草人（S63・10）

峰入の人来て灸師冥利なり　中岡　草人（H4・8）

逆の峰末子のせりふ大人びつ　中岡　草人（H5・11）

競べ馬（くらべうま）

競べ馬終りて馬場は通り径　平田寿美子（H2・8）

葵祭（あふひまつり）　懸葵

葵祭馬糞掛の白丁（よぼろ）なり　藤田　湘子（S63・7）

白丁に日和冥加や懸葵　山本　良明（H1・8）

雲ケ畑明日を祭の葵刈る　一条　妙子（H5・8）

三社祭（さんじやまつり）

薬すこし変りし三社祭かな　酒井　鱒吉（S56・7）

何事も三社祭の済みしあと　杉浦まつ子（H12・8）

よく育ち三社祭の女の子　立神　侯子（H15・8）

住吉の御田植（すみよしのおたうゑ）　御田植

御田植のすみたる伊勢はとの曇り　峰　芙三子（S58・7）

富士詣（ふじまうで）

酢卵の駿をたのみぬ富士詣　亀田　蒼石（H12・10）

野馬追（のまおひ）

野馬追の初陣にして法螺の役　柳田　葆光（S61・10）

祇園会（ぎをんゑ）

鉾立

祭鉾月より遅く動きけり　和田左千子（S58・10）

鉾立の荒縄雨に緊りけり　山本　良明（H9・10）

鉾立や舗装道路の照返し　長谷川　朋（H21・10）

天満祭（てんままつり）

天神祭

天神祭肌に夜風の取り縋る　石原由貴子（H24・10）

夏越（なごし）

形代流す　夏祓　茅の輪　菅貫　撫物

形代に書きたる齢嘆きもし　石川　英子（S56・9）

問ひたれば夏越の祭とぞ言ひし　生地みどり（S59・11）

形代にわが息吹きて詮もなし　坂田はま子（S61・10）

泡割つて虫の出できし夏祓　有井　祐子（S63・9）

流行語夏越の巫女の口を出づ　生地みどり（H1・9）

げに鹿島神宮ぶりの茅の輪なる　土屋　秀穂（H1・9）

菅貫（すがぬき）のかなりいびつと見たりけり　飯島　晴子（H1・10）

茅の輪より山陽道に続きをり　亀井　正吉（H4・11）

見通しに大富士容るる茅の輪かな　吉沼　等外（H5・10）

旦那衆の稽古帰りの茅の輪かな　藤田まさ子（H6・10）

形代や貴船のからす荒々し　藤岡　与志（H7・9）

達者でも臥すでもなくて茅の輪かな　小此木竹子（H9・8）

形代の吾もみくちやに流れけり　立石　明子（H12・10）

形代の胃部に、と入れ流しけり　野上和佳菜（H13・8）
形代や末社ながらも檜皮葺　大庭　紫逢（H13・9）
おのもおのも同じかたちにお撫物　岩永　佐保（H21・8）

夏神楽（なつかぐら）

夏神楽飛魚漁も始まりし　勝部　小鷺（H9・9）
朴の木は風に富むなり夏神楽　藤田　湘子（H11・9）
椢に栖む鳥の目いくつ夏神楽　葛井早智子（H14・8）

安居（あんご）　夏の始め　夏の終り

野望その他ぬるい水飲む夏の終り　中村じゅんこ（S46・11）
夏（げ）の始机に潮の響あり　鳥海むねき（H2・8）
安居僧まだ少年のあぎとかな　阿部けい子（H6・9）
夏安居や塀に土蜂の穴無数　吉沼　等外（H8・11）

夏書（げがき）

つばらかな遠嶺夏書の墨の艶　大庭　紫逢（S63・11）

夏花（げばな）　夏花摘み

川波のたどたどしくて夏花摘　鳥海むねき（S50・10）
少年のなみだ袋や夏花折り　上田多津子（S50・11）
淡路島通ふをみなは夏花売　中野　柿園（H3・11）
夏花摘む有馬へ二里の魚屋道　中岡　草人（H6・11）
教へ子に夏花摘みゐる父の生　阿部けい子（H7・9）

四万六千日（しまんろくせんにち）

いづれの子と栖みても四万六千日　平松弥栄子（S49・9）
寝過して四万六千日の白湯　穂坂　志朗（S49・10）
飴の鳥四万六千日昏れず　山田　一笠（S51・9）

四万六千日の乞食見てをりぬ　いさ　桜子（S58・9）

昇天祭（しょうてんさい）

昇天祭シャンプーのどろどろしたる　笹井　靖子（S60・9）

万太郎忌（まんたらうき）　傘雨忌

傘雨忌の松の姿の立てりけり　横井千枝子（S50・10）
椅子が空く万太郎忌の製本屋　田浪　富布（S56・8）
万太郎忌癇つきすぎて噎せにけり　野村　和代（S57・7）
ビルは灯の柱となれり傘雨の忌　塩沢　耐子（S58・7）
ふたごころありて紅ひく傘雨の忌　菊池　佳子（S61・8）
傘雨忌の襖の向ふ側のひと　神尾　季羊（H1・7）
万太郎忌の昼風呂を焚きゐたり　鈴木　清一（H5・6）
傘雨忌や撥ねて楽屋の靴の数　三田　穣治（H5・10）
傘雨忌や下町の湯の熱きこと　酒井　游山（H24・7）
静まりて万太郎忌の幕開きぬ　友野　瞳（H24・8）

鑑真忌（がんじんき）　和上忌

和上忌の厨子の内絵の月と船　北脇　泊船（S57・8）
船室に機関ひびくや鑑真忌　栗栖　住雄（H21・11）

四迷忌（しめいき）

四迷の忌俳句に文語遺りけり　石川　黛人（H5・8）
四迷忌のかもめに笑はれて船出　竹岡　一郎（H23・8）

朔太郎忌（さくたらうき）

下駄履いて朔太郎忌の夜空かな　山内　丈生（S57・8）

たかし忌（き）

たかし忌の膝の青痣うつくしや　松葉久美子（S56・10）

横笛の小指たてたるたかしの忌　山本　良明（S57・11）
月光に貌向けて寝むたかしの忌　まつだせつ（S63・9）
篝火のとどかぬ笛座たかしの忌　山田　敏子（H5・8）
坂の上の女はためくたかしの忌　松田　瑞江（H6・8）
たかしの忌茅花を笛に作りけり　高野　途上（H11・7）
膝行の畳つめたしたかしの忌　飯島美智子（H15・8）

花袋忌（くわたいき）

続飯（そくひ）もてつくろふ辞書や花袋の忌　小川　和恵（H7・10）

イプセン忌

灯にさらす妻の枯乳イプセン忌　波賀　鮭男（S47・8）
だるくだるく腰寄せあへりイプセン忌　椰子　次郎（S53・11）

丈山忌（ぢやうざんき）

朝風呂を勧められをり丈山忌　中山　玄彦（S63・11）

蟬丸忌（せみまるき）

人散つて蟬丸の忌の青磁かな　鈴木きひえ（S52・8）
人形の薄紙はがす蟬丸忌　志村芙美子（S56・9）

辰雄忌（たつをき）

辰雄忌の手に荒廃の週刊誌　金田　眸花（S44・7）
爪にまだ三日月ありて辰雄の忌　藤田　湘子（S54・7）
肩に降るかすかなるもの辰雄の忌　岩切ふじ子（H7・8）
預りし帽子匂へり辰雄の忌　百橋　美子（H15・7）

業平忌（なりひらき）　在五忌

業平忌ひとつ鏡に父と子や　向田　昭美（S50・7）
たそがれの水紋に痴れ業平忌　大庭　紫逢（S51・9）

業平忌釘ぬけかけてありにけり　神尾季羊（S53・9）
在五忌の月と歩みて山をこゆ　大友阿羅々（S60・12）
すぐ腐る花瓶の水や業平忌　福嶋素顔（H2・11）
在五忌の白ハンカチの折目かな　永島靖子（H11・8）
文机に昼の蛍や業平忌　細貝幸次郎（H15・9）

多佳子忌（たかこき）

さぎ山を青責めの雨多佳子の忌　乾桃子（S49・8）
次に来る波は大波多佳子の忌　宮本素子（H24・9）

信長忌（のぶながき）

信長忌自転車をばらばらにする　山地春眠子（H9・7）
鼓打ち信長忌且蘭丸忌　加藤静夫（H17・8）

紅緑忌（こうろくき）

居酒屋はビルの二階や紅緑忌　川島満（H18・9）

晴子忌（はるこき）　螢火忌

螢火忌（けいくわき）と呼ばむか晴子逝きたる日　藤田湘子（H14・8）
蛍火忌や伏せて冷たき飯茶碗　橋爪きひえ（H21・10）
蛍火忌や老いにあらがふ心なほ　吉祥治郎（H22・8）
夕月に白蛾のぼれり晴子の忌　花村愛子（H22・8）
晴子忌や耳掠めたる蚋ひとつ　山地春眠子（H24・10）

桜桃忌（あうたうき）　太宰忌

掌に擬死の天道虫や太宰の忌　観音寺尚二（S48・7）
髪刈つて頬のとびだす桜桃忌　斉藤釜中（S56・9）
さかしまの女の写真桜桃忌　星野石雀（S60・8）
指美しき男がバアに桜桃忌　松井千枝（H6・8）

ざらざらと酔う白昼や太宰の忌　志田　千惠（H17・9）

桜桃忌雨傘切目なく駅へ　永島　靖子（H19・10）

杉風忌（さんぷうき）

江戸地図の川太くあり杉風忌　三田　穰治（H10・8）

暁水忌（げうすいき）

師は暁水とは羨まし暁水忌　飯島　晴子（S63・9）

サッチモ忌（き）

ハンカチもシヤツもまつ白サッチモ忌　望月公美子（H18・11）

重信忌（しげのぶき）

汗と紙と万年筆や重信忌　永島　靖子（H22・11）

鷗外忌（おうぐわいき）

わが胸の厨子王安寿鷗外忌　金田　眸花（S42・8）

官舎より官舎に越しぬ鷗外忌　大庭　紫逢（H6・11）

鷗外忌時計に蓋のありにけり　志賀佳世子（H7・9）

井伏忌（ゐぶせき）

井伏忌や青葉山女の玲瓏と　露木はな子（H11・9）

チェーホフ忌（き）

白樺を焚く炎澄みけりチエホフ忌　津高　房子（H17・10）

秋櫻子忌（しうあうしき）　群青忌

雲表は月夜なるべし群青忌　藤田　湘子（H9・9）

圏谷に星の音聴く群青忌　池辺みな子（H10・10）

群青忌木蔭大きいほど涼し　布施伊夜子（H13・8）

昼を鳴く山のかなかな群青忌　清水　啓治（H17・10）

滝の絵にしばしの端坐群青忌　永島　靖子（H18・10）

木隠れし湖の短艇群青忌　羽藤　雄二（H22・9）

裕次郎忌（ゆうじらうき）

牛飼の裕次郎忌の裸かな　山口　睦子（H3・10）

ヴァレリー忌（き）

甚平といふ佳きものをヴァレリー忌　三井　菁一（S59・9）

河童忌（かつぱき）　我鬼忌　龍之介忌

河童忌の医院嗚咽をきく日かな　北川　正年（S56・8）

習はざることを覚えて我鬼忌なり　佐々木安方（S62・10）

河童忌を無聊の腓叩きかな　山地春眠子（H2・11）

河童忌や汽笛絶えたる田端駅　木村　勝作（H3・8）

比呂志亡く也寸志も逝きし我鬼忌なり　住井　玲（H4・10）

芥川龍之介忌の蜘蛛みどり　田代キミ子（H4・11）

河童忌や紙を蝕むセロテープ　小林　貴子（H6・8）

寝返りを打つて闇見る我鬼忌かな　山地春眠子（H17・9）

河童忌の薄暮の門をくぐりけり　佐藤　祥子（H22・10）

不死男忌（ふじをき）

不死男忌やガスライターが棄ててある　松野　苑子（H6・9）

露伴忌（ろはんき）

男の子なき父はさびしき露伴の忌　望月公美子（H21・12）

夕爾忌（ゆふじき）

人出ほど蝶の出てをり夕爾の忌　金田　眸花（S58・8）

草田男忌（くさたをき）

草田男忌首灼くるまで沖を見て　奥田　遙（H13・7）

動物

夏の鹿（なつのしか）

夏鹿の角をみんながさはりたがる　飯島晴子（S63・11）

鹿の子（かのこ）

鹿の子の走りし方に何もなし　友永幹子（H2・11）

鹿の子生れ颯颯と吹く夜なりけり　上田鷲也（H8・8）

鹿の子に近づく傘をたたみけり　羽田容子（H18・9）

塔の影塔に及べる鹿の子かな　芹沢常子（H18・9）

袋角（ふくろづの）

雨粒やせつなきものに袋角　三木聆古（S51・9）

袋角医師（くすし）の眼にて見られけり　山本雅子（S59・8）

袋角ふるゝを美しく拒みけり　高野途上（H3・9）

女等のみだりにさはる袋角　飯島美智子（H6・8）

雨やみて草の香つよし袋角　吉村知子（H18・10）

蝙蝠（かうもり）　蚊喰鳥

おつかひの蝙蝠月夜草履減る　高橋喜玖子（S47・11）

蝙蝠よからだ惜みて養るべし　布施伊夜子（S57・7）

行徳にのこる原つぱ蚊食鳥　鈴木しげ子（H7・8）

蝙蝠の羽音に服が汚れそう　市川恵子（H21・10）

川面（かはづら）のうそうそ刻や蚊喰鳥　沖あき（H23・8）

田の上の風はつめたし蚊喰鳥　大西　朋（H24・8）

海亀（うみがめ）

海亀の瞼たつぷり閉ざされし　市川　千晶（S63・10）

亀の子（かめのこ）　銭亀

亀の子をいくども吹いて買ひにけり　初谷　杜風（S55・8）
銭亀に大き紙幣をつかひけり　珍田　龍哉（H2・9）
銭亀を値切りてをるも出来心　百橋　美子（H11・8）
宇宙膨張子亀は海に還りけり　上田　鷲也（H11・11）

雨蛙（あまがへる）　青蛙　枝蛙

雨蛙鳴けばまばたき自炊翁　景山　秀雄（S45・10）
梅不作杏不作や雨蛙　山崎　正人（S62・7）
日の暈のあと月の暈青蛙　神尾　季羊（H4・8）
郡上より一信出さむ雨蛙　有澤　榠樝（H7・9）
雨蛙試し鳴きして熄みにけり　景山　秀雄（H11・8）
門経や雨したしたと枝蛙　岸　孝信（H24・8）

牛蛙（うしがへる）

愛染明王（あいぜんみょうおう）に仕へて鳴くや牛蛙　飯島　晴子（H1・8）
牛蛙高野聖をおどろかす　竹岡　江見（H6・8）
胡乱なり折ふしぼうと牛蛙　山岡とよ子（H7・11）

蟇（ひきがへる）　蟾　蟾蜍

夕闇をひきずりひきずり蟇歩く　山崎　駒生（S40・10）
死にどきのだんだん後れひきがへる　田中ただし（S44・8）
谷の村蟇生むほどの月あかり　吉井　瑞魚（S45・6）
蟇の闇手足が草に流るるよ　田浪　富布（S47・9）

考へて十方曇るひきがへる　田中ただし（S48・5）

青鳴りのその山鳴りの番(つがひ)蟇(びき)　穂坂　志朗（S48・8）

いままでの色をかぞへて蟇ケ淵　後藤　克実（S49・8）

蟇鳴いて飛驒山脈のひびくなり　菅原　君男（S51・6）

月夜にて熱をあやつる蟇　大島　邦子（S51・7）

蟇なんのくすりか効きにけり　立神　侯子（S52・8）

風音の落ちたる幹も蟇の国　座光寺亭人（S53・7）

蟇善光寺街道名所図絵　宮坂　静生（S54・7）

大風の寺を見ている蟇　吉田　成子（S55・8）

谷蟆(たにぐく)とたれかが言へりまことまこと　酒井　鱒吉（S56・9）

蟇交むこと見飽かなく札所寺　藤田　湘子（S57・5）

出でしばかりの蟾曽祖母の羽織の色　飯島　晴子（S59・6）

月の蟾蜍百合の蕾を食いたるか　佐藤　吉子（S62・10）

南都に学び北嶺に入り蟇となる　星野　石雀（S62・10）

女流たち蟇のつるむをよろこべり　金子　うた（S63・7）

蟇天守の月に老いけらし　若林　小文（S63・11）

喉袋ふくらみしのみ夜の蟇　奥坂　まや（H2・9）

思ひきやわが足にのる蟇　佐々木かちよ（H2・10）

天上のありて天下や蟇　穴澤　篤子（H4・8）

蟇鳴いて異教の通夜に畏まる　阪口　和子（H5・8）

曹洞宗永平寺派の蟇歩く　吉沼　等外（H6・9）

蟇魔法がとけて跳ねにけり　石川　黛人（H6・11）

蟇は蟇人は人恋ふ夜なりけり　小澤　實（H7・7）

夫に禁煙の百日蟇鳴けり　今野　福子（H7・8）

さつきより大きくなりて蟇居りぬ　戸塚　啓（H9・7）
蟾交る心経に仮名振りてあり　大庭　紫逢（H10・6）
蟇鳴くや東寺一万坪の闇　土居　水聲（H10・11）
蟇全速力にして遅し　奥坂　まや（H15・9）
嫁に来てたうとう一人蟇　宅和　玲子（H15・9）
蟾蜍たどり着きたり伊豆の国　山岸　文明（H16・11）
あの男射程距離なり蟇　澤田　苑子（H18・8）
蟇蛙そこに居るわけ言うてみよ　渡部よし子（H18・12）
蒼き夜の蒼きうれひや蟇のこゑ　坂田はま子（H19・9）
蟇のこゑわが晩景を明るうす　芹沢　常子（H21・10）
仲間には褒められる貌蟇　古川ただし（H23・10）

河鹿（かじか）

父と来し闇かも知れず河鹿沢　細谷ふみを（S47・11）
琴柱たてさまよい出ずる河鹿川　池田　満子（S50・9）
手折りたる柴のにほへり夕河鹿　津村　和子（H18・11）
飛驒泊河鹿の声の二手より　深井　丈一（H19・10）
折返すバスに客なし夕河鹿　岡田　芳昭（H23・8）
両岸の旅館灯りし河鹿かな　南　十二国（H23・10）

山椒魚（さんしょううお）　はんざき

はたき落したきはんざきの眼かな　飯島　晴子（S62・11）
はんざきの傷くれなゐにひらく夜　飯島　晴子（H2・8）
はんざきと同じさみしさ渓の石　七戸　笙子（H2・9）
はんざきの目の在りどころ瞬けよ　後藤　綾子（H4・8）
ぽつかりと青空のあり山椒魚　須佐　薫子（H4・8）

はんざきの面見て齢五十なり　星野　庄介（H7・9）
はんざきの子に落石の音一度　中島　米子（H12・10）
はんざきは化石寸前かも知れぬ　末﨑　史（H14・10）
目がさめて山椒魚の月夜かな　蓬田　節子（H19・10）

蠑螈（ゐもり）

祖父母元気ときに蠑螈の浮ぶ池　島田　星花（H16・8/9）

守宮（やもり）

守宮出て致死量ほどに洋燈燃ゆ　志摩　龍史（S53・11）
守宮の家我が嗄声の浸みゆけり　熊中ひろ子（S56・10）
廃船の船長室の守宮かな　山野未知魚（S63・8）
志賀直哉読みたる蔵の守宮かな　大岩美津子（H3・8）
吾の胸の守宮鳴くなり嫉妬心　澤木　正子（H11・8）
伊賀忍者百地（ももち）惣家の守宮かな　北村東海男（H16・10）

蜥蜴（とかげ）

蜥蜴照りぴしりと妻の断定語　鈴木　雅貴（H8・8）
学問のさびしさいづこ蜥蜴照る　小澤　實（H9・8）
わが五十蜥蜴に声を発しけり　うちの　純（H10・8）
磁気強き熔岩原蜥蜴交みけり　芹沢　常子（H13・10）
松の根の平等院の蜥蜴かな　工藤ふくみ（H16・7）
青蜥蜴夜は月光に交むらん　神谷　文子（H18・8）

蛇（へび）

くちなは　青大将

蛇とりが蛇提げ渉る濁り川　高橋　安芸（S47・1）
人寄せの膳椀を出す倉の蛇　浜　昼顔（S47・11）
蛇孵る谷のをはりの人ごゑや　荻田　恭三（S48・7）

青蛇の進めり猥歌また花びら　穂坂しげる（S49・8）
蛇を食ふ鴉来世はあるごとし　座光寺亭人（S49・11）
朽縄を越後にひろう遊女の木　北原　明（S50・2）
海峡や昼のにほひの蛇なりき　上野まさい（S53・6）
くちなはの沈む湖めまひして　和田　智子（S54・10）
亡国の始めは白き蛇横切り　山口　剛（S57・2）
そよりともせずくちなはの咲く木あり　三栗　健（S57・9）
月の暈蛇も蜥蜴もみごもりて　本馬　峻（S60・7）
結願（けちがん）の蛇よぎりたる化粧坂　川野　蓼艸（S60・9）
蛇ゆけり虚子に迷ひのなかりしか　鈴木　茂實（S63・9）
雲が見ゆ一升瓶のなかの蛇　中島　畦雨（H1・8）
蛇捕の動きだしたる夜の嵐　山内　丈生（H2・7）
この日この蛇打ちて眼の朽ちゆくか　光部美千代（H5・8）
旅にして蛇見し時間ふくらめる　藤田　湘子（H7・8）
蛇の子に去ねよと言へりわかりけり　吉沼　等外（H9・11）
蛇撲ちて一日の計ちりぢりに　馬原タカ子（H14・10）
念仏や大樹を蛇の降りきたる　深見　信子（H14・10）
化野のできごと蛇の轢死せり　杉崎　せつ（H14・11）
一塊の蛇ほどけゆくところなり　小倉　赤猫（H15・9）
南無南無と蛇を行かせてをりにけり　古田いづみ（H17・9）
波音の他に音なし蛇つるぶ　野尻みどり（H18・9）
青大将鴉にけんくわ売られをり　中山あきら（H20・7）
くちなはと争ふ鴉声赤し　吉松　勲（H20・10）

蛇衣を脱ぐ　蛇の衣

老女一団通り抜けゆく蛇の衣　高橋喜玖子（S44・10）
叔母の忌や枝に吹かるる蛇の衣　波賀　鮭男（S46・10）
蛇の衣わたりきし風火を醒ます　今井八重子（S46・11）
蛇の衣末尾にて家思ひけり　穂坂　志朗（S47・11）
蛇衣を脱ぐ山腹の摩利支天　百瀬　明子（S58・7）
蛇の衣微音を発しゐるごとし　藤田　湘子（S59・10）
蛇の衣三枚ためて嫁にゆく　飯島　晴子（H1・7）
皮を脱ぐ蛇を長々見てやりぬ　冨本のりお（H2・9）
晴天の一滴ありぬ蛇の衣　池辺みな子（H3・8）
ぬけがらの有りくちなはにまだ逢はず　鈴木　敏子（H4・10）
衣脱ぎしばかりの蛇と杉苗と　津高　房子（H11・8）
敵ふまい蝮の蛻拾ひしよ　飯島　晴子（H11・12）
五柳先生草舎の蛇のもぬけがら　石田　小坡（H14・9）
底なしの沼にさざなみ蛇の衣　松田みなを（H23・10）
蛇の衣胸中白き風吹けり　福勢　鈴子（H23・12）

蝮

蝮酒

蝮酒誰が飲むとにあらねども　財津　牧仙（S60・8）
蝮捕浄土平を越え来しと　渡辺　真吉（H1・9）
頼るものなくてたよりし蝮酒　小森　規恵（H1・10）
家内安全暗闇におく蝮酒　井山　淑子（H2・11）
遂に見つ竜神沢の赤蝮　佐藤　潤（H8・9）
渓こだま蝮は皮を剝かれけり　山崎日斗美（H15・9）
われよりも妻に効きたる蝮酒　富永　塔児（H21・10）

蝮酒樟の大木暮れにけり　酒井　桜（H22・8）

羽抜鳥（はぬけどり）　羽抜鶏

竈に火きたへる男羽抜鶏　高橋　順子（S44・7）
扶持米の一部始終を羽抜鶏　今井　雅城（S48・11）
説法のはじめや雨の羽抜鶏　新宮　文子（S50・1）
羽抜鶏雨脚につきあたりけり　瓦　京一（S50・8）
腰に肉つき長命や羽抜鶏　増山　美島（S50・10）
羽抜鶏雷火に焦げし木の下に　山本　良明（S60・10）
羽抜軍鶏赤肌誇る常陸かな　飯島　晴子（H2・9）
羽抜鶏松島湾を見てゐたり　遠藤　篁芽（H2・11）
羽抜鶏浦のごたごたどころかな　吉田舟一郎（H4・11）
羽抜鳥意見なけれど反対す　遠藤　蕉魚（H9・1）
羽抜鶏見てをり痩軀見られをり　三輪　亮明（H10・8）
そそくさと羽抜駝鳥の交みけり　黒木フクヱ（H17・11）

時鳥（ほととぎす）

ふすま絵の墨絵巻雲ほととぎす　金子　うた（S44・9）
二声や雨の日向（ひむか）のほととぎす　金治ふみ子（S62・6）
次女われが守る位牌やほととぎす　山崎てる子（S62・9）
修験者の笹擦つてゆくほととぎす　朝稲ゆき子（H5・7）
水際に茫としをればほととぎす　牛久保　経（H5・9）
いましがた友を亡ひほととぎす　松井　太（H5・10）
東国の仏素朴やほととぎす　池本　陽子（H7・8）
馬車降りてよきひもじさよ時鳥　植竹　京子（H9・8）
からつぽのサイロの匂ひ時鳥　田代キミ子（H13・9）

出羽にゐて出羽の朝餉やほととぎす　杉崎　せつ（H13・9）
名水にありし山の香ほととぎす　山本　游史（H15・8）
笹の芽の巻きのほそさよほととぎす　小川　軽舟（H15・9）
朝の野に壁なすひかりほととぎす　南　十二国（H21・8）
湖の面を夜の離れゆくほととぎす　越前　春生（H23・8）
妻の爪切り揃へけりほととぎす　椰子　次郎（H23・9）
吊橋を引き合ふ山やほととぎす　岩瀬　和子（H24・8）

郭公（くわくこう）　閑古鳥

谺が待つ山の郭公鳴き出すを　飯島　晴子（S39・8）
風のポプラの後姿よ夕郭公　荒川　匡央（S40・9）
郭公も水嵩季の日も若し　庚　無玄（S49・7）
郭公や岩頭に立ち満足す　加藤あさじ（S55・9）
郭公の真似声も病む声なりき　手塚深志城（S61・9）
吊橋の十歩一息閑古鳥　飯島美智子（S63・8）
閑古鳥われに日の射すからだあり　有澤　榠樝（H2・11）
郭公や雲の上（へ）に牧展けたる　山越　文夫（H3・8）
郭公や山は青春繰返す　市川　千晶（H6・9）
郭公やサラダのやうな朝がくる　喜納とし子（H7・8）
郭公や木屑の膝に面生れ　土居　水聲（H9・7）
讃へつつ山目指しけり閑古鳥　横井千枝子（H9・11）
郭公やとなりの村に焼く屍　安食　亨子（H10・8）
革命も愛もまぼろし閑古鳥　鈴木　雅貴（H11・7）
郭公の日暮や北は永遠（とは）に北　藤田　湘子（H11・8）
庫裡に干す犢鼻褌（たふさぎ）高し閑古鳥　佐藤　中也（H12・8）

郭公や鞘を拾へば銃の欲し　吉沼　等外（H15・8）
郭公や空に合はせし服の色　久保田菊香（H21・10）
郭公や泊瀬の棚田靄あがる　保月　武司（H24・9）

筒鳥

筒鳥や雲澎湃と草津みち　黒鳥　一司（H3・9）
筒鳥や林にもゐる牧の牛　橋本石斑魚（H5・11）
筒鳥やみどりにまなこ疲れたる　市川　葉（H7・8）
峠越筒鳥に頸ほそりけり　岩永　佐保（H7・9）
筒鳥や巌が蔵して山の冷　遠藤　篁芽（H7・10）
筒鳥や天幕に蘂ふりつゞく　楠田よはんな（H8・9）
筒鳥に蕎麦一枚の昼餉かな　松原　順子（H10・9）
筒鳥や穂高を見むと三日泊つ　河島　芳生（H15・12）

十一

十一や大樹蝕むさるをがせ　中島　畦雨（H6・9）
十一やさといもの葉の火山灰　岩切ふじ子（H10・9）

仏法僧　木葉木菟

このはずく飯につめたい父母そろう　しょうり大（S47・11）
仏法僧西も東も人殺し　松原ミドリ（H16・11）

練雲雀　夏雲雀

臍の緒をこなごなにして夏ひばり　飯島　晴子（S54・7）

青葉木菟

銀色の月夜遠出の青葉木菟　山口　睦子（S41・10）
青葉木菟眼を忘れたる眼鏡あり　大堀　恒春（S45・8）
眼裏に澄む火や青葉木菟を待つ　青木　泰夫（S47・7）

青葉木菟笛欲しがりし子を叱る　可児　一人（S49・7）
かげ踏みによき影生まる青葉木菟　足羽　鮮牛（S49・9）
青葉木菟少年星に眼鏡して　鳥海鬼打男（S50・11）
いちにちを旅とおもへば青葉木菟　森脇　芙美（S54・7）
青葉木菟秘密と言へば秘密なり　永野　安子（S54・8）
青葉木菟部屋に鍵なき泊りかな　柴田　幸（S61・8）
禱りの手すぐには解かず青葉木菟　小倉　桂子（H1・9）
雛僧は生ひたち告げず青葉木菟　中岡　草人（H3・9）
晩年へむかふ目読青葉木菟　地主　雨郷（H4・10）
青葉木菟森の夜明のすぐに来る　鈴木　敏子（H10・12）
青葉木菟孤独は鳥も同じことか　清水　啓治（H12・8）
青葉木菟夫も目覚めてゐたりけり　山田　孝子（H22・9）
青葉木菟勝手に寂しがつてゐる　三代寿美代（H23・9）

老鶯（おいうぐひす）　夏鶯

老鶯や石あたる鍬つかひをり　吉井　瑞魚（S44・8）
容赦なき夏鶯の近さかな　飯島　晴子（S59・8）
夏鶯さうかさうかと聞いて遣る　飯島　晴子（H11・7）
颯と晴れ夏鶯が至近距離　井上　魚州（H15・10）
老鶯の長啼き雨の上がるらし　桃井　薫（H18・9）
老鶯や禰宜の袴の水浅葱　井山　淑子（H21・9）

鶯音を入る（うぐひすねをいる）

煎子餅うまし鶯音を入るる　川島　満（H10・8）

雷鳥（らいてう）

雷鳥や垂れし鉄鎖に巌の冷　福永　節子（H8・11）

燕の子

おはやうのいろは群青燕の子　やうち海（H16・8/9）
みづうみの桟橋ほそし燕の子　立神侯子（H20・10）
岳望むサービスエリア燕の子　吉橋節子（H24・8）

鴉の子

嘴をかかげ歩きの鴉の子　細谷ふみを（S58・8）
鴉の子尻なき尻を振りてけり　飯島晴子（S60・8）
子鴉のもみがら山に躓ける　織部正子（S63・9）
川の木にそよぎの出たる鴉の子　長崎玲子（H2・8）
鴉の子足柄山は凡な山　大石香代子（H7・7）
横浜のけやき通りの鴉の子　前田寿子（H8・11）
鴉の子見下ろすことを覚えけり　池田暘子（H9・7）
子鴉やなべて足早三輪の巫女　吉田左千夫（H9・9）
鴉の子人におく距離おぼえけり　土屋未知（H11・10）
鴉の子真田砦の生れなる　岡本雅洸（H13・6）
尻上げて山風読むか鴉の子　藤田湘子（H13・7）
鴉の子あだし野の石ひとつ跳ぶ　志賀佳世子（H14・10）
鴉の子歩めば突つく流石かな　大石香代子（H15・8）
鳥の子見事に黒くなりにけり　横沢哲彦（H15・8）
道占むる欅の影や鴉の子　沖あき（H19・10）
先生に先生のあり鴉の子　加儀真理子（H20・9）
嘴のひらきつぱなし鴉の子　南十二国（H24・7）

葭切

行々子　葦雀

葭切や女へ移る川明り　宮本遊（S40・8）

葭切やいのち惜しめと入日際　石井　雀子（S62・7）
行々子たまには意地も張りたしよ　藤田今日子（S63・9）
葭葦の詮議さなかの行々子　森脇　芙美（H2・8）
葭切や下り混みだす四ツ木橋　鈴木　茂實（H3・9）
葭雀父の忌すこし歩きけり　木村　房子（H4・10）
よしきりや棹あげ心ただよはす　景山　秀雄（H8・8）
宍道湖は記憶の宝庫行々子　古川　英子（H16・11）
葭切や感謝感謝と母の嘘　吉川　典子（H20・8）
葭切やいづれは捨つる物溜めて　くろさわ遊（H24・9）

翡翠（かはせみ）

翡翠や杣の外風呂外厠　谷　ひろ子（H16・10）

鷭（ばん）

跡取りにまだ子がなくて東の鷭　布施伊夜子（S47・5）
鷭啼いて神酒が酢となる日数あり　神尾　季羊（S61・8）
鷭鳴くや男の厚きマッチ箱　飯島　晴子（H1・10）
また明日あしたは鷭と話せむ　蓬田　節子（H21・8）
鷭鳴くや暮れ落ちて川ほの白し　神谷　文子（H24・7）

水鳥の巣（みづとりのす）　浮巣

浮巣見て帰れば父が来てゐたり　藤田　湘子（S58・10）
比良比叡雨疲れせる浮巣かな　志賀佳世子（H6・9）
航空路直下の湖の浮巣かな　稲澤　雷峯（H10・9）
遠眼鏡鳰の浮巣に合はせあり　栃木　静子（H10・11）

夏の鴨（なつのかも）　かるがも

かるがもや篤（とく）と女（をみな）をながめたる　花村　愛子（S56・8）

鴨の子（かものこ）

鴨の子の右に左に倣ひけり　本馬　峻（S60・10）

軽鳧の子（かるのこ）

軽鳧の子の上手な水尾となりにけり　京崎　伸子（H2・9）

軽鳧の子のみんな同じでみなちがふ　市川　葉（H17・10）

鳰の子（にほのこ）

浮御堂けふ鳰の子の孵りけり　伊沢　惠（H13・9）

鵜（う）

荒波の鵜と消えよわが詩のきれつぱし　榊原　伊美（H22・8）

水鶏（くひな）

水鶏叩くふた夜つづきの痴れ心　榊原　伊美（H10・11）

鷺（さぎ）

夜の底に嗤はば鷺の燃え落ちん　岡　建五（S50・2）

五位啼くと雨の袂を押へけり　森脇　芙美（S55・10）

星鴉（ほしがらす）

圏谷の霧にまぎれず星鴉　葛井早智子（H22・9）

大瑠璃（おほるり）

大瑠璃の谿童顔をためらへり　飯島　晴子（S57・9）

大瑠璃や日の出の死木白光す　中島　米子（H9・8）

三光鳥（さんくわうてう）

三人（みたり）とも三光鳥を聞きとめし　沖　あき（H14・8）

黄鶲（きびたき）

黄鶲や沢しぶきつつ湖へ入る　木村　房子（H20・9）

夏燕（なつつばめ）

職やめて無帽のくらし夏燕　薬師寺白光（S43・8）

わが町の半分基地や夏燕　池田　暘子（S61・9）

夏つばめせましせましと翻り　井門さつき（H17・9）

切手得て葉書息づく夏つばめ　三浦　啓作（H23・10）

駒鳥（こまどり）

駒鳥や朝焼いづみ輪をかさね　石井　雀子（S42・8）

駒鳥やリユックの中にお六櫛　石井　雀子（S61・9）

眼白（めじろ）

軍港や籠の眼白のとびまはる　菅原　鬨也（S56・1）

目いつぱい鳴いて目白の飼はれけり　隈崎　ろ仙（S58・8）

四十雀（しじふから）

しどけなきものに鼓（こ）の紐四十雀　中西　夕紀（S62・8）

雪加（せっか）

貝塚のほろびのうたを梅雨雪加　田中ただし（S41・10）

雪加には早し雪加に違ひなし　後藤　綾子（S58・7）

迷堂の破戒雪加の絞（しぼり）鳴（なき）　後藤　綾子（S60・8）

雪加鳴き坂東は景たひらなり　広江　徹子（H2・10）

鯰（なまづ）

黒雲の他国が見える鯰つり　増山　美島（S45・10）

僧の妻鯰の首をいたはりぬ　穂坂　志朗（S49・9）

神もゐるらしき鯰もゐるらしき　寒川四十九（S55・8）

鯰らに鯰らの月上りけり　小浜杜子男（S59・8）

道芝を結ふは鯰の居どころぞ　増山　美島（S59・11）

鮎（あゆ）

鯰食べけふ六十になりたるよ　中澤茂子（H4・1）

鮎かけの所作を遠目の貼薬　堂島一草女（S55・12）

変人の集りよとな鮎の宿　島英子（S59・8）

鮎の瀬や黒滝村は杉みがく　野田英郎（S59・10）

鮎の宿どこを踏みてもふわふわす　山口睦子（S60・2）

鮎掛の隠語どうやら数のこと　後藤綾子（H3・10）

鮎を焼く木つ端も吉野杉なりし　高野途上（H4・10）

焼鮎に筑紫次郎の匂ひあり　山口美津紀（H16・10）

みづうみの五味八珍や鮎の頃　伊沢惠（H18・10）

岩魚（いはな）

一突に得たりし岩魚畏しや　前川彰子（H8・7）

水勢に潰えむばかり岩魚小屋　木村房子（H16・8/9）

金魚（きんぎょ）　蘭鋳

夜の金魚子は数学と戦へり　越野としを（S43・8）

鰭ゆれて金魚や妬（ねた）のすれ違ひ　国東良爾（S61・9）

金魚田に茫と葛西の町の音　立神侯子（S62・9）

一政の金魚ごつごつ泳ぐのか　長岡範（H3・9）

金魚死すテレビは何か激論す　伊沢惠（H9・9）

蘭鋳の爆発寸前のかたち　奥坂まや（H11・11）

金魚飢う部屋のどこにも鏡なし　矢口晃（H12・9）

見つめをり金魚の言葉分るまで　伊藤卓也（H14・7）

蘭鋳やみづうみ見ゆる通し土間　大西朋（H23・10）

水換へし金魚の目玉よく動く　柳沢美恵子（H24・11）

熱帯魚 天使魚

三度目は違ふ夢見て熱帯魚　島田　節子 (S51・10)
天使魚を飼ふ飼はないの喧嘩なり　内平あとり (H15・10)
電話鳴りゐたりグッピー死にゐたり　矢口　晃 (H16・11)

闘魚

頤の淋しき人や闘魚飼ふ　斎藤　一骨 (S58・9)
担送車迅し闘魚の逆立つ階　小林　進 (S61・8)
おほかたはしづかに生きて闘魚かな　光部美千代 (H14・7)
いちだんと透いて闘魚のことぎれし　藤澤　正英 (H14・9)
窓のなき宝石店の闘魚かな　福永　檀 (H14・11)

泥鰌

ひと雨の下り泥鰌にてこずりぬ　磯部　実 (S59・12)
覗きたるのみに荒立ち泥鰌樽　土屋　秀穂 (S63・11)

目高 緋目高

緋目高を飼ひ念仏も怠らず　武井　成野 (H11・9)
目玉から先に育ちて目高の子　土屋　秀穂 (H11・11)
故もなし目高の群のすつと割れ　有馬　元介 (H16・8/9)

だぼ鯊

だぼ鯊の釣れすぎて夢了りけり　小池　英行 (H2・9)

初鰹

噴き上がる二升羽釜や初鰹　村上　幸子 (H22・8)

飛魚

飛魚となる夕暮れの男ごころ　沢　鳳太 (S48・5)
飛魚の翅をいたぶる未練かな　沢　鳳太 (S54・8)

虎魚（をこぜ）

黄昏やをこぜの眼もて世を見たく　永島　靖子（H4・9）

冷凍のかほの虎魚の届きけり　橋本　芳郎（H14・9）

赤鱏（あかえひ）

わがたましひ赤鱏となり泳ぐかな　飯島　晴子（S57・7）

鱧（はも）

祭鱧

老い進む湯攻めの鱧の縮む間も　後藤　綾子（S61・10）

鱧の酢や持病談義に虚実あり　星野　石雀（H5・10）

鱧の酢や莫兒比涅（もるひね）利いてゐる夕　星野　石雀（H12・8）

すぐ乾く往還の雨祭鱧　春木　燿子（H13・10）

鱧食うて翁寂びてもみたきかな　藤田　湘子（H14・8）

すぐ手帳開く男と鱧食へり　小川　軽舟（H20・10）

暖簾割る花簪や祭鱧　森　幹ヲ（H23・10）

穴子（あなご）

死ぬ力残しておかう穴子鮨　村上　妙子（H13・8）

穴子裂くをとこの眼澄みゐたり　加茂　樹（H19・10）

鰻（うなぎ）

パソコンを私かに憎み鰻食ふ　珍田　龍哉（H13・10）

章魚（たこ）

蛸

大章魚を愁のごとくさげてをり　飯島　晴子（S55・1）

素潜りが蛸を見しとて蛸の顔　宮　杜人（S58・10）

こよひ頭重きと蛸の水吐きぬ　小澤　實（S62・3）

烏賊（いか）

乱読のはて暗澹といかのわた　寺沢てるみ（S56・9）

鮑（あはび）

鮑食ひ記念写真に漏れにけり　宅和　清造（S63・7）

蝲蛄（ざりがに）

ざりがにの手が見えずいぶん生きてきて　村田　道夫（S48・10）

蝲蛄は死せり洗面器を洗ふ　中村　昇平（S63・9）

蝲蛄の怒りひつくりかへりけり　吉沼　等外（H1・10）

蝦蛄（しやこ）

死者のため茹でたての蝦蛄手で喰らふ　飯島　晴子（S61・9）

蝦蛄掘りの頃や畳のぼこぼこも　甲斐　潮（H1・10）

蟹（かに）

雲ふえて蟹飼ふさみしさかもしれず　藤田　湘子（S43・6）

藻の香かすかに夜の一隅を蟹が匐ふ　落合伊津夫（S44・9）

沢蟹につぶやかれゐて子を堕す　戸塚時不知（S45・9）

蟹の穴暗潜とふえ友ら散る　瓦　京一（S47・8）

蟹放ち風の暗さに従えり　穴沢　篤子（S51・7）

蟹食へりやがて眇のわらひけり　三木　聆古（S52・8）

くれなゐの蟹追ひつめてかなしめり　野本　京（S57・10）

逢ひがたしばけつの中の蟹の音　岩永　佐保（S58・8）

口中に砕く沢蟹寂しいぞ　塚原　白里（H1・8）

天界にブラックホール蟹肥ゆる　中橋　真顕（H11・1）

葦原蟹夜盗の疾さもて隠る　榊原　伊美（H18・10）

革命前夜バケツに蟹の犇ける　福永　青水（H24・1）

船虫（ふなむし）

舟虫

船虫や遠出にいまも茹玉子　布施伊夜子（H1・10）

舟蟲の怖れが群をつらぬける　三輪　立（H3・10）
舟虫や島にすぎたる鳥居建つ　馬原　克久（H9・10）
わが町の銀座舟虫出没す　片岡まさる（H10・10）
舟虫の散る一顰に一笑に　珍田　龍哉（H15・10）
船虫や一族音もなく離散　森　澄子（H24・8）

水母（くらげ）　海月

恋ひし悔浜に海月の蒸発す　須藤　妙子（S39・8）
喪の花は解かれ水母のけむる昼　木曽岳風子（S48・8）
水母より西へ行かむと思（も）ひしのみ　藤田　湘子（S50・7）
白昼の海月ばやしに呆けたり　大中　靖子（S52・10）
百度踏むそのうち紅き水母なと　飯島　晴子（S53・7）
革命派ぬけて水母と泳ぐなり　中岡　草人（S59・10）
海月見て空に海月をただよはす　榊原　伊美（H1・8）
羽衣に化さんと三保の海月かな　山内　丈（H3・11）
星に星ぶつかり海月浮きにけり　喜納とし子（H6・11）
くらげ浮く月下われには祖国なし　片桐　春生（H10・10）
ふなべりを過ぎぬ水母も花束も　小浜杜子男（H19・11）
もも色のほのと水母の生殖器　奥坂　まや（H21・10）

夏の蝶（なつのてふ）　梅雨の蝶

噴火音夏蝶の死をつぐなふも　脇本　星浪（S41・10）
金欲しと母は言わざり梅雨の蝶　須崎　茂子（S46・8）
夏蝶や陸に碇は荒涼と　神尾　季羊（S58・9）
われに蹤く夏蝶の翅荒れてゐし　飯島　晴子（S58・10）
夏蝶のつと麩屋町を西に入る　川野　蓼艸（S62・10）

奈良坂や夏蝶は地に翅合はす　永島靖子（H9・10）
いくそたび刃を入るる頭や梅雨の蝶　鈴木藍（H11・9）
夏蝶やたちまち荒るる日の中庭（パティオ）　高柳克弘（H21・7）
夏蝶に呼ばれて少女踵上ぐ　松尾益代（H21・9）
機関区の鉄（くろがね）匂ふ夏の蝶　山﨑紀子（H23・9）

蛾（が）

火取虫　火蛾

死蛾あまた週末の夜の教室はく　佐々木碩夫（S39・9）
蛾も旅の白シャツ銀河へ鉄路伸び　服部圭伺（S40・11）
白き蛾のゐる一隅へときどきゆく　飯島晴子（S42・10）
白き蛾の翅ひらききる妬みかな　永島靖子（S45・11）
灯取虫人名簿から一人消す　京谷圭仙（S46・8）
俎に朝の蛾選挙了りけり　小浜杜子男（S52・9）
蛾の目清し陣痛は夜の遠きより　足羽鮮牛（S52・10）
週末やうつくしき蛾を肩に置き　木之下博子（H6・8）
震災の巷の火蛾となりおほす　弓倉御代香（H7・9）
草に白蛾ここはさつきもとほつたはず　奥坂まや（H8・9）
昭和平成その次知らず灯取虫　藤田湘子（H9・9）
白壁に蛾が当然のやうにゐる　杉浦正義（H11・10）
火取虫ここは我執に徹せむか　飯島晴子（H11・12）
百閒も鼻につきたり火取虫　小川和恵（H13・8）
白蛾浮く地震をさまりし潦　吉村きく子（H17・11）
書物みな他人の言葉灯取虫　宮﨑晴夫（H17・11）
灯蛾打ちて女の勘の恐ろしき　三田喜法（H18・10）
稽古場の大き姿見白蛾伏す　西山純子（H20・12）

夕ぐれや膝の周りに白蛾舞ふ　岩渕　乘子（H21・12）

火蛾乱舞せり結論は消去法　大島美恵子（H23・9）

大の字の父の小さし火取虫　吉川　典子（H24・9）

夏蚕（なつご）

たつぷりと沼に水あり夏蚕飼ふ　落合　芳美（H2・10）

まつさをな雨降り夏蚕めざめけり　土屋　未知（H17・10）

天蚕（やままゆ）　山繭

山繭の山どろどろの夜となれり　増山　美島（S47・5）

山まゆや月替る夜のくもり空　高橋　増江（S50・9）

山繭を手に磔像へ近づけり　岡本　勇（S52・8）

山繭のみどりを僅かなるといふ　寺内　幸子（S54・6）

山繭を探しに行くと正午過ぎし　田浪　富布（S54・8）

山繭を振るとことこと更年期　布施伊夜子（H4・7）

山繭に夜は侏儒のこゑいたるらむ　佐々木幸子（H10・6）

山繭の枝さしてあり月の家　土屋　未知（H11・12）

山繭蛾茂吉の空を翔べりけり　大橋　純（H12・7）

山蚕飼ふ人を麓に信濃富士　竹内　昭子（H16・11）

毛虫（けむし）　白髪太郎　毛虫焼く

風無きに毛虫らねばる昭和なり　大森　澄夫（S49・6）

日に勢ふ白髪太郎の白毛かな　飯島　晴子（S57・8）

毛虫焼く火のわら〱とうらがなし　藤田　湘子（S57・8）

毛虫ゆく落葉の嵩にはいらむと　山本　良明（S62・1）

松毛虫草津温泉にて一生（ひとよ）　小林　貴子（H2・11）

めいどいんふらんすらいたあ毛虫焼く　弓倉御代香（H6・9）

毛虫焼くひとりは何もかも独り　藤木ゆき（H12・9）
毛虫焼く蔵王全き日なりけり　鶴岡行馬（H14・10）
憂国の雨に毛虫の肥ゆるなり　柴田るり子（H22・8）

尺蠖（しやくとり）

尺蠖虫縁切寺を出てゆけり　岡建五（S52・7）

蛍（ほたる）

蛍火　ほうたる　初蛍

偶像ばかり殖え蛍火がしたたる樹　服部圭伺（S43・10）
蛍とび疑ひぶかき親の箸　飯島晴子（S45・8）
産月の櫛の目透る螢かな　山岸義郎（S46・8）
蛍火の木隠れしたる蜜月旅行　栗尾美明（S48・8）
ほうたるや巻き忘れたる糸うずく　藤川祐子（S48・10）
蛍火を一晩飼いて三晩泣く　小林進（S49・9）
蛍火に海女一人来な二人来な　山田一笠（S50・9）
胎の子に菓子が赤くて螢の夜　神尾季羊（S51・9）
姉妹いずれを愛でむ初螢　大庭紫逢（S52・4）
白湯汲んでさゝげし覚え初螢　宅和清造（S52・8）
マクベスの野外舞台の螢かな　国東良爾（S52・9）
樹の下の母をあふれしほたるかな　鳥海むねき（S54・11）
マニキユアの姉に螢の夜風かな　武田岳人（S56・10）
ひじりゐる如くに蛍流れけり　渡辺初子（S57・10）
ほうたるや酒買ふ羽目のあみだくじ　酒井草丘（S57・10）
螢川妻子消えたるはずもなく　宮坂静生（S59・10）
分校にピアノ来し夜の螢かな　椰子次郎（S60・8）
螢待つスポーツカーに寄りかかり　飯島晴子（S61・11）

壮き顔上げて螢の刻なりし　飯島　晴子（S61・11）

開口一番螢火を見しと言ふ　筺　美智子（S62・7）

螢の夜老い放題に老いんとす　飯島　晴子（S62・9）

蛍火の一行の怨のこりしよ　藤田　湘子（S63・8）

ほうたるやなまあたたかき木偶の首　椰子　次郎（S63・10）

宵ほたる室生の僧も橋に出て　野田　翠楊（H1・11）

蛍火や父は下谷の仕立職　木村　勝作（H6・10）

酒に早く蛍に早く着きにけり　志田　成（H8・10）

照らし合ふたび蛍火の痩せゆける　光部美千代（H11・10）

蛍や五十の今が反抗期　堀内　佑子（H14・8）

蛍火やおかめの鬼になる間合ひ　星野　石雀（H14・9）

もつと濃し弟と見し蛍火は　志村芙美子（H17・10）

蛍火や橋に袂といふところ　奥野　昌子（H18・10）

月読の呵呵大笑に蛍落つ　山下　桐子（H18・11）

髪白く蛍の闇にまぎれけり　志村　夫佐（H19・10）

はるかなる戦場ほたる明滅す　大野　満（H19・10）

農婦たりし母の蔵書や蛍の夜　金児　迪子（H20・11）

流連の親を迎へに夕蛍　椰子　次郎（H21・8）

蛍火の遣らずの雨に沈みけり　小澤　光世（H22・10）

蛍や体育館の映画会　中溝二美与（H23・9）

兜虫（かぶとむし）

霧ゆく地方兜虫らに子守唄　鳥海むねき（S44・10）

朝はや闘ふ照の兜虫　植竹　京子（H2・7）

闘はず死す虫籠のかぶと虫　小浜杜子男（H4・8）

兜虫吉里(きり)吉里(きり)国の月にとぶ　稲澤　雷峯　(H8・10)
兜虫幸せのコツ摑んだか　植田　茂雄　(H20・10)

天牛(かみきり)　髪切虫

深き沼わたりきし髪切虫鳴かす　栗林　千津　(S45・10)
天牛や信濃にうかぶ甲斐の山　市川　千晶　(H1・9)

玉虫(たまむし)

玉虫に虚空ひびかずなりにけり　藤田　湘子　(S46・8)
玉虫に覚めて男女の茶色の眼　高橋　織衛　(S48・1)
玉蟲や余生の髪を長めにす　今井八重子　(S53・9)
玉虫や熊野の闇のどかとあり　奥坂　まや　(H1・11)
青玉虫とぶ昏れ際の平泉　清水　桐村　(H4・9)
玉虫をひさぐをみなや西の京　竹岡　一郎　(H6・8)
玉虫や大正をんな学び好き　伊藤たまき　(H10・9)
思ひきや玉虫死せる飛鳥みち　伊藤美津子　(H12・8)

金亀虫(こがねむし)　かなぶん

ともしびによふかなぶんのやうによふ　日向　泉子　(S55・10)
金ぶんの仮死の強情少し欲る　榑林　敏子　(S57・9)
死に余りたりかなぶんのうしろ羽　光部美千代　(H14・11)

瓢虫(てんとうむし)　天道虫　てんとむし　天道虫だまし

天道虫おほまちは日の沈む方　座光寺亭人　(S54・10)
てんと虫三尺とべり懺悔室　青野　敦子　(S55・12)
天道虫だましと昼を過しける　織部　正子　(S56・10)
まだ言はず妻の帽子のてんと虫　田中ただし　(S58・7)
天道虫湯上り婆のてらてらと　藤村きよみ　(S59・7)

夜会服てんたう虫をつけて来し　生地みどり　(S59・9)
瓢虫(てんとむし)だしぬけに翅(はね)つかひけり　浅井　たき　(S63・8)
大八(や)ケ(つ)岳へてんたう虫の擬死ながし　山本　源　(H1・10)
万丈の雲やてんたう虫生る　奥坂　まや　(H2・10)
空想に入るさきぶれの天道虫　岩永　佐保　(H4・8)
天道虫祭あるかに飛び立ちし　高野　途上　(H9・8)
天道虫間一髪を飛びにけり　奥坂　まや　(H12・10)
船室の畳あたらし天道虫　佐武まあ子　(H14・7)
能舞台天道虫の生れけり　羽田　容子　(H16・7)
てんと虫わが逡巡に波高し　芹沢　常子　(H18・7)
てんたう虫葉先にてアラ引返す　関　都　(H18・9)
夫の肩てんたう虫に貸してやる　蓬田　節子　(H19・9)
関ケ原布陣図てんと虫飛べり　福永　青水　(H20・10)

穀象(こくぞう)

穀象の飛べぬつもりのあゆみなり　山本　良明　(S57・8)

瓜蝿(うりばへ)

瓜蝿追ふ母に光のうすき日よ　岸本　青雲　(S46・8)

斑猫(はんめう)　道をしへ

斑猫の弱日にとべり田舎唄　波賀　鮭男　(S47・9)
斑猫の誘へどつひに行かざりき　常石　三郎　(S58・10)
晴れわたる空と穂高とみちをしへ　佐藤　中也　(H3・9)
山頂に沼あることを道をしへ　笹山美津子　(H4・9)
斑猫のつひには道を外せよと　松本　百司　(H6・8)
迸る水の郡上の道をしへ　照井　艶子　(H6・10)

斑猫や大和山城みづみづし　喜納とし子（H10・10）

大辺路のみちをしへなり従はむ　飯島晴子（H10・11）

道をしへ一方的に教へをり　加藤静夫（H18・9）

道をしへ袋小路を知りつくす　瀬戸長太郎（H20・10）

孤独死になりたくないよ道をしへ　金本三千子（H23・1）

落し文（おとしぶみ）

濡縁に急ぎ結びの落し文　細谷ふみを（S61・9）

光陰はいま青きとき落し文　神尾季羊（H1・10）

遷化して落し文とぞなられけり　蓬田節子（H7・9）

落し文わたくしに来るはずのもの　山本雅子（H10・12）

めんどくさがらずに巻けよ落し文　飯島晴子（H11・8）

落し文神代の恋を誌すらむ　布施伊夜子（H11・9）

落し文急流に乗り来世へ　斉藤萌（H13・9）

落し文橘寺に置いて来し　小田節子（H13・10）

神主の通りしあとの落し文　吹丘一骨（H14・9）

朴の葉の落し文なら拾ふべし　馬原タカ子（H20・11）

これはこれは源氏の君の落し文　吉松勲（H21・9）

落し文土塊と日のにほひせり　佐藤祥子（H24・10）

水蠟蟲（いぼたのむし）

うしろからいぼたのむしと教へらる　飯島晴子（S51・8）

米搗虫（こめつきむし）

米搗虫跳んで男の古日記　乾桃子（S54・9）

米搗虫搗かせてばばを死なせけり　手塚深志城（S63・10）

掌の中のこめつき虫のつとめやう　珍田龍哉（S63・11）

女憂し米搗虫のきて搗ける　伊藤　左知（H6・9）

源五郎（げんごらう）

仏の母よ踊むに小鮒・源五郎　青木　泰夫（S46・11）

鼓虫（まひまひ）　水澄し

まひまひにくしやみひとつをしてさみし　浜中すなみ（S62・10）
まひまひやぐわんばりすぎてゐるのかも　小笠原英子（H11・11）
長生きは自分のおかげみづすまし　竹崎たかを（H13・8）
みづすまし回るに飽きず宮仕　今岡　直孝（H19・5）
まひまひの輪や恋のため死ぬなんて　林　るい子（H22・7）

水馬（あめんぼ）　あめんばう　水澄し

痩せて健やか水輪生みつぐあめんぼう　荒川　匡央（S39・10）
顎蒼く剃つて喪明けの水すまし　福原　稜声（S46・9）
水すまし山裏の山見終らぬ　寺内　幸子（S48・8）
みずすましひとえまぶたの人を待つ　菅原　君男（S55・8）
人影も祭果てたる水馬　山本　良明（S56・10）
あめんぼのつるむ弁天まいりかな　豊島　満子（S56・10）
あめんぼや煙突立つて焼場なる　辻　桃子（S61・9）
あめんぼの水輪の中の亀の首　松井　千枝（S63・10）
あめんぼと雨とあめんぼと雨と　藤田　湘子（H9・7）
考への三十分をあめんばう　菅井　郁子（H10・8）
水馬遡るとき跳べりけり　髙橋やすお（H11・9）
こころ放つ森やすだまとあめんぼと　小林　博子（H12・10）
火口湖のしんかんたるにあめんばう　片桐　春生（H14・7）
水馬なんにもなくて杭ひとつ　鳥海　壮六（H14・8）

水馬ふっと息してとびしかな　岸　孝信（H15・9）

あめんばうよもやの翅をつかひけり　今野　福子（H16・1）

ぽんと肩叩く男やあめんばう　山縣　福栄（H17・8）

夕暮の川に汐差しあめんばう　山中　望（H17・9）

ひと雨にあめんぼ溜り流されし　稲田　三郎（H20・8）

風船虫（ふうせんむし）

髪切つて風船虫に焦れけり　甲斐　潮（S56・11）

蟬生る（せみうまる）

蟬の穴

蟬の穴十（とを）まり一茶翁に侍す　土屋　未知（H2・11）

山の子に二学期近し蟬の穴　志賀佳世子（H8・12）

校庭の子供消えたり蟬の穴　瀬戸　松子（H18・10）

蟬（せみ）

初蟬　蟬時雨

皆が見てみとる灯の輪の蟬ひとつ　平本くらら（S39・11）

初蟬の森あかるくてみごもる妻　海野　正一（S40・10）

終列車夜蟬は声をつなぎ得ず　小林　青揚（S41・8）

錆しがみつくドラム缶蟬激す　薬師寺白光（S41・10）

母の余生もつとも高い幹で蟬　脇本　星浪（S44・10）

啞蟬とびだす納骨堂の赤い燭　落合伊津夫（S44・11）

説得の金剛力に夜蟬かな　山崎　正人（S45・10）

鉄橋の強き朝日へ蟬とぶや　内川　幸雪（S46・11）

あぶら蟬転び伴天連ゆるすまじ　今岡　直孝（S52・10）

父おもふゆゑに沖あり雨の蟬　木曽岳風子（S53・9）

喪の家にやぶからぼうや油蟬　山田　一笠（S54・10）

己が死にかかはりのなき蟬鳴けり　座光寺亭人（S56・10）

蟬時雨死ねば組む指組んでみる　山崎てる子　(S56・10)
はつせみとおもはむとせしとき熄める　三木聆古　(S57・9)
路端の木がみんみんと鳴出せり　あきのちぐさ　(S57・10)
落蟬の一度弾みてこと切れし　長峰竹芳　(S57・10)
蟬墜ちて尼寺硬き音発す　景山秀雄　(S58・11)
夫五尺六寸たりし蟬しぐれ　立神侯子　(S61・11)
高野山数珠屋四郎兵衛蟬暑し　延平恭子　(S61・11)
爆心のものみな白し油蟬　佐藤たつを　(H1・11)
夕蟬の森よりトップ走者かな　川野蓼艸　(H3・8)
みんみんに夕日の割れむばかりなり　奥坂まや　(H7・11)
死蟬をときをり落し蟬しぐれ　藤田湘子　(H9・10)
蟬時雨全山赫と動かざる　鈴木萩月　(H9・11)
みんみんの鳴く木優れて見ゆるなり　吉沼等外　(H10・10)
みんみんや浄めの酒が腸に　園部幸枝　(H10・10)
大いなる空より蟬の落ちしのみ　松野苑子　(H11・12)
心労や蟬の黒目の粒二つ　山本良明　(H12・10)
サーカスは去りみんみんの水たまり　黒澤あき緒　(H13・9)
蟬時雨勝負のときは紺を着て　岩永佐保　(H13・10)
唖蟬の羽ぶつつけてとまりけり　藤原めい子　(H14・9)
跨がんとせし落蟬に鳴かれけり　小浜杜子男　(H14・11)
目の前に蟬ひたと来て妻失くす　吉井瑞魚　(H15・12)
昏るるまでみんみん蟬とサルトルと　細貝幸次郎　(H16・11)
死蟬に月のひかりのおもたしよ　山路一夢　(H17・11)
蟬声が蟬声を押し退けにけり　奥坂まや　(H19・10)

油蟬仏の水の減ってをり　亀田紀代子（H19・11）
蟬しぐれ家族写真の日付かな　中井　満子（H20・1）
起重機の影の重さや油蟬　中坪英治郎（H20・9）
蟬声に黙殺されてゐるごとし　天地わたる（H20・11）
油蟬あぶら切れたる声に熄む　景山　而遊（H20・11）
我が過去は廃屋なるや蟬しぐれ　中坪英治郎（H21・11）
夕蟬や軀の芯のなまぬるし　市川　葉（H22・10）
夕蟬や浮世商ふ古物商　桑名　星精（H23・9）
仰臥して使ふ鉛筆蟬の昼　浅井　多紀（H23・10）
原子炉の建屋高きに蟬当たる　筒井　龍尾（H24・9）

空蟬（うつせみ）

蟬の蛻　蟬の殼

空蟬や昼をねむれる夫置きて　金田みづま（S44・11）
空蟬はまだ笑い声残しおり　黒田　肇（S45・9）
空蟬の眼の在りしところかな　吉井　瑞魚（S45・11）
空蟬の一歩を余したるごとし　細谷ふみを（S47・9）
褸しめて空蟬を吹きくらすかな　飯島　晴子（S48・9）
空蟬に大風月夜ありにけり　灘　稲夫（S52・8）
空蟬に透明を填め去りゆけり　山田　穣二（S53・8）
ぬれ衣を着て空蟬のごとくゐる　山本　良明（S53・8）
空蟬の尻の穴より覗きたる　木村　晃一（S56・9）
夢にも喉に空蟬の肢かかりをり　飯島　晴子（S56・10）
空蟬や遍路の服を着てみたし　中西さうし（S57・11）
空蟬のうつそみの世を見る目せり　志井田牧風（S59・6）
空蟬やわが体温のうとましき　大石香代子（S59・10）

空蟬を拾へり死者にへつらへり　若林　小文（S63・12）

神籬（ひもろぎ）の空蟬としてとどまれり　植竹　京子（H1・2）

轣轆と蟬の蛻の鳴ることを　山地春眠子（H4・7）

空蟬のまだやはらかし小淵沢　市川　葉（H7・10）

空蟬の雫こぼるる雲母越　大石香代子（H8・8）

空蟬もどこかへ行つてしまひけり　小浜杜子男（H10・2）

聾に掌の空蟬の鳴きくれし　安川　喜七（H14・10）

月光の満ちし蟬殻落ちにけり　山下　桐子（H14・11）

空蟬のだんだん白し夢の後　春木　燿子（H15・10）

屈葬を諾ふごとく蟬の殻　轍　郁摩（H15・10）

月光の空蟬少しづつ登る　吉長　道代（H17・12）

空蟬の飛ぶかとぶかと葉のさやぎ　中村　哲明（H20・12）

モルタルの壁をよすがに蟬の殻　舟木　和子（H24・10）

初蜩（はつひぐらし）

山の名を嬰にもらひぬ初蜩　七戸　笙子（H9・11）

蜻蛉生る（とんぼうまる）

蜻蛉生る田へなみなみと富士の水　山田　敏子（H10・9）

糸蜻蛉（いととんぼ）

とうすみ蜻蛉　燈心蜻蛉

ありありと父の死とほし糸とんぼ　酒井　鱒吉（S40・9）

ほほゑみをつくすとうすみとんぼの岸　飯島　晴子（S53・8）

山の子にもらふあいさつ糸蜻蛉　大石香代子（H6・10）

とうすみのつういつういと人嫌ひ　植竹　京子（H14・8）

灯心蜻蛉背に翅合はす爆心地　古川　明美（H22・11）

川蜻蛉（かはとんぼ）

川蜻蛉ひらひら平家物語　山下桐子（H24・8）

鉄漿蜻蛉（おはぐろとんぼ）　おはぐろ

おはぐろや少年の尻ほそぼそと　平井照敏（S50・8）

蟷螂生る（たうらううまる）

蟷螂のわれもわれもと生れけり　原　雅子（S63・10）

蠅（はへ）

次の間を蠅の素通る希望など　永井京子（S45・10）

天皇の写真くまなく蠅あるき　植田幸子（S46・8）

夜の蠅めぐりて僧の傷いたむ　増山美島（S47・11）

蠅一つ見し隣り家の喪なりけり　穂坂志朗（S49・5）

蠅一匹憎くて叩く中年や　広江徹子（S54・7）

頭から蠅飛び立ちて越後かな　小口誌津孔（S56・9）

蠅たかるブラウン管のエベレスト　松葉久美子（S58・5）

金蠅も銀蠅も来よ鬱（うつ）頭（あたま）　飯島晴子（S58・7）

蠅二匹淫らに飛んで岩巨き　四ッ谷　龍（S58・9）

大望もなし空中の蠅たたく　奥野昌子（S62・9）

蠅うなる札所の厠なむまいだ　星野石雀（S63・7）

世を憂しとおもへば蠅になつかれし　山岡とよ子（H1・8）

蠅も減り蠅虎（はへとりぐも）も減りけるよ　藤田湘子（H3・8）

関東平野蠅湧きたてる物ひとつ　小澤　實（H4・6）

献血をおもひ時々蠅を打つ　藤原美峰（H8・10）

蠅飛んでゐる家を閉め出勤す　地主雨郷（H10・11）

硝子戸の向うの蠅をつまはじく　萩原友邦（H11・9）

バリウムの残留感や蠅叩く　池知ひさし　(H12・9)
老骨の殺気を蠅に読まれたり　橋本　和子　(H12・10)
蠅とんで東京ドーム全反射　黒澤あき緒　(H20・8)

蚊（か）

蚊柱

蚊をうちし大きな音を聞かれけり　広江　徹子　(S60・8)
蚊を打つて真正直に生きて来し　平野　葭女　(S60・9)
蚊柱をぶらさげてゐる長廂　浜田　夢安　(S60・11)
藪ツ蚊を打ち旅らしくなつてきし　髙柳　克弘　(H18・9)
蚊柱が立つ連日の小火騒ぎ　矢口　晃　(H19・9)
洛陽や掌に打ちし蚊の縞のこり　奥野　昌子　(H22・10)

孑孒（ぼうふら）

孑孒は孑孒村に殖えをるか　木村　照子　(S62・9)
孑孒の頭大きく晴れにけり　奥坂　まや　(S63・8)
孑孒の浮沈を五分ばかり見つ　仲出川廣明　(H14・8)

ががんぼ

裏目続く灯のががんぼの灯の踊り　脇本　星浪　(S45・7)
ががんぼの脚ながれ寄る負目かな　野平　和風　(S48・7)
ががんぼや父の余生の中の吾　長谷川明子　(S63・9)
ががんぼ飛ぶわれらの古き考へなり　増山　美島　(H2・7)
ががんぼの何に堪へゐる高脚ぞ　岩田　玲子　(H12・11)
ががんぼのどこに逃げてもガラスの部屋　小浜杜子男　(H13・11)
ががんぼの脚せつせつと音を生む　高城　恭子　(H16・7)
ががんぼのとりつきかねし帽子掛　沖　あき　(H17・10)
ががんぼや女の部屋の炊飯器　小田部雄次　(H21・7)

がんぼや壁のむかうの父の部屋　高橋あき子（H22・9）

蚋（ぶと）

けふよき日気早な蚋と郵便夫　岩切　青桃（H3・7）
九州のハイネになれず蚋を打つ　片岡まさる（H12・10）
正論はけむたし蚋に血を吸はれ　新原　藍（H13・12）

蠛蠓（まくなぎ）　めまとひ

ゆるき歩にまくなぎ移る首如来　武氏　茅弓（S47・5）
まくなぎのいつともしれず別れたり　鈴木　照江（S48・10）
さすらひまだ終らぬ雲とまくなぎと　藤田　湘子（S51・8）
めまとひとめまとひとうすなみだして　須藤　妙子（S53・9）
まくなぎに腹立ててをり寺普請　高橋　増江（S56・8）
墓売りとまくなぎに顔知られけり　佐々木安方（S59・12）
まくなぎやわが血の匂ひわれ知らず　杉浦　幸子（S61・10）
蠛蠓や六十過ぎし油顔　小倉まさを（H3・9）
無住寺に入り蠛蠓を怒らせし　鈴木　竹酔（H5・11）
許せないものはまくなぎぐらゐかな　飯島　晴子（H6・9）
蠛蠓やさびしさ知らぬ背などなし　筌　美智子（H7・9）
まくなぎを怒鳴りつけたる愚かさよ　鈴木　萩月（H14・10）
方違へしてまくなぎに囲まるる　向井　節子（H20・9）

草蜉蝣（くさかげろふ）

手からお喋べり草かげろうに漂よう母　服部　圭伺（S43・7）
きれぎれのふるさとを行く草かげろふ　飯倉八重子（S47・8）
草蜉蝣わたくしの夢わたくしす　大沼　たい（H8・10）

優曇華（うどんげ）

皿割りし夜の優曇華のおそろしき　瓦　京一（S44・10）
優曇華と薬袋を見くらべて　石井　雀子（S54・10）
眼帯の中に優曇華咲きにけり　佐藤　祥子（H14・12）
優曇華や来なくなりたる人攫　佐藤　祥子（H19・12）

薄翅蜉蝣（うすばかげろふ）

うすばかげろう星と老人あゆみだす　山中　玲子（S49・10）
あたらしき夜はなしうすばかげろふ来る　藤田　湘子（S52・10）

蟻地獄（ありぢごく）

高原や白き風ゆく蟻地獄　塚田嘉久正（S40・12）
蟻地獄癒えぬ身なれば影とゐて　植田　竹亭（S42・7）
友の訃に地図燃やしけり蟻地獄　土屋　獣（S53・7）
少年の首に皺なし蟻地獄　明石　令子（H1・9）
蟻地獄坊さま筆を舐めにけり　後藤　義一（H4・9）
二つきりそれでもちゃんと蟻地獄　飯島　晴子（H6・9）
待つためにかく完璧の蟻地獄　黒鳥　一司（H6・11）
蟻地獄良寛の毬ころがりぬ　小澤　實（H7・10）
蟻地獄腹をへらして凹みをり　中野　柿園（H8・9）
蟻地獄徹底的に傍観す　蓬田　節子（H10・11）
蟻地獄ひそかに体（てい）を為しにけり　藤田　湘子（H12・8）
晩年の散歩の範囲蟻地獄　珍田　龍哉（H18・10）
蟻地獄文殊菩薩に智恵を借り　玉川　義弘（H19・9）
蟻地獄すこし後れて笑ひけり　山田　陽子（H19・9）
代りならいくらでもゐる蟻地獄　天地わたる（H20・12）

油虫（あぶらむし）　ごきぶり

ごきぶりの死にて小さくなりにけり　岩田　玲子（S60・12）

油虫まさかの翅をつかひけり　珍田　龍哉（H6・9）

妙齢にしてごきぶりを石火（せつくわ）打　山地春眠子（H15・10）

ごきぶりを見て黒革の手帳見る　佐保　光俊（H20・10）

蚤（のみ）

蚤も亦世に容れられず減りゆけり　藤田　湘子（S58・9）

蚤ほろぶ蚤取りまなこ亡びねど　田中ただし（H7・11）

紙魚（しみ）　雲母虫

四十代思案のほかの紙魚出でし　伊沢　恵（S57・10）

紙魚淋し海賊版の書といふも　橋本さゆり（S63・8）

巻末の元素表より雲母虫　栗原利代子（H5・10）

紙魚喰ひて藤左衛門の姓不明　古川ただし（H9・11）

就中訛伝好める紙魚ならむ　長沢　未生（H14・8）

蟻（あり）

土に置く狂院の鎌蟻走る　飯倉八重子（S43・7）

蟻穴に土注ぎ静かに狂ふ　飯倉八重子（S44・7）

地震過ぐる陶然と蟻わたりをり　荒井　成哉（S46・9）

巡礼も蟻をまたぎて眠るなり　服部　圭伺（S52・5）

蟻の穴出も入りもせぬ蟻一匹　飯島　晴子（S61・10）

蟻の道尽きしところに踞みけり　川口　百合（H9・9）

皆既蝕砦を蟻の列登る　中橋　真韻（H10・11）

黒蟻の忙しさわれに移りけり　伊藤　翠（H12・10）

蟻つぶす己が形相おもふなり　坂田はま子（H17・11）

その先は蜜か屍か蟻の道　小川軽舟（H19・8）

コップの底に蟻の一兵墜ちにけり　岸孝信（H19・9）

曲り角蟻にも日暮ありにけり　北村美鶴（H21・7）

蟻の列もう登らない山仰ぐ　有馬元介（H21・7）

集まつてだんだん蟻の力濃し　南十二国（H21・9）

蟻の列しんがりの蟻ふりむきし　大田元一（H22・9）

脳みそに従ふからだ蟻つまむ　南十二国（H23・6）

蟻と蟻耳打ちすまし擦れちがふ　亀山歌子（H23・9）

羽蟻（はあり）

交はりや溝の深さに羽蟻降る　座光寺亭人（S41・11）

羽蟻飛ぶこの夕空に母病めり　松本三江子（S63・8）

吾に見えしのみの暗黒羽蟻とぶ　明石令子（S63・8）

紅燈に捨てし学費や羽蟻の夜　大庭紫逢（H7・7）

羽蟻の夜芳一は耳そがれけり　片岡まさる（H11・9）

暗室にネガ吊しあり羽蟻の夜　やうち海（H14・10）

雀荘（じゃんそう）も通天閣も羽蟻の夜　中岡草人（H22・7）

羽蟻の夜家族の貌にテレビ照り　筒井龍尾（H23・10）

螻蛄（けら）

螻蛄ぶすま踏絵の夜を思ひけり　辺見秋江（S48・1）

蜘蛛（くも）　蜘蛛の囲　蠅虎　蜘蛛の子

蜘蛛は糸織りゐて奇蹟なかりけり　沢九二（S47・11）

禅堂の蜘蛛に一指も触れざりし　栗尾美明（S47・12）

土蜘蛛の出てびびびびと北の空　藤田湘子（S49・5）

蜘蛛の糸噬ひて荼毘のはじまりぬ　志摩龍史（S53・12）

走り出し蜘蛛おおげさにくつがえる　山本素彦（S57・10）

蜘蛛渡る空や求めるもの数多　富樫均（S58・10）

女郎蜘蛛闘わずして落ちにけり　水沼計伊子（S61・11）

松風の嵯峨清涼寺蜘蛛の糸　山本良明（S63・7）

袋蜘蛛没日の音を聴いてゐる　市川千晶（H1・10）

更年期とは八方に蜘蛛の糸　伊藤佳代（H4・11）

一匹の蜘蛛服につく氷室道　広川公（H7・9）

当節の蠅虎は何取るや　干潟英子（H7・11）

彼誰時(かはたれどき)蠅虎(はへとりぐも)の跳びにけり　藤田湘子（H9・7）

吉祥天みほとりに蜘蛛死なしめき　浅井多紀（H9・9）

蠅虎直哉旧居に跳びにけり　麻木巴奈海（H9・9）

我が家の蠅虎として遇す　山下半夏（H9・10）

浮御堂蠅虎のかくれけり　久保ともこ（H10・8）

未だ見ず蠅虎の蠅とるを　中野昌子（H10・9）

見てをりぬ蠅虎の跳ぶ範囲　野本京（H11・8）

蜘蛛の囲の向う団地の正午なり　永島靖子（H12・8）

冗談のやうに蜘蛛の子散りにけり　珍田龍哉（H13・7）

あくびして蠅虎に跳ばれけり　植竹京子（H13・8）

夕月や蜘蛛若くして草の色　山下桐子（H14・9）

東に赤き星あり女郎蜘蛛　市川葉（H15・11）

蠅虎跳ぶ玄奘の壁画より　鳥海壮六（H16・8/9）

夕日からこぼれし蜘蛛か草に乗る　穴澤篤子（H16・10）

蠅捕蜘蛛然候(さんざうらふ)と跳びにけり　山地春眠子（H23・10）

朝蜘蛛を打たぬ訓を守りをり　並木秀山（H23・10）

蜈蚣（むかで）　百足虫

ながながとむかで騒ぎを書き送る　山崎　正人（S53・7）

大蜈蚣隠岐国分寺礎石より　石井　貞子（H8・9）

寝る前の仏間の百足虫騒ぎかな　村上　昭一（H19・11）

蚰蜒（げぢげぢ）

げぢげぢの細かき肢のみな騒ぐ　奥坂　まや（H12・8）

便便と生きてげぢげぢにも負くる　星野　庄介（H15・9）

蛞蝓（なめくぢ）　なめくぢり

西国は大なめくぢに晴れてをり　飯島　晴子（S53・1）

なめくぢに塩かける子のうしろにゐ　小澤　實（S57・7）

なめくぢり蛍光灯に照らさるる　奥坂　まや（H1・10）

南無阿弥陀僧侶なめくぢ弾きけり　美谷九二夫（H16・10）

蝸牛（かたつむり）　ででむし　まひまひ

四面楚歌幹より剝がす蝸牛　金田　眸花（S41・9）

妻の話は過去がおおかたかたつむり　海野　正一（S41・9）

月の出やでで虫は枝のぼりつめ　新宮　文子（S47・7）

蝸牛のこえ低からむ神の域　田中ひとし（S47・9）

蝸牛の真昼を淡く寺に在り　庚　無玄（S48・8）

胎内や白い樹と棲む蝸牛　吉田　成子（S51・8）

かたつむり片目つむれば動きけり　田中かずみ（S52・7）

蝸牛つるむそこから壁鏡　細谷ふみを（S52・7）

ででむしをつけ嫋嫋の棗の木　山崎　正人（S52・8）

美作の日ぐれに逢はむかたつむり　磯部　実（S53・8）

本降りになるかたつむり役者の子　角田　睦美（S53・9）

真乙女の血を貰ひたるかたつむり　宮坂　静生　(S55・9)
松下村塾ずぶ濡れのかたつむり　槌井　元子　(S57・9)
耳聾にでで虫少し進みたり　松嶋　正　(S58・9)
賢治知るひと皆老いぬ蝸牛　三上　良三　(S58・10)
雲取山(くもとりやま)に新月かかるかたつむり　土井　井蛙　(S59・9)
でで虫の繰り出す肉に後れをとる　飯島　晴子　(S59・10)
文書かな雨粒ほどのかたつむり　武室　瑛子　(S60・10)
でで虫の眠ればのぼりけり　大友阿羅々　(S61・11)
道のべのまひ〳〵回れ山詣　兼子　あや　(S62・10)
旅にあり透けて月夜の蝸牛　北川　俊子　(H2・9)
蝸牛林中行路ただ蒼し　藤田　湘子　(H4・8)
上州に入る荒草のかたつむり　角田　睦美　(H4・9)
界隈にでで虫のゐる安堵かな　佐藤たつを　(H5・11)
父よ子も流浪に老いぬ蝸牛　古屋三四郎　(H8・9)
風雨警報大王崎のかたつむり　吉川佐代子　(H11・11)
幾度も雨と夕焼かたつむり　笙　美智子　(H12・9)
一塊のででむし動くああさうか　藤田　湘子　(H14・8)
肉充ちて動きそめけりかたつむり　藤村　昌三　(H16・7)
蝸牛やごはん残さず人殺めず　小川　軽舟　(H17・8)
かたつむり風が通りて職変わる　長岡　美帆　(H18・11)
でで虫や今日の予定は今日中に　井上　頼男　(H19・10)
太古より星は渦巻かたつむり　南　十二国　(H20・10)

蛭(ひる)

蛭に血を吸わす夕べの僧の声　ふなとがわたく　(S52・7)

蛇口の構造に関する論考蛭泳ぐ　小澤　実（S54・7）

左手をゆるゆると来る蛭殺し　山地春眠子（S54・9）

蛭の口吻細長く伸び泳ぎ出す　喜多島啓子（H18・12）

熊野古道雨か雫か山蛭か　竹岡　江見（H23・10）

蚯蚓（みみず）

総領の強きうなじやみみず殖ゆ　武氏　茅弓（S49・7）

あな勦し土佐のかんたらうみみずとか　飯島　晴子（S56・1）

白日の下の蚯蚓の躍起なり　珍田　龍哉（H13・8）

夜光虫（やくわうちゆう）

夜光虫兄ゐしころの島おもふ　服部美矢子（S59・9）

夜光虫まみれの櫂に記憶あり　小浜杜子男（H12・12）

夜光虫吃水線をよろこべり　景山　而遊（H15・11）

植物

余花（よくわ）

余花寒しことに男の日暮れ時　石井　雀子（S46・6）

葉桜（はざくら）

葉桜や拙なく曲る溝の水　宮本　遊（S40・6）

葉ざくらや父恋ふ父の銀煙管　長倉久仁三（S46・7）

墓守の葉桜ありと別れ来し　山崎　正人（S54・8）

葉ざくらや二人の子あることに厭き　山口みつる（S58・7）

葉桜や歯並みうましき子供能　本田　健二（S58・7）

なる様になつて桜も葉となれり　瀬戸　草舟（S61・8）

葉桜や青淵に墜つ鳥もあれ　永島　靖子（H11・7）

葉桜や仔牛の目方土に書く　興梠　愛子（H15・7）

葉桜やトランペットの音孤独　宮野　栄（H18・11）

葉桜やページ真白き点字本　岸　孝信（H20・8）

葉桜や鍋と男の磨き甲斐　小川　軽舟（H23・7）

桜の実（さくらのみ）

快哉を胸に桜の実を踏めり　布施伊夜子（H7・8）

桜の実らくは体がすぐおぼゆ　斉藤　佳子（H19・9）

薔薇（ばら）

海疾風円柱を薔薇のぼりつめ　高山　夕美（S41・7）

薔薇描きて少女に誰か来る予感　山口睦子（S42・9）
双腕に不意の重さや薔薇の闇　倉橋羊村（S44・7）
あおいバラ誰ものどもとくいやぶり　しょうり大（S47・6）
老人の薔薇物語海暮るる　星野石雀（S50・10）
くちづけて薔薇をみごもりゐたりけり　瀬戸哲雄（S52・8）
薔薇焚けば募りし風やデスマスク　大庭紫逢（S53・7）
臥して見るバラと決めたり剪らずおく　原キヨ（S57・9）
薔薇も美し牡丹寺への道すがら　富樫均（S60・8）
薔薇を剪るためらひに朝はじまれり　小林愛（S60・9）
くらやみの薔薇くらやみの海へ向く　松木和恵（S60・9）
脱獄のごと咲き昇るバラは赤　光部美千代（S61・8）
白薔薇が足らぬ独りを保つには　目須田和子（S62・9）
薔薇園にをりおもしろきことのなし　豊島満子（H1・9）
バラの花食べて発つ日を占へり　七戸筌子（H1・9）
彼もまたサナトリウム派薔薇赤し　伊沢惠（H2・8）
薔薇園にをれる老爺と認めあふ　珍田龍哉（H8・9）
薔薇活けて同じ思ひに突き当る　西垣崇子（H9・9）
薔薇園やフォークダンスの輪を絞る　島田瑞代（H9・10）
仕送りといふ楽しさや薔薇に虻　杉谷たえ（H12・8）
清志郎逝く雷鳴の薔薇一枝　大石香代子（H21・8）
薔薇抱ける人の背中をかるく押す　古田京子（H23・7）

牡丹（ぼたん）

ぼうたん

牡丹描く水彩なれば濡れて凹む　吉井瑞魚（S39・8）
牡丹散る音の中まで夫に蹤き　阿部いく子（S44・8）

反戦の血の欝々と牡丹切る　阿部　郁子（S46・8）

きぬずれや挨拶前の牡丹の木　平松弥栄子（S50・7）

夕ぼたんにがきくすりをのむことも　金子　うた（S52・7）

猫が猫見つめて牡丹散りにけり　小浜杜子男（S52・8）

一枚のきものたのしむ夕ぼたん　寺田絵津子（S53・7）

牡丹の色ある雨をはらひけり　永野　和子（S56・7）

ひもじくて牡丹の界に入りゆく　荒木　通子（S56・7）

写経して終は牡丹になりたしよ　柴田　幸（S56・8）

夕汽笛いまなら牡丹咲いてゐる　唐木　和枝（S56・9）

天行の狂ひなかりし牡丹かな　国東　良爾（S57・8）

牡丹を描かざる吾も蹤いて来し　松崎　重野（S59・8）

白牡丹ちちははも神拒み果つ　足羽　鮮牛（S60・9）

ぼうたんにシヤツターの音刃のごとし　大石香代子（S62・7）

西の門牡丹咲くより開かれし　花村　愛子（S62・8）

御僧に椅子たまひたる牡丹かな　柴田　幸（S62・8）

老人呵々と笑へり牡丹崩れけり　山本百合子（S63・8）

蠅身（ようしん）の蒼ければつく牡丹かな　飯島　晴子（H1・5）

牡丹の極まるときを誰も知らず　藤川　祐子（H1・7）

塵一つつまみ牡丹の翁たり　渡辺　十二（H5・8）

牡丹剪り自祝の宴の驕りとす　小西　保男（H6・7）

見とれゐて牡丹に肚のすわりたる　岩谷　翠千（H6・7）

衰残の絵師は牡丹に執心す　渋谷　竹次（H8・7）

白牡丹詰めたる柩思ふべし　飯島　晴子（H8・8）

今生の色となりたる牡丹かな　斎藤　夏野（H12・8）

牡丹散る九官鳥の中国語　藤岡田鶴子（H23・8）
ぼうたんや鏡に昼のおとろへて　藤澤　慜子（H23・8）

紫陽花（あぢさゐ）　手毬花

紫陽花を出て白鶏の若き唄　田中ただし（S42・8）
紫陽花や母の手がそふ二尺差　高橋　順子（S44・8）
紫陽花やすこし睡つて帰る父　景山　秀雄（S45・8）
真白なあぢさゐ鶴は睡りをり　宮本　遊（S47・9）
あじさいの泡立ち爺と婆遊ぶ　木曽岳風子（S48・7）
紫陽花に我に不運の色来たる　こばやし進（S57・9）
濃紫陽花いま生れしごと目覚めけり　天地わたる（H3・9）
紫陽花や寸土あまさぬ問屋街　齋藤　伸（H4・9）
あぢさゐや何もて母を遊ばせむ　志賀佳世子（H5・10）
白あぢさゐ死は隣家に来てをりぬ　鳥海　正樹（H12・8）
手毬花玩具少なく育ちたる　宅和　玲子（H15・8）
紫陽花や流離にとほき靴の艶　小川　軽舟（H18・8）
紫陽花や夜にぎやかな街に住み　古堅　美代（H20・9）
紫陽花や塵当番を仕る　志村　夫佐（H22・9）

石南花（しやくなげ）

室生寺の石楠花冷のうなじなり　門脇　緑（H12・7）
石楠花のつぼみの先に誰かゐる　柳沢美恵子（H12・8）

百日紅（さるすべり）

応へなき人の胸中さるすべり　寺田絵津子（S41・9）
さるすべり咲く百日の挫折感　寺田絵津子（S42・11）
さるすべりしろばなのまだこの世なる　飯島　晴子（S43・9）

隠亡山家にゐる日のさるすべり　寺田絵津子（S45・9）

さるすべりしろばなちらす夢違ひ　飯島晴子（S47・10）

月の出を見さだめて白さるすべり　鈴木東峰（S49・8）

少年の眠る裸や百日紅　後藤睦美（S62・10）

百日紅ボクシングジム無音なり　松田瑞江（H7・10）

百日紅わがケロイドも老いにけり　正崎国光（H10・10）

百日紅てらてら頭拭ひけり　稲澤雷峯（H10・11）

百日紅咲くや漢の波郷恋　松山蟬子（H10・11）

殺されるまへに死にたしさるすべり　加藤静夫（H20・12）

報復のナイフ錆びたり百日紅　東鵠鳴（H22・7）

梔子の花（くちなしのはな）

くちなしや医者の頭の中思ふ　松本文子（S57・10）

杜鵑花（さつき）

家々やさつき照りつつ人老いぬ　永島靖子（H14・7）

金雀枝（えにしだ）

金雀枝や朝の太陽いくつもある　市川恵子（S42・8）

金雀枝や古着のごとき蔵書あり　大崎朝子（S44・7）

円寂のあとは金雀枝ばかりかな　平井照敏（S50・7）

金雀枝や沖も男もなだれこむ　上野まさい（S54・5）

金雀枝もこどもも川に映りをり　豊島満子（S58・8）

金雀枝が咲けり男に厭きにけり　服部美矢子（S63・7）

金雀枝や今逝きし母常の顔　石井定雄（H7・7）

金雀枝や首をふりふり狂はざり　鈴木雅貴（H14・8）

金雀枝に真つ正直な日射かな　清水風子（H20・8）

泰山木の花（たいさんぼくのはな）

一院や泰山木の咲かんとす　宮坂　恭代（S58・8）

帰化せよと泰山木の花の下　ホワイトさつき（H1・10）

香りつつ泰山木の雨雫　寺田　姉生（H20・10）

額の花（がくのはな）

額の花愛されてゐて藍を着る　五島あや子（S48・9）

額の花絵本の婆はいつも婆　山口　好子（S56・8）

額の花母訪ふたびに娘老ゆ　藤田まさ子（H24・9）

夾竹桃（けふちくたう）

夾竹桃海の育てし雲若く　西野　洋司（S39・9）

夾竹桃女見る眼をはばからず　藤田　湘子（S46・9）

夾竹桃まだ染めぬ髪大事にす　剣持　芳枝（S50・9）

夾竹桃咲き残りたる痺れかな　飯名　陽子（S52・11）

佐藤紅緑ハチロー愛子夾竹桃　中野　和子（H15・11）

あをぞらはどこへも行かず夾竹桃　御前　保子（H21・10）

南天の花（なんてんのはな）

午後はものぐさ南天の花こぼれ　小黒　和子（H2・9）

凌霄の花（のうぜんのはな）　凌霄　のうぜんかづら

のうぜんや牧夫のねむり帽の下　蓬田　節子（H1・10）

散りそめて凌霄花の世のはじまれり　佐藤たつを（H6・10）

犬老いて方尺を出ず凌霄花　永島　靖子（H15・10）

凌霄花の掃きよせてあり通夜の家　山本美恵子（H23・10）

時計草（とけいさう）

時計草感心してもはじまらぬ　飯島　晴子（H11・12）

柚の花 柚子の花

犬は犬を瞶めてながし柚子の花　飯倉八重子（S50・8）

柚子の花波音空にのぼらむと　市川　恵子（S53・9）

柚子の花若き笛師の試し吹き　中川　倫子（H16・10）

柚の花や祖谷の媼の京言葉　内藤　嘉葉（H19・9）

縁側の耳学問や柚子の花　斉藤　佳子（H21・10）

橙の花

橙の花咲く家や白痴死す　伊沢　恵（S59・7）

朱欒の花

売惜しみしてゐる隣朱欒咲く　藤井　皎子（H17・9）

栗の花

栗咲くと面のすさぶ翁かな　飯島　晴子（S49・2）

栗の花少女はいつも二階にゐる　柳沢ひろし（S53・9）

転生もこの道通る栗の花　新宮　文子（S55・10）

翁とは生業もなく栗の花　古林富三郎（S58・9）

栗の花村びとどこに隠れたる　鈴木　俊策（S61・8）

栗咲くや散らかつてをる胸の内　牛久保　経（H5・8）

栗の花はじめて妻が死を云へり　萩原　友邦（H11・8）

栗の花くらし小さくなりにけり　金井ミチ子（H17・10）

花栗や少年僧の青つむり　石山　善也（H19・9）

柿の花

こめかみをよぎる星かげ柿の花　千葉　久子（S44・7）

柿の花ばたばた落ちて孕み猫　石井　雀子（S48・7）

帆船の行くにあこがれ柿落花　目須田和子（S55・8）

唖の子と唖と遊べり柿の花　古島志げ子（S59・9）
呼鈴に声の返事や柿の花　小川　軽舟（H20・8）

石榴の花（ざくろのはな）

花ざくろ死際にだけ会へばよし　寺田絵津子（S44・8）
真昼この手足のしげる花石榴　木野　卯太（S51・7）
花柘榴生贄の数満ちにけり　大庭　紫逢（S52・9）
花柘榴午前むなしく午後眠し　花村　愛子（S58・9）

青梅（あをうめ）

実梅

青梅の影読書きに雨を待つ　穂坂　志朗（S49・7）
をんな堂青落梅の香として　野平　和風（S54・8）
青梅をもぎたる夜の油鼻　轍　郁摩（S57・8）
かなしみの市過ぎ青梅の一打　土井　聖（S57・9）
金輪際読めぬ音譜や梅落とす　田中　一光（S58・10）
真青な中より実梅落ちにけり　藤田　湘子（S60・9）
学僧の褌（こん）白く梅洗ひをる　吉沼　等外（S60・10）
童女哇（あ）と言へり青梅落つるとき　後藤　綾子（S62・8）
爺の荷の青梅全部ころがりぬ　永野　和子（H1・8）
青梅を買はざりし気の衰へし　関　とみ（H1・9）
青梅のむき出しになる風当り　飯島　晴子（H1・9）
さきのばしして青梅を買ひそこなふ　筐　美智子（H2・10）
青梅をめくらつつきや恋つのる　志村芙美子（H4・9）
無き如し青梅一個思はねば　有澤　榠樝（H5・8）
落梅のまつただなかにわれも落つ　小浜杜子男（H5・9）
青梅を踏みじだらくの暮しかな　諏訪ふじ江（H6・8）

二十年住めば村びと梅を捥ぐ　松井　大子　(H11・8)

ねた切りに見えて落梅拾ふかな　隈崎　ろ仙　(H11・9)

青梅や薬止めれば楽になる　池田　暘子　(H14・9)

休日は金をつかはず梅落とす　珍田　龍哉　(H17・9)

青梅のやうやく嬰のふぐりほど　横沢　哲彦　(H23・8)

青柿

青柿のくもりに触る、悼み言　飯島　晴子　(S41・10)

狂人に青柿いくつ落つれば済む　飯島　晴子　(S42・10)

青柿やふところ淡く歩き出す　山岸　義郎　(S54・10)

青柿や流しの下の味噌醤油　杉崎　せつ　(H19・10)

青栗

青栗の充つ人ゐてもゐなくても　吉井　瑞魚　(S43・10)

青栗が落ち青栗が落つ夢か　景山　秀雄　(S49・9)

青柚　青柚子

青柚子を鳥にさらはれ童女仏　飯名　陽子　(S49・10)

青柚子の空や此の頃つんぼなり　有井　祐子　(S56・12)

青柚子や老妓しみじみ父を誉め　桜井　徹子　(H3・11)

群青は空の喜色や走り柚子　高野　途上　(H8・11)

手の青柚無為の充実はじまりぬ　伊藤たまき　(H12・9)

青胡桃

胡桃青き谿死神も若からむ　佐々木碩夫　(S41・11)

鉄瓶に朝の湯が沸く青くるみ　金子　うた　(S42・8)

天辺に撒くものがたり青胡桃　木野　卯太　(S51・11)

青胡桃憩ひて人の顔変る　榎田マツノ　(S60・9)

嗄声の吾れにも野望青胡桃　兼子　あや（H2・9）
夕月をあげたる八ヶ岳や青胡桃　松原　順子（H5・9）
青胡桃見上げひとりの死がゆけり　福田クニ子（H6・10）
朝川の平らに迅し青胡桃　高橋久美子（H19・9）

青無花果（あをいちじく）

青無花果までの数歩の暗さあり　明石　令子（S63・12）

青葡萄（あをぶだう）

遠方の樹に人佇てり青葡萄　永島　靖子（S44・10）
青葡萄鮫のごとくに待ちており　穂坂しげる（S51・6）
山国のけぢめの色の青葡萄　藤田　湘子（H2・9）
峡の子はましらのごとし青葡萄　小相澤　幸（H23・10）

青林檎（あをりんご）

顳顬に活字の毒や青林檎　新井みちを（S60・9）
日をあびて育つ恋あり青林檎　上田　鷲也（H20・10）

木苺（きいちご）

木苺の粒粒未練ふつきれし　谷　和子（H5・11）

早桃（さもも）

傘させるまま店先に早桃買ふ　小川　軽舟（H22・9）

桜桃の実（あうたうのみ）　桜桃　さくらんぼ

氷片が支ふ桜桃独身時代　柏木　冬魚（S40・8）
山鳩やはれのちあめのさくらんぼ　石部　桂水（S46・7）
さくらんぼ食いたる刻のすぎにけり　松本三江子（S61・10）
弁当に仏の父にさくらんぼ　竹内　昌子（S62・9）
をんな等の作る雑誌やさくらんぼ　門脇　緑（H5・9）

われはいま老ゆる楽しみさくらんぼ　竹内　昭子（H10・10）

山桜桃（ゆすら）　ゆすらうめ

ゆすら梅葬後の家に雨残る　鈴木　青泉（S45・8）
ゆすらうめ面売りいずこより来たる　大庭　紫逢（S50・10）

巴旦杏（はたんきやう）

夜空より落ちて無瑕の巴旦杏　山崎　正人（S57・9）

杏子（あんず）　杏　からもも

杏熟れ腰に痛みをもらいけり　手塚深志城（S55・9）
王（ワン）家の次女杏の下を嫁ぎけり　佐久間鏡城（S60・10）
おのがじしからももを食ひ夢を見る　伊沢　惠（H12・10）
ふいに来て杏のにほひして少女　伊沢　惠（H16・11）

枇杷（びは）

父あらば父がもぐ枇杷熟れはじむ　寺田絵津子（S42・8）
枇杷の鳥何十ぺんも吾を呼ぶ　千葉　久子（S42・9）
海の宿枇杷たべて影衰ふる　永島　靖子（S48・9）
雨の枇杷ゆれをり甘き胸さわぎ　竹部　照子（S48・9）
青枇杷に鉦を叩いて半病人　乾　桃子（S54・7）
枇杷の種しづかに吐くは背くなり　国重　勝之（S58・9）
函を出て一個の枇杷の充実す　蓬田　節子（H2・9）
枇杷熟るる伊予にめでたき伊予絣　大沼　たい（H2・9）
枇杷むいて絵描きの鬱に付合へり　春木　燿子（H3・8）
枇杷の実の明らむ頃の産屋かな　白井　久雄（H6・7）
逆はず肯はず枇杷すすりをり　仲村　映子（H7・9）
嫁がせてことしは枇杷の当り年　石川美智枝（H7・12）

枇杷の種吐きて会津と不仲なり　重岡　野風（H9・9）
別れたしていねいに剥く枇杷の皮　松坂　螢子（H11・7）

すぐりの実（み）

すぐりの実透くや遠野の落日に　清水　桐村（S58・10）

夏蜜柑（なつみかん）　夏柑

自殺あり夏柑を剥く子とゐたり　田中　一光（S52・8）
夏蜜柑妻と喧嘩をせずなりぬ　梯　寛（H2・10）
椅子に置く夏柑一つ死が一つ　永島　靖子（H10・6）
後朝や夏柑ひとつ湾に浮く　岩永　佐保（H20・9）
そつとしておいてしづ子の夏蜜柑　古川　明美（H23・11）

パイナップル　あななす

南国の雨はあかるしあななす食ふ　大和田　毬（H17・10）

バナナ

船に乗る仕事来ているバナナかな　鈴木　俊策（S61・11）
わが戦後老いたりバナナかく安し　宮崎　晴夫（H15・9）
晩年や卓のバナナの匂ひ初む　横沢　哲彦（H22・10）

夏木立（なつこだち）　夏木

夏木に瘤人に何ぞと思ひけり　田中ただし（S46・10）
絵の馬の黒をかなしむ夏櫟　寺内　幸子（S54・11）
吾も亦死なば佳き母夏木立　内田　晶（S58・10）

新樹（しんじゅ）

身ほとりの刃物錆噴く新樹の夜　山口　睦子（S40・8）
背表紙の金文字闌けし新樹かな　唐島　房子（H5・8）
妻の黙長し新樹の夜をふたり　上村　慶次（H22・10）

若葉（わかば）

若葉いちまい噛み灯台の見える距離　坂本　泰城（S44・9）

教会はしづかに混みぬ若葉雨　青木　城（S58・7）

朴若葉蟻りんりんと渡りけり　藤田　湘子（S59・8）

藤若葉死人の帰る部屋を掃く　飯島　晴子（S61・8）

靴はけば我は一個や若葉風　柿﨑　洋子（H13・9）

青葉（あおば）

栃青葉父の昏さへわれ近づく　菅原　達也（S40・7）

刀工の青葉昏しといできたり　宮坂　静生（S56・8）

青葉してわが減量の安定期　伊沢　惠（H10・8）

来世また靴つくりたし橡青葉　後藤　義一（H15・10）

暗き青葉にポスト漂着かしくかしく　榊原　伊美（H23・8）

新緑（しんりょく）　緑　緑さす

山脈のみどり仔牛の額にさす　座光寺亭人（S39・9）

新緑や常に他人と掛ける椅子　柏岡美恵子（S44・8）

ジャズ提げる青年丘に緑噴く　渋谷　雄峰（S45・9）

心根に今日の緑のさしゐたり　新宮　文子（S61・9）

新緑のひた濡れて何うながすや　森　優子（H11・7）

緑さす文机葉書日和かな　隗　一骨（H20・10）

緑さす素直にながき巫女の髪　松田みなを（H21・9）

装身具すべてはづせり緑の夜　奥野　昌子（H22・8）

新緑に浴し大樹の名を知らず　山田　唯見（H22・8）

茂（しげり）

蝶よ花よと庭茂らせてしまひけり　上野　泰子（H12・8）

学名を持ち雑草で茂り合ふ　古川ただし（H24・9）

万緑（ばんりょく）　青嶺

万緑や握ればわが手血潮さす　植田　竹亭（S40・7）

万緑のくらがりを読む堕胎かな　小林　進（S52・7）

貨車とまるこの青嶺に月上げて　浜中すなみ（S58・8）

降りだせるこの青嶺に夕爾来よ　天野　萩女（S59・9）

万緑や鳥羽上皇の眉茫と　郡家　真一（S60・6）

万緑におく鞍の位置狂ひなし　飯島　晴子（S62・8）

万緑の山高らかに告（の）りたまへ　奥坂　まや（H9・10）

万緑を父は来たりし父は癌　大野　直也（H18・8）

万緑やわれを捜せるわれのこゑ　小澤　光世（H21・9）

木下闇（こしたやみ）　下闇　青葉闇

妻老いぬ杉四五本の下闇に　三浦青杉子（S44・9）

糸倉や下闇を来し水の尖　横井千枝子（S45・8）

ナイフ持つ男は来るか青葉闇　田原　紀幸（S51・8）

木下闇翅に精霊（すだま）のちからつく　今井八重子（S52・6）

自転車乗に下闇の空気かな　鳥海むねき（S54・8）

眼がうごき老人が居る木下闇　坂下をさむ（H1・9）

木下闇にて登四郎と遇ひしこと　中山　玄彦（H23・9）

緑蔭（りょくいん）

緑蔭や風得て売る丶かざぐるま　河内　良子（S39・10）

緑蔭に一歩踏み入り豹変す　藤沢　青柿（S44・7）

老木の大緑蔭のハーモニカ　田中かずみ（S50・10）

うごかねば老うや緑蔭機関車も　鳥海鬼打男（S53・8）

緑蔭を出るべき用もなかりけり　村上　利一（H2・11）
老同士大緑陰を出る気なし　星野　石雀（H3・8）
不在証明(アリバイ)のなき緑蔭にいつまでも　細谷ふみを（H5・12）
夕兆す緑陰にして羽搏つもの　大野今朝子（H6・9）
牛五頭一緑蔭を頒ち合ふ　浅井　多紀（H12・10）
緑蔭にしやがみ売る物しやがみ見る　西山　敏子（H14・11）
緑陰を走り出したる木馬かな　村井けい子（H21・11）

柿若葉（かきわかば）

柿若葉猫のふぐりを眺めては　金田　眸花（S52・7）
柿若葉己が齢におどろく姉　渡辺きさく（S56・8）
柿若葉病後のごとく今のあり　金田　眸花（S58・7）
さよならはいつもひらがな柿若葉　金子　うた（H8・8）
柿若葉村の国宝簡素な美　久保田菊香（H23・9）

椎若葉（しいわかば）

豆腐の水張つて父待つ椎若葉　桜岡　素子（S40・6）
椎若葉一歯の蝕のすすむなり　奥坂　まや（H2・8）
いづくにも役の行者や椎若葉　吉田美沙子（H7・8）
何もかも綺羅と見ゆる日椎若葉　五十嵐なほみ（H14・6）

樟若葉（くすわかば）

全身にいま癌はなし楠若葉　藤田　湘子（H9・7）
恋文の送信二秒樟若葉　長岡　美帆（H11・8）
楠若葉団地全棟全戸老ゆ　小川　軽舟（H16・8/9）

若楓（わかかへで）

青楓

青楓小舟に母を誘ふ日も　浅井たき子（S51・7）

古家の煤の香よろし若かへで　小澤　實　(S60・9)

拭き掃きの我は保守派や若楓　百橋　美子　(H12・8)

若楓おほぞら死者にひらきけり　奥坂　まや　(H22・8)

土用芽（どようめ）

音声（おんじやう）の太きはよけれ土用の芽　糟谷さち子　(S58・9)

常磐木落葉（ときはぎおちば）

散松葉　杉落葉

散松葉夕日の後は気を配る　柏岡美恵子　(S46・9)

杉落葉善男善女来るは来るは　山口　睦子　(S58・8)

卯の花（うのはな）

卯の花や死ねる薬のこぼれをり　千葉　久子　(S43・7)

塗箸の軽さ卯の花咲く晩年　寒川四十九　(S46・8)

十五より家計あづかり花卯つ木　石田　まさ　(S63・6)

卯の花や箸の浮きたる洗桶　小川　軽舟　(H18・7)

米二合洗ふ卯の花月夜かな　杉野千寿子　(H22・8)

忍冬の花（すひかづらのはな）

妹も老い金銀のすひかづら　金子　うた　(H3・10)

茨の花（いばらのはな）

曇日の心急がず花茨　小林　貴子　(H4・10)

野茨や老ゆることなき死者のこゑ　市川　葉　(H24・9)

桐の花（きりのはな）

花桐や田川に浸すふくらはぎ　柏木　冬魚　(S44・7)

道ふたつ墓原で会ふ桐の花　永島　靖子　(S44・7)

桐咲くや青年恋もなく病みて　鈴木　紀美　(S45・7)

消えかねてゐる老人や桐の花　座光寺亭人　(S46・7)

桐の花影を大事に歩みけり　大堀　恒春（S46・8）

川照りの滅法桐の花減りし　増山　美島（S47・7）

山かぞへ川かぞへ来し桐の花　飯島　晴子（S48・6）

桐咲いて少女の細身扉を出づる　野平　和風（S50・7）

夕桐を仰ぐ滴（しずく）となりていし　鳥海むねき（S50・11）

賜はりし病なるべし桐の花　山崎　正人（S51・9）

桐の花僧と歩きて目立つかな　佐宗　欣二（S52・7）

桐の花自画像の笑み憂かりけり　京谷　圭仙（S57・8）

桐の花画家に嫁したるさだめかな　広瀬千寿子（S58・7）

加賀にあり花桐愛づる妻とあり　酒井　鱒吉（S58・8）

桐の花馬のこゝろを思いけり　中井　満子（S58・9）

裏町に子ども道あり桐の花　吉沼　等外（S59・9）

手紙書くことなどもなし桐の花　青柢　順子（S61・10）

花桐や舅が放す一切事　安東　洋子（S63・8）

戦経し吾が遺書遺髪桐の花　平川　真吾（S63・8）

これからは義理も欠かうぞ桐の花　金子　うた（H1・7）

桐咲いてほつそり育つ男の子　飯島　晴子（H2・7）

桐の花ほとほと遠き色なりし　飯島　晴子（H7・8）

桐の花よき沈黙を分ちあふ　植竹　京子（H7・8）

桐の花子役たちまち老いにけり　小澤　實（H8・8）

大伯母に乳人（めのと）のむかし桐咲けり　田中美智子（H8・8）

療養のまたくるねむり桐の花　鶴田登美子（H10・8）

桐咲いて巫女となりたる少女かな　吉野　朋（H10・9）

桐咲くや愛らしき婆などまつぴら　中野　和子（H12・9）

ふとん干すだけの二階や桐の花　蓬田　節子（H13・7）

松葉杖つく子に桐の咲きにけり　小浜杜子男（H13・7）

桐咲くや村の真中を奥羽線　わたなべくにこ（H14・8）

何時も見ていつも遠くに桐の花　足立　勲（H14・8）

百歳のお多福面や桐の花　髙橋　貞子（H15・8）

怖づ怖づと見たる世の中桐咲けり　榊原　伊美（H17・8）

生国は桐の花どき幸くませ　今井八重子（H17・9）

発つ鳥の脇ほの白し桐の花　山下　桐子（H19・9）

明日思ふ高さに桐の花咲けり　鈴木　雅貴（H20・8）

桐咲くやこの世に母のゐて遠き　小川　軽舟（H21・8）

桐咲いて八方水田あかりかな　内田ひろし（H22・8）

桐の花仰ぐ少女の衿白し　藤縄　和子（H22・8）

峡の空とろりと蒼し桐の花　杉野千寿子（H22・9）

湯に入りてからだ冷えをり桐の花　細谷ふみを（H23・8）

胡桃（くるみ）の花（はな）

花くるみ足音は夜を歩きつくし　藤田　湘子（S47・6）

寝返つてからも見てゐる花くるみ　山地春眠子（S55・10）

稚魚はしる水のあかるさ花くるみ　木村　房子（H13・7）

一夜寝て飛驒は下国の花くるみ　今野　福子（H22・9）

朴（ほほ）の花（はな）　朴散華

今は朴散華武郎の終焉地　須藤　妙子（S43・9）

深山に朴咲いて眼鏡にうすい疵　鈴木　湖愁（S45・7）

朴の花山女食ひたること淡し　藤田　湘子（S51・7）

太文字のかわく間の朴の花　飯倉八重子（S51・8）

八の日の山を忌みたり朴の花　中沢　不二（S52・9）

ほめ言葉そくそくといで朴の花　小鷹　夕子（S58・7）

晩年や谿におちつき朴の花　田中白萩子（S60・9）

国上山佳しとよく見し朴の花　蓬田　節子（S61・9）

朴の花晴天にして佐渡見えず　志村芙美子（S61・9）

暁闇を登りて来たり朴の花　脇　嘉二（S63・9）

日のみちを月またあゆむ朴の花　藤田　湘子（H2・7）

み仏に近く深山の朴の花　栃木　静子（H5・10）

あかつきの遠きひかりに朴咲けり　藤田　湘子（H6・7）

シヴァ神の唇厚し朴の花　玉木　愛子（H13・7）

父亡きは日暮に似たり朴の花　重岡　野風（H21・8）

曉々と日の座月の座朴ひらく　奥坂　まや（H23・9）

槐の花

槐散り生国の血を切れず死ぬ　須崎　茂子（S45・9）

心中に石がごろんと花槐　七戸　筐子（H11・9）

栃の花

橡の花

旅ゆけば美男の話栃の花　青野　敦子（S56・8）

裏谷に橡咲きうつらうつら老ゆ　飯島　晴子（H1・8）

栃の花火山灰降る山に近づけり　御前　保子（H2・9）

花散りし栃に集へり牧の牛　岩田　教子（H4・11）

図書室に居る饑さや橡の花　市川　葉（H15・7）

棕櫚の花

軽石に踵磨きて棕梠咲きて　山崎　正人（S49・7）

インテリが酢に噎せをれり棕櫚の花　杉山　幸子（S56・8）

百合の木の花

司祭館ユリの樹の花それとあり　細貝幸次郎（H15・8）

アカシアの花

アカシヤの月夜の戸口誰か出て　藤田湘子（S49・7）
アカシヤにうつつの馬の曲りけり　土屋秀穂（S49・8）
アカシヤの花のあめかぜ子を流す　手塚深志城（S50・8）
あかしやの闇のくろかみ卍かな　上野まさい（S53・11）
花アカシヤ幸も不幸もひとの倍　緒方厚子（S57・7）
アカシヤの花の夕べは人浮ぶ　深町家子（S59・9）
あかしやの花恋ふ刻の淡からず　高橋安芸（H2・8）
アカシヤの花やまとめて子の名呼ぶ　柴田幸（H3・7）
アカシヤの花明け方の夢信ず　若宮靖子（H4・9）
アカシヤの花諳んずる詩のとびとび　吉村きく子（H4・9）
馬ねむる花アカシアと夕月と　亀山歌子（H14・8）

楝の花　梅檀の花

指さして樗の花ぞ土佐一宮　藤田湘子（S52・6）
子を産みし町やあふちの花ふみて　金子うた（S62・11）
樗咲く七十過ぎが嘘のやう　金子うた（S63・8）
あふち散る吐息を生みし肋ぼね　松本よし子（H3・8）
梅檀の花や雨だれ吹かれ落つ　齋藤伸（H21・8）

黐の花

黐の花仏間で話すこと多し　若林小文（S49・8）
つぶやきて心足りけり黐の花　田中ただし（S59・9）

椎の花

裏口に沙弥の出入りす椎の花　山口　睦子（S50・8）

中年の行き処なし椎の花　伊沢　恵（S57・7）

椎の花降る百日の子の器量　市川　葉（H9・9）

櫟の花

放心や櫟の花のみづみづし　志賀佳世子（H6・7）

くぬぎ咲き思ひ切つての神参　西垣　崇子（H10・7）

えごの花

えご散るや注射にねむる病農婦　田中ただし（S40・10）

わが柩見定めて置くえごの花　松原ミドリ（H8・9）

えご散るや吾にも固定資産税　松原　順子（H9・8）

病衣着て敗者にあらずえごの花　余越ミヤ子（H13・8）

えごの花蜂もろともに落ちにけり　川上　登（H22・9）

塵泥にこぼれて雨のえごの花　小川　軽舟（H23・8）

合歓の花

濡縁に母の客来る合歓月夜　観音寺尚二（S43・9）

風に乗る合歓ハネムーンはじまる日　坂本　泰城（S45・11）

合歓右に左に父を失なひぬ　藤谷　緑水（S46・9）

ねむの花越後出るとき傘さして　小野寺芳江（S46・12）

合歓昼月喪の家を出て妻を見る　菅原　達也（S47・8）

合歓の花うす目ひらくにをんどり鳴く　横井千枝子（S49・10）

老母の歩けばはやし合歓の花　福田　小枝（S50・10）

音もなし青海はねむの花ざかり　青砥　順子（S51・10）

うしろより来て並びけり合歓の花　平松弥栄子（S52・10）

水ふかく刺す嘴やねむの花　田中ただし（S54・10）

合歓の花ふりむくと減る想ひかな　杉山幸子（S58・7）

絶命の淵まだ見えず合歓の花　山崎正人（S58・9）

合歓咲いて同じ日暮の本支流　布施伊夜子（S60・9）

雨の日の潜水艦とねむの花　川野蓼艸（S60・10）

合歓の花晩禱の耳熱くあり　坂田はま子（H2・10）

合歓咲けり村のはづれの牛飼に　真下千代子（H12・11）

調律のミ音探りぬ合歓の花　今田節子（H15・10）

ほつちりと童女の乳首合歓の花　有澤榠樝（H18・9）

日本の怪談優し合歓の花　竹岡一郎（H18・10）

菩提樹の花

もしかして菩提樹の花この匂ひ　飯島晴子（S63・9）

沙羅の花　夏椿

沙羅の花瓜実顔の人減りし　立神侯子（S58・11）

沙羅の花身につけぬ服ありにけり　篠原あさ子（S59・10）

母死ぬ日必ず沙羅の咲きをらむ　伊沢惠（H8・10）

寂光に弟子侍りたり夏椿　須藤妙子（H17・9）

さびたの花

装具みなはづせし馬身花さびた　真下登美子（H3・9）

玫瑰

はまなすや終生縋る一記憶　鴨志田理沙（H5・11）

玫瑰や沖喝采のいろ消えず　岩瀬和子（H8・8）

玫瑰や吾と子の時差八時間　金子千代（H14・10）

葛藤（つづらふぢ）　青葛

青葛の無傷の生毛岬の道　　増山　美島（S46・9）

桑の実（くはのみ）

桑の実や仔馬にたのもしきふぐり　　黒木フクエ（H9・9）

梧桐（あをぎり）　青桐

一本の青桐伐られ村は市に　　天野あや子（H5・10）

梧桐を濡らす霧笛の一途なり　　天野　萩女（H18・7）

あをぎりや灯は夜をゆたかにす　　高柳　克弘（H20・11）

梧桐やオープンカーに旅鞄　　辻内　京子（H22・8）

女貞の花（ねずみもちのはな）

人に飢ゑし螺旋階段ねずみもち　　入船亭扇橋（H3・8）

海桐の花（とべらのはな）

とべら咲き潜水服に弛みなし　　蓬田　節子（H5・8）

竹落葉（たけおちば）

発心の水を見送る竹落葉　　細谷ふみを（S48・10）

竹落葉眼かすかに血走れる　　飯島　晴子（S50・7）

竹落葉乳房ゆだねし頃のこと　　保田　智子（S51・8）

竹落葉人に言ふなといふはなし　　橋本　和子（S61・8）

竹落葉道に凸凹ありにけり　　小林比砂子（H17・9）

竹の皮脱ぐ（たけのかはぬぐ）　竹の皮散る　竹の皮

人逝けり竹の皮散る迅さにて　　佐々木碩夫（S46・7）

皮脱ぐ竹絵付の手首決りけり　　飯名　陽子（S47・6）

夢のあと高きところに竹の皮　　飯名　陽子（S47・11）

ばらばらに来てずぶ濡れの竹の皮　　磯部　　実（S50・7）

竹皮を脱ぐ旅立ちの音なりし　横井千枝子（S50・7）
売僧（まいす）まづ皮脱ぐ竹を見終んぬ　後藤綾子（S50・8）
陰（ほと）石にひつかかりゐる竹の皮　飯名陽子（S57・9）
竹皮を脱ぐ夕月を水に置き　土屋未知（H4・7）
竹皮を脱ぐうま酒を得しゆふべ　可児一人（H4・8）
竹皮を脱ぐ昼酒の淫ら声　星野石雀（H16・10）
竹皮を脱ぐや素性の争へず　高野途上（H17・5/6）
皮脱ぎし業平竹や夕灯　谷本ちゑ子（H21・9）
竹皮を脱ぐ退屈なばあちやんに　福勢鈴子（H22・11）

若竹（わかたけ）

今年竹

無音にて老に近づく今年竹　上野竜鬼灯（S47・7）
今年竹泪一滴たちのぼり　東森久美子（S49・7）
今年竹想ふべき夜のきたりけり　穂坂しげる（S51・7）
若竹に雨や男の身嗜み　一柳吐峰（S55・8）
からだから砂こぼれけり今年竹　服部美矢子（S56・9）
電線にとどく若竹多摩郡　小原寿々美（S59・9）
今年竹天に閊へて曲りけり　堀尾敏子（S59・9）
今年竹思はぬ形見賜はりし　市川景石（S60・7）
たちむかふ病ありけり今年竹　安食亨子（H1・9）
今年竹伐られ喪具となりにけり　輿石恵美子（H2・7）
妙義山屹立今年竹朦朧　佐々木幸子（H6・10）
若竹に性入る空の韻かな　岡本雅洸（H7・8）
穴埋めて踏みをる僧や今年竹　清水啓治（H21・9）
今年竹親の知らないことばかり　鈴木康乃（H23・8）

篠(すず)の子(こ)

篠の子や小字深山の集会所　高桑ひろみ（H10・9）

篠の子にもの聞くやうに踊みけり　山田敏子（H14・8）

杜若(かきつばた)

子に与ふ手鏡と櫛杜若　吉沢利枝（S44・8）

かきつばたひとをみているからだかな　辻桃子（S55・8）

火の性を持ちて八十杜若　廣川公（H15・7）

あやめ

黒猫の眼に光琳のあやめ咲く　灘稲夫（S47・9）

薄闇のあやめを北に都府楼址　平松弥栄子（S59・7）

水甘しかはたれどきの白あやめ　山田みつへ（H18・9）

花菖蒲(はなしやうぶ)　菖蒲園　菖蒲田　菖蒲池　菖蒲守

菖蒲園わが雨音を持ち歩く　柏木冬魚（S40・10）

菖蒲園ころしなれたる声聞ゆ　飯島晴子（S43・7）

菖蒲園紙幣の色の古りにけり　永島靖子（S45・8）

菖蒲田に水のだぶつく忌明けかな　一柳吐峰（S50・8）

あつまつてわかれて菖蒲田のほとり　寺田絵津子（S50・9）

しようぶ田の水涸れどきの和魂(にぎみたま)　原しのぶ（S51・6）

花菖蒲嚙み少年の軋みけり　仁藤さくら（S52・9）

花菖蒲鎌は真青に研ぎにけり　轍郁摩（S56・7）

菖蒲園老松雨をこぼしけり　山崎てる子（S57・8）

菖蒲田を隔てし人の白歯かな　芝崎芙美子（S58・9）

明治人菖蒲田を来て笑ひけり　磯部実（S59・8）

菖蒲見に行きたる心かへらざる　小林貴子（S59・9）

菖蒲池見下す窓の閉めてある　大竹　潤子（S63・9）
菖蒲田に聞かずともよき話かな　池辺みな子（H1・9）
夕星やけふの花摘む菖蒲守　山田　敏子（H1・9）
安曇野の田を祝ぐ菖蒲咲きにけり　星野　庄介（H8・10）
白菖蒲剪りて風より離れけり　三田　喜法（H15・7）

菖蒲（しょうぶ）　あやめ草

阿波人形よよと泣きけむあやめ草　橋本　梢（S46・9）
髭のかたちかなしかりしをあやめぐさ　飯名　陽子（S50・8）
まどろみのなかに菖蒲は立ちてをり　穂坂しげる（S52・7）
父祖の田の荒れ極りし菖蒲かな　細谷　高秋（H1・9）

鳶尾草（いちはつ）

いちはつや木屑の匂ひ二階まで　小串ノブオ（S47・7）
死顔のよき一八の日ぐれにて　田中ただし（S50・9）
一八や朝のやつれの羽根枕　岩永　佐保（H19・9）

芍薬（しゃくやく）

芍薬の花弁の密度誰が娶り　阪東　英政（S44・8）
芍薬の水を捨てるにみつめらる　渡辺　洋子（S50・8）
芍薬や借景靄の中にあり　西宗　七朱（H3・8）

グラジオラス

グラヂオラス三十のわが色と思う　長岡　美帆（H11・7）

ダリア　ポンポンダリア

ふるさとは雲とぽんぽんだりあかな　中山　知子（H12・11）
休講のふえてポンポンダリヤかな　細貝幸次郎（H13・9）
週明の青空高きダリアかな　大石　弘（H23・9）

下駄箱に下駄ある家のダリヤかな　片岡まさらず　（H24・10）

ユッカ

馬の癖乗つて覚えよ花ユッカ　中西　夕紀　（S61・9）
風入れて始まる講座花ユッカ　佐野　諦子　（H23・8）

向日葵（ひまはり）

向日葵の首ぐせ古き稿直す　倉橋　羊村　（S42・9）
ひまわりや抱く児を楯の世迷言　和田　俊子　（S44・9）
向日葵や笑みて衰ふ肖像画　田浪　富布　（S45・10）
向日葵に慾ふかき髪減りしかな　石田よし宏　（S46・10）
向日葵や妻が似てきてわれが似て　藤谷　緑水　（S48・9）
ひまはりや死にたる家を出て来たり　田中ただし　（S53・10）
ユダの書に向日葵二番咲きにけり　藤川　祐子　（S55・10）
海近きひまわりかの日見し映画　橘田すみゑ　（S58・11）
向日葵へ一歩疑ひ捨てにけり　目須田和子　（S59・10）
向日葵に問ひ詰められてゐるごとし　加藤　静夫　（H3・10）
向日葵の空やもんぺのわが写真　中井　満子　（H3・10）
向日葵や我も息子も髪染めて　斉藤　佳子　（H8・12）
いつぽんの手が向日葵の茎つかむ　小浜杜子男　（H10・12）
向日葵や戦経しこと我が芯に　伊藤たまき　（H11・10）
向日葵や坂の高さに海がある　木村　勝作　（H14・10）
午後三時杖の老婆と向日葵と　永島　靖子　（H14・12）
向日葵や車に干してラガーシャツ　中川　倫子　（H15・1）
盲の子ひまはり枯れし音言へり　池田　朝子　（H15・1）
向日葵に直情の顔上げにけり　羽田　容子　（H17・11）

ひまはりの哄笑を聴けかつ戦へ　竹岡　一郎（H22・7）

葵（あふひ）

立葵

花葵雨中に夢の像（かたち）見て　藤田　湘子（S48・8）

若者にさみしき咽喉（のんど）葵咲く　野平　和風（S53・8）

立葵午前教へて午後習ふ　立神　侯子（S63・9）

晩節の口出し手出し立葵　若本　輝子（H16・10）

道ばたは道をはげまし立葵　小川　軽舟（H19・8）

立葵妻の写真を撮りにけり　岸　孝信（H23・10）

拳もて少年泣きぬ立葵　横沢　哲彦（H23・10）

老人が石屋を覗く立葵　中山　玄彦（H24・9）

災禍の町に賃金得たり立葵　榊原　伊美（H24・10）

紅蜀葵（こうしよくき）

屍より先に帰りぬ紅蜀葵　芹沢　常子（H11・9）

ゼラニューム

ゼラニウム強き薬を貰いけり　斉藤　理枝（H13・10）

布袋葵（ほていあふひ）

布袋草乳房に芯のなくなりぬ　猿田　咲子（S60・10）

夏水仙（なつずいせん）

夕月に夏水仙のいろ三日　大石香代子（S63・11）

罌粟の花（けしのはな）

芥子の花

罌粟散るや降る死の灰は目に見えず　小野里芳男（S42・8）

白芥子をまはり躰が逢ひにゆく　飯名　陽子（S46・7）

玲瓏と呪ひ終りし罌粟の中　藤田　湘子（S46・8）

何せむに雨中の芥子の花ざかり　永島　靖子（S49・8）

手拭のうらがなしくて罌粟咲けり　寺内　幸子（S51・1）
くらやみに瘦せゆく姉を見たり罌粟　仁藤さくら（S52・10）
天草の血溜り卍組むは芥子か　今岡　直孝（S53・10）
狂信の雄叫あげぬ罌粟畑　大庭　紫逢（S54・9）
罌粟の花描きて働かざる父よ　辻　桃子（S56・8）
月曜のまぬがれがたし罌粟の花　野村　里史（S56・8）
おるごおるほろほろけしのちるばかり　勝田けい子（S58・8）
抽象とも具象とも罌粟描きをり　前川　彰子（H4・8）
罌粟咲けり場末に聞きし血の値段　中岡　草人（H11・8）

雛罌粟（ひなげし）　虞美人草

風上へ向くひなげしの瞳なす　後藤　隆介（S59・3）
虞美人草腕時計見し女去る　山田　華蔵（H18・9）

罌粟坊主（けしぼうず）

罌粟の種生命線をころがれり　角田　睦美（S58・6）
一丁目眼科二丁目芥子坊主　伊藤かづ代（S63・11）
罌粟坊主夢やしなひの刻呉れよ　倉垣　和子（H12・7）
泣かぬこと覚えたる日や罌粟坊主　宮沢　豊子（H15・8）

撫子（なでしこ）

葛城の雨撫子を愛でんとて　長峰　竹芳（S53・11）
撫子や鬣切らぬ岬馬　小川　軽舟（H20・12）
撫子や浅瀬もつとも川はしやぐ　後藤　義一（H23・12）

ダチュラ　曼陀羅華

客引の業平作り曼陀羅華　大野　満（H24・8）

月下美人（げっかびじん）

月下美人羞しきまで開きたり　一条　妙子　(H7・10)

月下美人咲いて即ち誰も居らず　安藤　辰彦　(H9・10)

カラー　海芋

人古りて海芋の叢に足濡らす　飯島　晴子　(S58・8)

睡蓮（すいれん）　未草

少年のぼんやり浴みひつじぐさ　小林　秀子　(S52・9)

睡蓮に失楽はいまゆふぐれむ　仁藤さくら　(S53・7)

睡蓮の蕾の尖り水の中　大八木陽介　(H7・10)

雲が来て画筆擱きけりひつじ草　吉沼　等外　(H12・10)

すいれんは泥中の快知りてをり　山本　雅子　(H12・10)

百合（ゆり）

百合山は恐し藁屋に女居て　太田　雄司　(S50・10)

百合花粉つけてだらだら弔に　岡本　勇　(S51・8)

少年のまつさかさまに百合の花　穂坂しげる　(S51・9)

真闇にて山百合惜しみなくほろぶ　森　優子　(S53・10)

喪家にていくたびもつく百合花粉　中山　秀子　(S56・10)

山百合の崖にて肌の透きとほる　小黒　和子　(S56・10)

踊子の眉をよごせし夜の百合　岡本　雅洸　(S59・11)

埓もなや鉄砲百合の倒れ咲　山地春眠子　(S60・11)

山川の凡景にして百合ひらく　藤田　湘子　(H3・8)

一睡に雨あがりけり鹿子百合　池辺みな子　(H5・10)

山百合に暁光何をもたらすや　大野　滋子　(H12・11)

百合手向け事もあらうに嫉妬心　三代寿美代　(H19・11)

そのあたり夜のごとくに百合白し　小川　軽舟　(H24・9)

真つ新の白に執せり供華の百合　穴澤　篤子　(H24・10)

百合描きこころのすでに白くあり　上條　信子　(H24・10)

松葉牡丹（まつばぼたん）　日照草

種牛が厚き舌出す日照草　金子　うた　(S42・9)

松葉牡丹思ひ当るを怖れけり　寺田絵津子　(S44・9)

この恋も終りの松葉牡丹かな　星野　石雀　(H1・9)

仙人掌（さぼてん）　仙人掌の花

足の裏痒きさぼてん月夜かな　木曽岳風子　(S49・8)

仙人掌の我慢の花を咲かせけり　江川　繁子　(S62・10)

サボテンの花咲き嫁に麦粒腫（ものもらひ）　村上　妙子　(H13・9)

日日草（にちにちさう）

日々草咲けり晩節立て直す　穂曽谷　洋　(H16・10)

日日草仕事着高く干しにけり　向山八千代　(H17・10)

子も国も恃むに足らず日日草　羽藤　雄二　(H23・9)

早起きの方が戸を繰る日々草　古薮　国子　(H23・11)

百日草（ひやくにちさう）

百日草妻の孕みし頃のこと　佐宗　欣二　(S50・11)

百日草千日草や賞与なし　野村　和代　(H18・10)

青鬼灯（あをほほづき）

青鬼灯ゆふかぜほどけきたりけり　斎藤　夏野　(H18・9)

鉄線花（てつせんくわ）

巫女に訊く鉄線花なぜ剪りしかと　神尾　季羊　(S54・12)

鉄線の花のどれかが廻りさう　細谷ふみを　(S62・11)

待つといふ愛にありけり鉄線花　篠原あさ子（H3・9）

鉄線花亡き子に乳をしぼりけり　林　もり（H8・9）

紅の花

ひとつ寝ればひとつ賢く紅の花　市川　葉（H23・8）

茴香の花

茴香やゆらぎてのぼる昼の星　三栗　健（S56・11）

玉巻く芭蕉

玉解く芭蕉

玉を解く芭蕉や晩きわが立志　戸田　翠（H16・8/9）

苺

草苺

雷後児の一跳躍や草苺　河崎　麻鳥（S49・7）

弱国やふつふつ夜の苺ジヤム　加藤　知路（S51・9）

水兵の唾濃くなる苺狩　椰子　次郎（S52・7）

苺大粒老いし茂吉に恋の歌　小浜杜子男（H4・7）

死ぬること面倒苺つぶしけり　上田つくし（H15・8）

胡瓜苗

坊さまの値切りてをりぬ胡瓜苗　田中志満子（H8・8）

糸瓜苗

糸瓜苗つけし自転車どこか鳴る　荒井　成哉（S47・8）

糸瓜苗呉るる話のそれつきり　小林冬日子（S63・7）

茄子苗

酒のみてまだ茄子苗を持ち歩く　増山　美島（S53・8）

茄子苗を植ゑてこの世を広げけり　轍　郁摩（S61・8）

夢はゆめとし茄子苗と年金と　狩野　ゆう（H12・7）

瓜の花

わがあたま瓜の徒花咲きすぎし　沼尻　玲子（H2・10）

年寄にほめられにけり瓜の花　中野悠美子（H19・9）

南瓜の花

ジーンズを見なれ着なれて花南瓜　佐藤　中也（H2・9）

端山にて入らず山なり花南瓜　藤澤　正英（H3・10）

働かぬ男と暮らす花南瓜　松坂　螢子（H10・8）

次の世は子供産みたし花南瓜　向井　節子（H15・10）

しひていへば南瓜の花の記憶なり　新原　藍（H15・11）

老斑の増えしゑくぼや花南瓜　黒木フクエ（H22・11）

糸瓜の花

去るものを追へず糸瓜の咲きにけり　小林　青楊（S58・10）

糸瓜咲きふつつり酒をやめにけり　池本　陽子（H9・10）

瓢の花

へうたんの花

ひようたんの花仕事ありしたくなし　豊島　満子（S58・7）

花ふくべ逢はぬと決めし父病めり　杉浦　幸子（S60・10）

夕顔

夕顔や授乳の一人輪をぬけし　布施伊夜子（S54・10）

夕顔の一汁賜ふ甲斐の国　安藤　逸人（S62・11）

夕顔や六波羅蜜寺街の中　鈴木しげ子（H1・8）

夕顔や衣桁のものの風はらむ　土屋　未知（H4・11）

夕顔にまたも男の訃なりけり　浅井　多紀（H5・11）

夕顔の咲いて板場の仕込どき　安川　喜七（H9・10）

人参の花

人参の花落日に泪せり　溝渕　淑（H15・12）

茄子の花

早茄子の早咲きの花夜のあそび　布施伊夜子（S48・7）

うたたねの泪大事に茄子の花　飯島　晴子（S52・9）

朝は子へ薄情茄子の花ざかり　脇本　星浪（S54・8）

茄子の花老骨もまた励めよと　萬　蓼二（S55・9）

夫病みて夫詠む茄子の花ざかり　小玉　秀子（S56・9）

家を継ぐいもうと五十茄子の花　天野　慶子（S59・8）

近松の美文に倦みぬ茄子の花　福間　徹（S59・8）

天命をたのしと茄子の花ざかり　沼尻　玲子（S59・10）

榛原郡榛原細江茄子の花　山口　広子（S61・6）

茄子の花日曜のまた仏事かな　鈴木しげ子（S61・10）

職人は朝が勝負や茄子の花　斉藤　理枝（H9・9）

山彦はなすびの花を落しけり　丸山　敦子（H9・10）

晩学といふ贅沢や茄子の花　西垣　崇子（H9・10）

断食に癒えたる身体茄子の花　山本　良明（H10・10）

昏睡の人の母国語茄子の花　西村　恭子（H10・10）

茄子の花もぐらは知慧を増やしけり　岡本　雅洸（H12・9）

茄子の花猫が急ぎて行きにけり　戸塚　啓（H13・9）

茄子の花親に元気を強ひてけり　藤澤　憼子（H24・8）

馬鈴薯の花

じやがいもの花おふくろの話かな　穂坂　志朗（S45・8）

じやがいもの花長男に嫁来るよ　鈴木　文七（S46・8）

じやがいもの花ため息のふいにでる　塚原　時子（S54・9）

馬鈴薯の花日曜は教会へ　前川　彰子（H4・7）

じやがいもの花啄木はもう読まず　蓬田　節子（H4・8）

馬鈴薯の花ゆれてゐる火宅かな　稲澤　雷峯（H5・8）

馬鈴薯の花や春(うすづ)く利尻富士　志田　千惠（H10・10）

じやがいもの花や東京行始発　萩原　友邦（H16・7）

じやがいもの花誰よりも働く手　田代キミ子（H16・11）

胡麻(ごま)の花(はな)

一里塚二里塚胡麻の花ぐもり　上田多津子（S50・7）

唐辛子(たうがらし)の花(はな)　蕃椒の花

蕃椒咲きけり賞のもらへたる　阿部　英一（S55・9）

独活(うど)の花(はな)

独活の花仔牛も角をもちにけり　三上　良三（S58・8）

働くに憚りはなし独活の花　稲澤　雷峯（H8・8）

山葵(わさび)の花(はな)

まさやかに月の水音花わさび　笠原　良一（H1・7）

馬にやる水汲みにけり花山葵　新田　裕子（H18・8）

韮(にら)の花(はな)

韮の花はじめの日暮母にくる　田中ひとし（S46・9）

笛いつも恐うてならぬ韮の花　布施伊夜子（S47・1）

韮の花韮の匂いの中にかな　宮木登美江（S58・11）

豌(ゑん)豆(どう)　莢豌豆

剝きかけの莢豌豆とうとうとす　鈴木　修一（S62・10）

絹莢をさつと炒めて若返る　藤原　昭女（H17・10）

蚕豆（そらまめ）　おたふく豆

そらまめの青空父母繭になる　熊木まさのり　(S46・10)
蚕豆の実入りよろしき遍路かな　志村芙美子　(S53・8)
山麓の蚕豆そだつ冴かな　端山日出子　(S54・6)
念仏に蚕豆の葉の一戦ぎ　国重　勝之　(S56・7)
病めば訊く蚕豆はまだ煮えざるや　田中ただし　(S63・10)
そら豆と酒一合と勇気がある　藤田　湘子　(H12・7)
言ひわけはおたふく豆を食べてから　岡田　靖子　(H14・10)
そら豆を剝きて空飛ぶ用もなし　三田　喜法　(H21・8)
蚕豆剝く厨にテレビ聞き乍ら　小林　きよ　(H23・10)

筍（たけのこ）　たかんな

筍の一寸先の浄土かな　高橋喜玖子　(S48・7)
筍や雨粒ひとつふたつ百　藤田　湘子　(S50・5)
ここ三日たけのこ番屋から煙　後藤　綾子　(S51・5)
筍をゆがく焔の快楽かな　飯島　晴子　(S51・6)
筍を足蹴にしたる未来かな　東　陶淵　(S51・8)
筍を飽かなく食ひて国東に　服部美矢子　(S51・8)
癇症の筍掘を手なづける　大庭　紫逢　(S54・7)
筍に躓きしこと大仰に　青島　絹枝　(S57・7)
筍や万座の空の風の道　土屋　未知　(S57・8)
一膳の月山筍に合掌す　本馬　峻　(S60・11)
羽田空港より筍を持ちあるく　本馬　峻　(S61・7)
空とほければ筍を掘りにけり　有澤　榠樝　(H2・8)
筍のわらわらとある廃寺かな　藤田　湘子　(H3・6)

断言のごとく筝（たかんな）置かれけり　奥坂　まや（H9・8）
初掘の竹の子気温十三度　小泉　淑子（H12・7）
筍に虎の気性や箱根山　小川　軽舟（H20・7）
筍をゆがくに足りる薪を割る　緒方すぎ子（H22・7）
筍にずんぐりといふほめ言葉　古川ただし（H23・7）
竹の子や初冠をつけて伸ぶ　水島　瑛子（H24・8）

蕗（ふき）

染糸の香だちて乾く蕗嫩葉　酒井　鱒吉（S40・6）
蕗若葉いまだ細身の鱒のぼる　小野里芳男（S43・6）
蕗むいて母また死者をなつかしむ　景山　秀雄（S44・7）
蕗原や鳥ともならず風を見て　藤田　湘子（S46・8）
うつすらと豆腐売来て蕗開く　大森　澄夫（S48・6）
どの道が母へ行く道蕗山は　寺内　幸子（S48・7）
うつすらと鳩翔つ蕗原のあけぼの　渡辺　興博（S49・9）
蕗の根を抜くとずるずる二家系　長谷川きよ志（S50・7）
苦汨して煮つめたる二番蕗　石井　雀子（S51・7）
蕗山に櫛落ちかかる母と在り　青野　敦子（S52・4）
蕗原の風見ゆ火箸深くさす　若林　小文（S57・8）
蕗刈るやここいらだけの通り雨　大沼　たい（H5・9）
大鍋に蕗煮ることを遊びとも　藤岡　与志（H8・9）
一面の蕗の広葉の中に摘む　藤村　昌三（H9・9）
象潟をさつと過ぎたり蕗の雨　小宮山智子（H10・9）
蕗刈つて蓮如の道を明るうす　葛谷　一嘉（H10・12）
蕗呉れて自分のことを少し云ふ　寺内　幸子（H12・9）

上や下見てもきりなし蕗を煮る　角田　節子（H19・8）
蕗の葉のかむさりをりぬ外流し　佐藤佳津子（H19・9）
蕗畑雨ばらついて上りけり　天地わたる（H20・9）

瓜（うり）

瓜畑のところどころでぐちこぼす　千葉　久子（S44・9）
銛打ちの少年瓜食ふ夕霧楼　今岡　直孝（S54・8）
四十爛漫受皿に瓜の種　初谷　杜風（S55・9）
瓜割つて天のはたての匂かな　奥坂　まや（H20・11）

甜瓜（まくはうり）

占ひの当る不運や甜瓜　京崎　伸子（S63・8）

胡瓜（きうり）

胡瓜嚙む文芸すこし泡立ちぬ　岩澤　實（H1・11）
味噌つけて嚙る胡瓜を尊べり　安部　りよ（H3・12）
胡瓜すぐ曲りたがるよ川原風　伊藤　佑子（H9・10）

越瓜（しろうり）　白瓜

白瓜に髪の乾かぬ匂ひして　飯名　陽子（S51・10）
年の功しろうり漬けるくらいかな　蓬田　節子（H15・8）

メロン

思ひ果なき灯の薄暮メロン切る　古林富三楼（S44・9）
きのふ明るくけふ昏かりきメロンに刃　岩永　佐保（H8・7）
メロン掬ふ術後五年の夜景かな　本橋　洋子（H23・11）

茄子（なす）　初茄子

北へ行く茄子も胡瓜も食べ飽きて　佐々木七重（S48・9）
初茄子に勿体もなし坐肼胝　山田　一笠（S54・9）

悪茄子爛々とわが翁かな　飯島晴子（S55・3）

茄子畑のすぐその先きが入間川　中山玄彦（S62・10）

はしけやし一番生の茄子の臀　竹岡江見（H7・9）

約束をやぶるつもりや焼茄子　吉田小威子（H16・11）

茄子食べていのちしづかに減りゆくか　市川葉（H21・11）

生涯に表札一つ茄子焼く　有馬元介（H24・8）

トマト　蕃茄

トマト浮く厨有髪僧栄えむ　須崎茂子（S45・7）

晩婚や絵本の上の夜のトマト　脇本星浪（S60・10）

なまぬるきトマトたましひつかるるな　小倉赤猫（H6・10）

蕃茄喰ふ空はあまりに上天気　中村空（H14・9）

甘藍　キャベツ

うつくしきキャベツの芯として残る　小浜杜子男（S58・9）

娌りてキャベツ一個と向き合へり　藤田湘子（H13・8）

新馬鈴薯

新じやがや出雲暮しの佳き便り　伊藤美津子（H5・10）

ゴーゴリや新馬鈴薯掘ればもつこりと　岡崎羅南（H6・9）

玉葱

玉葱はいま深海に近づけり　飯島晴子（S47・8）

玉葱も母もころがる孤独なり　菅原君男（S54・9）

憂鬱も玉葱も夜々ふとりゆく　茂木寿子（S56・7）

玉葱に泪明るきニュース欲し　折戸数子（H22・9）

玉葱を刻みさしぐみゐたりけり　景山而遊（H25・6）

辣韮（らっきょう）

勤め妻老い辣韮に酢が効けり　手塚深志城　（S50・9）
辣韮剝く己に克つといふ一事　伊沢　恵　（H12・9）
平成の末も見ようぞ辣韮食ふ　山本良明　（H13・8）
辣韮を漬け空想も怠らず　今野福子　（H15・8）
昼日中から辣韮で飲(や)つてゐる　加藤静夫　（H23・9）

茗荷の子（めうがのこ）

水音を夢にうつゝに茗荷の子　座光寺亭人　（S49・1）
藪ばさりばさりと現れし茗荷採　横井千枝子　（S62・1）
恙なし茗荷の採れる庭があり　土屋秀穂　（H5・1）
茗荷汁金婚の日と妻の言ふ　松佐古孝昭　（H24・12）

パセリ

夜のパセリおおぜいメガネかけてくる　しょうり大　（S46・10）
パセリより明るく遠い味方あり　穴沢篤子　（S52・12）
家にゐて家なつかしきパセリかな　矢口　晃　（H19・10）

蓼（たで）

さがみ野の月の出はやし蓼を摘む　中山玄彦　（H22・9）

紫蘇（しそ）

青紫蘇の月に吾が血をおそれけり　高橋喜玖子　（S45・10）
山国に青じそを摘む鳥まぶた　藤川祐子　（S51・8）
紫蘇の葉の河内長野のあはれかな　増山美島　（S53・9）
いち早く日暮近づく紫蘇の壺　後藤克実　（S55・9）
死がそばを通り抜けたり紫蘇畑　山田陽子　（H17・11）

新生姜

雨と云へば伯母が来るなり新生姜　増山　美島（S52・12）

新生姜もの捨てきれぬ夫婦なり　佐藤たつを（S58・11）

青山椒

青山椒雨の向ふに灯の点いて　藤田　湘子（S50・6）

あきらめにすこし日数や青山椒　金田　眸花（S63・10）

青山椒男の帯に齢無し　岡本　雅洸（H11・10）

青山椒黙つて酒を出してくる　細貝幸次郎（H20・9）

蓮　蓮の花

蓮咲いて水中の穴深くせり　青木　泰夫（S45・10）

石切の炎える蓮を思ひけり　太田　雄司（S47・7）

一尺の虚空へのぼる蓮の色　灘　稲夫（S50・8）

靄に旭がさし蓮池の咳ばらひ　野平　和風（S52・1）

蓮の花散るをみてきし正座かな　林　喜久恵（S57・10）

蓮といふ泥中を出て淡きもの　藤田　湘子（S58・11）

蓮池を越えて孔雀の夜の声　細谷ふみを（S60・8）

蓮池を颯と写して青年去る　関　とみ（S60・11）

蓮咲いて八雲旧居に八雲坐す　山崎てる子（H2・10）

ゆつくりと蓮の水の動くらし　加藤よい子（H16・12）

蓮の浮葉　浮葉　蓮の葉

僧と寝て浮葉に滅ぶかも知れぬ　布施伊夜子（S52・9）

蓮浮葉自転車乗りも香るらん　四ッ谷　龍（S60・12）

蓮の葉に礫とびせり朝雀　沖　あき（H19・9）

麦（むぎ）

穂麦

麦熟るる夜風旋盤（ばんこ）に遊ばせて　安斎千冬子（S40・8）

麦の風餡透く菓子を母に買ふ　金子うた（S41・8）

穂麦野の無音の汽車と夕鴉　落合伊津夫（S42・7）

老火夫の紫蘇染むむすび麦の風　薬師寺白光（S43・7）

喪がつゞく麦生に赤き峠見え　宮坂静生（S48・9）

わがことば遅く晴夜の麦深し　穴沢篤子（S49・9）

眼鏡すると小郡の麦晴れてあり　広江徹子（S53・11）

一徹の弘法麦の穂なりけり　飯島晴子（S57・8）

麦熟るる夜や何となく起きてゐる　若宮靖子（H2・10）

蠍座の夜々の傾き麦熟るる　笹井武志（H5・9）

麦畑まつさをな雨降つてゐる　渡部よし子（H20・9）

麦の黒穂（むぎのくろほ）

黒穂

黒穂抜きありし黒穂に印なし　増山美島（S59・8）

黒穂掌に歩きの神の憑きゐたる　窪寺寿美枝（H2・9）

早苗（さなへ）

捨苗　余り苗

一村の早苗そよがせ神降り来　北川俊子（S62・8）

はからずも捨苗の起つ舟着場　中島畦雨（S62・9）

サーカスの町に来る日や余り苗　市川葉（H4・9）

ゆらゆらと田螺抱きをり余り苗　伊藤左知（H5・8）

伊那口の雲真白や余り苗　野尻みどり（H5・9）

弥撒の鐘島人は苗余さざる　加藤いろは（H8・9）

余り苗山襞を雲のぼりゆく　岩永佐保（H10・8）

淡海や余り苗より青蛙　吉村しづこ（H10・10）

約束のやうに風来ぬ余苗　志賀佳世子（H12・8）
山里の早苗月夜の集ひごと　渋谷　竹次（H13・8）
束解きし早苗に水の動きけり　中村みき子（H13・12）
捨苗の旬余の雨に根を張りぬ　志田　千恵（H24・8）

帚木（ははきぎ）　帚草

一本立ち幾本も立てり帚草　石井　雀子（S42・10）
風ゆれて箒のためのははき草　五島　一葉（S48・11）
帚木のあたりに夢の終りあり　田中　真理（S50・10）
鬼婆の帚草かよあをあをと　飯島　晴子（S53・10）
燃ゆるべく雲わたりゆくははきぐさ　広江　徹子（S54・8）
帚木のまはりを掃いて居なくなる　小原　俊一（S56・2）
だまらねばももんがくるよ帚草　矢島しげ子（S56・9）
ははきぎの荒髪のごと日を吸える　保高　公子（S60・11）
吊鐘は音の固まり帚草　藤田　湘子（S60・12）
吾が裡にせむ帚木の暗紅を　飯島　晴子（S63・1）
帚木の帚木を押し育ちけり　宮坂　静生（H1・11）
完璧の帚木となり吊るさるゝ　木村　照子（H2・2）
帚木の枯れて透かすを彼の世とす　飯島　晴子（H12・2）
帚草月光にいろ抜かれたる　土屋　未知（H13・12）
帚木と吹かれ十年のちのわれ　今野　福子（H20・12）

麻（あさ）

通るたび指を動かす麻くらがり　寺内　幸子（S49・8）

夏草（なつくさ）

雨の日をほとけ賜へり夏穂草　住　素蛾（S55・9）

夏草や父の名残す忠魂碑　皆川　俊之（H22・12）

草いきれ（くさいきれ）

ぼんやりと犬の齢や草いきれ　飯倉八重子（S49・10）

くさいきれひぐれはだだとだらくせり　木野　卯太（S53・9）

とどまるは穢るるごとし草いきれ　光部美千代（H4・9）

濁流は雲を映さず草いきれ　山田千恵子（H19・11）

黒板の文字垂直や草いきれ　帆刈　夕木（H19・12）

草いきれおほきな家が棄ててある　佐伯ひろし（H23・10）

青芝（あをしば）

青芝にひとり坐れば解りけり　鈴木　雅貴（H8・9）

青歯朶（あをしだ）

羊歯若葉旅の時計を巻き直す　小坂　英（S43・7）

青薄（あをすすき）　青萱

青萱の一度汽笛を浴びし露　藤田　湘子（S44・9）

青芒十指これきりひろがらず　市川　恵子（S45・10）

阿波岐青芒夜濯ぎ朝濯ぎ　神尾　季羊（S49・10）

子育ての夢青張りの芒山　沼尻　玲子（S51・8）

青すすき煮炊きの膝を眩しめり　山岸　義郎（S58・8）

魚籠の鮒はねて日照雨の青芒　風間　淑（S62・9）

青芒一艇凜と過ぎしのみ　神尾　季羊（H1・12）

あをあをと薄挿しあり精神科　新田　裕子（H18・10）

海原の遥かはまろし青芒　南　十二国（H19・11）

青蘆（あをあし）

乳首なき魚を握りて青葦原　田原　紀幸（S51・7）

青葦のゆらぎうつりのゆらぎをり　小澤　實（S59・8）
青芦のなびくや急に帰りたく　須田　淳子（S63・10）
蘆青し十五の記憶疾走す　中山　玄彦（H8・8）
青葭にしばし獄（ひとや）のごとくゐし　飯島　晴子（H9・10）

夏蓬（なつよもぎ）

白猫は白く声曳く夏よもぎ　田中ただし（S47・9）
わが谺尋めて蓬の木から木へ　木曽岳風子（S51・9）
夏蓬いきなり約を強ひらるる　和田　妙子（H15・9）

夏萩（なつはぎ）　青萩

いつまでもかくれてゐたく萩青し　飯島　晴子（S63・11）
夏萩や正岡子規の不在永久　岩永　佐保（H12・10）
夏萩や木偶の白眉上がりける　佐宗　欣二（H20・9）

葎（むぐら）

風吹いて鯉は口開く葎宿　蜂須賀　薫（S58・11）

竹煮草（たけにぐさ）

竹煮草雲は雲脱ぐたのしさに　飯倉八重子（S47・9）
竹煮草伸びて他国の足がかり　早乙女房吉（S48・10）
ふるさとの竹煮草かよ強情な　石井　雀子（S60・9）
みちのくに馬亡びたり竹煮草　吉野　俊二（H1・9）
にこにこと妻の強情竹煮草　吉沼　等外（H6・11）
山彦へ花を突きだす竹煮草　布施伊夜子（H6・12）
埋葬を終へ午後四時の竹煮草　永島　靖子（H7・10）
煙出す汽車に乗りたし竹煮草　杉浦まつ子（H10・7）
竹煮草ダンプまるごと熱気噴く　やうち　海（H16・11）

鈴蘭（すずらん）

スズランの野をぶらつける男雲　市野川　隆（S42・7）

昼顔（ひるがほ）

ひるがおやひとりの昼に見えるなり　石井　園子（S44・7）

昼顔に喪の空腹のつのりけり　戸塚時不知（S51・10）

昼顔の昼白濁のいづこより　鈴木きひえ（S52・9）

昼顔や形見分けるにさざめきて　飯倉八重子（S52・11）

ひるがほに足とられたるうつつかな　内野　彰子（S57・8）

昼顔や但馬へ行くは母の縁　金田みづま（H4・1）

昼顔は誰も来ないでほしくて咲く　飯島　晴子（H4・9）

昼顔のあれは途方に暮るる色　飯島　晴子（H5・10）

ひるがほの花咲き家鴨孵りけり　牛田寿美子（H10・10）

昼月のいろ昼顔にうつりけり　土屋　未知（H12・12）

昼顔のつれなきひらき加減かな　細谷ふみを（H14・8）

ひるがほのからまれるわが劣情よ　榊原　伊美（H19・10）

ひるがほや島の新地の女郎墓　今岡　直孝（H22・9）

月見草（つきみさう）　待宵草

死神は鼬の速さ月見草　大崎　朝子（S44・9）

月見草母へ便りの末尾空く　渋谷　雄峯（S46・10）

月見草開きて次の花へ向く　細谷ふみを（S58・11）

月見草機関車は貨車置いて去る　田村　能章（H2・11）

月見草月の国より藥もらふ　市川　千晶（H8・8）

月見草わが顔忘れつつありぬ　田代　弘子（H11・10）

待宵草激情の髪解きにけり　長岡　美帆（H13・8）

まだ泪する唄ありぬ月見草　渡部まりん（H17・9）

月見草山羊に迎への来る頃ぞ　戸塚　啓（H17・9）

著莪（しやが）の花（はな）

酒の米一日搗いて著莪の花　宮崎　尚子（S49・7）

早起の乳首のやせや著莪の花　福田　繁子（S50・7）

著莪くらくなりたる風の写真館　鳥海むねき（S51・8）

発心の踵を照らす著莪の花　吉田　静子（S55・7）

出羽の国吾助の宿の著莪の花　渡辺きさく（S62・9）

愛に遠く無頼に遠し著莪の花　上窪　青樹（H1・6）

かたくなに愛憎痩せず著莪の花　杉山ゆき菜（H5・8）

まだ先は永しと思へ著莪の花　西村　恭子（H10・11）

夕ぐれに年をとるなり著莪の花　奥野　昌子（H21・7）

河骨（かうほね）

はぐれ鳰河骨は花収めけり　倉橋　羊村（S48・9）

河骨や盲ひてのちに想はむと　国重　勝之（S49・8）

河骨や夢にも上み手濃かりけり　増山　美島（S50・11）

河骨を悲恋のたびにかきまはす　布施伊夜子（S53・8）

河骨の燈明咲きに薄瞼　有井　祐子（S57・9）

河骨や扉ひらきて神輿庫　三木　聆古（S58・7）

水葵（みづあふひ）

水葵しんみりばなしときに笑み　小澤　實（S63・12）

蒲（がま）の穂（ほ）

蒲の穂や葛西囃子を川上に　藤田まさ子（H15・1）

滑歯莧（すべりひゆ）

三日経て恥あかあかと滑莧　山口　広子（S56・10）

あをあをと神住まふ山滑莧　福永　青水（H22・11）

藜（あかざ）

馬の尾のうるさうるさと夏藜　小澤　實（S58・11）

山の子は風にさとくて藜の葉　秋田　牧女（S61・10）

浜木綿の花（はまゆふのはな）

はまゆふと呼びては我らただよひぬ　大森　澄夫（S50・9）

浜木綿に朝な夕なと奪れけり　甲斐　潮（S62・9）

夏薊（なつあざみ）

夏あざみ幾彩の血を隠しもつ　橋本たみか（S45・8）

夏薊峠越ゆるに飴三粒　小倉美枝子（S57・8）

灸花（やいとばな）

灸花老いらくの血のあまたあり　弓倉御代香（H3・9）

羊蹄の花（ぎしぎしのはな）

羊蹄花や月夜は魚の眼が光る　門脇　素浪（S39・10）

現の証拠（げんのしょうこ）

花こぼすげんのしょうこの辺も暮れて　越野としを（S43・11）

恋死ぬかげんのしょうこの花嗅いで　山本　雅子（H8・2）

十薬（じふやく）　十薬の花　どくだみ

十薬の花のかたちのやまひかな　永島　靖子（S45・9）

十薬や土葬ほとんど腹へらし　原田　露星（S45・10）

どくだみの花忘恩の闇ふかし　蟹江　北斗（S46・8）

十薬の花やロシアの旧国歌　冬原梨雨次（S50・8）

約束の十薬干すや姨心　高橋安芸（H1・9）

十薬の蕊高くわが荒野なり　飯島晴子（H3・9）

十薬の花他の花を近づけず　山下半夏（H6・9）

どくだみの花いつかうに知恵わかぬ　一條和子（H13・9）

十薬の花の叱咤の香なりけり　加藤静夫（H16・10）

十薬やものに餓ゑたるころの詩語　佐藤祥子（H16・10）

夕闇に十薬の花ばらまけり　田上比呂美（H19・7）

蚊帳吊草（かやつりぐさ）

種牛に蚊帳吊草の窪みかなし　増山美島（S46・10）

煙突に灯がつき蚊帳吊草の唄　磯部実（S47・9）

かやつりぐさ眠ればゆける国のあり　植田幸子（S47・10）

蚊帳吊草蚊帳吊らぬ世となりにけり　金子うた（H17・9）

蚊帳吊草河口のあたり夢にみて　立神侯子（H18・11）

藪茗荷の花（やぶめうがのはな）

藪茗荷咲く日のみちを和尚さん　服部美矢子（S60・12）

延齢草（えんれいさう）

延齢草さゆらぐやまづ雨一粒　石井雀子（S41・10）

立浪草（たつなみさう）

立浪草の崖見放してなるものか　飯島晴子（S57・5）

射干（ひあふぎ）

子を産んで射干（ひあふぎ）の朱を見て居りぬ　飯島晴子（S49・1）

射干に名犬年をとり過ぎし　堂島一草女（S57・9）

射干や万葉仮名の厳めしき　吉長道代（H12・9）

狐の提灯（きつねのちょうちん）　宝鐸草

宝鐸草川音は旅うるほせる　羽藤雄二（H24・9）

烏柄杓（からすびしゃく）

烏柄杓千本束にして老いむ　飯島晴子（H5・10）

わたくしに烏柄杓はまかせておいて　飯島晴子（H8・10）

姫女苑（ひめじょをん）

たはやすく怠惰をゆるしひめじよおん　清水啓治（H7・8）

姫女苑馬の鼻息あびにけり　大岩美津子（H19・9）

都草（みやこぐさ）

恋せねば恋の詩詠めず都草　桜井美恵子（H10・10）

捩花（ねぢばな）　文字摺草

捩花を忘れかけたるところなり　笹山美津子（H1・11）

捩花や乞食坊主山頭火　古屋三四郎（H6・8）

もぢずりの一花はじまる馬まつり　増澤ヨシ（H6・9）

文字摺草少女は父を疎みそむ　木村勝作（H10・8）

捩花や老いては庭を野に還す　吉沼等外（H20・10）

鷺草（さぎさう）

鷺草やあとかたもなき男にて　福田小枝（S52・11）

鷺草のをしへてくれし呪文かな　藤田湘子（H14・10）

蛍袋（ほたるぶくろ）

蛍袋放蕩の顔つくづくと　稲葉ふみ江（S50・9）

もごもごと虻ゐるほたるぶくろかな　飯島晴子（S62・9）

鼯鼠に夜明けのほたるぶくろかな　安川喜七（H4・9）

起こすなよほたるぶくろの中のわれ　池田暘子（H8・9）

雑念の解けたるほたるぶくろかな　西賀　久實　(H10・9)
白き道はじまる蛍ぶくろより　小浜杜子男　(H12・8)

烏瓜の花

烏瓜の花の闇にて呼ばれたる　正木　千冬　(S56・12)
身のうちの女と烏瓜の花　須藤　妙子　(H3・9)
からすうり咲くや帰りはおもてみち　古川　治子　(H7・11)

蛇苺

戦後ながしふみしだかれて蛇いちご　丹野　桂子　(H2・9)

夏蕨

夏蕨乳離れの乳捨てにけり　坂本　泰城　(S51・7)

芹の花

芹の花ほのぼの赤き子持蟹　小野里芳男　(S43・8)

鋸草

ひとなつの復讐は果つ鋸草　窪田　薫　(S58・12)

風露草

風露草やまびこ青くかへりきし　中山　知子　(H20・10)

鴨足草

不意に人かたまつて晴鴨足草　黒沢　苑子　(S50・6)
鴨足草女将を母とよぶ子かな　田村　能章　(S62・9)
鴨足草有明の月もう見えず　葛谷　一嘉　(H13・9)

夕菅　黄菅

夕菅の径つづきをり逢へとこそ　前川　彰子　(S61・10)
黄菅原霧は粒とも流れとも　藤田　湘子　(H3・9)
行くほどに道は黄菅の日暮かな　青木　廣子　(H5・8)

夕菅の花にことよす悼みあり　白井　久雄（H5・10）
夕菅や下流を向けば往くこころ　中西　夕紀（H6・11）
夕菅や歓呼を知らず馬老ゆる　飯島　ユキ（H10・10）
夕菅や音も二輌の小海線　岡本　泉（H14・9）
ひとすぢの風が月から夕黄菅　藤田　湘子（H16・8/9）

岩桔梗（いはぎきやう）

岩桔梗雲を歩いてゐるらしき　新田　裕子（H11・12）

黒百合（くろゆり）

黒百合と米寿の母と是如何に　伊藤　四郎（S54・10）
黒百合やいづこの空も鳥のみち　磯部　実（H7・10）

ちんぐるま

ちんぐるま雲の香に痴れあるくなり　中岡　草人（H13・10）
行者等もカールを行けりちんぐるま　長沼　絹子（H13・10）
ちんぐるま兎との距離ちぢまらず　近藤　暎子（H14・8）
五十歩に変る山容ちんぐるま　奥田　洋子（H15・10）

綿菅（わたすげ）

綿菅やわれもゆれゐる霧の中　清水　啓治（H4・10）
綿菅を吹いて空身の歩荷（ぼっか）かな　門脇　緑（H8・10）

苔の花（こけのはな）

少年の苔の花にて渇きける　鳥海むねき（S51・7）
息ふとく生（なま）のをみなや苔の花　沼尻　玲子（S63・8）

水草の花（みづくさのはな）

水草咲きゆめのしつぽをのみ憶え　榊原　伊美（H13・7）

藻の花

藻の花や旅の生徒と話して　寺内　幸子（S57・12）

飼ふやうに藻の花咲かすバケツかな　門屋　晶子（H13・9）

梅花藻のうねりが怖し老い盛り　榊原　伊美（H21・9）

浅沙の花

浅沙咲く水浮雲の走りけり　新田　裕子（H22・11）

萍

浮草

青年に捨身の未来萍殖ゆ　佐々木碩夫（S40・10）

落日の重さ萍田に溢れ　蓬田　節子（S41・9）

遠ざかる青萍の朝日かな　寺内　幸子（S53・10）

うきぐさやをさなきころの新体詩　中野　柿園（S57・11）

浮草のきのふの風は忘れけり　続橋　武二（S60・9）

萍や昨日今日とて果報照り　山地春眠子（S62・9）

萍の喜雨亭ぐもり浄瑠璃寺　山本　良明（H3・8）

萍のみんなつながるまで待つか　飯島　晴子（H4・10）

つくづくと見て萍にけぢめなし　有澤　榠樝（H4・11）

萍のひしめく音を聴いてゐる　石川美智枝（H4・11）

青みどろ

青みどろ生家への径あるにはある　榊原　伊美（H22・10）

蓴菜

蓴

なつかしみ来て小さしよ蓴池　大石香代子（S62・8）

木耳

つくづくと木耳をみてまよひけり　柳沢ひろし（S52・1）

梅雨茸（つゆだけ）

をかしかり樹下の梅雨茸鼻下のひげ　生地みどり（S60・9）
梅雨茸を蹴りたる恋の記憶あり　藤原　美峰（H4・10）
蕩けるか女のかこむ梅雨きのこ　窪寺寿美枝（H11・9）
にぎやかに倒木称ふ梅雨茸　鈴木　英子（H12・10）

黴（かび）

味噌玉の黴うつくしき癌末期　座光寺亭人（S47・6）
黴蔵の俵を減らし石蹴りす　井ノ口昭市（S51・9）
いつの間に黴のけむりの中の人　岡　千代（S54・8）
登山靴にも黴かなしからざるや　小浜杜子男（S56・10）
本箱を開けば菊池寛も黴　岩谷　翠千（H6・9）
黴のことだけを話して立ち去りぬ　岡田　靖子（H13・8）
呪ひのわが方法の黴びてをり　関　都（H15・8）
黴の香のいつまで残りゐる胸か　小浜杜子男（H16・10）
振れと云ふ黴の香しるき日の丸を　岡田　靖子（H18・8）

天草（てんぐさ）

てんぐさや父なき後の三宅島　岩崎　貞子（S56・11）

秋

時候

秋(あき)

白帝

リヤカーを顎でひきゆく老の秋　島　志乃（S44・1）

乳母車のひとつの眠り広い秋　平松弥栄子（S44・10）

秋の男水際立つはさびしからむ　高橋　順子（S44・11）

秋と思う沖の白波夫婦歴　八島　静江（S45・11）

幼なき秋いまの秋燈台が聳つ　一柳　吐峰（S46・1）

青ひげ先生少し呆けて秋の石　石田ゆたか（S47・1）

遠まきに秋掌のものは捨てきれず　和田　智子（S48・11）

樹は漠とあり空(から)壺(つぼ)の秋二日　穴沢　篤子（S48・12）

巫女少し恋して秋のさるすべり　寒川四十九（S49・12）

男あり秋を逢ふとて弱火せり　寺内　幸子（S49・12）

鬼も長めのももいろの帯纏く秋か　飯島　晴子（S50・10）

雨脚におくれて秋の鯰つり　磯部　実（S51・10）

街灯の暈もつ秋のサンタルチア　吉井　瑞魚（S51・10）

不寝(ねず)王子てふ秋の石ごろごろと　飯島　晴子（S52・12）

この秋はマクベスの闇かかぐべし　仁藤さくら（S52・12）

内職をサセテシマツタ酒の秋　藤谷　緑水（S53・10）

秋の鉄橋しばらくなにも現れず　田中ただし（S54・11）

秋の鳶墓の母へは三時間　小林　秀子（S54・12）

口々にこの世や佳しと秋の鯉　三井　菁一（S56・12）

秋の帆を数ふる声も旅の声　植竹　京子（S56・12）

夫の足音あまりしづかに秋の部屋　松井　千枝（S58・12）

秋の森ボーイスカウト米こぼす　磯部　実（S58・12）

経巧き子のゐる秋の法事かな　鈴木　響子（S58・12）

みちのくの秋や馬糞を踏みけらし　兼子　あや（S62・11）

井戸端の小諸の秋と思ひけり　小林　洸人（S62・11）

痩身の禰宜も田に出て島の秋　北川　俊子（S62・12）

秋の人水のにほひを言ひしのみ　中岡　草人（S63・2）

赤よりも黒数へられ秋の鯉　神尾　季羊（S63・12）

耳聾に秋の法座の案内かな　山岡とよ子（S63・12）

樹下を出て樹下にもどらず秋の人　小林　進（S64・1）

老の目にくらりと秋の金閣寺　服部美矢子（S64・1）

秋は木洩日を大事にしよう老仲間　星野　石雀（H3・2）

秋に思ふ金米糖の作り方　山内　丈（H4・1）

天空に曲り角なし秋の鳶　藤田今日子（H5・12）

隔りて一人一人の秋の道　鈴木　雅貴（H6・12）

なんとなく神社付近を秋の人　小林　進（H7・2）

飛越えし溝川の幅秋とおもふ　中山　玄彦（H8・12）

秋は聞こゆ山椒魚のつぶやきも　小浜杜子男（H9・1）

ねんごろに秋の泉は水を練る　須佐　薫子（H9・2）

飛騨発ちて秋へ向ひて行くごとし　弓倉御代香（H9・11）

すぐ応ふ木霊も秋の秩父かな　中澤　茂子（H10・2）

金秋や正座疲れの次郎冠者　山﨑日斗美（H10・11）

古書店の秋の金魚となりにけり　珍田　龍哉（H11・1）
稽古日の近道の森秋と思ふ　沼沢うめ子（H12・1）
身体に秋のながれが一本あり　伊澤のりこ（H12・12）
白帝や誰も剪らうと云はぬ椋　井上　園子（H13・1）
唐突に秋の風鈴鳴りにけり　小浜杜子男（H13・2）
はいはいと合はせ過ごせり老の秋　美谷九二夫（H13・11）
釦穴きれにかがりわれの秋　蓬田　節子（H16・12）
信州の秋を思へば膝頭　狩野　ゆう（H18・3）
蝦夷の名の草々秋を告ぐるかな　戸塚時不知（H18・11）
振り向きし夫ありありと秋の貌　土居ノ内ひろ（H18・12）
若沖の鶏鏗々（かうかう）と秋を啼く　山地春眠子（H19・2）
画架たつる老人に秋主婦に秋　わたなべくにこ（H19・2）
書棚へも厠へも這ふ秋の人　星野　石雀（H20・1）
この秋は捨猫家に入れにけり　遠藤　篁芽（H21・2）
秋の椅子人かはり雲かはりつつ　大井さち子（H21・2）
抜き糸を小箱に溜めて母の秋　志田　千惠（H21・9）
草山を草がくり行く秋の人　永島　靖子（H21・11）
手にそへてラムプ吹き消す秋の貌　川上　登（H23・12）
置手紙秋の金魚のかたはらに　小浜杜子男（H25・1）

初秋（はつあき）

秋初め　新秋　秋口

遠くで甕を叩きて秋のはじめかな　永島　靖子（S54・11）
新秋やためして山羊の角ぢから　堀尾　敏子（S56・11）
物音は一個にひとつ秋はじめ　藤田　湘子（S58・11）
みな亡びよと秋口の笛太鼓　星野　石雀（S60・9）

初秋や芝生凹みて鉄亜鈴　宮木登美江（S61・11）
矮鶏十羽飼ひてわが秋はじまれり　中井　満子（S63・11）
転居一年初秋の犬とをり　五月愁太郎（H1・11）
初秋や志賀の雀の畦えらび　高野　途上（H2・10）
遺筆ここにも初秋の予定表　関　宏子（H11・12）
初秋や鶴の歩みは宙つつく　岩永　佐保（H15・11）
初秋やカッコーと鳴く鳩時計　中西　宏（H18・1）
初秋の礼拝堂の木の香かな　真下千代子（H19・9）
初秋の少女素数のやうにをり　杉崎　せつ（H20・11）
石の影石よりさとし秋はじめ　筒井　龍尾（H21・8）
はつあきや機にかかれる男帯　土屋　未知（H21・11）
初秋の白き日向を歩みけり　杉谷　たえ（H21・11）
手にゆるく包む画鋲や秋はじめ　小川　軽舟（H24・10）

八月（はちぐわつ）

八月の夜鴉村へ医師迎う　正田きくみ（S45・10）
八月の雨うつすらと畳踏まん　鳥海むねき（S47・11）
八月はさすらいに似て撃たれおり　山中　玲子（S50・11）
八月や流離のごとく箸洗う　七戸　笙子（S61・11）
若き日は過ぎ八月の喫茶店　古屋三四郎（H1・10）
八月や声きはまれば夢覚むる　七戸　笙子（H2・11）
八月の雲中に牧ひらけたり　光部美千代（H4・11）
八月やアンネ在りせばわが齢　戸塚　啓（H12・10）
八月のしんと田の字の間取かな　山内　乗（H12・11）
八月や噫飯盒が棚にあり　永島　靖子（H14・10）

八月の声なり昭和天皇は　穴澤　篤子（H15・11）
八月や醜草踏みて鬱淡し　今野　福子（H19・11）
八月や負けて哀しき花一匁　大田　元一（H20・11）
八月はひかりの棒を呑むやうに　大井さち子（H22・11）
八月は大空に赦されてゐる　大岩しのぶ（H23・11）
生者のみめくる暦や八月来　島田　星花（H24・10）

立秋（りっしゅう）

秋来る　今朝の秋　秋に入る

拓舎の時計じぼあんじやんと秋立てり　菅原　達也（S40・10）
喪ごころの秋来し畳うすく掃く　小和田知江（S45・11）
水に似て秋来る気配病得つ　清島　操（S45・12）
どこまでも遊ぶ篠の子秋立てり　吉田　和城（S49・10）
今朝秋のふりむけば足る母子かな　若林　小文（S49・10）
はたと一字忘じて起つや今朝の秋　野平　和風（S50・10）
むぎめしに鮭尋常に秋立ちて　小林　秀子（S50・10）
弟の傘ひらく音今朝の秋　冬原梨雨次（S52・10）
立秋と呟けば答ふ立秋と　松本ゆきこ（S56・10）
一石も御山の宝今朝の秋　谷口美智子（S56・11）
秋来ぬと目にはさやかに女かな　越野としを（S56・11）
阿闍梨また頸の疵かく今朝の秋　山口　寥（S59・10）
今朝の秋大き欅に会釈して　市川　景石（S59・11）
いくたびも治癒と云ふ嘘秋立てり　手塚深志城（S61・11）
秋が来てしまへり友に世話かけし　寺内　幸子（S62・12）
秋立つや五歩に十歩に富士のいろ　若宮　靖子（H1・11）
秋立つ日筆師の老いを余所ながら　倉林　凪帆（H1・11）

秋立てり天竜川へ杉屏風　向井　節子（H3・1）

夢殿に人まだをらず今朝の秋　望月　佾子（H4・1）

けさ秋の軍鶏の遠見や佃島　佐藤　中也（H4・11）

母の書のをとこぶりなり今朝の秋　志賀佳世子（H6・10）

秋立つや深く頷きあふことも　鈴木　雅貴（H7・11）

秋立つやこころのままに粗衣粗食　関　とみ（H9・10）

秋立つや痩せの空也の仰ぐ空　鈴木　敏子（H10・11）

風に乗り秋が来るなり私にも　須藤　妙子（H12・11）

みづうみにふたつの港今朝の秋　押領司昭彦（H12・11）

今朝秋や磁石と磁石くつつきぬ　志賀佳世子（H13・11）

今朝秋の草伸び足りて揃ひけり　山崎　紀子（H16・11）

ひと雨のすぎて秋立つ青畳　土屋　未知（H17・11）

秋立つや旅のはじめのもより駅　住友　良信（H17・12）

靴箱にかそけき砂や今朝の秋　栗栖　住雄（H18・1）

オムレツの卵を選ぶ今朝の秋　越智　瑞華（H18・11）

今朝の秋気圧に躰聡くあり　本橋　洋子（H18・12）

立秋や真帆の行く手の竹生島　山本　良明（H19・12）

おだやかな行方欅に秋が来る　須藤　妙子（H20・1）

畳屋の土間の箒目秋に入る　重元　康子（H20・12）

手のとどくかぎり散らかし今朝の秋　金子　うた（H21・1）

布巾干す手許に秋の立ちにけり　永島　靖子（H22・10）

雨一夜明けてひらりと秋来たり　竹岡　江見（H22・12）

わがままを通して秋の立ちにけり　山﨑　龍子（H23・11）

さつぱりと足裏の乾き秋立ちぬ　山田　陽子（H24・11）

残暑（ざんしょ）

秋暑し　秋暑

わが血聴く残暑の草を刈り伏せて　越野としを（S42・10）
残暑見舞や水面に垂れし松の枝　一柳　吐峰（S49・11）
ひとりゐの酒に噎せたる残暑かな　星野　石雀（S51・11）
昇龍の図を売る聖秋暑し　山本　良明（S56・11）
この秋暑いちにち木偶を通しけり　あきのちぐさ（S58・11）
秋暑し鍾乳洞を出でし顔　佐藤たつを（S59・12）
秋暑し島俳優（わざをぎ）の厚まぶた　真栄城いさを（S61・11）
秋暑き校旗を土に降ろしけり　戸塚時不知（S61・12）
個々の扉が開いて終演秋暑し　宮地かずこ（H2・1）
秋暑し鳥の眼のみな義眼めく　狩野　ゆう（H8・11）
取り落す物へ怒りや秋暑し　星野　石雀（H12・11）
秋暑し脱原発の筵旗　上杉　游水（H24・11）

秋めく（あきめく）

秋めくや運よく利根の鯉釣れて　山田　幸夫（S54・10）
漁火につらなる星の秋めきぬ　窪田　季男（H18・11）
川に秋きざす故友を訪ねけり　今野　福子（H24・11）
芝刈るはあと一回か秋めけり　村山　景子（H24・12）
品書も箸割る音も秋めきて　天野　紫音（H24・12）

新涼（しんりやう）

涼新た

新涼や塒の鳥の足見えて　田浪　富布（S47・11）
新涼や一本の松墓をあつめ　飯倉八重子（S49・11）
沖明りして新涼の松の枝　山本　良明（S51・10）
たとふれば紬着しごと涼あらた　神尾　季羊（S56・12）

新涼の風韻（ひび）きゐる風の中　藤田湘子（S58・12）

新涼の長雪隠を嘆かむや　花村愛子（S60・11）

新涼の砥石のくぼみ父のもの　蓬田節子（S60・11）

大木に背後をあづけ涼新た　小林貴子（H6・12）

新涼や志功の絵より祭声　田代キミ子（H9・11）

新涼の職得るための出銭かな　野上寛子（H12・2）

新涼や胸の双眼鏡ツアイス　御前保子（H14・11）

新涼や不具の犬飼い香具師渡世　佐藤潤（H14・11）

新涼や甲斐の数珠売来りける　地主謙三（H14・12）

新涼や白夜のカナダより電話　澤木正子（H15・1）

新涼や絵の貴婦人に目礼す　斉藤萌（H15・11）

箒売来て新涼の戸口かな　吉野朋（H17・12）

新涼や読みさしの本離れにも　興梠愛子（H19・1）

新涼や夕日にひろふ海の石　吉村知子（H21・12）

新涼や松葉散しの飯茶碗　並木秀山（H23・11）

新涼や水ふかく刺す鷺の嘴　古屋德男（H24・11）

二百十日（にひやくとをか）　厄日　二百二十日

眠りゐる顔に日の射す厄日かな　細谷ふみを（S51・11）

二百二十日美しき檻かわきけり　岡建五（S52・11）

愛するや二百二十日の猫の髭　市川恵子（S53・1）

藍した丶るスポーツタオル厄日なり　八重樫弘志（S56・11）

厄日無事過ぐ百円の神馬の餌　長岡和恵（S61・11）

我が歯型見せられてゐる厄日かな　石川美智枝（H1・12）

厄日来と蠅取リボン外しけり　草間レイ子（H9・12）

黒板のくろぐろとある厄日かな　山脇洋子（H10・12）

ライターの中透けてゐる厄日かな　喜納とし子（H12・12）

煮こぼれは夕のにほひ厄日過ぐ　黒沢貞夫（H13・11）

踝へ二百二十日の小灰蝶　市川葉（H13・12）

二百十日女と鸚鵡黙りゐる　小沢光世（H16・12）

八月尽（はちぐわつじん）

年寄を泣かせ八月過ぎにけり　伊藤樹彦（H22・12）

仲秋（ちゆうしう）　秋半ば

蛸飯や歯の衰への秋なかば　山本良明（H17・12）

仲秋や雨夜に読める古今集　津村和子（H19・12）

九月（くぐわつ）

九月靴屋の夜は自由に靴眠り　服部圭伺（S39・11）

流離の九月水皺拡ぐ蛇を見て　佐々木碩夫（S42・11）

唖笑ふ白き梯子の立つ九月　飯名陽子（S43・11）

鬢つけのにほひ九月の寺近く　柏木冬魚（S44・11）

ほこりにも男まつわる九月かな　しょうり大（S45・10）

身を流る人声九月の黒い種子　東森久美子（S47・12）

時計鳴る九月の草木やはらかく　田中ただし（S48・11）

生ぐすりが尽きし九月の畳拭く　石田よし宏（S48・11）

うしろ姿の九月の彼奴へサックス哭く　小林進（S49・12）

九月来るピースの函の金の鳩　橋本さゆり（S62・11）

逢ひにゆく海は九月のかたむきに　七戸笙子（H3・12）

寺の鯉寺に倦みゐる九月かな　吉田舟一郎（H3・12）

九月来ぬ楽しきことの目白押し　竹尾美津子（H20・12）

葉月（はづき）

猫の毛を飛ばす葉月の教誨師　山地春眠子　(S53・10)

和みをり葉月の空の浅間山　小林　貴子　(S61・11)

八朔（はっさく）

八朔やわが真処女の湯浴みごゑ　藤田　湘子　(S50・10)

八朔の腕を撫でてみたるのみ　穂坂　志朗　(S54・10)

八朔やマラソンの足みえてくる　いさ　桜子　(S56・11)

八朔や赤飯の照り美しき　西田　朝子　(S59・11)

八朔や禰宜に加へし鮑蜑（あま）　神尾　季羊　(S60・10)

八朔のあと酢のものに偏りて　神尾　季羊　(S62・11)

八朔の地獄に茹でし卵かな　山田東龍子　(H1・12)

八朔や大藁葺の家に居り　天野あや子　(H5・12)

八朔や太鼓うながす巫女の鈴　小川　軽舟　(H10・11)

八朔や眼むなしく物を嚙む　星野　庄介　(H12・11)

白露（はくろ）

白露なりどこへとてなく車椅子　笹山美津子　(S58・11)

秋彼岸（あきひがん）

雨の田の泥鰌下ると秋彼岸　増山　美島　(S50・12)

白鷺の一羽と思ふ秋彼岸　立神　侯子　(S50・12)

にぎやかに秋の彼岸のかいつぶり　小浜杜子男　(S53・12)

大風のとほりし樟や秋彼岸　大八木陽介　(H6・12)

田の果に山が平たし秋彼岸　上田　鷲也　(H10・12)

燃え端の檜葉のかをりや秋彼岸　安川　喜七　(H12・12)

草の照服にうつれり秋彼岸　有澤　榠樝　(H16・12)

秋彼岸ひなたの声のすぐ消ゆる　有澤榠樝（H21・12）
玄関に眼鏡忘れし秋彼岸　村上昭一（H22・12）
秋彼岸兄にへそくり渡しけり　金丸綾子（H24・3）

竜淵に潜む（りようふちにひそむ）

龍淵に潜む男の子の蒙古斑　須佐薫子（H3・1）
龍淵に潜む居職のひとりごと　建守秀二（H3・2）
竜淵に能装束を織る男　竹岡江見（H10・12）
竜淵に四更の川瀬哭くごとし　鹿本保夫（H23・12）
竜淵に潜み祠のコップ酒　遠藤篁芽（H25・2）

晩秋（ばんしう）

晩秋は木登りの木が夜見えて　増山美島（S47・2）
フエリー晩秋シエパードの耳立ちにけり　菅原君男（S55・2）
老に蹤く老晩秋の山容　斎藤一骨（S58・1）
晩秋の底へ底へと掘るごとし　伊藤四郎（H2・1）
晩秋の夕べ弦楽器は女体　光部美千代（H4・1）
晩秋の時間が床を踏み鳴らす　小川軽舟（H18・12）
晩秋の景色の一つ男の背　須藤妙子（H22・2）

十月（じふぐわつ）

真昼十月透明すぎてみな無口　服部圭伺（S42・11）
砂握りしめ十月の鳥よさらば　穂坂しげる（S49・1）
絵馬堂を出て十月の傘の裡　神尾季羊（S51・1）
十月や白き真水にくちづけて　木野卯太（S51・12）
九月より十月さみし雨傘は　神尾季羊（S60・1）
十月の表紙やけふは黒を着る　七戸笙子（S63・1）

わづらひもなし十月の大欅　吉沼　等外（S63・2）
十月が過ぎ風半端雨半端　山地春眠子（H3・2）
しりもちをつき十月の終りけり　向井　節子（H10・1）
十月や棄てたる自信ぎらぎらす　矢口　晃（H12・12）

長月（ながつき）　菊月

菊月やわかれのまへの膝拍子　乾　桃子（S51・12）
長月のてんぷらあぶら古りにけり　辻　桃子（S57・12）
菊月や灯ともし頃の届き物　吉田　成子（S58・1）
長月や派手な鞄と飛行場　越智　瑞華（H20・1）

寒露（かんろ）

寒露来る小鳥よ嘴を強うせよ　石井　雀子（H1・12）

雀蛤となる（すずめはまぐりとなる）

老獪な雀がなりし蛤か　田中かずみ（S56・12）
蛤や常の雀の来ずなりぬ　山崎　雅夫（S64・1）
僧の子は僧に雀は蛤に　小浜杜子男（H9・5）
蛤貝比売命（うむきひめのみこと）になりし雀かな　鈴木　敏子（H9・12）
看とらるるか看とるか雀蛤に　植竹　京子（H12・2）
毛　語　録　褪　色　雀　蛤　に　狩野　ゆう（H12・12）
雀蛤に遅まきながらかな　山地春眠子（H15・12）
雀蛤となる駅前に本屋なし　矢島　晩成（H23・1）
知ることの楽しさ雀蛤に　田中　未舟（H23・3）
蛤になつちやふ雀（あたし）ばかだから　有澤　榠樝（H23・11）

秋の日（あきのひ）　秋日

掌の秋日逃げ易くして子の忌来る　安斎千冬子（S40・11）

じゅじゅと鳴く秋日の雀墨乾く　山崎　正人（S42・12）
風鈴が秋の日差しに照りてをり　たかはし千砂（S62・11）
船を見て帰らう門司の秋入日　江尻りょう（H16・2）
秋夕日小波向きをかへにけり　佐藤　久美（H17・12）
白樺や骨のしんまで秋日射　亀山　歌子（H19・1）
鉄骨の東京タワー秋日濃し　帆刈　夕木（H22・12）
藻を踏みて蝦のあゆめる秋日かな　髙柳　克弘（H24・1）
病室を船室（キャビン）とおもふ秋日かな　吉村　東甫（H25・1）

秋（あき）の昼（ひる）

秋の昼池のかたちに水動き　松本三江子（S58・12）
万屋へ野をひとつ越す秋の昼　星野　石雀（H4・12）
秋の昼薔薇は鋏にくづれたり　氣多　驚子（H25・1）

秋（あき）の暮（くれ）

たかむらに竹のさまよふあきのくれ　藤田　湘子（S43・11）
窓枠に狂女をのこす秋の暮　石部　桂水（S43・12）
声を抜く橋の途中の秋の暮　影　冬四（S47・12）
子のゆびにとまりて父の秋の暮　細谷ふみを（S50・1）
自叙伝に恋もひとつや秋の暮　野平　和風（S51・11）
鉋くづいちもくさんに秋のくれ　田中ただし（S55・1）
鯉老いて真中を行く秋の暮　藤田　湘子（S55・11）
膝小僧やつぱり齢や秋の暮　山田　一笠（S56・11）
裏口も常念岳も秋の暮　小口　幸子（S57・12）
秋の暮尼僧は銅鑼にこころ遣り　大野　順一（S58・2）
艀より医者が出て来し秋の暮　田中かずみ（S58・12）

自転車の疾く過ぎてより秋の暮　山内　丈生（S59・1）
眼帯のまゝ坐り居り秋の暮　市川　景石（S59・12）
物置の猫におどろく秋の暮　土屋　未知（S59・12）
はるか来てなお往路なり秋の暮　橋見　静景（S60・2）
わが街のひとの流れも秋の暮　下本　愛（S60・12）
犬の貌して犬通る秋の暮　藤田　湘子（S60・12）
鏡屋の鏡たちまち秋の暮　橋場千英子（S61・12）
赤松のこゑ発しけり秋の暮　梯　寛（S63・1）
自転車が塀に消えゆき秋の暮　土屋　秀穂（S64・1）
石蹴つて石に追ひつく秋の暮　高木　章（S64・1）
小舟にて入江出でたし秋の暮　布施伊夜子（H2・1）
色ありて三和土の鞠や秋のくれ　小澤　實（H2・12）
秋の暮玉乗少女声発す　清水　啓治（H2・12）
胴にぶき深海の魚秋の暮　藤澤　正英（H3・1）
外人に見おろされたる秋の暮　清水　啓治（H4・1）
追ひ着いて娘と帰る秋の暮　杉浦まつ子（H4・11）
正直を自在に使ふ秋の暮　沼尻　玲子（H4・12）
父の足梯子に見えて秋の暮　鈴木　清一（H4・12）
山下る我の後の秋の暮　籠田　弘恵（H5・1）
馬来しを馬が聞きわけ秋の暮　中岡　草人（H5・2）
屋上を人歩みをり秋の暮　松井　千枝（H5・11）
何となく舌打したり秋の暮　有澤　榠樝（H5・12）
岩礁のはなればなれの秋の暮　中西　夕紀（H5・12）
長々と尾のあるごとし秋の暮　奥坂　まや（H6・1）

穴掘のまだ穴を出ず秋の暮　榊原　伊美　(H6・12)
出そびれて二階に上る秋の暮　安川　喜七　(H6・12)
秋の暮己れに見えぬのどぼとけ　白井　久雄　(H7・1)
何か損せし如く居り秋の暮　武田　新一　(H7・1)
海に出て道終りたる秋の暮　松原　順子　(H7・1)
こゝろいま伐折羅とありぬ秋の暮　中井　満子　(H7・1)
躓きし人またあゆむ秋の暮　若宮　靖子　(H7・12)
鯉に泥吐かせてをりぬ秋の暮　加藤いろは　(H7・12)
禅堂に人の香のこり秋の暮　桜井　徹子　(H8・1)
松に声かけて駿河や秋の暮　山内　丈　(H8・2)
石頭叩いて音す秋の暮　古田　京子　(H8・2)
群衆に鰭あるごとし秋の暮　池辺みな子　(H8・12)
秋の暮山にかくれし海想ふ　芦立多美子　(H8・12)
傘さして舟にありけり秋の暮　竹岡　一郎　(H8・12)
秋の暮行人の貌平らなり　清水　啓治　(H9・1)
十人の物食ふ音や秋の暮　星野　庄介　(H9・2)
灯を点けて顔驚きぬ秋の暮　小川　軽舟　(H9・2)
もの音の山より低し秋の暮　市川　千晶　(H10・1)
美少女の角（かど）折れてより秋の暮　藤原　美峰　(H10・1)
羚羊の樹皮食ふ音や秋の暮　天地わたる　(H10・1)
鍍金（めっき）より純金暗し秋の暮　小川　軽舟　(H10・1)
夢溜めて書肆を出でけり秋の暮　西賀　久実　(H10・1)
道に出でて六本木なり秋の暮　小川　軽舟　(H10・2)
うしろからうむを言はせず秋の暮　藤田　湘子　(H11・12)

わが杖の砂利に突込む秋の暮　大住　艶子（H11・12）

年寄を酒に呼びたる秋の暮　萩原　友邦（H11・12）

秋は夕暮頭こはれてしまひけり　森瀬　茂（H11・12）

山畑にぬたくる猪や秋の暮　中岡　草人（H12・1）

飛べるもの皆遠ざかる秋の暮　石川勘之輔（H12・2）

屋根うらのねずみを愛す秋の暮　向山八千代（H12・2）

にんげんは鏡に老ゆる秋の暮　前田　半月（H12・11）

もの落ちて音の割れたる秋の暮　安川　喜七（H13・12）

秋の暮鴉にかあと鳴いてみる　葛井早智子（H14・1）

ぺちやんこのベッドよわれよ秋の暮　池上　裕貴（H15・1）

道ひとつ違へば異界秋の暮　金子富士夫（H15・11）

電線の行く先は家秋の暮　関　都（H15・12）

水槽の回遊やまず秋の暮　奥坂　まや（H16・1）

秋の暮歯車無数にてしづか　髙柳　克弘（H16・1）

大金を懐に行く秋の暮　吹丘　一骨（H16・2）

長きながき廊下の向う秋の暮　土屋　未知（H16・11）

人際をよけて人来ぬ秋の暮　岩永　佐保（H17・1）

円柱のうしろ円柱秋の暮　松本三江子（H18・1）

しめつぽき火の立ちにけり秋の暮　佐武まあ子（H19・2）

人の住む戸口に計器秋の暮　佐々木幸子（H24・2）

駄菓子屋に切手買ふなり秋の暮　前田英津子（H24・12）

手品師の鞄ちひさし秋の暮　半田　貴子（H25・1）

秋の宵（あきのよひ）

消すよりも灯すがさみし秋の宵　奥野　昌子（H22・12）

秋の夜（あきのよ）

ちりぢりのひとりの秋の夜なりけり　永井　京子（S57・12）

夜長（よなが）　長き夜

みな集ふこれより長き夜の飛翔　東　海鬼（S47・12）

飛驒の子の白歯羨しき夜長かな　神尾　季羊（S48・12）

葬あとの夜長を白しちりれんげ　吉沼　等外（S55・12）

吊鐘の余韻夜長のつくね薯　古川砂洲男（S59・9）

職人を煽て、ゐたる夜長かな　鈴木　茂實（S63・2）

大切にされて棲みをる夜長かな　石井　なつ（H1・12）

このたびは何が取憑く夜長かな　新井みちを（H2・11）

長き夜の妻の正論聞きゐたり　中村　昇平（H4・1）

篆刻の依頼絶えしと僧夜長　大野　佳子（H4・1）

鑿の字に夜長の眼浪費せり　弓倉御代香（H6・12）

夜長海女木偶の口説に相槌を　地主　雨郷（H7・12）

刻々と辞書も遅るる夜長かな　山崎　正人（H9・1）

読み虫と書き虫が居てわが夜長　鳥海むねき（H9・12）

源氏より平家びいきや夜長衆　赤松　一鶯（H11・1）

長き夜や学成り難く亀を飼ふ　穂曽谷　洋（H13・12）

赤インキ零れ夜長の始まれり　津隈　碧水（H13・12）

鎌倉の大仏様の夜長かな　吹丘　一骨（H13・12）

沖止の海女の夜長や木偶芝居　玉川　義弘（H19・1）

ありては突出す盃や夜長し　前原　正嗣（H21・12）

秋麗（あきうらら）

秋うららぴつたりと合ふ目分量　古川　英子（S46・11）

成程の鬼の雪隠秋うらら　飯島晴子（S61・12）
嗽ぐ水に潮の香秋うらら　別府絹枝（H20・2）

秋澄む（あきすむ）

天澄むや上までのぼる滑り台　椎根五十子（S54・11）
秋澄めり吾が足音も山の音　石川英子（S57・12）
秋澄むや橋の高さを乳母車　進藤弓子（S60・12）
秋澄むや譜面台みな奏者待つ　筒井龍尾（H21・2）
鈴懸の秋澄む幹となりにけり　小浜杜子男（H22・11）
秋澄むやラテン語添ふる展翅板　木内百合子（H23・11）

秋気（しゅうき）

手術受くわが纏ふもの秋気のみ　浅井多紀（H18・12）

爽か（さわやか）

爽涼　爽秋　さやけし

父の齢に爽涼とある深山川　鈴木湖愁（S44・11）
爽かに烙印となる血糊かな　長谷川きよ志（S46・11）
爽秋の扉は自ら開くかな　伊藤四郎（S57・12）
ドラマー爽か別の奏者に振り向かれ　小林進（S62・1）
頬つけて机爽やか頬爽やか　市川千晶（H2・1）
爽かや白樺若く林立す　渡辺みや子（H14・12）
爽気あり東北人のわが目鼻　榊原伊美（H18・1）
さやけしや等外さんの下駄の音　山岸文明（H20・2）
爽やかに躙口より大頭　大田元一（H21・12）
爽やかに国籍を告ぐ介護助手　竹岡江見（H23・12）
爽やかに年よりの意地とほしけり　松田みなを（H23・12）
さやけしや白線引きて土緊る　中山玄彦（H24・12）

冷やか　秋冷　冷ゆる　ひえびえ

死期去りて秋冷しるき指輪嵌む　朝倉　和江（S40・1）
秋冷の顔のかたちが手に残る　小林　青揚（S41・11）
奪衣婆の舌鳴るごとし堂の冷え　正木　千冬（S44・1）
木立ゆきひえびえとして女なり　東森久美子（S44・2）
秋冷の裏窓を過ぐ馬の耳　瓦　京一（S44・11）
山裏の冷え掌中に遠汽笛　小川　水陽（S45・3）
燐寸擦る何本も擦る髪の冷え　香月　育子（S45・5）
樫の木や秋冷えてゆく箸のぬり　寺田絵津子（S46・11）
階段の秋冷の父母ふりかえる　池田　実（S46・11）
訃の径を冷えびえと擁く山河なり　諸角　和彦（S47・11）
鳥影も午後つはぶきの厚葉冷ゆ　菅原　達也（S48・1）
いくたびも花文字に冷ゆまりあかな　田原　紀幸（S50・12）
燈台の裡冷やかに砂溜る　青木　城（S54・11）
飢餓草紙ひえびえと銅鑼叩きたる　いさ　桜子（S56・12）
顔冷えて竹藪を出づ常陸多賀　伊坂　慶（S57・12）
秋冷の振子時計に顔うつる　辻　桃子（S60・11）
杣道を歩きたる冷え尾をひけり　松崎　重野（S63・3）
秋冷の階段のぼり愛されたし　福田　雅子（H3・2）
竹藪の冷え嵯峨線の座席まで　窪寺寿美枝（H4・1）
夢に紅葉うつつに指の冷えにけり　池辺みな子（H5・12）
松風や畳の冷えの膝がしら　平澤　文子（H6・11）
秋冷の沖止め海女に傀儡舞ふ　玉川　義弘（H6・12）
比叡山借景の冷え至りけり　山本　良明（H8・5）

秋冷や国歌をうたふために立つ　奥野昌子（H9・12）

秋冷や鬨をおこさぬ鶏百羽　植竹京子（H12・1）

秋冷や熔岩から熔岩へ蜘蛛の糸　名久井清流（H12・1）

秋冷や楉喰折る山鴉　吉祥治郎（H15・2）

静電気一発ずんと冷え込みぬ　山地春眠子（H16・2）

音楽か夕の冷かそよぎける　関　とみ（H17・1）

冷えし鼻突き出してゐる世間かな　山田喜美（H22・3）

身に入む（みにしむ）

身に入むと思へば塩もむらさきに　藤田今日子（S59・2）

魔子といふをんな身に入む文壇史　藤田湘子（H6・11）

秋寒（あきさむ）

秋寒し馬身にかなふ鞍の艶　塩原英子（H5・12）

そぞろ寒（そぞろさむ）

をんどりの首の剛直そぞろ寒　芹沢常子（H20・3）

灯さねば灯らぬ我家そぞろ寒　堀田安代（H21・1）

うそ寒（うそさむ）　うすら寒

うそ寒き口笛の口して吹かず　岩崎破矢太（S57・12）

日溜のうすら寒さを楽しまん　進藤弓子（H6・2）

朝寒（あささむ）

朝寒の雲流る、や蜆泣く　高橋喜玖子（S44・5）

朝寒に夜寒に急ぐ橋なりし　小川和恵（S61・1）

朝寒に夜寒にくぐる門一つ　大岩美津子（H5・2）

朝寒や鏡に風の映りゐる　桜井徹子（H13・2）

倫敦の父の夢見し朝寒し　木下益裕（H23・12）

夜寒（よさむ）

資金繰夜寒の腹の鳴りにけり　志井田牧風　(S43.12)
夜寒なり恰好に田の距りて　田浪富布　(S53.1)
絃（いと）切れし夜寒の琴を抱き去る　鷲見明子　(S57.1)
死顔に似たる顔あて夜寒かな　椰子次郎　(S58.5)
人形にはらわたのなき夜寒かな　椰子次郎　(S60.2)
死病には触れず夜寒の碁を崩す　星野石雀　(H5.3)
夜寒駅脚あらはれて階降り来　石川黛人　(H11.2)
触読にまとふ夜寒となりにけり　田代弘子　(H16.1)
書淫とふ活字にひるむ夜寒かな　小倉赤猫　(H17.2)
紙散りて白きひとしき夜寒かな　高柳克弘　(H21.2)
携帯に出ぬ子を想ふ夜寒かな　三次純子　(H24.1)

霜降（さうかう）

霜降や立方体の鯨肉　辻桃子　(S61.2)
霜降や木端に斧の鉄気あり　山本良明　(H10.12)
霜降や無音の鳩にかこまるる　山本雅子　(H14.1)

冷まじ（すさまじ）

広告塔冷まじわれら痩せる日も　四ツ谷龍　(S53.11)
ハープよりこぼれし指の冷じき　四ツ谷龍　(S58.11)
冷まじや老残の業一行詩　石井雀子　(S60.12)
冷まじや千手千臂を譲らざる　高野途上　(S63.11)
冷まじやなにに触れても電子音　珍田龍哉　(H7.2)
冷まじや眠らぬ街に我もあり　上田友子　(H8.12)
すさまじく太鼓の皮の匂ひけり　木之下博子　(H9.2)

冷まじや女医に訊かるる性のこと　伊沢　恵（H9・12）
冷まじや銭に困りし死が紙上　開発　道子（H16・1）
すさまじや夜の底なるわが髪膚　伊沢　恵（H17・12）
冷まじや女同士が手をつなぐ　加藤　静夫（H19・2）
能面の裏の膩や冷まじき　徳田じゅん（H19・5）
馬面の役者の芸や冷まじき　遠藤　篁芽（H23・12）
冷まじや雨したたらす釣忍　大石香代子（H24・12）
冷まじや船は働く波蹴立て　今野　福子（H24・12）

秋深し（あきふか）　深秋

秋深し夫のくみたる山の水　千葉　久子（S44・1）
秋ふかむゆくてに鳥のひとつがひ　寺田絵津子（S48・12）
秋深し僧の着替を垣間見て　神尾　季羊（S52・1）
秋深む汽笛に腰を上げにけり　土屋　秀穂（S54・11）
秋深し消印ぽんと押す音も　伊東ちか子（S57・12）
たてがみに一本の藁秋深む　森　優子（S62・1）
なにげなく使い来し手よ秋深む　本郷　貞子（S62・2）
水槽の鮫背景に秋深む　須藤　妙子（S63・1）
秋ふかし舵輪に掛けし手拭も　山本　良明（S63・12）
滝行の一喝に秋ふかみかも　山本　良明（H3・1）
鍋釜の一度に古び秋深し　柳沢　桂子（H3・12）
咽鳴れり下腹鳴れり秋深む　宅和　清造（H5・12）
秋深し水に痩せたる櫂の先　安食　亨子（H6・1）
秋深し猫に波斯（ペルシャ）の血が少し　加藤　静夫（H8・2）
野の花の何を活けても秋深し　佐藤千代子（H9・2）

秋ふかし大学ノート不愛想　黒澤あき緒（H10・1）

脳のこと考へる脳秋深し　小倉　赤猫（H12・12）

秋深し子宝湯より婆ふたり　星野　石雀（H16・1）

草千里砂千里秋深みけり　上杉　湧水（H17・12）

仕事場の歯刷子秋の深みけり　斉藤　理枝（H21・2）

深秋や針箱に子の金釦　田辺　和子（H23・1）

球根のがまんの形秋深む　林田　美音（H23・12）

先生の写真にわたし秋深し　杉崎　せつ（H25・1）

暮の秋（くれのあき）

秋暮るる　暮秋

貝の重さで私の秋は暮るるなり　須藤　妙子（S49・12）

秋暮るるなり長汀の土佐の国　小澤　實（H6・2）

林中に馬放ちある暮秋かな　金子　千代（H9・11）

行く秋（ゆくあき）

秋行く　秋の果

秋は逝く愚痴の一つや二つかな　隈崎　ろ仙（S57・2）

行秋や本屋の叩（はたき）本の上　鈴木　響子（S59・12）

ビーカーに劇薬沈め秋終る　宮地かずこ（S60・2）

秋行くや巫女も茶を断つことをして　斎藤　一骨（S61・2）

行く秋の大道芸も浪花ぶり　石川美智枝（S62・1）

鳥あつめて白痴あそべり秋の果　佐々木幸子（S63・12）

ゆく秋の管（くだ）の出てゐる躰かな　吉沼　等外（H3・1）

ゆく秋のとどめの雨となりにけり　古川　明美（H6・2）

行秋や馬柵のはたての一つ星　瀬戸　松子（H21・1）

秋惜しむ（あきをしむ）

十里澄む一岳に秋惜みけり　野田　英郎（S59・2）

伝票を切つては秋を惜しみける　加藤静夫（H4・3）
灯の一機したたるばかり秋惜しむ　奥坂まや（H12・2）
朝粥のたらりとろりと秋惜しむ　藤田今日子（H15・1）

冬隣（ふゆどなり）

冬近し

冬近し紙折ればみな紙奴　平井照敏（S51・11）
桐畑の桐の間や冬近し　寺内幸子（S59・1）
灰深く線香挿せば冬近し　小川和恵（H10・1）
食ひ了へてフォークは淋し冬隣　伊沢恵（H11・1）
擂粉木の先の根気や冬隣　植竹京子（H11・1）
山噴いて町がらんどう冬隣　小黒宏（H13・2）
煎餅を光にこぼし冬隣　奥坂まや（H17・2）
太陽のにほひのタオル冬近し　古田いづみ（H18・1）
豆を煮るとろ火にんまり冬隣　向井節子（H22・2）

九月尽（くがつじん）

九月逝くがくりと緩き男下駄　飯倉八重子（S43・11）
影ふみの三つかぞへて九月尽　井ノ口昭市（S47・12）

天文

菊日和（きくびより）

廃屋に御辞儀し入る菊日和　佐宗欣二（S53・1）
賓頭盧に似て来し父よ菊日和　鈴木響子（S56・12）

秋晴（あきばれ）　秋日和

秋日和百姓の目の高さにて　佐々木碩夫（S45・10）
秋晴やむかし木綿の肌ざわり　石井雀子（S48・11）
仮名呆けやあきばれ半日でくづれ　小林秀子（S50・1）
ストコフスキー亡し隣室の秋日和　永井京子（S52・12）
秋晴や消防小屋の開いてをる　吉沼等外（S62・1）
欠伸して大秋晴に応へけり　加藤節子（S62・1）
秋晴や今日そとづらの岩手山　三上良三（H2・1）
秋晴に馴れてしまへば空を見ず　神尾季羊（H5・2）
秋晴の何もなき日の湯呑かな　喜納とし子（H9・12）
秋晴や仏の花をなほざりに　若宮靖子（H10・1）
秋晴や患者のふぐりなど平気　津田桂子（H12・11）
秋晴や終生なやむ大頭　竹岡江見（H15・1）
秋晴や東京駅を鷲越ゆる　片倉サチエ（H18・2）
好きなもの帽子秋晴れ象の耳　市川葉（H24・1）
秋晴や石灰匂ふ用具小屋　干塁きん子（H25・1）

秋旱（あきひでり）

老人の白歯ちらちら秋旱　瓦　京一　(S45・11)
自然薯の蔓もう伸びず秋旱　石井　雀子　(S50・11)
秋旱神馬解かれて尿りけり　和田左千子　(S62・11)
秋旱牛繋がれて山中に　中島　ふき　(H6・11)

秋の声（あきのこゑ）

秋の声山椒魚にとどきしや　小浜杜子男　(S58・1)
悲しみを着てゐるごとし秋の声　笹井　靖子　(H5・12)
夕星の発せし秋の声なりけり　鶴岡　行馬　(H6・11)
能面に顔さし入るる秋の声　伊藤　朱潮　(H7・11)
病む母に柩おとせば秋のこゑ　田村　清子　(H9・12)
合流の左右何れや秋の声　山田　敏子　(H10・12)
泰山の秋声聞きし泪かな　藤田　湘子　(H16・8/9)
飲み乾してグラスは細し秋の声　加藤　静夫　(H17・1)
海峡にかかる船あし秋のこゑ　大石香代子　(H19・1)
雲美しき白黒映画秋の声　林田　美音　(H21・1)

秋の空（あきのそら）　秋天

水門に鮒上がるたびあきのそら　和泉　修司　(S55・2)
篁の秋の空より黒揚羽　小川　軽舟　(S63・12)
秋天の離々たり父の眉衰ふ　奥坂　まや　(H3・1)
一枚の秋天を張るプールかな　島田　武重　(H4・11)
獲る蜘蛛に獲らるる蜂に秋の空　小宮　正勝　(H10・2)
秋天のユーカリ大樹夢まだまだ　伊沢　惠　(H11・11)
秋天のペガサスに向く胎児かな　山内　乗　(H12・12)

ハモニカの鋼の匂ひ秋の空　新延　拳（H13・2）
秋天のまちまちの雲全移動　細谷ふみを（H16・1）
秋天をはなれて滝の落ちにけり　川原　詩介（H17・1）
北京秋天老人と犬話しをり　三田　喜法（H20・1）
山の子のポケット愉し秋の空　羽村　良宜（H25・1）

秋高し（あきたかし）　天高し

天高うして山番の呆け病み　景山　秀雄（S55・11）
商人（あきんど）は天高くして歩を早む　澄出　幸枝（S57・11）
じろじろと氏子童や秋高し　青野　敦子（S58・12）
田鼠に畑土竜に秋高し　丸山　澄夫（S59・12）
ひとすくひづつの重湯に秋高し　寺沢てるみ（S60・9）
天高し旅の旗持買って出て　吉沼　等外（S61・2）
秋高し今年いよいよ膝大事　増山　美島（S63・1）
改札を出れば旅人秋高し　村井　丕子（S63・1）
天高く運転免許持たぬなり　花岡　孝子（H5・1）
天高し土不踏よく土を踏む　大沼　たい（H7・12）
菜食の腹は単純天高し　池本　陽子（H8・12）
天高くあれば仮病をつかひけり　星野　庄介（H9・1）
天高し瞋りもて聴く癌告知　村井　古泉（H9・12）
天高しまして札幌楡並木　池上　裕貴（H12・12）
樅の木の一対が門天高し　稲澤　雷峯（H16・12）
天高し何も殺さぬ矢を放つ　上田　鷲也（H18・1）
ペンキ屋の真つ白なシヤツ秋高し　牧村佳那子（H19・11）
秋高し猫の栄えて栄町　竹岡　江見（H22・11）

秋高し少女まばゆき反抗期　大久保朱鷺（H23・1）
よく稼ぐ足踏ミシン秋高し　安東　洋子（H23・1）
秋高し脱兎のやうにミニバイク　渡辺　和江（H23・12）
いつさいを擲つごとく秋高し　小石たまま（H25・1）

秋（あき）の雲（くも）　雲の秋

罪許すかに秋雲の跡もなし　脇本　星浪（S41・11）
敗れたるわれらの世紀羊雲　緒方　厚子（S56・10）
秋雲に永き欠伸をして父よ　天野　慶子（S60・12）
穢れずに消ゆ天龍の秋の雲　小林　貴子（H4・12）
出銭みな健康がらみ秋の雲　穂曽谷　洋（H15・11）
馬も脚替へつつ立てり雲の秋　土屋　未知（H15・12）
鍔広き帽子を脱ぎぬ雲の秋　立神　侯子（H20・1）
立ちて読む封書一通秋の雲　永島　靖子（H20・2）
陽関の彼方は知らず雲の秋　前川　祥子（H24・12）

鰯（いわし）雲（ぐも）

歩けばながい人生靴泣く鰯雲　服部　圭伺（S42・8）
逢ふまでの言葉ひとつや鰯雲　藤田　湘子（S45・10）
鰯雲紅しパリーへ旅とのふ　森山　夕樹（S46・1）
鰯雲てのひらの合うごとくなり　平井　照敏（S50・11）
沸々と呼ぶ名一つや鰯雲　小林　久美（S54・12）
鰯雲何も映さず河流る　京谷　圭仙（S58・11）
追悼の雲は鱗をかさねけり　鴨志田理沙（S60・12）
鰯雲獄の裏には獄の畑　紺野　武二（S60・12）
鰯雲河を渡れば旅に似て　北川まきゑ（S63・12）

放牛を集むる日なり鰯雲　茂住　宏幸　(H1・10)

船旅の終の港鰯雲　宮崎　笛人　(H1・11)

校庭の一周千歩鰯雲　内田　照子　(H2・11)

鰯雲黒着て己れ偽れり　池田　暘子　(H3・12)

放牛に遠出の疲れ鰯雲　和泉　研治　(H4・12)

瞑れば癌目ひらけば鰯雲　橋本石斑魚　(H5・1)

鰯雲返信はがきぞくぞく着く　大住　艶子　(H7・1)

いわし雲臨終のこと習はざり　藤村　昌三　(H7・1)

鰯雲動く答を得し如し　山下　半夏　(H7・12)

帰りたくなるまで往けりいわし雲　杉崎　せつ　(H8・1)

父よりも目出度く生きむいわし雲　佐藤　中也　(H11・11)

出土せる剣のこゑや鰯雲　古谷　恭介　(H14・2)

被爆樹の風聴いてをり鰯雲　原田ナル子　(H16・12)

病衣干す屋上広し鰯雲　宮村いさを　(H19・11)

人類を地球はゆるし鰯雲　南　十二国　(H20・1)

いわし雲かんかん虫に船揺るる　宮木登美江　(H20・1)

久方の鰯雲なり写生行　井出　和彦　(H20・2)

子の遊ぶ時間消えたり鰯雲　辻　和香子　(H21・12)

あみだくじ歩きに銀座鰯雲　細貝幸次郎　(H21・12)

いわし雲破船の肋さらしけり　森　澄子　(H24・11)

鯖雲（さばぐも）

鯖雲に朝月ありぬ働かむ　武井　成野　(H3・12)

月（つき）

月光折れてガラスの指が木に生える　服部　圭伺　(S42・5)

夫と同じ月見る月の奥より楽　市川恵子（S42・12）

ずつしりと月下の予感水を飲む　脇本星浪（S43・1）

月の夜を開く刺繡の糸の箱　高橋順子（S43・1）

月夜雲幼な仏は地に降りず　植田竹亭（S44・10）

月の出の湯浴み男に鯉跳ねて　栗林千津（S45・12）

嫁むかふ月さざなみの櫂の尖　永井京子（S47・1）

暈月や白樺こんや皮をぬぐ　大崎朝子（S47・5）

砧などきこえぬ吉野月夜かな　山本良明（S48・4）

月光界絶対絶命にてほほえむ　高山夕美（S48・5）

月震へ海から上つてくる腕輪　飯島晴子（S48・9）

月に棟上げたる家に残り遊ぶ　増山美島（S48・12）

草月夜にておもかげの白粉ごめ　飯名陽子（S51・12）

夢に似る月をこはさず山の空　青野敦子（S53・2）

葉の裏に帰らむか月欠け始む　大庭紫逢（S53・12）

小鳥籠月の廊下の突当り　武室瑛子（S54・1）

月光の象番にならぬかといふ　飯島晴子（S55・2）

木更津や父ありし日の月のころ　山西洋子（S55・11）

月明や死にたるひとに忘らるる　山本雅子（S56・2）

月昇る水上警察署の真上　堀口みゆき（S56・12）

粉碾きは月の柱をぽんと打つ　田浪富布（S58・1）

テント寝て月に覚めいる象使い　古屋三四郎（S59・12）

借りし傘返す用のみ月の道　花村愛子（S59・12）

二人して抱へてゆきし月の琴　土井聖（S61・9）

月明に足裏ほてるも他郷なり　七戸筌子（S61・12）

月光にイエスの裸身浮きいでぬ　佐々木洋史　（S61・12）
月明の中あきらかに転舵せる　井上　郁夫　（S62・1）
月明の一痕としてわが歩む　藤田　湘子　（S62・12）
きはやかに月の僧侶の坐しゐたり　高野　途上　（S63・2）
トレーラー駐めあり月のレストラン　細谷ふみを　（H2・2）
飯綱の狐月夜に呆けをり　金杉　八重　（H2・2）
美しき橋さづかりし月の村　島　蓉子　（H2・11）
月光や横這もして檜苗　山地春眠子　（H2・12）
会合のもめて果てたる月の道　斎藤　美代　（H2・12）
馬柵沿ひの徒歩（かち）待月となりにけり　藤田まさ子　（H3・1）
天井に鼠来てゐる月夜かな　鈴木　茂實　（H3・1）
月光に熔岩（らば）原そだつ音すなり　前川　彰子　（H3・1）
月あらば野うさぎの耳透けるらん　小田さとこ　（H3・1）
牛飼の日誌に狐月夜かな　清水　桐村　（H3・4）
子規へ急ぐ虚子の足音月明に　蓬田　節子　（H3・12）
月指して鬼女の退きたる能舞台　斎藤　芳枝　（H4・1）
島の月佳しとよく嚙み貝柱　丸山マサ江　（H5・1）
大阿蘇の寝姿に月出づるなり　小澤　實　（H6・1）
篠笛は月の男を恋ひにけり　松田　瑞江　（H6・1）
りんりんと月ついてくる恋はじめ　黒澤あき緒　（H8・2）
五六人下りたる月の港かな　藤村　昌三　（H10・1）
月に吐くことばの毒の青けむり　榊原　伊美　（H10・11）
女走りいでたる月の牧舎かな　生地みどり　（H11・11）
老斑を月光に灼く端坐かな　飯島　晴子　（H12・1）

北きつね月夜に跳ねて音もなし　上川　薑村（H12・3）
待つほどに生れかはりし月夜かな　加藤よい子（H12・10）
鳥籠に月光容れて眠るなり　神保千惠子（H12・12）
沼底の肺魚に月のなかりけり　近藤　暎子（H13・12）
狐出よ月の明日香の石舞台　足立　守（H14・3）
月光に少量の毒ありにけり　奥坂　まや（H14・12）
老うもよし月が二つも見ゆるなり　吉沼　等外（H15・1）
月光の作りし闇の中にをり　大森紀久子（H15・12）
陸(くが)の山まつくらにして月のぼる　小川　軽舟（H17・11）
月光にたぢろぎてゐる何ならむ　吉橋　節子（H18・1）
月光の巨石に墜つる響かな　速見　綾子（H18・11）
月光の庭となりけり尉と姥　蓬田　節子（H18・12）
月光やふんころがしの労働歌　清水　恒（H19・1）
戯れ言も月の湊の宴かな　光部美千代（H20・1）
月走る喪服を提げし夜汽車かな　椰子　次郎（H21・1）
ゆさゆさと欅の歓喜月若し　佐々木幸子（H21・2）
思はざる月光を得し河口かな　植竹　京子（H21・12）
みちのくの月の精進落しかな　横沢　哲彦（H21・12）
月の出や足裏あらはに母逝けり　矢島　晩成（H22・1）
喪のギター鰹ぶし色島の月　今岡　直孝（H23・12）
月光にゆり起されぬ山の宿　吉橋　節子（H23・12）
臨津江(イムジン)の青き月夜を漕ぎ出でぬ　志田　千惠（H24・12）
月影の屋台に背中一つ増ゆ　地主　謙三（H25・1）

月代（つきしろ）　月白

月代やわが胸の鹿岨に佇つ　杉山ゆき菜（H13・2）

月白や立ちて主奏のサキソフォン　桐野江よし子（H14・1）

盆の月（ぼんのつき）

帰路もまた女船長盆の月　井上　魚州（H13・10）

淀川のがたろ出て来よ盆の月　向井　節子（H14・11）

妻も子も天上にあり盆の月　廣瀬　嘉夫（H20・11）

母逝きし頃の医学や盆の月　田和　淳（H21・12）

二日月（ふつかづき）

納屋にしたたる裸電球二日月　穂坂　志朗（S45・11）

待宵（まつよひ）

待宵やくま笹多き女人道　吉長　道代（H18・2）

名月（めいげつ）　満月　望の夜　十五夜　芋の月

満月の声よく透る深廂　堂島一草女（S50・11）

満月やトランプを切る長い時間　島津　海郎（S52・11）

満月の柵をめぐらすねむりかな　青木　城（S52・11）

望の夜の女湯を出て男の子　神尾　季羊（S52・12）

名月や屑鉄として農機売る　藤谷　緑水（S55・11）

韮の畝十五夜待ちとなりにけり　日向野初枝（S56・11）

望の月迎ふる畦を刈りにけり　蓬田　節子（S59・12）

後家といふ身のなかなかに芋の月　飯島　晴子（S62・12）

名月も出雲の森も曇りをり　影山　要（S64・1）

おん僧が遊里のはなし芋月夜　珍田　龍哉（H3・1）

名月の森閑たるに古墳倦む　神尾　季羊（H4・1）

満月の港や馴れし仮住居　工藤　京子（H7・12）
馬生れて三十日や望の月　松木　和恵（H8・1）
芋月夜一茶まぐはひゐて倦まず　穂曽谷　洋（H14・12）
一盞に覚弥の贅や月今宵　古川　明美（H19・2）
名月やオカリナひびく青き谷　小泉寿美雄（H20・12）
名月や物干場より妻の声　川地　大輝（H23・1）

良夜（りやうや）

羽みんな抜いて良夜をねむるなり　安斉千冬子（S45・11）
良夜にて人形の首抜けをりし　藤原　美峰（S55・12）
百姓にまだなりきれず良夜かな　渡辺　民子（S57・12）
良夜にて大使館より車出づ　生地みどり（S59・12）
鎌倉に海と山ある良夜かな　小川　和恵（S62・12）
余呉湖たゞ一枚の良夜かな　川野　蓼艸（H1・12）
良夜なりショーウインドウの星条旗　内田ひろし（H6・12）
櫓をあげて潮にまかせし良夜かな　加藤　一男（H10・1）
良夜なり転害門まで早歩き　市川　葉（H10・11）
男より大き靴脱ぐ良夜かな　横井千枝子（H14・2）
バーテンの喉を見てゐる良夜かな　黒澤あき緒（H16・2）
法名をいただきにゆく良夜かな　保高　公子（H16・12）
交信を終へ船上へ良夜なり　齋藤　伸（H17・1）
酒蔵の貧乏神の良夜かな　山下　桐子（H17・2）
良夜なり長き小説ながく読む　髙柳　克弘（H18・1）
病人の髭を剃りやる良夜かな　市川　葉（H20・11）
グリム読む膝に集まる良夜かな　古藪　国子（H20・12）

良夜なり画帳入れたる旅鞄　中島悦子（H21・1）

床板にチエロを立たせし良夜かな　加納洋子（H23・1）

肘かけて湯壺に浮ける良夜かな　小川軽舟（H23・12）

良夜なり木霊と棲める老夫婦　小川春子（H24・12）

家々の屋根たひらなる良夜かな　辻和香子（H24・12）

水仕事了へし手を拭く良夜かな　原紘江（H24・12）

無月（むげつ）

ぼた餅に老いの機嫌の無月かな　手塚深志城（S60・12）

猪の四つ脚吊りの無月かな　後藤綾子（S61・12）

酒酌めばことに無月の蕎麦の花　中野柿園（S61・12）

もう一ト夜泊らむ奈良の無月かな　寺澤てるみ（S62・12）

無月なり天金の書を点訳す　中岡草人（H17・12）

逢うてすぐ外す時計や無月なり　志田千惠（H21・1）

雨月（うげつ）

雨月なり抽斗に笛ほそりたる　藤澤正英（H14・2）

十六夜（いざよひ）

いざよひを過ごせし蝶か草に透く　小林青揚（S42・11）

いざよいの囮となりて遊びけり　木曽岳風子（S50・1）

岬に灯がつき十六夜の畳かな　横井千枝子（S50・2）

十六夜の海のむかふの声をきく　須藤妙子（S53・1）

十六夜や橋にこだまの返りたる　たかはし千砂（S62・1）

十六夜の橋を限（き）りと別れけり　長谷川朋子（S63・2）

十六夜や藁人形に藁を足す　椰子次郎（S63・2）

十六夜や品川に海ありしころ　藤田湘子（H2・11）

十六夜や少女むらがる楽屋口　牧村佳那子（H3・2）
十六夜のたとへば銀器触るる音　黒澤あき緒（H4・12）
十六夜や友の祖国は砂の国　川口　藍々（H16・11）
十六夜や湖に消えたる湖の波　古屋　德男（H18・1）
十六夜や別れ話に扨と言ふ　山内　丈（H20・1）
いざよひや砂丘に杖の噎ぶなり　中岡　草人（H22・1）
十六夜の診察室の鞄かな　田中　未舟（H23・2）

立待月（たちまちづき）　立待

立待の鉄板道路多き街　飯島　晴子（S61・11）
立待や眉のなへんに後家の相　藤田まさ子（H8・2）

居待月（ゐまちづき）　居待

居待まで月なき壺の萩薄　山越　文夫（S61・12）
佛前はもの沢山や居待月　飛田　節子（H2・12）
舟の灯の近づいて来し居待かな　山内　乗（H15・12）

更待月（ふけまちづき）　更待

更待の極楽寺から白い猫　蓬田　節子（S60・1）
更待や階下を母の杖の音　穴澤　篤子（H11・1）

宵闇（よひやみ）

鯉に生れて宵闇に口ひらく　田中ただし（S54・9）

後の月（のちのつき）　十三夜

錺（かざり）師の銀器打つたる十三夜　小沢　仙竹（S59・12）
松風に鳴る戸がありて十三夜　古川　英子（S62・1）
後の月寝てから腹が立つてくる　飯島　晴子（H1・12）
地下街を蜿蜒と来て十三夜　中井　満子（H3・1）

引潮の早鞆をゆく十三夜　川野蓼艸　(H3·12)

舟出でし水のくぼみや十三夜　鹿本保夫　(H9·1)

十三夜われに献ずるまなこあり　山田敏子　(H10·1)

御礼肥了へし桑畑十三夜　安食亨子　(H10·2)

十三夜わが家のにほひわがもてる　大石香代子　(H11·12)

玄海の鳴りひそめたる十三夜　梯寛　(H13·1)

橋選りてゆく墨東や十三夜　藤田まさ子　(H15·2)

十三夜種も仕掛もなく老ゆる　山下桐子　(H16·1)

十三夜渓の水汲み風呂を焚く　吉井瑞魚　(H17·12)

十三夜酔ひし火照の頬叩く　黒木フクヱ　(H20·2)

友垣も我も老いたり十三夜　鈴木ルリ子　(H22·1)

小説にこころ戻しぬ十三夜　土屋未知　(H24·1)

文書きて寝(い)聡(ざと)くをりぬ十三夜　大石香代子　(H25·1)

針山に若き日の髪十三夜　濱和子　(H25·1)

星月夜(ほしづきよ)

今生の乳房のほくろ星月夜　いさ桜子　(S59·12)

星月夜比叡の痩せのはじまりぬ　高野途上　(H7·1)

船旅の七曜淡し星月夜　沖あき　(H11·10)

乱読の果にさづかり星月夜　伊藤朱潮　(H11·12)

星月夜血潮あかるく受胎せり　五十嵐なほみ　(H12·1)

くるぶしに波の記憶や星月夜　大岩しのぶ　(H13·12)

てのひらの石ひびくまで星月夜　阿部けい子　(H15·10)

星月夜砂漠に花の咲きにけり　山本君子　(H15·12)

星月夜聾ふたり不都合なし　藤田まさ子　(H18·12)

浮いてゐる雲や地球や星月夜　小倉　赤猫（H20・12）
ラジウスの焰の音や星月夜　中島よね子（H21・11）
星月夜二つの橋を渡りけり　山崎美知子（H22・2）

天の川（あまのがは）　銀漢　銀河

銀漢の首尾つばらなり稲架組まれ　柏木　冬魚（S41・10）
脱ぎ落す紬の藍や天の川　飯名　陽子（S43・1）
つま先に瀬音集まる天の川　千葉　久子（S43・12）
銀漢の下に箒目立てる寺　柏木　冬魚（S44・12）
牛の藁きざんで銀河ふやす父　坂本　泰城（S45・9）
銀河の夜亀のところで終うはなし　坂本　泰城（S47・11）
天の川禽獣の夢ちらかりて　飯島　晴子（S48・7）
天の川十時です足の爪伸びる　和田　智子（S51・10）
犬つれて駅を見にゆく天の川　牛山　清流（S57・9）
天の川アイドル歌手に飽きにけり　越野としを（S57・11）
天の川羽根あるものは閉ぢて居り　明正まさ女（S58・11）
タウン誌も号を重ねて天の川　中井　満子（S59・10）
崑崙を訪ふ日あるべし天の川　駒形　定夫（S60・11）
銀漢や雄鹿雌鹿の如くおり　大庭　紫逢（S62・10）
住む町と働く町と天の川　安食　亨子（S63・11）
銀河濃き灯台官舎慶事あり　西島　洋寿（S63・11）
銀漢の外何もなし甲斐の山　清水　正浩（H4・11）
ひとり病む咳は銀河に響きけり　柴田　宗男（H6・1）
天の川白樫に風ひびくなり　立石　明子（H7・12）
奥白根銀河流るる音すなり　須佐　薫子（H9・12）

銀漢や落石とほく眠りけむ　筒井　龍大（H13・11）
毒虫の刺痕十日天の川　豊島　満子（H16・12）
浴身を銀河にさらし島泊　島田みづ代（H17・10）
山小屋は黒き塊天の川　飯島美智子（H18・12）
天の川へーゲル読むか酒のむか　梯　寛（H22・11）
環礁の白波遠し天の川　小川　軽舟（H23・11）
われとわがなで肩撫づる天の川　矢野　修一（H25・1）

流星（りゅうせい）

星飛ぶ　流れ星　星流る

確かめてもひとのこゝろや星とぶ夜　上野多麻子（S42・9）
幾度も流星花壜割りし夜　青木　城（S48・12）
星飛ぶを知らずヒ首研いでをり　砧　健次（S53・3）
北の星とび水葬の縄五尺　真栄城いさを（S59・12）
星とんで木の泣きたるは空耳か　生地みどり（S61・12）
星飛んで憶良に恋の歌なかり　金子　千代（H3・11）
流れ星戦争ものは読まぬなり　池本　陽子（H5・12）
星飛ぶや鬼界ケ島へ地震見舞　矢野　文子（H8・1）
星飛びし後大いなる牧の闇　花村　愛子（H8・11）
星飛んで離ればなれの我とわれ　東　文津子（H13・11）
流星や未来へ返す砂時計　田上比呂美（H21・10）
流星雨ひと夜看取らせ母逝けり　布施伊夜子（H22・1）
流星や幸せの尻切れとんぼ　有田　曳白（H22・11）
流星や国捨つる渡河脛濡らし　筒井　龍尾（H22・12）
帰らむか大きくながく星流る　南　十二国（H24・1）

秋(あき)の初風(はつかぜ)

初風や葉のついてゐる竹箒　三木　聆古（S55・11）

秋風(あきかぜ)　金風

秋風に置きて踏絵に眉目なし　柴山　江魚（S39・11）
秋風や事務服の釦誰彼失せ　山口　睦子（S39・12）
腹冷えて既に秋風の虜たり　門脇　素浪（S39・12）
干拓の秋風に打つ杭斜め　石井　雀子（S40・11）
斧　冴　待　つ　秋　風　の　水　馬　酒井　鱒吉（S44・10）
秋風の魑魅(すだま)に砥石砕けたり　佐々木碩夫（S46・9）
薬草園秋風鮭を白くせり　飯名　陽子（S48・1）
猿の陰(ほと)若しと見をり秋風裡　飯倉八重子（S48・11）
秋風の町へ入りゆく漁師みち　山崎　正人（S49・12）
浮島のたがいは見えぬ秋の風　鳥海むねき（S51・11）
吊鐘に鳴る秋風のあはれなり　座光寺亭人（S54・12）
亮(すけ)の字の狂人とゐて秋の風　菅原　鬨也（S55・1）
秋風のなかの秋風出雲崎　高野　途上（S56・11）
秋風や畑がありてこと足れり　沼尻　玲子（S58・11）
秋風の柳を馬が咥えたる　土屋　秀穂（S60・1）
秋風を聞くかたはらに誰もゐず　茂木　寿子（S61・4）
秋風やいま曲速く辻楽士　松野　苑子（S61・11）
秋風に話してみんな独り言　根本てる子（S62・1）
珈琲を飲む秋風を来しひとと　市川　葉（S62・11）
富士下りて来し赤鼻や秋の風　山口　睦子（S62・11）
金風や蜂存分に脚たれて　武居　愛（S63・1）

原宿の秋風に売る砂絵かな　飯島晴子（H1・11）

秋風やごつたに植ゑて老の畑　鈴木茂實（H1・12）

教室のふりむきざまに秋の風　福田雅子（H2・12）

宇和島に単線尽きて秋の風　川野蓼艸（H3・2）

秋風のうしろへまはれしじみ蝶　藤田湘子（H4・11）

虚子与難（くみしがたき）を論ず秋の風　小澤實（H4・11）

秋風や馬の貨車着く小淵沢　茂住宏幸（H4・12）

秋風に含羞のごと森ひとつ　鳥海むねき（H5・1）

秋風とゾーリンゲンの爪切と　飯島晴子（H7・10）

秋風や数字ばかりの子の手帳　中本美代子（H8・11）

父亡くて踏む秋風の枕木か　鈴木雅貴（H9・12）

秋風や丸ビルのなき丸ノ内　珍田龍哉（H10・12）

非常口非常階段秋の風　安食亨子（H11・12）

肘あげて能面つけぬ秋の風　小川軽舟（H12・1）

金風や出雲札所のもぐら塚　西山敏子（H12・1）

地下深きより秋風に出でにけり　筒井龍大（H12・1）

秋風やほろほろ鳥の羽根栞　石田小坡（H12・11）

秋風や強き一語を形見とす　奥坂まや（H13・11）

秋風の来る方を見る何もなし　鈴木雅貴（H13・11）

秋風やくろき色ひき黒揚羽　市川葉（H14・1）

喝采のあと秋風の辻楽士　土居水聲（H14・1）

秋風やほつれ懸かりの滝一縷　吉沼等外（H14・12）

あきかぜに秋の心のひらきけり　東文津子（H14・12）

秋風やさかむけだけが母に似て　逸見亜木良（H14・12）

約束は出来ぬ秋風吹く今は　中西　宏（H15・11）
手を洗ひ顔を洗へば秋の風　安藤　辰彦（H15・11）
秋風や隣人去りて海がある　齋藤　慎子（H15・12）
年輪の記憶の中の秋の風　藤田かをり（H17・12）
秋風や蜂蜜色の司祭館　坂巻　恭子（H17・12）
カナリアの黄や橙や秋の風　帆刈　夕木（H18・12）
秋風やモデルルームの卓の匙　浅沼　文惠（H19・12）
見えてゐて見えぬ鼻先秋の風　小谷　四雄（H20・11）
秋風や献血の日の朝ごはん　池田八重子（H21・2）
秋風は大魚のやうにゆきにけり　南　十二国（H21・12）
陰膳のうなぎ一皿秋の風　大森まり子（H21・12）
秋風や朝刊の端猫がのる　山田　陽子（H24・12）

色無き風（いろなきかぜ）

色のなき風が竈の火となりぬ　須佐　薫子（H5・2）

初嵐（はつあらし）

吸飲に死水のこる初嵐　千葉　久子（S42・12）
注連縄のいつか縄色初嵐　鳥海むねき（H2・11）
初嵐蹴爪を高く鶏あゆむ　天地わたる（H4・2）
笹山に鮓の笹剪る初嵐　島田　星花（H4・11）
一舟の木取り済みたる初嵐　野尻みどり（H6・11）
心いま草木に属す初嵐　後藤　義一（H12・11）
教会に人々黒し初嵐　神井悠々人（H13・1）
人入りて門灯消えぬ初嵐　西浦　節子（H18・11）
初嵐頁より文字羽ばたけり　荒木ひでこ（H23・1）

秋の嵐（あきのあらし）

秋の大風

四五人に秋の大風通りけり　蜂須賀　薫（S61・1）

野分（のわき）

牧の馬野分の萱におぼれけり　小野里芳男（S39・11）

夕野分犬を錘りに老婆ゆく　菅原　達也（S40・11）

地に下りて野分鴉が溜息つく　座光寺亭人（S40・11）

黒髪に息あるもつれ野分晴　市川　恵子（S41・12）

子の前歯俄かに白し野分あと　戸塚時不知（S45・2）

充ちてきて時計二タ打ち野分頃　小林　秀子（S49・11）

鯉の口ほとけに似たり野分晴　玉木　春夫（S51・11）

野分来と志摩の少女の広額　景山　秀雄（S52・12）

野分待つ心に根つこ殖えゆけり　湯浅　圭子（S55・11）

竹林を尼が見てゐる野分かな　矢後　昇一（S59・10）

野分浪新たな墓標立ちにけり　野村　里史（S59・11）

早立ちを帳場に伝ふ野分後　葛谷　一嘉（S62・11）

罵りし馬と寝てをる野分かな　真栄城いさを（S64・1）

野分して女のまなこ煌とあり　松田　瑞江（H6・11）

忽然と物欲湧きぬ野分あと　上野　和（H7・10）

骨納め出羽の野分を聞きゐたり　池本　陽子（H7・12）

夜見えて鉄棒の艶野分前　永島　靖子（H8・2）

野分後の満月母は一壺の骨　是枝はるか（H8・2）

宗達の鹿のこひしき野分晴　山本　雅子（H9・12）

ブレーキのきりきり鳴けり野分晴　進藤　弓子（H11・11）

恋捨つる血を欲しけり夕野分　榊原　伊美（H12・11）

きらきらと真夜の国道野分後　天野　薫（H18・1）

いちめんに風のぬけがら野分後　小川　軽舟（H22・11）

暗がりに牛の齝む野分かな　天地わたる（H24・12）

颱（たい）

颱風（ふう）　台風

台風圏眼から鏡に入りゆく　柏木　冬魚（S44・10）

台風の迷走鷭の浅もぐり　金子　千代（S58・11）

台風の坂台風の山頂まで　小澤　實（S60・11）

兄弟の厠あらそふ台風過　黒鳥　一司（S61・12）

眼底を閲する火花台風圏　天地わたる（H2・11）

台風に割り込まれたる予定かな　細谷　高秋（H14・1）

うつくしき耳台風の夜なりけり　小浜杜子男（H23・11）

鮭（さけ）

颪（おろし）

鮭颪十兵衛留（どめ）に密漁者　佐藤　潤（H9・12）

黍（きび）

嵐（あらし）　芋嵐　葛嵐

目つむりてすこし歩むや葛嵐　田村　水生（S50・11）

芋嵐産みそこないて三晩泣く　大庭　紫逢（S53・11）

福耳のうしろに坐る芋嵐　後藤　隆介（S57・1）

黒神村葛嵐即火山灰（よな）嵐　酒井　鱒吉（S58・11）

芋嵐ここら我孫子の雀かな　西岡　靖子（S60・11）

島神女（のろ）となるを拒めり芋嵐　真栄城いさを（S62・11）

芋嵐仏を彫るに跨がりて　保高　公子（H1・12）

芋嵐弁天沼が字分かつ　落合　芳美（H4・11）

芋嵐神馬とすべく育てけり　黒木フクエ（H10・11）

極く近く来世ありけり黍嵐　伊沢　惠（H12・12）

太秦の端役人生黍嵐　田中妙子（H15・10）

山羊の眼は顔の天辺黍嵐　市川葉（H17・12）

葛嵐人喰谷に人うごく　蓬田節子（H23・1）

雁渡し（かりわたし）

雁渡しわが干病衣飛翔なし　植田竹亭（S40・11）

雁渡しチョークこぼれて床ひびく　近藤実（S42・12）

大望もなく飛驒住ひ雁渡し　住素蛾（S45・1）

吐く種子の大きかりけり雁渡し　山口広子（S54・10）

雁渡しかつがれきしは義足なり　片瀬江里（S54・12）

解凍を待つ肉塊や雁渡し　長峰竹芳（S57・12）

面師がまづ眼をゑぐる雁わたし　天野萩女（S58・12）

近よれば仔馬ゆばりぬ雁渡し　勢あや子（S63・12）

夫の陶土われの耕土や雁渡　長谷川明子（H7・2）

骨のものぶちこむ鍋や雁渡　吉田舟一郎（H10・1）

村人に湖賊のむかし雁渡　倉垣和子（H13・11）

支流にも木曾川の相雁渡　汲田百合子（H13・11）

雁渡若狭の町の弥撒にあり　渡辺春子（H16・12）

三越をぬけて市役所雁渡　伏見ひろし（H22・12）

青北風（あをぎた）

青北風や脂びかりに軍鶏の頸　中島畦雨（H6・1）

秋曇（あきぐもり）

秋曇服より落ちし虫を見て　瓦京一（S52・11）

秋の雨（あきのあめ）

秋黴雨

李氏か杜氏か扁舟の人秋ついり　大崎朝子（S50・12）

客一人板前一人秋の雨　長峰竹芳（S60・12）

秋黴雨殺生石の毒衰ふ　藤澤正英（H12・11）

秋雨や廊下短き死者の家　岸　孝信（H19・12）

秋(あき)の雷(らい)

秋雷のもたらす便り生きゐしか　斎藤一骨（S57・11）

秋の雷左手かくも初々し　大野稜子（H13・11）

稲(いな)妻(づま)

稲光

稲妻や欅の幹は地にささる　安斉千冬子（S40・9）

病み了へて遺体やすらか稲妻す　植田竹亭（S41・10）

稲妻のあと深海にひびく笛　喜多菁松（S41・11）

ひらりひらりと遊ぶ稲妻主題死ぬ　近藤　実（S43・9）

遠稲妻鮫のかなしみ持ち歩く　須藤妙子（S45・12）

稲妻に睡りさそはれこの世かな　須藤妙子（S49・8）

燭台の鶴のかたちやいなびかり　角田睦美（S55・12）

甲冑へ稲妻はしる畳かな　岡本雅洸（S60・11）

掌の肉をさびしむ稲びかり　飯島晴子（S63・1）

稲妻の凹めし枕ありにけり　小浜杜子男（S63・10）

稲妻と雷の間なにか夫言へり　笙　美智子（H3・10）

草千里稲妻に牛起ちあがる　伊沢　惠（H5・12）

いなびかり美童世阿彌をおもへる夜　光部美千代（H6・9）

稲光して新宿の街廃墟　田中光代（H6・10）

稲妻や三面鏡に我無数　穂積きよ乃（H7・12）

空腹の刻ぞ鮮らし稲光　田辺柿青（H8・11）

床に伏すバレエの終り稲光　吉沼等外（H10・1）

稲妻や牛をなだめに行くとせん　冨澤　サカ（H10・12）

夢殿や夕かたまけて稲びかり　山本　良明（H13・1）

稲妻のゆたかなる夜の馬蒼し　馬原　島彦（H19・1）

秋の虹（あきのにじ）

雑踏にうしなひし顔秋の虹　柳田　葆光（H1・12）

霧（きり）

夜霧さむし海豹などは灯無く寝む　藤田　湘子（S39・12）

夜霧へジヤズ俺を夜盗として流す　服部　圭伺（S41・7）

事後むしろたかぶれり灯の霧の渦　平松弥栄子（S44・1）

見えざるは見ずゆく夜霧が好きでゆく　目須田和子（S44・1）

水渡る猫の片足霧刷く街　鳥海むねき（S44・11）

白い鴉ら霧に遊べり骨拾う　市野川　隆（S44・12）

町ねむり霧にビラ貼る重い青年　黒杉多佳史（S44・12）

霧ごめのほうやれほうと日暮かな　永井　京子（S45・12）

一年生オーイと霧に豚呼ぼう　吉田　和城（S46・12）

いま車庫を出んとす霧の霊柩車　田中かずみ（S46・12）

川霧うごきしんと男の繊い指　中村じゅんこ（S47・1）

眉毛のびし思ひ深霧より出でて　猿田　咲子（S48・11）

銃撃戦報らす朝刊霧より来　冬原梨雨次（S48・11）

沖の琴霧濡れの身にひびくなり　冬　たけし（S48・12）

霧の母霧の鴉へ水汲めり　市野川　隆（S51・11）

山霧をたべ耳たぶをひともせる　野木　径草（S52・11）

牙白しうすきひかりと霧過ぎて　高橋喜玖子（S52・11）

霧ためてつるにんじんの在所　住　素蛾（S52・12）

霧籠り草籠り声出しにけり　穴澤　篤子（S55・9）

黒幹を霧の出てくる縁かな　宮坂　静生（S55・11）

霧雨よ流人の詩の明るさよ　大沢　叶介（S55・12）

霧に佇つ人あり赤き星座あり　永島　靖子（S56・11）

トラックの荷台にて着く霧の村　細谷ふみを（S57・1）

こんにやくの串まで熱し出羽の霧　冬室　昌花（S57・1）

借景は霧降る音と宇陀法師　古川砂洲男（S57・10）

霧襖裾野十里のなかに寝る　小林　愛（S57・11）

三輪山を妬しと畝火(うねび)山霧隠(がくり)　後藤　綾子（S60・12）

霧吸うて来し唇を汝に与ふ　有澤　榠樝（S61・1）

男神山(をのがみ)のまとふ褌(ふどし)のごとき霧　角田　秀行（S61・12）

霧晴るる山に二の塔三の塔　西岡　靖子（S62・2）

銃身をねむらせてをり霧の燭　明石　令子（S62・11）

霧来るや踊るアイヌへ玫瑰へ　鈴木しげ子（H1・10）

碓氷より霧降る町の写真館　松村　世志（H2・12）

夜霧濃し獣医が牛の眼を照らす　遠藤　蕉魚（H3・2）

霧にほふ革の手帳を閉づる時　森田里恵子（H3・12）

白樺の霧に赴く一牧師　清水　桐村（H4・2）

西行庵降る山霧を聆(き)きしのみ　中岡　草人（H5・1）

山霧のぶつかつてくるバイクかな　進藤　弓子（H5・12）

香具師(やし)たちの一夜に去りし霧の町　藤田　湘子（H6・10）

大声に戸隠村の霧の人　佐藤たつを（H8・1）

霧忽ち何を言はむとしたる眼か　細谷ふみを（H8・11）

神奈備の狭霧のころやかつぽ酒　田崎　繁美（H11・12）

椴松も霧も粗しや羅臼岳　宮崎　晴夫（H12・12）
霧深くあれ花束の無きわれに　目須田和子（H14・2）
記憶また狭霧の辻を曲りけり　岡田　靖子（H15・12）
なほ奥に白き闇あり霧の径　三浦　がん（H16・3）
一死木霧の冴のかへり来ぬ　小宮山智子（H16・11）
夜の霧土管の口のぽあんぽあん　生地みどり（H18・1）
朝霧やすでに散りをる牧の牛　田辺　和子（H19・11）
からまつの朝霧晴るる音すなり　佐藤　祥子（H21・1）
朝霧や鍋にもらひし山羊の乳　足立　好子（H21・2）
夜の底大河は霧を育てをり　甲斐　正大（H23・2）
霧濃かり河童の声の一度きり　前原　正嗣（H23・12）
霧を来しをんなに霧のかをりふと　市川　葉（H24・2）
山霧や旅の一座の去るごとし　細谷　蒯（H24・12）

露（つゆ）

露けし

露明り喪の厚膝に嬰児寝て　植田　竹亭（S42・11）
ひらひらと木曾路の踊り露の中　佐藤ゆづる（S44・10）
露に坐臥死をのがれたる父の山羊　西山　冬青（S44・10）
露走り露走り何ごともなし　酒井　鱒吉（S44・12）
朝市の十円露のごと渡す　立神　侯子（S45・12）
石抱いておもひ仏のつゆ仏　石井　雀子（S46・1）
芋の露母の持薬をもらひけり　金田みづま（S48・11）
問はれけり露に見惚れて居りしこと　端山日出子（S51・12）
蒼鱗を光らせ露の中にあり　梅津　博之（S55・12）
僧十人頭を剃り合へり露万顆　三井　菁一（S56・6）

芋の葉の大きな露の割れにけり　藤田　湘子（S59・1）

もの言ふは露置くごとし若狭道　浜中すなみ（S59・11）

露太るここにも日本武の道　飯島　晴子（S59・11）

白露や倉の二階の流れ絵師　小原　俊一（S60・2）

露の石寝がへりをうつこともなし　辻　桃子（S60・12）

白馬の四肢の静脈露犇と　飯島　晴子（S61・12）

露ふかし川中島の転轍夫　宮坂　静生（S61・12）

露の世のスリッパに左右ありにけり　小川　和恵（S61・12）

茅舎旧居露の呼鈴押したしよ　小澤　實（S62・1）

露けさに赤子ついて帰りけり　日向野初枝（S64・1）

露充ちて牧の朝の青鷹　奥坂　まや（H3・10）

腰曲げる仕事ばかりや芋の露　安食　亨子（H3・11）

芋の露うごきて雲の動きけり　榎田マツノ（H5・11）

露けしや伐折羅は如何な声発す　景山　秀雄（H5・11）

萬といふ字が飛び散つて露の玉　藤田　湘子（H5・12）

信州の露は大粒歩くなり　加藤　静夫（H6・1）

黒板の出船の名前露けしや　伊沢　惠（H10・1）

芋の露風があそんで通りけり　新田　裕子（H11・10）

露けしや朝鳥の声ちりぢりに　志賀佳世子（H18・11）

せつせつと勤め人たり露散らし　榊原　伊美（H19・1）

露けしや漱石のペン子規の筆　大石香代子（H19・12）

露の世にかざすICカードかな　藤咲　光正（H21・1）

露の世や畑の中のラブホテル　折勝　家鴨（H23・11）

砥ぎ了へてためすひと薙露葎　鈴木　紀美（H23・11）

露時雨（つゆしぐれ）

露時雨組めば病臥の指冷えて　植田　竹亭（S42・10）

秋の夕焼（あきのゆふやけ）

秋夕焼待つときわれは暗き森　目須田和子（H16・1）

いづれ濃き秋夕焼と燃ゆる火と　永島　靖子（H25・1）

釣瓶落し（つるべおとし）

白湯かへぬ釣瓶落しの吉野にて　古川砂洲男（S57・10）

紫蘇畑荒れたる釣瓶落しかな　加藤あさじ（S59・3）

甘樫の丘より釣瓶落しかな　宮木登美江（S59・12）

窯の罅火を噴くつるべ落しかな　小原　俊一（S63・12）

籤買ふの買はぬの釣瓶落しかな　島田　花憩（H1・3）

夢ぱつと覚めたる釣瓶落しかな　藤原　美峰（H5・3）

瀬田を指す一艇釣瓶落しかな　足立　守（H13・4）

アンケートいろはに釣瓶落しかな　喜納とし子（H14・2）

地理

秋の山　秋嶺　山の秋

水のみし鶏に秋嶺近づき来　坂本　泰城（S48・12）

薪割ればとんで地に立つ山の秋　三栗　健（S56・12）

首据わる赤子に秋の畝傍山　宮坂　静生（S59・12）

振れば出る缶のドロップ秋の山　市川　葉（H20・10）

野山の錦　山錦

多摩錦秋造り酒屋の水を飲む　藤田まさ子（H6・2）

前かくす湯手一枚や山錦　安食　亨子（H25・2）

花野

花野の夜白ければ耳澄ますなり　山下　国大（S41・1）

夕花野女は過去をみてやすむ　寺田絵津子（S41・12）

鶴折るを忘れ花野に子を生めり　鈴木きひえ（S48・12）

花野来て挿絵の眸くらきかな　田中　一光（S56・12）

花野来て暗殺の記事尻に敷く　菅野あたる（S60・2）

カーラヂオ花野にダリの死を流す　川野　蓼艸（H2・2）

花野行きたいけれどいま決めてなく　栗尾　美明（H23・3）

花野果て村あり郵便ポストあり　岡崎　長良（H24・1）

秋の田　稔田

稔り田のなみなみと天映すなり　斎藤　夏野（H3・12）

刈田（かりた）

刈田中燃ゆるポストの一部落　稲荷　晴之（S41・12）

葬いへ刈田の足型歩みよる　市野川　隆（S44・1）

深爪の一指は刈田までとどく　穂坂　志朗（S48・12）

いつせいに刈田の燃ゆる近江かな　山地春眠子（S64・1）

日の刈田鼓の音を待つごとし　宮坂　静生（H2・2）

日のあかき山河に刈田横たはる　細谷ふみを（H2・12）

刈田道わが夫不意に生臭し　神保千恵子（H13・1）

干拓の刈田の鵟まつしぐら　大滝　温子（H15・2）

穭田（ひつぢだ）

酒買ひに青ひつぢ田の昼月よ　浜　昼顔（S48・2）

穭田に一庭人の忌なりけり　増山　美島（S53・3）

穭田を帰り給ふな曇れるに　寺内　幸子（S53・12）

Uターンして穭田の青ホース　堀尾　敏子（S58・2）

おほかたは穭田となり築地松　松原　さよ（S60・1）

穭田を歩きて腰の曲りしか　蓬田　節子（S61・12）

穭田を一直線に越えて恋ふ　山地春眠子（H10・2）

穭田につぶされる日の鶏あそぶ　長谷　靜寛（H18・12）

穭田や雀鼠は蔵持たず　山本佐恵美（H20・3）

落し水（おとしみづ）

源五郎ころがつてくる落し水　地主　雨郷（H6・11）

秋の水（あきのみづ）　水の秋

秋の水画きゐる人の背中かな　浜中すなみ（S57・11）

秋の水一枚岩に生れにけり　金田　眸花（S57・11）

小魚も大魚も秋の水輪かな　宮木登美江（S61・1）

青竹を積み込む揺れや水の秋　竹内　久美（H11・12）

水澄む（みづすむ）

水澄むと母の衣着て吉野山　植松　三世（S56・2）

水澄むや杖よりはやき翁の歩　穴沢　篤子（S59・12）

水澄むや少女のような嫁が来し　長谷川倫子（S59・12）

流れつつ日にまみれつつ水澄めり　志田　千惠（H17・12）

白髪と金縁眼鏡水澄めり　日高　通子（H19・1）

聖廟の楷樹一双水澄めり　山中　　歩（H23・12）

秋の川（あきのかは）

おん僧の一毛吹けり秋の川　森脇　芙美（S51・1）

漣のとほくがひかり秋の川　栃木　静子（H19・1）

秋出水（あきでみづ）

仏壇のうらがはに鳴り秋出水　座光寺亭人（S44・10）

秋の潮（あきのしほ）

志とは秋潮の瑠璃のいろ　中山　玄彦（H6・11）

秋潮や小鳥のごとく船に人　辻内　京子（H24・11）

初潮（はつしほ）　葉月潮

塵捨てに出て大川の葉月潮　三浦久次郎（H4・12）

秋の浜（あきのはま）

砂はらふ父の手白し秋の浜　山﨑八津子（H21・11）

不知火（しらぬひ）

ふとうごく不知火の夜の青ザボン　五島　一菓（S45・12）

不知火を一列の武者よぎりしよ　川野　蓼艸（S60・12）

不知火を長く見すぎし老ならむ　　籠田ひろ恵（H15・1）

不知火や女の名もつはなれ岩　　大岩しのぶ（H17・1）

秋氷（あきごほり）

秋氷家持（やかもち）の沓音幽か　　飯島晴子（S57・1）

生活

秋袷（あきあはせ）

秋袷鳥をうらやむほどに病み　加多見　博（H12・12）

秋袷鳶をふだんの鳥とせり　布施伊夜子（H13・1）

秋日傘（あきひがさ）

ひかりなき燈台を負ふ秋日傘　八重樫弘志（S40・12）

菊膾（きくなます）

菊膾三年さきの顔如何に　藤田　湘子（S50・11）

わりきれぬ数めでたけれ菊膾　寺沢てるみ（S57・1）

菊膾吉野二郎に風強し　河野　蕗子（S61・2）

ゆめばかりくらひしからだ菊膾　榊原　伊美（H4・12）

今ゐたる庭の暗さや菊膾　筌　美智子（H7・1）

すげ替のきかぬ猪首や菊膾　御供　知倫（H15・12）

虚子を知る人が上座に菊膾　林　めぐみ（H24・1）

鰣（はららご）

はららごや闇の渚を歩まむと　三木　聆古（S54・1）

鰣や日暮れをつくる音密に　今井八重子（S59・1）

酒興尽くるところはららご茶漬あり　下村　速男（S61・1）

寝る腹に八分や酒とはららごと　鳥海鬼打男（S61・1）

衣被（きぬかつぎ）

衣被だらだら酒となりにけり　酒井　鱒吉（S57・12）

告解の記憶なほあり衣被　山地春眠子（S61・1）

声にして妻労らな衣被　渡辺　十二（H4・12）

日と月と鞆の津にあふ衣被　前川　彰子（H5・12）

二十分研ぎてなまくら衣被　立神　侯子（H13・12）

繰合す万障あらず衣被　渡辺　春子（H15・12）

ワイシャツに灯の陰翳や衣被　小川　軽舟（H23・12）

とろろ汁（じる）　麦とろ

麦とろや夫婦で旅に出ることも　小林　愛子（S49・12）

よく照つて木の枝埃とろろ汁　高橋　増江（S55・3）

子も孫も妻のものなりとろ、汁　渡辺　謙二（S56・6）

油気も抜けて鞠子のとろろ汁　大崎　朝子（S57・1）

男沙汰よりも面倒とろろ擂る　布施伊夜子（H15・12）

柚味噌（ゆみそ）

校医また柚子味噌作りにも詳し　田代キミ子（H6・1）

柚子味噌や肝心な夜を夫居らず　松田　瑞江（H8・2）

新蕎麦（しんそば）

新蕎麦や戸にさらさらと夜気のおと　岡本　雅洸（H6・12）

新豆腐（しんどうふ）

寺町のこんち午の日新豆腐　村尾古都子（S48・12）

新豆腐よき水を生む山ばかり　藤田　湘子（H8・11）

恋すてし敵つまらなし新豆腐　岡本　雅洸（H9・11）

月光に山征きにけり新豆腐　奥坂　まや（H24・12）

新米（しんまい）　今年米

新米が噴き出す精米所の月に　田口　谺（S48・3）

戦争を知る人強し今年米　新田　浩子（H15・1）

大足の杜氏を待てり今年米　岩瀬　和子（H22・2）

夜食（やしょく）

密会や夜食の皿に牛の骨　薬師寺桂子（S55・2）

恋すてふ極楽鳥を夜食かな　岩崎破矢太（S57・1）

ジャズ低く流れ夜食の紙コップ　伊沢　惠（H4・1）

夜食なほ前傾姿勢続きをり　豊澤　武（H14・12）

枝豆（えだまめ）

枝豆のとびぬ余生の使ひかた　藤田まさ子（H7・8）

枝豆や押しつけられし裸銭　柳浦　博美（H19・12）

零余子飯（むかごめし）

むかご飯いささか年をとりすぎし　石井　雀子（S51・12）

生国を北ときめたる零余子飯　原　しのぶ（S54・12）

山好きの夫を持ちけりむかご飯　甲斐クニ子（H11・1）

老愉しむかご溜まれば零余子飯　蓬田　節子（H12・1）

買ひ足して零余子飯たく夜なりけり　山本　圭（H18・1）

零余子飯山のひなたのにほひとも　大石香代子（H23・1）

栗飯（くりめし）

栗飯やいとはず母が年をとり　寺田絵津子（S44・11）

栗飯や遺産の山の広からず　江藤　博方（H10・3）

松茸飯（まつたけめし）　茸飯

月赤く松茸飯の夜なりけり　坂本　好人（H2・1）

おうおうと垂頰の母や茸飯　石川　黛人（H3・1）

とんぶり

とんぶりをぷちぷち嚙みて上座なり　大沼　たい（H13・1）

干柿

柿すだれ　枯露柿　吊し柿

吊柿鳥に顎なき夕べかな　飯島　晴子（S44・12）

吊柿骨片ひとつ鳴るごとし　永島　靖子（S48・2）

あたたかい障りの長女柿簾　松田ひろむ（S49・3）

枯露柿にうやむやになるこころかな　飯島　晴子（H1・3）

子規虚子の世のねたましき吊し柿　蓬田　節子（H3・1）

柿干して安達太良山へ朝の礼　三浦久次郎（H7・3）

干柿をドレミドレミと吊りにけり　澤木　正子（H8・3）

干柿や油断も隙もあるくらし　桑原　サワ（H12・2）

柿すだれ町内会費納めけり　柴田るり子（H22・11）

新酒

利酒　新走　今年酒

妙齢にして利酒の好敵手　岡本　雅洸（S60・12）

祈禱師の体臭忌むや新走　弓倉御代香（S64・1）

東京の山深かりし今年酒　柿﨑　洋子（H11・1）

甲冑を上座となせり今年酒　荻原　京子（H12・1）

晩年も又長丁場今年酒　鈴木　重美（H12・1）

男の差歴とありけり今年酒　岡本　雅洸（H13・12）

涙もう武器とならずよ新走　内平あとり（H14・1）

遺伝子のゆゑの鼻ぺちゃ新走　今野　福子（H15・1）

濁酒

どぶろく

どびろくや旅も二日の枯ごころ　石井　雀子（S51・1）

濁酒や修那羅へ一里町へ二里　小原　俊一（S61・5）
蟇面にてどぶろくを利きにけり　小澤　實（H3・11）
日向より来し碁盤師と濁酒　片岡まさる（H9・2）
どぶろくや我ら育てし父の斧　馬原　克久（H12・2）
濁酒受けて仲間に入れてもらふ　佐武まあ子（H13・1）
でもだつてだけどは言ふなにごり酒　三島　芙蓉（H13・1）
狐鳴きどぶろくの甕封印す　重岡　野風（H16・3）

猿酒（さるざけ）

岩壁は須佐之男の胸猿酒　檜尾とき魚（H16・1）

菊の酒（きくのさけ）

菊の酒六十にして敵を持つ　村上　妙子（H8・1）

温め酒（あたためざけ）

温め酒諍ふことも生がひぞ　鈴木　文七（S49・12）
温め酒あまた仏をみてきたり　片瀬　江里（S50・12）
温め酒ひとつは草の音なりし　布施伊夜子（S54・1）
寺に生れ語学教師や温め酒　高城　美子（S58・1）
あたため酒教育論の出て了る　井上　宰子（H7・2）
温め酒ふと野晒のこともおもふ　村井　古泉（H8・1）
ゆつくりと国滅ぶ酒あたためむ　加藤　静夫（H14・12）

秋の灯（あきのひ）

美しからむ吾等がバスの秋灯も　唐木　和枝（H2・1）
乱心もしるす系図や秋灯　黒木　澤子（H11・12）
秋灯遺る手帖の未完美し　小川　軽舟（H17・10）
夫あらず秋灯の紐長く垂らし　市川　葉（H21・1）

畳みたる下着の嵩や秋灯　味岡　康子（H22・10）

秋灯はばたくごとく点りけり　南　十二国（H23・11）

客船の浴槽に波秋灯　佐藤すみれ（H24・11）

燈火親しむ（とうかしたしむ）

燈火親し紙の紅葉を手内職　志賀佳世子（H2・12）

燈火親し結末読んでしまひけり　六条冨美柄（H3・12）

灯火親し分けても唐の辺塞詩　中野　和子（H23・2）

秋の蚊帳（あきのかや）

咳と血とからくれなゐの九月蚊帳　星野　石雀（H15・12）

秋扇（あきあふぎ）　扇置く

秋扇鳥に見られて閉ぢるなり　黒田　肇（S44・11）

秋扇や諏訪に眺めて夜の雲　鈴木　響子（S58・1）

失言をかさねし扇置きにけり　飯田　俶子（H5・12）

へぼなれど日本棋院の秋扇　赤木　武男（H11・1）

偽りを言ふ心組秋扇　山田　華蔵（H15・11）

秋団扇（あきうちは）　団扇置く

秋団扇大言海の下にあり　地主　謙三（H11・12）

使はなくなりし団扇と糸切歯　安食美津子（H19・10）

秋簾（あきすだれ）　簾の名残

この部屋の簾名残の夕かな　鈴木　宏子（S57・11）

白き手の隠れし秋のすだれかな　小浜杜子男（H17・1）

秋すだれ漁舟溜の猫狡（こす）し　籠田ひろ恵（H22・1）

菊枕（きくまくら）

菊枕消えゆくものの音を生（な）し　奥野　昌子（S57・1）

菊枕こころに足らふ瀬音あり　吉沼　等外　(H15・2)

燈籠（とうろう）　盆提灯

薄化粧盆提灯の蠟笑めり　市野川　隆　(S45・10)

灯籠の火を庇ふ指そろへけり　飯島　晴子　(S60・11)

ゆゑもなく灯籠売場去り難し　中村　昇平　(H12・11)

盆提灯畳みひとりとなりにけり　鈴木　照江　(H24・11)

障子洗ふ（しやうじあらふ）

障子洗ふ虫が忘れし翅一枚　寺田絵津子　(S44・12)

宿坊の高き籬や障子干す　石原由貴子　(H22・1)

障子貼る（しやうじはる）

かまど火の残るぬくもり障子貼る　金子　うた　(S43・11)

障子糊とくや薄身の波走り　高橋　順子　(S44・12)

竹ひゞく切貼障子立てこむに　五島　一菓　(S46・11)

婆ひとり匿す障子を貼りにけり　三木　聆古　(S62・1)

障子貼夜は日本酒ときめてあり　伊藤たまき　(H5・12)

障子張る猫四匹の帰る家　酒井　淳子　(H21・3)

火恋し（ひこひし）

生くるとはそのなんですな火恋し　秋葉　裕　(H17・2)

火恋しどこへもゆかぬ妻さがす　遠藤　篁芽　(H20・2)

夜降ち（よぐたち）に鳥の鋭声や火恋し　中島　夕貴　(H22・1)

秋の炉（あきのろ）

秋の炉をよろめきて立つ瞋（いかり）かな　飯島　晴子　(S63・12)

冬仕度（ふゆじたく）

市振のくだりに栞り冬支度　今井八重子　(S61・1)

四の五のと言はるる前の冬仕度　田中美智子（H8・12）

屋根へ上る梯子も出羽の冬仕度　吉沼　等外（H12・2）

冬支度鳥籠の水替へにけり　三野青鳥花（H21・1）

松手入（まつていれ）

鷹峯小学校の松手入　飯島　晴子（S62・1）

当主世を去りたるのちの松手入　林　喜久恵（H5・1）

小舟から松の手入や加賀の国　宮木登美江（H5・12）

尼さまのときどき出て来松手入　志賀佳世子（H6・1）

独り言降つてくるなり松手入　池辺みな子（H6・12）

二条城蓬萊島の松手入　安部みち子（H8・3）

秋耕（しうかう）

秋耕の女体大包みに出たる　増山　美島（S46・1）

秋耕や島は四方に海の鳥　北脇　泊船（H5・1）

八月大名（はちぐわつだいみやう）

スカートに替へて八月大名なり　冨澤　サカ（H9・1）

八月大名へうきん者を通しけり　山路　一夢（H22・12）

添水（そふづ）

面影を敲くや夜の鹿おどし　藤川　祐子（S53・9）

案山子（かかし）

遠案山子哀しき昼をつみかさね　高橋喜玖子（S44・12）

白布を足して案山子の胸弱る　渡辺　洋子（S49・12）

姉嫁ぎ案山子と倒れたる次郎　小林　進（S52・2）

片眼かき消えし案山子や小淵沢　細谷ふみを（S55・11）

案山子から飛び立つ雀百ケ日　田中かずみ（S55・11）

案山子こそ鬱快の日の夢に佇つ　北川　正年（S56・12）
辛抱の棒の貫く案山子かな　中沢みなと（S57・12）
立てられて島の案山子となりにけり　蓬田　節子（S58・1）
日照雨過ぐ甲斐の案山子に雲水に　福永　節子（H3・11）
見てありし案山子のぎくと動きしよ　開発　道子（H7・12）
セナのごと案山子の頭にもヘルメット　片岡まさる（H7・12）
この世をば一番案山子見渡せり　遠藤　篁芽（H9・12）
案山子みな電車に向きて秩父線　土屋　秀穂（H14・11）
凡（およ）そこの世は案山子の口の情なし　藤田　湘子（H14・11）
山暮れて案山子の一日終りけり　梶塚　葵風（H18・1）
雀らと親しき出羽の案山子かな　土居ノ内ひろ（H18・2）
夕星にこたへを貰ふ案山子かな　大岩しのぶ（H18・12）
夕暮の寂寥案山子のみならず　梶塚　葵風（H23・2）

鳴子（なるこ）

理髪店出て来し人に鳴子かな　飯島八重子（S59・11）

鳥威し（とりおどし）　威し銃

威銃霧へ最後の楽章へ　青木　城（S46・1）
威銃かすかに乳の痛みあり　大島　邦子（S47・12）
威銃ひろびろと行きどまりかな　石田よし宏（S52・11）
まつしろな障子を抜けて威銃　服部　圭伺（S62・12）
威銃おどろく村の星菫派　星野　石雀（H6・11）
威銃播州平野明けにけり　細谷登美惠（H7・1）
貧すれば惚はじまるか威し銃　山本　良明（H8・1）
威銃二発目にまた吃驚す　松井　千枝（H8・12）

威銃どすんと腹を撃たれけり　中村　富夫（H17・12）

媾曳の度肝ぬきたり威銃　景山　而遊（H20・1）

威銃眠れぬ夜の吾を撃つ　黒木　鳩典（H23・2）

鹿火屋（かびや）

草原の湿りもて来し鹿火屋守　小林　貴子（S64・1）

鹿垣（ししがき）

白毫寺鹿垣の竹届きけり　西山　純子（H14・1）

費用対効果鹿垣廃しけり　大庭　紫逢（H17・1）

稲刈（いねかり）　稲車

古き代の星みな連れて稲車　市野川　隆（S42・12）

稲車追ひ越して闇俄かなり　芝崎芙美子（S45・1）

刈稲を置く音聞きに来よといふ　飯島　晴子（S57・12）

稲刈や己がひかりの日本海　稲澤　雷峯（H6・1）

稲刈の蝮殺して又始む　吉田　光子（H13・1）

稲干す（いねほす）　掛稲

掛稲に集る（たかる）雀のこゑ千々に　飯島　晴子（S60・12）

掛稲の禱のごとく垂るるなり　飯島　晴子（H7・1）

稲架（はぎ）　稲棒

加藤洲や稲架が繰出す登校児　柏木　冬魚（S39・11）

縄跳ぶ子陽が薄呼吸（いき）の稲架蔭出て　佐々木碩夫（S40・12）

稲架解くを見る犬の眼の空色に　柏木　冬魚（S40・12）

膝たるむズボンよ不作田の稲架よ　青木　泰夫（S41・2）

花火鳴る日の鴨と稲架外す　岸本　青雲（S42・12）

稲架杭突く鵙の重さをも感じ　市野川　隆（S43・11）

冷え症に稲架棒ばかり増えにけり　石田よし宏（S46・12）
稲架ぬけて稲架いろの犬わらひたり　荒井成哉（S46・12）
飛騨鴉男啼きして稲架立てり　石部桂水（S47・2）
稲架冷えや酒買ひの子の過ぎしごと　高野途上（S50・1）
稲架竹の余れるをすぐ傍に挿す　増山美島（S53・1）
稲架を組む太縄コレラ騒ぎかな　佐藤千代（S53・12）
崖下に白波あがる稲架用意　土屋秀穂（S59・12）
稲架棒の縄新しき崖つ淵　神保隆子（S60・12）
稲架棒を放り出したる腰拍子　小林洸人（S62・2）
稲架の棒立てて天心さだまれり　高野途上（S62・12）
半月の明りたふとし稲架を組む　小松ますみ（H5・1）
山峡の稲架合点の場所にあり　輿石恵美子（H17・1）
霜濡れの稲架美しき伊那郡　有賀敦子（H19・1）
オリオンは立ち上がる星群(むれ)稲棒(ぼっち)　遠藤篁芽（H22・2）
稲架襖耶蘇の小島を鎧ひけり　野上和佳菜（H22・2）
稲架高し母が家出の小半日　百橋美子（H25・2）

稲扱(いねこ)き

月片目裸灯片目稲を扱く　市野川隆（S43・12）

籾(もみ)

籾殻焼く　籾干す

籾やきし灰がふつくり芝居くる　金子うた（S45・12）
暗黒やもみの流るる広い家　しょうり大（S46・3）
てのひらの籾吹いてみる鳶の輪　根本仁山（S47・1）
籾に手を入れたる遠出ごころかな　寺内幸子（S53・1）
めぐり会ひ籾殻焼きの風下に　原しのぶ（S54・11）

おだやかな雲や野積みの籾袋　中澤　茂子（S59・12）
籾干すや富士を南の国境　小坂るり子（S60・1）
籾を嚙み風の常陸にまぎれけり　高橋　正弘（S60・11）
籾殻の吹かれてすこし崩れけり　今野　福子（S61・2）
干籾の手にちりちりと鳴りにけり　佐野　明美（H15・2）
太白に籾焼きし灰拡げけり　芹沢　常子（H18・2）
寂寞と籾殻の火や富士暮るる　石綿　衛（H20・2）
暮迫る輪中稲滓火立ちにけり　向田　ゆふ（H23・1）

籾摺（もみすり）

ぶるぶると猫籾摺を嫌ひけり　増山　美島（S62・1）

秋収め（あきをさめ）

農じまひ　田仕舞

二階まで酒はこびしが農じまひ　倉林　凪帆（S58・2）
田仕舞の美濃へくだりて煙攻　笠原　良一（S62・3）
肥後豊後裾野を分かち田のしまい　馬場三千穂（H4・2）
田仕舞や方丈さんの席ひとつ　三浦久次郎（H10・2）
秋収お寺さんへも米五升　地主　雨郷（H11・1）

豊年（ほうねん）

豊の秋　出来秋

豊年や眠りて頰の紅き男　柏木　冬魚（S41・12）
豊年の鳥翔けて空邃くする　石井　雀子（S44・11）
豊年や赤い火口が雲を食ふ　大崎　朝子（S44・12）
混浴に豊年の月出でにけり　穂坂　志朗（S46・12）
沼蒼し豊年われに何あたふ　青木優一良（S47・12）
豊年や和毛（にこげ）つまりて山羊の耳　穂坂　志朗（S50・1）
豊年や丸太置場に湯気上る　大崎　朝子（S53・12）

豊年や猫舌の子が泊つている　野村　和代（S56・1）
豊年や一番風呂に赤子いれ　野村　和代（S56・11）
豊の秋祠へ参る割烹着　佐宗　欣二（S60・1）
豊年や橋にはばたく蝦夷（えみし）の子　鈴木　康彦（S61・1）
僧の頭のいよいよ長し豊の秋　土屋　未知（H2・12）
豊作は風船かづらにも及ぶ　木村　照子（H6・12）
豊年や五重の塔に人集ふ　石田　夏子（H9・1）
豊年や襖に漢字累々と　山中　望（H10・1）
流鏑馬の的組みをりぬ豊の秋　石田　夏子（H10・3）
草稿の二百五十字豊の秋　中山智津子（H10・12）
豊年や深夜に及ぶ宮相撲　田尻トヨ子（H11・1）
山国や出来秋の笛さらひをり　大和谷千代子（H11・1）
豊年や山寺へ入る旅役者　吉村きく子（H11・1）
死者もなく村人へりぬ豊の秋　日野　影正（H15・1）
豊年やでんぐり返る森光子　別府　絹枝（H15・12）
晴も褻も久留米絣や豊の秋　八木　峰子（H16・1）
目瞑れば地球があをし豊の秋　大野　直也（H18・1）
遠き世の星の光や豊の秋　山中　望（H19・12）
豊年や上り框に魔法瓶　高橋　正子（H20・2）
眠るうち明日はじまりぬ豊の秋　伊澤のりこ（H21・1）

凶作（きょうさく）

凶年やかたつむりにも月光を　飯島　晴子（S52・10）
凶作やどつと笑ひて登校す　木村　晃一（S55・12）
凶年や深空やうやうなつかしく　飯島　晴子（S57・10）

蝦夷舞凶作の田を励ませり　戸塚時不知（H5・12）

観月堂凶年の稲架近くあり　土屋未知（H6・1）

新藁（しんわら）

今年藁

茨城の土より知らず今年藁　山西洋子（S47・12）

今年藁締める荒縄天へ投げ　遠藤きん子（S60・1）

新藁に少女以前の記憶かな　市川千晶（H8・1）

藁塚（わらづか）

残照に爪立ちの藁塚火葬行　佐々木碩夫（S41・1）

遠藁塚の深き睡りの中の妻よ　坂本泰城（S45・4）

藁塚は二つづつ善為し難し　藤田湘子（S47・1）

藁塚や冥利はうごきつつありぬ　東条中務（S48・3）

朗朗と父藁塚に鳥の乗る　穂坂しげる（S49・2）

藁塚に山も私もかくれけり　石黒世枝子（S50・1）

もの言へば他国の藁塚の歩くなり　金子うた（S52・1）

藁塚を抜ける前掛濡れてゐし　細谷ふみを（S54・1）

道端の藁塚のこの窶れやう　吉沼等外（S61・3）

藁塚の影や日向や夢遊び　小林進（H3・1）

藁塚や今日きてけふの景愛す　橋爪きひえ（H3・1）

藁塚や人手足りたる嫁迎　安川喜七（H7・2）

藁塚や少年の読む自殺考　楠田よはんな（H8・11）

この辺が踏んばりどころ藁塚の棒　山口裕子（H19・2）

藁塚の凭れ合ひつつ譲らぬ気　土屋秀穂（H23・2）

夜なべ（よなべ）

夜業

干拓の夜なべ次郎をねむらせて　柏木冬魚（S39・12）

身の内の水つり合ひて夜業かな　田浪　富布（S46・1）
夜なべの灯消す寸前の救急車　一条　友子（S58・12）
酒かけて蕎麦ほごしたる夜業かな　脇　嘉三（H1・12）
夜業終ふ牛飼のよき革ベルト　藤田　湘子（H3・11）
戛々と夜業の女灯をよぎる　井守やよい（H13・1）
才無くて鶴女房と夜なべかな　星野　石雀（H15・2）
煌々と社名変りし夜業の灯　細谷ふみを（H25・2）

砧（きぬた）

聾ひて宮古上布の砧打つ　飯島　晴子（S63・2）
藁砧飾られあるや捨てあるや　市川　千晶（H3・12）

新渋（しんしぶ）

今年渋

杉山の降白みけり今年渋　西山　純子（H19・1）

竹伐る（たけきる）

竹伐の眇の方の眼に話す　飯島　晴子（S44・2）
竹伐りの薄着を鶏のはなれざる　増山　美島（S49・11）
竹を伐る荒法師はた弱法師　野木　径草（S49・11）
竹伐りの濃きもみあげに日の当る　服部美矢子（S50・9）
竹伐りのひとつ谺に厭きにけり　今井八重子（S52・11）
畳にて躓く竹の伐られし日　荒井　成哉（S52・12）
竹伐りの一夜ねむれば前の世や　須藤　妙子（S53・11）
竹伐りの頃と思ひて晴るるなり　佐々木碩夫（S56・11）
生え放題寺に竹伐る予算なし　大野　佳子（H3・12）
竹伐つて谺真青にかへりけり　宮内　正江（H17・12）

新絹（しんぎぬ）　今年絹

飛騨道のきはまりにけり今年絹　宮坂　静生（S57・12）

糸瓜の水取る（へちまのみづとる）　糸瓜引く

瓶入りの忝けなくも糸瓜水　牛久保　経（S58・11）

男の子生れ糸瓜の水もたまりけり　村上　妙子（H5・1）

手におとす糸瓜の水や手の記憶　加藤よい子（H13・12）

糸瓜引く甥に酒手をはづみけり　御供　知倫（H19・1）

種採（たねとり）

種採りのうすくれなゐに草臥れて　細谷ふみを（S51・1）

種採りや近所廻りて掌がぬくし　早乙女房吉（S54・1）

種採に小学校の深空あり　横井千枝子（S56・12）

種採の匂ひつんぼとなりにけり　松本　文子（S57・11）

種採つて大和の紙に納めけり　栗田　庄（S63・11）

種採つてふるきことよく見えにけり　溝渕　淑（H2・12）

嫁ぐ子へ鶏頭の種採りおかむ　芹沢　常子（H3・12）

朝顔の種採つてゐる佃の子　露木はな子（H8・12）

種採の嗟（あ）々々零してしまひけり　藤田　湘子（H17・1）

朝顔の種採りて妻病ませけり　小浜杜子男（H22・1）

葛掘る（くずほる）　葛引く

葛引けばおかめひよつとこ西の風　穴沢　篤子（S50・12）

大返事して葛たぐる手を止めず　土屋　秀穂（H1・12）

山仕事杉に声かけ葛はづす　佐藤　守（H10・11）

豆引く（まめひく）　豆刈

豆刈どき速飯の箸納めけり　五島　一菓（S48・7）

大豆干す（だいづほす）　豆叩く

豆叩く日移る方へ音移し　名取　節子（S46・2）

豆干してあり看板は洋服屋　神尾　季羊（S63・2）

楽しめるほどの嵩なり豆叩く　古川　英子（H4・3）

みづうみの沖白波や小豆干す　坪井　美世（H20・12）

牛蒡引く（ごばうひく）

繰返すはないちもんめ牛蒡掘　藤田　湘子（S43・12）

牛蒡抜くうしろ夕闇火のとろり　灘　稲夫（S47・6）

胡麻刈る（ごまかる）　胡麻叩く　胡麻干す

胡麻叩く年恰好となりにけり　吉沼　等外（S59・2）

秋篠の胡麻干すに足る築地かな　蔵本みち子（H3・11）

胡麻干して男育たぬ家系かな　藤岡田鶴子（H10・1）

門前に胡麻を叩きて僧若し　岡崎　長良（H23・1）

萩刈る（はぎかる）

萩を刈る一個の固き頭なり　飯島　晴子（S50・12）

萱刈る（かやかる）

馬の肉日向臭しと萱を刈る　小澤　實（S56・1）

ひとにぎり芒刈りきしあとの雨　牛久保　経（S60・11）

蘆刈（あしかり）

北空を使ひ果して芦刈女　石田よし宏（S46・1）

思ひだし笑ひもするぞ芦刈は　五島　一菓（S49・11）

しばたたく蘆刈の眼を遠江（とほたふみ）　藤田　湘子（S53・11）

芦刈の棒を拾ひて帰りたる　福田　小枝（S56・2）

屑葦を焼いて葦刈帰りけり　水垣村夫子（S58・2）

立ちて刈るゐざりても刈る風の芦　山口みつる　(S59・1)
葦刈の切味のよき音すなり　永野　和子　(H4・1)
蘆刈のときどき歩く水の音　林　めぐみ　(H15・4)
蘆刈の道十文字蘆の中　藤澤　正英　(H17・12)
残照の虜となりぬ蘆刈女　田﨑　武夫　(H19・12)

草泊（くさどまり）

祖父のことすこし知りたし草泊　佐藤たつを　(S63・12)

桑括る（くわくくる）

狙撃兵たりし難聴桑括る　伊沢　惠　(H8・12)

蔓たぐり（つる）　蔓引

蔓引に割愛されしからすうり　布施伊夜子　(H4・3)
蔓たぐりつるたぐりして不意に欲　高橋久美子　(H13・12)
蔓引けば蔓引き返しよろけたり　山田　唯見　(H23・12)

牧閉す（まきとざす）

おだやかな浅間を言いて牧閉す　今井　妙　(S62・1)
牧閉す頭上遮るものもなく　栃木　静子　(H7・1)
落葉松の明けの木霊や牧閉す　村田　八郎　(H11・1)
暴れ牛最後に出して牧を閉づ　菅　与三九　(H17・2)

初猟（はつれふ）　猟解禁　猟期来ぬ

初猟や皮めくれたる椽の幹　土屋　未知　(S63・2)
初狩の犬をうながす恋瀬川　兼子　あや　(S63・4)
猟解禁三文判を押しにけり　白石　延子　(H8・12)
道幅を余さぬ轍猟期来ぬ　杉谷　たえ　(H11・2)
祖母山や育てし犬の初狩猟　伊藤　啓子　(H14・3)

猟期来ぬ角笛の紐贈りけり　布施伊夜子（H16・1）
初猟や吠える中から選ぶ犬　三浦恵美子（H16・12）
雲割つてあかがねの日や猟始　中島夕貴（H22・3）
初猟や川瀬濁らす猪の腸　久保いさを（H24・3）
猟期来ぬ畳の上の同人誌　岡本雅洸（H25・1）
川底に赭き朽葉や猟期来る　葛井早智子（H25・3）

囮（をとり）

熔岩の中提げてくる囮籠　神尾季羊（S50・11）
囮籠鋼の如き空ありき　岩田玲子（S59・1）
岩頭に風のあつまり囮籠　萱場静子（S60・1）
囮鷹囮の目にて生まれしか　友利昭子（S62・1）

高（たか）

擌（はご）

高擌の杉撓はせてありにけり　いさ桜子（S62・12）

鳩（はと）

吹（ふく）

鳩吹きの五六歩乳房奪れけり　福田小枝（S53・12）
鳩ふくやはらつぱからつぽとほりあめ　浜中すなみ（S59・1）
鳩を吹く君のみ老ゆるにはあらず　井上園子（S62・12）
晴れ待ちの屋台蔵より鳩吹く子　亀山歌子（S64・1）

鹿（しし）

狩（がり）　鹿笛

鹿笛の冴ゆる大和は小さき国　奥野昌子（S59・4）
鹿笛や白き砂礫の沢渡る　小竹万里子（H18・1）
鹿寄せの囮の牝鹿ひざまづき　布施伊夜子（H24・1）

下り簗（くだりやな）

下り簗抜けたる水の大人しく　辻桃子（S61・1）

山国の暁つかまつる下り簗　宮坂　静生（S64・1）
雲の上に月あるらしき下り簗　樋口　芦笛（H4・12）
奥美濃の豪気の雨や下り簗　吉村　東甫（H21・12）

崩れ簗（くづれやな）

完全に片づき崩れ簗はなし　村上　妙子（H3・3）
川幅に光広ごり崩れ簗　和田　勝代（H14・1）
流木に絡みし崩簗の縄　菅　与三九（H15・2）

鮭打（さけうち）

鮭番屋

狐また芦を走れり鮭番屋　安達　徹淳（S45・1）
成績は中の下の子や鮭を突く　鎌田　トク（S60・12）
鮭番屋星凜凜とふゆるなり　門脇　緑（H10・1）
色悪しきテレビ歌へり鮭番屋　中山　知子（H13・2）

鯊釣（はぜつり）

鯊の竿

瑞巌寺真つ向にして鯊の竿　鈴木　康彦（S59・1）
鯊釣つて卿（サー）と呼ばるるいはれなし　佐々木安方（S64・1）
かつて赤と指（さ）されし男鯊釣れり　浅井　多紀（H4・11）
釣りし鯊バケツをまるく泳ぐなり　小川　軽舟（H21・11）
水よりも空に親しき鯊の竿　安食　亨子（H23・12）

烏賊干す（いかほす）

祭くる島とも見えず烏賊干場　金子　うた（S61・11）

相撲（すまう）

草相撲

針金の酸かなしめり草相撲　増山　美島（S49・12）

月見（つきみ）

月を待つ　月祭る　月の座　月の客　月の宴

島に老い月見の唄の声透る　藤田　湘子（S40・10）

月を待つもとより老の暇潰し　高橋　三秋（S58・12）
月祭る少女に耶蘇の呪文あり　山野未知魚（S59・10）
何もせぬ父が月見の芒採り　金子　うた（S59・12）
月の座の玖々(しし)とものの食ふべかりけり　安食　亨子（S62・12）
四五人が通夜より流れ月の客　青野　敦子（S62・12）
月の座の老いたる左翼闘士かな　新延　拳（H3・12）
ぞんぶんに月見しことよ西ノ京　蛭子ふじ子（H3・12）
月の客一芸人の訃を伝ふ　神尾　季羊（H6・12）
天領に生れて船の月見かな　吉村　春子（H6・12）
盲目の大黒坐せり月の宴　星野　庄介（H7・2）
月待てり月の兎をいふ世代　西賀　久實（H11・1）
薙刀を重く使へり月見能　吉沼　等外（H14・1）
嫁ぎ来し頃の卓袱台月祀る　高橋　正子（H20・1）
月見に行く芸妓(ねこ)と借金取(えんま)と不動産屋(せんみつ)と　山地春眠子（H23・11）
この国の季節怠慢月を待つ　鴨志田理沙（H23・12）

海蠃廻(ばいまわし)

海蠃打ちの声四五年も眠りしか　上野まさい（S51・2）
ためらはず寺を継ぐ子や海蠃廻し　堀　さき子（S63・1）
二の腕の火傷のあとや海蠃廻し　坂本千惠子（H22・12）

菊花展(きくくわてん)

ある路地の十歩ばかりの菊花展　斎藤　将一（S60・2）
菊花展女やたらと驚けり　瀬戸　草舟（S61・2）

菊人形(きくにんぎやう)

菊人形うしろの水を重くせり　兼子　文子（S52・1）

菊人形めくらの杖に突つかれし　細谷ふみを（S55・12）

唇に触れざる笛や菊の武者　大庭　紫逢（S59・12）

ゆふづつや恋に濡れたる菊人形　福間　徹（S60・12）

菊人形見にゆくならひあはれなり　大崎　朝子（S62・2）

菊人形両眼違ふものを見る　小澤　實（H1・12）

大差なし菊人形の姫と姥　豊島　満子（H4・12）

菊衣着て怪獣は電子音　牧野　君子（H6・2）

菊人形化繊の衿のてらてらと　伊沢　惠（H7・11）

首抜いて菊人形の運ばるる　飯島　ユキ（H8・1）

蛇口あり菊人形の傍らに　奥坂　まや（H9・1）

釘みえて菊人形の口の中　松田　瑞江（H9・12）

虻飛べり菊はづしたる人形に　藤澤　正英（H10・1）

菊人形月光の音憑きにけり　大石香代子（H12・1）

討入に集められたる菊人形　遠藤　蕉魚（H12・3）

菊人形菊人形を刺しゐたり　奥坂　まや（H13・2）

見事なり菊人形の余り花　春木　燿子（H14・1）

桐箱の菊人形の頭かな　斉藤　理枝（H14・1）

ほほえまし菊人形の胸平ら　大住　艶子（H14・1）

菊人形一体減つてをりにけり　奥坂　まや（H14・2）

夕日あり菊人形のうす笑ひ　住　正惠（H14・2）

菊人形暗転の柝は誰が打つ　山崎てる子（H15・2）

孔雀見て菊人形を端折りけり　飯島美智子（H16・1）

雑兵は菊を纏はず菊人形　島田　星花（H20・2）

菊人形使ひ回しの手足老ゆ　大石香代子（H24・11）

虫売（むしうり）

梏の木に虫売のごと立ちかへる　高橋　秀雄（S55・11）

今生は道頓堀に虫売りぬ　竹岡　一郎（H11・11）

茸狩（たけがり）

茸狩のころの易者が笑ひけり　藤原　美峰（S54・12）

茸採りの身の丈ほども滑り落つ　高木　雍子（S59・1）

茸狩に使ひ果せし目鼻かな　佐々木安方（S62・11）

茸狩の秀でし兄に殺意かな　熊中ひろ子（H3・1）

紅葉狩（もみぢがり）

一陣の風に顔老い紅葉狩　伊沢　惠（H3・12）

百年後ゐないみんなと紅葉狩　野本　京（H20・3）

秋意（しうい）

浚渫船しゆんせつ秋意奥嶺より　山崎　正人（S48・11）

雲秋意また鶏買ひの乱杭歯　泉　紫朗（S52・1）

杜甫の詩の秋意うべなひ酒二合　山内　皓生（H4・12）

鶏小屋に狐来しより秋意急　佐藤　久美（H7・12）

秋思（しうし）

鶏の首断ちて血を抜く秋思かな　阿部　郁子（S46・12）

かつてわが秋思さそひしルオーの眼　藤田　湘子（S63・10）

ワープロと一対一の秋思かな　山田　敏子（H6・1）

秋思の子秋思の父に打たれけり　大野　直也（H11・1）

カーテンを引いて秋思のついて来し　中川　倫子（H15・12）

くるぶしに風沁みてきし秋思かな　萩原　友邦（H16・12）

山手線秋思の膝に日のあたる　本橋　洋子（H20・12）

秋興（しゅうきょう）

秋興や勝手聾をしてみたく　神尾　季羊（S63・1）

秋興や小駅拾ひの秩父線　小川　和恵（H17・11）

雁瘡（がんがさ）

雁瘡や雲水はただ喜捨をまつ　牛久保　経（H5・1）

休暇明（きゅうかあけ）

休暇果つ　二学期

二学期の窓夕潮に並びたる　藤田　湘子（S59・12）

空港に世界の時間休暇果つ　小倉　玲子（S63・12）

川向ふいつも美し休暇果つ　藤田まさ子（H1・12）

学生に番号ありて休暇明　長岡　範（H2・12）

明け方の豪雨二学期はじまれり　村上　妙子（H7・12）

休暇了ふ森にシヤベルを一つ置き　寺内　幸子（H8・11）

千枚の紙の重さや休暇果つ　塩原　英子（H8・11）

特急瀬戸の風圧休暇明けにけり　石川　黛人（H8・12）

山国の二学期早し鳶の笛　井原　君代（H10・11）

鉄棒に楡の影来し休暇明　池本　陽子（H13・11）

棕櫚の葉のかたきそよぎや休暇明　石田　夏子（H18・12）

休暇果つ図書館広く使ひけり　新名　和子（H20・2）

電車待ついつもの位置や休暇明　小川　和恵（H24・11）

運動会（うんどうかい）

号砲を待つ騎馬戦の足として　細谷ふみを（S58・12）

子がなくて運動会の鼓笛の音　武居　愛（S63・12）

夜学（やがく）

夜学生

北風の星高さ定まり夜学果つ　佐々木碩夫（S40・2）

夜学子に法華太鼓の夜々の音　下村　速男　(S61・12)
水尾ひきてすれ違ひたる夜学生　布施伊夜子　(H2・11)
夜学すすむ音なき方は椎の闇　大石香代子　(H7・11)
夜学果て口紅颯とひきにけり　岩永　佐保　(H7・11)
夜学生尊徳提帰りけり　芹沢　常子　(H8・1)
ガンジーと呼ばれて夜学教師かな　木村　勝作　(H8・12)
ワープロも必須と僧の夜学かな　大野　佳子　(H9・1)
雨降れりビル全階の夜学の灯　松野　苑子　(H10・2)
夜学生いくさの歌を知つてをり　新延　拳　(H10・11)
イスラムの青年に貸す夜学の書　竹岡　一郎　(H14・1)
夜学生故郷印度の笛吹けり　竹岡　一郎　(H14・12)
叡山の僧の来てゐる夜学かな　坂田はま子　(H16・1)
身銭切る課長夜学の出なりけり　加賀山水桜　(H23・12)

行事

重陽（ちょうよう）　菊の日

重陽の日射しに太る虻と妻　高野　途上（S43・11）
重陽や冷き莫蓙を抱いてゆく　飯島　晴子（S43・12）
重陽の鮮やかにして浅き夢　本田八重子（S57・12）
菊の日のきれいに売れて惣菜屋　内野　幸男（H4・1）
重陽や谷に居つきし能面師　沖元　睦子（H9・1）

毛見（けみ）　検見

毛見衆と思はるはいや少し遅れ　五月愁太郎（S59・2）
検見の上新幹線の火花過ぐ　鷲見　明子（H4・2）
毛見衆の集合場所は駐在所　草間レイ子（H13・10）

終戦記念日（しゅうせんきねんび）　敗戦日　八月十五日

青淵に寸鉄帯びず敗戦日　川本　柳城（S45・10）
終戦日晒布に朝の強日射　佐宗　欣二（S49・10）
猫じやらし敗戦の日の猫じやらし　座光寺亭人（S53・10）
泊船の長き夕ぐれ終戦日　伊東　礼子（S58・10）
終戦忌頭が禿げてしまひけり　藤田　湘子（H7・11）
肌脱ぎの妻が垂乳や終戦日　中野　柿園（H7・11）
啼きつのる鴫は若し終戦日　榊原　伊美（H15・11）
日めくりは家の真中や終戦日　清田　檀（H17・11）

海鳴のむこう八月十五日　渡辺柊子（H18・10）

さざ波は返らざる波敗戦日　奥野昌子（H19・11）

年金の受取日なり終戦日　山下登志美（H19・11）

終戦日赤子は明日を思はざる　竹岡一郎（H21・9）

煉乳の缶一つ買ふ敗戦日　岸　孝信（H22・10）

校庭の欅高しよ終戦日　小川舟治（H22・10）

終戦日髪刈つて空見上げをり　岸　孝信（H23・11）

震災記念日（しんさいきねんび）　九月一日　震災忌

九月一日白鷺のごと立居して　原　しのぶ（S50・11）

むぎとろの麦くろからず震災忌　脇　嘉三（H2・12）

満ち引きに川励みをり震災忌　石野　梢（H3・11）

震災忌はづして戸板洗ひをり　細貝幸次郎（H22・11）

敬老の日（けいろうのひ）　老人の日　年寄の日

老人の日や釘打つてまた曲る　峰松甦生（S46・12）

数条に敬老の日の遊び水　増山美島（S47・12）

敬老の日の留守番に甘んずる　石毛こう（S58・12）

もぞもぞとゐる老人を敬ふも　三輪　立（H2・12）

としよりの日は何気なく過さむか　渡部よし子（H2・12）

蒲鉾の味不明なり敬老日　福嶋素顔（H2・12）

絵に夢中行かずじまひの敬老会　河野蕗子（H3・1）

敬老の日といふにまた食べ過ぎし　神尾季羊（H5・12）

鋳掛師も車鍛冶師も敬老日　中野柿園（H7・12）

堺屋は祝敬老の旗出しぬ　さいとうとよ（H8・1）

敬老の日や改めて疎まるる　中村昇平（H9・11）

とりあへず風呂敷持たす敬老日　柿﨑洋子（H13・12）

敬老日病気と孫の話すな　早川晴秋（H14・11）

赤い羽根（あかいはね）

赤い羽根つけて電車のなか歩く　加藤静夫（H21・1）

体育の日（たいいくのひ）

体育の日や円陣に頭入れ　山田東龍子（H8・1）

反戦デー（はんせんデー）

吊皮を選ぶ反戦デーをひとり　小林青揚（S43・12）

文化の日（ぶんくわのひ）　文化祭

文化の日眉間いささかせまくして　揚田蒼生（S57・1）

文化祭わからぬものは離れて見る　瀬戸草舟（S58・1）

文化の日怠け心をほつておく　酒井幸子（H6・2）

大鷹の棲みつく山ぞ文化の日　鈴木英子（H9・12）

包丁もわれもなまくら文化の日　山口安規子（H19・1）

文化の日チンパンジーは棒使ふ　荒木かず枝（H19・2）

日本はくぢら食ふ国文化の日　桑原サワ（H19・3）

サンバに乳ゆれて難波（なんば）や文化の日　竹岡一郎（H22・1）

不精髭撫でて文化の日なりけり　田﨑武夫（H25・1）

美術展覧会（びじゆつてんらんくわい）　日展　二科展

日展の師の遺筆その他は見ず　神戸やす（S62・2）

二科展の群像の間を通りけり　阿部省三（H11・3）

硯洗（すずりあらひ）　硯洗ふ

洗硯の一戸球磨川べりに在り　神尾季羊（S48・10）

洗はせてもらふ老師の硯かな　立神侯子（H8・10）

彗星を西に硯を洗ひけり　髙橋　貞子（H12・10）

七夕（たなばた）　星祭

白日の七夕すぎし砂の山　吉井　瑞魚（S48・9）
七夕は雨になりけり坐りだこ　山田　一笠（S52・9）
七夕に実のならぬ木のそろひけり　早乙女房吉（S53・9）
赤ん坊に畳つめたき星祭　鈴木　文七（S54・9）
七夕竹立てしばかりを通りけり　斎藤　一骨（S57・10）
紀の国の闇へ寄港す星まつり　池辺みな子（H2・9）
星祭妊婦まだまだ出勤す　後藤　義久（H2・10）
七夕や夜更けて強き田の匂ひ　梅野　幸子（H4・11）
阿蘇の子に阿蘇谷深し星祭　喜納とし子（H4・12）
石垣を跳んで島の子星祭　神田　和子（H13・9）
うなそこの垣や柱や星祭　髙柳　克弘（H18・12）
七夕の午睡思はぬ人の夢　須藤　妙子（H20・10）
七夕竹立ちし駅舎や町寂びぬ　鈴木　照江（H21・10）
星祭笛も太鼓もなかりけり　小川　軽舟（H22・9）
七夕や約しくなりし願事　石綿　　衛（H22・11）
七夕や銀座通の値引札　坂口　銀海（H24・11）

星合（ほしあひ）

星合の空からメリーゴーランド　市川　千晶（S63・9）
星合の大事にされて狸の仔　飯島　晴子（H1・10）
星合や吾れに看護婦歴のあり　寺内　幸子（H4・11）

梶鞠（かぢまり）

梶鞠のあしもと狂ふ飛鳥井家　稲見　　光（S55・10）

盆用意（ぼんようい）

汲水にゆらぐ日の斑や盆用意　柳沢たつみ（H3・11）

盆路（ぼんみち）

盆路や灼岩の裏なまぐさし　鳥海むねき（H3・10）
盆道をつくる鹿垣沿ひにかな　橋本　勝行（H13・11）
今朝食べし貝の殻敷き盆の道　山内　丈（H18・11）
盆の道埃おさへの雨なりし　坂田はま子（H19・10）

盆（ぼん）

盆過　魂棚

旧盆の人とみに増え沈下都市　倉並　宏充（S39・10）
見ゆる灯もなく盆過ぎの波ふくれる　山崎　駒生（S42・11）
盆が来る廃塩田の落日よ　佐藤ゆづる（S43・8）
鎌の刃を蟻が歩めり盆の夜　観音寺尚二（S44・9）
うらぼんや草に流れる終い水　石井　園子（S45・12）
雨の燈台父へたむけの盆灯り　黒田　肇（S46・10）
新盆を迎ふる家と向ひ合ふ　千葉　久子（S47・11）
盆僧の一瞥ありぬをんな下駄　野平　和風（S49・10）
うらぼんの鶏にさわ〳〵雨降りだす　寺内　幸子（S49・10）
口裏の合うてしまへり盆うどん　早乙女房吉（S49・11）
蠅軽く来て盂蘭盆も終るなり　荒井　成哉（S50・10）
急流に乗る盂蘭盆の男声　神尾　季羊（S51・10）
新盆や低き草木を蔑んで　細谷ふみを（S51・10）
盆の十五日の顔をして笑ふ　神尾　季羊（S51・11）
盆棚の手をぬきそばで寝てみたり　早乙女房吉（S53・10）
新盆の大きな枝をひきずれり　飯倉八重子（S54・10）

島の水うましうましと盆の僧　京崎　伸子　(S56・11)
盆過ぎの畑へ火を入れ小諸人　宮坂　静生　(S58・11)
山川に盆の粗髪(あらがみ)ほどきけり　飯島　晴子　(S59・11)
夕暮の誰にも逢はぬ盆の山　横井千枝子　(S59・11)
塵取の塵に風来る盆の入　鳥海むねき　(H2・10)
盆過ぎや馬面剝ぎのよく釣るる　佐藤　養進　(H2・11)
盆近し牧牛朝を光り合ふ　中島　畦雨　(H3・10)
客一人ゐて盆過ぎの仏壇屋　落合　芳美　(H5・11)
盆僧の目ざす原野の一軒家　山本みね子　(H6・11)
盆僧の痩身法にお詳しや　山本みね子　(H6・12)
干網の膨れて赤し島の盆　郡家　真一　(H7・1)
転轍に全身使ひ盆近し　小林　貴子　(H7・10)
桶の箍叩くは盆のくる音か　神尾　季羊　(H7・11)
盆僧と三軒茶屋の夕鴉　穴澤　篤子　(H8・10)
盆僧を待つて予定の狂いけり　加儀真理子　(H8・11)
盆過ややざりがにすがる礦草　志賀佳世子　(H11・10)
盆過のくらき方より女かな　三田　喜法　(H15・11)
盆過の由由しき手持無沙汰かな　安部みち子　(H16・11)
盂蘭盆や捨水は地をのつたりと　奥坂　まや　(H17・12)
新盆や九官鳥に父の声　村上　成子　(H21・11)
新盆の夕暮時の電話鳴る　野田まち子　(H22・11)
新盆や夕日射し込むキウイ棚　高木　知子　(H22・11)
魂棚を片付け其処にしばし坐す　竹内　昭子　(H23・11)

生御魂（いきみたま）

生身魂

富士額存し給へり生御魂　石川　黛人（H3・10）

妻のゐて子のゐてわれや生身魂　佐藤　中也（H6・12）

生身魂誇る族へもの申す　田中美智子（H10・11）

御維新を見てきたやうに生御魂　林　めぐみ（H16・10）

生身魂見えざるものと根くらべ　岩永　佐保（H19・1）

迎火（むかへび）

門火　魂迎　苧殻火

竹林のあらしの中の門火かな　脇本　星浪（S39・10）

八景山の谺だまりや魂迎　京谷　圭仙（S51・10）

迎火にかがめる母をかこみたる　梯　寛（S60・11）

迎へ火や昔男の来し谷ぞ　利谷　有里（H3・11）

鍬かるく迎火の土平しけり　飯島　晴子（H5・11）

かくつよき門火われにも焚き呉れよ　飯島　晴子（H9・11）

ゆふぞらの白鷺のみち魂迎　藤田　湘子（H14・8）

苧殻火や家々低くもたれ合ふ　奥田　遙（H21・11）

受持の先生と焚く門火かな　黒澤あき緒（H23・12）

門火焚き卓袱台囲みみんなゐる　秋山マキ子（H24・10）

門火焚く勝手に所帯もちし子と　中村みき子（H24・12）

施餓鬼（せがき）

施餓鬼後の水母ののぼる水あかり　椰子　次郎（S59・9）

施餓鬼会の声の豊かに始まりぬ　中村　哲明（H21・11）

茄子の馬（なすのうま）

茄子の馬昨日は何を見てすぎし　宮地れい子（S53・11）

ゆくゆくは乗れる楽しみ茄子の馬　古川ただし（H20・12）

墓参（はかまゐり）　墓洗ふ　掃苔

水あげし墓参の花に冷ゆる空　蟹江　北斗（S46・9）
掃苔や昼滅法にはたた神　中嶋　延江（S57・7）
ししむらのどこも怠けず墓洗う　小林　進（S59・11）
掃苔や亡眼を火のたばしれる　中岡　草人（H12・12）
掃苔のわれに及べり山の影　佐藤　中也（H21・1）
マロニエの木陰の深き墓参かな　坂本もと女（H21・12）
墓洗ふ海の蒼さを瓦礫越し　伊達多喜子（H23・11）
墓洗ふ「つや十七」とかすれしを　竹岡　一郎（H24・12）

送り火（おくりび）　魂送

鋸の音精霊を送りけり　伊藤　四郎（S56・11）
送火や筵の下の草萎（な）えて　野尻みどり（S58・11）
山の子に淵切り立つて魂送　池辺みな子（H3・11）

燈籠流（とうろうながし）　流燈

流燈をこぼれし婆の通るなり　上野まさい（S54・11）
流灯会果てたる山の容（かたち）かな　飯島　晴子（S60・11）
流燈になりても駄駄をこねにけり　渡辺　真吉（H4・11）
流燈となりても夫の急ぎ足　関　宏子（H12・11）
抱かれたる人の燈籠流しけり　加藤よい子（H13・1）
流灯や生者ぞろぞろ岸に寄る　丸田　芳江（H19・11）

踊（をどり）　盆踊

眼窩深く翳り沖縄びと踊る　藤田　湘子（S40・10）
飢えてみな踊るや西のどんづまり　小林　進（S49・11）
出生を問われ踊りの輪の中へ　小林　文江（S55・10）

水に庭ういているなり盆踊　服部圭伺（S56・9）
夕暮れのうまき水なり踊唄　花村愛子（S56・12）
踊るなり雷に裂けたる樹をかこみ　神尾季羊（S57・11）
口惜しや妻を踊りの輪にとられ　山村博（S58・11）
したたかに砂飛ばしたり盆櫓　福田小枝（S59・11）
まつくらな海へ踊の列すすむ　土屋未知（H2・1）
平家村より踊手の着きにけり　長岡範（H5・12）
夜の山に夜のみづみづし盆の唄　橋爪きひえ（H6・11）
踊子の老斑もまた咲く如し　布施伊夜子（H7・11）
月山の魑魅下りくる踊かな　星野庄介（H7・11）
くりかへすことの恍惚盆踊　渡辺みや子（H8・12）
法悦の踊りなるべう仰け反りぬ　山本良明（H11・10）
老進む踊のごとき母の所作　土門緋沙子（H12・11）
踊の輪解けて熊野の闇の底　吉長道代（H15・1）
阿波乙女腿すり寄せて踊るなり　山本良明（H15・9）
月給の十万減りし踊かな　中村空（H15・11）
踊りつつ踊の輪より抜けにけり　大河原光児（H16・1）
踊子の小鹿のやうな鼻持てる　髙柳克弘（H22・12）
手拍子のときのみ揃ひ盆踊　鈴木千代（H24・9）
をみならは出世思はず盆踊　うちの純（H24・11）

風(かぜ)の盆(ぼん)

水中に掬うはなびら風の盆　上田多津子（S56・11）
笹山の狐も出でよ風の盆　服部美矢子（H6・10）
衝立の端に猫ゐる風の盆　飯島美智子（H21・1）

盆休（ぼんやすみ）

黒ぐろと東京現れし盆休　橋場千英子（H2・10）

穴埋めて余りし土や盆休　宮木登美江（H2・11）

赤子来て猫疎まるる盆休　由上美濃女（H5・10）

啼きながら家鴨糞せり盆やすみ　小倉　赤猫（H14・11）

中元（ちゅうげん）

どら焼も虎焼もきてお中元　飯島　晴子（H1・10）

高きに登る（たかきにのぼる）　登高

登高や下品（げぼん）の魚のうまきころ　牟田　京子（S55・10）

蛤を提げて高きに登りけり　辻　桃子（S58・1）

海を来て島の高きに登りけり　鈴木　敏子（S60・1）

登高の一人足らざる戻りかな　鈴木　俊策（S61・1）

きまぐれな妻と高きに登りけり　大野　風子（S61・1）

登高のかばかりの汗よろこべり　土井　聖（S61・12）

猿酒が効きて高きに登りけり　坂　亮平（S62・12）

自信持ち事に当りて登高す　井上美和子（H2・2）

余生なほこころざしあり登高す　伊藤たまき（H7・1）

長崎の高きに登りしんしんと　安室たづ子（H8・1）

車椅子かなふ高きに登りけり　島田　花憩（H8・1）

登高の行手いきなり舗装路に　珍田　龍哉（H8・12）

登高や未だ残れる戦道　安室たづ子（H10・11）

なにかありさうな高きに登りけり　響　渉（H13・1）

虚子の墓過ぎて高きに登りけり　安藤　辰彦（H13・12）

登高の疲れか夢の金縛　古川ただし（H16・12）

鹿の角切(しかのつのきり)

老鹿の闘はぬ角伐られけり　小川　軽舟（H17・1）

秋場所(あきばしょ)

鉄打ち込む川や秋場所終りたる　池辺みな子（H9・1）

地芝居(ぢしばゐ)

地芝居の幕間にきて呼びにけり　斎藤　夏野（S62・11）

地芝居の口よりたらと赤きもの　有澤　榠樝（H1・10）

地芝居や背景の月出づつぱり　倉垣　和子（H14・12）

地芝居のぱたりと山を落しけり　大石香代子（H20・12）

秋祭(あきまつり)　里祭

青笊に風透く秋の祭笛　内川　幸雪（S47・3）

としよりの車座があり秋まつり　野木　径草（S48・12）

松の根の昼近し秋の祭笛　鳥海むねき（S49・1）

秋まつり猫のきてゐる火消壺　高橋　正弘（S49・12）

木曾馬のうなづき強し秋祭　矢花弥恵子（S59・2）

研屋来て秋の祭の軒の下　永野　安子（S61・1）

提灯をたたみて了る秋祭　松田　佳久（H2・1）

秋祭ならではのこの遠回り　小林　貴子（H4・2）

群(むら)山(やま)の幸を余さず秋祭　藤田　湘子（H9・11）

言付けて秋祭より離れけり　筒井　龍大（H11・1）

秋祭ざりがに泥へつつこめり　志賀佳世子（H14・1）

みちのくの百人の秋祭かな　藤澤　正英（H14・12）

水草にもほつほつと穂や秋祭　土屋　未知（H15・1）

猿の害ゐのししの害里祭　岸　貴代美（H17・1）

百姓も烏帽子姿や秋祭　岩田　和子（H20・1）

おのが齢大樹は知らず秋祭　上田　鷲也（H21・12）

八幡放生会（やはたはうじやうゑ）　放生会

放生会なかなか鳩のもぐらざる　飯島美智子（H5・12）

鞍馬の火祭（くらまのひまつり）　火祭

何か酔に浸し火祭前の声　神尾　季羊（S50・1）

解夏（げげ）

解夏の日や花負ふ人と同じ船　中野　柿園（H3・12）

雲疾し月山下る解夏の僧　後藤　虹児（H24・12）

秋遍路（あきへんろ）

秋遍路作柄褒めてゆきにけり　岡崎　長良（H8・1）

秋遍路さるのこしかけまじまじと　谷　和子（H8・12）

秋遍路痒しかゆしと掻きにけり　有澤　榠樝（H12・1）

内子座に入りたる秋の遍路かな　土居ノ内寛子（H12・11）

渡り来し海見てをりぬ秋遍路　景山　而遊（H15・2）

六道参（ろくだうまゐり）　迎鐘

日の前に幼鳥落ちぬ迎鐘　二軒家幸生（S56・9）

奉燈会（ほうとうゑ）　万燈会

万燈会もの食うことにはじまりぬ　横井千枝子（S49・11）

地蔵盆（ぢざうぼん）

地蔵会や京のこどもの京ことば　小川　和恵（H10・11）

御命講（おめいかう）　万燈

送り出て万燈通る処まで　榎田マツノ（H2・1）

杉つ葉の油燃えなり御命講　藤田まさ子（H6・11）

菊供養（きくくやう）

ポシエットは頭陀袋なり菊供養　藤田まさ子（H4・3）

ロザリオ祭（さい）

額づきて股ずれかゆきロザリオ祭　椰子　次郎（S51・12）

宗祇忌（そうぎき）

宗祇忌の空腹（ひかがみ）のつめたくて　鳥海むねき（S51・12）

耳鳴りの宗祇の忌とてすぎにけり　柳沢ひろし（S52・2）

忌を修す宗祇馬上の画を前に　佐宗　欣二（H8・12）

鬼貫忌（おにつらき）

花のごとき下着を干しぬ鬼貫忌　松葉久美子（S56・12）

世阿弥忌（ぜあみき）

世阿弥忌の腸（はらわた）鳴りの一度ならず　藤田　湘子（S51・9）

まだ温き木灰に雨や世阿弥の忌　大庭　紫逢（S53・1）

みづうみのはじめの星を世阿弥忌に　三井　菁一（S56・3）

世阿弥忌の腹から声を出しにけり　斎藤　則子（S59・1）

松風の畳に砂や世阿弥の忌　山﨑八津子（H20・1）

西鶴忌（さいかくき）

西鶴忌百姓肥えて金隠す　近藤　実（S41・12）

柱根に猫の尾甘ゆ西鶴忌　佐宗　欣二（S49・12）

赤松を平手打ちせり西鶴忌　穂坂　志朗（S51・10）

夜の顔ひと撫でしたり西鶴忌　田中　一光（S57・12）

西鶴忌崩るゝほどに布団積む　松本三江子（S59・11）

針山に詰めし黒髪西鶴忌　山口　睦子（S60・11）

無患子に鉄漿入りけり西鶴忌　露木はな子（H11・12）

西鶴忌粉黛あはくをりにけり　伊沢　恵（H15・11）

灯の橋を過ぎし灯の舟西鶴忌　御供　知倫（H16・12）

灯芯をはさむ懐紙や西鶴忌　徳田じゅん（H19・12）

西鶴忌十弗紙幣めぐみけり　清家　馬子（H20・2）

色事もここらで仕上げ西鶴忌　星野　石雀（H20・12）

壁越しの男の声や西鶴忌　清田　檀（H23・11）

太閤忌（たいかふき）

紙コップ風にころがり太閤忌　嶋田　園子（H19・1）

遊行忌（ゆぎやうき）　一遍忌

遊行忌や脚長き蜘蛛いづこより　木曽シゲ子（S52・12）

わが額に山巓の気や一遍忌　松井　千枝（S57・11）

一遍忌真葛が原に腹減りぬ　干潟　英子（S63・1）

雲の前走る雲あり一遍忌　藤村　昌三（H19・12）

許六忌（きよりくき）

許六忌と思ひたりしが忘れけり　金杉　八重（H2・12）

去来忌（きよらいき）

去来忌や月の出に雨すこし降り　藤田　湘子（S49・11）

玄関の櫂にふれけり去来の忌　河崎　麻鳥（S56・1）

去来忌やすでに初老の身繕い　服部　圭伺（S59・10）

鳥羽僧正忌（とばそうじやうき）

近頃の猫舌や鳥羽僧正忌　長峰　竹芳（S52・12）

普羅忌（ふらき）

普羅の忌の水あをあをと打ちにけり　蓬田　節子（H4・11）

這松に一禽消ゆる普羅の忌ぞ　押野　裕（H10・12）

円朝忌（ゑんてうき）

雨の夜の馬刺となりぬ円朝忌　一柳　吐峰（S61・9）

藤村忌（とうそんき）

大正もわづかな記憶藤村忌　渡辺　初子（S60・1）

バーグマン忌（き）

白かりきバーグマン忌の朝顔は　小浜杜子男（H18・1）

木歩忌（もつぽき）

我が肩の糸屑払ふ木歩の忌　吉野　俊二（S61・12）

木歩忌や艀の炊事あからさま　石野　梢（H4・11）

夢二忌（ゆめじき）

霧深みあざみと吾に夢二の忌　冬原梨雨次（S49・1）

夢二忌の造花ばかりの空気かな　松葉久美子（S57・1）

夢二の忌莫児比涅（モルヒネ）漬けの昔かな　星野　石雀（H14・10）

迢空忌（てうくうき）

厠にて真面目になりぬ迢空忌　三井　菁一（S57・12）

森番のごと祠あり迢空忌　宮田　逸夫（H22・1）

迢空忌石も息してゐたりけり　小倉　赤猫（H24・12）

牧水忌（ぼくすいき）

牧水忌他国のごとく町を瞰て　金治ふみ子（S60・12）

傘へこむばかりに山雨牧水忌　青野　敦子（S63・12）

鳳作忌（ほうさくき）

船室に降込む火山灰（よな）や鳳作忌　布施伊夜子（H8・2）

環礁を月渡るなり鳳作忌　志賀佳世子（H16・1）

鬼城忌（きじやうき）

鬼城忌や消しゴム固く使ひ古り　山本　良明（S44・11）
鬼城忌の明日となりたる庭梯子　土屋　秀穂（S49・11）
鬼城忌や浮草連れて溝の水　土屋　秀穂（S51・12）
隣から来る鬼城忌の紙の灰　土屋　秀穂（S57・11）
鬼城忌の鶏の足から雨上る　池田　暘子（S62・12）
耳ありて耳いとしまず鬼城の忌　北田　知彦（S64・1）
竹林は風押し返し鬼城の忌　土屋　秀穂（H17・12）

子規忌（しきき）　糸瓜忌

糸瓜忌や機屋訪ひしは日ぐれまへ　丸山よし絵（S51・11）
子規忌なり根岸田端をしらず老ゆ　大岩美津子（H3・11）
昼めしを考へてをる子規忌かな　植竹　京子（H9・12）
糸瓜忌や糸瓜横たふ屋根の上　沖　あき（H12・12）
革椅子に月光子規忌過ぎにけり　永島　靖子（H18・1）
てらてらと腫れ脚光り子規忌過ぐ　星野　石雀（H20・9）
自動ドア大きく開き子規忌なる　永島　靖子（H20・11）
マウンドに青空だけの子規忌かな　岸　孝信（H22・12）

賢治忌（けんぢき）

賢治忌や土手の少年雲に入る　田代キミ子（H10・11）
金星の無垢を愛せり賢治の忌　橋爪きひえ（H10・12）
賢治忌の柱時計の振子かな　永島　靖子（H22・12）

南洲忌（なんしうき）

梵鐘を指もて押せり南洲忌　珍田　龍哉（H3・12）
薬莢が草の根方に南洲忌　竹内　丹人（H18・12）

勝ちに行く男の眉や南洲忌　植竹　京子（H21・1）

秀野忌（ひでのき）

秀野忌やボルガの階にまぎれたる　磯部　実（S56・12）

秀野忌や松江は湖の橋の数　和田　湖風（H9・1）

八雲忌（やくもき）

引潮の松江を発ちぬ八雲の忌　桜井　昌子（S62・12）

八雲忌や晴授かりし湖のいろ　中井　満子（H8・12）

蛇笏忌（だこつき）

竹藪に竹の節殖え蛇笏の忌　山下　文生（S44・12）

蛇笏の忌畦歩きても炉にゐても　神尾　季羊（S58・1）

風鈴を蔵へば蛇笏忌となれり　山崎　雅夫（S63・1）

川の名の蛇や狐や蛇笏の忌　坂田はま子（H14・12）

蛇笏忌の雨の芒となりにけり　町　志津子（H17・1）

素十忌（すじふき）

素十忌の豆大福の豆の数　前川　彰子（H6・2）

素十忌や籬の裾をしじみ蝶　菅井　郁子（H17・2）

浅沼忌（あさぬまき）

鉄塔にのこる浅沼忌の夕陽　揚田　蒼生（S46・12）

源義忌（げんよしき）

擦り切れし栞の紐や源義忌　久保　勲（H20・12）

桂郎忌（けいらうき）

新宿の西口に待つ桂郎忌　五月愁太郎（S56・1）

葱の香や怠り過ごす桂郎忌　星野　石雀（S57・12）

寄せ書に桂郎とあり桂郎忌　笹山美津子（S61・2）

五一八 泥濘の美しき桂郎忌なりけり　今野　福子（S63・1）

動物

鹿（しか）

一枚の絹の彼方の雨の鹿　永島靖子（S45・2）

鹿の毛の硬し滅びをまたもいう　辻桃子（S56・12）

松籟に現れし男鹿をおそれけり　榊原伊美（S60・1）

鹿の影濃きこの国をつゆしらず　冬野虹（S62・1）

鹿のこゑ寝酒いささか足らぬなり　堂島一草女（H5・1）

小牡鹿に偽りのなき手を与ふ　高野途上（H13・2）

月面に地球の影や鹿の声　加藤静夫（H17・2）

鹿の声聞きしをみなの素顔かな　引間豊作（H19・1）

鹿鳴くや幻を見し赤子の手　佐竹三佳（H20・1）

中将の最後の手紙鹿鳴けり　小澤悠人（H21・1）

メール待つ無明長夜や鹿の声　天地わたる（H21・2）

猪（ゐのしし）

猪垣　瓜坊　猪罠

猪肉（しし）くつて水甕に顔落ちにけり　小原俊一（S54・4）

猪垣に十歩を剰し長（をさ）の家　天野萩女（S57・1）

猪の皮指の先まで拡げ干す　鈴木敏子（S59・2）

猪の腸（はらわた）あらふ瀬波かな　飯島晴子（S61・5）

猪を飼ひて無精を極めをり　飯島晴子（H2・1）

猪の渡り筋あり木次線　和泉研治（H5・4）

猪垣の継ぎはぎながら頑丈に　開発　道子（H5・11）
猪を捌き終えたり無表情　多田　和弘（H13・3）
猪垣も見飽きてきたる湯治かな　岡田　八女（H14・12）
瓜坊も来よ山の子の祭笛　永島　靖子（H15・1）
猪罠や仙丈ケ岳水落す　有賀　敦子（H15・2）
茲に来て猪返し組む裏畑　引間　豊作（H16・12）
四尺の栂の俎板猪捌く　佐藤　守（H23・2）

馬肥ゆる（うまこゆる）　秋の駒

馬肥ゆる包丁の切れよろしかり　野村　和代（S60・1）
馬肥えて鵞鳥も肥えてゐたりけり　高木久良子（H15・12）
牽かれつつ打たれつつ馬肥ゆるなり　髙柳　克弘（H19・1）
秋の駒草原しろくかがやけり　やうち　海（H21・11）

秋の蛇（あきのへび）

秋の蛇どこまで草木すきとおる　しょうり大（S47・2）
秋の蛇火吹に穴のありにけり　高橋　正弘（S47・12）
琴の音や秋の蛇ゆく砂の上　灘　稲夫（S48・10）
秋の蛇人を待ち居し如く去る　伊藤　浩資（S48・11）
秋の蛇正面の木のさわぎけり　吉田　成子（S50・12）
秋の蛇壙に封じて暮れかかる　芝崎芙美子（S53・12）
軽石はかなしからずや秋の蛇　小浜杜子男（S54・11）
坊さまの通りしあとの秋の蛇　景山　秀雄（H8・12）
秋の蛇草にからみて無音なり　楠田よはんな（H9・11）
地の果つるところは海や秋の蛇　伊沢　惠（H18・11）

蛇穴に入る　穴惑

穴まどひ吾に成算なかりしよ　小野里芳男（S43・1）
穴惑消えたる後の風なりし　國東　良爾（S58・12）
蛇穴に入る唇の割れにけり　一条　友子（S59・1）
いと小さきながらも穴を惑ひをり　飯島　晴子（S62・1）
蛇穴に入りたるのちの山秀で　神尾　季羊（S62・12）
蛇穴に入る暗緑の夢の色　橋爪きひえ（S62・12）
白緑の蛇身にて尚惑ふなり　飯島　晴子（S64・1）
蛇穴に入る銅像の好きな国　島田　花憩（H2・1）
穴惑賜はる穴を疑はず　飯島　晴子（H4・3）
穴惑刃の如く若かりき　飯島　晴子（H5・1）
穴惑日和を共にして畏友　飯島　晴子（H9・2）
穴惑伐折羅に魂を抜かれ来て　奥田　遙（H10・11）
ときどきは褒め詞欲し穴惑　渡部まりん（H10・12）
介護保険ややつこし蛇穴に入る　中野　和子（H12・1）
穴惑磨崖仏より滑り落つ　観音寺尚二（H15・1）
穴まどひ縮みて模様乱れけり　にへいのりこ（H16・1）
蛇穴に入る間違ひのない男　加藤　静夫（H19・3）
なまなまと日の落ちゆけり穴まどひ　瀬戸　松子（H20・1）

鷹渡る

鷹渡る矍杖の勘冴ゆるなり　中岡　草人（H8・2）
オカリナは縄文の音鷹渡る　小倉　斑女（H9・1）
山死して噴火口あり鷹渡る　福永　節子（H13・1）
鷹渡る北山杉に汚れなし　吉長　道代（H13・1）

赤松のあかき梏や鷹渡る　木村　君枝（H17・1）
鷹わたる竜骨に風ひびくなり　中岡　草人（H23・1）

渡り鳥（わたりどり）　鳥渡る

指そろへ病む身に鳥の渡り来る　三村　登志（S46・1）
西の空の腹鳥が渡りゆく　黒田　肇（S46・12）
鳥渡る夫婦の野なり子を容れず　五月愁太郎（S48・2）
真の鳥まぐはひせむと瀬戸渡る　しょうり大（S49・12）
鳥渡る母の口癖南無阿弥陀　大島　政江（S51・1）
この頃は二合半（こなから）どまり鳥渡る　後藤　克実（S54・12）
わたりどり抒情の僧を州にわたす　しょうり大（S55・3）
渡り鳥坂下りる尻たぷたぷと　藤田今日子（S60・12）
渡り鳥終りの鍬は土を撫で　奥野　昌子（S61・2）
白日の星に向ひて鳥渡る　高橋　友子（H2・1）
クレヨンにこころ色あり鳥渡る　小林　進（H2・2）
鳥渡る詰替へ中の販売機　大河原光児（H3・2）
鳥渡る肥え過ぎといふ恙あり　窪寺寿美枝（H3・6）
大正のサロメ石鹸鳥渡る　飯島　晴子（H5・1）
いちどきに暁の星消ゆ渡り鳥　遠藤　篁芽（H5・1）
渡り鳥千年の塔狂ひなし　長谷川　朋（H6・1）
老人の誇うつくし鳥わたる　田代キミ子（H10・12）
あかときの畑に切る供華渡り鳥　竹内　昭子（H11・2）
仏壇を片付けし家鳥渡る　天地わたる（H11・12）
鳥渡る吾をはぐくみし二上山　速見　綾子（H13・1）
夕映を鳥渡りけり澪標　木島みどり（H18・2）

渡鳥男手なくて物錆びぬ　溝渕　淑（H19・11）

網棚に英字新聞鳥渡る　竹崎しずか（H22・12）

色鳥（いろどり）

色鳥やだるき柱を授かりて　飯島　晴子（S47・10）

色鳥や頰骨はしみじみと照る　大森　澄夫（S51・11）

色鳥や城ありしごと風吹きて　永島　靖子（S54・2）

色鳥に白痴の胸のふくいくと　熊中ひろ子（S54・11）

色鳥やすでに齢のことほがる　鈴木須磨子（S56・10）

色鳥やわが自画像がわれを見て　中野　柿園（H7・1）

色鳥やけさつるつるの吾の顔　村上　妙子（H9・1）

色鳥や塔頭どこも富めるなり　春木　燿子（H10・1）

色鳥や琴かつがれて荷となりぬ　小黒　和子（H10・1）

色鳥や落葉松の苗育つ山　吉川佐代子（H13・1）

色鳥や軒端にさぼす旅鞄　鈴木　常子（H18・12）

小鳥（ことり）

小鳥来る

小鳥来る百段駈けし少年に　野木　径草（S47・12）

五十肩山から朴へ小鳥来て　青木　泰夫（S51・12）

小鳥来る看病といふ恩返し　田代キミ子（H3・11）

小鳥来ぬ賢治の村の観光課　穂曽谷　洋（H8・1）

小鳥来ぬばさりばさりと本整理　籾山みどり（H9・12）

夫は今一症例や小鳥来ぬ　大塩理恵子（H10・12）

いかやうに干すも褌小鳥来ぬ　穴澤　篤子（H13・12）

食ふ顔はかがやきてこそ小鳥来ぬ　藤田　湘子（H16・12）

母死して余る鏡や小鳥来ぬ　穴澤　篤子（H17・12）

一畝にはしるみどりや小鳥来ぬ　川原　詩介（H19・2）
庭に向く祝の席や小鳥来ぬ　小泉　淑子（H22・1）
待つは楽し小鳥来る日の縁拭きて　亀田紀代子（H22・12）
飛驒川の石の白さや小鳥来ぬ　栗栖　住雄（H23・11）
汲みこぼす水のひかりや小鳥来ぬ　古川　明美（H24・1）
バリウムの白き排泄小鳥来る　藤咲　光正（H24・11）
小鳥来る指をひらきて驚く子　細谷ふみを（H25・1）

燕帰る（つばめかへる）
秋燕　帰燕

秋燕や肋のかくもヨハネ像　穂坂　志朗（S49・11）
一村は甲斐の砂地や秋燕　いさ　桜子（S59・11）
落葉松の響き合ひたる帰燕かな　木倉フミヱ（S62・11）
秋燕の頃の場末を歩きたく　寺内　幸子（H3・11）
婚期てふあえかなるもの燕去る　佐藤たつを（H4・1）
秋燕や山の縁どる出羽の空　鈴木　重美（H5・11）
秋燕や定期券いま胸になし　高野　途上（H6・1）
燕帰るなり船宿の片並び　西山　純子（H21・1）
秋燕や暮色違へる島二つ　津高　房子（H22・12）

稲雀（いなすずめ）

少年のかすもとび翔つ稲雀　栗林　千津（S44・12）
生涯にいくど稲雀の散るや　荒井　成哉（S49・12）
稲雀秩父電車に馴れ始む　藤田まさ子（S60・12）
稲雀逃ぐる至福のありにけり　高野　途上（H2・12）
婆入りをり稲雀除の網　吉沼　等外（H11・12）
稲雀飛んで一秒づつ暮るる　斉藤　信枝（H16・12）

きつとゐる二三羽の鈍(のろ)稲雀　藤田まさ子（H22・11）

玄関を掃きて旗日や稲雀　中本　弓（H23・12）

稲雀投網打つごと飛びたてり　梶塚　葵風（H24・12）

鵙(もず)

鵙日和　鵙の高音　百舌鳥

むしろ吾に似し子を抱くや雨の鵙　石部　桂水（S40・12）

鵙鳴けり裾より暮るゝ盲尼　高橋喜玖子（S44・2）

荒鵙の幹長髪の青年澄む　加藤　知路（S45・12）

鵙一羽二羽三羽傘忘れけり　穂坂　志朗（S48・2）

夕鵙と別れし耳の尖りけり　田中ただし（S48・12）

鵙日和屋根より父を見下ろして　和田　智子（S49・12）

この邦の鵙かの邦の革命史　田原　紀幸（S51・1）

鵙高音しばらく影の中にゐる　塩川　秀子（S53・2）

初鵙や巫女が袂に入れしもの　神尾　季羊（S54・1）

鶏聞いて鵙鳴かぬ日と思ひけり　山崎　正人（S55・12）

城の水鵙の骸を侵しけり　小林　貴子（S58・2）

百舌鳥鳴くやフラスコの水青変す　浜中すなみ（S59・12）

鵙晴や鐘楼守の小商ひ　島田　花憩（S60・1）

膝厚くわれもしうとめ鵙鳴けり　蓬田　節子（H3・2）

百舌鳥鳴くや出雲の禰宜の赤ら顔　山口　裕子（H4・2）

脚よりも杖ありがたし鵙日和　田中ただし（H5・2）

急ぐ用一度に来たり鵙日和　梅野　幸子（H6・1）

原つぱに無為の充実鵙日和　相澤　裕子（H7・1）

鵙鳴くや落人村のだまし道　御前　保子（H8・11）

閑話休題鵙の高鳴き聞き給へ　地主　雨郷（H12・1）

初鵙やめど十年のこころざし　景山　而遊（H12・12）
刈込にはや徒長枝や鵙の声　汲田百合子（H18・2）
朝鵙や声透くるまで窓磨く　磯崎　青泉（H24・12）

鵙の贄（もずのにへ）

鵙の贄きのうの風を取り戻し　市川　恵子（S43・2）
おなじこと百たび話す鵙の贄　芝崎芙美子（S53・2）
累々とマリアを生むか鵙の贄　小林　久美（S53・6）
義仲寺のとゞめ刺しなる鵙の贄　高野　途上（S61・11）
めまひして前がまつくら鵙の贄　橋本さゆり（S63・12）
天帝へ捧ぐる高さ鵙の贄　塚原いま乃（H6・3）
鵙の贄人間これに頷きぬ　藤田　湘子（H12・2）
今日この身たくらみもなし鵙のにへ　川口　百合（H12・2）

懸巣（かけす）

懸巣鳴ク兇器ハ森ニ埋メテ置ケ　国東　良爾（S61・1）

鶫（つぐみ）

つぐみとぶ重心はうす暗くなり　しょうり大（S46・7）

鵯（ひよどり）

少年の晩いはにかみ鵯の空　佐々木義子（S48・4）
鵯や墓ありて行く深大寺　藤田　湘子（S56・12）

鶲（ひは）

鶲といて山の裏側母知らぬ　原　与志樹（S44・1）
朴葉味噌おほかた焦がす鶲のこゑ　高野　途上（H3・2）
五合庵鶲の骸の置くごとく　藤岡　与志（H8・5）
病人の足の小まくら鶲渡る　小川　和恵（H11・11）

鶲（ひたき）

火焚鳥

縁談をふところに逢う鶲かな　小林　基平（S46・4）

火焚鳥きて墓掘も顕はるる　島津　海郎（S51・4）

鶲くる豆屋に豆の煎り時刻　小林　愛（S62・8）

谷深く寄り合ふ庇火焚鳥　中島よね子（H25・1）

鶺鴒（せきれい）

黄鶺鴒　石たたき

己が髪甘嚙む少女黄鶺鴒　菅原　達也（S46・3）

文書かな水無川の黄鶺鴒　市川　恵子（S53・3）

五六歩の壮気五六歩鶺鴒と　鳥海鬼打男（S54・12）

あけくれの何を変へよと石たゝき　唐木　和枝（S56・1）

鶺鴒の矢印の如飛びにけり　筒井　龍尾（H7・4）

牧に沿ふ轍に水や黄鶺鴒　中島よね子（H19・12）

コツヘルを洗ふ谿川黄鶺鴒　坂田　久栄（H20・3）

田雲雀（たひばり）

たひばりや昨日につづく風邪ごもり　磯部　実（S56・4）

椋鳥（むくどり）

老いてなどをれぬ椋鳥来る雨が漏る　後藤　綾子（H1・12）

鵲（かささぎ）

かささぎの風切羽や逢ひにゆく　松瀬　直仁（H19・2）

啄木鳥（きつつき）

けらつつき

啄木鳥や弥撒に集へる開拓者　石部　桂水（S40・1）

あかげらに叩かれてをり平泉　戸塚時不知（S54・1）

手紙下さい今啄木鳥が来ています　志田　千惠（H10・1）

教会に木椅子到着けらつつき　藤澤　正英（H13・11）

啄木鳥や中庭に椅子重ねある　帆刈　夕木（H25・1）

雁（かり）

雁来る　雁渡る　かりがね　初雁　雁が音　雁の棹

雁来る夜掌にある光り何もなし　吉田　裕（S41・12）
雁や母の空にも雲あらん　しょうり大（S44・3）
雁の花びら指切り指で暮れ残る　服部　圭伺（S44・12）
新しき眼鏡に雁は嶺越ゆる　青木　城（S46・12）
せめて雁渡り来ぬかと崖ほとけ　後藤　綾子（S49・1）
雁や泥うつくしき父の臑　菅原　君男（S51・12）
かりがねに抽斗という漢字など　栃原　夏一（S52・11）
朝の雁灯台守の如く唄ふ　足羽　鮮牛（S53・11）
ポップコーン屋上に食べ雁となる　古屋三四郎（S55・1）
雁や父に意外なのどぼとけ　山口　広子（S55・1）
朝日影うれしうれしと雁渡る　佐藤　吉子（S56・3）
広重の絵に飛ぶ雁となりにけり　山田　幸夫（S57・2）
雁の声過ぐ死神は未だなり　景山　秀雄（S57・12）
夕爾の村不死男の街雁渡りしか　国東　良爾（S57・12）
月光に枝深くして雁渡る　服部　圭伺（S58・5）
オモシロキコトハナキヤと雁の文　田中ただし（S58・12）
死の際の大きな息や雁渡る　大岩美津子（S58・12）
酒仲間残るも病みき雁渡る　大橋としお（S59・1）
雁渡る一昨日茫と今日確と　塚原　白里（S59・2）
雁や父の忌日を森にゐて　池辺みな子（S60・1）
かりがねに赤子男の子ぞ一貫目　浜中すなみ（S60・12）
初雁や衣桁にシテの替衣裳　佐藤美恵子（S61・1）

大藁屋この夕空に雁欲しき　窪寺寿美枝（S61・1）
雁夕べ骸の母を待たせけり　志田　千恵（H1・2）
寺の嫁雁が渡れば雁の歌　市野川　隆（H1・3）
雁鳴いて頒つ金毘羅さまの酒　山田東龍子（H3・12）
雁鳴いて婦人雑誌のふらんす語　阪口　和子（H4・12）
かりがねや都電はなべて車庫止り　唐島　房子（H5・11）
初雁や米八合を磨ぎしころ　前田　寿子（H5・11）
予定なき五週目雁の渡りけり　中井　満子（H5・12）
もぐさ火の尽くる捷さも雁の頃　中岡　草人（H6・1）
とかれたる子守のからだ雁の空　鈴木　紀美（H6・1）
胸中に深空あり雁来りけり　竹岡　一郎（H6・1）
雁渡りをり物干は孤独の場　前田　寿子（H6・12）
雁や筏の男立ちあがる　長岡　範（H6・12）
村人のかしづく古墳雁渡る　長岡　範（H7・1）
葛飾や一弟子われに雁わたる　藤田　湘子（H8・1）
誰も見ぬ高さを雁の渡りをり　渋谷　竹次（H8・2）
勉強を見てやる灯り雁の声　杉谷　妙（H9・2）
かりがねや河岸を変へての験直し　安川　喜七（H9・12）
象潟をいま過ぐらしも月の雁　藤田　湘子（H11・1）
雁の棹見たる話の月忌僧　渋谷　竹次（H11・2）
雁の声ふるさとに泣く人とゐる　石間　絢子（H12・1）
干網にかかる松葉や雁の声　向井　節子（H14・1）
かりがねや釦の列を胸に置く　立神　侯子（H15・1）
雁や畑にをればほとけ顔　萩原　友邦（H15・12）

かりがねや畑一年無一物　甘利うた子（H15・12）

雁やもの書く部屋に斧磨く　岡本雅洸（H16・12）

初雁や戸の開け立ての常ながら　豊島満子（H17・1）

トランクはヴイトン家出は雁の頃　竹岡一郎（H17・12）

桶に張る水のみなわや雁の声　瀬戸松子（H18・12）

瀬田川を進む画舫や雁の空　木村君枝（H19・1）

雁が音や絶食の手のうらおもて　明石令子（H19・12）

初鴨（はつがも）

鴨来る　鴨渡る

濠に鴨来る大正の遊び下手　杉山重子（S49・1）

鴨来し夜妻を代りに遣りにけり　山崎正人（S52・12）

火事騒ぎしずまる鴨の渡りけり　土屋秀穂（S56・12）

瑠璃沼の初鴨として水尾ひけり　藤田まさ子（H7・2）

鴨渡るころやあやふき店子あり　村上妙子（H11・1）

初鴨のいまだ遊意の水尾ならず　高野途上（H12・12）

鶴来る（つるきたる）

チエーホフの空見し鶴の来たりけり　坂田はま子（S60・2）

鶴来しと写楽は十指開きたり　山田東龍子（H8・2）

落鮎（おちあゆ）

錆鮎

朝月の蒼き斑鮎の落ちはじむ　波賀鮭男（S58・2）

錆鮎に万一の句を欲りにけり　土井聖（S63・10）

鮎すでに落ちたる川の色を云ふ　飯島晴子（H3・1）

囮鮎すつかり錆びてゐたりけり　吉沼等外（H8・1）

落鮎を食ふ今日茫と明日確と　白井久雄（H8・12）

河童（かはたろ）とあそびし鮎の下りけり　引間豊作（H11・11）

山川の身を締めて鮎落しけり　宮崎　晴夫（H12・1）

木の葉山女（このはやまめ）

風聴くや木葉山女の焼くるまで　浅井　多紀（H15・3）

落鰻（おちうなぎ）

安達太良を見し小暗さの落鰻　長峰　竹芳（S54・11）

雲はなれたる夕星や落鰻　高橋千恵子（S61・11）

ふへふへと翁の機嫌落鰻　栗原　修二（H20・11）

鰍（かじか）

足の甲鰍が越えてゆきにけり　南　十二国（H21・11）

黄顙魚（ぎぎ）　ぎぎう

人の才羨しむ黄顙魚（ぎぎう）鳴きにけり　小澤　實（S58・12）

鯔（ぼら）

電球のちりちり泣けり鯔の湾　宮坂　静生（S53・12）

鯔飛ぶや遊行寺前の川の幅　石田　小坡（H14・1）

昏るるまで鯔跳ぶをみて男待つ　山﨑日斗美（H17・12）

軍艦なる一鉄塊に鯔飛べり　浅井　多紀（H20・1）

鯔はねて年寄ふつと黙りこむ　蓬田　節子（H24・1）

三更の月やぼゆんと鯔跳ぬる　宮田　逸夫（H24・11）

鯊（はぜ）

鯊か鯛か魚相となりて睡りくる　黒田　肇（S48・1）

飛び鯊の急ぐ所以の目玉かな　森永　一正（S63・12）

秋鯖（あきさば）

秋鯖の味噌煮自分でほめてやる　蓬田　節子（H10・12）

ままかり

ままかりの酢漬日活映画かな　蜂須賀　薫（S57・5）

鰯（いわし）

鰯漁了りしあたま刈られをり　広江　徹子（S60・2）
フィッシュポンプどどつと鰯吐きにけり　井上　魚州（H25・2）

秋刀魚（さんま）

秋刀魚の詩おほかた忘れさんま焼く　鈴木　英子（S64・1）
浩然の気を養ふに初秋刀魚　珍田　龍哉（H2・1）
難しき貌の秋刀魚を焼きにけり　永島　靖子（H13・12）
縄のれん秋刀魚を食ふときめて入る　秋山マキ子（H22・12）

鮭（さけ）

鮭おどる飛沫とびきし川焚火　大関　嵐汀（S46・3）
鮭の首喪明けの出刃の一打ちに　吉田　静子（S56・3）
鮭いよ、来る荒天に酒酌めり　後藤　清樹（S58・2）
鮭のぼるみちのくのこの朝月夜　藤田　湘子（S60・2）
鮭の口塩のかたまり吐くごとし　宮地かずこ（S62・11）
簗竹に鮭の吻突（ふんつき）あらあらし　後藤　綾子（S64・1）
溯る鮭を思へり水一杯　大野　満（H18・1）
地平まで雨後の星空鮭のぼる　やうち　海（H22・2）

秋の蛍（あきのほたる）　残る蛍

髪切ろか残る螢が闇の中　明石　令子（S63・11）
声変りせし子に秋の蛍かな　本村　隆俊（H9・12）
薪能秋のほたるの舞ひこみぬ　寺島　智子（H16・12）

秋の蚊（あきのか）　溢れ蚊　残り蚊

当山の秋の藪蚊を肯へり　飯島晴子（S56・11）

雨音の堅田に溢れ蚊と居たり　鳥海むねき（S62・11）

もう沢山いくさ話も残り蚊も　杉浦まつ子（H22・12）

秋の蚊を電話待たせて打ちそんず　杉浦雄一（H23・12）

秋の蠅（あきのはへ）

秋の蠅人なつかしく日向あり　笙美智子（H20・12）

秋の蜂（あきのはち）

岸に脚垂らせば秋の蜂に似て　織部正子（H9・1）

蛇口より零れおちたり秋の蜂　柳沢美恵子（H22・1）

秋の蝶（あきのてふ）

おのれ照らし秋蝶雨に濡れてゆく　山口睦子（S40・12）

屑鉄に秋蝶の黄の一重咲　植田竹亭（S42・12）

秋の蝶昼ゐる家の落ちつかず　菊田裕子（S61・11）

秋蝶や日ぐれは晴れて貴船川　天野慶子（S62・12）

洗骨の泉にふるへ秋の蝶　飯島晴子（S63・2）

秋蝶のつひの力や吉野川　野中威（S63・12）

秋の蝶磐石に鈴振る如し　小川軽舟（H4・1）

ああ結婚行進曲や秋の蝶　牧村佳那子（H9・2）

秋の蝶薄刃のごとく栞られし　春木燿子（H15・1）

砂町の雀色なる秋の蝶　小沢光世（H18・1）

父殺す夢醒めにけり秋の蝶　加茂樹（H18・1）

秋蝶と朝刊読んでゐたりけり　藤田早苗（H24・12）

秋の蟬（あきのせみ）

秋の蟬戒名のまだうひうひし　金田みづま　(H1・11)
白樺の幹無疵なり秋の蟬　吉田美沙子　(H6・12)
秋蟬のこゑのをはりは縷のごとし　小浜杜子男　(H13・12)
江田島に鳴く蟬すでに秋の蟬　小浜杜子男　(H21・11)

蜩（ひぐらし）

かなかな

母へ戻る農婦の気力朝ひぐらし　岸本青雲　(S44・9)
ひぐらしを骨まで浴びてせむし往く　諸角和彦　(S46・7)
蜩や咽喉の傷泛く白い僧　佐々木義子　(S46・10)
かなかなや灯台の子に二度逢へり　福原稜声　(S49・11)
ひぐらしやコップの中の山椒の実　小原俊一　(S51・9)
蜩や追ひすがる瞳となつてゐし　松井桂　(S52・10)
誰もうしろ姿のひぐらし小学校　山口睦子　(S53・12)
かなかなやケーブル駅に案内僧　松崎重野　(S56・9)
蜩のあてがひ酒となりにけり　日向泉子　(S56・10)
蜩に伽藍木肌を晒しけり　平松弥栄子　(S57・11)
かなかなやみひらいてまだ夢の中　松葉久美子　(S59・1)
ひぐらしや亡骸（なきがら）迎ふ畳拭く　武室瑛子　(S59・9)
ひぐらしや雫こらへる藁廂　小原俊一　(S59・11)
蜩をはるかな下に聞く山に　西浦節子　(S59・12)
蜩や林と蔵のある暮し　植竹京子　(S61・11)
かなかなよ使ひ惜みの香水よ　布施伊夜子　(S62・12)
蜩や見えぬ片眼をはげまして　小林洸人　(S63・1)
蜩やをとこに効きし実母散　根本てる子　(S63・11)

蜩や坐ることなき神の馬　市川　葉（H6・11）
時国家かなかな山へ灯しけり　鳥海むねき（H6・11）
ひぐらしの方へ行かうといつも思ふ　藤田　湘子（H7・10）
蜩や男湯にゐて女の子　小澤　實（H7・11）
かなかなのなかのかなかなやすみけり　下本　愛（H7・12）
午前四時半のかなかな柿園さん　唐木　和枝（H8・10）
ひぐらしや水のつめたき尼が寺　高橋あき子（H9・12）
かなかなやガンセンターといふ孤島　杉山ゆき菜（H10・10）
かなかなや風呂にほのほのありしころ　矢野　道子（H11・9）
蜩や予後の夫の大つむり　沖元　睦子（H11・11）
蜩や転舵の先の天主堂　佐藤　胡坐（H12・11）
かなかなや二回生きねば夢成らず　近藤　周三（H12・12）
かなかなや密教の寺一花なし　吉長　道代（H13・11）
かなかなや座職は手元昏むまで　穂曽谷　洋（H14・8）
かなかなや鍬を洗ひて早じまひ　羽藤　雄二（H18・12）
ひぐらしや少年になるまで歩く　穂曽谷　洋（H19・11）
かなかなや塗の衣桁の男帯　佐藤　中也（H20・1）
かなかなや淋しきものに夕御飯　古田　京子（H20・11）
蜩や遠くに小さく我の見ゆ　稲田　三郎（H20・12）
かなかなのこちらを向く子われならむ　小倉　赤猫（H22・11）
ひぐらしや谷の磐根の水あかり　木内百合子（H23・10）
かなかなや女性の寿命世界二位　井原　悟美（H24・11）
ひぐらしや握りかへせぬ手の温み　川名つるの（H25・1）

つくつく法師（ほふし）　法師蟬

法師蟬草を吹く風草に消ゆ　藤田湘子（S40・9）

法師蟬狂者の坐る石の椅子　飯倉八重子（S44・10）

法師蟬ぎつくり腰をまた語り　山崎正人（S50・11）

晩学は忘れてばかり法師蟬　渡辺初子（S63・11）

つむり焼く日に驚くや法師蟬　小林游（H1・11）

見舞はるる心よそひや法師蟬　小川和恵（H7・11）

法師蟬水にひかりのさしにけり　佐藤祥子（H9・11）

地球儀に地球の夕日法師蟬　小倉赤猫（H13・12）

人悼むしづかな起立法師蟬　田代キミ子（H14・11）

顔に風吹いてつくつくぼふしかな　矢矧奈穂吉（H23・11）

駅に立ち朝日が熱し法師蟬　小川軽舟（H24・11）

蜻蛉（とんぼ）　鬼やんま　銀やんま　秋津

子守唄とんぼらかへる方おなじ　吉井瑞魚（S41・10）

新しき墓碑に蜻蛉の空の照り　蟹江北斗（S45・12）

鬼やんま鬼の貌して山にゐて　柳沢ひろし（S53・10）

終演の広場へ蜻蛉なだれ込む　牟田京子（S54・10）

褒貶やつるみとんぼのつんつんと　広江徹子（S58・12）

雲退（ひ）けり淡海（あふみ）蜻蛉（あきつ）の早速（さそく）にも　山地春眠子（H1・12）

鬼やんま交みてかさと鳴りにけり　和田左千子（H1・12）

男みな仕事中毒蜻蛉殖ゆ　井上園子（H2・10）

松美しき出雲のつるみとんぼかな　横井千枝子（H4・1）

草原や蜻蛉の乾く音無数　市川葉（H6・1）

怠けをり蜻蛉の目玉宙に照り　土屋未知（H8・12）

銀やんま想ひの不意に途切れけり　柳沢美恵子（H15・12）

棒杭のとんぼ野武士の貌もてり　丸田　芳江（H17・11）

恋とんぼ沼一枚をつかひけり　清水　風子（H19・12）

日記には残さぬ恋や秋津とぶ　太田　明美（H22・12）

赤蜻蛉（あかとんぼ）

赤とんぼ登路は牧を横断す　黒澤あき緒（H11・11）

父母の奥津城山や赤とんぼ　佐藤　中也（H23・12）

蜉蝣（かげろふ）

十九歳蜉蝣の胴紙に貼る　四ッ谷　龍（S53・3）

水子よりまづ蜉蝣を取り出せり　野田　裕三（S54・10）

虫（むし）

虫の音　虫時雨　虫の声

昼の虫野仏石にはりついて　寒川四十九（S44・11）

虫の闇薄め老婆の杖いそぐ　松村　苔泉（S45・11）

迎合の声なす虫を飼ひにけり　田中ただし（S46・12）

口重き虫あり薄き夜雲あり　田中ただし（S47・1）

昨夜の虫ききをさめにはあらざりし　石井　雀子（S49・12）

瀕死の虫黄色いロッカーがありぬ　四ッ谷　龍（S53・4）

虫しげし誰にともなくもの言へば　隈崎　ろ仙（S56・12）

虚子の句のわかるうれしさ虫をきく　田中白萩子（S57・1）

贋作の壺より出たる昼の虫　山田　敏子（S59・1）

虫の音のもうまつくらな百姓家　細谷ふみを（S61・12）

身の隙も草のあはひも虫の闇　藤田今日子（H10・12）

そこに居るはずの妻呼ぶ昼の虫　上野　方水（H12・12）

まだ夢に戻れるくらさ虫時雨　浅井　多紀（H13・1）

島裏は汐木の墓場昼の虫　伊藤　朱潮（H14・11）
雨の夜に相聞の虫果てにけり　桃井　薫（H17・12）
虫の夜母が小さく鳴きにけり　伊藤　晃彦（H19・1）
虫の夜やピアノの椅子の簡素なる　田中　未舟（H20・1）
一秒のはやさいろいろ虫の声　中島　水風（H20・2）
男居ぬ家のかろさや虫時雨　山本　和子（H21・12）
虫しぐれ白湯のごとくに妻眠る　安藤　辰彦（H22・1）
虫の音のふるへころがりはづみけり　南　十二国（H23・1）
寝に上るだけの二階や虫の声　田中　恵（H23・12）
虫のこゑ澱（おり）と沈める静夜かな　小川　軽舟（H24・11）

残る虫（のこるむし）

残る虫日に日にしやぼんほそりけり　田中　和子（H20・1）

竈馬（いとど）

踊り来し足をいとどに知られけり　山崎　正人（S52・10）
ふるさとや便所こほろぎにも厭きし　細谷ふみを（S56・11）
陋巷やいとど一尺横つ跳　池田　萌（H8・1）
厭生の壺に入りたるいとど吾　星野　石雀（H12・12）

蟋蟀（こほろぎ）　ちちろ　つづれさせ

電球を瞶むる齢ち、ろ澄む　酒井　鱒吉（S40・11）
終の夜のこほろぎなるや喀血す　植田　竹亭（S40・12）
ちちろ鳴く闇のゆるまず黒薩摩　倉橋　羊村（S44・12）
こおろぎの声出して読む私小説　伊東　辰夫（S51・11）
こほろぎや空箱積んでわだかまり　尾崎　幸（S51・12）
つづれさせ夫に仕へそこねけり　立神　侯子（S56・12）

やすやすと子を産みし夢ちちろ虫　松野　苑子（S59・1）

こほろぎの囀るごとし俳諧寺　宮坂　静生（H2・12）

図書券のあるうれしさよちちろ虫　藤田まさ子（H2・12）

蟋蟀の脂光りも河内ぶり　市川　葉（H3・12）

昼こほろぎ床屋の椅子に夢を見る　藤田今日子（H6・1）

R音未だ苦手やちちろ鳴く　ウイン龍子（H9・12）

こほろぎや聖書研究会重荷　穴澤　篤子（H12・12）

灯を消せば二階が重しちちろ鳴く　小川　軽舟（H16・12）

風は未だ雨の匂ひやちちろ虫　藤田かをり（H16・12）

樹も家も老いこほろぎの世となりぬ　寺田絵津子（H17・11）

道端は道に従ふつづれさせ　細谷ふみを（H19・2）

こほろぎや手の平にとる化粧水　田村　圭（H19・12）

すぐ辞めてしまう男やちちろ鳴く　志田　千惠（H20・1）

湯治場の硬き枕やちちろ虫　佐野　忠男（H20・1）

ちちろむし吾もなきたきひとりなり　近藤　久子（H21・1）

艶本に紫紺の栞ちちろ鳴く　上村　慶次（H21・2）

母の家の雨戸閉めをりちちろ虫　藤田かをり（H21・12）

息ころし寄ればちちろも声ころす　近藤　久子（H21・12）

こほろぎや嵐のこれる闇の奥　林　めぐみ（H22・1）

宿坊の豆腐かたしやちちろ虫　足立　守（H22・11）

こほろぎや旅の支度は肌着から　佐武まあ子（H23・1）

男みな誰かの楽器ちちろ鳴く　松原　墨理（H23・12）

女湯の静かになりしちちろかな　佐野　忠男（H24・11）

蟋蟀や昭和の暮し展示室　吉田　澄江（H25・1）

鈴虫（すずむし）

鈴虫の細鳴き母へなに贈ろ　青山　和子（S45・12）

夫の帽古り鈴虫の孵る甕　市川　恵子（S50・8）

どたんばにゐて鈴虫に耳すます　坂田はま子（S56・12）

鈴　虫　や　釣　船　舫　ふ　佃　堀　大石　弘（H22・1）

草雲雀（くさひばり）

肩が夜になじんでゆくよ草雲雀　田口　裕子（S60・11）

草雲雀伊吹の艾効きしかな　山本　良明（H8・12）

強がりも頭打ちなり草ひばり　杉浦まつ子（H14・11）

畳まれて襁褓うつくし草雲雀　蓬田　節子（H17・1）

灯台の一途に白し草雲雀　奥坂　まや（H18・1）

草雲雀働きし顔洗ひけり　松本三江子（H20・12）

少年のイエスは知らず草雲雀　大石香代子（H21・1）

鉦叩（かねたたき）

ならびゐるどの御仏の鉦叩　荒井　成哉（S46・11）

鉦叩陰（ほと）の白毛のいづこより　穂坂　志朗（S50・11）

鉦叩老いたる師こそ幽かなれ　藤田　湘子（S54・10）

夜のきのう朝のきのうのかねたたき　穴沢　篤子（S54・11）

大正の闇にはあらず鉦叩　紺野　武二（S59・11）

鉦叩骨にこころに鬆を生じ　鈴木しげ子（H3・11）

生きよ堕ちよ生きよ堕ちよと鉦叩　小浜杜子男（H10・1）

平成も安からぬ世ぞ鉦叩　西賀　久實（H15・12）

漁火の記憶の彼方鉦叩　小野　正子（H17・12）

手間賃を呉れよ呉れよと鉦叩　池田　萌（H18・12）

七時には家に居ります鉦叩　横沢　哲彦 (H20・2)
鉦叩思ひ直してまた打てり　沖　あき (H21・1)
古書店の宇宙密なり鉦叩　小澤　光世 (H23・1)
鉦を打つ姿は知らず鉦叩　折田　倫子 (H23・11)
紙ありて思考自在や鉦叩　鶴岡　行馬 (H24・11)
鉦打って己はげます鉦叩　藤村　昌三 (H24・12)
己が声聞かず暮れけり鉦叩　佐々木アヒ子 (H24・12)

蟋蟀(きりぎりす)

海を見て半日を子ときりぎりす　藤田　湘子 (S46・10)
基督に似しきりぎりす飼ひ殺す　青木　城 (S56・11)
体温のうつる粘土やきりぎりす　浜中すなみ (S60・11)
きりぎりす膝をいだけば河流れ　鈴木しげ子 (H6・11)
俤や寝ぬべき頃をきりぎりす　伊沢　惠 (H11・12)
きりぎりす定時に起きて無職たり　西山　純子 (H11・12)
乙子今日少女となりぬきりぎりす　犬伏　幸子 (H14・1)
女体にはくれなゐ多しきりぎりす　竹岡　一郎 (H19・12)

馬追(うまおひ)　すいつちよ

馬追の風上と風下とかな　吉井　瑞魚 (S50・10)
眠れさう馬追に呼吸(いき)応へつつ　中山　秀子 (S63・12)
休診は血を見ぬ日なりすいつちよん　弓倉御代香 (H12・2)
すいつちよのちよがこめかみに跳びつきぬ　奥坂　まや (H19・1)
馬追やひかり届かぬ星の数　中島よね子 (H20・12)
運を天に任せし国やすいつちよん　加藤　静夫 (H24・1)

轡虫（くつわむし）　がちやがちや

がちやがちやに死神通り過ぎにけり　奥野　昌子　(H4・1)

がちやがちやのこゑ積み上げていくごとし　加藤　静夫　(H20・1)

蟝蚸（ばつた）　きちきち

はたはたの乗る風澄めり病衣にも　植田　竹亭　(S39・12)

牛の瞳が見つむはたはたの溺るゝを　北村　古陵　(S40・11)

雨粒ときちきちばつたとびつくよ　松野　苑子　(S63・12)

八十翁きちきちばつたとも親し　山田　陽子　(H6・12)

蟝蚸跳ぶ大僧正の傘の影　小倉　大　(H10・11)

野川跳びばつたの貌になりしかな　佐々木アヒ子　(H14・2)

きちきちの滞空時間いい加減　市川　葉　(H14・12)

チエツクイン帽子の蟝蚸とびにけり　若本　輝子　(H17・12)

蝗（いなご）

蝗食うて今日の行方を口ごもる　伊藤　四郎　(S53・12)

蝗煮て信心深く暮しけり　峰　芙三子　(S58・2)

蝗取カーブミラーに写りけり　池田　暘子　(S60・2)

桜島ここにいなごの固額（かた）　布施伊夜子　(S61・11)

猿石の蝗力んで跳びにけり　加藤あさじ　(S62・1)

ここだけの話飛び交ふ蝗かな　吉松　勲　(H18・1)

蟷螂（たうらう）　鎌切　いぼむしり

かまきりと男遊べり敵多く　山口　睦子　(S41・1)

掃きよせし塵を出てくる小かまきり　日向　泉子　(S61・11)

蟷螂の怒りの翅の半開き　飯島　晴子　(S63・11)

蟷螂の屍みどりを余しけり　亀山　歌子　(H5・3)

蟷螂も吾もぎくしやく生きてゐる　光部美千代（H5・12）

いちにちを強気と弱気いぼむしり　長谷川明子（H5・12）

闘病の夫に武器なしいぼむしり　多田千鶴子（H11・12）

まつさをな風のものなり小かまきり　市川　葉（H13・8）

何様面の蟷螂の雌なりけり　山地春眠子（H22・11）

われから　藻に住む虫

歎きつつ藻に住む虫となりにけり　小浜杜子男（H10・11）

われからの契りし月のひかりかな　岡田　靖子（H20・11）

螻蛄鳴く

螻蛄鳴くや駿府に大き火消壺　甲斐　潮（S59・11）

吉野には鳴いて迎へるお螻蛄あり　中野　柿園（H1・12）

螻蛄鳴くやお寺さんには逆らわず　大庭　紫逢（H5・1）

螻蛄鳴くやことの起りは生返事　村場　十五（H24・11）

螻蛄鳴くや片仮名読めて意味不明　林　めぐみ（H25・1）

蚯蚓鳴く

仏事また生者の都合蚯蚓鳴く　大庭　紫逢（H2・10）

外国の木の実を食ふや蚯蚓鳴く　落合　芳美（H3・2）

蚯蚓鳴く訥々後日ものがたり　景山　秀雄（H6・1）

今さらに夢にをとこが蚯蚓鳴く　谷　えつ子（H14・12）

地虫鳴く

新しき鍋の金気や地虫鳴く　友冨　和子（H20・12）

原子炉の息の根偪し地虫鳴く　岡本　雅洸（H24・12）

蓑虫　蓑虫鳴く

みの虫やわが針箱にある紅糸　蓬田　節子（S41・11）

風囁きて曰く蓑虫睡てはゐず　田中ただし（S42・4）
反戦歌軍歌蓑虫おりてくる　脇本星浪（S46・11）
蓑虫は父そつくりの咳おとす　植田幸子（S47・2）
蓑虫と濃き青空と一教師　神尾季羊（S50・2）
蓑虫のすこしうごきぬ里神楽　飯倉八重子（S53・4）
崑崙へ歩きはじめの蓑虫か　足羽鮮牛（S57・2）
蓑虫にひなた主につねの客　前川彰子（H1・3）
尼が酒（ささ）召して蓑虫月夜かな　今野福子（H6・1）
みのむしの蓑たけだけし土佐物部　松本よし子（H6・1）
蓑虫の蓑あまりにもありあはせ　飯島晴子（H6・11）
蓑虫に三面鏡の開いてをる　生地みどり（H7・1）
大仏に蓑虫が貌出しにけり　鈴木清一（H7・2）
手詰りに蓑虫鳴いてくれにけり　山本良明（H7・11）
蓑虫に貧乏のすぢ通しけり　蓬田節子（H10・2）
蓑虫の吾が手にあれば鳴きしかな　岸孝信（H14・1）
蓑虫の感情の糸けふ長し　藤田湘子（H15・11）
蓑虫や一部始終を見てしまふ　山田東龍子（H17・12）
蓑虫の嘆きの蓑に月射しぬ　小浜杜子男（H18・3）
無住寺の軒の蓑虫蓑粗し　長谷静寛（H20・11）

茶立虫（ちやたてむし）

かの尼の皓歯せつなし茶立虫　田沢亜灯（S53・1）
人の世にとどかぬ音や茶立虫　渡辺初子（H3・1）

放屁虫（へひりむし）　へこき虫

放屁虫あつまりて土くぼませる　増山美島（S46・12）

放屁虫蹠を少し通りたる　増山美島（S48・1）
日差しても日翳りきても放屁虫　五月愁太郎（S61・3）
へこき虫はじきて風にのせにけり　牛久保経（S61・10）
放屁虫交るや諏訪湖豁然と　小澤實（H5・12）
放屁虫女湯のこゑつつぬけに　小川軽舟（H21・12）

芋虫（いもむし）

芋虫を殺して今日をつぐなへり　座光寺亭人（S46・8）
いもむしのはなしながが子のはなし　山本紅子（S56・10）
武蔵野は大芋虫に雨の粒　伊沢恵（S59・1）
芋虫に星の斑のある冥加かな　珍田龍哉（H15・1）
芋虫の大きな頭浅間噴く　市川葉（H16・12）

蜂の仔（はちのこ）

ファックスに蜂の子採の手段かな　工藤ふくみ（H12・1）

秋蚕（あきご）

一滴の雷の雫や終の繭　石黒一憲（S47・8）

木犀（もくせい）　金木犀

木犀の香のひとむかしふたむかし　小浜杜子男（H9・2）
木犀や同棲二年目の畳　髙柳克弘（H15・2）
木犀や木臼の中に猫仔猫　吉沼等外（H16・1）
木犀や屍のかほの皺うすし　兼城雄（H24・1）
インターホン越しの布教や金木犀　山崎陽子（H24・1）

木槿（むくげ）　花木槿

花木槿昔の雲を見ずなりぬ　武田重子（S39・11）
花木槿死んで近づき来る人よ　寺田絵津子（S43・10）
微笑しつくして夜の白木槿　山口睦子（S44・10）
白木槿喪服の面輪のこりけり　河崎麻鳥（S46・10）
木槿夕雨こんなところに赤ん坊　飯島晴子（S54・10）
堂守の強き吃りや白木槿　古島志げ子（S57・10）
夫婦老い白き木槿を大事にす　天野慶子（S61・12）
むくげ垣なるほど馬の顔大き　神尾季羊（S63・11）
死者とまだ訣れてをらず白木槿　藤田湘子（H13・9）
木にあれど草のあはれや木槿咲く　小川軽舟（H18・10）
献体の人なき葬白木槿　大井さち子（H18・12）
花木槿誰に逢はむと家出でし　蓬田節子（H20・10）

われも娘も独り暮しや白むくげ　村井けい子（H23・10）

芙蓉（ふよう）

酔芙蓉

身づくろひして母坐る芙蓉の日　野木　径草（S45・12）

而して石屋葬むる芙蓉のころ　堂島一草女（S50・9）

残月や地上の芙蓉切つて挿す　金田みづま（S60・11）

失恋の歌も媚薬や酔芙蓉　片山喜美子（H14・12）

鳥籠に海からの風芙蓉咲く　桃井　薫（H17・10）

洗濯屋老いて閉ざしぬ白芙蓉　伊佐　洋子（H18・11）

宿坊の朝戸繰りたる芙蓉かな　大石　弘（H22・11）

とぶらひに駐車場貸す芙蓉かな　萩原　友邦（H23・1）

秋薔薇（あきばら）

分去れも貸布団屋の薔薇も秋　田口　彌生（H1・12）

木瓜の実（ぼけのみ）

木瓜の実やわが一系に僧の者　小林冬日子（H4・12）

椿の実（つばきのみ）

椿の実正座の他の父知らず　山口　睦子（S46・12）

身の始末よはひにまかす椿の実　金田　眸花（S49・1）

当ててみよ拳の中の椿の実　水戸部ミサオ（S63・1）

ぢりぢりと夕べ夜となる椿の実　奥坂　まや（S64・1）

晩節や風に艶増す椿の実　小宮山智子（H17・11）

藤の実（ふぢのみ）

母の忌や藤の実去年より長し　永島　靖子（S46・8）

藤の実のはぜたる軽き身のまはり　渡辺　初子（S53・12）

秋果（しうくわ）

港の灯近き画室の秋果かな　沖　あき（H22・2）

終電まで灯して秋果商へり　藤田まさ子（H24・2）

桃の実（もものみ）　白桃　水蜜桃

白桃の香や忽然と兵の唄　宅和　清造（S41・9）

信心のなまあたたかき桃を食ふ　永井　京子（S46・10）

水蜜たべ海のひかりの中にあり　玉井　淳一（S47・9）

夜が流れ込む白桃を採りしあと　田口　冴（S48・2）

影踏みのはじめは一歩桃すもも　鳥海むねき（S49・5）

桃の香に姉疼く夜遠い火事　原　俊彦（S49・9）

白桃は熟れ刺青のおとろへし　山田　一笠（S49・9）

白桃や笑ひしあとの夕ふかし　神尾　季羊（S51・7）

白桃の剝くべくありぬネロ伝記　景山　秀雄（S56・11）

桃の実やよみがへるもの待ちてゐる　鈴木　悦子（S56・11）

かくまでに桃の切口したたらす　島　蓉子（S58・10）

桃啜る海へもぐりし昏さ曳き　宮坂　静生（S60・11）

白桃の絵のひび割れてゐたりけり　市川　千晶（S63・1）

白桃は闇を貪るかたちかも　宮坂　静生（S63・10）

甲斐富士と美しく呼び桃すする　中村　清子（S63・11）

魂一つ亘りし闇や桃太る　山本百合子（H3・10）

白桃や死の話まだ夫とせず　蓬田　節子（H6・11）

韃靼の兵士のごとく桃すする　片岡まさる（H8・11）

白桃に憑きゐしすずろ神ならむ　長沢　未生（H15・11）

桃の実や老いていや増す好奇心　斎藤　藤樹（H20・10）

桃の在るのは人生のちよつと外　奥坂　まや（H20・12）

水蜜桃誰の記憶も疑はし　小倉　赤猫（H21・11）

梨（なし）

洋梨

孔子一行衣服で赭い梨を拭き　飯島　晴子（S49・6）

梨棚が見えマドンナの仕放題　永井　京子（S50・11）

しもふさの梨がうまくてながらへし　田中ただし（S61・1）

梨畑梨に小突かれ通りけり　吉沼　等外（H10・11）

現実と希望とラ・フランスが二つ　小倉　赤猫（H10・12）

朝に晩に彼の梨売を悪く云ふ　寺内　幸子（H13・11）

堀辰雄読むや洋梨甘かりし　津隈　佳三（H14・2）

洋梨とタイプライター日が昇る　髙柳　克弘（H21・1）

毎日を生きて未来へラ・フランス　辻内　京子（H21・12）

転職を決めしと梨を喰ふ子かな　森本　邦子（H24・1）

駅晩景サラリーマンと梨売と　藤田まさ子（H25・1）

青蜜柑（あをみかん）

貧しさのどん底知らず青蜜柑　安部みち子（H11・1）

熟睡して孤独失せけり青蜜柑　山﨑日斗美（H16・1）

青蜜柑時差のたかぶり雨に消ゆ　うちの　純（H25・2）

柿（かき）

柿の秋

柿剝きがくる胎内のまくらがり　飯島　晴子（S44・12）

会津は柿色八十才の母つゝむ　今井八重子（S45・1）

柿の秋遺影いちにち微笑して　藤田　湘子（S48・11）

柿棗まつりに蹤きてはるけしや　飯倉八重子（S49・1）

柿食べて痛い痒いの晩年へ　星野　石雀（S56・11）

ずいと奥へ通されにけり柿の秋　永野安子（S56・11）
柿齧る囁かれしはきのふなり　新宮文子（S56・12）
柿食ひし日向の濁いまもなほ　広江徹子（S57・3）
文芸に少しは拠りて柿の秋　若林小文（S57・12）
死に場所は東京にあり柿送る　安藤逸人（S61・2）
渋柿のごくらくいろとなりにけり　露木はな子（H7・3）
柿酥す雲一枚の出羽の国　中岡草人（H9・2）
渋柿や出羽へまゐるは父の遺志　中岡草人（H11・2）
だんだんと鬼婆になり柿を剝く　金子うた（H13・1）
柿赤し仏ほつとけ神かまふな　宮木登美江（H14・2）
柿食ふや奈良の仏に疲れをり　三田喜法（H14・12）
柿食うて柿採らぬ木を見てをりぬ　齋藤伸（H17・2）
虚子よりも子規親しかり柿二つ　景山而遊（H20・2）
かじりたる渋柿舌を棒にせり　小川軽舟（H21・12）
膝の日の移ろふ早さ柿を剝く　佐藤佳津子（H22・1）

熟柿（じゅくし）

落柿のごとき昨日をのこしけり　平井照敏（S50・12）
熟柿くふ二日前まで髪ながし　岡建五（S52・2）
愛憎や熟柿押したる指の先　野本京（S58・2）
これよりは鳥語知りたし柿熟るる　江川繁子（S59・1）
柿熟れて母は遠出のお諏訪様　みなつき昌（S61・12）
熟柿ありもう恕すこと決めてをり　酒井亜子（H2・3）

信濃柿（しなのがき）

豆柿

豆柿にきかぬ気の渋ありにけり　露木はな子（H3・11）

林檎（りんご）

天秤やりんご色づく山の密度　しょうり大（S45・11）
林檎園黒傘巻いて通りけり　横井千枝子（S50・12）
林檎この一塊を描きつくすべし　斎藤　夏野（S63・1）
糶市の人馬林檎を食うてをり　藤田まさ子（H8・1）
こころ貧しからず林檎と星空と　黒澤あき緒（H9・1）
天体のわたる曲線林檎置く　小川　軽舟（H15・1）
林檎嚙み舌嚙み何を急ぐのか　藤田まさ子（H17・4）
林檎齧り歩めば風のつきくるよ　橘田　麻衣（H18・2）
電球の閃き切れや林檎の香　近藤　暎子（H23・12）
仏壇のりんごが声を発しけむ　市川　恵子（H24・3）

葡萄（ぶだう）

ぶどう一粒つまむ弾力旅にあり　吉井　瑞魚（S40・12）
葡萄園の暗さ出てこの世の夕映え　田中ただし（S42・12）
蟹歩きどこも汚さず葡萄園　渡辺　興博（S49・11）
葡萄垂れよ天上をゆく強き櫂　飯島　晴子（S50・10）
うつうつと誰か変待つ黒葡萄　藤田　湘子（S56・8）
黒葡萄酸つぱし老いし心地せり　寺内　幸子（S61・12）
真直に少女の視線葡萄園　飯島　晴子（H1・11）
癒えて狷介葡萄に種の二つづつ　斎藤　夏野（H4・2）
葡萄摘む腕ゴーギヤンの女めく　大和谷千代子（H14・1）
卓の葡萄「まるで家族じゃないみたい」　髙柳　克弘（H21・11）
女去り男と葡萄棚残る　酒井　桜（H24・2）

栗（くり）

落栗の山中ひかる父の髭　加藤知路（S44・12）
栗山の風の夕べをあにいもと　内川幸雪（S46・12）
ひとつ灯に馬も灯るよ栗実（な）るよ　高橋順子（S49・12）
土が浮く栗終りたる栗畑　細谷ふみを（S52・1）
栗山に勘気を解かず入りゆく　荻田恭三（S52・12）
栗落ちし水のしぶきも甲斐の国　高橋正弘（S56・2）
円楽を愉しむ栗をむきにけり　金子千代（S59・12）
栗食べて腹立たしきは母の老い　土門緋沙子（S59・12）
栗剝くといふ辛抱をいたしをり　鈴木英子（S60・1）
栗剝くは仏頂面を解かぬため　是枝はるか（H7・12）
ポケットの焼栗自由にして孤独　帆刈夕木（H8・12）
栗剝くやはなれ住む子に心の矢　竹口紅実女（H17・1）

無花果（いちじく）

無花果の木が戸に触ること変らず　平松弥栄子（S54・7）
無花果の虚ろに舌をさし入れぬ　松葉久美子（S58・1）
無花果をたべ暗闇へ堕ちにけり　揚田蒼生（S58・11）
無花果を食ひては暗き絵に棲めり　小浜杜子男（H11・12）
無花果を喰ふ悪相に違ひなし　安藤辰彦（H19・2）

石榴（ざくろ）　柘榴

夜の女石榴をこぼしく待つ　石黒一憲（S46・12）
寝つくまで鬼の話や熟れ柘榴　山田一笠（S47・12）
また一人柘榴嚙みだす通夜の客　椰子次郎（S48・12）
堰音と昵懇なりやざくろの実　早乙女房吉（S55・1）

息かけて石榴の割れを深くせり　野田裕三（S55・3）
ざくろ割れ校長室の真ン前なり　牟田京子（S55・9）
夕星や舗道に石榴ぺつちやんこ　小林日出（S58・1）
実ざくろや使ひ走りの弱法師　岩谷翠千（S61・2）
傀儡の貌もつ石榴貫ひけり　川西博子（H1・2）
ワシコフは巨漢なるべし石榴の実　黒鳥一司（H5・1）
柘榴喰ふ先入観を捨つるべく　八代良子（H6・12）
ざくろ裂く私のなかの陰と陽　長谷川明子（H10・12）
石榴是（これ）煉獄の色逢引す　竹岡一郎（H12・1）
西域に遊ぶよしなし柘榴割る　霜川孝一（H14・3）
針千本のんでもいいよ石榴割る　今田節子（H14・12）
実石榴や叱咤に飢ゑて怠けをり　安部みち子（H16・12）

棗（なつめ）の実（み）　青棗

なつめの実甘く漬け終え一つ老ゆ　菅原とく（S46・10）
父の身の水に折られて棗の木　熊木まさのり（S47・8）
棗嚙む日ざしひとすぢひびきけり　今野福子（S55・12）
棗熟れ我が名もらひし日の御空　伊藤木公（S64・1）
胸中を言ふは未し青なつめ　菅原とく（H2・12）
脳天に鍼打ち続け青棗　重山操（H5・2）
照り降りに心従ふなつめの実　鈴木照江（H7・2）
青棗木地師の膝の子猫欲し　宮木登美江（H10・9）

胡桃（くるみ）　胡桃割る　沢胡桃

胡桃二つころがりふたつ音違ふ　藤田湘子（S41・3）
追憶や胡桃ころがり音のこる　倉橋羊村（S41・11）

掌をのがれ胡桃女の声発す　倉橋　羊村（S43・2）
水底にくるみを封じきて睡し　小林　進（S49・3）
子を奪ると胡桃袋に紐通す　野木　径草（S50・1）
父と寝て語るでもなし胡桃降る　大中　靖子（S50・11）
胡桃割つて同じ幽さとなりにけり　五月　愁太郎（S52・3）
もはや掌の湿り胡桃の暗部まで　藤田　湘子（S56・11）
一顆掌に百顆の胡桃眺めたる　日向　泉子（S57・1）
地に落ちて露の胡桃の相寄らず　土屋　未知（S57・1）
鬼くるみ姫くるみわが十年後　野村　和代（S63・1）
割らずおく胡桃の中の月日かな　天地わたる（H6・12）
胡桃割父に諾否を問はれけり　伊沢　惠（H9・1）
胡桃手に夫の決断はやかりき　伊藤　翠（H9・4）
胡桃食べ言葉こつこつ溜りたる　門脇　緑（H10・2）
胡桃割る六十代の可能性　伊沢　惠（H10・12）
胡桃割る脳も手足も狂（たぶ）れなし　葛谷　一嘉（H12・2）
某日は胡桃を拾ふ恋冷まし　星野　石雀（H13・12）
胡桃三個形見となつてしまひけり　伊藤　翠（H14・4）
妻とゐて信濃の胡桃手にやさし　上村　慶次（H18・1）
相槌を打つポケットの胡桃かな　新井　次夫（H19・1）
胡桃切株あかるし胡桃ひとつ置き　土屋　未知（H20・1）
泣く時の我が身小さき胡桃かな　澤木　正子（H20・2）
沢胡桃死者の時間の無限なる　荒木ひでこ（H21・1）
月光の凝りたる胡桃たなごころ　奥坂　まや（H21・11）
父の手の胡桃しめつてゐたりけり　佐竹　三佳（H23・11）

柚子

落柚子をふやす薄暮の寺障子　岬　尚子（S45・6）
青空に日暮きてをり柚子を買ふ　高野　途上（S46・11）
旭がさしてくる白髪と柚子の家　野平　和風（S48・3）
柚子の木に男ごころを問いにけり　藤川　祐子（S54・1）
鉱泉に首をならべて柚子の頃　川本　柳城（S56・1）
でこぼこの柚子と赤子と置かれたる　飯倉八重子（S56・6）
柚子捥いで昂るいわれなかりけり　高橋　三秋（S58・4）
柚子採りのころ唄ふことありし父　岡本　雅洸（S61・2）
老爺ゐて柚かと問へば柚と云ふ　飯島　晴子（S61・2）
赤ん坊が泣いて今年の柚子でこぼこ　和田左千子（S64・1）
牛見せてもらひぬ柚子も赤ん坊も　藤田まさ子（H2・3）
柚子の木に柚子が生りしよ年足りて　山崎　正人（H2・12）
なぜか柚子九個机上に勝てないよ　飯島　晴子（H3・3）
柚子のごと色づきそめしもの我に　沼尻　玲子（H4・1）
柚子の香の薄暮なりけり少女過ぐ　伊沢　惠（H9・3）
柚黄なり死者の褒貶急くなかれ　布施伊夜子（H10・1）
柚子採の皓歯こだまと親しかり　岡本　雅洸（H11・2）
柚子ごつごつ我もごつごつしてゐたり　黒澤あき緒（H14・1）
柚子盗人風吹鳥なら赦す　岩永　佐保（H23・12）

金柑

金柑を捥ぐなど体あけて待つ　高橋　三秋（S57・2）
何色に老いむきんかん甘く煮て　佐武まあ子（H22・12）
ひよ鳥よ金柑きのふジャムにしたよ　島田　星花（H25・2）

檸檬（れもん）

レモン

昏れのころ高階レモン一片浮き　吉田　裕　（S43・11）

檸檬一箇朝日に声を発しけり　市川惠子　（S55・2）

汗くさき檸檬ころがり朱雀楼　今岡直孝　（S55・8）

レモン切る午前は暗く終るらし　井上園子　（H4・2）

檸檬嚙む裸婦の大きな瞳かな　小澤悠人　（H18・12）

榠樝の実（くわりんのみ）

夢殿に雨上りたる榠樝の実　服部美矢子　（H3・12）

顔かたち仮想のラジオ榠樝の実　関田雅夫　（H12・2）

諏訪の子と歩くくわりんの木に榠樝　細貝幸次郎　（H14・11）

歪なる榠樝いびつに日の当り　花岡孝子　（H18・2）

くわりん落つ真面目一点張の音　有澤榠樝　（H22・1）

紅葉（もみぢ）

もみづる

打楽器に風響きたり紅葉盛り　鳥海むねき　（S49・2）

グラス挙げ夜景の中の紅葉山　くろだ・りょう　（S55・1）

恋ともちがふ紅葉の岸をともにして　飯島晴子　（S56・1）

かくまでもももみづれるとは荒蝦夷（あらえみし）　飯島晴子　（S57・1）

紅葉期見つめ続けて川細る　武田みさ子　（S59・12）

色悪しき紅葉なり有耶無耶の関　今野福子　（H4・2）

前生は紅葉の谷に落ちし稚児　星野石雀　（H10・2）

全山の紅葉に対す一戸なり　永島靖子　（H14・2）

遠出して庭のもみぢをないがしろ　吉沼等外　（H15・3）

紅葉宿帯がほどけてならぬなり　奥野昌子　（H17・1）

傘透明身近な紅葉見てゐたり　片倉サチエ　（H17・2）

鯉捌く庖丁厚し鉛紅葉　甲斐正大（H22・12）

初紅葉（はつもみぢ）

臥す子ゐて皆病む如し初紅葉　酒井一栄（S56・1）
初紅葉母におもひの至らざる　金治ふみ子（S57・12）
さても諏訪もみぢはじめのなかまど　山地春眠子（H7・1）
校倉の甍のすずめ初紅葉　片山喜美子（H15・1）

薄紅葉（うすもみぢ）

このあたり時間をかせぐうす紅葉　永井京子（S47・12）
半日の助太刀賜へ薄紅葉　福田繁子（S58・1）

紅葉かつ散る（もみぢかつちる）

且つ散れる紅葉粗食を常とせり　小黒和子（S57・12）
紅葉且つ散るフロイトの読書会　加茂樹（H21・1）

黄落（くわうらく）

黄落や一つ鏡に二人いて　福嶋素顔（S61・2）
黄落やドイツ製ナイフの重き　小川軽舟（S62・2）
大往生大黄落と言ふべかり　住素蛾（S63・2）
黄落や薬を旅の日数だけ　河野秋郊（S63・12）
二戸の谷耳痛きまで黄落す　天野萩女（H6・2）
黄落や日溜の椅子いとまなし　吉村しづこ（H6・2）
小諸より小淵沢まで黄落期　中本美代子（H7・3）
黄落や夫を死なしめ子を死なしめ　木村照子（H15・1）
黄落や精養軒の銀の匙　松原順子（H19・1）

雑木紅葉（ざふきもみぢ）

豆畑黄葉鳥死ぬ音短か　飯島晴子（S44・11）

子仏や雑木もみじの川遊び　岡　千代（S47・2）

楓（かへで）　山紅葉

赤子の名はじめて呼ぶよ山紅葉　芝崎芙美子（S51・1）

漆紅葉（うるしもみぢ）

喪の家族漆紅葉にふりむいて　穴澤　篤子（S55・1）

櫨紅葉（はぜもみぢ）

蛇過ぎる間もたらたらと櫨紅葉　飯倉八重子（S43・1）

覚えあり本より落ちし櫨紅葉　池本　陽子（H3・2）

錦木（にしきぎ）　鬼箭木（にしきぎ）

鬼箭木のここらを杖の突きはじめ　飯島　晴子（S50・11）

父がまた食べることという鬼箭木に　辻　桃子（S57・1）

錦木のいろに痴れたる傘の内　堀口みゆき（S63・1）

柞紅葉（ははそもみぢ）　柞

新月になほ二三夜のははそ原　藤田　湘子（S51・11）

くびすぢのさみしくなりぬ柞みち　清水　啓治（H11・2）

柿紅葉（かきもみぢ）

名前書くははの肌着や柿紅葉　高橋久美子（H24・1）

ななかまど

ななかまどこれより先のうすまぶた　京谷　圭仙（S51・1）

ななかまど街は赤毛のアンばかり　島　蓉子（H2・1）

ななかまど彩づく流離哀しまず　磯部　実（H7・1）

桐一葉（きりひとは）　一葉落つ　一葉

機を失す身に冴して桐一葉　吉持　愁果（S45・11）

11PM見ないつもりを桐一葉　平地きよ美（S55・11）

桐一葉着物はたいて通るから　四ッ谷　龍（S61・1）

かの弟子も弟子持ちにけり桐一葉　大庭　紫逢（S62・1）

明眸と会いたるのちの桐一葉　七戸　笙子（S62・1）

一葉落つ拾ひ読みして古俳諧　朱　命王（S63・10）

桐一葉褌ゆるむかに落ちにけり　藤田　湘子（S63・11）

軍刀を誰に譲らむ桐一葉　立神　侯子（H9・11）

一葉散りけりこころして粗衣粗食　三浦久次郎（H14・2）

桐一葉宰相いくさ知らぬなり　清家　馬子（H19・11）

訃報あり果報ありして桐一葉　松田　直子（H25・1）

銀杏散る

波郷もう病むこともなし銀杏散る　宮本　遊（S45・1）

銀杏散るラジオの入りの良き日なり　平林　静子（H16・2）

名の木散る

ト書よりはじまる稿や名の木散る　横井千枝子（S55・1）

色変へぬ松

色変へぬ黒松も吾も定住す　鴨志田理沙（H7・1）

色変えぬ松や女の地獄耳　すずもとちか（H19・1）

新松子

新松子身体髪膚機嫌良し　若林　小文（S63・1）

このところ死神忙し新松子　檜尾　時夫（H13・11）

いい人に集ふいい人新松子　加儀真理子（H20・1）

木の実

銛のごとく少年が飛び木の実とび　木野　卯太（S45・12）

瞼二重に木の実の国のよき目覚め　野平　和風（S49・1）

青い木の実の山から山へ人呼び太鼓　金子　うた（S49・11）
木の実落つどんどんふえる絵空事　塚原　時子（S51・1）
木の実拾ひて狂人の前歩く　初谷　杜風（S52・12）
木の実独楽何日廻り艶めくや　布施伊夜子（S60・12）
律といふ子規の妹木の実降る　宮坂　静生（H1・12）
木の実落つ神の遊びの終りかな　市川　千晶（H2・12）
木の実落つ西郷像を丸洗ひ　三田　穣治（H4・3）
木の実降る受胎告知の光なり　中西　夕紀（H6・12）
なんきんはぜの実警官とよく会ふ日　横井千枝子（H8・2）
神官を師として学ぶ木の実かな　川口　百合（H10・1）
眠りてもねむりても木の実降るなり　春木　燿子（H11・12）
木の実独楽机の上はさびしいか　笙　美智子（H13・11）
ホスピスに転がつてをり木の実独楽　石川　黛人（H14・2）
自転車のひよろひよろ来り木の実降る　穴澤　篤子（H17・1）
青春は幾度も来い木の実独楽　日髙　智子（H17・1）
波郷の訃たしか木の実を拾ひし日　橋本　民可（H17・1）
日も月も吾を回れり木の実降る　馬原　島彦（H18・2）
木の実落つ異論あるのか次々と　伊澤のりこ（H18・2）
選ばれてわが頭に落つる木の実かな　土屋　與志（H20・2）
鍋磨く女の自由木の実落つ　折勝　家鴨（H20・5）
木の実落つ道は港に集りぬ　佐竹　三佳（H21・1）
採血に握る親指木の実降る　柳浦　博美（H22・1）

杉の実（すぎのみ）

杉の実につまる陽青年川を読む　鳥海むねき（S47・12）

年頃の娘を持つ杉の実を踏みて　杉山 重子（S49・10）

櫨（はぜ）の実（み）

櫨熟れて死ぬ人に空青きかな　岸 孝信（H22・2）

橡（とち）の実（み）

かばかりの栃の実拾ひ何せんや　倉野 萌（H13・1）

橡の実や一度明るくなる日暮　遠藤 蕉魚（H19・3）

椋（むく）の実（み）

椋の実の日向ばかりに落ちにけり　天野 紫音（S63・2）

一位（いちゐ）の実（み）　あららぎの実

口笛やこのまま冬へ一位の実　瓦 京一（S51・1）

一位の実一粒食べて鳥になろ　山越 文夫（H2・2）

湘子晴あららぎの実を拾ひけり　小林 弘子（H18・2）

藁屋根にしみる夕雨一位の実　秋山 雅子（H21・11）

団栗（どんぐり）

いのち明るめり青どんぐりの急降下　沼尻 玲子（S44・1）

喜べるどんぐりドレミ深山鳥　しょうり大（S44・6）

てのひらに置く団栗と湖の凪　高野 途上（S45・1）

団栗を踏みて百たびかなしむや　岡 建五（S50・1）

手のひらのどんぐり愛す老いてまた　尾崎 幸（S63・2）

団栗に馴れてしまへば捨てにけり　冨本のりお（H2・1）

どんぐりの大粒一茶ここにありし　折井 眞琴（H4・1）

団栗を拾ひ山へは褒言葉　藤田 湘子（H10・1）

校長に会うどんぐりを植える件　鈴木 竹酔（H10・4）

どんぐりや雪降る前にえくぼ欲し　青木くみこ（H13・1）

どんぐりを捨てぬ明日は何捨つる　池本　陽子（H17・1）
どんぐりを拾ひ子どもとわかりあふ　吉沼　等外（H19・3）
どんぐりを踏む子拾ふ子どの子捕ろ　戸塚　啓（H22・1）
団栗と雨の原爆ドームかな　引間　智亮（H22・2）
団栗を拾へば母に行きつくか　阿部千保子（H23・1）
どんぐりころころ薬物に手を出すな　加藤　静夫（H24・11）

椎の実（しひのみ）　椎拾ふ

椎の実が降るはればれと愛されよ　藤田　湘子（H1・12）
飯茶碗替へよう椎の実が落ちる　布施伊夜子（H7・1）
横浜や人に見られて椎拾ふ　佐藤　中也（H9・1）
椎の実を踏む断念の大学に　西垣　崇子（H10・3）

榧の実（かやのみ）

風聞けり僧のたもとの榧の実も　山口　睦子（S48・1）
榧の実干しなにに効くとか効かぬとか　島田　花憩（S58・3）
榧の実や寺領より入る登山道　内田　祥江（H22・12）

菩提子（ぼだいし）

菩提子や釈尊になき女弟子　島田　星花（H18・2）

無患子（むくろじ）

前を行く人無患子を拾ひけり　小林比砂子（H11・1）

銀杏（ぎんなん）

ぎんなんを焼きゆらゆらと姉妹　藤田　湘子（S47・1）
ぎんなんの雌雄撰り分け寺男　小串ノブオ（S47・4）
ぎんなんやこのあかるさにひとり減る　浜中すなみ（S53・12）
銀杏を割りそこないて子なきかな　小野ミトリ（S57・3）

ぎんなんをひろい婆にも気を合わす　松本三江子（S57・11）

銀杏をばしばし踏んで永田町　佐藤たつを（H2・1）

銀杏を拾へり敗れしにあらず　小浜杜子男（H4・3）

銀杏に銀杏割器我に何　豊田　紀子（H18・2）

銀杏をつぶして去りぬ街宣車　籠田ひろ恵（H24・2）

桐の実

桐の実や島をはなるる僧の骨　服部美矢子（S47・8）

桐の実や夢の夫まだ病みてをり　鈴木　照江（S56・2）

桐の実や毛の国に来て歩きづめ　立神　侯子（S60・2）

桐の実も人の訃も雲迅きころ　永島　靖子（S63・2）

桐の実や相軽んじて爺二人　小澤　實（H7・12）

桐の実や女は父を恋しがり　野尻みどり（H21・1）

桐は実に奇数は次の数を待つ　折勝　家鴨（H22・1）

海桐の実

女を呼ぶ有線放送海桐の実　石井　雀子（S55・12）

紫式部

実紫

閼伽桶にふたことみこと実むらさき　立神　侯子（S53・1）

横笛の眼をやるあたりみむらさき　吉沼　等外（S53・12）

寂聴に得度のむかし実むらさき　津高　房子（H9・1）

みむらさき蒲柳の人の手の熱き　山田　陽子（H22・2）

枸杞の実

枸杞の実や補聴器泣くときに外す　藤谷　緑水（S54・2）

枸杞の実の実より大きな雫かな　藤田まさ子（S57・1）

瓢(ひよん)の実(み)

ひよんの実の捨ててありけり拾ひけり　阿川　道代　(S58・1)
ひとつ吹きとなりへわたすひよんの笛　蓬田　節子　(H3・3)
これでいいのかほうほうとひよんの笛　鈴木　敏子　(H9・2)
雲なくば神話なからむ瓢の笛　布施伊夜子　(H9・12)
母郷なりひよんの実を吹く他はなし　永島　靖子　(H15・12)

木天蓼(またたび)

またたび酒神話も底を突きにけり　布施伊夜子　(H8・9)

梅(うめ)擬(もどき)

月替りたる一枝のうめもどき　細谷ふみを　(S49・2)
我が性の拙きに泣く梅もどき　高城　美子　(S57・2)
梅もどきくすりの量を眠りけり　今井八重子　(H8・2)
利子が利子生みしはむかし梅擬　加藤　静夫　(H15・3)

蔓梅擬(つるうめもどき)

生きて叙勲つるうめもどき美しき　岩切　青桃　(H7・2)

山(やま)梨(なし)

棠梨のけふ色づくを些事とせず　珍田　龍哉　(H12・1)

皁角子(さいかち)　皁角子の実

火の番の遊びごころや実さいかち　飯倉八重子　(S48・2)
駅長のおどろく風の実さいかち　小林　秀子　(S54・2)
皁角子の実の鳴り鬼に近くゐる　加藤よい子　(H17・2)

玫瑰(はまなす)の実(み)

はまなすの実や老人は音読す　立神　侯子　(S53・12)

秋茱萸（あきぐみ）　茱萸

茱萸熟るるどーんどーんと海鳴つて　中野　さち（H7・1）

莢蒾の実（がまずみのみ）

がまずみや母をにくみて小半日　瀬戸　洋子（S55・11）

茨の実（いばらのみ）　薔薇の実

一つ欲し蕪村の丘の茨の実　前川　彰子（H5・1）

薔薇の実の日ざしに居れば富みにけり　木村　房子（H12・1）

潮曇る彼方シベリヤ茨の実　安食　亨子（H21・1）

秋桑（あきくは）

上州の秋桑の燈を列車より　松井　千枝（S62・12）

野葡萄（のぶだう）

妻疲れ野葡萄に蛇棲みやすし　丸山　澄夫（S46・11）

通草（あけび）

通草熟れ山彦のよく返すかな　三浦久次郎（H7・12）

通草採せずば日暮の遅かりしを　細谷ふみを（H12・2）

蔦（つた）　蔦紅葉

あいてゐる窓のさびしさ蔦紅葉　吉沢　孝子（H16・2）

竹の春（たけのはる）

竹の春深井に呼ばれたる如し　三木　聆古（S49・11）

竹の春信玄餅の粉叩く　横井千枝子（S56・1）

竹の春帰路ほど馴れし道なかり　布施伊夜子（H16・11）

道すでに嵯峨野に入りぬ竹の春　木村　勝作（H18・12）

カンナ

無口な鳥を愛しカンナと燃えている　服部　圭伺（S41・10）

花カンナ出稼の死に花輪無し　槌田多鶴子（S58・10）
ときめきの失せてカンナはかんな色　庄子　直子（H13・10）
カンナ咲く十中八九悪女なり　澤木　正子（H14・1）
球子亡しカンナは自作自演の色　橋田　麻衣（H21・9）
いまも少年カンナに母を待つわれは　小川　軽舟（H23・11）
裏切を誰も知らないカンナかな　辻内　京子（H24・2）

サフランの花（はな）　泊夫藍

肉声をのぼるサフランなどついに　しょうり大（S47・5）
フランソワーズのさふらんの芽と歯ぶらしと　山地春眠子（S53・6）
サフランや爺いて婆をほしがりぬ　辻　桃子（S56・2）
太陽を浴びる骨身と泊夫藍と　須藤　妙子（H11・7）
サフランや画集開けば磔刑図　中野田鶴子（H19・6）
泊夫藍や美容院でて写真館　横井千枝子（H22・1）
泊夫藍や中日和して母逝きぬ　くろさわ遊（H24・2）

万年青の実（おもとのみ）

万年青の実匿し持ちたる遊行かな　大庭　紫逢（S54・1）
万年青の実お辞儀きちんとされにけり　江川　繁子（S61・3）

朝顔（あさがほ）

朝顔やわづかに狂ふ秤にて　植田　幸子（S47・9）
朝顔の終り見とどけ発たせむか　橋本たみか（S51・10）
朝顔の曇りに人を離れけり　永島　靖子（S52・12）
朝顔のいざなふ色にいざなはれ　菊地　志通（S60・10）
朝顔や昨日と同じこと思ふ　桜　迪子（S61・11）
朝顔や単語暗記のいま必死　蓬田　節子（S62・10）

朝々のあさがほのため生きてゐる　伊藤　四郎（S62・12）

朝顔や加賀を早出のうすぐもり　宮崎りょう（H1・11）

朝顔や色街ぬけて医者がよひ　唐島　房子（H2・12）

朝顔や小学生は挨拶す　中野　和子（H12・12）

朝顔や波郷に病知らずの句　神谷　文子（H15・1）

ホームステイの子に朝顔は天の青　島田　星花（H19・12）

死亡退院一名朝顔のひらき　加茂　樹（H24・10）

鶏頭（けいとう）　鶏頭花

血を喀くやおろがみ怯ゆ鶏頭花　水田　帆舟（S39・12）

泣きざまの昔はよよと鶏頭花　藤田　湘子（S42・10）

めつかちの鶏けいとうの種子ひろふ　千葉　久子（S43・10）

鶏頭にふれては憎の夕狂ひ　揚田　蒼生（S51・12）

鶏頭や襤褸となりても女物　奥野　昌子（S62・11）

満目の露鶏頭を溺れしむ　小浜杜子男（H2・1）

四五本がよし鶏頭も帚木も　平野　葭女（H3・12）

鶏頭や嫉妬菩薩を身に蔵す　西垣　崇子（H8・2）

麦粒腫鶏頭の昼終りたり　小宮山智子（H8・12）

二階から見て鶏頭の大あたま　堂島一草女（H9・12）

御僧に無頼のむかし鶏頭花　安部みち子（H10・4）

鶏頭や実朝の見し波がしら　北川悠紀夫（H11・1）

鶏頭や夫もひとりの墓暮し　山崎てる子（H12・11）

鶏頭や血潮描かぬ磔刑図　倉垣　和子（H12・12）

鶏頭やわが激情を我が怖れ　五十嵐なほみ（H13・12）

胸元に鶏頭が突き出してをる　髙柳　克弘（H17・1）

逆撫もして鶏頭を愛づるかな　岡田　靖子（H18・2）
鶏頭の色おづおづと出でにけり　やうち　海（H18・12）
鶏頭の老残の色深きかな　小川　軽舟（H22・11）
狐雨鶏頭赤と決りけり　岡崎　長良（H22・12）
平凡を恐れぬ空や鶏頭花　折勝　家鴨（H22・12）
鶏頭の手荒く抜いてありにけり　三代寿美代（H24・12）

葉鶏頭（はげいとう）　雁来紅　かまつか

もう灯らぬこゝろ雁来紅の雨　寺田絵津子（S41・11）
葉鶏頭妻強情の日なりけり　石部　桂水（S42・10）
かまつかの夜へ見開く写楽の眼　鈴木きひえ（S48・11）
子の未来不意に夕日の雁来紅　芝崎芙美子（S50・12）
いま泣けば明治小説葉げいとう　武田　重子（S53・11）
放哉も父も嫌ひや葉鶏頭　榊原　伊美（S57・12）
葉鶏頭女世帯の釘わづか　北島たか子（S61・12）
葉鶏頭或る日無職の靴磨く　斎藤　晋（S63・1）
かまつかや絵巻の挙ぐる鬨のこゑ　伊藤　左知（H3・12）
かまつかや君の短縮番号ゼロ　長岡　美帆（H12・1）
雁来紅をとこに鈍くなりにけり　岩永　佐保（H12・3）
かまつかや神父ピーター柵跨ぐ　速見　綾子（H14・12）
かまつかや久女鷹女も書架に古り　津高　房子（H24・1）

コスモス　秋桜

喝采の時コスモスの影を踏む　古賀フジヱ（S46・1）
コスモスやすこしをかしき子守唄　田中ただし（S47・11）
一湾の要の駅の秋桜　山下　半夏（H2・1）

生きてゐるから病床記秋ざくら　奥野　昌子（H4・12）

あつまつて水は水色あきざくら　井上すず子（H14・12）

いちめんのコスモス俵万智の歌　鴨志田理沙（H15・12）

秋ざくら母音あかるく歌ひけり　加茂　樹（H18・12）

青空は大いなる影あきざくら　川上　登（H23・1）

コスモスや両腕に猫抱きあふれ　南　十二国（H23・12）

コスモスの花溢れしめ家族葬　吉田美沙子（H24・1）

コスモスや産婦人科の磨りガラス　大塔　優子（H25・1）

仙翁花（せんをう）

せんをうに翁は色をたづねけり　伊藤　四郎（S55・10）

白粉花（おしろいばな）

ななななのか白粉花の薄月夜　田中かずみ（S50・12）

白粉花や都電たちまち次の駅　松井　千枝（H3・1）

鳳仙花（ほうせんくわ）

つまくれなゐ

鳳仙花もし見えたらば近すぎん　千葉　久子（S44・10）

形見着て姉ふとりたるほうせんか　清水　治郎（S51・11）

身延にて山に厭きけり鳳仙花　大野　登（S52・10）

ひとことにつまくれなゐの実のとべり　野村　里史（S54・12）

畳屋の猫とおもへり鳳仙花　小浜杜子男（S55・10）

抽斗の癖と折り合ふ鳳仙花　後藤　睦美（H2・12）

かんたんなものが旨くて鳳仙花　蓬田　節子（H4・12）

置き鍵が家族の絆鳳仙花　柿﨑　洋子（H7・12）

茶屋の子のはうきちりとりほうせん花　露木はな子（H8・1）

煮炊には間に合ふ視力鳳仙花　厚地百合子（H9・12）

人の名のさつと出る日や鳳仙花　飯田　俶子（H11・11）
そくばくの病臭鳳仙花を飛ばそ　多田千鶴子（H12・12）
注射して護る胎児や鳳仙花　新田　良子（H14・3）
夫婦して勝手耳なり鳳仙花　上山　育美（H21・12）
鳳仙花妻はほろほろこはれけり　椰子　次郎（H22・12）
俯けば声うつむきぬ鳳仙花　岩永　佐保（H24・11）

鬼灯（ほほづき）　酸漿

鬼灯や島に生れて糸切歯　武田　重子（S51・10）
枝生りの鬼灯を持ち面窶　伊沢　恵（S56・10）
鬼灯や陛下の写真この家にも　佐宗　欣二（S60・11）
鬼灯の虫喰穴も些事ならず　飯島　晴子（H3・11）
鬼灯の鳴らし上手を娶りたし　加藤　静夫（H3・12）
ほほづきを鳴らせりわれの餓鬼のため　榊原　伊美（H5・9）
酸漿を吹けり不思議な連帯感　沼沢うめ子（H15・1）
酸漿を鳴らし大人になりしかな　伊澤のりこ（H16・11）

秋海棠（しうかいだう）

秋海棠などてひとりも還らざる　山本　雅子（H1・12）

菊（きく）

風の菊こゝろ移ろひやすきかな　高山　夕美（S42・2）
菊の花びら細かく裂いて父の郷　八重樫弘志（S45・2）
菊茹でるかおり麻酔の恐さなど　田浪　富布（S47・2）
川風をまた聞きにゆく菊づくり　穂坂　志朗（S48・1）
味噌汁の上澄むや菊了りけり　鈴木　東峰（S49・1）
菊を観におしろい籠めの泣きぼくろ　唐木　和枝（S50・1）

菊の葉を重ねて眠る一夜かな　永島　靖子（S54・1）
水面のひびわれている菊の家　冬野　虹（S55・12）
黄菊ともちがう色着て昂れり　湯浅　圭子（S56・12）
菊の露ふれあふ音の端に居り　冬野　虹（S57・11）
塔頭の菊のさかりを仕出しかな　あきのちぐさ（S57・11）
落膽のころころ転ぜよ黄菊鉢　江川　緐子（S60・2）
道の辺の雨の小菊を起しけり　隈崎　達夫（S60・12）
菊の香やバリウム飲みて来しばかり　小泉　俊子（S61・1）
雑踏の大仏殿へ菊車　蛭子ふじ子（S63・1）
かまきりに愕いてある菊の客　浜田　夢安（H3・2）
菊食べて吾が六十の媚薬とす　萱場　静子（H5・1）
白菊やしづかに吾は脈打てり　山崎　尚美（H6・1）
訃報あり小菊の鉢に日を当てむ　梅野　幸子（H6・12）
江ノ電のふた駅先の菊の家　磯田　和子（H7・12）
菊食べて奈良の仏も見あきたり　志賀佳世子（H8・2）
菊を売るうしろ渡船の発ちにけり　多田　和弘（H10・1）
菊白しいくさ語らぬまま老いて　蓬田　節子（H20・2）
括りたる小菊香りを一にせり　花岡　孝子（H20・2）
菊の香やよもつひらさか杖だのみ　景山　而遊（H21・12）
耕衣死してよりの退屈菊食うべ　榊原　伊美（H22・1）
菊月夜老いゆくわれを楽しめり　花岡　孝子（H24・1）

懸崖菊（けんがいぎく）

懸崖菊奈良県庁を飾りけり　永野　和子（S61・2）

残菊（ざんぎく）

残菊を濡らせし雨の覚えなし　青木　泰夫（S40・3）
旅立つと吾が残菊をふりかへる　大崎　朝子（S57・2）
残菊を束ねこれより夢籠　西山　敏子（H11・1）

晩菊（ばんぎく）

晩菊のをりをり曇る水のごとし　座光寺亭人（S50・12）
晩菊や何に汲みても水光る　野尻みどり（S59・10）
晩菊やいくたび首を切られたる　浜田　夢安（H9・1）

紫苑（しをん）

嫁ぐまでこの靴をはく紫苑かな　井上寸美恵（S48・11）
ジヨバンニの孤独紫苑のこの高さ　藤山　直樹（H21・11）

木賊（とくさ）　砥草

約束の髪切る木賊黄ばむ頃　後藤　綾子（S51・12）
老い先や砥草の穴にうち興じ　国重　勝之（S53・8）
初雪の消えてしまひし木賊かな　三木　聆古（S60・4）
ひよひよと雨後の木賊をしじみ蝶　今野　福子（H22・1）

風船葛（ふうせんかづら）

夢はゆめ風船かづら枯るるまで　久保美智子（H4・2）
船室に安房のふうせんかづらかな　松井　千枝（H4・12）
笑ふたびふうせんかづらふえてゐる　植竹　京子（H13・11）

西瓜（すいくわ）

尿して西瓜畑を出しところ　吉沼　等外（S57・11）
西瓜売長大トレーラーとまる　小澤　實（S60・10）
上人の枯死に捧ぐる西瓜あり　鈴木　修一（S63・11）

体まだ海の音満ち西瓜食ふ　松野　苑子（H9・11）

西瓜切る快諾のごとまつ赤なり　黒澤あき緒（H19・10）

西瓜喰らへりひとり死にふたり死に　榊原　伊美（H23・9）

西瓜切る寄つて来る子もゐなくなり　服部　佳子（H24・10）

禿頭を西瓜のごとく冷しけり　瀬下　坐高（H24・11）

南瓜（かぼちゃ）

外遊のとちゆうの南瓜畑なり　国東　良爾（S54・12）

雨籠り気落ちごもりに南瓜煮ゆ　小和田知江（H2・9）

見たが病ひの鹿ケ谷南瓜かな　朽木　遊湖（H8・11）

南瓜蔓隣の畑と睦み出す　土屋　秀穂（H19・11）

南瓜割る構の妻に呼ばれけり　山地春眠子（H24・11）

冬瓜（とうぐわ）

漂うてうすあめいろとなる冬瓜　柳沢ひろし（S51・11）

みちのくの冬瓜畑に欠伸せり　佐宗　欣二（S55・12）

とうぐわんといふを撫でたり叩いたり　高橋久美子（S60・11）

嫁の座といふ冬瓜のごときもの　奥坂　まや（S62・11）

信ずるに足る冬瓜の四半分　伊沢　惠（H2・12）

冬瓜畑から屹立の立石寺　池辺みな子（H4・2）

冬瓜のよこたはり居る出来ごころ　飯島　晴子（H9・1）

冬瓜の微笑といふもありさうな　飯島　晴子（H12・1）

冬瓜の二つごろんと妻の昼　梯　寛（H20・1）

糸瓜（へちま）

文芸にすこし厭きたる糸瓜かな　武田　重子（S54・11）

脳院を右大糸瓜左にす　真野喜美枝（S54・12）

よみかきを怠けず糸瓜生らせけり　中井　満子（S61・11）

洛北やうれひ顔なる糸瓜麻呂　佐野　浩郎（H12・2）

名曲に倦みたる庭の糸瓜かな　植竹　京子（H18・1）

大風の糸瓜は有卦に入りにけり　奥坂　まや（H18・2）

としよりの髪を刈りをり糸瓜棚　相澤　裕子（H19・1）

在所なき夫婦にへちま下がりけり　坂本千惠子（H19・1）

一間だけ片づいてゐる糸瓜かな　蓬田　節子（H21・11）

不器用に支柱足しあり糸瓜棚　土屋　秀穗（H24・11）

夕顔（ゆふがほ）の実（み）

夕顔の実を盗みたる良き日なり　神尾　季羊（S56・9）

青（あを）瓢（ふくべ）

瓢簞　瓢　ひさご

泣き笑いなき瓢簞に佇ずめり　藤谷　緑水（S46・11）

へうたんに唄ともしゆく乳母車　丸山　澄夫（S47・10）

子がなくてひようたん棚の得意かな　宮崎　尚子（S51・8）

泣き声の反対へゆく初ひようたん　古川　英子（S53・8）

文芸にほど遠かりし青ふくべ　三好　小笹（S56・11）

もめごとの真つ只中の瓢かな　服部美矢子（S56・12）

夫亡しとまざと戸籍や青瓢　中嶋　延江（S59・11）

甲斐曇にて瓢簞の強くびれ　飯名　陽子（S60・2）

二三粒種子出たがらぬひさごかな　宮坂　静生（S60・2）

瓢簞の足らぬくびれを云々す　飯島　晴子（S61・1）

瓢簞の尻のまるみへ掌　石川　艶子（S61・11）

瓢簞の種子振り出すも老すさび　吉井　瑞魚（H2・2）

コラム欄今日つまらなし青匏　松原　順子（H7・2）

青ふくべ話のちがふ手紙かな　遠藤　蕉魚（H7・12）
へうたんも髭の男もわれのもの　岩永　佐保（H14・1）
へうたんのくびれの上と下とかな　景山　而遊（H14・11）
へうたんの影ぶつかつて鳴りにけり　矢口　晃（H17・11）
へうたんのくびれ志功の女かな　末﨑　史（H17・12）
からつぽの頭にあたり青ふくべ　杉崎　せつ（H18・10）
身につきし食養生や青瓢　高橋　正子（H18・12）
へうたんも長女の恋も触れずおく　横沢　哲彦（H22・12）
ひよつとこのふぐりの瓢漆塗　井田　栄子（H23・1）

種瓢（たねふくべ）

ぬかるみを飛び飛びにきて種瓢　加瀬　律（S52・12）
人に割く時間惜しまず種瓢　相澤　裕子（H15・1）

茘枝（れいし）

茘枝噛みこの深空に執すなり　森脇　芙美（S52・12）
茘枝食ふをとこや恋の射程距離　池田　萌（H11・9）

オクラ

ねとねとと糸ひくおくら青春過ぐ　小澤　實（S58・9）

秋茄子（あきなす）　名残茄子

ひがしかぜにしかぜ秋の茄子の花　灘　稲夫（S46・12）
秋茄子の花ひとりにも飽きてきし　岡本　勇（S51・11）
名残茄子掌にほのぼのときつねつき　沼尻　玲子（S57・1）

種茄子（たねなす）

種茄子に雨の降る日は眼鏡して　穂坂　志朗（S49・12）

馬鈴薯（じゃがいも）

布教師やじやがいもの音水中に　上田多津子（S53・11）

万有引力あり馬鈴薯にくぼみあり　奥坂　まや（H8・3）

新世紀近し馬鈴薯くぼみなし　安井　昭子（H12・6）

じやがいもの二個複雑に転がれり　川口　藍々（H17・11）

馬鈴薯に芽が出て妻は退院す　山口　石祥（H22・1）

甘藷（さつまいも）

藷

お供えの金時藷のさぐり掘　谷口美智子（H16・11）

藷食うて鼻が大きくなりにけり　黒澤あき緒（H25・1）

芋（いも）

芋の秋

ふくろうを起さぬように芋を煮る　穂坂　志朗（S46・11）

友だちの煮芋うましや久留里線　大崎　朝子（S53・1）

八頭いづこより刃を入るるとも　飯島　晴子（S60・2）

一畝の芋も作りて裏千家　藤谷　緑水（S61・12）

芋の葉やあれよと尼のオートバイ　岡本　雅洸（H2・9）

芋好きの一本箸を咎むるな　藤田　湘子（H3・11）

芋水車立山道に怠けをり　渡辺　真吉（H4・12）

里芋と賢治を愛でつ六十路なる　ウイン龍子（H7・12）

八頭古女房となりゐたり　田中美智子（H8・1）

いちにちが速し小芋の煮ころがし　岩永　佐保（H14・12）

雲ひくき関東平野芋太る　見上　都（H17・10）

分数は分子と分母八頭　森田　六波（H20・2）

灯して家ふくらめる芋の秋　西山　純子（H20・11）

芋茎（ずいき）

屋根替の黒爪ながきずいき汁　石渡　桃里（S48・2）

蟋蟀の声通したる芋の茎　服部　圭伺（S58・12）

実家より届きし芋茎放つてあり　立神　侯子（H14・12）

自然薯（じねんじょ）　山芋

じねんじよを掘り耳鳴りを忘れけり　豊島　満子（S53・1）

自然薯を擂るほぎごととなりにけり　田中白萩子（H6・2）

山芋につけし掘傷まだ悔む　古川ただし（H11・2）

薯蕷（ながいも）　長薯

憂鬱の長薯はわが兄なりき　四ッ谷　龍（S55・12）

零余子（むかご）　ぬかご

零余子採死したる人を忘れずに　山本　雅子（H1・2）

石鼎居長居にぬかご盗りにけり　高野　途上（H7・12）

貝割菜（かひわりな）

耳ざはりよき言申す貝割菜　千葉　久子（S47・1）

山手線がらあきどきの貝割菜　神尾　季羊（S49・12）

夫の掌のあたたかければ貝割菜　生地みどり（S55・7）

人声のうつくしからず貝割菜　山本　雅子（S57・1）

夕暮にまとめて叱る貝割菜　茂住　宏幸（S63・12）

日をおいて諭す算段貝割菜　加儀真理子（H11・12）

若ぶらず年寄ぶらず貝割菜　牧村佳那子（H12・2）

間引菜（まびきな）

ひとつかみの間引菜惜しみ母死なず　玉木　春夫（S45・1）

間引菜に血がこびりつき昭和なり　揚田　蒼生（S54・12）

間引菜の根といふほどの土が付く　細谷ふみを（S56・2）

袋より出して間引菜わつとあり　加儀真理子（H8・2）

唐辛子（たうがらし）　ピーマン

小説の峠にて終ふ唐辛子　渡辺　洋子（S48・11）

唐辛子つらつら晴れて奥大井　高橋より子（S55・12）

唐辛子関東平野に入りにけり　蓬田　節子（S56・1）

納屋明るしラジオ技術誌唐辛　浅井たき子（S58・1）

母のもの捨てたる後の唐辛子　古川　治子（H6・12）

極貧の戦後青空唐辛子　関　とみ（H6・12）

唐辛子筵四枚赫赫と　飯島　晴子（H7・12）

画架（イーゼル）にピーマンの絵を架けつぱなし　小林　貴子（H9・1）

唐辛子極道色（いろ）と云ふべかり　奥坂　まや（H18・12）

いつのまに長子禿頭たうがらし　清家　馬子（H19・2）

唐辛子振ればまつ赤な音すなり　中山　秀子（H21・1）

唐辛子いくさ無き世のをみな美し　中山　玄彦（H21・12）

生姜（しやうが）

生姜の葉川面みつめてへこみたり　青野　敦子（S53・11）

生姜すりおろすさびしさ縷（る）のごとし　奥坂　まや（S62・12）

葉蔭濃き生姜一束持たされし　飯島　晴子（H1・12）

稲（いね）

稲田　稲穂　孕田

不意に顔暮れて少年稲担ぐ　青木　泰夫（S43・12）

稲かわく音をひろいて僧通る　横井千枝子（S46・1）

稲田曙ちちははの素手かぐはし　栗林　千津（S48・11）

盗み寝の二階に及ぶ出穂ぐもり　増山　美島（S51・11）

孕田の水のごときを身に負へり　座光寺亭人（S52・11）
稲の香に晩き恋などあるもよし　飯島　晴子（S53・1）
青稲の空穂の空の音聞こゆ　伊藤　四郎（S55・11）
出穂曇きのふ来し道けふ帰る　村尾古都子（S56・12）
稲作の良くも悪くも樽直し　早乙女房吉（S57・2）
稲の香のわつと羽前に入りにけり　今野　福子（H8・1）
車窓より見えし稲田の人のこと　寺内　幸子（H14・10）

稲の花（いねのはな）

うすうすと稲の花さく黄泉の道　飯島　晴子（S41・10）
この血伝へたし爽日の稲の花　島崎　和風（S46・1）
稲咲いて男と犬に傾く空　大森　澄夫（S48・9）
耳長き仏や稲の咲く夜を　飯倉八重子（S48・10）
寺を出て歩き語りや稲の花　足立すゞ子（S61・11）
会ひたくてもうぢき会へる早稲の花　福田　繁子（H11・10）
山出づる日の全速や稲の花　岡本　雅洸（H11・11）
加齢なき夢のわが顔稲の花　田代　弘子（H12・9）
八百万の神は好色稲咲けり　清水　風子（H17・11）
稲の花夕日にねばりありにけり　野尻みどり（H19・12）
稲の花夢のとほりの道に出し　中島　幸子（H20・12）
浄瑠璃に泣きに行くなり稲の花　小川　軽舟（H21・10）
死はいつか乗る観覧車稲の花　細谷ふみを（H21・12）

早稲（わせ）

早稲刈る

レール二本貫き出羽の早稲曇　鳥海むねき（H4・12）
耶蘇名ジョアン棚田の早稲を刈りはじむ　野上和佳菜（H13・11）

落穂（おちぼ）　落穂拾

すぐ消ゆる落穂拾ひの負ひし虹　柳田　葆光（S50・1）

穭（ひつぢ）

黒い訃の鳥よび穭焼かれゆく　田中茶能行（S44・2）

飛ぶ夢を見たし穭に穂のつける　後藤　睦美（H11・2）

稗（ひえ）

稗抜きに咎められたり男狭穂塚（をさほづか）　宮坂　静生（S57・11）

黍（きび）

青黍の風すじうかと大食す　穂坂　志朗（S46・9）

詰襟や風すいすいと黍の幹（から）　宮坂　静生（S46・11）

黍の風或る日むくろとなりにけり　平松弥栄子（S50・12）

黍畑雲と燃え先駆者忘られる　田中かずみ（S52・12）

黍の粥山の日向の匂ひして　飯島　晴子（H8・2）

蕎麦の花（そばのはな）

もう一人産むか花蕎麦一面に　五十嵐なほみ（H14・12）

新大豆（しんだいづ）

山鳩の白くなるまで大豆煮る　市野川　隆（S47・1）

隠元豆（いんげんまめ）

二日旅終りいんげん降るように　寺沢てるみ（S51・9）

いんげんも回覧板も笊の中　田村　清子（H7・9）

刀豆（なたまめ）　鉈豆

刀豆に雨降る他の白い牝牛　寺内　幸子（S48・12）

鉈豆や甲斐に蛇笏と方代と　萩原　友邦（H12・11）

落花生（らっかせい）

考へぬ顔殖ゆるなり落花生　内平あとり（H18・1）

胡麻（ごま）

老人尊ばれず胡麻ぴちぴちはね　杉山　重子（S51・12）

煙草の花（たばこのはな）

橘の小戸の阿波岐のたばこ咲く　布施伊夜子（H24・8）

棉（わた）

棉吹く

ブルースは諦めの唄棉吹けり　鴨志田理沙（H11・2）

恋一過棉吹くころの風のなか　玉木　愛子（H15・11）

蓮の実（はすのみ）

梟鳴く蓮の実飯を喫ひをれば　武田　白楊（S53・11）

機関銃重たかりしよ蓮の実とぶ　斎藤　一骨（S53・12）

嚙んでみる蓮の実毒かくすりかと　座光寺亭人（S54・2）

蓮の実の飛ぶ音に覚め和合仏　高橋　正弘（S54・8）

蓮の実のとぶや刃物の地商ひ　小林　愛（S59・1）

てのひらに蓮の種ある仔細かな　友永嘉都子（S61・4）

蓮の実が飛べり隣もすぐ飛べり　神尾　季羊（H8・2）

蓮の実が飛ぶ女から夢が飛ぶ　布施伊夜子（H12・12）

蓮の実とぶしつかり生きてくたびれて　塩川　秀子（H19・1）

敗荷（やれはす）

破蓮

破蓮の音を間近に憎みけり　大貫マサ子（S48・1）

敗荷の夕日金泥溶くごとし　小浜杜子男（H11・1）

敗荷の狂気の中へ入りにけり　林　もり（H13・11）

破蓮の気随気儘や雲たちまち　伊沢　惠（H17・11）

秋草（あきくさ）

千草　八千草

秋草も秋風も馬蹄音を待つ　青木　泰夫（S48・11）
七七忌千草八千草雨つづく　野村　和代（S54・11）
秋草のどれともなくて匂ひかな　石井　雀子（S60・11）
八千草のけふひらきしとほろびしと　森　優子（H10・2）
千草八千草八十歳はうれしかり　豊島　満子（H16・1）
秋草に屈めば犬の景色なる　織本　瑞子（H19・1）
秋草や厨子王にぐる徒跣　髙柳　克弘（H20・1）
外来の秋草の名や鶴見川　足立すゞ子（H21・12）
パラグライダー秋草擦つて飛び立てり　赤井　正子（H23・12）

草の花（くさのはな）

草の花ひと握りして母に遣る　池辺みな子（S60・12）
ザラ紙のオラシヨの写草の花　矢野　道子（H17・2）
死ぬときは箸置くやうに草の花　小川　軽舟（H19・11）
母の杖われに短し草の花　景山　而遊（H19・12）
信仰は口つく祈草の花　黄土　眠兎（H22・1）
手を打ちて祖国の唄や草の花　龍野よし絵（H22・12）
雛僧につきそふ母や草の花　山口　睦子（H23・12）

草の香（くさのか）

草の香や昨日の噂今日の通夜　渡辺　初子（S62・12）

草の穂（くさのほ）

草の絮

牛売れば屋根草が穂を鳴らすなり　石井　雀子（S39・12）
草の絮舞ひゆくかぎり鉄並ぶ　志井田牧風（S41・1）
うすうすと月夜は蟹が穂絮摘む　五島　一茱（S44・12）

一本の草の穂持つて銀座に居る　加藤あさじ　(S52・11)
鬣に草の絮来て敗れたり　倉林凪帆　(S55・1)
草の絮筑紫へ渡るいとまごひ　下村英子　(S55・11)
草の絮文化庁よりひときたる　木原としえ　(S56・3)
草の絮空也堂から風に乗る　山本良明　(H1・2)
草の穂を抜くによろけて柏原　中島畦雨　(H2・12)
杖つきて低きが見ゆる草の絮　須藤妙子　(H2・12)
埋骨や仙丈岳へ穂絮飛ぶ　窪寺寿美枝　(H8・1)
屈服にあらず草の穂嚙みしのみ　狩野ゆう　(H9・11)
草の穂に磧雀のあそびをり　福永節子　(H10・12)
草の絮ただよふ絵空事ただよふ　今野福子　(H13・1)
草の絮草のふところ離れけり　渡辺小枝子　(H15・12)
雀らにけふの糧あり草の絮　帆刈夕木　(H24・12)

草の実（くさのみ）

草の実や雀漂ふこと知らぬ　栗林ちづ　(S44・11)
草の実に神出鬼没おぢいさん　武田重子　(S50・11)
沼草に実のなる頃の雲の峰　寺内幸子　(S58・1)
草の実や生きてゆく世に先手後手　石井雀子　(S63・1)
草の実の村が近いぞ夢の径　ホワイトさつき　(H2・1)
切切の夢や草の実水に浮く　佐藤祥子　(H11・12)
薄日射すイエスの足に草の実に　土屋未知　(H21・12)
草の実や石垣のみの本籍地　黒木鳩典　(H24・12)

草紅葉（くさもみぢ）

草もみぢ月夜閃々たるを見む　倉橋羊村　(S49・1)

膝打つて歌念仏や草紅葉　有井　祐子（S55・12）

鯛焼の鰭からさめて草もみぢ　山本　良明（S56・1）

草紅葉耳の大きな子を生んで　難波　克子（S61・1）

草紅葉癖の七つを許し合ふ　藤谷　緑水（S63・1）

二日目の周遊券や草紅葉　脇　梵女（H19・1）

末枯（うらがれ）

灸すえに来し末枯の美濃の国　中島　畦雨（S61・2）

末枯や空になるまで歩みゆく　大野　滋子（H11・1）

萩（はぎ）

こぼれ萩　白萩　萩の花

亡き母の独語いちにちこぼれ萩　田中ただし（S44・12）

みちのくの萩を思ふに多病かな　柳沢ひろし（S52・12）

長々と醜女と居るも萩の風　藤森　弘上（S53・1）

白萩やつゆ女つゆ女と奥の声　中野　柿園（S57・12）

白萩を押してゆく身のぬくさかな　飯島　晴子（S59・12）

鎌倉の萩に誘（いざな）ふ君の電話　松田　節子（S63・1）

萩の記憶鮮明にして食ひ違ふ　小林　貴子（S63・1）

萩括り直して歌舞伎観る仕度　大竹　潤子（S63・12）

市振や萩もをはりの月の暈　金杉　八重（H4・2）

山の日や萩とあそべるしじみ蝶　上金みちよ（H4・12）

白萩や美童のごとき尼法師　景山　秀雄（H5・1）

八十になつてしまへり萩の花　金子　うた（H5・11）

白萩や寺を誇の寺男　松井　千枝（H5・12）

いま見れば伐折羅は若し萩の風　佐藤たつを（H6・1）

仏飯のために炊くなり萩の花　伊藤　佑子（H6・12）

萩の道ふつと仏に知らせたく　菅原　とく　(H7・12)
白萩や生きて戒名あるくらし　武田　忠男　(H7・12)
平曲を佐渡に聴きをり萩の花　岩瀬　和子　(H10・12)
萩咲くやいざというとき雨女　岡本　典子　(H14・1)
白萩や元興寺（がごうじ）に雨やり過ごし　岸　孝信　(H21・10)
雨傘のままの黙禱萩の花　折勝　家鴨　(H24・1)
思ひ描く生家の間取萩の花　鎌田ひとみ　(H24・11)

薄（すすき）

花芒　穂芒

そよぐ芒いつも受身で話す僕　観音寺邦宏　(S39・12)
芒照る風鈍重な支線貨車　薬師寺白光　(S41・1)
朝星の小さき光輪花すゝき　高山　夕美　(S42・11)
芒野の風より老けて漂ふ父　加藤おさむ　(S44・1)
夜は疾走のたてがみ若き芒山　飯倉八重子　(S44・11)
胃に蜆すすきの闇の育つ頃　千葉　久子　(S44・12)
あきらめの棲みつく処々の白芒　植田　幸子　(S46・1)
男の歯見えくる芒あらしかな　飯名　陽子　(S50・2)
はじめての着物縫ふ日の花芒　寺内　幸子　(S50・11)
花すすき歩きまはつて目鏡かへ　金子　うた　(S50・11)
芒木菟大正の日のありどころ　高野　途上　(S53・2)
芒野の照り込んでいる葬儀かな　小林　進　(S54・1)
伯母の言ふ白き芒になりたしと　永島　靖子　(S55・1)
葬あと妙に片づき芒かな　後藤　綾子　(S55・11)
四五本の畑のすすき鍼が効く　武田　美代　(S56・2)
夫婦して餅が食べたく芒の穂　増山　美島　(S57・12)

青天や賑々しくも芒原　植竹　京子（S59・1）

花芒熱の子あつという間に寝　大石香代子（S59・12）

花芒男の役を了りけり　隈崎　ろ仙（S61・1）

引く潮をちからに芒穂となれり　山本百合子（S61・2）

雀などいつたりきたり芒の穂　日向野初枝（S62・1）

花すすき神楽げいこの沙汰のあり　平野　規子（S62・11）

流れゆく薄つと立つ河童淵　佐々木敏光（S62・12）

芒山星の光のとどきけり　轍　郁摩（H2・1）

芒原鬼女となるには老いすぎて　土居ノ内寛子（H4・12）

尼寺はふりかへる寺芒照る　高野　途上（H6・11）

穂芒にぶつかり曲る小海線　堀川　節子（H7・2）

芒挿す光年といふ美しき距離　奥坂　まや（H9・11）

穂芒や祈禱師の家砦なす　榊原　伊美（H12・1）

死者も旅してゐる芒月夜かな　小浜杜子男（H13・1）

芒原水に雌伏といふことも　有澤　榠樝（H14・1）

投入れのすすきかるかや神隠し　岩永　佐保（H14・2）

身体のゆれて芒にまぎるるか　伊澤のりこ（H15・1）

つひにわが匂ひを容れし芒原　光部美千代（H16・12）

松花江(スンガリー)佳木斯(チャムス)と生きて花芒　渡部よし子（H17・1）

見えてゐる芒野にもう戻れない　小浜杜子男（H19・1）

すすき野のくろきからすが山頭火　小浜杜子男（H19・2）

思ひ出はいつも逆光すすき原　松山　蕗州（H22・12）

もういいかいすすき原より山頭火　小浜杜子男（H24・1）

談志が死んだ白いすすきが白くなる　小浜杜子男（H24・2）

墾道の芒刈萱日の匂　服部佳子（H24・2）

男と女すすきほどけてをりにけり　佐伯ひろし（H25・2）

萱（かや）

かさねたる日ぐれ一枚萱の花　荻田恭三（S45・11）

萓草や賢治の国の湯治宿　佐藤たつを（H8・10）

刈（かる）萱（かや）

かるかやを見て峠から雨にのる　鳥海むねき（S47・1）

めがるかやをがるかやとて踏みまよふ　飯島晴子（S62・1）

泡立草（あわだちさう）　背高泡立草

曲り角に死あり背高泡立草　岩田玲子（H3・1）

日本中平和せいたかあわだちさう　阿部けい子（H8・1）

好きなもの海とセイタカアワダチサウ　前川祥子（H17・10）

泡立草尽きたり団地現るる　うちの純（H20・1）

蘆（あし）の花（はな）　芦　蘆

青い夕べを配り少年芦となる　青木泰夫（S43・8）

産卵の魚の目ともる蘆の中　足羽鮮牛（S46・8）

聴かせたし芦には芦の風あるを　桜岡素子（S51・10）

葦咲くも日常茶飯事となれり　四ッ谷龍（S56・2）

耳聾ひのなに昂りし蘆の花　森脇芙美（S58・7）

目の玉に痛み走れり芦の花　飯島晴子（H1・10）

蘆原の時間ときどきあともどり　加藤静夫（H18・2）

蘆原やへろへろ飛んで番鴨　藤澤正英（H18・2）

海見えて力抜く川蘆の花　浅井多紀（H23・12）

蘆(あし)の穂絮(ほわた)　蘆の穂

難波津の葭(あし)を名告りて穂に出でし　平野　葭女　(H1・2)

蒲(がま)の絮(わた)

蒲の穂の飛ぶ夜囃子の口移し　早乙女房吉　(S49・1)

蒲の絮飛んで軍艦日和かな　角田　睦美　(S55・2)

荻(をぎ)のこゑ

荻のこゑはなれぬ島の一夜かな　風間　淑　(H2・12)

厚岸草(あつけしさう)

たましひのあつけし草にかくれけり　山本　雅子　(S55・9)

数珠玉(じゆずだま)

数珠玉やたまに兄弟近づきぬ　塚原　時子　(S51・12)

あらそひのなきじゆず玉の日なりけり　宅和　清造　(S56・3)

風吹いて数珠玉数珠の音たてぬ　山口　智子　(S57・10)

数珠玉やぢぢばばとなるちちとはは　篠田　定子　(S63・1)

数珠玉や風の日に来て沼の色　筌　美智子　(H1・12)

数珠玉や無念といふも二日ほど　浅井　多紀　(H10・2)

葛(くず)　葛の葉　真葛原

槌音の裏側の道葛匂ふ　正木　千冬　(S43・10)

東国のむかし荒男や葛迫る　飯倉八重子　(S47・11)

一山の葛の強蔓トラピスト　青野　敦子　(S54・10)

葛の葉に男を消してしまいけり　根本てる子　(S54・10)

一睡のつもりなりしが真葛原　大庭　紫逢　(S60・1)

けふあすは誰も死なない真葛原　飯島　晴子　(S61・11)

少年を北へ促す真葛原　小林　進　(S63・1)

少年の風となりしか真葛原　小倉桂子（S63・11）
右こんぴら左日の没る真葛原　木之下博子（H5・12）
また違ふ雨の降りだす真葛原　光部美千代（H16・1）
真葛原記憶と記憶闘へり　藤澤正英（H16・12）
葛襖一身通す銃一打　後藤義一（H18・2）
たひらなる闇は田んぼや葛匂ふ　名取節子（H21・12）

葛の花（くずのはな）

葛咲いて爺婆やたらふえてゐる　財津牧仙（S48・1）
人の身にかつと日当る葛の花　飯島晴子（S50・9）
葛の花安曇ことばを水のうえ　松田ひろむ（S50・11）
葛の花卒塔婆手に手に現れぬ　しょうり大（S54・5）
葛の花雨の予報は雨降れよ　斉藤理枝（H1・12）
葛の花老いさらばふもそれなりに　飯島晴子（H9・11）
葛の花馬盗人は馬と寝む　有澤榠樝（H9・12）
葛の花来るなと言つたではないか　飯島晴子（H11・12）
来し道のもうまぼろしや葛の花　鶴岡行馬（H20・11）
コッヘルに汲む沢水や葛の花　永嶌英子（H25・2）

郁子（むべ）

郁子熟れてゐたり谷中の理髪店　稲澤雷峯（H7・1）

美男葛（びなんかづら）

かばかりの美男葛にさすらえり　瀬戸洋子（S55・1）

藪からし（やぶからし）

藪枯らし人知らぬ意地通しけり　鈴木紀美（S45・11）
藪からし僧を弔らふ僧着きぬ　後藤隆介（S60・1）

藪からし喃々と真夜ふゆるらん　牛久保　經（H8・2）

野菊（のぎく）　野路菊

野路の菊吉備よりとどく早贄ぞ　山口　寥（S56・12）

荒地野菊（あれちのぎく）

ネクタイをせぬ日の荒地野菊かな　細谷ふみを（H14・12）

考へてあれちのぎくにまかせけり　藤澤　正英（H15・11）

過ぎし日は荒地野菊の中の椅子　土屋　未知（H18・11）

貴船菊（きぶねぎく）　秋明菊

諭さむと秋明菊の挿してあり　中村ひでよ（H6・1）

秋明菊鼓の革を張る夕べ　島田　瑞代（H10・1）

狗尾草（ゑのころぐさ）　猫じやらし

過ぎし日を光芒となすねこじやらし　飯倉八重子（S49・9）

猫じやらし影踏み遊び廃れけり　蔦　清子（S50・12）

ふわりと哀れに猫じやらしを抜ける　熊中ひろ子（S51・12）

うしろより俳誌めくれば猫じやらし　財津　牧仙（S52・12）

鬼といはば鬼になりなむ狗尾草　柳沢ひろし（S54・12）

一景を為せりコップの猫じやらし　植竹　京子（S61・12）

老いてまた一人遊びやねこじやらし　古川　明美（S63・12）

ねこじやらしほんとにぼけてしまひけり　加藤　静夫（H1・12）

ねこじやらしくらしだんだんかんたんに　溝渕　淑（H9・1）

原つぱの半分日影猫じやらし　中沢ゆき子（H18・1）

猫じやらしわれも遊んでもらひけり　乙宗ゆき子（H19・12）

あをぞらは大いなる問ゑのこ草　奥坂　まや（H20・2）

人間は比べてなんぼ猫じやらし　田上比呂美（H22・11）

子ら駆けてゑのころぐさのよろこべり　戸塚時不知（H23・1）
簡単に謝る夫や狗尾草　甲斐有海（H24・12）

牛膝（ゐのこづち）

用もなく群馬に来り牛膝　永島靖子（S54・12）
ゐのこづち夢の終りはしづかなり　鈴木文七（S54・12）
海鳴りて遊び女老いぬゐのこづち　安武和代（S56・1）
ゐのこづち畳にすわり落ちつけり　平澤文子（S61・1）
牛膝つけし一身風の的　萱場静子（H5・2）
ゆるゆると減りゆくわれやゐのこづち　沼尻玲子（H7・12）
山入りの朝の水汲むゐのこづち　渡辺珠恵（H16・12）
牛膝或る可笑しさにわらひけり　有澤榠樝（H19・12）
悉く法令倫理ゐのこづち　村場十五（H20・1）
ゐのこづち上り框に日暮の子　岩田英二（H21・1）

藤袴（ふぢばかま）

夫恋の降りみしらみや藤ばかま　日向野初枝（H20・1）

藪虱（やぶじらみ）　草虱

貧すれば鈍してとほる草じらみ　吉井瑞魚（S42・12）
草虱とる我猿に似たるかな　藤村昌三（H25・1）

曼珠沙華（まんじゅしゃげ）　彼岸花　まんじゅさげ

曼珠沙華空の奥より誰か来る　寺田絵津子（S39・11）
曼珠沙華狂ひて刻は飛びつくす　近藤実（S41・10）
赤ん坊に雨粒当てて彼岸花　増山美島（S45・12）
熟れきつて手首さまよふ曼珠沙華　高山夕美（S45・12）
影富士を見て曼珠沙華見終りぬ　山口睦子（S47・12）

ひがん花下肢ゆらゆらと翔ちにけり　北原　明（S48・12）
盲ては雲に乗りゆく曼珠沙華　大中　靖子（S49・12）
まんじゆさげうすきねむりをもてあそぶ　藤田　湘子（S51・10）
亡き母がまた病む曼珠沙華咲けば　山口　睦子（S54・12）
ひがんばな界隈ふつと馬くさし　姥山三良子（S55・11）
太股に肉戻りたる曼珠沙華　飯島　晴子（S56・11）
まんじゆさげ知らず知らずの長生に　内藤とし子（S56・12）
彼岸花村良くなりしとも云えず　山下　半夏（S57・12）
かえらなむしろまんじゆしやげ峠口　川口　道子（S58・12）
曼珠沙華のみかは伊勢の明るさは　長峰　竹芳（S61・11）
曼珠沙華奈良に寂しき石多し　小黒　和子（S61・12）
ここに退きし西郷軍や曼珠沙華　開発　道子（S61・12）
麻呂の道郎女（いらつめ）の雲曼珠沙華　小原　俊一（S62・1）
老いぬれば近づきがたし曼珠沙華　岬　尚子（H2・1）
まんじゆさげ夢にはいつも羽もちて　安部みち子（H4・12）
ひるどきに食ふ昼飯や曼珠沙華　鈴木しげ子（H6・12）
曼珠沙華青空われに殺到す　奥坂　まや（H10・1）
曼珠沙華音せぬ茎のおそろしき　永島　靖子（H11・12）
歩くため歩いてをるや曼珠沙華　宮沢　豊子（H13・1）
曼珠沙華衰微の色のながきかな　下田ミナミ（H15・1）
まんじゆしやげことりと日暮来たりけり　辻内　京子（H24・1）

桔（き）梗（きやう）

老人の灰のつづきに白桔梗　飯島　晴子（S44・10）
老人の声に血のつく山ききよう　しょうり大（S46・1）

白桔梗思いつめては字を忘る　影　冬四（S47・11）

葬ざまあまた聞きたる桔梗かな　吉田　静子（S52・10）

百本の桔梗束ねしゆめうつゝ　藤田　湘子（S53・9）

白桔梗病人に名を忘らるる　須崎　茂子（S57・8）

桔梗の雫きりたる三和土かな　織部　正子（S59・2）

医師（くすし）とて診られてをりぬ白桔梗　湯浅ヒロミ（S59・11）

母亡くて母の部屋とよ桔梗挿す　木村　良江（S60・1）

焔ともなれず夕日の白桔梗　藤田今日子（S60・11）

月の出や桔梗の中の白桔梗　金治ふみ子（H2・1）

亡き夫のいづこにも来る桔梗かな　池辺みな子（H5・11）

津田清子好き桔梗の蕾好き　木村　君枝（H16・11）

声洩らすきちかう蕾ほどくとき　岡田　靖子（H17・11）

白桔梗夢のとほりの橋ありぬ　野本　京（H18・1）

桔梗に門川ひびきそめにけり　津高　房子（H18・1）

桔梗咲く駅長帽の遺影かな　古堅　美代（H22・11）

桔梗や今の男は身を捨てず　野尻　寿康（H23・11）

桔梗や厨に妻のカレンダー　伊藤　樹彦（H24・1）

トルコ桔梗（ききやう）

トルコききやう按摩機中（あた）りしたりけり　久保ともこ（H11・8）

狐（きつね）の剃刀（かみそり）

きつねのかみそり一人前と思ふなよ　飯島　晴子（S54・8）

きつね雨すぎぬきつねのかみそりに　西賀　久實（H10・12）

狐の剃刀まめなをとこと暮すかな　大根原志津子（H22・10）

千屈菜（みそはぎ）

みそはぎは大好きな花愚図な花　飯島　晴子（S60・10）

女郎花（をみなへし）

西に在る富士こそ佳けれをみなへし　横井千枝子（S57・11）

逝くときは僧も一人や女郎花　岡本　平（H9・11）

女郎花ひとつほんたうひとつうそ　日高　延代（H11・11）

雲はいまうすぎぬの季（とき）をみなへし　藤田　湘子（H12・12）

女郎花みづうみ雨を奏でをり　天地わたる（H14・11）

防人の越えし峠や女郎花　原田　武志（H19・12）

をみなへしをとこへし森澄雄逝く　西賀　久實（H22・11）

会へるはず会はず十年をみなへし　森田　六波（H23・11）

男郎花（をとこへし）

男郎花女郎花麻羅ほろほろす　穂坂　志朗（S47・12）

未来とはまだ間に合ふ日男郎花　日高　智子（H16・12）

ヲミナヘシ科ヲミナヘシ属男郎花　林　めぐみ（H17・12）

吾亦紅（われもかう）

吾亦紅ゆきつぱなしの風ばかり　吉井　瑞魚（S41・12）

一谷の羽虫痴れたる吾亦紅　小澤　實（H5・2）

六十の半端としより吾亦紅　村上　妙子（H8・2）

わが長寿つくづく不思議吾亦紅　佐々木かちよ（H9・1）

かかる誘ひいつからだらう吾亦紅　山田　周子（H13・1）

ゆつくりとかはるからだや吾亦紅　市川　葉（H13・11）

竜胆（りんだう）

龍胆のかたはらの土覆り　細谷ふみを（S53・12）

りんだう岬赤馬の耳立ちつぱなし　甲斐　潮（S54・11）
枕辺の竜胆に打つ花の脈　鷲見　明子（S56・12）

露草（つゆくさ）

蛍草

棄猫のうぶ毛ぐるみや蛍草　植田　竹亭（S41・12）
行末の蹄の音のほたる草　永島　靖子（S45・10）
海の香の肺もちあるく蛍草　市川　恵子（S45・11）
人焼く火はじめは黒しほたる草　田中かずみ（S45・12）
露草のつゆ手のひらを合せけり　吉井　瑞魚（S48・12）
露草に簞笥の着物思ひけり　立神　侯子（S60・9）
露草やきのふを遠き日のやうに　渡辺　初子（S63・1）
露草や一村が守る観世音　阪口　和子（H2・12）
つゆくさの露に染まりし蝶ならむ　阪口　和子（H5・12）
朝月の色残りをり蛍草　内藤　宮子（H9・11）
露草の濡れゐるうちに想ふべし　伊藤たまき（H9・11）
つゆくさのひとふしのびし忌日かな　豊島　満子（H13・12）
幻聴に膝いざなふは露草か　中岡　草人（H18・12）

鳥兜（とりかぶと）

とりかぶと馬に出合いて老け込めり　市野川　隆（S52・1）
鳥兜裂く裂けてより少年と　穴沢　篤子（S52・11）

蓼の花（たでのはな）

良き子もつ耳ふつくらと蓼の花　稲葉ふみ江（S48・12）
少年の背中を凝視め蓼の花　鳥海むねき（S52・11）
雲過ぎし如く人過ぐ蓼の花　観音寺尚二（S53・2）
かなしみの夢は朝見る蓼の花　金田　眸花（S57・1）

蓼の花守り袋の中見たし　柳沢美津子（S58・2）
母留守の隣も留守の桜蓼　広江徹子（S61・12）
逝きし人数へずなりぬ蓼の花　山内皓生（H4・11）
朝月に水音のぼれり蓼の花　金子三津子（H19・2）

赤のまんま（あかのまんま）

赤のまま　犬蓼の花

赤のまま髪ふかく声つきまとう　鳥海むねき（S46・12）
きのふより遠目がききぬ赤のまま　磯部実（S62・12）
母許や赤のまんまに沢響み　長崎玲子（H2・1）
転びたる目先鼻先赤のまま　隈崎ろ仙（H12・1）
犬蓼や銹飛ぶ吹田操車場　山本良明（H16・12）

野稗（のびえ）

いかやうにしても野稗の居丈高　江川繁子（S64・1）

烏瓜（からすうり）

弥三郎笑ふほかなし烏瓜　穂坂志朗（S45・12）
山際や風のすきまの烏瓜　石井雀子（S46・2）
喪の髪にあきあきしたり烏瓜　熊中ひろ子（S54・1）
夕景のここまでは見き烏瓜　飯名陽子（S56・1）
からすうり箒の主の現はる、　立神侯子（S56・2）
烏瓜阿ッと声して日暮れたり　岡本雅洸（S60・1）
零落を心にからす瓜提げて　山本良明（S60・12）
永き無為書棚に烏瓜ふたつ　星野石雀（H1・2）
全山の雨眼前の烏瓜　永島靖子（H4・12）
七曜をうしなふ迅さ烏瓜　池辺みな子（H7・1）
ゆつくりと容赦なく引く烏瓜　山地春眠子（H15・1）

烏瓜引きて烏に鳴かれけり　戸塚千都子（H18・3）

都府楼を罷る憶良や烏瓜　梯　寛（H19・2）

菱の実

菱の実と猛禽図鑑日暮れをり　青木　泰夫（S45・11）

茸

くさびら

茸山女色のことのかすかなり　三村　凪彦（S46・2）

茸あまたはるかな従兄弟たち流れ　景山　秀雄（S46・11）

止め山の札のききめや茸汁　井ノ口昭市（S51・11）

山昏れて山連なるや菌汁　芝崎芙美子（S56・12）

茸山に粉黛匂いたり転ぶ　大庭　紫逢（S57・1）

けむり茸踏めばけむりて膝ゆるぶ　萬　蓼二（S57・12）

うつつなやけむり茸消え童女消ゆ　酒井　鱒吉（S58・1）

けむり茸ぱたぱたと踏みいざ後生　飯島　晴子（S62・1）

従ふや庭のくさびら喰ひをりて　沼尻　玲子（S64・1）

蒙塵といふべし茸の消えたるは　三輪　立（H1・12）

樹の虚の茸日月進みをり　砂子　多鶴（H3・1）

沼霊の昨夜あそびたる茸山　山田　穰二（H3・1）

日の幽き雲取山の茸踏む　池田　萌（H8・2）

茸提げて来ぬ戒名をもらふため　藤原　美峰（H8・12）

真白きはすだま育てし茸らし　吉野　朋（H12・12）

くさびらも胞子とばさむ月夜なり　市川　葉（H14・11）

次つぎと吐かせる煙たぬき茸　遠藤　篁芽（H15・1）

余所者が手庇に見て茸山　鈴木　萩月（H15・12）

舞茸（まひたけ）

舞茸や平らな顔の人とある　豊島　満子（S56・4）

毒茸（どくたけ）

妬（ねた）の毒きのこの毒やひとねむり　後藤　綾子（S53・12）

小暗しや毒茸も赤い衆侍む　斎藤　一骨（S58・12）

大跨ぎして毒茸のけぶるかな　田村　能章（S62・1）

毒茸の旗幟鮮明を肯へり　珍田　龍哉（H11・2）

毒茸説明会のパイプ椅子　向井　節子（H18・2）

月夜茸（つきよたけ）

氷の上の空を忘れる月夜茸　早乙女房吉（S46・12）

吹き終る身は細身なり月夜茸　鈴木きひえ（S53・11）

金精の験（げん）たのむ宿月夜茸　遠藤　篁芽（H10・12）

山姥になるぞなるぞと月夜茸　渡辺　啓子（H11・12）

源流へ徒渉いくたび月夜茸　倉野　萌（H13・2）

紅茸（べにたけ）

紅茸のぽつと点りて狐鳴く　大石香代子（H7・12）

時候

冬（ふゆ）

冬帝

しらかばのおのれ眩しみつゝ冬へ	酒井　鱒吉	（S40・1）
製図了ふおのが署名と冬の日付	木船　律也	（S40・1）
冬の畦太く気ままな都市農家	安斎千冬子	（S40・5）
鍋の耳ゆるみしのみが女の冬	飯島　晴子	（S40・5）
硝子戸の冬や汽笛はぴおろりるる	藤田　湘子	（S40・12）
友らの言葉に幾重も包まれ冬病む身	植田　竹亭	（S42・2）
冬の花舗に欲しき花なし男ゐねば	上野多麻子	（S42・2）
冬竹の青さこゝろに区切りつく	寺田絵津子	（S42・2）
青竹を伐つて微動の冬の沼	飯名　陽子	（S44・3）
人信じきし人の掌の厚き冬	倉橋　羊村	（S44・3）
溝鳴るを冬の音とす三之町	住　素蛾	（S44・3）
冬と知つてすぐ夕闇の涅槃像	瓦　京一	（S44・12）
父病む冬溝板一枚真新し	山下　文生	（S45・1）
冬甕に水たくはへて思ひ立つ	寺田絵津子	（S45・3）
昨日の団子焼いて若者減りし冬	大崎　朝子	（S45・3）
もう誰の死かわからずに冬の鐘	桜岡　素子	（S45・4）
冬の家馬老齢に白梯子	市野川　隆	（S45・5）
鉄塔はじいんじいんと冬の妻	木村　響	（S45・6）

さざなみの冬男達減りにけり　柏木　冬魚（S46・2）
三人の童女を照らす冬瓦　永島　靖子（S46・4）
モナリザに冬の音して鼠住む　青木　泰夫（S47・1）
冬の爪死んで十年教師過ぐ　宮坂　静生（S47・2）
仏飯の冬やわらかく鳥減りぬ　鳥海むねき（S48・2）
冬の石遠山並に似むとせる　細谷ふみを（S48・4）
べつ甲飴ろくろ首など冬花火　竹部　照子（S49・2）
密造酒冬の鯰のうねりかな　高橋　正弘（S50・4）
少年の肋や冬の水すまし　宮坂　静生（S50・5）
ひと冬の星屑溜めし枕かな　石黒　一憲（S50・6）
冬花火挽歌よまむと思ひしに　乾　桃子（S51・2）
男あり冬の金魚を見て病めり　村尾古都子（S51・4）
晩年のいち日うしお青き冬　寺沢てるみ（S51・5）
ゐざるにもよき玄冬の新畳　星野　石雀（S51・12）
髪で捲く鏡や冬の谷底に　飯島　晴子（S52・3）
鯉寄せの手ごたえの冬さなかなり　瓦　京一（S52・4）
くれなゐの眦そろふ冬の宿　飯島　晴子（S53・1）
夢みるによし冬しだれ木の中は　飯倉八重子（S53・1）
誰がことと思へる冬の錨かな　清水　治郎（S53・4）
死（しに）籠（ごもり）繭副葬のわが冬よ　仁藤さくら（S54・1）
一冬や一蓑虫に問ひつゞけ　山崎　正人（S54・4）
冬の破船傾くや海傾くや　萬　蓼二（S57・8）
大学の冬ちりちりとマンドリン　山田　士郎（S58・7）
親鸞上人熊皮の御影冬幽（くら）し　飯島　晴子（S59・3）

鯉太りわれ太り冬長きかな　蓬田　節子（S62・3）

一握の冬の土筆を卵とぢ　佐々木碩夫（S62・4）

冬帝や四時に灯る氷川丸　大石香代子（S63・2）

地に直路あり天狼星（シリウス）はいよよ冬　高野　途上（S63・4）

三鬼集聖書と凭れあひて冬　鴨志田理沙（H1・2）

冬らしくなくて私らしくなく　吉田美沙子（H3・3）

湯舟とは漂ふところ老の冬　越野としを（H4・2）

冬すでに白紙一枚落ちし音　植竹　京子（H7・2）

昼酒や冬の風鈴鳴るままに　星野　石雀（H8・1）

冬花火男追ふには夢足りぬ　西山　敏子（H12・4）

マネキンは蛍光に倦み冬に倦む　中澤　榛邑（H13・3）

冬帝の下返信の寸のばし　唐島　房子（H14・5）

吾に城なし冬蜘蛛の糸ひかる　矢島　晩成（H19・3）

首太くみほとけ立てり湖の冬　中山　玄彦（H24・1）

初冬（はつふゆ）　冬の始

見極めて水に入る蝶冬はじめ　増山　美島（S50・2）

はつ冬の眉おとしたる川あかり　村尾古都子（S51・1）

はつ冬の眉ひく父の病舎にて　中山　秀子（S57・2）

初冬のざあざあ降りや憎からず　田中ただし（S58・2）

はつふゆの笹の葉くもる馬の息　岡本　雅洸（S59・2）

ひそと置くものに音あり冬はじめ　笙　美智子（H5・2）

かつがれて材木長し冬はじめ　石川　黛人（H9・2）

稚魚さへや鰭美しき冬はじめ　布施伊夜子（H12・2）

初冬の檜剝かれて紅潮す　川上　登（H20・3）

笹原に日の微音あり冬はじめ　奥坂まや（H21・2）

椿象のみどりが塵に冬はじめ　菅井郁子（H22・2）

十一月（じふいちぐわつ）

肉屋肉を咲かせ十一月に入る　酒井鱒吉（S40・12）

寝足らぬに竹の粉噴く十一月　増山美島（S46・2）

十一月喪の家の猫重からむ　永島靖子（S48・1）

父好きの十一月の少女跳ぶ　野木径草（S49・1）

軍手干す十一月の怒濤音　村尾古都子（S52・2）

十一月糸長く曳く少年よ　湯浅圭子（S56・1）

草田男の十一月のあめんばう　蓬田節子（H14・3）

十一月遠きひかりを馬歩む　中山玄彦（H22・2）

神無月（かんなづき）　神在月

神無月陸（をか）の水母を踏みそこね　青野敦子（S56・2）

神無月跳んで帽子を掛けて子は　国東良爾（S57・1）

補聴器に神在月の闇の声　明正十夏（S60・1）

原子炉に御札まつれり神無月　山内基成（H22・1）

知つてゐる石に躓き神来月　安食亨子（H23・1）

靴下をはく日はかぬ日神無月　森山操（H25・1）

ひりひりと空が真つ青神無月　清水右子（H25・2）

立冬（りつとう）　冬来る　冬に入る　今朝の冬

洋芹（クレソン）採頻炎やす冬来りけり　堀口星眠（S40・1）

家中の玻璃われに鳴り冬来たる　蓬田節子（S41・1）

胃の中の蒼い水音冬に入る　山田正広（S44・2）

立冬や服ごはごはのつひの職　山崎正人（S50・1）

立冬の鴉大きく過ぐるなり　吉沢　利枝（S52・1）
しろじろと冬くる若狭鰈かな　山本　良明（S52・1）
冬に入る壁の亀裂の行き止り　田中かずみ（S56・1）
藁童子名前は次郎冬に入る　坂本千恵子（S56・2）
立冬の万年床を出できたる　辻　桃子（S58・2）
白い壁白い階段冬に入る　五郎丸　翠（H1・3）
寝そびれてゐる焦躁に冬が来る　藤原　美峰（H2・2）
立冬の針はづさるる花時計　佐藤　健（H3・2）
冬に入る仏具に塵の浮き易し　藤田まさ子（H5・1）
冬に入る蹄の音のハイヒール　内藤とし子（H6・2）
剝製の鹿は孕まず冬に入る　馬場三千穂（H7・1）
けぢめなく冬に入りたる書斎かな　佐藤　中也（H7・2）
絹雲にきぬの艶あり冬に入る　小川　秋谺（H9・2）
引算をしていくやうに冬に入る　猪瀬　敬泉（H11・2）
冬に入る伎折羅は赤き息吐けり　亀田　蒼石（H12・2）
誰か竹ぴしりと叩き冬に入る　横井千枝子（H17・2）
立冬や撫でて小さくなりし顔　越前　春生（H23・2）
鉄棒の下のぬかるみ今朝の冬　帆刈　夕木（H24・1）
みづうみは湛へて深し冬に入る　井門さつき（H24・2）

冬ざれ（ふゆざれ）　冬ざるる

旅先に旅先に犬冬ざるゝ　荒井　成哉（S45・3）
冬ざれや鉈に野鍛冶の荒印　酒井　草丘（S56・4）
冬ざれや風に負けたる鶏舎廂　鈴木　紀美（S62・3）
冬ざれや糊の代りのごはんつぶ　山下　守（H8・4）

冬ざれや鍋しくしくと粥を炊く　原　紘江（H13・5）
銃声を容れキヤニオンの冬ざるる　鴨志田理沙（H16・3）
冬ざれや鯖街道の木賃宿　山﨑　昭山（H21・5）

小春（こはる）　小六月

つくづくと箸をあやつる小六月　小林　進（S51・2）
乳呑み児とすこし乗る汽車小六月　瓦　京一（S53・1）
浮く鯉のぶつかりもせず小六月　岬　尚子（S56・1）
小春日の抽出頑と動かざる　関　とみ（S57・12）
ふところに小銭小物や小六月　隈崎　ろ仙（S59・2）
隠亡の金歯見せ合ふ小春かな　梶原　清秀（S60・2）
身のほどはわきまへてゐる小春かな　柳田　葆光（S61・2）
小春日の如く老尼の受け答へ　渡辺　十二（H2・1）
人だかりとても四五人村小春　鈴木　重美（H2・2）
丸善に僧の立ち読む小春かな　佐久間多満（H2・2）
小春日の入りて土蔵の広さかな　福田　繁子（H3・2）
小春とは風呂敷づつみ解くごとし　加藤　静夫（H4・1）
田舎みちなればの小春櫟の実　広江　徹子（H5・2）
小六月牛に発情もたらしぬ　市野川　隆（H6・2）
小春日や干魚のまなこすでに穴　光部美千代（H7・2）
粥腹に猫の乗りたる小春かな　井上　義嗣（H12・2）
盲にも山河はありぬ小六月　田代　弘子（H12・3）
松へやる酒を惜しまず小六月　倉垣　和子（H13・2）
妻かくも猫に痴れたる小春かな　染矢　良正（H15・2）
小春日や籠の赤子を船に乗せ　中山あきら（H17・1）

なまなまと田鼠の土や小六月　中島よね子（H17・4）
日のくれの羽虫の乱や小六月　小川　和恵（H19・2）
駅弁に四隅ありける小春かな　中山　玄彦（H21・2）
広め屋の鉦の過ぎゆく小春かな　大久保朱鷺（H22・1）
をかもちの暖簾分けたる小春かな　筒井　龍尾（H22・3）
小春日や夫の時計と縁側に　古川　英子（H23・1）
小春日やパン焼き上がる時間表　渡辺　柊子（H23・2）
小春日やかたりことりと母老ゆる　橋田　麻衣（H23・2）
これで良し小春日和に出る柩　松坂　博士（H23・2）
小春日の病衣たためる妻の膝　青木さかお（H24・2）
ウインドの老人は我小六月　藤岡　溺水（H25・2）

冬暖か（ふゆあたたか）

冬ぬくし　暖冬

冬温し芦の穂絮が萱につき　飯倉八重子（S45・2）
犬が擦りゆく暖冬の柏の木　増山　美島（S50・4）
あたたかき冬にも遇ひて逝きにけり　小浜杜子男（S58・3）
紙コップ冬あたたかき汽車に潰す　中山　玄彦（H1・3）
わが鼻のちんまりと冬あたたかし　喜納とし子（H11・5）
冬ぬくし鍼をたつきの蝮指　中岡　草人（H19・3）
長堤の荊棘に冬あたたかし　前川　祥子（H19・5）
冬ぬくし釘は打たれて力出す　古田　京子（H22・4）
ぐきぐきと秣喰ふ馬冬ぬくし　吉村　東甫（H22・4）

十二月（じふにぐわつ）

鯉の貌茫洋として十二月　田中ただし（S47・2）
十二月克明にゆく昼の月　東条　中務（S47・2）

十二月くる眼前の雨の貨車　吉田成子（S51・2）

絵襖の前に眠れり十二月　飯島晴子（S52・2）

かんざしで瞳突く夢十二月　後藤綾子（S52・2）

出口あちこち劇場の十二月　高木雍子（S63・2）

十二月舞台闇から始まりぬ　藤森弘上（H1・3）

寺の子が剃髪厭ふ十二月　川崎福子（H3・3）

十二月のらりくらりと鳥の世話　中岡草人（H8・3）

古手屋の赤絵小鉢や十二月　池浦昭代（H21・4）

十二月拾ひし釘に火の匂ひ　杉野千寿子（H21・4）

十二月空青々と覚醒す　小松水連（H22・4）

霜月（しもつき）
神楽月

霜月の暁闇をいざ出雲発ち　山田敏子（S62・2）

世の混沌婆の困頓神楽月　佐々木アヒ子（H21・3）

冬至（とうじ）

竹切つて竹の息抜く冬至谷　市野川隆（S48・1）

鼻のへんあかるくなりし冬至かな　柳沢ひろし（S53・1）

あたたかき冬至なりしを記憶せり　田中ただし（S55・2）

山川に無駄な淵ある冬至かな　藤田湘子（S56・12）

冬至寺箱にスリッパあふれをり　奥野昌子（H22・2）

師走（しはす）
極月

いたはりの星をいただき師走なり　千葉久子（S42・2）

獣園に冴え極月の鎖綱　永井一見（S44・2）

師走来てさびしい伯母へ書留など　亀谷朋興（S46・2）

極月の水甘かりし日も終る　藤田湘子（S51・1）

葬送の師走吃水線著し　上田多津子（S54・2）
売る鏡にて師走われ客観す　志井田牧風（S58・1）
画（ゑ）のなかに炎描き込み師走なり　太田恵美（S60・2）
極月の竹みづみづし木曾に入る　望月秀子（H1・3）
古書街の師走いづこも砦積み　高野途上（H2・2）
極月の滝の白さを見て返す　笹井武志（H3・3）
鬼瓦極月の闇つかさどる　高野途上（H4・2）
極月や野にひろびろと鳥のみち　奥野昌子（H6・4）
極月や時計づくめの上野駅　小川和恵（H7・3）
過労死といふ極月のコラム欄　田中美智子（H8・3）
極月の車体の下に働ける　山田陽子（H9・3）
師走あはれ汁粉ごときに舌鼓　藤田湘子（H16・2）
靴買ひて師走の矛を納めけり　中丸善恵（H17・2）
極月の電飾の街渇きけり　筒井龍尾（H21・3）
極月や更地のままの一等地　佐倉弘子（H25・2）

年（とし）の暮（くれ）

年の瀬　年果つる　歳晩　年つまる　年の終

年の瀬やユダにあらねど金袋　内藤とし子（S40・3）
縄切れを父が拾ひて年果つる　鈴木青泉（S46・4）
年暮る、安達太郎何を為せしやと　佐川光（S47・3）
歳晩の丹念に踏む山家道　高橋安芸（S47・4）
沼番の厚俎や年つまる　飯倉八重子（S51・2）
楢山に入る歳晩の日向径　青木泰夫（S51・2）
年せまる松の洞から雀出て　石井雀子（S51・2）
鯉食べてあだに早寝の年の暮　星野石雀（S51・3）

歳晩の弱星を焚き煙らする　石井雀子（S52・2）

桐畑を歩む山鳩年暮るる　小浜杜子男（S52・2）

年の瀬の幸も不幸も灸のつぼ　近藤充夫（S52・2）

戌年の終りを犬の歩きをり　伊藤四郎（S58・3）

空溝の亀甲割れや年つまる　桜井徹子（S58・3）

歳晩の川瞰てをれば人の寄る　吉沼等外（S59・3）

クラクションヨン猫へ鳴らして年の果　土屋秀穂（S60・3）

年の瀬や人の入りゆく雑木山　鈴木萩月（S60・3）

強情を以て今年を終るなり　藤田湘子（S60・3）

歳晩の鼻にぬけけり山葵漬　増沢ヨシ（S61・3）

年暮れぬわが墓欲しき早雲寺　藤田湘子（S63・2）

床どどとバレエ教室年つまる　吉沼等外（H1・3）

歳晩や小寺しづかに東山　松井千枝（H1・3）

何するとなくゐざりをり年の暮　宅和清造（H3・2）

歳晩の民宿に入る陰陽師　和泉研治（H5・3）

年の暮馬の眸を見ておかむ　大石香代子（H6・3）

年の暮金精さまも洗ふとか　飯島晴子（H7・2）

年の瀬や回覧板も速度あぐ　山崎正人（H7・3）

方三里お寺さんなし年の暮　村上妙子（H7・3）

ホチキスの痛さうな紙年つまる　小林貴子（H9・2）

鶏の縄張山羊のなはばり年暮るる　伊沢惠（H10・3）

年の瀬やお辞儀の長き春団治　久保ともこ（H10・3）

押すドアと引くドアと年詰りけり　古田京子（H12・3）

灯の海へ突き進むバス年詰る　藤岡与志（H12・4）

またしても癌育つらし年の暮　市野　安宏（H15・3）
歳晩や屋根裏部屋の本の嵩　瀬戸　松子（H16・2）
年の暮九官鳥が叱るなり　奥坂　まや（H16・3）
年の果マッチの軸木ほのぼのと　奥坂　まや（H17・3）
リノリウムへらへらと踏み年つまる　林　隆一（H17・3）
地下駅のぬるき風圧年詰まる　高橋あき子（H19・2）
箸立に父の箸あり年の暮　井上　魚州（H20・3）
年の瀬や理財の学も役立たず　廣瀬　嘉夫（H21・3）
歳晩や九官鳥の空嘆き　島田みづ代（H21・3）
歳晩や音撥ねまはりジャズピアノ　加茂　樹（H24・3）
夕映のあへなく消えぬ年の暮　金井ミチ子（H25・3）

数へ日（かぞへび）

数へ日の雨漏りに遭ふ始末かな　野木　径草（S58・3）
数へ日の歩くときめし遠さかな　谷口美智子（S61・3）
数へ日のすすきみみづく・みみづく婆　飯島　晴子（S62・3）
数へ日の松本楼のカレーかな　喜のしひろ（H1・3）
かぞへ日の色鉛筆を酷使せり　黒鳥　一司（H2・3）
数へ日や築地署前の人だかり　木村　勝作（H6・2）
数へ日や町道場の畳替　木村　勝作（H6・3）
数へ日や母の頑固に共鳴す　橋本真理生（H7・4）
数へ日や能の安宅の大音声　鳥海　正樹（H10・3）
数へ日や桑名にそろふ伊勢神楽　中山あきら（H16・3）
数へ日や軍歌に適ふハーモニカ　黒木　鳩典（H25・2）

年の内（としのうち）

気前よく金貸す機械年の内　大野　直也（H19・3）

行く年（ゆくとし）　年歩む

ゆく年の水に夜明けの木とおもふ　矢矧菜穂吉（S47・3）
逝く年のやさしきものに肉襦袢　飯島　晴子（S55・2）
眼底の巌の色に年逝けり　飯島　晴子（S58・2）
行く年の畦ふみしめてふみしめて　石川　孔（S60・4）
行く年や目ほろぶ前の薄明り　宅和　清造（H3・3）
餓鬼のごとく刻（とき）貪りし年逝くも　藤田　湘子（H10・1）
店頭の仏頭今年逝かむとす　須藤　妙子（H10・3）
橋ありて電線ありて年歩む　光部美千代（H11・3）
ゆく年や行李ひとつが父のもの　佐藤　中也（H18・5）
灯台の照らすうねりや年行けり　齋藤　伸（H20・5）
行く年や螺旋階段灯が登る　吉松　勲（H24・3）

小晦日（こつごもり）

埋め戻す土の余りし小晦日　安川　喜七（H3・3）
箸立に家族の構図小晦日　杉崎　せつ（H21・3）

大晦日（おおみそか）　大つごもり　大年

酔つて睡る父の大足大晦日　田中かずみ（S46・3）
刃物手に大つごもりの藪あるく　五島　一菓（S47・3）
つごもりのうしろ剃らせる薄刃かな　手塚深志城（S53・3）
大年の火の粉となつて飛び去れり　山崎　正人（S55・3）
寺女ぺたりと坐る大つごもり　西村　明子（S56・3）
大年の桜田門や直照らふ　高野　途上（S56・3）

大年の瞳大きく歩きけり　渡辺　初子（S57・3）
大歳の河淀みたる闇の中　山田　敏子（S58・3）
大年の八ヶ岳にぶつかる風のおと　風間　淑（S60・3）
大年も灯の要るころの白襖　神尾　季羊（S62・3）
大年の観能の椅子動かざり　有井　祐子（S62・3）
大年の湖ゆるぎなしさゞなみも　宮坂　静生（S63・3）
どの畦も大年の灯を待つごとし　丸山　敦子（S63・3）
甲板に大年の魚分ちあふ　茂住　宏幸（H2・3）
大年のパックの顔の物申す　青野　敦子（H3・3）
大年の最終回の映画館　椰子　次郎（H7・3）
大年やいつも隣の菜大根　大沼　たい（H8・4）
大年や金星をやや永く見て　今野　福子（H16・4）

年惜しむ

ひとつ灯に漣寄れり年惜しむ　吉井　瑞魚（S43・2）
碌々の年を惜しむや子規の墓　保坂　穂（S47・2）
パドックに馬の尻見て年惜しむ　斉藤　理枝（H10・3）
年惜しむ勝手口より来し人と　池田　朝子（H15・3）
流木を女体と磨き年惜しむ　馬原　鳥彦（H17・2）

年越　年越す　年移る

年越の川の曇れる黄鶺鴒　佐宗　欣二（S50・3）
越年の山に入らむと男の荷　宮坂　静生（S60・4）
米櫃に米なみなみと年を越す　佐藤　吉子（S63・4）
年越すを覚悟のコインランドリー　中村　昇平（H1・4）
乾鮭の全身の塩年を越す　臼井　久雄（H1・5）

故郷まで途切れなき灯や年うつる　中村昇平（H3・3）
月明や田にて年越す耕耘機　中村ひでよ（H6・4）
駒ヶ嶽銀漢に年移るなり　中山玄彦（H8・4）
野に花なし重々と年移りをり　藤田湘子（H14・2）

年の夜　除夜

第九終曲除夜の外気へ顔を出す　柏木冬魚（S41・2）
年の夜を酔ふや次の世考へず　斎藤一骨（S60・3）
門出でてしばらく除夜の闇にあり　若宮靖子（H14・3）

一月

一月や畳光りて鯉衰ふ　飯島晴子（S45・1）
雑木山に白歯が揃い一月果つ　鳥海むねき（S45・3）
一月が去る白鶏の宙の足　柏木冬魚（S46・4）
兎らといて一月の風聞けり　高橋正弘（S48・3）
一月や光琳の鶴うしろ向き　後藤あや子（S50・3）
一月も八日となりし巫女と白湯　神尾季羊（S54・3）
一月や竹籠に艶出でしこと　野平和風（S55・3）
一月の馬蒼ければ馬を見る　秋田牧女（S63・2）
一月や犬鳴いている谷の家　山本貞子（S63・3）
一月永し鮃の白き腹を見て　市川千晶（H3・4）
一月や落暉に痴れて雑木山　土屋未知（H4・4）
畑に火一月無為に果つるなり　小澤實（H8・5）
一月や森過ぎし風遠国へ　寺内幸子（H15・5）
一月や軽トラックの多き町　木下知保（H22・4）

寒の入り

病む母に小さき雨粒寒の入り　稲荷晴之（S42・4）
薄闇にてのひらを出す寒の入　藤田湘子（S44・2）
星に声なしと耳泣く寒の入り　千葉久子（S44・4）
一本の篠竹ともる寒の入り　岬尚子（S46・5）
一離反一病一死寒の入　座光寺亭人（S54・3）
茜雲信州寒に入りにけり　常田深雪（S58・4）
鳶鴉この夕焼も寒に入る　丸山敦子（S58・6）
熊の胆におちつく腹や寒の入　森脇芙美（S62・3）
松の根にさぶらふ猫も寒に入る　鳥海鬼打男（H3・3）
寒入や火に包まれて中華鍋　木村勝作（H5・4）
亡き師ともたたかふこころ寒の入　藤田湘子（H10・2）
つくづくとわが大頭寒に入る　近藤康世（H13・4）
寒の入神将の眉宇盛り上る　高野途上（H16・4）
湯上りのクリームの香や寒に入る　柳田美代子（H23・6）

大寒

大寒の海を鏡に見てふり向く　田中かずみ（S47・4）
大寒の忌日あつまる樫の空　坂本泰城（S50・4）
大寒の軒重なれり島の道　立神侯子（S56・4）
大寒や谷の出口の榊採　荻田恭三（S58・5）
大寒や海きはやかに子規の国　天野萩女（S63・4）
大寒のにはとり口を結びけり　高野途上（H1・3）
大寒の星ことごとく眼持つ　奥坂まや（H2・5）
うまづらはぎ大寒の火にさつと焼く　金子うた（H2・5）

大寒や伐りたる竹の気息なほ　高野途上（H3・4）
大寒や水槽の中燦とあり　植竹京子（H6・4）
大寒や珠のやうなる波浮港　蓬田節子（H13・4）
大寒の溲瓶の鳴りに足らひけり　隈崎ろ仙（H14・5）
大寒や砂利を踏みゆく音清冽　奥坂まや（H19・4）
大寒や向かうから来る無数の目　竹岡江見（H21・4）
大寒や掃かれて土のかがやける　草𦬇玲（H24・5）
大寒や熱砂の国へ子は立てり　喜多島啓子（H25・5）

寒の内

寒　寒九　寒四郎

幸うすきほとけに寒のぬくかりし　田中ただし（S40・2）
ぽつくりと農夫死にたり寒ゆるぶ　座光寺亭人（S40・5）
寒の藻と少年ひかりあふなぎさ　脇本星浪（S43・3）
日稼の日暮な、めに寒の萱　五島一菓（S46・3）
竹林の寒緊りゆく余り酒　岸本青雲（S47・4）
鯉の尾の充ちゆきて昼近き寒　鳥海むねき（S49・3）
寒ン河原その道づれは童女がよし　飯島晴子（S50・3）
むかしより水うすまりて寒の幹　鳥海むねき（S50・4）
負鶏の投げ込まれたる寒の鳥屋　松嶋正（S56・3）
をさなごと見てゐる寒のふきのたう　松井千枝（S57・3）
今何か倒れし寒の舞台裏　青木城（S57・3）
青蓮寺沼の寒九の鯰かな　後藤綾子（S57・4）
殺鼠剤くばる寒九の麓村　真下とみ子（S58・3）
鶏鳴に寒のみえきし鼠麴　古川砂洲男（S60・12）
補聴器を置けば世の外寒うらら　山下半夏（S62・5）

名の松は音しづめ立つ寒の果　長谷川朋子　(H1・4)

寒の牛黙して貌を失へり　白井　久雄　(H2・4)

鶍嚙む燦々と寒闌けぬれば　山地春眠子　(H3・5)

郷関を出て無名なり寒四郎　和泉　研治　(H5・2)

できるだけ着込んで寒を楽しめり　牧野　君子　(H5・4)

まらうどに寒の紫雲英の咲きにけり　松本よし子　(H6・4)

諾ふは寒の土葬の穴一つ　飯島　晴子　(H7・4)

夫燦と寒の夜明けを逝きにけり　山口　広子　(H7・6)

寒四郎気圧の谷にはさまれし　余越ミヤ子　(H9・4)

胸中に一物もなし寒の空　保高　公子　(H10・3)

一枚の寒の鏡とたましひと　藤田　湘子　(H12・3)

定年の刑事と猫と寒落暉　石田　夏子　(H12・5)

一鳥も許さず寒のオホーツク　葛井早智子　(H14・5)

冷水をふぐりに灌ぎ寒に処す　弓山　猛　(H17・3)

夢の野へ寒の土筆を摘みにゆく　小浜杜子男　(H20・4)

寒土用（かんどよう）

いづみ聴けばいづみも必死寒土用　田中ただし　(S41・3)

臍押して生たしかむる寒土用　吉村きく子　(H7・5)

冬の日（ふゆひ）　冬日　冬日向

流人墓ならび冬日を海に置く　柳田　葆光　(S41・4)

瞬くことが憶ひ出すこと冬日の吾子　藤田　湘子　(S43・1)

片頬に冬の陽聞いてもらうだけ　横井千枝子　(S44・1)

冬日向母のくちびる山に近く　鳥海むねき　(S52・3)

汝が死後のひとびと冬の日向にゐ　松葉久美子　(S60・5)

冬落暉海の畢りにとどまりぬ　光部美千代　(H16・4)
廃駅あり冬の落暉を見るために　永島靖子　(H17・2)
工房に冬日満ちをりそこにをり　野手花子　(H17・3)
冬日の窓倖せ一つひとつ違ふ　中山玄彦　(H22・3)
冬の日や弾きて選ぶ中華鍋　井田栄子　(H22・5)
母訪うて父の恋しき冬日向　野本京　(H23・3)
家中に赤子のにほふ冬日かな　藤澤憼子　(H24・3)
乗り替へて大糸線の冬日かな　土居ノ内ひろ　(H25・2)
花街に差す実直な冬日かな　山地春眠子　(H25・3)
はちみつに花のかをりや冬日向　柳浦博美　(H25・3)
立話冬日が背中押してくる　土屋與志　(H25・3)
どつと老ゆ冬日浴びたる三十分　今野福子　(H25・4)

冬の朝（ふゆのあさ）　寒暁　冬暁

寒暁の杭の充実水底まで　木野卯太　(S47・3)
冬暁石よりさきにこゑを出す　野木径草　(S50・2)
寒暁の魂なき母に呼ばれけり　佐々木碩夫　(S54・3)
冬暁の馬とどまれば烟るなり　揚田蒼生　(S57・2)

冬の暮（ふゆのくれ）　寒暮

寒暮なり心に水をはりつめて　寺田絵津子　(S42・4)
歩み寄る株（くいぜ）の寒暮死者群るる　しょうり大　(S44・4)
小さき字を小さきと思ふ冬の暮　菅才子　(S48・1)
なぜかこの寒暮を父と二人きり　藤田湘子　(S53・3)
壺の母写真の母と冬の暮　山崎正人　(S60・3)
火のために火を焚いてゐる寒暮かな　淩由布　(S63・4)

寒暮なり脱ぎし軍手の右左　木本　義夫（S63・5）

木の駅舎木の陸橋や冬の暮　永島　靖子（H5・2）

伊那谷の寒暮遠嶺の顕ちにけり　齋藤　伸（H5・3）

空港に遺骨待ちをる寒暮かな　杉崎　せつ（H9・3）

郷愁は通り魔のごと冬の暮　ミトロビッチ邦子（H10・3）

さみしくて寒暮ちひさき子を産みぬ　大井さち子（H20・4）

短日（たんじつ）

日短か　暮早し

短日の鱗のすすむ草の岸　鳥海むねき（S50・2）

短日の鍛冶屋の前の石蹴りや　戸塚時不知（S50・3）

影あそびせり短日の異人町　大庭　紫逢（S52・3）

短日や谷を隔てし隣村　小沢　仙竹（S59・2）

押入れに首つつこめば日の短か　野村　和代（S59・3）

吹き荒るる河原蓬や日短か　高橋　百代（S61・2）

踏みし枝足にとびつき日短か　真下登美子（H3・12）

短日や海女に着替の岩襖　福永　節子（H5・1）

今過ぎし鳥を思へば暮早し　寺内　幸子（H5・3）

短日の肉食のわが歯並びよ　細谷ふみを（H9・2）

短日や人の叙勲の配りもの　細貝幸次郎（H10・2）

短日やテレビの誰も早口に　安藤　辰彦（H10・3）

やきとりの串に火がつき日短　地主　雨郷（H15・2）

短日や全音拾ふ調律師　槙　なづな（H15・3）

くつつきし磁石の意地や日短か　高柳　克弘（H16・2）

牝鶏に家鴨つかれ日短し　山内　乗（H16・3）

抽出にひきだしの鍵日短か　野尻みどり（H19・2）

短日や鏤刻済みたる稿に錐　伊藤　樹彦（H19・2）
つかまへて電球灯す日短　片野　秋子（H25・2）

冬の夜（ふゆのよ）　寒夜

寒夜目覚め淡き光に言葉さがす　御手洗孝雄（S44・4）
中年や寒夜の刃物垂直に　後藤　隆介（S55・4）
平城京跡の寒夜の大き闇　伊藤冨美代（S61・3）
寒夜なり我在るところ我の音　笠岡　隆（H16・3）
冬の夜やぷくりぷくりと餡地獄　吉沼　等外（H17・3）
冬の夜やほつとれもんとぶだうぱん　頓田　空木（H18・2）
冬の夜やけものの報恩譚やさし　氣多　驚子（H22・3）
母の年越えて母恋ふ寒夜かな　深井　丈一（H22・5）
靴底の土へぎ落とす寒夜かな　内海　紀章（H25・3）

霜夜（しもよ）

霜の夜の梁に火が棲み長寿かな　布施伊夜子（S47・3）
多病いまは歯痛の霜夜更けにけり　岩瀬張治夫（S48・2）
たてがみは結えず霜夜のかんぜ縒り　上田多津子（S50・4）
抜かれつつコルク太れる霜夜かな　大石香代子（S61・3）
霜の夜を鳥とちぎりし遠記憶　川野　蓼艸（S61・4）
人抱けば人ひびきける霜夜かな　小澤　實（S63・6）
霜の夜や眉凜々しきは死者の栄　七戸　笙子（H3・4）
霜夜なり鶴女房の機の音　蓬田　節子（H13・3）
ぶつかつて貨車の繋がる霜夜かな　松浦　俊介（H20・5）
絹針のしくと折れたる霜夜かな　一木美鶴子（H21・4）
人の名を消しゴムで消す霜夜かな　伊藤　晃彦（H23・4）

妻あらぬ霜夜のベッド猫眠る　景山　而遊（H25・2）

冷（つめた）し　底冷

底冷えの布団の前の歎異抄　平井　照敏（S51・1）

驚けり芭蕉の幹の冷たさに　関　とみ（S60・1）

一睡の畳に佐久の冷気かな　天野あや子（S62・12）

夕月や飛驒の底冷え川面より　羽田　容子（H5・2）

後ジテの足袋渾身の冷気あり　永島　靖子（H9・5）

底冷や父生かさるる電子音　本橋　洋子（H23・4）

死者の手に触るる生者のつめたき手　上村　慶次（H25・5）

寒（さむ）し　寒気

東京寒し皿にパセリの森つくり　服部　圭伺（S40・2）

憲吉碑寒い波音のみふんだん　喜多　菁松（S41・4）

鹿島槍寒き日輪とどこほる　藤田　湘子（S42・1）

荒寥と寒き笑ひの沼を去る　千葉　久子（S42・3）

壚吹けば寒く遙かなものの声　服部　圭伺（S42・3）

さむい群衆花束に消す日暮の旅　服部　圭伺（S43・4）

足踏み寒く黒い楽団船を待つ　飯倉八重子（S44・2）

喪の徳利拭き終へ寒き鼻頭　今井　雅城（S44・4）

机は荒野のさむさ抽出しからの歌　服部　圭伺（S44・11）

婆の死期寒い海向き欠伸する　大森　民夫（S45・2）

青空の寒気羽毛に似てひかる　瓦　京一（S45・3）

三十路くる寒気がみがく馬の胴　千木良昌之助（S45・4）

寒き廊バンドの個々の音ちらばる　景山　秀雄（S46・1）

海の色の電流の来て寒い町　石黒　一憲（S47・1）

古き櫛ならべ流離の鳥さむし　川名恵紀子（S47・4）
寒くをり赤松の幹重ならず　渡辺　洋子（S49・4）
瘤寒き幹もどかしくなりにけり　山崎　正人（S52・4）
バーテンの拳木の瘤ともに寒し　初谷　杜風（S52・4）
寒い土手歩いてすこし忘れけり　大崎　朝子（S53・2）
木偶頭つづらに二はい寒い通夜　椰子　次郎（S53・12）
背が寒しこんにやく稲荷素通りす　一柳　吐峰（S54・3）
斑猫（はだらねこ）のごとくに寒気（さむけ）してをりぬ　山地春眠子（S54・4）
かんざしや寒い寒いと船を待つ　真舘　昌代（S56・3）
何となく笑ひぬ寒き踊子と　塩川　秀子（S57・2）
縦の木の粛と聳てるを寒がりて　神尾　季羊（S58・4）
大形の月大形の寒さかな　渡辺　謙二（S58・6）
待つことの寒さや沖は近寄らず　寺沢てるみ（S60・1）
帰り来し妻のまとへる寒さかな　清水　啓治（S60・3）
知識寒し築地警察署が灯る　鈴木　俊策（S62・2）
父になほ予後てふ寒さありにけり　小川　和恵（S62・5）
み仏の螺髪群青なる寒さ　飯島　晴子（S63・3）
寒き声はつしと市の荷をくくる　竹内　昌子（S63・4）
かく寒き夕べ齢の深まるか　牛久保　経（H1・4）
結婚記念日平年並といふ寒さ　井上　園子（H3・5）
鰯嚙みむかしの寒さ甦る　広江　徹子（H4・6）
製墨の麝香寒気に紛れざる　高野　途上（H6・5）
寒いから寒い顔して歩きけり　武田　新一（H7・3）
長くながく寒き霧笛のおよぶ椅子　本田八重子（H7・4）

陰岩（ほといは）を蹴りもしてみる寒さかな　飯島晴子（H8・2）
国境やごろごろ寒き石ばかり　庄司きみよ（H10・2）
地下鉄の出口の寒さはじまれり　市野安宏（H10・2）
寒気団通過自転車にも注油　金治ふみ子（H10・4）
トランペット夜の埠頭は寒からむ　戸塚啓（H15・2）
読みさしの頁を記憶して寒し　萩原友邦（H16・2）
つかまえて点す電球蔵寒し　安東洋子（H17・1）
闇寒し光が物にとどくまで　小川軽舟（H17・2）
表情の顔にはりつく寒さかな　石井祥子（H18・3）
寒気団来ぬ真夜中のおもちゃ箱　幸尾螢水（H20・2）
ゆふぐれは金気の匂ひして寒し　保高公子（H20・4）
なにもなき田舎の寒き日向なり　相澤裕子（H21・3）
家売らむこの冬一番の寒さ　志田千恵（H22・2）
人の死に寒さしのぎのうどん食ふ　喜納とし子（H22・3）
表紙反る無料雑誌や駅寒し　葛井早智子（H24・4）
表具屋の糊の真白き寒さかな　甲斐正大（H25・2）

冴（さ）ゆる　冴え

夕べ冴ゆ竹屋に青き竹届き　高野途上（S44・3）
目つぶつて黙つてをれば冴ゆるかな　石井雀子（S58・6）
さえざえと金鶏しのびあるきけり　轍郁摩（S62・3）
冴えざえと天衣無縫の癌転移　田中ただし（H8・3）
天平の朱を唇に冴え給ふ　浅井多紀（H9・4）
刻みをる方寸の石冴ゆるなり　岡本平（H10・3）
一噸を吊る一本のロープ冴ゆ　藤咲光正（H10・5）

台詞冴ゆ舞台は椅子の二つきり　帆刈　夕木（H14・3）

冱（い）つる　凍　凍む

馬の香のまぎれなき闇凍りたり　佐々木碩夫（S40・3）

凍てし夜の消防官舎の強燭よ　喜多　菁松（S41・3）

凍て伏せる芝生つき出す細身の靴　上野多麻子（S41・3）

風雪報俎板に魚蒼く凍て　蓬田　節子（S41・4）

カルストは墓ぞと鴉凍てにけり　田尻　牧夫（S44・4）

凍てポプラ笛吹童子来ているや　中内　豊穂（S47・5）

備前壺骨の音して凍つたり　後藤あや子（S50・2）

夕凍の明るきほとけ名の峠　田浪　富布（S52・3）

凍土にランプ並べぬ無言劇　大庭　紫逢（S53・2）

凍竹の山にてひとを案じたる　沼尻　玲子（S54・2）

凍土に種ぎつしりと昏々と　松葉久美子（S56・3）

凍大根吊すさむさが膝にきし　柳田　葆光（S56・4）

凍港やドアよりジヤズの底響　岡本　和子（S58・3）

草折れて百日の凍吉野かな　福田　小枝（S59・4）

照明に切つ立つ尾翼凍てにけり　建守　秀二（S60・3）

夕凍みや竹束ねられ力あり　鳥海むねき（S60・4）

草木みな凍をゆるめず誕生日　藤田　湘子（S61・4）

凍港や人屯して旗の下　豊島　満子（S61・5）

夕凍みの鳳凰堂を閉づる音　鳥海むねき（S62・3）

月凍てて標本室の蛾族かな　市川　千晶（H5・4）

日の射して落葉松の幹凍てにけり　福永　節子（H8・4）

漬樽に凍のちからのつきにけり　長谷川明子（H9・4）

死者のためもっと凍てよと立尽くす　二ノ宮頼子（H10・3）

公魚の二三度跳ねて凍てにけり　倉持　祐浩（H11・6）

わが顔の半分うつり鏡凍つ　牧村佳那子（H13・3）

凍靴に足突っ込んで父亡きなり　藤田　湘子（H15・4）

木簡のそこばくの文字凍てにけり　西山　純子（H17・4）

灯台の栄螺梯子の凍摑む　宮木登美江（H25・3）

三寒四温（さんかんしおん）

四温　三寒

聴診器四温の花火きこえけり　田中ただし（S47・3）

下町は鏡遊びの四温にて　坂巻正二郎（S51・3）

仰向けの骸の虫の四温かな　川本　柳城（S52・5）

修羅を燃し三寒四温に従へり　今井八重子（S52・5）

三寒四温赤犬が右へゆく　浜中すなみ（S55・4）

三寒を鍛冶屋仕事の日和とす　山崎鍛治矢（S63・5）

組み立てて机となりし四温かな　山本うた子（H3・4）

厳寒（げんかん）

極寒　厳冬

極寒の田の切口を犬が嗅ぐ　野平　和風（S49・2）

極寒の身を置くところ決まりおり　根本てる子（S55・4）

産まざれば血を吐くヴアギナ厳寒期　松葉久美子（S58・10）

極寒の海をめざしてふりむかず　小林　貴子（S59・3）

厳冬や駅の鏡に吾探す　名越　花菜（H7・5）

師弟あり厳冬の湯の滾りあり　大庭　紫逢（H8・2）

極寒や水槽にして発光体　明石　令子（H17・3）

冬深し（ふゆふかし）

真冬　冬深む

風真冬みがかれて瞳のふかき牛　後藤清太郎（S41・2）

男らや真冬の琴をかき鳴らし　飯島晴子（S48・1）
ほうと息かけし真冬の葡萄の木　荻田恭三（S52・5）
鉄塔の響く真冬の白い飯　岩田　信（S53・4）
右臥しは終の寝ざまか冬深む　星野石雀（S56・1）
冬深しグラス危きまで磨く　植竹京子（H2・4）
水墨の槎（いかだ）に孤客冬深む　小澤　實（H5・3）
冬深し酒樽一荷寺に入る　八木峰子（H9・1）
冬深し病室にノブひとつづつ　矢口　晃（H12・3）
冬ふかむ遠嶺のごとき死顔よ　観音寺尚二（H23・3）

日脚伸ぶ（ひあしのぶ）

日脚のぶひかりに遠く居る齢　柳田葆光（S47・4）
日脚伸ぶ貝の重しの厠紙　高橋正弘（S56・3）
日脚伸ぶ女滴るかの水辺　菅　与三九（S56・5）
日脚伸ぶ予後の寿命は一と日づつ　手塚深志城（S62・3）
日脚伸ぶ法事返しの茶が溜まり　桜井徹子（H2・4）
豊頬へ琴糸はじけ日脚伸ぶ　中岡草人（H3・4）
日脚伸ぶわが回生の試歩もまた　中野柿園（H4・5）
病人にパンの断面日脚伸ぶ　持丸子燕（H9・2）
日脚伸ぶ磯物多き届きもの　馬原克久（H11・4）
日脚伸ぶ筧に研ぎて杣刀　坂田久栄（H17・5/6）
空飛ばぬ駝鳥に日脚伸びにけり　野尻みどり（H20・6）
夕刊を待つほど日脚伸びにけり　土屋秀穂（H24・4）
市役所の五時の時報や日脚伸ぶ　新井次夫（H24・4）

春待つ（はるまつ）

裏で働く老婆薄日に春を待つ　立神　侯子（S44・4）
待春や石見遠しと誰か言ふ　安食　亨子（H1・4）
青竹の寝かされて春待ちにけり　若宮　靖子（H5・4）
待春やあらあら洗ふ灸の痕　池本　陽子（H5・5）
春待つや鈴ともならず松ぼくり　小川　軽舟（H8・5）
呉服屋の自惚鏡春を待つ　徳田じゅん（H18・4）
週刊誌日付先取春を待つ　栗栖　住雄（H20・4）
留守居夫助六鮨と春待てり　赤井　正子（H22・4）

春近し（はるちかし）　春隣

ひとつ灯の畦わたり来る春近し　柳田　葆光（S43・4）
眼鏡して小釘をひらふ春隣　植田　幸子（S44・4）
春近し土塀を押せば匂ふかと　石黒　一憲（S51・4）
牛飼の手綱あそびや春近し　丸山　澄夫（S52・4）
春近し弱腰つつく犬の鼻　波賀　鮭男（S58・4）
僧と夫連れ立ちゆけり春隣　金田みづま（S58・4）
触れ見よと幹誘ふなり春隣　井上　郁夫（S60・4）
大屋根の威がつくる闇春近し　加藤　征子（S61・5）
うす墨の散るごと春の近づけり　高橋　明子（S63・5）
春隣切手舐めるに雀見て　高野　途上（H1・4）
朝市の蝦蟹あかし春隣　山田　敏子（H3・4）
女房のふはりと返事春隣　島田　星花（H7・5）
黒牛の胴太くあり春隣　大澤　露華（H11・4）
橋下より舳先現はれ春隣　谷口美智子（H11・5）

そこそこの小遣もちて春隣　弓山　猛（H12・4）
ぐふぐふとわらふ加湿器春隣　島田　星花（H12・5）
海胆海月海蘊ややこし春隣　檜尾とき魚（H13・4）
鯉はねし音に身の浮く春隣　朝倉　波留（H13・5）
俎に切るとんかつや春隣　小川　軽舟（H16・5）
春隣黒板拭のぽてと落つ　田中さよ子（H16・5）
春近し老眼鏡とインク壺　深尾　弘子（H17・7）
鳩尾に立見の手摺春隣　山田　喜美（H19・3）
かうじ屋とあんこ屋並び春隣　中沢ゆき子（H19・5）
行進のはじめ足踏春隣　斉藤　佳子（H21・3）
春隣息子が墓地を買ひにけり　古田　京子（H21・4）
味ほめて出るレストラン春隣　深井　丈一（H21・4）
橋の灯をくぐる船の灯春隣　今井　妙（H24・6）
姉の編む妹の髪春隣　都丸　千花（H25・3）

冬尽く（ふゆつく）

冬終る　冬送る　冬去る

この冬も心さらさず終るなり　寺田絵津子（S44・4）
男の歯をんなの歯冬越すくらさ　瓦　京一（S47・12）
松に松近よりて冬了りけり　小浜杜子男（S49・4）
冬終る咥へて甘き歯ぶらしと　藤澤　正英（H4・5）
冬去りぬ海の小説読みはじむ　市川　千晶（H5・5）
谷戸びとに大根甘き冬終る　萩原　友邦（H21・5）

節分（せつぶん）

恵方巻

さみしくてたらす兵児帯節分会　橋場千英子（S53・4）
節分や火保ちのよくて桑どつこ　上原　富子（S62・5）

節分や炭酸水に色香あり　永島　靖子（H19・5）

節分や納屋の柱の五寸釘　谷　良子（H22・5）

節分の雪へたへたと降りつもり　小川　軽舟（H24・4）

恵方巻かぶりつけよと言はれても　岡本　泉（H25・5）

冬晴（ふゆばれ）

冬麗　寒晴　冬日和

気儘にて忽然と死す冬麗に　田中ただし（S43・1）
冬うらら敵なくなれば男老ゆ　林　青芒子（S44・2）
冬麗の谷人形を打ち合はせ　飯島　晴子（S47・1）
冬うら、門徒費あがるひとりごと　宅和　清造（S52・5）
わが末子（ばつし）立つ冬麗のギリシヤの市場　飯島　晴子（S53・4）
冬晴や今日仏壇に馳走あり　立神　侯子（S60・3）
冬晴の川のひびきの定まれり　長谷　太郎（S62・4）
冬うらら車内の少女らは鳥語　朝稲ゆき子（S63・2）
寒晴やあはれ舞妓の背の高き　飯島　晴子（H1・2）
冬麗の極まりて一凶事あり　三輪　立（H3・2）
冬麗の欅流離は終りけり　伊藤たまき（H4・4）
刮目すこの冬晴のするどさは　伊藤　左知（H4・5）
冬晴や軍鶏の歩ける籠の中　友永　幹子（H5・3）
寒晴や銀座軒並小画廊　岬　尚子（H5・5）
冬晴や杖の握りは獅子頭　仁田川朱麗（H8・3）
冬晴や歩めば山のうつくしき　小倉　豊子（H8・4）
人柄を竹に喩へつ寒の晴　奥野　昌子（H9・3）
湖冬麗縄文の櫛くれなゐに　飯島　晴子（H10・2）

冬晴やお蔭さまにて無位無官　藤田　湘子（H11・1）
寒晴やまつかさ蹴つて何故か不満　一條　和子（H11・4）
大声に牛立たせたり寒の晴　山本　良明（H12・3）
寒晴や未(いま)だ弔意の文字なさず　藤田　湘子（H13・4）
紙展べるやうにかなしみ冬晴るる　東　鵠鳴（H16・5）
冬晴の一点張の予報かな　加藤　静夫（H19・4）
坂多き青山渋谷冬うらら　石田　小坡（H19・4）
こぼれたる菓子に影あり冬うらら　佐保　光俊（H22・3）
寒晴の野面に颯(そぞろ)吹かれをり　大石香代子（H23・4）
冬麗や雲美しき小津映画　上村　慶次（H24・4）

冬旱(ふゆひでり)　寒旱

寒旱蓮田一日一落暉　吉井　瑞魚（S45・3）
寒旱破戒のいろの海星釣れ　古田　朝子（S49・3）
老人のなまぐさくゐる寒旱　穂坂　志朗（S52・3）
寒旱千秋楽の柝なりけり　山田　一笠（S57・4）
したたかに舌嚙みにけり寒旱　島田　花憩（S59・5）
寒旱甲冑八基眼もつ　竹岡　江見（H6・4）
遠畝を矮鶏はしりをり寒旱　羽藤　雄二（H17・3）
けむり噴くロードカッター寒旱　南　十二国（H24・5）

冬の空(ふゆのそら)　冬天　凍空

冬天攀づ蓬髪ぼくと都会の鳩　吉田　裕（S44・3）
冬空の起重機吾子は思春期へ　田中かずみ（S47・3）
冬青空少女通れば風起こる　辻　桃子（S62・3）
媚薬とす冬の碧天したたるを　榊原　伊美（H4・4）

背の冷は鶴になるため冬青空　榊原　伊美（H10・3）
領髪を摑まれさうな冬青空　飯島　晴子（H11・3）
大いなる凍空に山片寄れり　志田　千惠（H11・4）
男と嫵ふ冬青空をそこなはず　有澤　榠樝（H22・3）
商ひに匂ひ減りけり冬の空　赤井　正子（H23・2）

冬の雲（ふゆのくも）　寒雲

冬曇みづうみの船かざりたて　青野　敦子（S57・3）
死火山を越え冬雲の色変る　中平久仁子（H4・2）
冬の雲仔牛はふぐり抜かれけり　草間レイ子（H6・2）
冬の雲死なねば金魚飼はれをり　木之下博子（H6・3）
寒雲の崩れも見せずわがベッド　田中ただし（H7・5）

冬の月（ふゆのつき）　寒月

寒満月遠嶺見てわが睫毛見ゆ　植田　竹亭（S41・3）
寒満月径に罠ある筈もなし　平松弥栄子（S44・2）
藁灰を移す呼吸や冬三日月　鈴木　響子（S56・4）
木霊するよう寒月の明るくて　木戸岡武子（S59・4）
寒月やよはひ満ちたる父の黙　中山　玄彦（H4・4）
寒月や喪の家に着くオートバイ　髙木　雍子（H9・4）
くぢら食ふ話にのりぬ寒の月　小宮山智子（H10・3）
寒月光置いたるのみにグラス割れ　伊藤たまき（H15・3）
冬三日月使ひし臼に湯を満たす　渡辺みや子（H16・4）
寒月や眉静かなる読書の子　荒木ひでこ（H23・3）
さうすればみんな喜ぶ冬の月　竹﨑たかを（H23・3）

冬の星（ふゆのほし）　冬銀河　荒星　寒星　凍星　星冴ゆる

子の発音明晰に冬の星みどり　吉井　瑞魚（S41・4）

呼吸見ゆるゆゑ過たず冬の星　野木　径草（S46・3）

ざわめきは北より起こる冬銀河　上窪　則子（S56・1）

風に鳴る吊り瓢簞も荒星も　川見　致世（S63・1）

寒星やゑくぼは笑ふためにある　赤畑　梨花（H2・3）

若きらは二次会へ去り冬銀河　郡家　真一（H3・3）

冬銀河尼になりたる娘ゐて　山本　由紀（H4・3）

石とても呟きあらん冬銀河　浦岡　琢青（H4・4）

寒星や厩で話す明日のこと　高橋　明子（H5・3）

凍星へまつしぐらなる大樹あり　奥坂　まや（H6・3）

磔像の顔あげ給へ冬銀河　須佐　薫子（H6・3）

寒星のきらりきらりと剝落す　市川　千晶（H7・4）

凍星や亡びし国の子守歌　松野　苑子（H9・5）

この国に死語累々と冬星座　飯田やよ重（H10・2）

星凍つる音秀峰に耳二つ　志田　千惠（H10・4）

一冊の旧字体読む冬銀河　小倉　赤猫（H11・2）

二十歳つよき凍星のみ愛す　矢口　晃（H13・3）

凍星や慄然として因果律　灘　稲夫（H13・5）

冬銀河心ゆるむること覚ゆ　伊東　礼子（H14・5）

ことごとく未踏なりけり冬の星　髙柳　克弘（H15・3）

冬星や野を朗々と猥（みだら）歌　岸　孝信（H17・2）

衣擦のおとを降らしぬ冬銀河　七戸　笙子（H18・2）

冬銀河天龍川と激ちあふ　有賀　敦子（H18・3）

家売つて残る本籍冬銀河　喜納とし子（H18・5）

星凍つる夜なり少女に降る金貨　志田千惠（H21・5）

星冴ゆるスケートボード弧を描き　大塔優子（H23・3）

冬銀河たましひふたつ岸に着く　脇　焚女（H24・2）

東京の貧しき星の冴ゆるかな　中山玄彦（H24・3）

食ふことに費す時間冬銀河　市川　葉（H25・3）

冬北斗（ふゆほくと）　寒北斗

ろ仙さん二つ年上寒北斗　大沼たい（H17・5/6）

馬小屋へ湯をはこびけり寒北斗　芹沢常子（H18・5）

ポケットに捻ぢ込む紙幣寒北斗　福永青水（H23・2）

オリオン

冬オリオン見たる黙もて家に入る　山崎正人（S41・3）

寒昴（かんすばる）

韃靼の枕言葉は寒昴（かんすばる）　古川砂洲男（S58・4）

寒昴殉教の像靴履かず　河島芳生（H13・4）

寒昴靴音われに返るなり　神谷文子（H20・3）

天狼（てんろう）

天狼や泣きたるあとのナフタリン　布施伊夜子（S56・1）

天狼やみづうみは息凝らしつつ　大井さち子（H25・3）

冬凪（ふゆなぎ）　寒凪

寒凪の鳶辷りくる山の空　泉　紫朗（S50・6）

馬小屋が行きどまりなり寒の凪　生地みどり（S57・4）

冬凪や岬は父と会ふところ　山本百合子（H4・3）

冬凪や篠しなしなと担がる　志村夫佐（H18・5）

御講凪（おかうなぎ）

泣かぬ子の泣く子離るゝお講凪　藤田　湘子（S60・2）

空缶にたかりし蜂や御講凪　市川　葉（H17・3）

凩（こがらし）

木枯

木枯しの低音男ばかりの幹　倉橋　羊村（S41・2）

眼鏡拭くや遠こがらしのくろぐろと　山崎　駒生（S42・4）

木枯しの皺をはりつけ干うるめ　高橋　順子（S44・2）

こがらしの夜の夢聖者行進す　田中ただし（S47・4）

凩が小痣に沁めば偲ぶなり　景山　秀雄（S55・1）

凩や天幕は地をひた守る　森　優子（S58・2）

玉乗りの侏儒（こびと）のこゑか凩か　藤田　湘子（S60・3）

木枯を楚歌と聞くなど呆けけり　斎藤　晋（H1・4）

凩やものくふわれのねずみがほ　有澤　榠樝（H2・4）

木枯や宵寝のあとの物案じ　星野　石雀（H4・2）

木枯に貌ありとせば三角か　藤田　湘子（H9・3）

凩の中に一個の顔がある　東　文津子（H14・3）

凩や銀のフルート筐底に　市川　葉（H21・2）

凩や昔の味のラーメン屋　戸塚　啓（H23・4）

凩や灯の滲みをる桜肉　天地わたる（H25・3）

寒波（かんぱ）

寒波来て拓婦の腰の太りけり　小野里芳男（S42・2）

黒豹の豹紋顕（た）てり寒波来　飯島　晴子（H2・4）

親指のおろかに太し寒波来　中山　玄彦（H9・4）

ひかがみは少女らのもの寒波来　渡辺　春子（H9・4）

基地に吾も一坪の土地寒波来ぬ　友利　昭子（H10・4）
寒波急鼓は湿り欲しけり　飯島　ユキ（H10・5）

北風（きた）　北吹く

北風の鞭鳴る遠き父の鞭　観音寺邦宏（S40・3）
北の風晴れ手のひらに湖一つ　しょうり大（S44・8）
北風を着て狂人となる日暮　熊木まさのり（S45・1）
北風の自由髪刈つて耳を出す　大崎　朝子（S45・2）
北風たちまち逆しまに繰る海一枚　諸角　和彦（S48・1）
北風を紅蓮と受けて不惑なり　小林　進（S60・3）
北風よ不生女（うまずめ）とわがことを呼べ　笹井　靖子（H6・3）
北風吹くや大河の夢に鮭孵る　平間　廣平（H13・4）
北吹くや親の同居の始まる日　村場　十五（H21・3）

北颪（きたおろし）

押入の箱かさばつて富士颪　中西　夕紀（S60・3）
羊から羊生まるる北颪　小林　貴子（H1・2）
塵外の賢治の森や北颪　荒川　匡（H12・3）
摩耶颪杜氏にもぐさ燃えしぶる　中岡　草人（H13・2）
粗彫の臼へ雪山颪かな　野尻みどり（H14・4）
新星のひかり呱々たり北颪　志田　千惠（H18・4）

星の入東風（ほしのいりごち）

星の入東風やエプロンまるめ置く　佐藤えみ子（H19・3）

虎落笛（もがりぶえ）

屈辱に包囲されをりもがり笛　千葉　久子（S42・4）
妻いつも火のにほひもつ虎落笛　薬師寺白光（S44・3）

歯車の磨滅をすすむ虎落笛　石井　雀子（S45・2）
さながらに八分籠りや虎落笛　野木　径草（S51・2）
虎落笛かの半島に子を産みし　天野佳津子（S55・4）
生けるもの煮たり焼いたり虎落笛　菊地　志通（S60・3）
生き物にならむとすらむ虎落笛　橋見　静景（S60・3）
亡き妻と聞くや石見の虎落笛　小林　青揚（S62・3）
虎落笛一キロの肉鮮烈に　安食美津子（H12・3）
逝く人の山装束や虎落笛　山中　歩（H13・4）
手探に灯す仏間や虎落笛　国分　淑子（H22・2）

鎌鼬（かまいたち）

鎌いたちでこぼこの土間あるかぎり　栗林　千津（S47・3）
山の葉を唖へてゆけば鎌いたち　広江　徹子（S55・3）

初時雨（はつしぐれ）

初しぐれ灯さず二枚半の稿　鈴木須磨子（S50・12）
初時雨くわんおんに花参らする　永島　靖子（H18・3）
老いらくの袖の別れや初時雨　星野　石雀（H22・4）
動きしは向ひの電車初時雨　佐伯ひろし（H23・3）

時雨（しぐれ）

しぐるるや町医が峡の往診日　川本　柳城（S40・1）
見えぬ眼の眼鏡拭きをり時雨くる　丸山　穂翠（S47・1）
木の花に老眼ずらすしぐれかな　波賀　鮭男（S48・1）
時雨とくとく乳児の口より乳こぼれ　万　蓼二（S49・1）
翌檜も萓も時雨れて腹ぐすり　大崎　朝子（S52・1）
出航のこの明るさを時雨けり　今野　福子（S59・1）

小夜時雨僧のとなりに蕎麦食べて　永野　安子（S59・1）
人も馬も石見しぐれといひつべし　国重　勝之（S59・2）
城崎（きのさき）の外湯がよひを時雨かな　松井　千枝（S64・1）
時雨虹杖あれば杖つきにけり　山本　雅子（H1・3）
キヨスクに夕刊届く時雨かな　小池　英行（H1・11）
前のめり前のめりして時雨バス　垣内　方筍（H3・1）
丹田の声いつくしむ夕時雨　土井　聖（H3・2）
小浜線笹原すすむ時雨かな　山本　良明（H3・3）
板の間に柱のうつる時雨冷　松浦　俊介（H5・2）
祇王寺の松の時雨と聞きにけり　津高　房子（H23・3）
市振の海碧なるしぐれかな　南　十二国（H23・4）
時雨るるや花の荷下ろす石畳　黒澤あき緒（H24・3）

冬（ふゆ）の雨（あめ）

次に食ふ鶏きめてあり冬の雨　佐藤　中也（H9・2）
不快感ごろんとありぬ冬の雨　高橋やすお（H16・3）
支那服の金糸古びし冬の雨　永島　靖子（H24・1）
コンビニの灯り休まず冬の雨　江渡　華子（H24・2）

霰（あられ）

霰打つ束の間に過ぎ糸魚川　蓬田　節子（S55・2）
他人の死を悼むは瞬時夕霰　緒方　厚子（S57・4）
頬を打つ霰越後の切通し　百瀬　明子（S59・3）
霰飛び風走りせり妙義道　中山　玄彦（S62・6）
玉霰なれば傾ぎて人歩む　服部　圭伺（H9・1）
妄想の弾けてしまへ玉霰　渡部まりん（H11・2）

玉霰木霊はしんとしてゐたり　佐々木幸子（H17・3）

霙（みぞれ）

霙傘擦れすれにゆく木の表　清水真沙子（S44・5）

霙れをり眼玉に注射して貰ふ　座光寺亭人（S46・4）

声太き仏陀と聞きし霙かな　佐宗欣二（S46・4）

ボクサーの双耳異なる霙かな　天地わたる（H3・2）

みぞるるや夕べ骨透く観賞魚　目須田和子（H3・4）

氷晶（ひようしやう）　氷塵

月明の氷塵あそぶ淵の上　八重樫弘志（S44・2）

ダイヤモンドダストの中に南部牛　針生しん一（H4・3）

霧氷（むひよう）

霧氷林アイゼン踏みし一路あり　橋田道夫（H3・5）

霧氷林あらたまの日を捧げたり　藤田湘子（H4・3）

馬と行く心ありけり霧氷林　小林貴子（H4・6）

樹氷（じゆひよう）

何処までが夢どこまでが樹氷林　須佐薫子（H4・3）

白となることの恍惚樹氷林　松野苑子（H5・5）

太陽の最も強し樹氷林　竹岡江見（H9・5）

初霜（はつしも）

初霜や百頭の牛うごきをり　宮坂静生（S59・1）

初霜や犬に嗅がるる膝頭　松本三江子（S64・1）

霜（しも）

霜蒼く人の愁ひの移りきし　宮本遊（S40・4）

霜きびし雀のごとく勤め妻　稲荷晴之（S41・1）

しかたなしふと霜白き滑り台　柏木冬魚（S45・1）
霜の檜山老人のけぶる目が歩き　鳥海むねき（S45・2）
税重し引込線の強き霜　佐藤ゆづる（S45・3）
霜の墓抱き起されし波郷亡し　吉水都香枝（S46・3）
霜原へ何を償ふべくいでし　岸本青雲（S46・4）
霜の華焼跡を婆掘りはじむ　磯部実（S47・4）
盲杖の探り当てたる霜日和　山田一笠（S48・3）
霜の木や母塩もみて失せゆかん　鳥海むねき（S48・5）
霜の予感くれない限りなく遊ぶ　小林久美（S51・12）
霜晴れの竹かつぎだす雑司ケ谷　磯部実（S54・4）
霜磧第一弾は天へ撃つ　青木城（S59・1）
霜凪や灰より出でし五寸釘　山田穣二（S59・2）
霜強しX線に診（み）られたる　池田暘子（S59・3）
霜の門転びて古稀となりてゐし　田中ただし（S59・4）
軒雀霜せせりして遊びけり　石井雀子（S63・4）
霜の鐘女人の撞きし韻あり　安食亨子（H1・3）
霜晴や信濃にくらき詩のかず　黒鳥一司（H3・2）
強霜や投光に浮き転轍手　内田ひろし（H11・2）
霜晴の丘に山羊曳く蕩児かな　竹岡一郎（H13・2）
霜びつしりこの世映さぬ道路鏡　山下桐葉（H14・3）
木偶の首さげてゆくなり霜の橋　岡崎長良（H18・4）
地は霜に世は欲望にかがやける　小川軽舟（H21・1）

雪（ゆき）

催（もよひ）　雪雲　雪暗

雪雲にうしろ断たれて坂登る　蓬田節子（S43・4）

山国の糖濃き菓子や雪催ひ　秋森　郁子　（S44・3）
雪雲の晴れて飛鳥の畑道　諏訪ふじ江　（S59・4）
雪暗や産月の家音立てず　明石　令子　（S64・1）
雪催牡丹は木（ぼく）を緊めにけり　藤田　湘子　（H3・1）
麻糸を見て美麻村雪催　村上多重子　（H3・2）
みちのくにみちのくの貌雪催　島　蓉子　（H3・3）
眼鏡屋の明るさにゐて雪催　千葉富美子　（H4・2）
式場の起立着席雪催　中野　和子　（H6・3）
木椅子みな基督へ向く雪催　大武　慶子　（H7・5）
定年のその後の日比谷雪催　萩原　友邦　（H11・4）
名画座の切符手作り雪催　吉田美代子　（H16・3）
雪もよひ電球ひとつ病んでをり　佐々木幸子　（H19・4）
甲板の鉄塊碧む雪催　山内　基成　（H20・6）

初雪（はつゆき）

初冠雪一家瞬き止まぬなり　東条　中務　（S51・11）
初雪や再会の場をどこにせむ　伊東　礼子　（S61・1）
初雪は夕笹原にありしのみ　佐々木幸子　（H4・3）
初雪や周防もとより海の国　坂本　好人　（H6・4）
初雪や馬銜嫌ひなる二歳駒　江藤　博方　（H15・3）
はつ雪や母の双眸父の黙　池上　李雨　（H19・3）
初雪や妻が隣に来て坐る　前原　正嗣　（H22・4）

雪（ゆき）

暗黒よりつき来し雪の足跡なり　千代田葛彦　（S40・3）
どこからとなく灯りだす雪の村　飯島　晴子　（S40・4）

眉の雪つひに拭はず坂をはる　戸塚時不知　(S40・5)
雪を来て光悦消息文暮色　飯島晴子　(S40・5)
雪の日の雪の白さの嫁がくる　服部圭伺　(S40・12)
雪を待てり野と水平に病臥して　植田竹亭　(S41・2)
一本の指だけほてり雪降り出す　金子うた　(S41・3)
雪舞ひて空薔薇色に我が子の忌　塚田嘉久正　(S41・4)
飴なめて病む髪うごく雪明り　植田竹亭　(S42・3)
雪片の白さや忽と掌に齢　東森久美子　(S42・4)
雪景の罠にかゝりて恋し合ふ　須藤妙子　(S43・2)
雪の暮マッチの焔顔照らす　稲荷晴之　(S43・2)
雪片に乗り来て吾子の誕生す　吉田裕　(S43・3)
藁屋根に雪しみ青菜色ふかむ　金田眸花　(S43・3)
ひとの血が入る子の腕雪降りくる　金子うた　(S43・3)
日のあたる方へ深雪の幹歩む　藤田湘子　(S43・3)
雪の村火の音聞いて鍛冶屋老ゆ　観音寺尚二　(S43・4)
雪の丘母焼く煙倒れ倒れ　稲荷晴之　(S43・4)
富士に雪民俗館に木の大砲　金子うた　(S44・1)
雪夜なり製粉小屋と胡桃の木　佐々木碩夫　(S44・2)
卵割り雪の餓鬼岳くもりけり　青木泰夫　(S44・2)
雪の傾斜山もまた裏側が佳し　平松弥栄子　(S44・3)
雪の灯へどの樹も向けり物語　藤田湘子　(S44・3)
咽喉遡（のぼ）る剃刀雪の理髪店　木野卯太　(S44・4)
切株のひかりさだまる雪の村　加藤知路　(S44・4)
根雪来る荒神棚に柚子ひとつ　酒井鱒吉　(S45・1)

田へ積む雪確かな答一つもなく　山崎　正人（S45・2）
雪夜かな愛を狂気と思ひゐし　岩瀬張治夫（S45・2）
葛溶いて母に近づく雪の村　小野寺芳江（S45・3）
三輪山にしかも雪降る夜の鏡　高橋　順子（S45・5）
音たてて雪落つ新規蒔きなほし　島　志乃（S45・5）
雪の旅終れり肌着汚れずに　町田冬青子（S45・5）
雪付けて昼の電車の婆無臭　木野　卯太（S46・1）
雪夜ほうと筆蓋（キャップ）を吹いて母翔たす　木野　卯太（S46・2）
晩年は木とならむ木に雪降れり　座光寺亭人（S46・3）
この牛の古里の雪深からん　川上　雁子（S46・3）
娶ること海の底へと雪が降り　三村　凪彦（S46・4）
雪光の肝一つぶを吊す谷　飯島　晴子（S47・2）
ささめ雪女写りて創つく玻璃　吉持　愁果（S47・3）
雪降れり人がつくりし魔よけ札　栗林　千津（S47・4）
試射場に雪降り愛のなき鴉　青木　城（S47・4）
雪靄を誘ひたる玻璃男臭し　沢　九二（S47・5）
凧めんこいっぱい仕入れ根雪くる　池田　満子（S48・1）
胡麻だれ餅他人の山の雪景色　大崎　朝子（S48・2）
雪明り爪も翼もいらぬかな　須藤　妙子（S48・3）
笛の穴そらへそらへとゆきがふる　小林　秀子（S48・3）
子にうつる母ごえ土間の雪湿り　松田ひろむ（S48・3）
キラキラ雪若者ら革命練習曲　黒鳥　一司（S48・4）
大正や雪上の鶴棹立てる　堀江きよし（S48・5）
雪は降ろう二羽の鴉の消えてから　鈴木　義喜（S49・1）

牛鳴いて雪の修那羅の棒門　東条　中務（S49・3）
雪の海起ちて耕衣の浮木行く　木曽岳風子（S49・3）
雪降れり雪ふれり鶴の一肢あり　長谷川きよ志（S49・5）
瞽女唄に信濃も雪や甲斐も雪　山田　一笠（S50・3）
雪に罠掘り良寛を待つごとし　永井　一見（S50・3）
夜の雪美僧声よりほろびけむ　山口　睦子（S50・5）
雪五尺呪文終れば茶のちやわん　中野　柿園（S51・3）
螭(みづち)見てくだれば雪よ木のこぶも　しょうり大（S51・11）
雪光の衰えざまの狙撃音　小林　進（S52・4）
みみもとにものいうてゆきつもらざる　溝淵　淑（S53・2）
病み終えて鶩毛の雪にとらわれむ　小林　久美（S53・2）
豪雪のあとの粉雪の童女かな　田村　水生（S53・4）
ふか雪にまろび手をつく俳諧寺　小原　俊一（S53・5）
雪の夜の硝子切る音のろわれし　沢　鳳太（S53・5）
顔上げて雪片を受く犀のごとく　菅原　関也（S54・1）
義手落ちて音を発する雪明り　上窪　青樹（S54・4）
雪ぬれの竹かつぎ込む死者の家　揚田　蒼生（S55・3）
樹の雪を被りて狐顔をせり　丸山　澄夫（S56・3）
髪染めて何も求めぬ雪あかり　大沢美佐子（S56・3）
雪の墓原日の矢降りきてあそびけり　関　とみ（S56・3）
雪降れば雪降る歩幅流れ湯女　名取　節子（S56・4）
菜のやうな少女を雪の駅に置く　木村　照子（S56・6）
陳さんと徐さんと雪の忌を修す　武田彦四郎（S57・3）
炎(ほ)とならぬ火や山深く雪深く　上田多津子（S57・4）

変電所ありて深雪を引き返す　小原　俊一（S57・6）
東京に降る雪なくて父母亡かり　野村　和代（S58・4）
どか雪の志功版画の乳房かな　伊藤　梧桐（S58・4）
にわか雪ラジオに入る船無線　武田みさ子（S58・4）
雪の笹咳しみとほる堅田かな　冬野　虹（S58・5）
雪降れり灯の暈大き柏崎　稲荷　晴之（S58・5）
雪の馬場夕日わづかに射しゐたり　伊沢　惠（S59・4）
ゆきあかり蒼い夕方でんきがつく　松井　千枝（S59・4）
雪はげし我にゆるして昼の夢　古川　英子（S59・4）
雪の夜の絵巻の先をせかせたる　辻　桃子（S59・5）
苗札を書きたるあとの深雪かな　丸山　澄夫（S59・5）
村議会開くたび雪降りにけり　山田　幸夫（S59・6）
啄木鳥の穴に雪降り夜の国　青野　敦子（S60・6）
めん鶏に近き電球雪が降る　小原　俊一（S60・8）
わけもなく雪の日暮に泣きしこと　星野　石雀（S61・1）
雪降れば雪見る髪を結うて姑　岩谷　翠千（S61・3）
雪のなきところにも来よと寺女　杉山ゆき菜（S61・3）
船溜り即猫溜り雪が降る　若林　小文（S61・5）
雪の瀬のひかりにすさむ膝がしら　飯島　晴子（S62・4）
雪の音姥子小笹にはじまれり　牛久保　縦（S62・4）
山に降る雪われらには煙出し　増山　美島（S63・3）
雪夜のからだ一滴もなくぬぐふ　大石香代子（S63・3）
雪乞の禰宜の来てをり町役場　平野　規子（S63・4）
海鳥の来てゐる雪の火の見かな　宅和　清造（S63・5）

おどろけば昏れてゐたりし雪明り　石井　雀子（H1・4）

海峡に雪や放浪画家のため　小林　進（H1・4）

青空がうごき雪まふ俳諧寺　小原　俊一（H1・4）

音徐々に静まる夜汽車雪国へ　立石　明子（H1・4）

聾（みみしひ）の人形に凝り夜の雪　田多井みすゞ（H1・4）

郵便の紐十文字雪の獄　真下登美子（H2・2）

雪の日や哀しみは拳のかたち　永島　靖子（H2・3）

吸取紙むかしもいろ雪が降る　若林　小文（H2・4）

雪の田に雪の墓標の直立す　鈴木　照江（H2・4）

描きかけの花徐徐に咲く雪のくれ　中後佐知子（H2・4）

雪積る夜や国栖奏のならひ笛　中野　柿園（H2・5）

雪降れば雪へ鏡を開きおく　佐々木幸子（H3・4）

親愛なるジヨージと書けば雪降り来　岩永　佐保（H3・4）

雪はげし魚影のやうに家居して　喜納とし子（H3・5）

根雪来て落着くものにぼんのくぼ　鈴木　重美（H4・3）

雪ふかしむごき語ばかりわらべうた　土屋　未知（H4・5）

少し肥え根雪の町に定住す　阪口　和子（H4・5）

雨から雪むかしの日記出てきたり　須藤　妙子（H4・7）

この朝もこの世に覚めて森に雪　松野　苑子（H5・1）

雪国や蜜語にゆらぐ火を愛す　光部美千代（H5・3）

山に雪我に死者焼く時間あり　松田　節子（H5・3）

天城越雪往生となりにけり　吉沼　等外（H5・7）

雪降るや沖へ出でゆくわがねむり　藤田　湘子（H6・2）

雲水のまばたきひとつ雪降り来　池辺みな子（H6・4）

雪国や橋をわたりて町終る　深津　孝雄（H6・4）
乙訓の藪のめでたきささめ雪　蛭子ふじ子（H6・4）
雪の教会懺悔の人を傍観す　立石　明子（H6・5）
雪降れり雲水の礼鉦一つ　干潟　英子（H7・5）
雪積めり軍装の人筐底に　藤田まさ子（H8・4）
父といふ寂しさ雪の積るらし　齊藤　正幸（H8・4）
茅束ね束ねて十日雪くるか　小林　愛（H9・3）
雪降れり名前呼ばれて嬉しき時　島田　瑞代（H9・4）
雪の夜や薬缶のかたち昔から　喜納とし子（H10・3）
水に降る雪まつしぐらまつしぐら　弓倉御代香（H10・4）
雪中に焚く火や何の始めなる　小和田知江（H10・4）
出羽三山どか雪降りて落ちつけり　岩瀬　和子（H10・4）
山に雪田に新らしき土竜塚　小倉　豊子（H11・2）
わが肩に中也の雪の降つてをり　大井さち子（H11・3）
雪の夜や宝石箱のろんるろん　伊沢　惠（H11・4）
雪降るや海の底にはうみのみち　森山いほこ（H11・4）
夕雀雪の松江に着きにけり　森田登美子（H11・4）
酒のめば其角恋しや夜の雪　蓬田　節子（H11・5）
死後の景電話ボックス雪に点る　奥坂　まや（H11・5）
山に雪馬ほめて馬下りにけり　矢内　洋子（H12・1）
死の如し雪降るなかの鉄棒は　奥坂　まや（H12・3）
山に雪金の工面のつきにけり　渡辺みや子（H12・3）
この雪は積もると二つ枕かな　星野　石雀（H12・4）
吾を奪りに来よ谿こだま雪こだま　七戸　笙子（H12・4）

飼鳥も鳴きゆく鳥も暮雪かな　宮木登美江　(H12・4)
大雪にぽつかりと吾れ八十歳　飯島　晴子　(H12・4)
天彦やアイゼンに雪締りきし　斎藤　夏野　(H12・5)
意志強き火や雪中の転轍機　志田　千恵　(H12・5)
雪はげしかなはねば夢語らざる　井上すず子　(H13・4)
ゆきふるや竹の笛吹く竹人形　桐野江よし子　(H13・4)
歌のやう眠りのやうに雪降り来　小倉　赤猫　(H14・3)
ほーいほい鬼の子来るか雪来るか　奥坂　まや　(H14・4)
雪もつと降れよ見事にわれの負け　松坂　螢子　(H14・4)
聾(みみしひ)に聴えてをりぬ雪降る音　鈴木　のぶ　(H14・4)
車輛区の点さぬ列車雪が降る　島田　星花　(H14・4)
渦巻ける雪は狼(おいぬ)の子守唄　奥坂　まや　(H15・2)
泥に降る雪うつくしや泥になる　小川　軽舟　(H15・4)
雪降るや握られてゐる手が自然　五十嵐なほみ　(H15・4)
雪の夜の化石のなかの時間かな　辻内　京子　(H15・4)
雪降るや紙人形の紙の呼吸　滝井　清子　(H15・4)
雪の橋よく見え何を恐るるや　田代キミ子　(H16・5)
鉄瓶の形は不易雪が降る　中野　和子　(H17・4)
訪ねけり墓は暮雪の寧けさに　藤咲　光正　(H17・4)
透明な自問の時間雪降れり　亀田　蒼石　(H18・3)
雪降れり同じ畳に死者生者　石田　夏子　(H18・4)
屏風岩雪逆巻いて行場なし　天地わたる　(H18・5)
覚めてをり雪夜の底の寝台車　大井さち子　(H18・5)
公魚に暮雪の湖となりにけり　小浜杜子男　(H18・6)

雀らに雀の時間雪積めり　市川　葉（H19・3）
水面いま静かなる罠雪降れり　山下　桐子（H19・5）
ピッケルに雪の墓標の記憶かな　山口樋呂子（H19・5）
手の届く未来や雪の降りしきる　折勝　家鴨（H20・4）
雪降つて黒白（こくびゃく）の世となりにけり　笠岡　隆（H20・5）
新雪の月山黙し村眠る　久保田菊香（H21・4）
鉄骨の組まれし中も雪降れり　遠藤　蕉魚（H21・5）
訃報あり積らぬ雪を見てをりぬ　喜納とし子（H21・6）
雪の村眼窩のごとく暮れにけり　天地わたる（H22・2）
雪来るか這松は岩わし摑み　吉村　東甫（H22・3）
鹿踊雪に膝つき終りけり　武井　波真（H22・5）
抒情なき絶壁に雪降りやまず　髙柳　克弘（H22・5）
うつすらと雪ののりたる能舞台　佐々木幸子（H22・5）
海に雪呪禁の途切れざるごとく　筒井　龍尾（H23・2）
転勤のこたび雪国皿小鉢　岩永　佐保（H23・4）
雪降るや巨大画面の歌姫に　髙柳　克弘（H23・4）
山に雪人の意見に流れてみる　伊澤のりこ（H24・2）
いにしへの鈴の音雪の泉より　小野　展水（H24・4）
降止めばどの小石にも雪の嵩　野田　台二（H24・4）
情死絶え孤独死増えぬ雪厚し　竹岡　江見（H25・3）
死ぬるは死に眠るは眠り山に雪　南　十二国（H25・4）
下宿の子雪の日暮に引越せり　籠田ひろ恵（H25・4）
雀くる浅瀬の石の雪帽子　渡辺　京子（H25・4）
軍艦のそれぞれ良き名雪が降る　荒木かず枝（H25・5）

雪の夜やネットに探す明日の宿　辻内　京子（H25・5）

雪晴（ゆきばれ）

雪晴の竿にまきつく幟かな　山本　貞子（S58・5）
雪晴る、親を思へば息苦し　田口　裕子（S60・4）
雪晴の加賀や仏事の墨の色　村上多重子（H4・3）
雪晴や孵化のはじめの目玉なり　小田部雄次（H12・5）
雪晴の鳶出て鳴けり最上川　松浦　俊介（H13・5）
色混ぜて思はぬ色や深雪晴　谷　良子（H15・5）
踏跡に這松青し深雪晴　岡田　芳昭（H18・5）
深雪晴原発の村無音なり　志村芙美子（H19・6）
雪晴る轍乱麻の交差点　前原　正嗣（H25・4）

風花（かざはな）

諦めもよし風花のあざやかに　小坂　英（S41・4）
風花や犬のあばらが息をする　千葉　久子（S42・5）
風花や喪服の襟をたしかめて　飯名　陽子（S43・2）
風花や母の粋薄紙に　岡　千代（S44・2）
借着だぶつき風花の喪に列す　北島　新生（S44・3）
狂院の窓より手が出風花す　小川　左人（S45・4）
口あいて風花舐ぶる男はも　石井　雀子（S49・3）
風花や嫁の荷になる牛みがく　鈴木　萩月（S49・4）
風花の刻を大事に見つめたる　田中ただし（S49・6）
宮城野のどの子に触る、風花ぞ　藤田　湘子（S53・12）
風花の一里を歩き男見ず　永島　靖子（S56・2）
風花や直会のや、乱れたる　小林　洸人（S59・4）

風花や榧の木寺へ付届　安島 愛子（S60・3）
山の子の言ひし通りに風花来　石川 黛人（S62・4）
風花や黒き駿馬の強退り　長谷川朋子（S63・3）
鳥たちの鳥目のころを風花す　安食 亨子（S63・4）
風花や傾きいるは塔か吾か　大庭 紫逢（H1・12）
灯の街にゐて風花のこゑの中　佐々木幸子（H2・2）
風花の残せし月を蒼しとも　塚原いま乃（H2・5）
風花や死者の机に予定表　竹岡 江見（H4・5）
風花や神話は音の無き世界　ハルツォーク洋子（H7・3）
ジエット機の発ちし空より風花す　大野今朝子（H7・3）
風花や昔歩いて隣町　宅和 玲子（H13・3）
風花や藪から藪へすずめみち　土屋 未知（H13・5）
放埒の記憶燦たり風花に　山地春眠子（H14・3）
風花やラ音連打の調律師　斉藤 萌（H14・4）
風花の海にふれなば魚のゆめ　市川 葉（H15・4）
風花や長堤厳と人置かず　速見 綾子（H15・4）
風花や鳥の眼にうつる淵　中島 幸子（H16・3）
風花や声は言葉になりて消ゆ　小川 軽舟（H22・3）
托鉢の僧風花の辻に消ゆ　堺 昭治（H23・5）
風花や鉱泉沸かす青煙　吉田 稔（H25・3）
風花や問診票に細きペン　山本 水香（H25・4）

吹雪（ふぶき）　飛雪　雪煙

尾根鳴りて雪庇が生きる夜の吹雪　矢上 伊作（S40・2）
繋がれて船解体を待つ飛雪　景山 秀雄（S40・3）

伐木の谺もろとも雪けむり　中内　豊穂（S44・3）
吹雪しもみまかりたるも昨日にて　山崎　正人（S47・5）
繋がざる馬が吹雪に眼をひらく　藤田　湘子（S56・4）
炎ゆるものもやし吹雪の最上川　浅沼三奈子（S56・4）
地吹雪を木曾の尻振列車かな　後藤　綾子（S58・6）
吹雪く山眼前にあり子守唄　金井　教子（H2・3）
地吹雪のみな月山につきあたる　小林冬日子（H4・4）
食堂（じきだう）へ僧の頭つゞく飛雪かな　川野　蓼艸（H4・5）
吹雪く夜や我が家まつたく難破船　木村　照子（H15・5）

雪（ゆき）しまき

雪しまく鞍馬の谷の深かりき　吉田美沙子（H2・4）
雪しまく空港に乱あるごとし　谷　良子（H17・4）

雪（ゆき）女（をんな）　雪女郎

墨で描きゆきをんななど発信す　田口　谺（S48・11）
ゆきおんな父を売る日の近づきぬ　仁藤さくら（S53・3）
雪女郎薄荷の匂ひのこりけり　豊島　満子（S55・2）
雪女帆綱はげしく巻きつきぬ　木曽岳風子（S55・3）
雪女郎見しより雪に奪れしと　後藤　綾子（S59・3）
隠し湯に脂を残し雪をんな　星野　石雀（S59・6）
金色の軍鶏を残せり雪女郎　小浜杜子男（S61・5）
太郎冠者来て雪女帰りけり　五月愁太郎（S63・4）
妻かなし五年逢はねば雪女　古屋三四郎（H4・7）
雪女郎男奪つてゆきにけり　京崎　伸子（H6・4）
五箇山の闇はぶ厚し雪女郎　井上　宰子（H7・3）

雪女郎こんにやく畑に来てゐしと　葛谷　一嘉（H9・3）

雪女までの百歩の詰められず　珍田　龍哉（H10・4）

無言なる深夜の電話雪女郎　志田　千惠（H11・2）

雪をんな田の電柱の点りたる　土屋　未知（H11・3）

こゑ殺し泣けばだんだん雪女郎　松野　苑子（H11・3）

テイファニーの鏡のぞけり雪をんな　片桐　春生（H11・5）

南朝の皇女なりしが雪女　竹岡　一郎（H13・1）

雪女鉄瓶の湯の練れてきし　小川　軽舟（H13・4）

雪をんな宴の外を通りけり　春木　燿子（H13・4）

雪女滅びグランドピアノかな　藤澤　正英（H15・3）

鬼房の杖持ち去りぬ雪をんな　小浜杜子男（H17・3）

列車より降りしは夫と雪女　桜井　園子（H17・4）

雪女郎樟脳つんと鼻をつく　三浦　巧享（H20・3）

雪女より惚け夫貰ひ下ぐ　井原　悟美（H21・3）

雪女鉱山閉鎖されて久し　竹岡　一郎（H23・1）

雪女郎衣裳簞笥が開いてゐる　田﨑　熙子（H25・4）

冬の雷（ふゆのらい）　寒雷

寒雷の鳴りわたりたり雄物川　横木　香子（S40・4）

寒雷や口を動かし鯛泳ぐ　黒田　肇（S45・3）

眼を若く二階に居りし冬の雷　豊島　満子（S52・3）

夫に経あげる現や冬の雷　中島　瑞枝（H6・3）

寒雷や祖父に流るる世阿弥の血　岩瀬　和子（H11・3）

おんおんと寒雷太鼓押し渡る　山地春眠子（H19・3）

雪起し（ゆきおこし）

尼の膝にこぼれしカルタ雪起し　星野　石雀（S50・2）
雪起しをとこ殺しの薬煮て　桜岡　素子（S55・2）
空港の大照明や雪起し　足羽　鮮牛（S56・3）
暮れぎはの居並ぶ岳や雪起し　大野今朝子（H2・2）

鰤起し（ぶりおこし）

鰤起しこころ封じの膝を抱く　光部美千代（H4・3）

冬霞（ふゆがすみ）

ねんねこから片手出てゐる冬がすみ　飯島　晴子（S44・3）
冬霞鶏を殺めて老け心地　鈴木　文七（S48・2）
冬がすみ遠嶺かぞえて稼ぎ来し　岡　千代（S49・2）
冬がすみ縛れば包み細りけり　奥野　昌子（S60・3）
冬霞ふかふか飯に海苔のせて　穴澤　篤子（H8・1）
冬かすみ笛吹くまでの手ぶらなり　佐野　浩郎（H12・3）
大妣（おおはは）の入る大霞冬ながら　小川　軽舟（H19・3）
耳ありて眼鏡おちつく冬霞　岩永　佐保（H21・2）
赤ん坊に尾骶骨あり冬がすみ　高橋　正広（H25・3）

冬の霧（ふゆのきり）

冬霧の鳥語を真似し人語かな　野平　和風（S48・2）
冬の霧一指を乳飲児にあたふ　戸塚時不知（S48・3）
家郷なり檜山おりくる冬の霧　内田こうこ（H7・4）
冬の霧ゆめ帰りゆく音すなり　佐藤　祥子（H8・3）

冬の靄（ふゆのもや）　寒靄

冬の靄暦調べて出てゆけり　田中ただし（S56・3）

冬もやや頸の後の禿撫でて　山地春眠子　(S63・3)

冬の靄仔牛に角の生えにけり　塩川　秀子　(H1・3)

櫟山寒靄あをくかかりけり　日向野初枝　(H24・4)

冬の虹（ふゆのにじ）

二朝の冬虹妻の貧しき語　小林　青揚　(S40・1)

冬の虹まだあたたかきほとけにて　京谷　圭仙　(S44・4)

冬の虹雀斑はなきと思ひしに　住　素蛾　(S52・1)

冬の虹何を信じて眠りたる　和田　智子　(S53・1)

冬虹のいま身に叶ふ淡さかな　飯島　晴子　(H2・2)

雑踏に冬虹売の男もをり　土門緋沙子　(H10・5)

こころ高くあり冬虹の消ゆるまで　末崎　史　(H13・3)

冬虹のまだある空へ伝書鳩　平野　哲也　(H14・2)

デザートを待つ手を膝に冬の虹　三野青鳥花　(H18・4)

冬の虹金融街が錆びてゆく　竹岡　一郎　(H24・1)

冬夕焼（ふゆゆふやけ）

寒夕焼　寒茜　冬茜

乳母車とすれ違ふ跛者寒夕焼　須藤　妙子　(S44・4)

寒茜舟べりに酒こぼしけり　飯塚　仙峰　(S51・2)

寒茜乳張ることの不思議なく　嶋田　園子　(S60・4)

頑固者まさか逝くとは冬茜　成瀬　節子　(H20・3)

鏡台の抽斗浅し冬夕焼　田上比呂美　(H21・4)

鳴き捨てて鳥発ちにけり冬茜　中村　哲明　(H23・3)

いつせいに鐘鳴るごとし寒夕焼　辻内　京子　(H23・3)

豆腐屋のラッパ原つぱ寒夕焼　向田　ゆふ　(H24・4)

トラックが青年拾ふ冬夕焼　西山　純子　(H25・4)

名残の空（なごりのそら） 年の空

年の空軍鶏を離れぬ男あり

浅井たき子（S52・3）

地理

冬の山（ふゆのやま）　雪嶺　枯山

冬浅間帽子からすとなつて飛べ　吉井　瑞魚（S40・1）
雪嶺よ召されて遂に眼が片輪　座光寺亭人（S41・5）
碌山のトルソ神々は雪の嶺に　石部　桂水（S42・2）
雪嶺に冴鎮めて青年去る　稲荷　晴之（S42・3）
無名われら肩組めば来る野の雪嶺　服部　圭伺（S43・1）
冬の山畳を踏んで箪笥鳴る　飯島　晴子（S43・2）
鋸の機嫌とり枯山で唄ふ父　宅和　清造（S43・4）
あたらしき雪嶺あそぶ霧の界　吉井　瑞魚（S43・12）
枯山に日照り薬罐の湯をへらす　永井　京子（S44・1）
鶏舎のうへ朝の快便後の雪嶺　坂本　泰城（S44・5）
枯山に鳥突きあたる夢の後　藤田　湘子（S44・12）
山枯れしゆゑ淡き目の男達　宮本　遊（S45・3）
われがみて冬山もみるうす目にて　吉井　瑞魚（S45・4）
老耕馬戦馬の血ひく遠嶺雪　田中かずみ（S45・4）
灯の数の春へふえゆく雪嶺下　鈴木　貞泉（S45・6）
冬山に入るおびただしき摺音　鳥海むねき（S46・1）
枯山をはがねの匂ひ貫けり　鈴木　青泉（S46・2）
枯山へ遠目慣れたり苦労性　早乙女房吉（S46・4）

雄心や枯山の日に頸干して　波賀鮭男（S47・5）
青年を魚座覆ひぬ枯峠　大森澄夫（S51・1）
ゆめみむか舞はんか冬の柞山　小林秀子（S52・4）
枯山の音はらわたを貫けり　座光寺亭人（S55・2）
山枯れて昼をすぎたる飼兎　小原寿々美（S57・3）
冬山へ汽笛すぐ消ゆ津和野かな　山下文生（S58・5）
うつくしき枯山にして桜山　浅井たき（S59・4）
雪嶺の見えて仔羊産まれけり　清水桐村（S59・6）
病みがちの母には迅し山の枯　広江徹子（S62・12）
地下酒舗に雪山降りて来し人と　石野梢（H3・3）
雪嶺や夜明けへ向かふ高速路　光部美千代（H3・6）
雪嶺の鮮かに浮く不眠かな　中山秀子（H5・5）
雪嶺へ向きはつきりと肯定語　藤田湘子（H9・2）
枯山のほうと吐きたる湯の煙　名久井清流（H9・2）
枯山を歩きて茅野の駅にをり　佐々木アヒ子（H10・2）
雪嶺や身につけしものすべて無地　植竹京子（H11・4）
枯山はゆつくり来よと坐りをり　藤田湘子（H14・1）
枯山へわが大声の行つたきり　藤田湘子（H16・1）
月明の雪嶺に入り終列車　内野彰子（H16・3）
単線の行先いつも冬の山　筒井龍大（H17・3）
枯山の大声聞きし夢に覚む　守屋まち（H18・3）
雪嶺やあれが最後の握手なり　穴澤篤子（H23・4）

山眠る（やまねむる）

山眠る子供たくさん見覚えて　飯倉八重子（S49・2）

産月の仕事がありて山眠る　大島　邦子（S50・3）
カステラの底の砂糖や山眠る　飯島　晴子（S59・2）
秩父嶺の横一文字眠りけり　小浜杜子男（S59・3）
山眠る伐折羅に白き眉間あり　池辺みな子（H1・2）
山眠る山の子の絵を駅に貼り　藤田まさ子（H3・4）
山眠る神楽の大蛇（をろち）干されけり　角田　睦美（H7・4）
水の面に昼の重さや山眠る　新延　拳（H8・3）
校歌もて讃へし山の眠りけり　田代キミ子（H8・3）
日の匂ひ水から立てり山眠る　中山　陽子（H11・2）
斧振ふをとこ棲はせ山眠る　檜尾　時夫（H12・2）
石切山正体もなく眠るなり　吉沼　等外（H17・4）
山眠るモナリザの手のありどころ　甲斐　正大（H18・4）
日時計の棒の垂直山眠る　明石　令子（H18・4）
岩手山白眉をもつて眠りけり　遠藤　篁芽（H19・4）
山眠る鮭の記憶の累々と　中山　玄彦（H21・5）
瑞牆の名を負うて山眠りをり　蓬田　節子（H23・2）
山眠る北へ北へと一機の灯　守谷　禮子（H24・4）

冬野（ふゆの）

冬野きれいな樹影もうすぐ髪を剪る　黒沢　苑子（S48・4）
冬野なりふりむけば墓ざわめきぬ　山田　喜美（S56・3）
石蹴りし音冬の野に短かけれ　林　喜久恵（S63・2）

枯野（かれの）

赤きシャツ枯野に置きて掘りはじむ　河内　良子（S40・2）
多忙なる野鍛冶枯野の星造り　市野川　隆（S43・1）

枯野見て干す一週の足袋二足　飯倉八重子（S43・2）
男会う枯野に得たる肉を煮て　岸本　青雲（S45・3）
剝落は易し枯野の避病院　石黒　一憲（S46・5）
母の声か枯野に羽の夥し　穴沢　篤子（S48・3）
ランナーの肋枯野に明るくて　鳥海鬼打男（S51・3）
なんとなく枯野罵り自適翁　玉造　烏石（S58・1）
寒がりの翁を送る枯野かな　星野　石雀（S58・2）
枯原を行きて帰りて杖減らず　青木　城（S58・3）
枯るる野へ行きつ放しの道一つ　細谷ふみを（S58・4）
硝子店から大枯野はじまれり　山田　穰二（S59・4）
枯野にて帽子を重く感じけり　大森　澄夫（S60・1）
橋遠く見ゆる枯野に葬りたる　天野　慶子（S61・3）
会えるまで皎皎と行け枯野中　友利　昭子（S61・4）
四方枯野歩みゆかねば消えゆくよ　椎名さつき（S62・2）
枯野人犬より早く歩きけり　松本三江子（H1・2）
枯れきつて野は馥郁と昼闌けし　佐々木幸子（H1・4）
宴果て枯野の家に他ならず　市川　恵子（H1・5）
枯野月二十日鼠を偏愛す　ホワイトさつき（H2・2）
あふられてみんな一揺れ枯野馬車　諏訪ふじ江（H2・2）
枯野中何もなき掌をひろげたる　花村　愛子（H2・3）
敗北の眼なり枯野の競走馬　北村　正（H4・6）
枯野行我の放ちしわれ若し　伊沢　恵（H11・3）
枯野行く口笛軽騎兵序曲　内田ひろし（H11・3）
枯野来て扉の奥に扉あり　新延　拳（H12・4）

枯野ゆくライカ口径むきだしに　高野途上（H13・4）

枯原の蛇口ひねれば生きてをり　髙柳克弘（H18・2）

一筋の道生きてゐる枯野かな　門屋晶子（H18・3）

口中のぬくとき舌や枯野行　和田妙子（H24・2）

雪原（せつげん）

子を誘ひこの雪原に帆を張らん　川上雁子（S50・4）

べうべうと雪原のみの夢はじめ　鴨志田理沙（S62・4）

雪原や大樹一本舞台めく　吉村知子（H15・4）

雪原にきちんと番地ありにけり　幸村千里（H16・3）

雪原や電柱絶えて流人めく　天地わたる（H16・5）

冬田（ふゆた）

冬の田の銀河振り切り出稼ぎに　後藤清太郎（S40・1）

冬田見て一人前は食べられし　田中ただし（S55・4）

冬田道背に負ふもののなけれども　浦崎靖子（H17・3）

ホームセンター薄く灯れる冬田かな　清水右子（H25・5）

枯園（かれその）

枯園にいまの没日と別れをり　有働亨（S40・4）

現世の枯園過ぎし乳母車　岩永佐保（H8・3）

枯園や鳥立てば石歌ふらし　竹岡一郎（H12・2）

枯園に佇てり耳飾は金無垢　伊沢惠（H13・3）

枯園へ出でぬマチスの世界より　杉沢田三子（H18・5）

冬景色（ふゆげしき）

今頃は三途の川の冬景色　中坪英治郎（H22・3）

水涸る

涸れ川の死魚あり昼の一歩あり　山中　玲子（S51・2）
涸れ川の幅さだまれり桑の瘤　加瀬　律（S58・2）
噴水が涸れ簡単な仕掛け見ゆ　山田　穣二（S58・3）
吉野川夏美の淀も涸れにけり　中野　柿園（S62・2）
武蔵国国分寺領水涸れず　広江　徹子（H1・3）
天龍の威をうしなはず枯河原　高野　途上（H5・3）
渓涸るる山靴の鋲ひびきけり　中島　米子（H14・2）
川涸るる真正直な石の貌　藤原　昭女（H19・3）
いつからが猫の一日水涸るる　有澤　榠樝（H20・3）

冬の水

冬の水飲んで嘘つく他はなし　寺沢てるみ（S51・12）
冬の水木を挽く音の通りけり　蓬田　節子（S53・3）
犬の舌届きて音や冬の水　佐藤　中也（H9・3）

寒の水

寒の水出しつ放しにして恋し　市川　千晶（S62・5）

冬の泉　寒泉

漲りて一塵を待つ冬泉　飯島　晴子（H1・5）
鳥獣に後れて訪へり冬泉　永井　一見（H4・3）
寒泉や定型といふ無尽蔵　藤田　湘子（H10・3）
手を入れて水の厚しよ冬泉　小川　軽舟（H10・5）
指浸けて指ふつと消ゆ冬泉　光部美千代（H13・2）
たつぷりと雲のこゑきく冬泉　土屋　未知（H22・3）
浸す手に大地の温み冬泉　大野　晴真（H25・4）

冬の川（ふゆのかは）

冬の川石の寿命の羨まし　藤谷　緑水（S56・3）
無理して急ぎすぎた奴の忌冬の川　細谷ふみを（H20・4）
水が水引張つてゆく冬の川　清水　正浩（H24・2）

冬の海（ふゆのうみ）

雲追ひ来て冬の海あり恋為さむ　阪東　英政（S44・3）
なにもなき妻の机と冬の海　金子　うた（S55・1）
ボルシチと鉞力のやうな冬の海　池上　李雨（H20・3）
坐禅僧冬の海峡より蒼し　大井さち子（H21・3）

冬の波（ふゆのなみ）　寒濤

ずば抜けて善きことは無し冬浪来　小坂　英（S41・1）
この青き冬浪へ来し一本道　沢田　明子（S46・2）
寒濤や自画像に朱を加えんか　大庭　紫逢（S52・2）
からだじゆうチヤイコフスキー冬の波　梅津　博之（S61・3）
列車出しあとの空間冬の濤　市川　葉（H7・3）
冬濤を感じてゐたりランプの炎　中山　玄彦（H10・4）

冬の浜（ふゆのはま）　冬渚

矜羯羅（こんがら）と制多迦（せいたか）とくる冬渚　山口　寥（S60・1）

霜柱（しもばしら）

霜柱ほかに生き方なかりけり　千葉　久子（S44・3）
肥りても痩せても齢霜柱　石井　雀子（S46・4）
霜柱中年のあと何がくる　平井　照敏（S51・2）
霜柱山の匂ひに欠伸して　池田　暘子（S58・3）
恋恋とまたたく星や霜柱　上田　鷲也（H22・5）

天領は山より明けぬ霜柱　花岡孝子（H23・3）

初氷（はつごほり）

曽我山に富士現はるる初氷　横井千枝子（S51・3）
初氷山々に鷚ちりばめて　藤田湘子（S55・12）
初氷或る決心を告げに行く　石野梢（S60・2）
爪染めてなにも変らず初氷　大岩美津子（S61・2）
初氷鉄扉の中に住み古りぬ　木下益裕（H1・3）
隣の子綺麗になりぬ初氷　相澤裕子（H7・2）
さだかなる声宇宙より初氷　斎藤芳枝（H10・4）
学校の好きな子ばかり初氷　蓬田節子（H11・4）
初氷青空を雁流れけり　土居水聲（H14・3）

氷（こほり）

結氷　凍る　氷面鏡　氷点下

結氷の湾に戸を開け赤い仏具　鈴木敏雄（S45・5）
凍る湖鈴の内部に姉妹で棲み　飯島晴子（S46・2）
月明の凍る樹の根を男女踏む　瓦京一（S46・5）
老兆す氷上に夜のひかり射し　座光寺亭人（S47・5）
氷上の夕日教師とおなじ道　瓦京一（S49・6）
河氷り十字にひらく大鋏　杉山重子（S51・2）
友の棲む氷の島の見えて来し　飯島晴子（S51・3）
砂肝をかりりと美濃や厚氷　藤田湘子（S52・1）
樹の下に俤ありて氷張る　飯島晴子（S52・1）
母よ氷かがやき風とこたえける　鳥海むねき（S53・2）
女すぐ答返すや厚氷　五月愁太郎（S54・2）
朴の葉のかたちに氷り遂せたる　飯倉八重子（S55・2）

薄暮なり氷上に散るマッチ棒　吉沢利枝　(S56・5)
草氷る伝大友皇子の墓　飯島晴子　(S59・2)
ながらえて行きどころなし厚氷　紺野武一　(S59・6)
枝氷るひかり暮れゆくひかりかな　宍沢篤子　(S60・5)
誰も鼓打たざれば沼凍りけり　本馬峻　(S61・3)
結氷に泣く寸前の赤ん坊　矢花弥恵子　(S62・4)
吉野杉育てあまりし水凍る　奥野昌子　(H1・4)
相手より己が変れよ氷面鏡　佐藤律子　(H5・3)
晩年やつつけば氷裏返り　真下登美子　(H5・3)
滾滾と氷の穴を闇あふるる　小澤實　(H8・4)
野の蓬の淡き氷や訣れ来し　楠田よはんな　(H8・4)
心中に氷塊育つ音すなり　楠田よはんな　(H10・1)
零下なる夕空近し胡桃の木　保高公子　(H12・4)
暁の星凍裂のひびきけり　渡辺啓子　(H13・8)
氷上にぶちまけし水ひらきけり　光部美千代　(H16・3)
昴美しインターチェンジ凍結す　志田千惠　(H18・5)
氷面鏡王銀色に老いにけり　竹岡一郎　(H20・5)
脂浮く水凍りけり猟師小屋　川原蒔介　(H21・5)
前世は鳥やも知れず氷橋　室谷安早子　(H21・5)
鶩の涙の氷る出養生　椰子次郎　(H24・5)

氷柱(つらら)

雪国の絵本つららを太らせる　服部圭伺　(S41・2)
谷の闇赤子生む灯の氷柱籠め　飯島晴子　(S43・2)
婆坐して氷柱のみどり晒小屋　黒杉多佳史　(S44・4)

夜のつららいぶかることをいぶかりし　柏岡美恵子（S47・3）
氷柱打つて響の果をかなしみぬ　川名恵紀子（S47・5）
林中にあふるる氷柱梳る　藤田今日子（S52・3）
少女ゐて少年もゐて氷柱かな　生地みどり（S55・2）
鎌鍛冶の氷柱ごめなり庚申講　山田みつへ（S55・5）
死顔の一夜明けたる氷柱かな　福間　徹（S58・5）
滝垢離の氷柱を折りて上りきぬ　藤村キヨミ（S59・4）
なにに充つ青年の胸青つらら　内藤とし子（S59・4）
氷柱落ち雪にまつすぐ立ちてをり　小林　和子（S62・5）
駅長に昼餉届きし氷柱かな　前川　彰子（S63・3）
後朝や草の氷柱の賑やかに　市川　葉（H6・4）
強力の娶りの灯軒氷柱　小宮山智子（H8・5）
ひかりの子散つて氷柱の落ちにけり　藤田　湘子（H10・3）
シリウスの光にそだち草つらら　小西　保男（H11・4）
宮城野の草のつららを見にゆかん　小川　軽舟（H11・5）
軒つらら太らせ蒼き夜の岳　志田　成（H12・3）
あかときの夢の仏に氷柱かな　中山美都子（H15・4）
あかときを太る氷柱や臼洗ふ　西垣　崇子（H19・4）
声にしてことばことだま草氷柱　岩永　佐保（H19・6）
煩悩を焦がす火の粉や草氷柱　籠田ひろ恵（H21・4）

滝（だき）　凍滝　滝凍る

氷瀑に向きてガラス戸閉ざす家　飯名　陽子（S43・3）
握りしむ鉄柵のあり凍滝に　高野　途上（S46・4）
凍滝の裏の鳴りゐる未練かな　飯名　陽子（S46・5）

眼配りの弱りし父よ冬の滝　荻田　恭三（S49・3）
滝凍るみないんぎんにもの喰へり　村尾古都子（S54・5）
凍滝の方へ寝返り仏像師　大庭　紫逢（S56・4）
凍滝の見えざる飛沫浴びをりし　景山　秀雄（S60・4）
冬滝や男ののんど動かざる　佐々木アヒ子（S61・4）
大滝の凍て大塊を支へをり　林　笑子（S63・5）
立ち馴るるとも冬滝の裾暗く　飯島　晴子（H1・4）
冬滝の渾身にしてただ一条　深見　信子（H9・3）
凍滝に佇ちてひとりの女われ　日向野初枝（H13・4）
大岩を乗り出して滝凍てにけり　永島　靖子（H14・5）
月光の先端滝に凍りけり　岡本　雅洸（H19・4）
もう誰も我を叱らず冬の滝　志田　千惠（H21・4）
天狼星（シリウス）のこぼす光や滝氷る　松岡　東籬（H23・4）
凍滝に日の射してなほ無音なり　遠藤　蕉魚（H24・7）

氷江（ひょうこう）　凍河

凍河にて舌がさぐりし果実の種　木村　照子（S57・6）

氷湖（ひょうこ）

受難図や氷湖へ続くけもの道　大庭　紫逢（S54・2）

氷海（ひょうかい）

氷海の上月蝕のはじまりぬ　中内　豊穂（S46・4）

狐火（きつねび）

狐火にせめてををしき文字書かん　飯島　晴子（S49・2）
赤いスカーフ狐火のごと彷徨す　熊中ひろ子（S53・3）
狐火の林のこらず売られけり　島　蓉子（S60・1）

宣教師ザビエルも見し狐火か　珍田　龍哉　（S63・3）

狐火も青年も村見放せり　古川ただし　（H17・4）

狐火やわれより白き夫の手　大石香代子　（H20・3）

狐火や陶器のやうな女の背　三代寿美代　（H20・3）

鬼火来よ狐火飛べよわが闇に　山地春眠子　（H22・3）

狐火の燃えうつりたる顔蒼し　藤山　直樹　（H22・3）

ゴドー待つ宇野重吉の鬼火かな　山岸　文明　（H23・3）

狐火を見たし追ひたし絣着て　永島　靖子　（H23・4）

夭折の兄狐火のしんがりに　古川　明美　（H25・2）

狐火や文字なき言葉野を走る　小泉　博夫　（H25・5）

生活

冬服（ふゆふく）

型古りし冬服教師臭発す　近藤　実（S43・3）

冬服や晩年の幸いづこより　土井　華亭（S57・3）

少女冬服朝の並木の幹緊る　内藤とし子（H2・1）

セーター

声を出しさうにセーター脱がれあり　笙　美智子（H19・3）

外套（ぐわいたう）

外套や某日転び某日泣き　星野　石雀（S50・12）

黒い森父の外套着て歩く　友納　緑（H7・2）

すれ違う外套祈りなき自爆　葛城　真史（H20・3）

二重回し（にぢゆうまはし）　マント　とんび

悲しみは去りぬマントの如きもの　藤田　湘子（S51・3）

雪マント一人の奈落ありにけり　干潟　英子（S63・4）

可惜夜を中也気取りのとんびかな　山内　基成（H24・3）

綿（わた）

木綿　真綿

水を見てくらくらと着る木綿縞　北原　明（S49・2）

奉教人真綿きりきりのばしけり　藤川　祐子（S56・2）

綿入（わたいれ）

綿入が似合う淋しいけど似合う　大庭　紫逢（S58・2）

綿入のわれはこの頃雲に似る　小林　進（H3・3）
父あらば綿入着せよささあげよ　安東　洋子（H23・2）

夜着（よぎ）

搔巻

口ふれてかいまきの衿さみしかり　岩永　佐保（H18・5）

蒲団（ふとん）

干蒲団

この年を計る暗がりに蒲団踏み　増山　美島（S45・3）
敗因のいきなりうかぶ干蒲団　山本　素彦（S53・5）
干蒲団男の子がなくてふくらめり　藤田　湘子（S59・2）
蒲団干す裏窓見せて隅田川　金田　眸花（S60・1）
ふわふわと見舞いづかれや干蒲団　松田　佳久（S60・2）
干布団都電の音にふくらめり　飯島　晴子（S62・3）
蒲団干す教師の妻として永し　生地みどり（S63・3）
一枚は綿の片寄る干布団　飯島　晴子（H1・2）
小鳥らに糞（ま）りの自在や干布団　永野　和子（H3・3）
羽根布団かろきに夢の半端かな　志賀佳世子（H4・2）
翔べよ翔べ老人ホームの干布団　飯島　晴子（H6・2）
干蒲団箱根の谷に叩きをり　藤田　湘子（H7・1）
蒲団干し猫褒め弾みついてきぬ　伊藤たまき（H8・2）
名山に正面ありぬ干蒲団　小川　軽舟（H9・3）
蒲団干す三軒先に光悦寺　藤澤　正英（H14・5）
干蒲団羽虫交みて死ににけり　土屋　未知（H16・3）
草原に羊追ふ夢布団干す　矢野　文子（H18・3）
蒲団干す妻が二階に行つたきり　遠藤　蕉魚（H18・6）
家中の蒲団を干して不安なり　溝渕　淑（H20・2）

日記には妻が蒲団を干すとあり　松岡　雲辺　(H21・2)

いのちなが蒲団並べて干しにけり　野村　和代　(H21・3)

坊さまの女くさしよ干蒲団　春木　燿子　(H22・2)

叩く音隣家に移り干蒲団　高橋　正子　(H23・3)

午後からの薄日も大事ふとん干す　加藤千枝子　(H24・4)

出港のぽんぽん船や干蒲団　中西　常夫　(H25・3)

翳りたる学生寮や干蒲団　加納　泰子　(H25・6)

毛布(もうふ)

泣くまじと力こめたる毛布かな　鈴木　順子　(S63・1)

陶酔へ近づいてゆく毛布かな　伊沢　恵　(H12・1)

膝掛(ひざかけ)

膝掛の落ちさう本の落ちにけり　宍澤　篤子　(S63・3)

膝掛にしあはせぶつてゐたりけり　志賀佳世子　(H13・1)

諄諄と説く寂聴の膝毛布　浅沼三奈子　(H24・1)

ちやんちやんこ

ゆつくりと馬に付き合ひちやんちやんこ　弓倉御代香　(H8・3)

のど飴に頼つてみるかちやんちやんこ　海老原信男　(H17・2)

間口掃く肩になじみしちやんちやんこ　古川　鶴　(H25・1)

ねんねこ

ねんねこや家並にまぎれ手古奈堂　藤田まさ子　(H6・3)

ねんねこや鈍(のろ)間(ま)色なる佐渡の海　岸　孝信　(H20・3)

ねんねこや無理矢理寝かすこともなし　曽田　保子　(H25・4)

重ね着(かさねぎ)

重ね着やつらつら来たる誕生日　長峰　竹芳　(S63・4)

着ぶくれ

着膨れて髭のしろがね落しけり　市川恵子（S50・6）
着ぶくれて天満宮の松ぼくり　吉沢利枝（S56・2）
着ぶくれて腹空きくるが嬉しかり　景山秀雄（S58・2）
着ぶくれて嫌な仕事を引受けし　堀口みゆき（S59・4）
行く気ならパリーも近し着膨れて　浜田里子（S61・4）
着ぶくれて国際婚の悔を云ふ　椎名さつき（S62・3）
杖ついて着ぶくれの世に遠ざかる　石井雀子（S62・5）
着ぶくれて起承転結あらざりき　住斗南子（S63・3）
着ぶくれて顔が効かなくなりにけり　田中かずみ（S63・3）
着膨れて暁の富士見るこころざし　黒沢貞夫（H2・3）
着膨れてわれらすなはち少数派　黒鳥一司（H2・4）
着ぶくれてただの女となりしかな　玉麻川有（H3・1）
着ぶくれてあはれ媼の物覚え　佐藤たつを（H3・3）
着ぶくれて庭の目配り怠らず　松尾順子（H3・3）
着膨れてゐしものをみな遺しけり　葛谷一嘉（H6・3）
着ぶくれてふいに涙のこぼれけり　井上園子（H6・3）
着ぶくれて通天閣のある暮し　笹井武志（H6・3）
着ぶくれてなほも命令形の君　脇嘉三（H6・4）
着ぶくれを怖れぬ妻となりにけり　上野方水（H8・3）
着ぶくれて貫禄つきし如くなり　越野としを（H9・4）
着ぶくれて銅像の下通りけり　松谷梅行（H11・2）
贅沢の贅の字ほどを着ぶくれぬ　門屋晶子（H11・3）
着膨れて智を耕すをないがしろ　大内みちくさ（H12・3）

着ぶくれてひとに分かつて欲しくなし　近藤　周三（H13・2）
着膨れて亀女房と言ひつべし　加賀　東鶴（H15・4）
着膨れてラリルレロなど云はさるる　伊藤　隆雄（H16・4）
着ぶくれて突く杖すこしたわむらし　伊藤　樹彦（H17・3）
着ぶくれてビラ一片も受け取らず　髙柳　克弘（H17・4）
着ぶくれて後に戻れぬ桂馬かな　木本　義夫（H17・4）
着ぶくれて笑へば体笑ふなり　太田　明美（H17・5/6）
着ぶくれて嫌ひな談志悼みけり　平山　南骨（H24・2）

紙衣（かみこ）

紙子着て書きしか諸国道中記　小林　愛（H5・2）

毛衣（けごろも）　裘

毛衣のわれに夜雲の迅しはやし　武室　瑛子（S61・3）
裘晴賜りしカルデラ湖　木下　益裕（H1・2）
裘記念写真に割つて入る　加藤　静夫（H4・2）
駁されて眼臆せり裘　珍田　龍哉（H9・3）
語彙貧困発想陳腐裘　狩野　ゆう（H12・2）
チエホフの国に来てをり裘　小林　弘子（H16・2）
透明なビルに入りけり裘　永島　靖子（H16・5）
暁闇へぶつかつて行く裘　岡本　雅洸（H17・3）
世に出むと叩くドラムや裘　黒木　久典（H18・3）

毛皮（けがは）

マネキンを素裸にして毛皮売る　大竹　潤子（S62・2）

冬帽子（ふゆぼうし）

貝食べて遠国へ行く冬帽子　藤田　湘子（S46・3）

冬帽子めんどりを背に感じをり　永島　靖子（S50・3）
少年のはにかみにあふ冬帽子　加藤　知路（S52・2）
冬帽子遠き汽笛に心遣る　溝渕　淑（H6・3）
冬帽子とり判決の法廷へ　西山　敏子（H11・5）
冬帽子赤きは夫の恋封じ　小林　博子（H11・5）
出費せり金米糖と冬帽子　沖元　睦子（H15・2）
ハモニカの吸ふ音やさし冬帽子　柳浦　博美（H21・2）
冬帽や芝に拡げし設計図　松ヶ崎惠子（H22・5）

頰被（ほほかぶり）　頰かむり

神々去り小川に映る頰かむり　佐藤　暢芽（S53・2）
闇をゆくこれをゆづれぬ頰被　増山　美島（S58・3）
よく晴れて峠口より頰被　中井　満子（S60・12）
頰かむり農協支所へ川渡る　坂元　孝德（H25・3）

耳袋（みみぶくろ）

満洲の入日に触れし耳袋　鈴木　響子（S55・1）
世の絆あるにはあるを耳袋　今井八重子（S55・3）
耳袋少年星座知りそめし　若宮　靖子（H8・3）
みちのくの馬は亡びぬ耳袋　鈴木　重美（H13・2）

マスク

マスクして野兎のごとゐる雑木山　佐宗　欣二（S44・2）
ある時は縁切寺へマスクして　横田　操（S56・5）
マスクしてマスクの人の多しとも　高木　俊夫（H3・5）
マスクして社員証には若き顔　新　昇二郎（H4・4）
遠くからマスクはづせり再会す　古川　治子（H7・4）

マスクして仰げば空の垂るるなり　植竹　京子（H10・1）

襟巻(えりまき)　マフラー

えりまきの最初の冷えや遠夕日　渡辺　洋子（S45・3）
少年期了うマフラーの長垂らし　吉田　欽一（S46・5）
ポーの町までマフラーをぐるぐる巻き　冬野　虹（S57・2）
青春は夜汽車の匂ひマフラして　若林　小文（S62・6）
マフラーや谺とらへし少女の瞳　若宮　靖子（H2・4）
マフラーに星の匂ひをつけて来し　小川　軽舟（H4・2）
えりまきや夜飛ぶ鳥を感じたる　寺内　幸子（H4・4）
領かぬ首のマフラー見てゐたり　山田　愛（H13・3）
マフラーのはなはだ長し流行(はやり)なり　志賀佳世子（H13・4）
マフラーの巻余りたる夜の記憶　轍　郁摩（H15・5）
衿巻や遠き景ほどゆつくり過ぐ　横井千枝子（H20・3）
マフラーを首にぐるぐる秋葉原　佐藤　中也（H25・2）

ショール

口にして一年早しショールとる　布施伊夜子（H24・3）

マフ　マッフ

堕ちてゆく恋欲し白きマッフ欲し　黒澤あき緒（H4・2）
文盲の明治の母のマッフかな　佐藤　四郎（H8・6）
潮待の船に星降るマッフかな　中島　夕貴（H23・1）

手袋(てぶくろ)　手套

遠い夜景へ手袋啞へ脱ぐ青年　藤田　湘子（S41・2）
手套しかと朝幾人の敵が待つ　田尻　牧夫（S42・5）
妻泣きし一夜明け手袋干され　脇本　星浪（S44・3）

手袋へ信得し手なら隠されず　鈴木　未萠　(S47・2)
罪犯すかも手袋を脱ぐ季節　波賀　鮭男　(S48・5)
密殺のあとの手袋破れをり　藤原　美峰　(S49・5)
手袋や妹は嫁ぎ姉は死に　石井　雀子　(S54・2)
仏前に手套ちらばり某日晴れ　小林　進　(S55・4)
呪師（のろんじ）のぬらぬらとせし黄手袋　山地春眠子　(S55・5)
手袋の手を突き出され揺れる象　四ッ谷　龍　(S56・7)
手袋のやうに忘れてしまひたし　細谷ふみを　(S57・2)
同人誌仲間手袋忘れしは　郡家　真一　(H6・1)
手袋の欲しき風なり千曲川　河野　晴子　(H14・3)

足袋（たび）

足袋穿いてかの病臭のわれにありや　村田　衣刀　(S41・4)
白足袋をあたためて履く夢のあと　古田　朝子　(S49・2)
ゆるい足袋穿いて愚図愚図してゐたり　吉沼　等外　(S56・3)
白足袋を穿くつめたさに父を見る　中山　秀子　(S57・3)
事しげき身ぞ白足袋を真白に　植竹　京子　(S60・2)
繕ひのもう効かざりし僧の足袋　大野　佳子　(S63・2)
足袋白く来ては弱者を泣かせけり　山下　半夏　(H5・3)
足袋脱ぐをざしきわらしに見られしや　荒木かず枝　(H15・3)
足袋脱いであはあはと家ありにけり　穂曽谷　洋　(H16・4)

雪沓（ゆきぐつ）　藁沓

受賞者の壇上に上る雪沓もて　満川　千夏　(S40・2)
雪沓の乾く戸口や日を残す　柳田　葆光　(S42・3)
死神とゆく雪沓はまだ編まず　手塚深志城　(S60・3)

雪沓も軍靴も雪におなじ音　小浜杜子男　(H2・3)

雪沓や魚津の僧に見ゆべく　伊沢　恵　(H7・5)

藁沓のなかの暗黒わらべ唄　三田　喜法　(H17・3)

坊守を悼む雪沓十重二十重　亀山　歌子　(H22・3)

ブーツ

ぼーつとしてゐる女がブーツ履く間　髙柳　克弘　(H23・2)

樏（かんじき）

樏を作る男の黙もらふ　立石　明子　(H9・3)

毛糸編む（けいとあむ）　毛糸　毛糸玉

毛糸水色ふしぎな午後の二時通る　高橋　順子　(S44・4)

毛糸編み終へし顔してモナリザは　国東　良爾　(S56・2)

横顔の狐の如し毛糸編む　野村　和代　(S58・12)

毛糸買ひなんとなくゐる渋谷かな　立神　侯子　(S59・4)

毛糸編む嫁のきまりし吾子にかな　川辺　里子　(S61・4)

久留米より乗りきし女毛糸編む　浅井　たき　(S62・1)

毛糸編ランボーを読む人のため　笹井　靖子　(S62・2)

父の前をとこのセータ編んでゐる　松田　節子　(S62・7)

仄暗き方より縷々と白毛糸　伊沢　恵　(H1・3)

少し痴れて赤き毛糸を編みてをり　若宮　靖子　(H1・3)

山に向きマフラーばかり編んでをり　玉應　邦子　(H2・3)

ときどきは引き寄せられて毛糸玉　城田トミエ　(H8・4)

残り毛糸丁度手袋編めるほど　土屋　優子　(H15・3)

秒針の音充満す毛糸玉　斉藤　萌　(H16・2)

遠浅のやうな日々あり毛糸玉　伊澤のりこ　(H21・2)

茎(くき)漬(づけ)　茎の石

茎菜嚙み突と亡夫を憎みけり　山岡とよ子（S58・1）

茎の石唐突の灯を浴びにけり　唐木和枝（S63・2）

茎石の一夜の傾斜正しけり　中嶋美恵子（H1・2）

茎石の沈むまつくらがりの中　白数康弘（H14・2）

一夜明け片尻上げて茎の石　渡辺和江（H24・1）

酢(す)茎(ぐき)

大原に酢茎抓みし日和かな　保月武司（H24・2）

乾(から)鮭(ざけ)

乾鮭もひとの了りも火の祭　石井雀子（S50・4）

乾鮭の口深く裂け小寺かな　四ッ谷龍（S57・5）

乾鮭の口くわつとあり世に出たし　加藤静夫（H9・3）

乾鮭の眼の一所懸命なり　奥坂まや（H15・3）

塩(しほ)鮭(ざけ)

塩鮭の頭ほぐして気がかわる　上野まさい（S52・5）

酢(す)海鼠(なまこ)

坂東の地が酢海鼠を嫌ふなり　藤田湘子（S60・5）

甲羅酒(かふらさけ)

甲羅酒海鳴雨戸しめてより　中山知子（H23・5）

雑(ざふ)炊(すい)　おじや

雑炊や六つより忘れ数え唄　豊島満子（S51・1）

山風の山影なぞる韮雑炊　鳥海むねき（S51・2）

御慈也煮え何かうれしくなつてきし　伊沢惠（H18・1）

焼藷（やきいも）

焼藷に噎せけり我等ジャズ世代　伊沢　惠（H2・2）

踏切は声なく渡り焼芋屋　土屋　秀穂（H3・5）

嘆いてはをれぬ焼藷屋がとほる　加藤　静夫（H6・3）

小石川界隈に入る焼藷屋　武藤　年子（H6・3）

老残やそれがどうした焼藷食ふ　後藤　虹児（H15・2）

焼藷屋世の剣呑の外にあり　肥田　邦子（H16・3）

ラブホテル前のいつもの焼芋屋　小浜杜子男（H22・2）

石焼薯母老いてなほ耳聡し　野田　台二（H24・1）

焼芋を割つて吹きたる誼かな　植竹　京子（H24・2）

鯛焼（たいやき）

母の居にありし鯛焼ホと食べし　日高　延代（S62・6）

鯛焼の頭は君にわれは尾を　飯島　晴子（S63・3）

鯛焼にまだ溜息のごときもの　中島　畦雨（H1・5）

鯛焼を配りしわれの情報網　近藤　周三（H13・4）

鯛焼や日のあるうちの吾の影　新宮　里楼（H20・3）

鯛焼や四谷に果てしクラス会　窪寺寿美枝（H20・4）

寒餅（かんもち）

松風の名残とほれり寒の餅　増山　美島（S61・4）

凍餅屋一軒となり煙吐く　名取　節子（H24・3）

餅搗（もちつき）　餅筵

餅少しつけり榎の下の家　五島　一葉（S44・3）

父死後の家風や餅に筵の日　佐宗　欣二（S44・3）

餅搗いて緋鯉のねむり深くしぬ　坂本　泰城（S51・2）

餅搗いて鳩鳴きと息合ひにけり　早乙女房吉　(S54・3)
べうべうと高圧線やからみ餅　隈崎　達夫　(S59・3)
餅筵誰かがゐなくなりさうに　飯島　晴子　(H1・2)

水餅（みづもち）

水餅の水切つてこの冬を病まず　市川　恵子　(S42・3)
賜わりしもの水餅の水明り　いさ　桜子　(S57・4)
水餅の水を替へたる懈怠かな　松原　順子　(H5・4)
深々とまた沈々と甕の餅　吉光　邦夫　(H11・4)

寒晒（かんざらし）

痛きほど煌めく星や寒晒　竹内　昭子　(H25・6)

熱燗（あつかん）

熱燗を父に注ぐあゝ絵のごとく　木野　卯太　(S46・3)
熱燗の毒に仏をそしりもす　野木　径草　(S57・2)
熱燗やかんでふくめて云つて欲し　本田　綾子　(H7・4)
熱燗や牧水三鬼山頭火　鴫志田理沙　(H8・4)
団塊の世代熱燗鷲摑　大野　満　(H19・4)
熱燗や檜も穂高も眠らざる　中川　倫子　(H22・3)

鰭酒（ひれざけ）

鰭酒や七十歳へまつたなし　中井　満子　(H9・1)
鰭酒や多作のための仕込どき　佐藤たつを　(H10・2)
鰭酒に酔ひ足病みの不養生　地主　雨郷　(H12・2)
鰭酒や夫は博多ののぼせもん　山口美津紀　(H14・3)

玉子酒（たまござけ）

色々とこころみ中や玉子酒　福永　節子　(H13・3)

寝酒（ねざけ）

峠の名云ひて寝酒の用意かな　寺内　幸子（S49・5）

俳諧師すこし欲だす寝酒かな　山口　寥（S59・1）

商ひの浪速に育ち寝酒かな　竹岡　一郎（H16・3）

葛湯（くずゆ）

葛湯して夫婦の終りふと思ふ　志賀佳世子（H12・4）

葛湯吹くひたぶるに吹くおかあさん　斎藤　夏野（H16・4）

前の世は尼か狐か葛湯吹く　志賀佳世子（H21・2）

生姜湯（しやうがゆ）

生姜湯や白き夜雲の減りもせず　立神　侯子（H18・3）

鍋焼（なべやき）

鍋焼に腹あたたまり古戦場　酒井　幸子（H6・4）

貝焼（かひやき）

貝焼や能登金剛に潮みち来　木下　益裕（S61・1）

河豚汁（ふくとじる）　河豚の宿　ふくと汁

河豚汁や東をとこを加へたる　後藤　文子（S62・1）

河豚宿のしみの寒山拾得図　加藤　征子（H1・2）

黛元に此度は寄らずふくと汁　伊沢　惠（H17・3）

葱汁（ねぎじる）　根深汁

ハイビジヨンそんなに良いか根深汁　林　達男（H14・2）

根深汁息子古風に育ちけり　藤井　皎子（H15・3）

根深汁妻に過不足なかりけり　有田　曳白（H24・3）

粕汁（かすじる）

粕汁や故郷捨てたる仕合せも　山崎　正人（S61・6）

粕汁や明治の文士髭ゆたか　中西　夕紀（S62・4）
粕汁やとどのつまりは老の恋　大中美季子（H5・2）

闇汁（やみじる）

否応もなく闇汁の盛られけり　大庭　紫逢（S58・1）
闇汁の闇あたたかきこころのこと　小浜杜子男（S59・4）
闇汁の昭和の闇にみんなある　小浜杜子男（H8・5）

鋤焼（すきやき）　牛鍋

牛鍋やをとこの説のよろしかり　諏訪ふじ江（H13・3）
すき焼や御居処ずらして座をつくる　徳田じゆん（H25・3）

桜鍋（さくらなべ）

死仕度言ふ面々やさくら鍋　藤田まさ子（H5・12）

牡丹鍋（ぼたんなべ）　猪鍋

猪鍋のとなりの闇のともりたる　山本　良明（S57・3）
猪鍋や吊橋落ちしことのなく　立神　侯子（S61・2）
白馬岳見し身ぶるひに牡丹鍋　中野　柿園（H6・5）
猪鍋や四方に山置く京の絵図　土居　水聲（H11・3）
晩成に刻の足らざり牡丹鍋　藤岡田鶴子（H16・6）
信玄の隠し湯ぬるし牡丹鍋　栗山　純臣（H22・2）

鮟鱇鍋（あんかうなべ）

宰相を呼び捨てにして鮟鱇鍋　佐藤たつを（S62・3）

薬喰（くすりぐひ）

ルオーの絵貼る百姓家薬喰　藤田　湘子（S51・12）
どの木より川景色照る薬喰　高橋　増江（S54・2）
薬喰老いても友はダダイスト　紺野　武二（S60・3）

隻眼となりたる老師薬喰　川名　善子（S62・2）

東洲斎写楽座にあり薬喰　珍田　龍哉（H7・1）

この頃の僧侶屈強薬喰　鈴木　敏子（H10・4）

薬喰星に音ある十勝なり　内平あとり（H13・5）

神近く薬喰して日向なり　葛井早智子（H14・4）

眉太き一統にして薬喰　筒井　龍尾（H22・4）

焼鳥（やきとり）

焼鳥や男二人の津軽弁　田中美智子（H5・2）

鵜戸宮の護符掲げあり焼鳥屋　藤井　皎子（H16・2）

おでん

一年の疾しおでんのがんもどき　志賀佳世子（H14・3）

たくさんの鳩と子どもとおでんかな　神保千恵子（H15・3）

エンジンをかけつぱなしのおでんかな　鶴岡　行馬（H17・2）

風呂吹（ふろふき）

風呂吹や晩年はなほ長丁場　深津　孝雄（H8・1）

風呂吹や伊勢に戻れば伊勢言葉　折戸　数子（H9・4）

空論や風呂吹に箸突き刺せる　大塩理恵子（H12・2）

風呂吹や嫁をほめるに理屈なし　川口　百合（H12・3）

仏壇に風呂吹の湯気消えやすし　遠藤　蕉魚（H24・6）

湯豆腐（ゆどうふ）

湯豆腐や死後に褒められようと思ふ　藤田　湘子（H3・11）

こころいまここに湯豆腐古俳諧　石田　小坡（H13・2）

湯豆腐や明日を楽日の旅役者　宮本　準子（H25・2）

湯豆腐と燗映えの良き安酒と　平山　南骨（H25・4）

凍豆腐造る 凍豆腐

凍豆腐信濃は雲のあそばざる　市川千晶（H4・4）

山蹴つて上るオリオン凍豆腐　遠藤篁芽（H25・4）

煮凝

煮凝へらふそく吃りきて倒る　木曽岳風子（S53・4）

煮凝や我れを出でゆく馬蹄音　木曽岳風子（S54・3）

煮凝りや母にひとりの時間来て　鈴木修一（S62・4）

煮凝や北陸日和すぐ変り　花村愛子（H2・4）

煮凝や時間は人を蝕みぬ　辻内京子（H23・4）

寒卵

声透るうちは死なずよ寒卵　田中ただし（S44・3）

寒卵波郷亡きこと信ぜむか　藤田湘子（S45・1）

東京は暗し右手に寒卵　藤田湘子（S48・3）

汽笛一声新橋を発ち寒玉子　萱場静子（S58・3）

寒卵歴々とあるパックかな　藤田湘子（S59・3）

寒卵石見はひとの減るところ　寺田絵津子（S60・4）

寒卵片手割りせり翁さぶ　井上一喜（H6・6）

くつついて二つくすくす寒卵　細谷ふみを（H8・3）

寒卵九個片恋数知れず　今野福子（H16・3）

独身の朝に声なし寒卵　矢野修一（H24・4）

冬構

冬構深吉野の空はりつめし　竹岡江見（H5・2）

冬籠

冬ごもる花よ花よと苛めぬき　小林進（S53・3）

冬ごもり生むぎ生ごめ生たまご　遠藤　秀子（S57・2）
筓や百夜過ぎたる雪籠り　浅沼三奈子（S57・5）
大いなる靴脱がれあり冬籠　浅井　たき（S59・2）
忘れたきことは忘れず冬ごもり　原　キヨ（S61・4）
配本の初回はピカソ冬籠　古畑　恒雄（S62・2）
雪籠りせむこころ曳き斎場へ　鈴木　英子（H1・4）

冬館（ふゆやかた）

木偶の首前に傾ぐや冬館　大岡　慶久（S56・2）
すれ違ふ人みな遊子冬館　上窪　則子（S58・4）
吉兵衛の隣イワノフ冬館　山口　ふみ（H15・3）
絵の少女生者憎める冬館　髙柳　克弘（H24・2）

北窓塞ぐ（きたまどふさぐ）

北窓を塞ぎいよいよ訛りける　寺沢てるみ（S62・1）
北窓を塞ぎ誰にも縛られず　志田　千恵（H2・3）
北窓を塞ぎレノンの写真貼る　藤田まさ子（H3・3）
北窓を塞ぐ葛飾区に接し　細谷ふみを（H6・2）
北窓を塞ぎ弱者をよそほへり　中野　和子（H15・2）

隙間風（すきまかぜ）

ふるさとや角取（つのとり）さんの隙間風　野木　径草（S49・2）
隙間風ともあらそはずなりにけり　藤田　湘子（S55・2）
隙間風貝の紐など食べしゆゑ　法本　妙子（S57・1）

霜除（しもよけ）

風に鳴る霜除の笹夕すずめ　大滝　温子（H23・2）

雪囲（ゆきがこひ）

雪囲ひ参男が声変りして　東条　中務（S56・1）

雑の木として雪囲省かれし　小林冬日子（H5・4）

藪巻（やぶまき）　こも巻

こも巻に松の貫禄極まれり　神保　隆子（H17・3）

雪吊（ゆきづり）

雪吊のゆるみし狐日和かな　山地春眠子（S57・5）

雪吊のいづれの縄もあそびゐず　酒井　一栄（S59・6）

雪吊の縄颯々と配られし　小林冬日子（H1・3）

雪吊の雪恋ふる声発しけり　伊藤　左知（H4・4）

雪吊へ順路なかなか近づかず　小川　和恵（H4・5）

雪吊のなかにはささめ雪が降る　伊藤　左知（H5・4）

雪吊や夕星の出のあやまたず　高野　途上（H6・2）

雪吊に越の半日日和かな　小川　和恵（H8・4）

雪吊は宝生の楽俟つごとし　中岡　草人（H12・3）

雪吊の重さじんじん感じけり　伊藤たまき（H12・4）

雪吊の支度一切芝の上　志賀佳世子（H13・2）

どの縄も雪吊の役為しをれり　黒沢　貞夫（H15・1）

雪搔（ゆきかき）

雪搔くと男の力だしてさびし　寺田絵津子（S40・3）

死者も見し雪広くかき葬かな　西山　冬青（S44・5）

過去に人撃ちし手をもて雪を搔く　田中かずみ（S44・6）

雪搔の済みたるたまごごはんかな　斎藤　夏野（H20・4）

雪搔きて開店前の電話鳴る　小林　千晃（H20・5）

雪を掻くわれをはげまし雪降れり　戸塚時不知（H24・4）

雪下し（ゆきおろし）

夕暮に取巻かれゐて雪卸す　松浦俊介（H5・4）

雪下ろしをへて雪より梯子抜く　亀田蒼石（H15・4）

雪踏（ゆきふみ）

嫁迎ふ雪広く踏み村十戸　橋本達郎（S59・2）

寒燈（かんとう）　冬灯

土曜家族カレーの匙に冬灯載せ　吉井瑞魚（S41・3）

寒燈をともしひとりの影をつくる　山越文夫（S41・4）

寒灯の消し際にある魚の鰭　平松弥栄子（S46・3）

昭和また一つ老いたり寒燈（ともし）　藤田湘子（S57・2）

マネキンの裸体にパッと冬燈つく　小暮美恵子（S61・2）

寒燈や仇同士の木偶頭　椰子次郎（S63・4）

女の子一寒燈を華となし　山本良明（H2・1）

ノブ回し寒灯の矢をうけにけり　杉谷妙（H7・3）

幕開くや木偶の目玉と寒燈と　大庭紫逢（H8・3）

一寒灯真闇の瑕となりにけり　松本百司（H8・4）

寒ければ灯美し楽器店　笙美智子（H9・4）

ふねに港ひとに家あり寒灯　笠岡隆（H19・5）

障子（しやうじ）

煤けたる障子に古き火気流す　市野川隆（S44・3）

狂ふ血を障子隔てし海が呼ぶ　須藤妙子（S44・12）

子が遊びゐる二軒目の白障子　細谷ふみを（S46・5）

白障子干潟の鳥が一度鳴く　浜中すなみ（S54・3）

海馬打の男泊めたる障子かな　蓬田　節子（S55・5）
仏壇の父に開けおく障子かな　望月　秀子（S60・3）
しろじろと障子夜明は旅に似る　村尾古都子（S61・2）
日のさしてさなぎごころの障子かな　塩見　ゆふ（S63・3）
日の障子心あそびに夫の名呼ぶ　岩永　佐保（H9・4）
無住寺の障子きれいに貼りてあり　大庭　紫逢（H9・12）
白障子熊野の闇に開きけり　中岡　草人（H19・2）

襖（ふすま）

襖絵の開きて山河分れけり　橋本　民可（H5・12）
死んで経聞いてみたしや冬襖　川口　藍々（H19・2）

屏風（びやうぶ）

絵屏風　金屏風

南蛮の孔雀荷ふを絵屏風に　佐宗　欣二（S53・4）
金屏風何んとすばやくたたむこと　飯島　晴子（S59・7）
屏風絵の美女少年を刺すところ　星野　石雀（S61・2）
運ぶ人見えず屏風の這入りきし　細谷ふみを（S61・4）
学生の待たされてゐる屏風かな　浅井　たき（S62・2）
運ばむと四枚屏風に抱きつきぬ　後藤　綾子（H3・3）
街の音遠く屏風の人と居る　山下　半夏（H6・3）
金屏風前を通りて裏に消ゆ　細谷ふみを（H9・3）

絨緞（じゆうたん）

絨緞の一角獣を蹂躙す　有澤　榠樝（S61・2）
絨毯の青きにおくれきし少女　生地みどり（S62・3）
絨緞の緋色を踏みて世紀越ゆ　井守やよい（H13・3）
絨緞のほかは飛ぶものなにもなし　珍田　龍哉（H15・3）

暖炉（だんろ）

煖炉燃ゆ話すと言ひし話せよ　明石　令子（H5・2）
この土地の少女眉目よし駅煖炉　藤田まさ子（H5・5）
暖炉燃ゆ王の紋章黒蜥蜴　山口　裕子（H6・2）
暖炉燃ゆ女はチエロを股挟み　光部美千代（H6・4）
薄幸は少女の誇煖炉燃ゆ　市川　葉（H9・2）
空想の中空想の暖炉燃ゆ　竹田かをり（H15・2）
最終章暖炉の薪の崩れけり　三田　喜法（H16・3）
チルチルの台詞や煖炉はみだす火　幸尾　螢水（H16・3）
幾人の顔まぼろしや煖炉燃ゆ　伊沢　惠（H18・3）
暖炉燃ゆ女に言はせれば空論　加藤　静夫（H20・4）
血を流し進む歴史や暖炉燃ゆ　伊澤のりこ（H22・2）
名曲に暖炉の薪の爆ぜにけり　髙橋　誠一（H24・2）
母遠く置きたる夜の暖炉かな　柄川　冴子（H25・3）

暖房（だんぼう）　暖房車

屋根美しき一村過ぎぬ暖房車　小川　和恵（H5・2）
真乙女の白き耳朶あり煖房車　八代　良子（H6・2）
暖房車糸魚川より夢に入る　豊島　満子（H7・3）
家郷さす速度に入りぬ暖房車　小川　和恵（H9・3）
トンネルを出ればまつ白暖房車　南　十二国（H21・2）

ストーブ

訓練室ストーブなんかあらへんな　阪東　英政（S40・3）
ストーヴやわれに親しき白樺派　友納みどり（H21・4）

寒厨（かんちゅう）

寒厨の海鼠にいのちありやなし　金田眸花（S44・4）
寒厨の妻のうごきの音となる　柳田葆光（S45・2）

炭（すみ）

炭庫鳴らすこの音父母の死後の音　鈴木青光（S47・1）
豆煮るに備長炭をつかはんか　いさ桜子（S62・6）
ふはふはの尉となりけり駱駝炭　古川ただし（H20・5）
炭かをるとはなつかしき友の来る　小川軽舟（H22・3）

炭火（すみび）

船中の炭火まつ赤や最上川　轍郁摩（H2・4）
愚図の身の多用炭火のぴしぴしと　玉木愛子（H16・3）

埋火（うづみび）

埋火や銭あるごとし無きごとし　冬室昌花（S58・3）
埋火に一休の髭まばらなり　小澤實（H7・3）
埋火や昼間さびしき家の中　遠藤蕉魚（H14・4）
埋火や傘雨門下の死におくれ　石田小坡（H15・4）

消炭（けしずみ）

火消壺

消し終えたらしまた暗く火消壺　細谷ふみを（S44・4）
みちのくの月の古りたる火消壺　土井青城子（S48・10）

炭俵（すみだはら）

裏山の風乾きたり炭俵　沢鳳太（S47・2）

炬燵（こたつ）

鋟のひとのぬけたる炬燵かな　杉山幸子（S59・2）
をるやうにをらざるやうに炬燵にゐ　神尾季羊（S62・5）

死に際のごと炬燵から物つかむ　鈴木　修一（S63・4）
炬燵から道を教へてくれしかな　柴田　幸（H2・4）

炉ろ

炉話　炉明

六歳馬売るや売らぬや炉評定　後藤　綾子（S59・4）
諸々と斯く大いなる炉埃も　飯島　晴子（S59・5）
墓経を沙弥にまかせて僧は炉に　大野　佳子（H1・2）
炉話の百貫目とは牛のこと　後藤　綾子（H3・4）
炉の僧の立たれて猫も従へる　大野　佳子（H4・3）
炉話の小谷甚句に果てにけり　川崎　栄子（H6・1）
炉話の一目散に逃げしとや　久保ともこ（H12・2）
炉火赤し童話にもある貧と富　井上　信子（H13・3）
炉の尼の聞えぬ時はほほゑみて　大野　佳子（H13・4）
炉火に手をかざし奥祖谷だと思ふ　叶　静子（H17・2）
炉にくべし木霊に礼を尽しけり　原田　洋子（H17・2）
あらすぢは易しオペラも炉話も　金子三津子（H20・4）
炉明や回春薬を飲めといふ　中村　哲明（H22・4）
炉話やおとなの笑ひ意味不明　松佐古孝昭（H25・2）
炉話の力道山の強きこと　奥山古奈美（H25・3）

榾ほだ

榾の宿　榾火

榾の厚火のとろりと焦す膝頭　荻田　恭三（S43・4）
榾埃舞わしめし婆哄笑す　長倉久仁三（S44・3）
榾の宿影絵の女殺しかな　星野　石雀（S50・4）
榾火起して七年待ちぬあきらめむ　古屋三四郎（S54・2）
大榾の燃え尽きるまで棄老譚　星野　石雀（S61・6）

父の掌の畢竟榾の火のぬくみ　七戸笙子（S63・5）
島びとの世阿弥想ひの榾火かな　豊島満子（H4・2）
大榾は燻り小榾は切々と　藤田湘子（H4・3）
ずぶ濡れの男入り来し榾火かな　岡田芳昭（H15・2）
大榾をひつくり返し出てゆきぬ　藤澤正英（H16・2）
薬事法違反の媚薬榾火燃ゆ　志田千惠（H18・2）
くつがへす榾くつがへることなき死　小野展水（H23・5）

火鉢（ひばち）　火桶

篤と見よ蘆花先生の桐火桶　勝田彰（S61・3）
拝殿の火鉢のぬくみなみだほど　立神侯子（S61・3）
代数も幾何もたのしき火鉢かな　小川軽舟（H21・2）
引き具して五勺の酒と猫火鉢　山地春眠子（H23・3）

火吹竹（ひふきだけ）

火吹竹頭の空（から）になりにけり　飯島晴子（H2・2）

手焙（てあぶり）

手焙りて抱かれにゆきぬ盲瞽女　石黒一憲（S46・4）
手焙を甲斐あるもののやうに抱く　森優子（S61・5）
奥州鎮護の寺に手焙してゐたり　鈴木清一（H5・4）

足温め（あしぬくめ）　足焙

あやふきにあそべといふやあしあぶり　鈴木響子（S61・4）
仕舞つたか捨てたか父の足焙　松井大子（H24・3）

行火（あんくわ）

尖がつてゐる子に行火いれてやる　岡田文子（H23・4）

湯婆（ゆたんぽ）

湯たんぽや左右いびつなる膝がしら　阪東　英政（S58・4）

ゆたんぽを抱いてごぼごぼさびしからず　生地みどり（H2・3）

湯婆の暁のひとはだめでたけれ　藤田　湘子（H11・2）

ゆたんぽに夜行列車の汽笛かな　福永　青水（H20・2）

湯たんぽのひとつ二階へ夕ごころ　川上　登（H23・3）

懐炉（くわいろ）

大佛の前や懐炉の効いてきし　金光　治子（H6・3）

あらぬところに紙カイロ移動せる　名久井清流（H9・5）

吸入器（きふにふき）

父死後の誰も使はぬ吸入器　伊沢　惠（H4・2）

湯気立（ゆげたて）　湯気

湯気つよし盗むも芸のうちならむ　須藤　妙子（S60・2）

干菜湯（ほしなゆ）　干菜風呂

穂高嶺を越え来し人と干菜風呂　田中美智子（H12・1）

橇（そり）

きらきらと敗れし如く橇急ぐ　藤田　湘子（S42・3）

橇行や家族写真を撮るために　石野　梢（H4・4）

磨き立ててあり少年の橇一基　小林　貴子（H4・5）

橇の犬強き愛撫を奪ひあひ　高野　途上（H18・5）

冬耕（とうかう）

冬耕の行末までは思はざる　野木　径草（S53・4）

冬耕やすすきを渡る風の音　足立すゞ子（S63・2）

蕎麦刈（そばかり）

蕎麦刈れば母の一日無くならむ　野木　径草（S46・1）

蕎麦を刈る多産の腰を祝福す　石井　雀子（H4・12）

獣医とは名ばかりの蕎麦刈りにけり　戸塚時不知（H4・12）

大根引（だいこんひき）

大根抜くあとは百日荒るる海　高橋　正弘（H24・4）

大根干す（だいこんほす）

白髪などふやさんと母大根干す　山本　素彦（S45・2）

干大根日月空に会ひ難し　藤田　湘子（S57・12）

大根干す鞍馬の家並短かり　松ヶ崎惠子（H19・5）

応用力はなはだ貧し大根干す　吉田　光子（H20・3）

切干（きりぼし）

喪ごころの行方きりぼし莚かな　天野佳津子（S53・5）

切干や熔岩（らば）の上なる一漁村　浅井　たき（S62・4）

切干やひとまどろみの女の刻　八代　良子（H8・4）

干菜（ほしな）　懸菜

老年へ虚空日移る懸菜吊　丸山　岳州（S47・3）

記憶あり干菜の列に夕日あり　中山　玄彦（H1・2）

通るとき壁に香のある干菜かな　横井千枝子（H14・5）

干菜吊る低く休まず山の音　中村恵理子（H17・3）

蒟蒻掘る（こんにやくほる）　蒟蒻玉

耕衣論など手づくりの蒟蒻など　穂坂　志朗（S46・4）

恙なし蒟蒻玉の一筵　若林　小文（S56・1）

こんにやく掘写真撮られてゐたりけり　真下登美子（S62・2）

蓮根掘る（はすねほる）　蓮掘

蓮掘の尻へふわふわ老太陽　田中ただし（S43・2）

夢よりも深きところの蓮根か　野平　和風（S49・3）

蓮掘靴ごぼりと水を吐きにけり　野平　和風（S56・1）

山風や横歩きして蓮根掘　斎藤　一骨（S58・2）

蓮掘に焦臭き風届きけり　山地春眠子（S58・6）

鳴り出してサイレン長し蓮根掘　生地みどり（S59・3）

蓮根掘る夫婦ときどき気が合はず　珍田　龍哉（H6・3）

近寄れば大女なり蓮根掘　加藤　静夫（H11・3）

フレーム　温室

百合温室（むろ）を出て生娘の耳目かな　青野　敦子（S54・2）

狩（かり）　猟

狩人の火を欲り杏嚙みゆく旅　冬原梨雨次（S48・10）

揺れ止まぬ木にふたみこと狩用意　高橋　増江（S58・1）

狩人と別れ我らは葬ひに　芝崎芙美子（S60・4）

県境を確かめ放つ狩の犬　矢後　昇一（S62・3）

猟銃や伊那になじみの峠茶屋　小林　日出（S63・2）

愛人に猟銃向けてゐたりけり　橋本さゆり（S63・5）

負けつ放しの傷癒さむか父と猟　新海亜久里（H2・5）

狩の宿精のつくものづくめかな　岡本　雅洸（H4・2）

噴煙のきげんはかれり猟仲間　山本　素彦（H9・2）

猟犬の毛並ほめあふ勢子溜　谷　ひろ子（H10・3）

弓を引く少年狩のにほひせり　大井さち子（H11・6）

霧負ひて猟夫の来たる夕灯　坂田はま子（H14・4）

武田勢敗走路なり狩の場　浦口みゆき　（H15・3）
裏山を好みて老いぬ狩の犬　横沢　哲彦　（H16・2）
狩くらの朝の静もりただならず　玉川　義弘　（H17・3）
山駆けて来し猟犬のたかぶらず　中村みき子　（H18・2）
猟銃音濡れし纜ほどきけり　荒木かず枝　（H18・2）
あをあをと猟夫の声のこだませり　服部　圭伺　（H18・3）
猟犬と男と黒く屯せり　立石　明子　（H20・3）
狩の犬口辺弛びゐたりけり　市川　葉　（H22・2）
買つてでる狩猟の獲物運ぶ役　加賀　東鷸　（H22・2）
車輪跡深く尽きたり猟師宿　荒木かず枝　（H24・4）

夜興引（よこひき）

夜興引の薪風呂に入る果報かな　岡田　八女　（H14・4）

猪狩（ししがり）

猪狩のシヤツ逆さまに干されたり　金田みづま　（S57・2）
猪撃の追善鍋となりにけり　渋谷　竹次　（H4・5）
猪の罠氏神の山避けにけり　吉松　勲　（H16・2）

兎狩（うさぎがり）　兎罠

兎罠静かなる刻過ぎゆけり　中島　畦雨　（S62・4）
脱走の泥こびりつき兎罠　宮木登美江　（H17・1）

狸罠（たぬきわな）

狸罠かけ聴聞の輪の中に　浜田　夢安　（S57・4）

狐罠（きつねわな）

狐罠甲斐の山風箭のごとし　黒鳥　一司　（S63・4）
狐罠日の出は山を黒くせり　立石　明子　（H9・4）

鼬罠（いたちわな）

鼬罠人去つて声残りけり　細谷ふみを（S44・2）

死にたれば鼬の罠を見まはりに　野平　和風（S54・3）

廃屋のしかけしままの鼬罠　石川勘之輔（H8・3）

鷹匠（たかじやう）

鷹匠のたまづさにして旧字なり　大庭　紫逢（H2・2）

鷹匠の野に出て光あつめけり　戸塚　啓（H10・2）

鷹匠の眼中の木を何発つや　小澤　實（H10・5）

鷹匠の鳥（と）叫（さけび）に風起りけり　宮木登美江（H24・5）

柴漬（ふしづけ）

柴漬や雨去りやらぬ茜雲　小川　軽舟（H22・3）

竹瓮（たっぺ）

あらはれし竹瓮舟より女跳ぶ　広江　徹子（S59・2）

ひきあぐる竹瓮の濁りおさまらず　高橋　正弘（H18・3）

鰤網（ぶりあみ）

鰤舟に真白く立てり那智の滝　田中杍伝音（H13・3）

泥鰌掘る（どぢやうほる）

塩街道追分泥鰌掘のゐし　田中杍伝音（H14・2）

炭焼（すみやき）

炭焼の放屁凍星応へなし　戸塚時不知（S42・5）

牡丹焚火（ぼたんたきび）　牡丹焚く　牡丹供養

焚き遊ぶかな牡丹の木（ぼく）の前　小林　秀子（S53・1）

人垣を割つて入つて牡丹焚く　萱場　静子（H2・2）

牡丹焚く火のおとろへに執しをり　飯島　晴子（H2・4）

燠に浮くほのほ澄みたり牡丹焚　小川　軽舟（H20・1）

火の神はをみななるべし牡丹焚く　沖　あき（H20・2）

牡丹焚終のほのほを見ろといふ　富岡トキ子（H20・2）

丈余の火たちたる牡丹供養かな　加藤　征子（H24・2）

枝（えだ）

枝打（うち）

枝打や池にまひまひ出てをりし　山崎　正人（S55・6）

斧仕舞（をのじまひ）

瘡蓋をひよいと取りしが斧仕舞　田沢　亜灯（S52・1）

斧仕舞鐙（あぶ）擦（ずり）岩に尿して　宮坂　静生（S57・3）

斧仕舞へリコプターに乗込めり　岡崎　長良（H6・3）

双肩に出湯弾きて斧仕舞　宮崎　晴夫（H8・3）

仏壇のかくし銭持ち斧仕舞　引間　豊作（H11・2）

藁燠の福々とあり斧仕舞　柿﨑　洋子（H11・3）

鞘着せて刃物休ます山仕舞　片田　末子（H13・4）

仮橋のたわたわすなり斧仕舞　やうち　海（H14・3）

注連作（しめつくり）

喃（なん）々（なん）と金蝿のをり注連作　藤田　湘子（H10・1）

歯朶刈（しだかり）

歯朶刈の必ず叩く神のほと　田沢　亜灯（S53・3）

歯朶刈女翻意の如く仰向きぬ　大庭　紫逢（S54・5）

風吹いて裏白採の居なくなる　三木　聆古（S61・4）

歯朶採りの雲衲昼も帰らざり　大野　佳子（H1・3）

谷底をゆく歯朶刈の低き唄　今野　福子（H8・3）

歯朶刈や谷の匂ひをからだぢゆう　今野　福子（H15・3）

藁仕事（わらしごと）　縄綯ふ

にっこりと後ろへ伸ばし縄綯へり　増山　美島（S60・4）

ひとつ楽聞く八人や藁仕事　豊島　満子（H6・4）

紙漉（かみすき）

夕凍みのほとりに紙を漉きにけり　梶原　清秀（S57・4）

紙漉を見たくて漉いてもらひけり　横井千枝子（S63・3）

紙干すや丹波の山がぬとありぬ　藤田　湘子（H1・4）

寒紅（かんべに）

立腹の果の寒紅うつくしき　立神　侯子（S62・3）

寒紅や時めく人に遠くをり　飯田やよ重（H12・5）

焚火（たきび）

夕焚火ひとの心にもどりけり　吉田　成子（S47・3）

しののめの鬼の焚火を身籠りぬ　吉沢　利枝（S49・1）

読み了へしごとく焚火をはなれけり　小林　秀子（S49・2）

海撫ぜて応えたまえり焚火翁　木曽岳風子（S50・5）

夜焚火に現はれて犬老ゆるなり　鳥海鬼打男（S51・5）

鮒捕によべの神事の焚火跡　野平　和風（S54・2）

大焚火女来てより楽しまず　斎藤　釜中（S57・2）

焚火跡ありて焚火をはじめけり　山下　半夏（S57・3）

ここにまた焚火づかれの飛鳥翁　宮坂　静生（S62・3）

ヘリコプター焚火に下りて来る如し　柳沢たつみ（S62・4）

焚火よく焚かれし燠の濃紫　菅　与三九（S62・5）

焚火びとわづかな口を惜しみけり　斎藤　夏野（H1・2）

夜焚火や北斗を起たす十三（とさ）の湖　伊藤　隄（H5・1）

胸中を英訳しをる焚火かな　志賀　佳織（H5・2）
どこからも夫現れぬ焚火かな　宮木登美江（H13・2）
焚火してさうかいつでも逢へるのか　有澤　榠樝（H15・2）
突つこみしままの棒なり焚火跡　齋藤　　伸（H18・5）
艶ばなし焚火に尻をあぶりつつ　吉川　正信（H19・3）
流木の泡を吹きたる焚火かな　隗　　一骨（H20・3）
平等に時間流るる焚火かな　新井　次夫（H20・4）
賽銭をあげて加はる焚火かな　尾形　　忍（H22・2）
焚火囲むひとりは山を仰ぎをり　井上　宰子（H22・4）
紅顔の日雇群るる焚火かな　山内　基成（H25・4）

火の番（ひのばん）

寒柝　夜番

寒柝に吾がなまぬるき血が流る　千葉　久子（S42・3）
家中の眼にあたらしき火伏札　野平　和風（S48・5）
寒柝をビルに打ちこみ遠ざかる　後藤　隆介（S59・2）
欅仰ぎて寒柝の打止めに　山田　陽子（S59・3）
寒柝を打ちつつ闇にまだ馴れず　住　斗南子（S60・2）
主峰まだ暮れず寒柝第一打　藤田　湘子（H8・3）
危な絵を蔵ひてをれば夜番の柝　細貝幸次郎（H13・2）
裏口は裏道にあり夜番の灯　花岡　孝子（H14・3）
寒柝のしんがりにゐて星仰ぐ　北詰　セツ（H23・6）

火事（くわじ）

遠火事　大火

火事跡をよぎるルージユを濃くひきて　小林　青揚（S42・12）
すり鉢のすり目鮮し昼の火事　広江　徹子（S49・3）
あかときの火事遠祖（おや）の逆柱　後藤　綾子（S50・3）

火事とほく鮫の水槽曇りけり　青木　城（S52・2）

昼火事のありしと妻の食淡し　増山　美島（S52・6）

火事ほどに愛しみ深し老作家　丸山　岳州（S53・3）

火事跡に海見えゐたるあはれかな　藤田　湘子（S54・1）

火事跡に婆が来たりて壺覗く　小林　進（S54・4）

火事遠し膾食べ直して甘し　田浪　富布（S59・4）

昼火事を見てをり何の戻り道　甲斐　潮（S60・1）

友情の古りし火事場の頰かむり　増山　美島（H3・4）

遠火事に酒一升の出銭かな　渡辺　真吉（H5・2）

遠火事や牛舎全体腹空かす　矢口　晃（H18・4）

大鳥居残し大火の一夜明く　川口　藍々（H19・5）

遠火事に切れば血の出る女だよッ　佐竹　三佳（H23・4）

火事見舞（くわじみまひ）

火事見舞渡舟の中に起ち上り　小原　俊一（S59・5）

避寒（ひかん）

夕暮に赤子泣かすな避寒宿　松本三江子（S62・4）

避寒宿大漁旗をもて迎へ　中野　柿園（H3・4）

避寒宿間がな隙がな物食うて　志田　千惠（H22・4）

緞帳の不二が真つ赤や避寒宿　黒澤あき緒（H23・3）

寒見舞（かんみまひ）

寒見舞猫が胡座を欲しがりぬ　高橋　三秋（S63・5）

疎んずる件これあり寒見舞　神尾　季羊（H1・4）

下仁田の葱一貫目寒見舞　酒井　幸子（H5・5）

雪見（ゆきみ）

ひつぱられ上向く禿（かむろ）雪見絵図　宮坂　静生（H1・5）
どうぞわが名呼捨されよ雪見酒　牧村佳那子（H7・5）
煮売舟雪見の舟にひたと着け　日高　延代（H8・4）

探梅（たんばい）

探梅の靴大きかり夜の電車　吉田　成子（S55・4）
探梅にして且つ予後の足馴らし　山村　博（S61・5）
探梅や檜葉の匂ひに立止り　中山　玄彦（S62・4）
探梅行につこりと断られたる　吉沼　等外（S63・3）
探梅行商店街にとどこほる　加藤　静夫（H1・5）
探梅の機も熟しつつある如し　佐々木安方（H2・3）
探梅の誘ひ一通話にて足る　真下登美子（H3・4）
探梅や谷戸みち逸れて焚火跡　石館　ゆき（H8・6）
探梅や群移りして河原鶸　葛井早智子（H9・4）
選びたる径あらあらし探梅行　天野あや子（H9・4）
探梅や莞爾と握飯頒つ　干潟　英子（H9・6）
探梅行黒牛に会ひはづみつく　坂口　森彦（H10・6）
賜りし足太かりき探梅行　窪寺寿美枝（H12・4）
探梅行まづしき滝を見て返す　中山　玄彦（H25・4）

寒釣（かんづり）

穴釣

穴釣のうしろ擦りゆく紙袋　小原　俊一（S52・8）
寒釣の雨だれおちを出るところ　増山　美島（S53・5）
放浪もばかばかしくて寒釣に　佐々木碩夫（S58・5）
寒釣の腹ごしらへにすこし酒　佐々木碩夫（S60・3）

寒釣やラジオの話題次から次　橋爪きひえ　(H18・4)

夜咄（よばなし）

夜咄やむかし竹輪は馳走にて　唐木　和枝　(H5・3)

夜ばなしの祖母が狐に見えてきし　内平あとり　(H12・3)

夜話の酣にして一人減る　伊沢　惠　(H16・2)

夜咄や目玉に映る火の尖り　岸　孝信　(H19・3)

綾取（あやとり）

あやとりの終りて紐にもどりけり　市川　千晶　(S62・4)

あやとりのぶんぶくちやがまねむくなる　松田　節子　(H3・2)

あやとりの橋東京の古き橋　小浜杜子男　(H24・5)

縄飛（なはとび）

縄跳や山のせまれる八王子　名越　花菜　(H5・3)

象山旧居縄跳の子の広額　土屋　未知　(H8・4)

なはとびのひやうと鳴りたるゆふまぐれ　三浦　良子　(H13・7)

山に雪縄跳の子の髪ひらく　浅井　多紀　(H23・4)

竹馬（たけうま）

竹馬に乗つて行かうかこの先は　飯島　晴子　(H8・4)

青写真（あをじやしん）

いつしんに犬歩き来る青写真　鳥海むねき　(S55・1)

かつてララ科学の子たり青写真　小川　軽舟　(H19・1)

雪投げ（ゆきなげ）　雪礫

忘れたきことを的とす雪礫　平野　葭女　(S58・2)

雪兎（ゆきうさぎ）

雪兎親より多く子を産みたし　今井　雅城　(S45・3)

ひきつゞき身のそばにおく雪兎　飯島　晴子（S50・1）

雪兎なんぼつくれば声透る　飯島　晴子（S56・3）

雪兎ドロップの眼をもらひたる　藤田まさ子（H25・5）

雪達磨（ゆきだるま）

村ことば滅ぶ片目の雪だるま　熊木まさのり（S44・5）

富士見境雪だるますぐ雪塊に　宮坂　静生（S61・6）

泣き虫の子に泣きむしの雪だるま　小浜杜子男（H20・5）

まつすぐに暁光に向く雪達磨　竹岡　一郎（H20・6）

雪像（せつぞう）

継ぎ接ぎをされて雪像威を保つ　永井　一見（S61・6）

雪像の栄光ついにしたたれる　小林　進（H5・4）

氷像の胎内透けるネオンかな　鈴木　のぶ（H12・5）

スキー

葬列のごとくスキーをかつぎくる　生地みどり（S63・5）

スキー列車鼻先に紐垂れてをり　黒澤あき緒（H14・3）

スケート

スケートの少女のやうに風愛す　谷本ちゑ子（H22・4）

サッカー

サッカーの疲れに浸る二番星　椰子　次郎（S49・11）

ラグビー　ラガー

眠りてもラガーばらばらの空残し　穴沢　篤子（S48・2）

真横より射す日に立ちてラガーたり　浅井たき子（S50・3）

ラガー等に敗れて仰ぐ空のあり　望月　俏子（H4・4）

銭湯へ突進泥のラグビー部　藤　やす子（H25・3）

寒稽古（かんげいこ）

間髪を入れず返事や寒稽古　前川　彰子（H2・4）

寒稽古声の一つがいとけなし　荒木ひでこ（H18・4）

寒復習（かんざらひ）

湯の宿の仕切の奥の寒復習　甘利うた子（S58・4）

電球の中の真空寒ざらへ　太田　恵美（S60・1）

色街の中の流れや寒復習　柴田日出子（H16・4）

寒声（かんごゑ）

寒声は槐の瘤にとどきけり　小澤　實（S56・2）

寒中水泳（かんちゅうすいえい）　寒泳

否応もなく寒泳の赤ふどし　隈崎　達夫（S57・2）

寒泳の陣美少女をかなめとす　岡本　雅洸（H4・4）

湯ざめ（ゆざめ）

湯冷めせし女を猫の通りけり　青木　泰夫（S47・4）

湯ざめせり檜原の上の月わかく　清水　啓治（S61・3）

胎内の薄闇恋ふる湯ざめかな　関根菜穂子（H9・4）

モナリザも我も眉なき湯ざめかな　伊澤のりこ（H17・2）

風邪（かぜ）

捨水の音が背後に長き風邪　稲荷　晴之（S44・2）

風邪心地銀の鋏の見え隠れ　山口　睦子（S45・5）

破れ船の弱気移され風邪心地　鈴木　文七（S48・3）

風邪妻のおもふところに影の鳥　丸山　澄夫（S50・4）

風邪ひいて椋鳥の眼をちかぢかと　細谷ふみを（S50・5）

東京はとほし漢方風邪ぐすり　小森　規恵（S53・4）

風邪の子に消ゴムの要る日暮なり　高橋　増江（S54・3）

風邪声のかいつまんでの話かな　渡辺　初子（S58・2）

家中を掃きて浄めて風邪下火　植竹　京子（S60・5）

かぜ熱の口中吟や孟浩然　木下　益裕（S61・3）

街角のもうまつ暗や風邪薬　青柳　喬雄（S61・3）

風邪の夢ときをり雲を踏み外す　藤田　湘子（S62・4）

蹼（みずかき）の吾が手に育つ風邪心地　奥坂　まや（S63・2）

労働者たりて信ずる風邪薬　小林　進（H2・1）

風邪薬飲んで寝酒も呑みにけり　山下　半夏（H2・5）

うみどりを幾夜も翔たせ風邪の身は　榊原　伊美（H4・1）

襖絵の紅なき山河風邪心地　橋爪　きひえ（H4・2）

まだしても人にぶつかり風邪心地　安藤　辰彦（H5・3）

双眼鏡購ひしより風邪心地　沖元　睦子（H5・3）

すぐ風邪をもらふからだや葛粉菓子　佐武　まあ子（H6・4）

雑踏のなかの空間風邪心地　宮村　和江（H6・4）

戯絵見て首から風邪をひきにけり　伊沢　恵（H7・3）

子の家に貰ひぬ風邪と風邪薬　神保　隆子（H7・4）

風邪気ありひとの悪意もすこしあり　高橋　和志（H8・2）

白昼堂々風邪こじらせてしまひけり　井上　宰子（H10・3）

ピーマンの中の空つぽ風邪心地　藤岡　田鶴子（H15・2）

風邪熱や明るき電車来ては過ぐ　林　隆一（H16・3）

風邪に非ず風邪の患者の中に待つ　杉浦　雄一（H17・4）

寂しさを風邪の始めと思ひけり　東　鵠鳴（H22・3）

風邪の子や金平糖の角いくつ　石井　節子（H25・2）

咳（せき）

しはぶき

日昏れこの白樺の創咳こらう　市川　恵子（S43・12）

わが前にわが過去知りし人の咳く　小林　青揚（S44・1）

爺の咳一枚の田のまだ売れず　玉木　春夫（S45・2）

ダリの青キリコの赤と咳けり　四ッ谷　龍（S52・5）

咳抜けしほとけに足袋をはかせけり　京谷　圭仙（S53・6）

打楽器（パーカッション）乱打の中に咳けり　薬師寺桂子（S56・1）

火口湖の深さに咳を誘はれし　青木　城（S59・2）

二三人咳く雨の光堂　加藤　征子（S59・12）

咳こぼす平和祖国を少し恥じ　志田　千恵（H3・4）

指揮棒はしはぶき止むを待つごとし　伊藤　翠（H7・3）

新宿の空気の底や咳こぼす　松野　苑子（H9・3）

木のすだま草のすだまや咳こんこん　市川　葉（H23・5）

嚔（くさめ）

くしやみ　くつさめ

くしやみしてひとたび真似る飛ぶ鳥を　黒田　肇（S47・2）

秘めごとの崩るるくさめくり返す　山本　素彦（S50・4）

くさめして二見ケ浦の巫女ふたり　鈴木きひえ（S56・2）

嚔して顔が小さくなりにけり　友永　幹子（S62・3）

くつさめとくつさめの間の写楽の絵　神尾　季羊（H3・2）

くつさめに列車は速度あげにけり　吉沼　等外（H5・3）

くしやみして面（つら）八方へ歪みけり　藤田　湘子（H14・1）

こんにちは赤ちやんわれにくさめせり　清水　啓治（H17・5/6）

あをぞらの美しかりしくさめかな　小浜杜子男（H22・3）

大嚔二発のあとの社会面　地主　謙三（H23・4）

くつさめに顔の真ん中楽になる　中村みき子　(H24・3)

水洟（みずばな）

粥吹くや水洟ばかりたしかにて　金田眸花　(S50・5)

水洟や主の声聞けと拡声器　小川軽舟　(H24・3)

息白し（いきしろし）　白息

白息を溜めゐしごとく喪服脱ぐ　川本柳城　(S45・3)

息白く星に弱気を裁かれに　高橋増江　(S46・2)

急ぐ白息知りをり富士と金星と　高野途上　(S49・3)

青年の白息吾にかかはりなし　後藤隆介　(S61・1)

喜びを伝へくれたる息白し　鴻巣京子　(H2・3)

喪服着て老のいよいよ息白し　池本陽子　(H3・3)

息白くバッハを讃へ弾きはじむ　小澤實　(H4・5)

息白し耀る原木の上に佇ち　柿沼茂　(H6・3)

闘争心煽りつつわが息白し　武田新一　(H9・3)

息白き男に負けてやりにけり　岡田靖子　(H16・4)

息白し小劇場の楽屋口　藤田かをり　(H18・4)

水揚の漁港ぶつかる息白し　大野満　(H21・2)

口をつく四角な言葉息白し　大野満　(H22・1)

悴む（かじかむ）

晩年の血を手にあつめ悴めり　薬師寺白光　(S44・4)

山彦の声なさむとて悴かみし　古川砂洲男　(S58・2)

防人の妻のごとくに悴みし　国重勝之　(S58・4)

天心に礫を投げて悴めり　松野苑子　(S59・2)

悴みて相知る時の遅かりし　村井丕子　(S63・4)

悴むや文の燃え差しはなればなれ　梅原　環（H11・3）

悴みて顔をどこかに置いて来し　村井　古泉（H11・4）

懐手（ふところで）

真暗闇吾が懐手解いてみて　遠藤　英子（S45・1）

牛買ひの値を吐くまでの懐手　鈴木　紀美（S46・2）

どこからとなき灯に枝や懐手　高橋　増江（S56・1）

馬の息か丶る近さや懐手　松本三江子（S59・4）

血を見ても涙を見ても懐手　薬師寺桂子（S60・4）

突兀と山顚ありぬふところ手　小林　日出（H2・3）

ルーマニア・ドイツを遠く懐手　村井　丕子（H2・4）

幾度も転機ありしが懐手　鈴木　敏子（H6・4）

懐手沼のごとくに怒あり　奥田　遙（H10・3）

而してかうしてをるや懐手　片桐　春生（H11・4）

4Bを削りてからの懐手　早川　晴秋（H13・1）

懐手ながら気の散りやすきかな　有澤　榠樝（H17・4）

胼（ひび）

拳闘見る老いて大きな胼の手よ　柏木　冬魚（S42・2）

約束の如踵胼われにけり　佐々木アヒ子（H1・2）

山鳩の鳴いて明るし胼薬　篠原あさ子（H5・4）

皸（あかぎれ）

皸の昔や空はしんとある　松野　苑子（H6・3）

凍死（とうし）

一山の凍死の記録棚にあり　奥坂　まや（H2・3）

雪眼鏡（ゆきめがね）

雪眼鏡若さは暗さともなへり　観音寺邦宏（S40・2）

寒灸（かんきう）

寒灸を背にちりばめて笑ひしが　田中ただし（S50・4）
前山のかぶさりてくる寒灸　住　素蛾（S56・4）
巴里もゆめ敦煌もゆめ寒灸　村上　妙子（H9・3）

木の葉髪（このはがみ）

アルバムの女に落ちし木の葉髪　細谷ふみを（S58・1）
木の葉髪梳くたび汀遠くなり　光部美千代（H21・2）

日向ぼこ（ひなたぼこ）

肋なき襟緊めて抱く日向ぼこ　水田　帆舟（S40・2）
半鐘や日向ぼこりに馬がゐて　丸山　敦子（S56・1）
男来て日向ぼこりのうろたへる　加瀬　律（S56・2）
塀百間溝百間や日向ぼこ　あきのちぐさ（S59・1）
一聞いて一だけをして日向ぼこ　藤田　湘子（S60・2）
皆留守の日向ぼこりの落つかず　鈴木　英子（S63・3）
日向ぼこ宇野重吉を失へり　金田　眸花（S63・4）
日向ぼこしてゐて眼片ちんば　笹山美津子（H1・2）
日向ぼこ平等院を借り申す　中野　柿園（H1・5）
水の性（しやう）羨しむ日向ぼこりかな　斎藤　夏野（H2・3）
身のうちの餓鬼おとろへし日向ぼこ　松井　千枝（H2・4）
耳たぶの大きくなれと日向ぼこ　小田島成子（H4・5）
大寺のいくつほろびし日向ぼこ　小澤　實（H6・5）
眉寄せて日向ぼこりの下手な人　奥坂　まや（H7・4）

一匹の羊の皮に日向ぼこ　中野　昌子（H7・5）
吾もまた天地無用や日向ぼこ　内田　真利（H8・6）
ぢぢとばば双子のごとし日向ぼこ　山下　半夏（H9・2）
みみつちい考へばかり日向ぼこ　江川　繁子（H11・2）
莫大小（メリヤス）につつまれてゐる日向ぼこ　植竹　京子（H12・3）
眼鏡いつ何で汚れる日向ぼこ　後藤　睦美（H13・3）
鶴折らず日向ぼこせずおばあさん　豊島　満子（H17・4）
罪ふかきもののごとくに日向ぼこ　武田　新一（H18・4）
価値観の違ふ二人の日向ぼこ　田和　淳（H19・4）
日向ぼこ輪ゴムが飛んで来りけり　帆刈　夕木（H23・2）
目を閉ぢて瑠璃光世界日向ぼこ　金子富士夫（H24・4）

年末賞与（ねんまつしやうよ）　ボーナス

ボーナスや日暮の何も置かぬ空　上原　富子（H3・4）
ほろろろと原付バイク賞与の日　栗原　修二（H23・3）

年用意（としようい）

嫁が言ふその通りなり年用意　牛田喜代子（S58・2）
木に登ることもなくなり年用意　長峰　竹芳（S59・2）
佳き夢のはなし挟んで年用意　田中　一光（S62・3）
老に入らず若きにつかず年用意　伊沢　恵（H4・3）
バツハに覚めバツハに寝まる年用意　飯島美智子（H7・3）

煤払（すすはらひ）　煤籠　煤逃　煤湯

めつぽふに尾長の来鳴く煤ごもり　佐藤　中也（H1・3）
煤逃や津軽の人と出湯の中　馬原タカ子（H10・4）
白鼻心床下に棲む煤湯かな　西尾　伯（H13・3）

煤逃や映画たびたび物食へり　珍田　龍哉（H16・4）
男手を待つまでもなし煤払　小林　きよ（H22・4）
笹切つて瑞穂国の煤払　市東　晶（H25・3）

節季候（せきぞろ）

節季揃の姉妹や汽車に押込まれ　椰子　次郎（H22・4）

歳暮祝（せいぼいはひ）　歳暮

婆ちやんがいい字書くなり歳暮熨斗　開発　道子（H12・2）

賀状書く（がじやうかく）

釧路市と書きてさびしむ一賀状　土屋　秀穂（H7・2）
賀状書き終へて貧乏ゆすりかな　小林　游（H11・3）
妻のゐる畑が見えて賀状書く　萩原　友邦（H14・3）

日記買ふ（にっきかふ）

いつまでも夢見るつもり日記買ふ　内藤とし子（S62・3）
五年連用日記など買ふ気は起きず　岩田　玲子（S63・2）
日記買ふニコライの鐘うしろより　石井　雀子（H2・2）
まならに韃靼の蝶日記買ふ　田代キミ子（H15・3）
万人に輝く日記売場かな　天地わたる（H18・1）
老境にかなふ夢あり日記買ふ　伊藤　樹彦（H22・3）

古日記（ふるにっき）　日記果つ

省るわれがかなしや日記果つ　武田　新一（H3・2）
空白はまざと記憶や日記果つ　伊藤　米子（H17・1）
隼の羽根をはさみて日記果つ　髙柳　克弘（H18・3）
日記果つ父老い長嶋茂雄老い　小川　軽舟（H19・2）
死んでから見られても好い日記果つ　伊藤　樹彦（H19・3）

休みなき人工衛星日記果つ　引間　智亮（H23・3）

暦売（こよみうり）

暦売火を消す水を跨ぎけり　松村　苔泉（S50・3）

暦売にもうさぎにも日暮なり　三木　聆古（S52・1）

巫女の売る相模暦に杉の塵　浅井　たき（H2・3）

暦売財布ぐるぐる巻きにけり　三枝　敏彦（H15・2）

古暦（ふるごよみ）

暦果つ

日めくりの減りゆく月日おそろしき　伊藤　四郎（S59・3）

古暦細きあやふき釘にあり　鈴木　茂實（H1・3）

古暦座敷童としばらくは　玉麻川　有（H4・2）

なまなまと一枚ありぬ古暦　藤田　湘子（H15・1）

古暦北極星も沈みたく　小川　軽舟（H17・3）

不況なり給湯室の古暦　大瀧　妙子（H23・3）

御用納（ごようをさめ）

コンタクトレンズを洗ひ納めけり　北島たか子（S60・4）

年忘（としわすれ）

ひととせを忘じ去らむに酒淡し　酒井　鱒吉（S60・3）

身ほとりや濃き忘年の墓煙　飯島　晴子（S62・3）

熱きもの熱くぞ食へり年忘　森　優子（H4・3）

忘年のもう一と歩きするとせむ　飯島　晴子（H8・3）

讃美歌に終り五人の年忘　木村　勝作（H9・3）

家刀自を互みに讃へ年忘　石川　黛人（H11・3）

厄介なわれがをるなり年忘　伊藤たまき（H11・3）

忘年や切つたる蛸の足うごく　酒井　幸子（H13・3）

忘年や釘一本の帽子掛　志賀佳世子（H16・2）

年忘膝しみじみとあつまれり　小川軽舟（H21・2）

掛軸の含羞(しわ)き山水年忘　有澤榠樝（H24・2）

灯の海に灯のタワー浮く年忘　安藤辰彦（H24・3）

寒施行(かんせぎやう)

たたみたる飯場のものを寒施行　三浦久次郎（S61・4）

昼がきて雨止む飛鳥穴施行　岩永佐保（H13・3）

薪割(まきわり)

薪割つて薪積み上げて死なしめき　赤井正子（H13・1）

行事

ロシア革命記念日（かくめいきねんび）

わが血冷ゆロシヤ革命の日も凡日　正木　千冬（S40・1）

勤労感謝の日（きんらうかんしやのひ）

橙に朝日勤労感謝の日　小浜杜子男（H21・2）

顔見世（かほみせ）

顔見世や夫の稼ぎを荒使ひ　吉長　道代（H11・4）

七五三（しちごさん）

夕空の深きに星や七五三　小沢　幸枝（S64・1）

一村を見きはむ鳶や七五三　武居　愛（H1・2）

高麗の子にこま川青し七五三　小川　和恵（H2・2）

鍬入れしばかりの土や七五三　竹内　昌子（H3・1）

わが町にまだ田がありて七五三　横井千枝子（H3・4）

七五三水の桑名の橋わたる　藤田　湘子（H4・1）

七五三杣みち下りて来たりけり　松崎　重野（H5・1）

七五三浦波立ちて来りけり　安川　喜七（H6・2）

田の上は空のほかなし七五三　小川　軽舟（H7・2）

青空へ雀がにげて七五三　門脇　緑（H7・2）

二の鳥居までは田圃や七五三　木村　勝作（H10・2）

茶畠に家族の道や七五三　伊藤たまき（H15・2）

海に入る川すこやかや七五三　帆刈　夕木（H20・3）

七五三雨の鳥居をくぐりけり　金子恵美子（H22・4）

十二月八日（じふにぐわつやうか）

十二月八日の牛蒡穴なりけり　市野川　隆（S63・4）

十二月八日の日付駅弁に　浅井　多紀（H7・3）

十二月八日貝殻虫を削ぐ　藤田まさ子（H16・2）

世田谷（せたがや）ぼろ市（いち）　ぼろ市

襤褸市の人の流れに沿ひしのみ　植竹　京子（S59・3）

ぼろ市の嵐寛（あらかん）のブロマイドかな　飯島　晴子（S61・4）

ぼろ市のト者最も賑はへり　土居ノ内ひろ（H15・3）

ぼろ市や引つぱつてみし紐の先　宮木登美江（H16・2）

ぼろ市やラッコの帽は父ならむ　若本　輝子（H21・3）

ぼろ市やきゆるるりるると乳母車　山地春眠子（H22・4）

天皇誕生日（てんわうたんじやうび）

平成の天子の日なり海鼠食ふ　加藤　静夫（H8・3）

オルガンに楽譜天皇誕生日　大岩しのぶ（H21・3）

年（とし）の市（いち）

年の市煙を昇る火の粉疾し　小川　軽舟（H10・3）

灯の端にすする丼年の市　尾崎　黎子（H24・3）

川波の苛立つてをり年の市　野手　花子（H25・3）

飾売（かざりうり）

しもたやに邪魔な店なり飾売　瀬川　漁三（H3・4）

松迎（まつむかへ）

千曲には遡る波松迎　土屋　未知（H12・4）

冬至粥（とうじがゆ）　冬至南瓜

寝る前に冬至南瓜を撫でてをり　田中ただし（S52・2）

昭和飽く冬至南瓜の尻つぺた　野村　和代（S57・3）

従心の選びて冬至南瓜かな　小西　保男（H7・2）

一睡の過ぎにし冬至南瓜かな　田村　能章（H8・3）

柚子湯（ゆずゆ）

善良なふぐり柚子湯に癒え遠き　岩瀬張治夫（S44・4）

病院へあす食はずゆく柚子湯かな　酒井　一栄（S56・3）

あきらめし金戻りたる柚子湯かな　鈴木　英子（S60・4）

弔文を整へてをる柚子湯かな　橋本　勝行（H16・3）

柚子風呂やどつぷり浸る枯乳房　野上和佳菜（H19・2）

柚湯出し家族それぞれ個の部屋へ　布施伊夜子（H19・3）

救急車近所にとまる柚子湯かな　松本三江子（H22・3）

年守る（としまもる）　年送る

年送る港の汽笛背後より　蓬田　節子（S41・3）

年送るメス乱立の消毒器　藤澤　正英（H14・3）

年守る麝香の一炷まぎれなし　中岡　草人（H16・3）

手を組めば指おとなしく年守る　小川　軽舟（H23・2）

年守るのんど渇けば水を飲む　深井　丈一（H23・2）

年の宿（としのやど）　年の家

仏壇の初めて坐る年の家　星野　庄介（H6・3）

鐘の音の地に鎮もるや年の宿　並木　秀山（H20・3）

年の湯（としのゆ）

吾れ老いて年の湯に浮く空華さん　星野　石雀（S62・2）

追儺（ついな）

追儺（ついな）　鬼やらひ　なやらひ

鬼やらひたらひなどにも懇（ねむご）ろに　増山美島（S52・4）
暮る、野のはたと暮れけり鬼やらひ　藤田湘子（S56・3）
なやらひの鬼くたくたの肉襦袢　後藤綾子（S63・5）
わが肋骨（あばら）喰らひし鬼をやらひけり　熊谷千代（H1・5）
鬼やらひモナリザに豆当りけり　吉沼等外（H3・5）
予備校に追儺の豆を踏みしこと　黒澤あき緒（H10・5）
福はもう程々でよし鬼やらひ　佐野美恵子（H10・5）
町の灯の川に果てたる追儺かな　高橋あき子（H22・6）
姿ある鬼あわれなり鬼やらい　野中旅好（H25・4）

豆（まめ）

撒（まき）　福豆　鬼の豆

福豆や他宗の僧と淡く居て　金田みづま（S61・4）
豆撒きの裃のまゝそこらまで　細谷ふみを（S63・4）
豆ごときでは出て行かぬ鬱の鬼　飯島晴子（H4・4）
鬼の豆浅間の灰と掃かれけり　片倉サチエ（H21・5）

柊（ひいらぎ）

挿（さ）す

柊を挿して蒲団の中にをり　神尾季羊（S57・5）
鬼も蛇も来よと柊挿さでけり　後藤綾子（S60・4）
柊挿す門にひびけり室生川　石田夏子（H15・5）
柊を挿す夕暮の太子道　石原由貴子（H22・4）

厄（やく）

落（おとし）　ふぐり落し

蒟蒻を熱々にして厄落　水木蘭（S56・2）
リストラをまとものふぐり落しかな　石田小坡（H12・4）

厄払（やくばらひ）

かたまりのやうに嘘吐く厄払ひ　大沼　たい（S58・4）

神の旅（かみのたび）　神の留守

杉苗の余りてあそぶ神の留守　河崎　麻鳥（S48・12）

悪食の十指の痒き神の留守　片山　辰永（S49・1）

大幹に袈裟掛けの傷神の留守　藤岡　筑邨（S52・2）

水を吸う穴あり晴るる神の留守　鳥海むねき（S56・3）

椎茸のつまり畸型や神の留守　酒井　淳子（S56・3）

案山子より背の低き人神の留守　市野川　隆（S56・5）

青々と悴んでこそ神の旅　冬野　虹（S58・1）

鉄砲をぴかぴかにして神の留守　藤原　美峰（S58・1）

神の旅立ち魚屋の屑氷　小林　貴子（S59・1）

ひとみ得てこけし生まるる神の留守　酒井　一栄（S59・1）

留守といふ御神体魔羅おほいなる　有澤　榠樝（S63・2）

とんび舞ふ道祖神（ふなとのかみ）のお立ちかな　井上　園子（H1・2）

神の留守にも朝雀夕雀　山下　半夏（H1・2）

神の留守右手が石となりにけり　宅和　清造（H1・4）

海の神発つや水母の波あそび　照井　艶子（H3・2）

神留守の出来事なりし忘るべし　平野　葭女（H3・2）

神の留守媚売る猫を一喝す　安藤　逸人（H5・1）

神の留守髪切る音のするどさよ　岩谷　翠千（H6・2）

天空のオゾンホールや神の旅　市川　葉（H7・1）

神の留守勝利の如き夜景あり　庄司きみよ（H9・2）

神の旅寒流の魚色深む　小澤　實（H11・2）

右側を律義に歩く神の留守　山路　一夢（H12・1）
夢見ざる眠りまつくら神の旅　小川　軽舟（H16・1）
傘させば雨音寄りぬ神の留守　小川　軽舟（H17・12）
神の留守鼠が罠にかかりけり　山田　敏子（H20・5）
神の留守鴨居に頭打ちにけり　德田じゅん（H25・2）
青空を映すレールや神の旅　濱田　ふゆ（H25・2）

神在祭（かみありまつり）　神等去出　神在

相会うて神等去出しぐれまたよかり　飯島　晴子（S60・3）
神等去出の補聴器ピーと鳴りにけり　明正　十夏（S61・3）
出雲はや神在の燈のともり合ふ　山田　敏子（S63・2）
神等去出や荒神谷の杭かしぐ　和田　湖風（H16・1）
神在の顔おのづから出雲びと　藤田　湘子（H17・1）

神迎（かみむかへ）

高麗川の浅瀬早瀬や神迎へ　村岡　道子（S63・3）
足あとは千鳥なるべし神迎　蓬田　節子（H6・3）

恵比寿講（えびすかう）

塩の道尽きたる町の恵比須講　金井　友江（H3・2）

鞴祭（ふいごまつり）

家に父淡しや鞴祭過ぐ　山口　睦子（S56・2）
立つてゐて鞴祭の女の手　山岸　義郎（S57・3）
一からを教へて鞴まつりかな　山崎鍛治矢（S60・1）
鞴祭なれば鍛冶屋を覗きけり　竹林　仁（S62・3）
ワープロの鞴祭の案内状　瀬戸　草舟（H3・3）
ぽちぽちと水漏る鞴祭かな　稲澤　雷峯（H6・2）

こどもらに鞴祭の星が降る　豊島　満子（H7・2）

酉（とり）の市（いち）　熊手

手の甲に撥ねたる水や三の酉　田中かずみ（S52・1）

三の酉磨きて銅（あか）のかなだらひ　酒井　鱒吉（S57・1）

やはらかき肩と当りし酉の市　細谷ふみを（H4・3）

熊手買ひたるは人形劇一座　市川　千晶（H5・1）

羽田より直行したり酉の市　佐藤たつを（H5・2）

喧嘩売るやうに熊手を売りゐたり　小林　貴子（H8・3）

腸の常ならぬ日や三の酉　田辺　柿青（H12・3）

秩父夜祭（ちちぶよまつり）　秩父祭

秩父祭薬味の葱を入れ過ぎし　細谷ふみを（S57・3）

神楽（かぐら）

木場神楽父にも父のありしかな　成田　浩（S49・7）

地神楽のどすんどすんと舞ひにけり　安部みち子（H4・4）

はやばやと神楽の宿に子守婆　日高　延代（H5・5）

殺生の際（きは）の高音を神楽笛　藤田　湘子（H6・1）

就中まぐはひ神楽励むなり　布施伊夜子（H6・2）

月の出やたかく鈴振る神楽舞　佐竹まあ子（H7・11）

神楽笛をりしも真鶸空おほふ　北村斗箕生（H12・2）

大釜に湯花立ちたり神楽笛　浅井　多紀（H20・4）

里神楽（さとかぐら）

水底の石に艶でる里神楽　古田　朝子（S48・1）

子づくりを教へたまへり里神楽　北野富美子（S63・3）

夜神楽（よかぐら）

厠から応と声あり神楽の夜　神尾　季羊（S55・4）

夜神楽の大蛇畳んでありにけり　林　千里（S59・2）

馬臭き人と坐りぬ神楽の夜　和田　智子（S60・5）

夜神楽をまじまじ見たりこんなもの　野村　和代（H3・3）

夜神楽の一番終へし星の数　鈴木しげ子（H5・3）

夜神楽やきつねたぬきの寝入ばな　峰　芙三子（H7・2）

夜神楽や畳の上の小楢の実　田代キミ子（H11・3）

神楽の夜鼠が罠にかかりけり　福永　節子（H12・3）

夜神楽の鬼に名刺を貰ひけり　西山　敏子（H14・3）

夜神楽に鶏起されてしまひけり　横沢　哲彦（H14・3）

札納（ふだをさめ）

大岩にぶつかる声や札納　鳥海むねき（S59・3）

厄塚（やくづか）

厄塚に燃えつつ鈴の鳴りにけり　松井　桂（S57・4）

十夜（じふや）

十夜僧　十夜寺

大岩を眼前（まさか）に十夜鉦を打つ　猿田　咲子（S58・1）

高瀬川あさく流る十夜かな　小澤　實（S59・2）

喉佛とくと見られて十夜僧　安食　亨子（H2・3）

乞食の横歩きせり十夜寺　牛久保　經（H8・3）

有漏ごころ月の十夜の帰り道　長谷　静寛（H17・1）

御正忌（ごしやうき）

報恩講　親鸞忌

磧石みな角とれて報恩講　原　与志樹（S45・1）

浦夕映今年御正忌しづかかな　宅和　清造（S50・3）

海鳴に応ふる柱親鸞忌　蓬田　節子（H1・3）
報恩講長説法に飴廻る　上元トミエ（H22・3）

臘八会（ろうはちえ）
臘八

煙出しの煤が掌にのる臘八会　荒井　成哉（S47・2）
臘八の尼をいたぶる歯痛かな　金田　眸花（S53・2）
臘八の雲や宇陀にて気を抜けり　高野　途上（H12・4）
臘八や美僧の窶れ殊更に　鈴木　敏子（H15・3）
野良猫のいい面がまえ臘八会　井上　喜世（H17・2）

除夜の鐘（じょやのかね）

天領は八方に山除夜の鐘　宮木登美江（H9・3）
海峡に船足おとし除夜の鐘　中岡　草人（H20・3）
除夜の鐘聞かんと眼鏡はづしけり　名取　節子（H20・4）

寒参（かんまいり）
寒詣

寒詣削ぎ搾りたる体かな　長谷　静寛（H14・1）

寒垢離（かんごり）
寒行

寒垢離の水が女体を打つて火に　山下　半夏（S52・3）
寒行の一団渡船二度渡し　長谷　静寛（H1・6）
寒行僧五人の列を立てにけり　渋谷　竹次（H7・4）

寒念仏（かんねぶつ）

寒念仏終へ婆の輪の静かに解け　大櫛　重咲（S44・4）
生きものの闇にのこりし寒念仏　黒田　肇（S46・3）
寒念仏まめ芋ごぼう集ひけり　穂坂　志朗（S48・3）
遠くから行くぞ行くぞと寒念佛　藤田　湘子（S62・3）
寒念仏持ち寄りしもの食へば了ふ　笹山美津子（H3・5）

田の闇や一軒家から寒念仏　佐宗　欣二（H15・5）

聖胎節（せいたいせつ）

マリア様御孕（おんやど）りの日髪を梳く　岸　孝信（H18・2）

聖（せい）ザビエルの日（ひ）

金星は月を離れずザビエル忌　土門緋沙子（H24・3）

クリスマス　聖夜

通夜果ててわれら聖夜と気付きたる　石野　梢（S57・3）

わが臓腑のぞきし医師もクリスマス　友利　昭子（S63・3）

銀紙のうらも銀紙クリスマス　喜納とし子（H3・3）

はるかまで信号見ゆる聖夜なり　麻木巴奈海（H7・4）

水槽の魚みな過食クリスマス　森山いほこ（H10・3）

難曲を光が奏でクリスマス　藤本　麻子（H10・5）

革命は書架に滅びぬクリスマス　西山　敏子（H12・2）

楽屋までドア幾枚ぞクリスマス　立神　侯子（H13・3）

クリスマス一人芝居の切符売る　細貝幸次郎（H13・3）

刻かけて海を来る闇クリスマス　藤田　湘子（H14・1）

クリスマス博打に負けて帰りけり　竹岡　一郎（H14・2）

物乞はず泥して与へずクリスマス　伊沢　惠（H15・2）

モニターを女よぎりし聖夜かな　加藤　静夫（H16・2）

泥の上に燐寸散乱クリスマス　関　都（H17・2）

犬にのみ話す浮浪者クリスマス　林　めぐみ（H17・3）

聖夜なり芥に光る銀の紐　市川　恵子（H18・3）

下宿屋の大き下駄箱クリスマス　上田　鷲也（H19・3）

炎揺れ影揺れ聖夜ミサ了る　福永　青水（H20・4）

鳥どちは肌合はさずクリスマス　髙柳　克弘（H21・3）

クリスマス裁判員の候補なり　藤田かをり（H21・3）

医師のセロ病廊に聴く聖夜かな　志磨美代子（H24・2）

分校の生徒来てゐるクリスマス　松尾　益代（H24・3）

高速路翳なす川やクリスマス　西田　玲子（H25・3）

東叡山開山忌（とうえいざんかいさんき）　慈眼の忌

けむり一転杉つ葉に火や慈眼の忌　百橋　美子（H20・4）

芭蕉忌（ばせをき）　翁忌　時雨忌

売文の為替届きぬ芭蕉の忌　土井　華亭（S45・1）

芭蕉忌の梢ばかりをさがしけり　渋谷　雄峯（S48・1）

芭蕉忌の冷え黒鯉の膚にも　高野　途上（S56・1）

連れだちて翁忌へ発つ朝月夜　星野　石雀（S59・1）

翁の忌地下街を僧ゆらゆらと　四ッ谷　龍（S59・2）

時雨忌の嚢を吹き衰ふる　岬　尚子（H1・2）

翁忌の沖鳴りかすかなる思ひ　石田　小坡（H15・12）

翁忌や翁の捨てし弟子の数　山口　睦子（H19・2）

白秋忌（はくしうき）

掘割の水藻に夕日白秋忌　大庭　紫逢（H14・5）

秋声忌（しうせいき）

草をもて草ひくあそび秋声忌　伊藤　左知（H4・3）

八一忌（やいちき）

燠美しき火桶八一の忌なりけり　岡田　靖子（H19・1）

波郷忌（はきやうき）

波郷忌や波郷先生風邪引くな　藤田　湘子（S59・2）

波郷忌のいまも砂町銀座かな　小浜杜子男（H5・2）

鶴連衆ともどもに亡し波郷の忌　石野　梢（H5・3）

波郷忌や女のさして男傘　今野福子（H6・2）

百姓の耳学問や波郷の忌　玉川義弘（H19・4）

一葉忌（いちえふき）

風の中に灯る交番一葉忌　島崎和風（S46・2）

一葉忌黒沓下をひたとはき　笙　美智子（S61・3）

毛筆のいろはにほへと一葉忌　林田よう子（S63・2）

飯茶碗水もて洗ふ一葉忌　岡田文子（H21・2）

三島忌（みしまき）　憂国忌

三島忌や剃たての顔風まとも　池本陽子（H6・2）

三島忌や侯爵邸に海眺む　芹沢常子（H11・1）

三島忌やビルの日射に微塵降る　橋爪きひえ（H16・3）

落葉松はいつも直立憂国忌　大島美恵子（H18・2）

憂国忌緋の絨緞のまつすぐに　土屋未知（H19・3）

革椅子の深き凹みや憂国忌　福永青水（H22・3）

梟の首のくるりと憂国忌　森　澄子（H24・2）

尻に堅き列車の席や憂国忌　幸尾螢水（H25・2）

空也忌（くうやき）

空也忌の夕焼畠の二三歩や　鳥海むねき（S54・1）

坂本龍馬忌（さかもとりようまき）

バスタオル巻きて坂本龍馬の忌　田中未舟（H23・1）

一茶忌（いつさき）

湿らせて使ふ荒縄一茶の忌　鈴木青泉（S47・1）

襖絵の杉こんもりと一茶の忌　藤田　湘子（S49・12）
火事跡に一茶忌の軍鶏交みけり　灘　稲夫（S52・1）
一茶忌の馬蹄を磨き恙なし　戸塚時不知（S52・4）
一茶忌の線路歩きて近道す　佐宗　欣二（S53・2）
一尺の壁の厚みや一茶の忌　嶋田　園子（S57・2）
一茶忌のたひらな闇を田とおもふ　小原　俊一（S58・3）
雀見て一茶忌おもひ雀見る　酒井　鱒吉（S59・2）
一茶忌や荒壁の苆にほふなり　中岡　草人（H9・1）
すぐ壁にぶつかる玩具一茶の忌　小川　軽舟（H20・2）
一茶忌や蔵に散らばる鼠米　天地わたる（H23・3）

一休忌（いっきゅうき）

一休宗純五百年忌の山肌よ　小澤　實（S55・12）
山羊の上に山羊乗りにけり一休忌　三宅　静可（H17・4）

近松忌（ちかまつき）

こちら向く灯のかんばせや近松忌　藤田　湘子（S54・2）
舞台いま雪のはげしき近松忌　桜井　省三（H6・2）
追伸はころし文句や近松忌　倉垣　和子（H13・3）
花道の脇に坐りぬ近松忌　伊藤　翠（H16・2）
まゆ描くに眉落としけり近松忌　土居ノ内ひろ（H19・2）
釉薬の淫らに碧し近松忌　渡辺　柊子（H20・2）
うたた寝に暮六つの鐘近松忌　佐藤えみ子（H24・3）
近松忌割れば双子の卵かな　今岡　直孝（H24・11）

敏雄忌（としをき）

三橋敏雄の忌

海鳴は戦鼓三橋敏雄の忌　中野　和子（H17・2）

レノン忌（き）

臘八は知らずレノンの忌なりけり　加賀　東鶴　（H9・4）

十二月八日レノンの忌と答ふ　黒澤あき緒　（H10・3）

漱石忌（そうせきき）

鳴かぬ魚泳がぬ鳥や漱石忌　高橋　友子　（S57・3）

青邨忌（せいそんき）

初雪のみちのくに在り青邨忌　林田　美音　（H20・2）

石鼎忌（せきていき）

石鼎忌髪解き髪を結ふ遊び　田中　真理　（S51・3）

石鼎忌国栖の紙漉灯しけり　長岡　範　（H6・3）

横光忌（よこみつき）

横光忌水槽の魚発光す　志賀佳世子　（H9・3）

義仲忌（よしなかき）

壁苆に雪ひっかかる義仲忌　岸　孝信　（H25・4）

乙字忌（おつじき）

乙字忌の鳴らざる梢皎皎と　鳥海むねき　（H8・4）

久女忌（ひさじょき）

家中に紅の乏しき久女の忌　神尾　季羊　（S48・4）

豆を煮ていちにちぢゅうの久女の忌　平松弥栄子　（S50・3）

久女の忌徹頭徹尾ガラス拭く　前川　彰子　（H7・3）

雪嶺は婢きそひけり久女の忌　津高　房子　（H19・3）

鍋のふた火勢に鳴れり久女の忌　金子三津子　（H20・3）

草城忌（そうじょうき）

病人の修羅は未明に草城忌　星野　石雀　（S57・4）

寒暖の移りごころや草城忌　小林　游（H1・4）
ホテルの灯一つ消えたり草城忌　石川　黛人（H5・5）
剃りあとの血のひとすぢや草城忌　羽藤　雄二（H18・5）

レオナール・フジタ忌

レオナール・フジタ忌猫が眼で話す　小倉　赤猫（H24・5）

ドストエフスキー忌

釘曲げて失笑ドストエフスキー忌　倉橋　羊村（S42・4）

動物

冬眠

冬眠のものの夢凝る虚空かな　竹岡　一郎（H6・2）

冬眠の一塊として転がれり　新延　拳（H7・4）

冬眠の蜥蜴瑠璃いろ保つべし　千光寺昭子（H12・12）

熊

熊の皮剝ぐ昂りに闇まとふ　玉木　春夫（S44・2）

熊の檻開ける小さな鍵なりし　田中かずみ（S56・4）

あつぱれや古道具屋の熊の皮　黄土　眠兎（H17・5/6）

熊穴に入る

熊穴に入る飛騨びとの食旺ん　藤田　湘子（H2・1）

熊穴に入るや海鳴終夜　松本三江子（H19・2）

羚羊

日に一度羚羊の来る変電所　茂住　宏幸（H5・1）

かもしかの睫毛氷れり空木岳　小川　軽舟（H13・2）

狐

糊買いに狐の径のうす明り　市野川　隆（S45・4）

高ぞらの風へきつねの縄ばしご　永井　京子（S47・3）

少しづつ裏目や狐村を過ぎ　長峰　竹芳（S50・1）

雌狐に憑かる木登りの途中　小林　進（S51・1）

狐狩の暗く赤い自動車の内部　飯島晴子（S54・9）

三日月に狐出て見よオホーツク　藤田湘子（S56・4）

嬬恋村大字茨（ばら）木（き）狐鳴く　いさ桜子（S61・12）

柴刈るを狐に見られゐしと思ふ　地主雨郷（H3・4）

飛鳥狐畝傍狐を恋うて啼く　北川俊子（H7・3）

飼猫の不明狐を疑へり　川上雁子（H10・3）

年寄に木の葉拾はせ狐呵呵　星野石雀（H15・3）

狐鳴く夜なり出自を子に話す　穂曽谷洋（H17・4）

映像の流出狐鳴く夜なり　中村哲明（H23・2）

化野の狐に智慧を付けらるる　伊澤のりこ（H23・2）

夜目凝らす狐鳴く日も鳴かぬ日も　重岡野風（H25・3）

狸（たぬき）

わが街の狸テレビにうつりけり　柴田日出子（H14・3）

狸失せ程なく妻の戻りけり　安藤辰彦（H18・3）

鼬（いたち）

尼寺の結界にあり鼬穴　珍田龍哉（H5・3）

教卓に鼬遊びしあとありと　田代キミ子（H6・4）

鼬みちありぬ夕日の積草　木村房子（H14・2）

味噌蔵を鼬のぞけり鷹ケ峰　木村君枝（H16・3）

貂（てん）

探鳥会まづ貂の糞見つけたる　野上寛子（H23・1）

鼯鼠（むささび）　ももんが

鼯鼠は疫病の空を辷りをる　志摩龍史（S53・9）

ももんがや太郎次郎の名は古りぬ　増沢千恵（H5・9）

むささびのかくは飛べりと緇衣ひろぐ　中井　迪　(H12・3)

むささびのもの食みこぼす月の檐　岡本　雅洸　(H13・2)

むささびを見し人羨し疑ひつ　藤田まさ子　(H16・1)

狼(おほかみ)

狼は一匹わたくしはひとり　渡部まりん　(H12・4)

狼は滅び犬どち服を着る　荒木ひでこ　(H18・3)

兎(うさぎ)

夕づつに兎を納(しま)ふ湖国なり　高野　途上　(S54・5)

まつくらになりて雪ふる兎小屋　小原　俊一　(S61・8)

兎抱き腥き欲ありにけり　明石　令子　(H3・4)

ひらひらと雪ふりはじむ兎の眼　市川　千晶　(H4・3)

見てゐないやうで見てゐる兎の目　飯島　晴子　(H6・4)

野兎や檜山の道の富むごとし　植竹　京子　(H9・3)

白兎をらぬが如く居りにけり　渡辺みや子　(H9・5)

兎抱き老いあかるさに生きむとす　田中白萩子　(H11・3)

世界中不安夕日に抱くうさぎ　松坂　螢子　(H14・2)

海鳴の駅より三里兎汁　山中　歩　(H22・4)

かじけ猫(ねこ)

竈猫　へつつひ猫

かまど猫懈し袋が近くにあり　増山　美島　(S51・3)

姉の忌をへつつい猫と居たりけり　鈴木　康彦　(S63・3)

竈猫根津を愛せし誰や彼や　大石香代子　(H3・4)

鷹(たか)

蒼鷹

幹照りぬ飼はれて鷹の絶食期　武室　瑛子　(S56・4)

中空の水の如しや青鷹(もろがえり)　大澤美佐子　(S57・5)

動きたる田面の鸐や青鷹（もろがへり）　遠藤きん子（S61・4）
火口湖の無音の北へ鷹飛べり　脇本　星浪（H4・4）
天山の夕空も見ず鷹老いぬ　藤田　湘子（H10・5）
枝折る音踏立てば鷹舞へり　細谷ふみを（H11・2）
大いなる鷹の羽欲し逝く夫に　関　宏子（H11・5）
這松の日差つかのま青鷹　沖　あき（H14・2）
鷹飼われ闇夜静かに息つげり　小林　千晃（H15・2）
鷹見むと伊良湖に来しが鳶の笛　竹岡　江見（H15・5）
船頭の指せる巨木や鷹一羽　秋山　雅子（H16・2）
水運ぶ島の乙女や鷹日和　永島　靖子（H18・2）
岬出て死ぬ鷹あらむ星座かな　布施伊夜子（H18・3）
大鷹のひとさし舞へり賤ケ岳　大和谷千代子（H18・3）
翳蒼き氷湖の鷹となりにけり　小浜杜子男（H19・5）
野（や）にありし威を失へり檻の鷹　桜井　園子（H19・5）

鷲（わし）

禿鷲の翼片方づつ収む　飯島　晴子（S60・3）
尾白鷲老ゆる落暉のオホーツク　磯部　実（H13・5）

寒禽（かんきん）　冬の鳥

冬鵜鴿一畝の宙あたたかし　田中ひとし（S45・4）
電球にぶつかる冬の鶏締めきて　宮坂　静生（S46・2）
冬鶏に値がつきし夜の川音よ　岸本　青雲（S47・5）
御僧の一部始終や冬の鳶　村尾古都子（S49・4）
御僧の鼻わづらひや冬の鳶　市川　千晶（H7・3）

寒苦鳥（かんくどり）

蝕すすむ二更の月や寒苦鳥　福田千鶴子（H24・3）

寒雁（かんがん）　冬の雁

病人のからだを嗅ぎぬ冬の雁　細谷ふみを（S52・2）

冬の雁病人の辺に少し寝る　細谷ふみを（H10・2）

冬の鵙（ふゆもず）　寒の鵙

冬鵙や捨身崩さば老い忽ち　飯倉八重子（S43・3）

麻痺の拳開け開けと寒の鵙　阪東　英政（S43・3）

日は濁り冬鵙のチョト来て去れる　四ッ谷　龍（S58・4）

冬の鵙用ありすぎて何もせず　奥野　昌子（S59・2）

献花みな生者に向きぬ冬の鵙　大庭　紫逢（H16・3）

冬の鵙父に薪割る日向あり　黒澤あき緒（H21・4）

笹鳴（ささなき）

笹鳴に急くこと多しオうすし　岸本　青雲（S42・5）

展べて長き戦中戯画や笹子鳴く　村尾古都子（S48・1）

笹鳴や遍路となりて阿波にゐる　野本　芙美（S56・5）

笹鳴や看護婦の胸近々と　浅井　たき（S58・4）

笹子視む肝腎のとき躓けり　後藤　綾子（S63・3）

笹鳴や妻へ普段の声かけぬ　戸塚時不知（H3・5）

鉄塔に十萬ボルト笹子鳴く　長坂希依子（H5・2）

往きにして復りのこころ笹子鳴く　神尾　季羊（H6・3）

笹鳴や利休の花押咲くごとし　大石香代子（H8・3）

とらんぷの王のうれひや笹子鳴く　竹岡　一郎（H9・4）

夫とともに酌まざりし悔笹鳴けり　内藤とし子（H10・3）

笹子鳴く吉備津の巫女はおばあさん　木之下博子（H10・4）
笹鳴やいまもきらひなカーキ色　豊島　満子（H14・2）
火にかざす掌荒し笹子鳴く　古屋　德男（H21・3）
笹鳴やダムを見下ろす杣の墓　栗栖　住雄（H24・3）
笹子待つむかしは人を待ちにけり　藤田まさ子（H24・5）

冬雲雀（ふゆひばり）

菜園の小石集めぬ冬雲雀　別府　絹枝（H18・5）

寒雀（かんすずめ）

物言へぬ夫に朝来ぬ寒雀　金井　友江（S51・4）
寒雀怒濤の先を走りけり　岩崎破矢太（S59・4）
寒雀はつかの土を飛ばしけり　藤田　湘子（S61・3）
寒雀地下道に道絞らるる　井上　園子（H4・3）
勇み足てふ負け振りよ寒雀　山田ひろし（H6・4）
シンガーミシンと年重ねけり寒雀　藤田まさ子（H9・4）
寒雀音をこぼさず飛びたてり　加藤　征子（H21・4）
日時計の淡き時間や寒雀　田上比呂美（H25・4）

寒鴉（かんがらす）

寒鴉飼はれて声を失へり　小林　青揚（S43・2）
水流れいて克明に寒がらす　しょうり大（S45・3）
とべと言ふ寒鴉吾に翔べといふ　有馬　穣（S52・3）
寒鴉よろけて羽を使ひけり　田中かずみ（S57・2）
寒鴉闘ひかけて別れけり　土屋　秀穂（H2・3）
寒鴉老太陽を笑ふなり　小澤　實（H9・4）

梟（ふくろふ）

これ着ると梟が啼くめくら縞　飯島　晴子（S44・2）
梟鳴く夜にむらさきの子守帯　市野川　隆（S45・7）
梟に寝酒知られて首長し　増山　美島（S46・4）
父の血の梟鳴くを恐れけり　吉沢　利枝（S47・1）
水みがく水ふくろうにかえる母　熊木まさのり（S47・4）
梟の憂に瓦ひとつ落つ　青木　泰夫（S47・12）
梟やはなしのきまる仏の間　寺田絵津子（S48・2）
梟の火を焚きに出る忌日かな　丸山　敦子（S50・2）
梟にたてがみのなきさみしさは　藤田　湘子（S51・2）
覚めて思ふ子規に梟の句ありしや　山崎　正人（S52・3）
蓄音器ほどにふくろふ淋しけれ　脇本　星浪（S57・4）
梟や長子の家にわが座あり　金井　友江（S60・4）
梟を聞きて厄年終りけり　鈴木　照江（S63・2）
縞ふくろふかすかにゆれてゐる如し　飯島　晴子（H3・5）
梟やたん切り飴がなくなりぬ　福田　繁子（H5・6）
梟にたましひ抜かれゐたりけり　村井　古泉（H8・2）
森林鉄道ふくろふの木を通過せり　蓬田　節子（H8・3）
梟や沼は平らをよそほへり　榊原　伊美（H9・3）
梟の飼はれて夜は敵意もつ　黒鳥　一司（H9・4）
ふくろふの鳴くやきりきり抱かれたし　池田　萌（H11・4）
梟や明治の文字玲瓏と　堀口みゆき（H12・4）
梟や鎌倉文士いま一人　珍田　龍哉（H14・1）
梟のこゑ亡眼に明（めい）あたふ　中岡　草人（H14・4）

鶴を折る順序梟知りてをり　蓬田　節子　(H14・12)
月明のふくろふ骨を吐きにけり　荒木かず枝　(H15・4)
古着屋の老婆梟かも知れぬ　柴田日出子　(H17・4)
一生涯眼鏡はづさぬ梟ぞ　朱　命玉　(H18・3)
梟の思ひつめたるこゑなりし　中島よね子　(H18・4)
鏡嫌ふわれは梟かもしれぬ　新原　藍　(H19・6)
梟に啼かれ女の手を離す　細貝幸次郎　(H20・3)
梟やあなたのはうが意気地無し　三代寿美代　(H22・5)
梟に湖北の安寝(やすい)得たりけり　宮木登美江　(H23・3)
五郎助や寝つかれぬ夜は寝てやらぬ　横沢　哲彦　(H23・4)
ふくろふや鼻先さむき坊泊　小川　和恵　(H25・2)
梟や余生の決まる契約書　御前　保子　(H25・3)

木菟(みみづく)

木菟百回ないて短かくなる法衣　熊木まさのり　(S46・7)
木菟鳴いて寝首固しや兄の家　青木　泰夫　(S48・3)
訝かしきものが火棚に木菟の夜　今井八重子　(S49・2)
木菟といふことにしてさびしがる　加藤　節子　(S58・9)
木菟や一夜一章聖書読む　堀　白夜子　(H9・2)
何欲といふのか木菟になりたしよ　藤田　湘子　(H10・2)
木菟やみみなりのみの闇がくる　岩下海老床　(H13・2)
木菟鳴くや結果論なら誰も言える　志田　千恵　(H19・4)

鷦鷯(みそさざい)

三十三才

明るさへ耳をひらけば三十三才　荒田　省吾　(S56・3)
枝にとびつきし勢ひみそさざい　細谷ふみを　(H1・3)

子育ては両手が侍み鵜鶫　市川　千晶（H6・3）

水鳥（みづとり）

浮寝鳥

浮寝鳥若年の医師疑へり　島田天籟子（S57・1）

いまよりもよき職あらむ浮寝鳥　田中かずみ（S57・1）

乞食の厚き襤褸や浮寝鳥　小西　康雄（S59・3）

山襞に押し入る海や浮寝鳥　桜井　彦夫（H5・4）

水鳥の真中へずずと遠めがね　亀田　蒼石（H14・3）

三十六歌仙がほどに浮寝鳥　藤田　湘子（H14・3）

風神のなまけ日和や浮寝鳥　山本　良明（H17・3）

望郷の夢見もあらむ浮寝鳥　景山　而遊（H18・4）

雲割れておほきなひかり浮寝鳥　南　十二国（H22・2）

月光もひとかたまりや浮寝鳥　小川　軽舟（H22・3）

鴨（かも）

鴨の岸少年幽かなる瘂（ふる）へ　藤田　湘子（S48・2）

醜女日記〈鴨をむしり・少年をほどく〉　星野　石雀（S51・4）

葉いちまい引き寄せにける鴨の声　鳥海むねき（S53・4）

鴨屋一軒美事な風の吹いてゐる　飯島　晴子（S55・7）

筏師のきのふは聞きし鴨の声　小林　愛（S56・4）

鴨千羽出雲の国を漂えり　梅津　博之（S58・4）

鴨三十翔ちたる悪寒走りけり　中西　夕紀（S59・4）

鴨の湖見ゆる電車が電車待つ　遠藤きん子（S60・2）

鴨食べてあやしくなりぬ詩ごころ　藤木　瑠以（S63・4）

さきがけの鴨のまばらに浮御堂　清水　操（H1・12）

鴨にやり己にくれてえびせんべい　藤田まさ子（H2・5）

一掻きに進める鴨や穂高立つ　小林　貴子（H6・1）

鴨の陣一挙にもやひ舟占拠　谷　ひろ子（H9・4）

安閑の日なれば鴨のざつと千　林　よしえ（H9・4）

而して土鍋に煮ゆる鴨と葱　山本　良明（H10・4）

義足音夜明の鴨を発たせけり　多田　和弘（H11・3）

少年の慟哭鴨に対しをり　穂曽谷　洋（H14・4）

鴨三羽撃ちたる夜の酒ほがひ　鶴岡　行馬（H24・3）

千鳥（ちどり）

浜千鳥つめたき小皿敷きつめむ　飯島　晴子（S51・5）

高浪の千鳥過ぎれば崩れけり　開発　道子（S63・3）

鳰（かいつぶり）

かいつむり　にほどり

またたきて瞬きていま昏き鳰　八重樫弘志（S45・6）

老先や鳰鳥潜りくゞりして　五島　一菓（S46・2）

鳰や出雲ことばのおんぼらと　藤田　湘子（S52・12）

雲水の旅見送れりかいつぶり　金田　眸花（S54・2）

くちびるのかたちふきとる鳰の声　いさ　桜子（S57・2）

とぼとぼと来しにあらずよ鳰　藤田今日子（S58・1）

障り日の半ば過ぎたり鳰のこゑ　望月　秀子（S58・3）

拝むとき何も頼まずかいつぶり　中西　夕紀（S60・2）

裏富士のここに全しかいつぶり　大岩美津子（S61・3）

かいつむり子なき女と旅にあり　高木　正志（H2・2）

鳰潜る鳰ほどの水盛りあがり　松井　千枝（H3・3）

にほどりに負けず嫌ひがゐるらしき　鷲見　明子（H6・2）

おもひ湧く兆の黙やかいつぶり　佐藤　中也（H6・3）

鳰双眼鏡をはづれけり　近藤　茂彦（H8・5）
かいつむり眼玉大きくもぐりけり　飯島　晴子（H11・1）
余呉の湖鳰の匹如身（するすみ）あそびかな　谷　ひろ子（H12・4）
鳰や遠江（とほつあふみ）のみをつくし　村松　二本（H13・2）
日没はいづこの日の出かいつぶり　南　十二国（H20・2）
鳰かづき流るる水輪爆心地　三浦　啓作（H21・2）
鳰の岸男の黙にしたがへり　志賀佳世子（H22・2）
鳰のこゑ美童の眠り見飽かなく　岩永　佐保（H22・4）
鳰を見に締切前の二三日　金子富士夫（H23・2）
鈴撒きしごとき光や鳰の岸　小川　軽舟（H23・3）
岸草に舟曳きし跡かいつぶり　中島よね子（H24・3）

都鳥（みやこどり）　百合鷗

百合鷗少年をさし出しにゆく　飯島　晴子（S50・12）
洛中は物日の音ぞゆりかもめ　藤田　湘子（H1・2）
白妙の能登の羽咋の都鳥　小林　貴子（H8・6）
老人に昨日は昔都鳥　星野　石雀（H10・4）
ゆりかもめ死んでしまへば白き石　千光寺昭子（H18・4）
紙の上のことばのさびしみやこどり　髙柳　克弘（H19・5）
煙突のがんばる空や都鳥　黒澤あき緒（H20・4）

冬鷗（ふゆかもめ）

冬かもめ女吹かれに来しごとし　緒方　厚子（S53・2）
塩竈の藻塩の飴や冬鷗　籏野　久子（H23・2）
ふり向けば函嶺蒼し冬鷗　鳥海　壮六（H23・3）
冬かもめ拉致ありし海あをあをと　神谷　文子（H24・4）

鶴（つる）

鶴の辺は刻凝まつて過ぐるらし　細谷ふみを（S44・3）

樹のそばの現世や鶴の胸うごき　飯島　晴子（S46・12）

鶴抱く思ひに夜は近づけり　長谷川きよ志（S49・1）

鶴たてば口紅の濃く痺れたり　藤川　祐子（S50・1）

鶴の脚見て七人に濁りひとつ　小林　進（S51・5）

うすら日や現実に鶴頭上ゆく　斎藤　一骨（S56・2）

村人はこもりゐるなり鶴のこゑ　山口　睦子（S63・5）

鶴守のメモ単純な数字のみ　藤田　湘子（H5・4）

風切を拡ぐる田鶴の鳴きにけり　山本　良明（H17・1）

老鶴のそそけし首を立てにけり　狩野　ゆう（H17・3）

空蒼しこの世の外を鶴流れ　川出　泰子（H23・4）

凍鶴（いてづる）

凍鶴の彷彿とゐて寝まるなり　伊藤　浩資（S48・4）

愛したら来よ凍鶴の午後晴天　穴沢　篤子（S53・3）

凍鶴の腥きなり受洗式（バプテスマ）　大庭　紫逢（S54・6）

凍鶴に真正面から近づけり　磯部　実（S63・5）

凍鶴となる際（きは）の首ぐぐと入れ　飯島　晴子（H1・3）

凍鶴に一匹の蠅飛び回り　細谷ふみを（H7・5）

凍鶴の刻の淀みに入らむとす　細谷ふみを（H16・4）

白鳥（はくてう）　鵠

甲斐は雨さ渡る鵠（くぐひ）のいや細し　しょうり大（S49・2）

白鳥の頭白鳥の頭夜明け　小浜杜子男（S52・3）

鵠（くぐひ）の頸手弱（たわや）腕（がひな）に纏かればや　窪田　薫（S54・3）

眠りたし大白鳥を見ていたし　穴沢　篤子（S55・6）
白鳥の篝のごとく吹かれゐし　長谷川　櫂（S55・6）
白鳥の首を猥らとそしりけり　野本　京（S58・3）
雨に出て大白鳥にもの言へり　穴澤　篤子（S58・7）
白鳥を見にきて風にぐらつきぬ　今井八重子（S60・2）
山なだらかに白鳥は壮年期　杉山ゆき菜（S62・2）
白鳥の頸ほどけきてかうと啼く　市川　葉（S62・3）
白鳥は首伸べ鹿島双耳峰　小林　貴子（H7・6）
白鳥の頸の引つぱりあふやうに　光部美千代（H14・1）
白鳥の襲ふ白鳥現世なり　珍田　龍哉（H14・4）
白鳥の静かな水輪わが手まで　宮本　八奈（H18・3）
白鳥の濁声浴びし悪寒かな　今野　福子（H19・4）
白鳥を百度抱けば子とならむ　加藤よい子（H21・2）
白鳥や耳をふさげば平和なり　吉川　典子（H23・3）

鯨（くぢら）

鯨棲む海の上なり父の星　一木美鶴子（H18・5）
三ツ星のかたぶく方に鯨眠る　荒木かず枝（H25・4）

鮫（さめ）

眉蒼き女に鮫は撓ひたり　青木　城（S54・3）

魴鮄（はうぼう）

魴鮄が海境（うなさか）歩む星屑踏み　竹岡　一郎（H22・3）

方頭魚（かながしら）

方頭魚切羽詰つて鳴きにけり　前川　彰子（H9・4）

鮪（まぐろ）

鮪船実習生を先づ降ろす　片田　末子（H8・3）

鱈（たら）

鱈船に海盛りあがる日の出かな　岸　孝信（H22・3）

鱈割けば朝焼け色の卵湧く　竹岡　一郎（H23・4）

鰤（ぶり）

鰤の眼に雷火たばしり切られけり　蓬田　節子（S44・1）

鰤の口わづかな水を吐きにけり　細谷ふみを（S48・2）

鮟（あん）鱇（かう）

身のうちに鮟鱇がゐる口あけて　奥坂　まや（H1・3）

鈍痛のやうに鮟鱇置かれけり　木村　照子（H3・9）

あんこうの肝を抜かれし為体　酒井武次郎（H7・2）

羅箱に鮟鱇わらふごとくをり　服部　圭伺（H7・4）

鮟鱇に下品の肝を貰ひけり　石田　小坡（H11・2）

鮟鱇の所へもどる女かな　伏見ひろし（H15・2）

鮟鱇の口ぽつかりと閏秒　早見　敏子（H18・5）

氷下魚（こまい）

かの魚を氷下魚とよびし夕かな　小沢　実（S54・1）

やや長く跳ねつづけたる氷下魚あり　薬師寺裸子（S55・4）

鮃（ひらめ）

鮃食ひぬくい鏡に入りにけり　角田　睦美（S53・1）

水槽の底へ鮃のはらはらと　荒木かづえ（H9・3）

嘘すこしついて平目の裏おもて　斎藤　芳枝（H17・1）

河豚（ふぐ）　ふくと

年とらばふくとのごとく浮きてゐむ　柳沢ひろし（S55・2）

ふぐ食うて日当る顔をなでにけり　宅和　清造（S58・6）

妻があり河豚あり帰国する気なし　佐藤　四郎（H10・5）

潤目鰯（うるめいわし）　うるめ

夜を重ねうるめの目玉落ちにけり　今野呉千堂（H2・2）

ドラマにはならぬ日常潤目焼く　珍田　龍哉（H13・3）

潤目干す何をつんつん申さるる　渋谷　竹次（H14・2）

潤目焼き何とも他人行儀なり　百橋　美子（H21・2）

寒鯉（かんごひ）

寒鯉をよび老斑を増やしけり　吉沢　利枝（S53・2）

寒鯉に双手の力劣りけり　中沢みなと（S61・2）

寒鯉に止め刺したるところなり　佐々木安方（S62・2）

寒鯉の尾力泥を暗めけり　谷　ひろ子（S63・5）

来々軒にて寒鯉の血をすする　吉田　了（H3・3）

寒鯉の鱗剝ぐ音響きけり　竹岡　一郎（H6・5）

只管（しくわん）打坐（たざ）寒鯉これを倣ひをり　藤田　湘子（H13・2）

寒鮒（かんぶな）

寒鮒を飼ふ裏口のむらさき濃し　増山　美島（S48・3）

寒鮒や午後より帽子淡くして　増山　美島（S51・4）

せつせつと寒鮒のゆきかへしけり　増山　美島（S53・4）

寒鮒の口の張りたる諏（す）訪（わ）晴（ぱ）れ　宮坂　静生（S59・3）

寒鮒の匂ひ染みをり喪の茶碗　今岡　直孝（S64・1）

寒鯊

寒鯊に国栖人の眼の付きゆけり　高野途上（H7・2）

ずわい蟹　松葉蟹

松葉蟹武張つて箱にをさまれり　沖あき（H24・4）

海鼠

落暉あり糶のをはりの海鼠桶　小林秀子（S54・7）
海鼠と吾更けては涙ながしける　三井菁一（S57・3）
妄語戒生きて海鼠の届きけり　国東良爾（S58・2）
夕暮れをたどり海鼠に問はれたる　古川砂洲男（S59・2）
海鼠突く銛を持たせてくれたるよ　小澤實（S60・3）
帚星堕ちて海鼠となる夜かな　菊池佳子（S62・2）
雪あとからあとから海鼠桶のなか　三木聆古（S62・4）
口惜しや海鼠吾が歯を侮りぬ　弓倉御代香（S62・4）
丸ビルを出て海鼠食ふ巷あり　境勇（H1・2）
海鼠提げ何かわからぬ列につく　中岡草人（H4・6）
同権と言えども女海鼠嚙む　今井緑（H8・5）
抛られて二度伸びしたる海鼠かな　山地春眠子（H9・2）
文芸のそもそも不良海鼠食ふ　明石令子（H9・2）
にんげんは滅び海鼠は這ひをりぬ　奥坂まや（H14・3）
水棲の記憶などなし海鼠喰ふ　珍田龍哉（H14・3）
海鼠嚙み訛あるとは覚えなし　遠藤篁芽（H16・3）
なんとなく水増えてをり海鼠桶　佐武まあ子（H16・4）
一炊の夢の終を海鼠かな　魚返鐵雄（H16・5）
大海鼠いまはの水をどつと吐く　亀田蒼石（H16・6）

海鼠食ひ階段ひとつ踏外す　笙　美智子（H18・4）
来世には面晤(めんご)なすべき海鼠なり　山地春眠子（H22・1）
海鼠桶かはたれ星のちりちりす　徳田じゅん（H23・3）
喉仏ごつくりと上げ海鼠噛む　安　文雄（H24・2）

牡蠣(かき)

酢牡蠣食ひ薄情の声流れだす　山口　睦子（S45・3）
国引きの足場の島や牡蠣の殻　鈴木　俊策（S61・2）

冬の蝶(ふゆのてふ)　凍蝶

凍蝶や婚期は周囲より来たる　荻原　英明（S40・3）
凍蝶の脳裡に模糊と観世音　大西　悦一（S46・3）
冬蝶のむくろを掃いて遊びけり　藤田　湘子（S50・1）
大安の東海道や冬の蝶　堀口みゆき（S51・3）
夢の身の金縛りかな冬の蝶　佐宗　欣二（S52・2）
とめどなく冬蝶堕ちぬ遠眼鏡　大庭　紫逢（S52・12）
蝶凍ててわが豹変を待つごとし　伊藤　四郎（S55・2）
芝草の一茎にゐて蝶凍つる　生地みどり（S62・5）
凍蝶を過(あやまち)のごと瓶に飼ふ　飯島　晴子（S63・3）
凍蝶の天与の朱(あけ)を失はず　飯島　晴子（S63・3）
まなぶたのごと翅閉づる冬の蝶　光部美千代（H4・4）
凍蝶になほ大いなる凍降りぬ　藤田　湘子（H6・3）
風紋に舌を触れたる冬の蝶　山本　游史（H8・3）
凍蝶に重さ加わるばかりなり　沢田いなみ（H9・3）
わが退路凍蝶は翅立ててをり　山地春眠子（H10・3）
凍蝶となりてしまひし空気かな　松野　苑子（H11・2）

凍蝶に信濃の空気音すなり　矢内　洋子（H12・4）

冬蝶をいたぶりし過去美しき　前田　真依（H13・3）

凍蝶のあかつきに舞ふ誰も知らず　藤原めい子（H14・4）

遠つ世の禁色の蝶凍てにけり　石田　小坡（H15・3）

森林は音楽に飢ゑ冬の蝶　杉浦　正義（H18・3）

冬蝶の発てりからだの痛みより　西條　裕子（H19・2）

冬蝶の形に記憶欠けてをり　伊澤のりこ（H22・3）

唇に風感じおり冬の蝶　岩佐　恭子（H22・3）

凍蝶の夢は巌の上にあり　桃井　薫（H23・4）

凍蝶のあつさり人に翅ゆるす　鶴屋　洋子（H24・4）

冬の蝶世の寂しさの外へゆく　佐々木幸子（H24・5）

冬(ふゆ)の蜂(はち)

冬の蜂尻太りして漂えり　小田さとこ（H5・2）

冬の蜂死ぬ尻立ててをりにけり　藤田　湘子（H9・1）

竹の束解けてあれば冬の蜂　山本　良明（H17・2）

冬蜂の影わづかづつ死にてけり　伊沢　恵（H19・3）

青空へあはれ冬蜂勇みけり　辻　和香子（H21・4）

冬蜂のむくろ造花の下にあり　竹崎たかを（H24・2）

独裁者死すつつけば動く冬の蜂　松坂　螢子（H24・5）

冬(ふゆ)の蠅(はへ)

冬の蠅日当る所離れけり　轍　郁摩（S56・4）

鑁(ばん)阿(な)寺の鑁の字に付く冬の蠅　飯島　晴子（S64・1）

人忘じ難し砂場に冬の蠅　増山　美島（H2・3）

殺しても殺さなくとも冬の蠅　星野　石雀（H4・1）

冬の蠅金切声を浴びにけり　安食亨子　(H11・3)
冬の蠅尼のうしろを飛びにけり　飯島美智子　(H11・5)
平和なのか冬の蠅這ふリノリウム　岩口満里子　(H16・2)
妻の目も同じく追へり冬の蠅　遠藤篁芽　(H18・3)
冬の蠅脱走兵の影をもつ　西方郁子　(H19・4)
冬の蠅往生際を飛びにけり　松本三江子　(H21・3)

蟷螂枯る（たうらうかる）　枯蟷螂

かまきりの雄にうまれて枯れにけり　鈴木俊策　(S60・2)
怒濤音蟷螂枯れてゐたりけり　菅原闃也　(S62・1)
蟷螂の枯れゆく祭囃子かな　坂亮平　(S63・2)
枯蟷螂遊びに欠くるなかりしか　田中ただし　(H3・1)
雨しづく枯蟷螂を忽諸（ないがしろ）　八代良子　(H8・3)
咲くごとく枯蟷螂の飛びにけり　桜井美恵　(H12・3)
枯れきつて蟷螂脚を落しけり　芹沢常子　(H13・2)
掃かれたる枯蟷螂のかまへけり　山田敏子　(H23・2)
衝けば仰向く枯蟷螂に空がある　榊原伊美　(H25・1)

綿虫（わたむし）　大綿　雪虫　雪蛍　雪婆

綿虫や葬の坂の高さより　山口広子　(S44・1)
綿虫や母の枕に石つめて　飯島晴子　(S45・3)
眼が見えて飛ぶ綿虫と思ひけり　穂坂志朗　(S46・1)
母老ゆる綿虫の塀くゞりては　足羽鮮牛　(S46・3)
大綿のみな野へもどる紙芝居　古宮映川　(S46・3)
病む父に見えて夥しき雪虫　足羽鮮牛　(S46・5)
雪ほたるたゆたひとべり韓の唄　松村苔泉　(S47・2)

木樵いて綿虫に音あるごとし　小野寺芳江（S47・7）
香華手にして初めての綿虫か　内川　幸雪（S48・1）
綿虫の空にあつまる目のくぼみ　友永嘉都子（S48・2）
飽きるまで綿虫を追ひ穢れけり　座光寺亭人（S48・5）
綿虫のありあり見ゆる不吉かな　土屋　秀穂（S49・12）
嬰をめぐる綿虫護符を剝がさねば　栗林　千津（S50・2）
地酒提げたる綿虫の行方かな　横井千枝子（S51・1）
義仲寺を出て綿虫を荒摑み　高野　途上（S53・1）
掌の綿虫いまは奈落へむけて吹く　飯島　晴子（S54・1）
綿虫のひとつと云ひてひとつとぶ　野木　径草（S56・2）
綿虫に声高すぎる近すぎる　坂田はま子（S57・2）
綿虫が引ききし青きしじまなる　山田　陽子（S57・2）
綿虫よ生れ故郷がつまらなく　石井　雀子（S57・4）
大綿に明眸くもるすべもなし　飯島　晴子（S58・2）
綿虫の綿を欲張る天気かな　飯島　晴子（S62・2）
顔へきし綿虫吹くや白毫寺　牛久保　経（S62・2）
綿虫や八高線の夕列車　中山　玄彦（S63・4）
眼中にあり乗鞍も綿虫も　下本　愛（H3・2）
くちびるに口紅重し雪螢　光部美千代（H3・5）
綿虫の綿ふとらせよ秩父の子　木村　甲鳥（H4・2）
綿虫の意外に蹤いて来て呉れし　飯島　晴子（H5・2）
綿虫や仕舞支度の曲芸師　松本　百司（H6・2）
大綿や山の日暮の待つたなし　穴澤　篤子（H6・3）
綿虫の綿を集めてねむりたし　池田　暘子（H7・1）

綿虫や瑠璃定まりし沼の色　阿部けい子（H7·2）
綿虫を吹きさみしさの不鮮明　岩永佐保（H7·3）
漂うて綿虫楽はしてをらず　吉沼等外（H9·3）
綿虫や奈良のふるみち畑の中　兼子あや（H10·2）
のべし手を逸るる綿虫わが昭和　小浜杜子男（H10·4）
綿虫や何に遊びしわが昔　野本京（H11·4）
雪蛍小学生を待つてゐし　前田半月（H12·2）
斑鳩の綿虫として目の高さ　立神侯子（H12·3）
わたむしとたれにともなくいひたるよ　浅沼三奈子（H12·4）
吾ならば綿虫を飼ふ涙壺　籠田弘恵（H12·5）
綿虫を吹いて左へ曲りけり　伊藤たまき（H13·1）
世に遅るとも綿虫と遊びたし　山城たつ子（H13·2）
湿原に無音充ちたり雪ぼたる　吉村しづこ（H14·1）
綿虫や人は旅してひとと逢ふ　藤田湘子（H14·3）
縦の木は風除け魔除け雪ばんば　宮木登美江（H14·5）
日課には無し綿虫とゐる時間　阪口和子（H14·6）
少年の切絵の手先雪蛍　木村照子（H16·1）
綿虫に翌檜に夢見すぎたり　伊澤のりこ（H16·1）
綿虫に語尾美しき童かな　永井徳子（H16·2）
雪虫のつるむや天気上り坂　佐藤久美（H16·4）
綿虫の無音と無音ぶつかりぬ　矢口晃（H17·2）
綿虫と人さりげなく消ゆるかな　鴨志田理沙（H19·2）
火を噴かぬ火口見て来し雪蛍　望月公美子（H19·5）
綿虫と南大門をくぐりけり　西山純子（H20·5）

綿虫や白杖の人首かしぐ　豊島　満子（H21・3）
綿虫の遠ざかるごと近づきぬ　中西　笑子（H22・2）
声もたぬ綿虫に声かけてやる　志村芙美子（H22・4）
綿虫やロックに屯して少女　辻内　京子（H23・2）
火を焚いて家励ましぬ雪蛍　斎藤　夏野（H24・2）
透きとほる童の声やしろばんば　廣田　昭子（H24・2）
綿虫にさしのぶる手は素直な手　植竹　京子（H25・2）
寂しめばふゆる綿虫空知川　中嶋　夕貴（H25・4）

冬の虫（ふゆのむし）

冬ちちろひと晩おきの深ねむり　吉井　瑞魚（S43・1）

植物

早梅（さうばい）　冬の梅

月いまだひかりとならず冬の梅　北村古陵（S40・4）
早梅や経写せしも二三日　大庭紫逢（S56・1）
冬の梅仕ふる人を変へにけり　松木和恵（S56・2）
早梅やひらがなの名の吾子ふたり　藤田湘子（S58・2）
早梅や漁港百戸の屋根瓦　金子うた（H2・4）
早梅や番茶にふさはしき話　奈須しも（H11・5）
早梅や土竜のむくろ手をひらく　立神侯子（H12・4）
早梅や矮鶏一斉に鳥屋出でて　上田つくし（H17・3）
早梅や昔電話は玄関に　志田千惠（H22・3）
早梅や引手つめたき桐箪笥　野島乃里子（H25・5）

寒梅（かんばい）　寒紅梅

寒梅に陽の色父には父の椅子　市川恵子（S41・4）
これよりは俳句無頼や寒の梅　藤田湘子（S58・5）
しづかなり寒紅梅は自死のいろ　奥坂まや（H12・5）

臘梅（らふばい）

臘梅や去就あらまし胸底に　金田眸花（S51・4）
臘梅はもつと淋しい花の筈　飯島晴子（S58・5）
臘梅や近江より来し謡の師　葛谷一嘉（H3・5）

臘梅を老梅と書く花屋は駄目　藤田　湘子（H15・3）
臘梅や古き簞笥に佳き衣裳　小川　軽舟（H18・4）
臘梅に立ちたる人の杖白し　山本美千子（H21・5）
臘梅や母のにほひの小抽斗　土屋　未知（H23・4）

帰(かへ)り花(ばな)　狂ひ咲

歩きつつ暮れる男や返り花　寺田絵津子（S43・12）
返り花かなしきときも腹へりて　植田　幸子（S46・2）
返り花いま生国に訃あるべし　田中　真理（S50・12）
大木の狂ひ花研ぐ月夜かな　灘　稲夫（S51・1）
返り花風吹けば手のかるき麻痺　東森久美子（S56・5）
荒海を瞼にねむの狂ひ咲き　伊藤　四郎（S57・1）
返り花月日のごとく消えにけり　山崎　正人（S58・3）
海彦は沖に睡りて返り花　鴨志田理沙（S59・4）
帰り花ほくろの多きからだなり　大野今朝子（S62・2）
病人に病み心なし返り花　守屋真智子（S62・2）
間に合つてゐるだけのわれ返り花　石井　雀子（H2・3）
島原は水はやき町帰り花　大石香代子（H3・1）
帰り花深山に入るは僧に似て　保高　公子（H4・3）
昼前に葬(はぶり)終りぬ返り花　立神　侯子（H9・2）
返り花はるかな昼を誰も持つ　寺内　幸子（H11・1）
盛り場の中の教会帰り花　西浦　節子（H11・2）
親殺し子殺し躑躅帰り花　星野　庄介（H16・4）
帰り花童女の如く老女死す　竹岡　一郎（H19・4）

室咲（むろざき）　室の花

鬼ケ島に鬼の子ふえる室の花　冬野　虹（S56・3）

悪びれず金に執着室の花　大山　紺夜（H10・2）

冬桜（ふゆざくら）　寒桜

杣溜りせしあと浄し冬ざくら　高野　途上（S44・1）

好色の腓返りや寒桜　椰子　次郎（S52・2）

冬ざくら老いても子には従はじ　松木　和恵（S58・1）

冬桜うつつを一歩離れけり　西山　敏子（H12・3）

屋号ある家に生まれぬ冬桜　三井ちえみ（H15・4）

冬薔薇（ふゆばら）

冬薔薇散るや青天霹靂す　林　千里（S57・4）

こと切れし辺に缶切と冬薔薇　安食　亨子（S61・2）

病む人に嘘の尽きたる冬さうび　鈴木　英子（S62・3）

冬薔薇や時間の砂のただ落つる　吉橋　節子（H14・4）

冬薔薇や仕事の化粧夜の化粧　三井ちえみ（H16・1）

遺体なき人に讃美歌冬薔薇　大和田　毬（H19・4）

冬薔薇やタンゴの一歩深く入れ　喜多島啓子（H24・3）

冬牡丹（ふゆぼたん）　寒牡丹

仏滅の風の出入りの寒牡丹　永井　京子（S48・5）

嫂の目のおそろしき冬牡丹　星野　石雀（S51・2）

寒牡丹旅の時間を割りつくし　脇本　星浪（S59・3）

寒牡丹失意の人にまぎれなし　塚原　白里（S60・5）

寒牡丹いきぐるしくて退りけり　高城　恭子（H11・3）

能衣裳懸けてやりたし寒牡丹　蓬田　節子（H15・4）

葬式の前日の寒牡丹園　細谷ふみを　(H19・4)

寒椿

冬椿

錘から乾く干網寒椿　飯名　陽子　(S44・4)
少年の眼鏡ふくらむ寒椿　石田よし宏　(S47・2)
遠き樹の影くるくらし寒椿　平松弥栄子　(S48・3)
日の丸とすこし風ある冬椿　新宮　文子　(S51・4)
寒椿真水のごとく順へり　下村　英子　(S56・3)
愛なくて五十へすすむ寒椿　初谷　杜風　(S56・4)
齢来て父を恋ひけり冬椿　榎田マツノ　(S56・4)
これよりは寒の椿の一花見て　佐々木碩夫　(S57・2)
土踏みて醒むるこころや寒椿　若宮　靖子　(H4・4)
忌憚なき助言これ仇寒椿　加藤　きみ　(H10・4)
寒椿初潮といふもいとけなし　戸塚　啓　(H11・3)
寒椿縁談のけりつけにけり　三田　喜法　(H16・2)
夫の忌が老の起算日寒椿　山崎てる子　(H16・5)
同じ径戻るのは嫌冬椿　横井千枝子　(H20・4)

侘助

侘助や酒のはじめの箸づかひ　藤田　湘子　(S56・1)
侘助や戦ひし人全て老ゆ　井手　広義　(H17・4)

山茶花

山茶花のひとひら零れ夜の止まる　黒杉多佳史　(S44・1)
山茶花やどん底に生き嘘はなし　岩野幸八郎　(S45・1)
山茶花の粗垣に雨人形師　吉沢　利枝　(S45・2)
山茶花や作れば草履母に似る　藤谷　緑水　(S46・1)

山茶花や思い痩せして弥勒仏　穂坂志朗（S46・2）
山茶花のはじめの花に約束す　斉藤三三子（S47・1）
婚衣裳さざんか花たべる小鳥ゐて　森脇芙美（S49・2）
山茶花を戯むれ搏つて赫と佇つ　鈴木文七（S50・1）
白山茶花日に二度三度ねむくなる　徳島久枝（S55・2）
天行すこやか孫来て山茶花が咲いて　酒井鱒吉（S57・2）
山茶花や荒事は首よく飛びぬ　小澤實（H1・2）
恙長しぺたぺた紅き山茶花も　鈴木英子（H4・3）
山茶花に尼の残せし女人の香　橋本石斑魚（H5・3）
山茶花やどこの娘もお辞儀下手　渡辺春子（H11・2）
山茶花の散るにぎはひの中にをり　田村能章（H12・4）
山茶花や米寿のわれの今も主婦　渡部よし子（H13・4）
山茶花や寺に生れて筆分限　渡辺小枝子（H16・4）
山茶花に鶫来て夢のちりぢりに　田中みづき（H18・5）
ボクシングジム山茶花にほそき雨　石田夏子（H19・4）
門を出てこの世山茶花月夜なる　蓬田節子（H21・2）
山茶花や本籍残る耶蘇の島　野上和佳菜（H22・1）
山茶花や仔犬覚えし曲り角　石井政子（H22・2）

八手（やつで）の花（はな）

日暮まで棒のあそべり花八つ手　鳥海むねき（S50・3）
花八つ手みんな茜のなかにゐる　柳沢ひろし（S54・1）
決意後の無言地獄や花八手　佐藤中也（H12・2）

柊（ひひらぎ）の花（はな）

花柊いちにちの声消えつくす　田中ただし（S45・3）

男帯柊の花終りけり　藤田湘子（S47・1）
柊や焔ひそかに水渡り　鳥海むねき（S47・2）
誰もこぬ花ひひらぎのまはりかな　上野まさい（S50・3）
才長くと柊咲ける日と思ふ　乾　桃子（S53・2）
古き煙突柊が咲いてゐた　小浜杜子男（S53・2）
花柊遊びかと問ふ否と言ふ　新宮文子（S54・12）
柊の花や破戒をいふなかれ　上野まさい（S55・1）
柊の花とうさんといふ言葉　酒井鱒吉（S56・1）
ひいらぎのはなにとどかぬゆめのなか　田中一光（S58・2）
柊の花最小をこゝろざす　藤田湘子（S59・2）
柊の花喪籠りもしておれず　安東洋子（S60・1）
花柊音なく厄に近づけり　熊中ひろ子（S61・2）
足病みは死なず柊咲きにけり　丸山マサ江（H1・3）
柊の花や少女の痴れすすむ　若宮靖子（H4・1）
咲く頃とおもふ柊咲いてをり　真下登美子（H4・2）
ひひらぎの花ひらがなのわが名うた　金子うた（H8・2）
生きをれば波郷も翁ひひらぎ咲く　藤田湘子（H11・1）
柊咲く九十歳に居坐るよ　金子うた（H16・2）
柊の花ならとうに咲いてゐる　小浜杜子男（H21・3）
柊咲く袋戸棚に父の稿　内藤嘉葉（H25・4）

茶（ちや）の花（はな）

茶の花のこころごころといふ如し　野木径草（S51・1）
僧侶にも口笛のとき茶が咲いて　野平和風（S51・3）
死にたくなつて死にたし茶の花月夜　今井八重子（S52・1）

茶が咲いてあとからくるといひしかな　岡　建五　（S52・1）
茶の花に押しつけてあるオートバイ　飯島　晴子　（S58・2）
茶の花と見定めらるる夜道かな　木村百合子　（S60・2）
茶の花の容うしなふ雨の昼　飯島　晴子　（S60・2）
茶の花や寺に二本の忘れ杖　小川イサ子　（S62・12）
茶の花が咲いての怠けごころかな　池辺みな子　（H2・2）
茶の花や若きに寡婦のこころざし　伊藤かづ代　（H5・2）
茶の花や小夜の中山晴れわたり　塩見　ゆふ　（H5・3）
茶の花の微笑日和といふべかり　露木はな子　（H7・2）
茶の花や強いられて矮鶏また殖やす　中島　ふき　（H7・2）
茶の花やまだ送られてゐる背中　平野　葭女　（H9・1）
茶が咲けり母の一語の浮くごとく　蓬田　節子　（H11・2）

ポインセチア

ポインセチアお金を持てば買物へ　白取　節子　（H17・3）
ポインセチアまた明日ねといふ老人　細谷ふみを　（H24・3）
雑踏にポインセチアを抱いて入る　杉山眞知子　（H25・3）

仙蓼

他事放心自愛専一実千両　川名　善子　（H4・3）

枯芙蓉

朝月になほ光あり枯芙蓉　うちの　純　（H23・6）

南天の実

実南天赤子のいのちすこし取り　飯島　晴子　（S48・1）
いづれにせよ晩年である実南天　村上　妙子　（H10・4）
飯うまきわが身なりけり実南天　佐藤　中也　（H19・3）

青木(あをき)の実(み)

鉛筆の折れたる音や青木の実　小浜杜子男（S54・2）

青木の実わたしが泣くと不思議がる　石野　梢（H3・1）

歴史家の風呂敷好きや青木の実　藤井皎子（H10・2）

祈祷師に柔顔(やはがほ)もどる青木の実　榊原伊美（H17・2）

蜜柑(みかん)

子をなさずゆくてゆくての蜜柑山　永島靖子（S47・1）

みかんきんかん好きな時間がやつてくる　生地みどり（S55・5）

蜜柑むくこの旅はよく笑いけり　岩崎貞子（S62・2）

老懶や蜜柑一個を食ひしのみ　清水啓治（H4・5）

老の身につきし曖昧蜜柑むく　福嶋そがん（H7・3）

蜜柑船むつきを掲げ出帆す　吉松　勲（H14・2）

夫が夢吾が夢みかんむきにけり　嶋田園子（H22・3）

国道にみかん商ふ夫婦かな　片山尚子（H23・5）

仏手柑(ぶしゆかん)

かまひたき仏手柑一顆夜の卓　沖元睦子（H23・1）

橙(だいだい)

橙朱欒鏡のなかの橙朱欒　小澤　實（S63・2）

朱欒(ざぼん)　晩白柚　文旦

朱欒割く力娘にゆづりけり　金田みづま（S59・5）

恋人は朱欒の家に住みたしと　市川千晶（S61・3）

朱欒剝く夢の朱欒もひとつ剝く　市川千晶（H1・2）

晩白柚(ばんぺいゆ)剝きなけなしの元気かな　飯島晴子（H1・4）

文旦を割るみんなみに噴火口　奥坂まや（H4・3）

朱欒あり書出すまでの十五分　楠田よはんな（H7・4）
朱欒憂しスピード狂の息子憂し　前田寿子（H8・2）
船に乗る包の中の朱欒かな　宮木登美江（H11・5）
海鳴の一夜過ぎたる朱欒かな　佐々木幸子（H18・7）

木守

父の忌や何とはなしに木守柿　古屋三四郎（S53・4）
木守柿よりも低きに涙星　根本てる子（H2・4）
木守柚子照る山の子のさやうなら　永尾和子（H14・4）
木守柿近所に子供とんと見ず　横井千枝子（H22・2）

冬林檎

冬りんご嚙みをり空に何もなし　京崎伸子（H2・4）
万人に時間公平冬林檎　林喜久恵（H4・3）
冬林檎割れり二つにそれぞれ香　市川葉（H13・3）
子の夢に家族会議や冬林檎　和田勝代（H22・4）
働きて作る時間や冬林檎　林田美音（H24・3）
師恩とは木箱のころの冬林檎　布施伊夜子（H25・2）

晩三吉

冬の梨

寒山の破顔一笑冬の梨　亀山歌子（H23・3）

枇杷の花

母を泣かせし父も孤独や枇杷の花　海野正一（S41・2）
枇杷の花母は喜びだけ見せる　山本絢三（S44・2）
母の顔母が灯して枇杷咲けり　香月育子（S44・12）
妻の眼を男よぎれり枇杷の花　山本素彦（S46・2）
枇杷の花女に甘きうたが欲し　斉藤良子（S47・2）

空を歎く枇杷咲山を知りてより　寺内　幸子（S49・2）

枇杷咲くや母の通ひし農の径　山崎　正人（S60・4）

往生の大事聞きをり枇杷の花　渡辺　初子（S62・2）

枇杷の花廃鶏卵産みにけり　新延　拳（H8・2）

びは咲くや湊さびれて猫ふえて　唐島　房子（H13・2）

冬紅葉（ふゆもみぢ）

音を絶つ杣の十戸や冬もみぢ　片田　末子（H10・2）

紅葉散る（もみぢちる）

黒衣（くろご）にも紅葉が散つて暗転す　鷲見　明子（S58・2）

紅葉散り旋風（つむじ）且つ吹き飛騨の国　丸山　澄夫（S63・1）

落葉松散る（からまつちる）

終着駅よりからまつの散る町へ　花岡　孝子（H12・2）

木の葉（このは）

遠国のまぶしい木の葉さびしい襟　大森　澄夫（S50・7）

枯葉（かれは）

羽根収め枯葉に埋もれ睡るなり　須藤　妙子（S45・2）

口ざみし火柱を枯葉のまはる　倉林　凪帆（S49・2）

まぶしいから枯葉いちまいづつ放つ　塚原　時子（S54・4）

死者を待つ彼は誰時の枯葉翁　星野　石雀（H18・12）

落葉（おちば）

落葉焚　落葉籠　落葉掻

掛声して鳶が落葉の空みがく　座光寺亭人（S41・1）

林中を白い手で行く落葉期　小坂　英（S41・12）

泣けば落葉の樹も人間に似て光る　服部　圭伺（S42・10）

こぼれずに生きて落葉と橋渡る　服部　圭伺（S43・11）

陽は昼の落葉キヤラメル工場まで　しょうり大（S44・1）

自由に落葉ふしぎな刻を待つてゐる　周藤　治美（S44・11）

きたの落葉すでに初潮の少女にて　戸塚時不知（S50・2）

ねころんですこし辷りぬ厚落葉　石井　雀子（S52・4）

尼寺や落葉いぶしをいぶかりて　二軒家幸生（S56・1）

病みぐせの落葉の頃の宵寝かな　星野　石雀（S57・1）

失望の真赤な落葉蒐めけり　湯浅　圭子（S57・1）

落葉待つ幹や忌のことすべて終ふ　斎藤　一骨（S57・2）

二人来る落葉をふたりさくさくと　市川　千晶（S64・1）

無き脚の痛むと言へり落葉焚　三木　聆古（H1・2）

杖を見て門開けくれし落葉寺　中野　柿園（H2・3）

肚の中からつぽにせむ落葉焚　小林　貴子（H5・2）

ふはふはの落葉ふはふは暮らしをり　岩谷　京子（H9・2）

落葉焚く革命つひになかりしよ　山内　皓生（H9・3）

落葉してなんぢやもんぢやも普通の木　安食　亨子（H11・1）

二合半（こなから）が相場の酔ぞ落葉踏む　山地春眠子（H11・2）

落葉溜誰もが蹴つてゆくらしく　吉沼　等外（H11・3）

落葉焚今日はがつんと言うつもり　永田　悟子（H11・3）

たかが落葉大糸線を止めにけり　水谷り得子（H11・3）

武蔵野の落葉浄土を乳母車　戸塚　啓（H12・3）

落葉道しあはせさうな犬ばかり　渡部よし子（H13・3）

兎抱く白樺落葉見るために　立神　侯子（H14・1）

橅落葉橅の下径隠しけり　小川　軽舟（H14・3）

落葉踏む吾の三歩は夫の二歩　舟木　和子（H15・3）

夕日なきゆふぐれ白し落葉焚　小川　軽舟（H16・2）

燐寸棒匂ひて落葉けぶり出づ　中村　昇平（H16・2）

或る挫折入日に落葉片寄りて　津国　蘆刈（H16・2）

押し戻す落葉の力落葉籠　名久井清流（H19・2）

はらはらと落葉浄土へ欅の葉　須藤　妙子（H19・3）

落葉焚若返ること夢に見ず　日髙　智子（H20・2）

落葉掻老人ばかりあつまれる　中村　哲明（H20・5）

落葉踏む二人ひとつのこと思ふ　上田　鷲也（H21・2）

ひとつかみ罠の仕上の落葉かな　福永　檀（H25・2）

朴落葉（ほほおちば）

眠き日と眠れぬ夜と朴落葉　松本　文子（S57・3）

朴落葉火中に反りし香なりけり　藤田　湘子（S58・1）

裏山に廂触るゝや朴落葉　堀尾　敏子（S58・3）

朴落葉目覚むるたびに文字忘れ　柳田　亜紀（S62・1）

朴落葉ばさばさ踏むといふ恋も　三栗　健（S62・12）

朴落葉浮寝の尻をおどろかす　黒鳥　一司（H2・1）

朴落葉白日谿を亘りけり　木村　房子（H9・2）

朴落葉鬼の出歩く音すなり　木村　照子（H11・1）

一場の夢やいちめん朴落葉　珍田　龍哉（H18・2）

山の蟹朴の落葉に隠れたり　相澤　裕子（H22・3）

銀杏落葉（いちやうおちば）

星の駅舎に銀杏落葉を縫ふハモニカ　中村じゅんこ（S44・5）

冬木（ふゆき）

ふわと冬木のてつぺん鴉ゆれてみる　石井　雀子（S41・3）

冬欅縄とび唄の返り細し　増山　美島（S47・3）

虚空この冬樹だいじに微笑みあう　黒沢　苑子（S49・2）

冬木澄み効の抜けかゝる貼り薬　早乙女房吉（S50・2）

憎しみのたび擦過する冬木あり　小林　進（S52・5）

冬木打つ夢よりさめてその木打つ　小林　青揚（S57・2）

冬樫の谷一条の血気とも　飯島　晴子（S61・4）

冬木から人現はれし屠殺場　天野　萩女（S63・3）

稚魚さんは冬木となりぬさやうなら　藤田　湘子（H1・2）

照明灯名ある冬木を裸にす　篠原　端水（H4・4）

やどり木に乗つとられたる冬木かな　渡辺みや子（H6・5）

痛きまで冬木たたきて恋ひにけり　鈴木　雅貴（H9・3）

弱者にも青空ありぬ冬欅　阪口　和子（H11・1）

冬の木に無駄な影なし父想ふ　重岡　野風（H19・3）

放送とこだま二度づつ冬欅　佐宗　欣二（H23・4）

雲とゆく歩幅大きく冬木道　野田悠美子（H24・3）

冬木立（ふゆこだち）

かちどきの悉く消え冬木立　木村　照子（S54・3）

みな知らん顔大学の冬木立　渡辺　春子（H11・4）

笑はねば鳥となる貌冬木立　山下　桐子（H21・4）

冬木立歌ひておのれ点しけり　天地わたる（H23・2）

寒林（かんりん）　寒木

寒林に鴉来てもう遅き愛　岩瀬張治夫（S46・3）

寒木に血の音を聴く愁いかな　岩瀬張治夫（S47・1）

好きになれそう寒林の糸きり歯　角田　睦美（S51・3）

寒林の向う赤くて亡びそう　太田雄司（S51・3）
寒林を真水の如く通りけり　荒田省吾（S53・2）
寒林は鐘の翼の下にあり　有馬穣（S53・5）
寒林の鳥の眼どつと疲れたる　飯田直子（S56・2）
寒林の鴉を大と見る日かな　三上良三（S59・2）
櫓にせむと櫟の寒林ほめにけり　甲斐潮（S59・3）
寒林のどの木も後姿なし　大森澄夫（S62・1）
はればれと寒林ありて入りがたし　野本京（H5・6）
死ぬるまで寒林に待つ馬蹄音　藤田湘子（H10・4）
寒林の鳥声に胸射られたり　高野途上（H19・3）
寒林に斧あをあをと置きにけり　筒井龍尾（H19・3）
寒林を出でて素直になりにけり　町志津子（H19・4）
棒切となり寒林を出でにけり　小澤光世（H19・5）
新しき辞書寒林のにほひせり　筒井龍尾（H21・4）
寒林の入日の記憶未来より　川上登（H22・5）
寒林に一人で入れば傷つかず　宮本八奈（H23・3）

名の木枯る

枯櫟火種のもとへ子を産みに　宮坂静生（S45・1）
仰むきて薬を効かす枯公孫樹　早乙女房吉（S46・6）
枯山毛欅や妻蒼天の刻愛す　小泉隆史（S57・2）

枯木

裸木　枯枝

ながい人生裸木の底より寝てみる空　服部圭伺（S41・12）
しみじみと病めり雲見て枯木見て　植田竹亭（S42・4）
罪訊かぬ枯木らの中漂へり　山下国大（S43・3）

枯枝折る鍵音愁眉ひらけるか　藤森　弘上（S45・1）

枯木立十九のころのように居る　小暮美恵子（S56・3）

裸木の中通る夢明日手術　五月愁太郎（S56・5）

枯枝の枯れ極りて折れにけり　谷　雅泉（S58・3）

枯枝のひかりを幹にわかちけり　中山　玄彦（S62・2）

枯木より枯木へ父を訪ふごとく　古屋三四郎（H7・3）

裸木の並木老人忽と消ゆ　珍田　龍哉（H11・3）

枯枝を曲げれば折れしうつつなり　池本　陽子（H14・2）

瓦斯灯と裸木と夢語るがに　内平あとり（H16・4）

裸木に星ひつかかり恋の沙汰　玉木　愛子（H18・3）

ほつほつと枯木に雨や遠江　生地みどり（H19・4）

枯柳（かれやなぎ）

ゆはへたる舟が首ふる枯柳　中西　常夫（H23・3）

枯桑（かれくは）

枯桑の白き山見て旅役者　福原　稜声（S52・1）

枯茨（かれいばら）

冬茨母の寝顔を見しことなし　宮沢　山彦（S44・3）

枯蔓（かれづる）

コクトオの一章葡萄蔓枯るる　長谷川　櫂（S55・1）

冬枯（ふゆがれ）

枯るる

恋人の明るさに枯れ湿地の森　服部　圭伺（S41・1）

まれの汽車に雲と微動の枯高原　佐々木碩夫（S41・2）

工区枯れ朱き口見す唖がらす　薬師寺白光（S41・2）

カレー食ふカルストの枯見て来たり　田尻　牧夫（S43・5）

瞠いて血の粒を喀く枯明り　植田竹亭（S45・1）
風枯れてやすらぎのくる楢櫟　吉井瑞魚（S45・1）
枯公園我をすべての獣が見る　志井田牧風（S45・2）
ねこじやらし枯れおふくろの音ばかり　沼尻玲子（S48・2）
枯るる日の簞笥の上の荷物かな　寺内幸子（S52・2）
枯れざまの鶏頭夫を哭くごとし　飯名陽子（S55・1）
枯れはじむ好もしからぬ木なりしが　佐々木安方（S60・3）
枯の中喪服のわれら歩き出す　天野慶子（S61・2）
強晴（つよばれ）の暮れぎはの枯ねこじやらし　山地春眠子（S61・5）
冴とて風選ぶなり枯のなか　古川砂洲男（S61・12）
くちびるのひとつぶのほか枯れにけり　有澤榠樝（H4・1）
狐雨山の枯穂の丈高く　土屋未知（H5・3）
やぶからし己も枯れてしまひけり　石川黛人（H7・4）
蓮池のまつたき枯につきあたる　星野庄介（H10・3）
枯るるなか茅舎朱鳥の咳を聞く　星野石雀（H15・4）
ひたち野の枯芳しき娶りなり　麻木巴奈海（H16・1）
一機旋回枯れつくしたる佐久平　林保志（H17・3）
冬枯やいくたび言葉殺し来し　鈴木雅貴（H18・2）
鎌倉や枯れ澄むものへ鐘一打　岩永佐保（H19・4）
冬枯や星座を知れば空ゆたか　小川軽舟（H24・2）
枯色の冴三鬼の海ちかし　中岡草人（H25・1）

冬（ふゆ）芽（め）　冬木の芽

一鞭のきかぬ腰かよ冬木の芽　金田眸花（S51・1）
冬の芽や雲一枚の安芸の国　住井玲（S59・3）

僧林に若き空あり冬木の芽　若林　小文（H1・4）
敵を得て夫いきいきす冬木の芽　相澤　裕子（H10・2）
白山は浮ぶ山なり冬木の芽　斎藤　夏野（H14・2）
今を在る者が愛弟子冬木の芽　藤田　湘子（H15・1）
占の良いとこ取や冬木の芽　土門　久子（H16・5）
新墓にジタン・カポラル冬木の芽　岸　孝信（H21・2）
冬木の芽話すきつかけ待つごとし　浅沼　文恵（H21・4）

雪折（ゆきをれ）

いつわりの一夜をゆるす雪折れ樹　小林　進（S51・4）
雪折れの谺のあとを誰か来る　荒田　省吾（S52・5）
雪折れの竹伐つてをり身延線　吉沼　等外（H8・6）

女貞の実（ねずみもちのみ）

ねずみもち神主の首潤へり　広江　徹子（S54・2）

冬柏（ふゆがしは）　枯柏

枯柏生れ在所にもどりもし　中嶋　延江（S57・4）

寒菊（かんぎく）

寒菊や増えず減らざる百姓家　川村　允子（S59・2）
寒菊の色あつまつてほのめけり　朱　命玉（S62・3）
寒菊や島の十戸に無住寺も　山本　良明（H2・3）
寒菊のすがれ開きに海落暉　中村　敬宇（H16・5）
寒菊やわれら英数国漢派　佐藤　中也（H20・4）

冬菊（ふゆぎく）

冬の菊切り溜むる見て目を濡らす　足羽　鮮牛（S46・4）
口開けば痴情のごとく冬の菊　四ッ谷　龍（S59・3）

冬菊やよき味噌のある隣町　関　とみ（S61・2）

冬菊や喜雨先生はつね正坐　藤田　湘子（S63・12）

良き陶土ありて住みけり冬の菊　小林　愛（H5・4）

冬菊や歳月われを愚かにす　新原　藍（H20・3）

水仙（すいせん）

水仙の香が立ちのぼり月の暈　山崎　正人（S40・4）

水仙やこゑをひそめし山泉　山越　文夫（S41・2）

水仙は足音の花つむぎ織る　布施伊夜子（S47・4）

粥吹くや水仙の中抜けて来て　鳥海むねき（S48・3）

少年が跳び水仙の微かなる　寺内　幸子（S48・4）

野水仙ゆめしばらくはつづくなり　金田　眸花（S50・3）

母には海の日の出贈らむ水仙花　藤田　湘子（S50・4）

水仙の束煌々と君はいま　穂坂しげる（S51・2）

水仙の匂ひ顕つなり糸切歯　三木　聆古（S52・3）

破瓜期きて匂ひをかへる水仙郷　椰子　次郎（S52・5）

水仙はうしろ姿をつらぬけり　穂坂　志朗（S52・7）

食むごとし白水仙の雨の音　細谷ふみを（S54・3）

束ねられ白水仙は刺されたる　辻　桃子（S55・5）

水仙や石見に母を置き去りに　真田　星岸（S61・4）

水仙や勲章みがくこともなく　福間　徹（S61・4）

水仙や祇園にひとり女弟子　藤田　湘子（S61・4）

水仙の後ろの闇は描かざりし　斎藤　夏野（S63・4）

水仙や空が多くて安房上総　高橋　正弘（H2・3）

水仙や吾子を眠らす昼の月　市川　千晶（H9・2）

水仙や独占欲の今日は無し　澤木正子（H9・3）
受洗して水仙を切揃へをり　細谷ふみを（H11・5）
水仙の束解くやうに眠りたし　蓬田節子（H18・4）
水仙や忘れぬための独り言　清山くに子（H21・5）
玄関は家族にひとつ水仙花　辻内京子（H24・4）
水仙に味爽の波高からず　秋山雅子（H25・5）

葉牡丹（はぼたん）

葉牡丹を採るほゝえみにつられたり　寺内幸子（S51・2）
葉牡丹にむすめ夫婦の枕かな　乾　桃子（S55・2）
葉牡丹やいくさ忘れしつもりなり　豊島満子（S58・2）

アロエの花（はな）

墓山の下の漁港やアロエ咲く　宮木登美江（H23・6）

枯菊（かれぎく）　凍菊

妻の胸扁平に菊焚きにけり　玉木春夫（S47・1）
枯菊や母の眠りを見て眠る　柏岡美恵子（S48・2）
散りぎわのなき凍菊に暗き約　金田眸花（S49・3）
菊焚いて子の出来不出来有難し　藤谷緑水（S50・2）
昼月のもろさに菊を焚きにけり　菊地孜乃（S56・2）
枯菊に火を放ちたる胸の音　藤田今日子（S58・3）
枯菊を焚きこのときをとどめおく　大野滋子（S60・2）
菊焚きしのちずつと着て紺絣　神尾季羊（H1・2）
枯菊の火よ亡眼を喚びくれよ　中岡草人（H1・12）
枯菊を焚きずるずるとなにもかも　有澤榠樝（H2・2）
枯菊と無慙絵を焚き出奔す　星野石雀（H6・1）

枯菊を焚けば無用の女来る　星野石雀（H7・3）
菊焚いて落飾の意を小出しにす　布施伊夜子（H9・3）
巡礼に枯菊焚くも近江かな　山本良明（H10・2）
枯菊を焚く母われを産みし刻　東原雅子（H14・2）
菊を焚く焰の先のみだれかな　永島靖子（H20・3）
枯菊や時間が吾を置いてゆく　景山而遊（H23・2）

枯蓮（かれはす）　蓮の骨

蓮の骨するすると日の遠ざかり　田中ただし（S44・1）
枯蓮の虚空とろとろ眠りけり　藤田湘子（S46・12）
枯蓮の面白うして眇かな　飯名陽子（S50・12）
枯蓮の高き一本夢に見て　立神侯子（S53・3）
いつせいに枯蓮うごき母逝くか　立神侯子（S57・3）
おびただしき枯蓮を見て盛り場へ　武室瑛子（S57・4）
枯蓮を見てをり父を訪ふ前に　若宮靖子（H5・3）
ある結論枯蓮の日は急にすむ　市川千晶（H10・3）
枯蓮洞然として潔し　織部正子（H12・4）
月光を賜（たまもの）として枯蓮　景山而遊（H13・3）
枯蓮の水こはばりて昏れにけり　佐々木アヒ子（H19・2）
枯蓮に執しし風のやみにけり　日向野初枝（H21・4）

冬菜（ふゆな）　漬菜

漬菜石眼ではかり女老ゆ　増子昭代（S45・2）
女傘借りて冬菜を少し採る　山本良明（S58・3）
木喰も空也も知らず冬菜汁　蓬田節子（S62・2）
暗き道送りし礼の冬菜漬　若宮靖子（S62・3）

行商の取出す冬菜独楽媚薬　伊沢　恵（H12・4）
とほるたび冬菜そだちて婆がゐる　伊沢　恵（H13・2）
冬菜摘む膝の夕日を惜しみつつ　萩原　友邦（H22・4）

白菜（はくさい）

胃は失せて大白菜の転がれり　飯倉八重子（S56・5）
白菜も二男一女も佐久の貌　市川　葉（H16・1）
白菜や時々深く考える　長岡　美帆（H18・3）

葱（ねぎ）

喪の板戸たてかけ葱のひと括り　吉井　瑞魚（S41・5）
ハーモニカ心地の夜風葱殖やす　しょうり大（S44・7）
誕生日捨葱すこし伸びをれり　景山　秀雄（S45・4）
葱提げて遙かな齢にさしかかる　栗林　千津（S46・2）
十二時や何処より来し葱作り　渡辺　洋子（S48・3）
雨雲を読む老人の葱畑　穂坂　志朗（S48・5）
葱埋めし家に老人還らざる　田原　勝郎（S51・2）
青葱に想ひしことの微塵なり　浅井たき子（S52・1）
葱の香よこのごろ父によるこころ　塩沢　耐子（S55・2）
一本の葱や病の来つつあり　寺内　幸子（S56・4）
葱の畝たどたどしくて佳き日かな　広江　徹子（S56・4）
泥葱や山の日暮は倒れて来　鷲沢喜美子（H1・2）
まづ味噌のすかさず葱の匂ひかな　高本　莫（H4・3）
たましいを晒すや葱の畑にて　藤川　祐子（H5・1）
家庭科のどの包丁も葱を切る　服部　圭伺（H5・1）
夫留守の葱の煮えはな食ひにけり　池本　陽子（H5・2）

善きことを一切為さず葱太る　木之下博子（H7・2）

一布衣葱百姓となられけり　渋谷　竹次（H7・6）

葱刻む只今笑顔熟成中　谷　良子（H12・3）

来世まで下仁田葱を一囲ひ　岩永　佐保（H12・4）

自己評価かんばし泥の葱を剝く　長沢ひろ子（H13・2）

葱食うてこれより先の月日かな　景山　而遊（H21・2）

葱畑に日が差してから暮れにけり　細谷ふみを（H21・3）

大菩薩峠は雪か葱きざむ　羽村　良宜（H24・2）

もう去らぬ女となりて葱刻む　髙柳　克弘（H24・3）

葱きざむ頭の中の予定表　小林比砂子（H25・2）

大根（だいこん）

大根の窪み故なき恐れかな　山岸　義郎（S46・2）

胎教や喉にて消ゆる大根おろし　石田よし宏（S46・3）

大根の葉がありすこし落ちつきぬ　小浜杜子男（S55・2）

ふいにおもへり大根畑のしづけさを　中山　玄彦（H7・5）

献立に困れば大根煮る暮し　金田みづま（H8・5）

不倫由無し大根の首つかみたる　竹岡　江見（H10・2）

爛れたる詩を書き大根おろしかな　榊原　伊美（H10・12）

大根の甘さと雲の冷たさと　藤田　湘子（H14・12）

トラックの荷台大根のなだれ積　奥坂　まや（H19・3）

大根をずかりと切りて猫といる　影浦まき子（H22・5）

人参（にんじん）

雨の日や人参を呉れはにかむよ　寺内　幸子（S54・2）

人参のきしむ暗さと思ひこむ　飯名　陽子（S54・4）

恋もなし人参サラダかきまはす　蓬田　節子（H2・2）
人参の乱切ほどの躁なりし　大庭　紫逢（H6・5）
にんじんや神話のやうに夜があける　小松崎ゆき菜（H15・2）
人参は丈をあきらめ色に出づ　藤田　湘子（H17・2）
母系三代にんじんつばらかに刻む　細貝幸次郎（H17・4）
ときどきは人参もたべ本を読み　蓬田　節子（H22・3）

蕪（かぶ）

夕方に間のある蕪提げ来たる　寺内　幸子（S55・12）
まばたきを忘れし家族蕪漬　小林　秀子（S56・4）
白蕪の首はねている余盤（いわれ）道　中野　柿園（S57・3）
干蕪旅の日暮は火を見たし　穴澤　篤子（S61・1）
蕪置く如何なるゆめのさめぎはぞ　有澤　榠櫨（H4・3）
緋蕪や淡海に客となるぞよき　永島　靖子（H19・4）

セロリ

セロリ嚙むあしたのためといふ呪縛　鈴木　雅貴（H16・4）

寒竹の子（かんちくのこ）　寒筍

異宗徒に寒筍を分ちやる　坂　亮平（S63・3）

麦の芽（むぎのめ）　麦萌ゆる

ゆつくりと麦芽をそろへ土地の顔　高橋　正弘（S48・5）
麦の芽やためらふ時間我になし　岸　遊子（H13・4）
通帳は引き落とすだけ麦萌ゆる　阿武　昭夫（H18・4）
人死ねば畑減る世ぞ麦一寸　松原　順子（H25・4）

冬草（ふゆくさ）　冬青草

ねむり乏しく冬草へ空描く仲間　鳥海むねき（S44・3）

冬青草にして柔かし定年来る　大崎　朝子（S44・3）

冬草にまたとなき日と思いつつ　武氏　茅弓（S55・3）

名の草枯る
水草枯る

水草枯るはつかの水の夕明り　吉川　典子（H21・4）

草枯
枯草

めがねの夢狂ふ枯草月夜かな　灘　稲夫（S52・2）

枯草の踏まれて釣場つなぐ道　酒井　一栄（S59・4）

子鼠に長元坊に草枯るる　宮崎　晴夫（H10・2）

草枯や皮膚薄くして我一個　伊藤たまき（H11・2）

枯草の一本垂れし樋の端　栗栖　住雄（H17・2）

枯蘆
枯芦にかこまれ青い指輪ぬく　金子　うた（S45・4）

枯芦を一瞥常陸なまりかな　内藤とし子（S55・3）

いづれにも靡かず芦の枯れにけり　古川　修（H4・2）

蘆枯れておのれの機嫌取りがたし　有澤　榠樝（H5・2）

枯葭のひかりに酔ひて行処なし　飯島　晴子（H11・1）

雪加鳴く高き枯蘆穂をゆらし　堺　昭治（H19・6）

猟夫行きしあと枯蘆が道閉づる　岡本　雅洸（H21・3）

明けやらぬ枯葦原の羽音かな　田村フミ江（H21・4）

枯葦の無音は明日の力なり　重松　道子（H24・5）

枯芝
枯芝をとんと試して鴉なり　山本　素彦（S56・2）

枯芝に予後定まりし父とあり　小川　和恵（H5・5）

枯葎

薄眼して婆佇ち止まる枯葎　東森久美子（S44・3）

冬蒲公英

冬たんぽぽ細き柱の家の建つ　飯島　晴子（S42・3）
僧二人だまつて過ぎぬ冬たんぽぽ　市川　恵子（S44・4）
青空見て考へて冬蒲公英あり　八重樫弘志（S49・1）

藪柑子

片膝の投げ坐りかな藪柑子　橋本　梢（S57・4）
晩年に礼なすこころ藪柑子　池辺みな子（H6・3）
藪柑子しやがんで褒めてやりにけり　石川勘之輔（H15・4）

石蕗の花

つはの花母のかすりを若く着る　金子　うた（S42・3）
一すぢの髪の離れる石蕗日和　田中ただし（S48・2）
月に音のぼりて石蕗の花咲けり　平野　登宇（S50・1）
石蕗の絮母忘れゆく父ありぬ　若林　小文（S50・12）
石蕗の花遊ぶ日のきてあそびけり　武氏　茅弓（S56・1）
余生とは留守番のこと石蕗の花　島田天籟子（S58・1）
死後今日も豆腐屋が来る石蕗が咲く　後藤　綾子（S60・2）
坐りたく坐る夕ぐれ石蕗の花　榊原　伊美（S61・4）
喪ごころのながきは老いか石蕗の花　北田　知彦（H1・2）
文字にして頭の整理つはの花　守屋　まち（H15・3）
石蕗咲くと忌明けの肚を据ゑにけり　小川　和恵（H15・4）
石蕗咲くや幼なじみの美しき老　鈴木　嘉徳（H18・3）
深呼吸日和なりけり石蕗の花　やうち　海（H18・3）

石蕗咲くやさてこれからの母のこと　土門緋沙子（H20・2）
心臓の外はまあまあ石蕗の花　松崎　重野（H23・1）
十人のクラス会なり石蕗の花　池浦　昭代（H23・2）

冬蕨（ふゆわらび）

冬わらびしばらく誰も死なざりき　山本　雅子（H6・2）

冬菫（ふゆすみれ）　寒菫

天網は冬の菫の匂かな　飯島　晴子（S48・1）
後頭に大河はありぬ冬菫　上野まさい（S53・4）
わが恋は孵りしばかり寒菫　長岡　美帆（H12・5）
絶望の手のおきどころ冬菫　新原　藍（H14・3）
嘘ついて掌淋し冬すみれ　兼城　雄（H24・3）

寒芹（かんぜり）　冬芹

冬の芹いくたびも鈴鳴らしけり　堀口みゆき（S51・2）
としよりに新（さら）のたふさぎ冬の芹　三木　聆古（S55・3）
寒芹も水もはにかみ合ひにけり　有澤　榠樝（H9・5）
寒の芹摘みたし旅の途中なり　中平　わこ（H16・4）

寒薄（かんすすき）　冬薄

丁重な別辞の誤読冬芒　古賀フジヱ（S44・3）

寒菅（かんすげ）

寒菅や照りては翳る山の道　小川　舟治（H23・3）

竜の玉（りゅうのたま）

龍の玉恋ふるにあらずおもひけり　田中ただし（S54・3）
ぬくぬくの家居おそろし竜の玉　飯倉八重子（S56・4）
気が合ひて無口がよくて竜の玉　井上　園子（S62・4）

心得て叱られをるや龍の王　千葉富美子（H7・4）

竜の玉吾に褒美をやる日かな　吉野　知子（H7・4）

竜の玉他人の吉事にほのめける　藤岡　与志（H9・2）

きれぎれの時間大切竜の玉　蓬田　節子（H20・4）

竜の玉方丈さまも耳遠し　鈴木　照江（H21・3）

髪へりて夫癒ゆるなり竜の玉　見上　都（H21・4）

冬萌（ふゆもえ）

冬萌や古稀を過ぎての念持仏　京谷　圭仙（S60・3）

冬萌やいまごろ知りし酒の味　柴田　幸（S60・4）

冬萌えや一番筆の奉賀帳　大庭　紫逢（H4・1）

冬萌や病者まばたきにて答ふ　内田　祥江（H8・1）

冬萌や鳴かぬと決めし牛の顔　天野あや子（H20・4）

時候

新年（しんねん）

迎ふる年　年明く　改まる年　年立つ

生きてまた慾ふえる母年迎ふ　金子　うた（S42・2）

年明けぬ雪の小松の松ぼくり　吉井　瑞魚（S44・2）

新年の大づかみなる牛の藁　今井　雅城（S48・4）

便所紙嵩高に年改まる　細谷ふみを（S61・3）

江戸川に噓落して年立てり　田中ただし（S61・3）

髪染める事やめて年迎えけり　山下　半夏（S61・4）

橘もたちばな村も年加ふ　若林　小文（S63・3）

年立てり雨となりたる築地松　新宮　文子（H1・3）

年迎ふ牛一塊の黒さかな　永島　靖子（H4・4）

年立てり夜をまぎれなき樹氷林　竹岡　江見（H5・4）

年明けぬ地下街に踏む薔薇一枝　永島　靖子（H6・4）

年迎ふ鈴を惜まず三番叟　飯島　晴子（H7・3）

年立てりきのふ仏となりしものに　林　喜久恵（H7・4）

好々婆を名乗ることとす年新た　岩切　青桃（H8・3）

年かはる刻やシヤワーを全開す　友納　緑（H10・4）

文鎮や一年の計遺書にあり　山崎てる子（H14・4）

年迎ふ山々無理をしてをらず　吉沼　等外（H15・4）

正月（しやうぐわつ）

年新たかちりと星座動きけり　島田星花（H17・4）

正月

老人の夢正月の竹林　穂坂志朗（S47・3）

正月の神見守るに賭事す　田村まさる（S47・3）

のどぼとけ見せ正月に帰るのか　細谷ふみを（S55・2）

矮鶏の足いよよ短かくお正月　伊藤四郎（S57・3）

雨正月眠（ねむり）正月とて虚子を　山地春眠子（S61・3）

薬石の効有り母のお正月　速見綾子（H15・5）

キラキラと少女になりぬお正月　白川良（H17・4）

初（はつ）春（はる）

老の春

海底の微光に似たり老の春　須藤妙子（S62・4）

丹田の力ゆるめず春迎ふ　三浦久次郎（H7・6）

今（こ）年（とし）

薔薇の蔓ひく手ごたへの今年かな　立神侯子（S52・3）

去（こ）年（ぞ）

去年今年

去年今年飛騨の紬に手をとほす　藤田湘子（S52・1）

松を眺め去年今年なき手帖かな　金田眸花（S53・3）

書いて置くべきは書き留め去年今年　山田幸夫（S57・4）

牧（もく）谿（けい）の虎濛々と去年今年　飯島晴子（S58・3）

去年今年命のつやのオブラート　山崎正人（S59・3）

虚子の句は別格として去年今年　金田眸花（S61・3）

辛抱の片足片手去年今年　宅和清造（H2・3）

足踏器ぶらさがり器も去年今年　中野柿園（H7・4）

両の眼を押せば火の色去年今年　伊沢惠（H10・4）

胸ぬちの鬼火に病みし去年今年　鶴田登美子（H10・4）

覚めやすき眠りにつなぐ去年今年　飯島　晴子（H11・2）

下宿人矢野修一や去年今年　矢野　修一（H11・3）

太梁の下に坐しをり去年今年　伊藤　米子（H12・3）

抜路地の堅田に住みて去年今年　若本　輝子（H15・2）

去年今年蝿虎の跳びにけり　沖　あき（H15・4）

魚の目の面妖頑固去年今年　山地春眠子（H16・3）

心臓へかへる血潮や去年今年　小川　軽舟（H20・3）

元日（ぐわんじつ）　一月一日

元日の松確かめに出て暮るゝ　高野　途上（S45・2）

元日の小しじみを愛で返す川　吉田　和城（S51・3）

元日の牀頭にイつ座敷杖　星野　石雀（S56・3）

一月一日棒立の箒かな　四ッ谷　龍（S57・4）

掌を置くや元日の子の青頭顱　酒井　鱒吉（S58・2）

元日の空見ていたる警備員　大竹　潤子（S60・3）

元日や風とほりゆく草の形（なり）　藤田　湘子（S61・4）

飼主も犬もわがままお元日　大岩美津子（H3・4）

死際の顎ぬくとしやお元日　山地春眠子（H11・3）

元日の夕月の出も拝しけり　麻川　孝夫（H11・4）

門川の小橋に猫やお元日　杉崎　せつ（H18・4）

元日やとんとそろへて箸の先　松岡　東籬（H21・3）

噴煙の太くまっすぐお元日　久保田菊香（H24・4）

元朝（ぐわんてう）　大旦　鶏旦

元朝の鯉の血を見て異母姉妹　沼尻　玲子（S52・3）

牛たちに藁や言葉や大旦　茂住　宏幸（H1・4）

鶏旦の来ぬかもしれぬベッドかな　伊藤たまき（H15・12）

二日（ふつか）

うつしよにけぢめ一と鍬二日終ふ　手塚深志城（S49・3）

巫の白衣（しらぎぬ）くもる二日かな　飯島　晴子（S57・3）

林中に妻の径ある二日かな　越高飛驒男（S60・3）

二日早や陳少年が出前持　長谷川朋子（S61・4）

二日はや水道管の虚（うろ）声も　市川　葉（H2・3）

父の老見とどけにゆく二日かな　小川　和恵（H6・4）

女つと裏川にゆく二日かな　池辺みな子（H7・4）

山深く水を汲みたる二日かな　新田　裕子（H11・4）

三日（みっか）

木の形に吹く沼風の三日かな　岸本　青雲（S47・3）

富士三日貝のボタンの外れさう　川村　允子（S56・3）

あてどなく出ては三日の倉庫番　吉沼　等外（S57・4）

三ガ日（さんがにち）

骨壺に全き晴の三ケ日　松田　節子（H4・4）

四日（よっか）

コンドルの貧乏（びんぼ）歩（あるき）も四日かな　飯島　晴子（H1・3）

七日（なぬか）　人日

人日の鏡の前に目覚めたり　鳥海むねき（S54・3）

人日の女のそばでほつほつ言ふ　石田よし宏（S54・4）

もとほるによき人日の渚かな　峰　芙三子（S57・4）

人日や笠雲朴の木にすわる　泉　古塔子（S60・3）

人日の茜に入りし遠嶺かな　鈴木　紀美　(H1・4)

松葉掻く鴫立庵の七日かな　横井千枝子　(H2・4)

人日の祈り目通りにたたむ旗　藤澤　正英　(H3・3)

人日や鏡の裏は荒野なる　新延　拳　(H5・4)

人日や光悦の書を目習ひに　高野　途上　(H18・4)

人日や波打際の松ぼくり　神田　和子　(H19・4)

松の内

出雲へも来よと手紙や松の内　藤田　湘子　(S52・1)

いつ降りていつ月が出て松の内　加瀬　律　(S54・4)

あぶな絵の阿吽の息も松の内　星野　石雀　(S60・3)

見えてゐる島に帰らず松の内　三浦久次郎　(S61・3)

幾日も子は居てくれず松の内　佐藤　中也　(H4・4)

坐食して昼飯抜きの松の内　井上　頼男　(H19・4)

松過

松過ぎや美文のてがみ男より　乾　桃子　(S52・3)

松過の蕎麦の鶏の卵かな　藤田　湘子　(S56・2)

人参の葉に松過の山埃　鳥海むねき　(S63・4)

松過やふらんすぱんと軒雀　関　都　(H16・4)

松過の鸚鵡返しの賀状かな　山田　華蔵　(H21・4)

松過や道玄坂にうなぎの香　伊藤　樹彦　(H24・6)

小正月

歯力のたよりなかりし小正月　猿田　咲子　(S58・3)

けものらの咬み合う遊び小正月　鈴木　俊策　(S61・3)

良寛に習ふ以呂波や小正月　前川　彰子　(H8・5)

女正月（をんなしやうぐわつ）

鉄びんは少女に重し小正月　藤田まさ子（H17・3）

篁は矮鶏の寝どころ女正月　吉沼　等外（H6・4）

春永（はるなが）

沢庵の味褒めあへり女正月　佐藤　和子（H19・3）

春永のいのち蝕む夢想癖　星野　石雀（S60・6）

天文

初茜（はつあかね）

林中にわが泉あり初茜　小澤　實（H7・4）

雀とぶ平凡いとし初茜　南　十二国（H19・4）

たとふれば昆布〆の鯛初茜　栗屋　孝子（H21・4）

わが祈古代の祈初茜　高城　桊子（H22・3）

初明り（はつあかり）

眼は脳と隣合せや初明　中澤加津子（H17・4）

初日（はつひ）　初日の出

国道に出でて初日を拝みけり　吉沼　等外（S58・4）

初日さす浦安橋を浦安へ　山崎　雅夫（H2・4）

妻の顔まことに平たし初日の出　天地わたる（H19・2）

初空（はつぞら）　初御空

深山鶲目覚め初あをぞらも見ゆ　八重樫弘志（S42・2）

大遊びせん七十の初御空　藤田　湘子（H9・1）

初空や鞍馬へ向かふ身拵　河島　芳生（H16・4）

初御空われ在ることのなつかしき　植竹　京子（H18・5）

初晴（はつばれ）

初晴を手柄顔なり伊勢の人　立神　侯子（H13・4）

初晴や紋付鳥の枝移り　豊島　満子（H19・4）

初霞（はつがすみ）

初霞三峰山に苗献ず　小宮山智子（H10・4）

初東風（はつこち）

初東風や弁天さまへ舟を漕ぐ　土居　水聲（H9・4）

初凪（はつなぎ）

初凪やさねさし相模しらねども　有澤　榠櫨（H5・4）

初凪や松ぼつくりの燠美しき　柴田日出子（H18・4）

御降（おさがり）

お降りのありたる夜明邃（おくふか）し　藤田　湘子（H12・3）

地理

初景色（はつげしき）

初嶺　初山河

下総の水のへりたる初景色　数合　信也（S56・3）

初嶺より鷹戻りきし腕かな　金田　眸花（S57・3）

初山河線香の香をたたせけり　高橋　増江（S59・3）

西暦に少し慣れたり初景色　星　ひで子（H11・4）

めぐすりの目玉に落ちて初山河　星野　庄介（H15・4）

有明のわれも不憫や初景色　有澤　榠樝（H24・3）

橋渡るヘッドライトや初山河　坂根　弘子（H25・4）

初富士（はつふじ）

自転車の人と初富士愛でにけり　佐々木梅子（H13・4）

初富士や女も持てる面構　蓬田　節子（H18・3）

初富士を足下にジェットコースター　黒澤あき緒（H25・3）

初筑波（はつつくば）

田梟追ふ双眼鏡に初筑波　宮崎　晴夫（H5・4）

初筑波堰のうぐひのはねにけり　小川　軽舟（H12・3）

嬥歌（かがひ）ともまがふ風音初筑波　藤田まさ子（H15・4）

トラック洗ふ水の勢（きほひ）や初筑波　岩永　佐保（H24・4）

春着（はるぎ）

春着の町錆望楼にホース垂れ　酒井　鱒吉（S45・2）
氷上に皓（しら）歯こぼして春着の子　菅原　達也（S49・3）
紅白の幕を見てゐる春著の子　伊東ちか子（S60・4）
遠くより声かけくれし春着かな　阪東　英政（S62・4）
橇の子を呼びとめてゐる春着の子　小浜杜子男（H4・4）
駆出して引寄せられて春着の子　藤岡　与志（H7・6）
春著の子簪に首ほそうせり　桜井美恵子（H10・4）
飛火野に太陽とをり春着の子　奥田　遙（H12・5）
長松を婿と決めたる春着かな　加藤　静夫（H21・3）

数の子（かずのこ）

数の子をほつりと折つて留萌かな　蓬田　節子（H17・2）

ごまめ

中流に和せずごまめも嚙み難し　駒形　定夫（S60・3）
先々の面白からむごまめ嚙む　竹岡　江見（H23・4）
大足の長男次男ごまめ食ふ　中島智佐子（H23・4）

切山椒（きりざんせう）

切山椒売切れていし風の音　宮崎　尚子（S52・4）
ふるさとは人の眼ばかり切山椒　石井　雀子（S61・6）

出稽古の足袋脱ぎにけり切山椒　松原　順子（H9・3）

年酒（ねんしゅ）

文弱の末の狷介年の酒　浦岡　啄青（H5・3）

年の餅（としのもち）

餅吹くにつけても狡くなりにけり　植田　幸子（S46・3）
雨をきく油断に餅を焦がしけり　鈴木　青泉（S47・4）
餅腹に山頂見えて転機のとき　増山　美島（S48・4）
生れし家に嫁見参らす二升餅　安島　愛子（S48・4）
餅腹の父に追わるる鶏四五羽　坂本　泰城（S49・4）
餅減つてガラス戸に音増えるから　古川　英子（S50・2）
餅すぐに禽より冷えて日和かな　平松弥栄子（S52・2）
嗣ぐ家や喰はず捨てずに黴の餅　佐々木碩夫（S54・4）
餅焙る壮（さか）んなるとき失ひつ　金田　眸花（S55・3）
甲州の豆餅焼けば嵐かな　平沢　文子（S56・6）
翁とて餅の世あると浮身せり　鳥海鬼打男（S57・3）
餅腹や日昏の馬とすれちがふ　中島　畦雨（S63・5）
餅とチーズと何かさみしき倖せと　藤田　湘子（H3・3）
餅腹や釣師の魚籠を見て歩く　篠宮　伸子（H5・5）
我はただ餅の黴削ぐむかし者　藤田　湘子（H12・3）
餅焼いてつくづく一人住まひかな　水澤　久子（H20・6）
餅焼いて漁師だまりの喫茶店　石原由貴子（H21・3）
餅食うて臍のさみしき夜なりけり　野尻みどり（H22・2）

俎始（まないたはじめ）　庖丁始

下仁田の葱を庖丁始かな　藤田　湘子（S59・4）

門松（かどまつ）　松飾

外海に出づ檣頭の松かざり　森　優子（H4・4）

注連飾（しめかざり）　飾

飾とす堪忍の緒の切れつ端（ぱし）　飯島　晴子（H12・3）

岩戸宮むささび注連飾（しめ）を伝ひけり　佐藤　和子（H17・4）

蓬莱（ほうらい）

蓬莱や墨襖絵の多島海　佐宗　欣二（S51・3）

鏡餅（かがみもち）

鏡餅罅なりに割れ不安なし　岸本　青雲（S42・3）

ソ連消滅テレビの上の鏡餅　延平　恭子（H4・4）

鏡餅隆々として濁世かな　中山　玄彦（H7・4）

わが闇のいづくに据ゑむ鏡餅　飯島　晴子（H9・2）

鏡餅丑三つどきに笑み割るる　星野　石雀（H12・3）

艶夢より覚むれば鏡餅に罅　星野　石雀（H23・5）

飾臼（かざりうす）

鎹の利きたる臼を飾りけり　田崎　武夫（H21・3）

掛筵（かけむしろ）　新筵

雨後の鳥ぞんぶんに翔け新莚　大崎　朝子（S47・2）

松納（まつをさめ）　松取る

松とれて味噌屋醤油屋田と畑　神尾　季羊（S50・4）

依然われ無名なり松納めけり　榊原　伊美（H8・4）

松取れて松脂のこと少しいふ　小和田知江（H17・4）

鳥総松（とぶさまつ）

鳥総松雨夜の遠のなつかしき　増山　美島（S51・2）

霧ながら谷の音混む鳥総松　藤田　湘子（S53・1）

鳥総松吠えては犬のふぐりかな　土屋　秀穂（S53・3）

餓ゑいづこより鳥総松火に投ず　小澤　實（H8・3）

なつかしき雨が降るなり鳥総松　隈崎　ろ仙（H8・5）

鳥総松よそにはよその灯がついて　飯島　晴子（H10・3）

鳥総松大言海をうけつぎぬ　竹岡　江見（H13・4）

鏡開（かがみびらき）

鏡割

白檜曾にかすかな風や鏡割　野尻　寿康（H18・5）

餅花（もちばな）

葬儀屋が来て餅花を外しけり　織部　正子（S60・4）

餅花の数うるほどに見えにけり　日向野初枝（S60・4）

餅花の下に寝たがる子を寝かす　江藤　博方（H21・5）

繭玉（まゆだま）

団子花

繭玉に音生れれば順はむ　川本　柳城（S55・2）

暁闇や先立ててくる団子花　吉沼　等外（H2・4）

繭玉や灯ともし頃を灯ともして　安川　喜七（H8・4）

歌舞伎座の繭玉床にとどきけり　志賀佳世子（H10・4）

繭玉や子を生みたるは前世紀　岩永　佐保（H15・3）

繭玉をときどき仰ぎ音読す　立石　明子（H19・4）

初手水（はつてうづ）

初うがひ

初うがひ慎もなき音たちし　古川ただし（H21・3）

初暦（はつごよみ）

新暦

初暦真紅をもつて始まりぬ　藤田　湘子（S59・4）

老いてゆくための暦を新しく　菅井　喜代（S61・4）

新暦刷り上る床清潔に　いさ桜子（S62・2）

初暦女優も我も中年へ　角田秀行（S63・4）

シヤガールの馬は緑や初暦　松原順子（H2・4）

初汽笛（はつきてき）

梅小路機関区よりの初汽笛　阪口和子（H8・4）

初湯（はつゆ）

近隣になき薪風呂を初焚きす　佐々木碩夫（H1・3）

初湯にて臍を見つむる僧侶われ　中嶋弘倫（H1・4）

初風呂の嬰に踏まるるふぐりかな　正﨑國光（H16・4）

愛敬のわが膝頭初湯殿　榊原伊美（H18・4）

下足札かちんと上がる初湯かな　小川軽舟（H21・3）

玉響（たまゆら）の湯気身に立てし初湯かな　宮田逸夫（H23・4）

笑初（わらひぞめ）

痛み止めはやききたれば初笑　星野石雀（H1・4）

初笑ひして千葉県へ帰りけり　加藤静夫（H17・3）

しり取りのフンコロガシに初笑　一木美鶴子（H17・4）

初髪（はつかみ）

初髪やてんたう虫を見てをりぬ　和田智子（S53・3）

初髪や窓たくさんの湖の船　小林愛（S58・4）

初鏡（はつかがみ）

初鏡静かに裸よこぎりぬ　いさ桜子（S58・3）

初鏡誰の顔でもなかりけり　土山正代（S61・4）

初夢（はつゆめ）

初夢や鼓の音をかいくぐり　原しのぶ（S50・2）

初夢を忘れ血のつく生玉子　細谷ふみを（S51・3）

初夢や大きな鯉の跳ねにける　中村　正（S51・4）

初夢の螺鈿の蝶に思ひ当たる　佐宗　欣二（S52・3）

火と水と足りて初夢信じをり　橋本たみか（S52・3）

初夢の梢の中に迷いけり　堀口みゆき（S53・3）

初夢の追つて干潟の鳥の足　鈴木きひえ（S54・3）

初夢やひろびろとしてひとの家　飯倉八重子（S54・4）

初夢にびつしりとつく藤壺が　飯島　晴子（S58・2）

初夢に自分の顔を見たるかな　いさ　桜子（S59・3）

妻の出て来し初夢におどろきぬ　藤田　湘子（S60・4）

くれなゐを曳くはつゆめは口にせじ　浜中すなみ（S62・4）

初夢のなかをどんなに走つたやら　飯島　晴子（H2・2）

初夢に現はれて父よく歩く　山下　半夏（H4・4）

初夢の一舟かぎりなくはるか　広川　公（H8・4）

やんぬる哉初夢に妻置いて来し　古屋三四郎（H10・3）

曳白のわが初夢を絶てりけり　岡田　靖子（H18・4）

宝船（たからぶね）

宝船敷く労咳の生き残り　星野　石雀（H5・4）

寝正月（ねしやうぐわつ）

鋸を貸すつもりなり寝正月　増山　美島（S57・4）

鼠ゐぬ天井さびし寝正月　小川　軽舟（H18・1）

年始（ねんし）　御慶　礼者

陰岩を創りし神へ御慶かな　馬原タカ子（H14・4）

礼者来ぬ飛騨の醇酒（かたざけ）携えて　志田　千惠（H24・4）

モビールをちよつと吹くなり門礼者　黒澤あき緒（H25・5）

女礼者（をんなれいじや）

女礼者出船の水尾を見ておりぬ　吉田　静子（S59・3）

初便り（はつだより）　賀状

弟のこれも地獄絵賀状かな　服部　圭伺（S51・3）
賀状のみ交し忘るることもなく　西浦　節子（S59・4）
長生をせよとの賀状遺筆なり　阪東　英政（H19・5）
パソコンに頼る賀状や鼻眼鏡　佐倉　弘子（H25・3）
供へおく妻への年賀状の束　景山　而遊（H25・4）

初（はつ）

刷（ずり）

初刷のほつたらかしてありにけり　加藤　静夫（H4・4）
初刷は十二単の厚みとも　天地わたる（H6・4）

書（かき）

初（ぞめ）　試筆

試筆の子楉（すはえ）のごとく背を張れり　水津美保子（S60・4）
書初の文鎮とせり槍（やり）岳の石　塩沢　耐子（S61・4）
書初の入選聞ける電話らし　平川　真吾（H3・4）

読（よみ）

初（ぞめ）

茂吉歌集読初とせり読み始む　藤田　湘子（S54・2）
マグダラのマリヤに恋し読初む　鈴木　康彦（S57・3）
読初やかつて厭ひしマタイ伝　山田　士郎（S58・5）
読初の灯影といふを枕上　布施伊夜子（S60・3）
読初の仏足石歌舌嚙みさう　後藤　綾子（S62・3）
読初の頁一度に捲れけり　藤谷　緑水（H1・3）
読初の茂吉をやがて声にせり　今野　福子（H18・5）

日記始（にっきはじめ）　初日記

初日記部屋より見ゆるもの記す　笙　美智子（H11・3）

初旅（はつたび）

初旅や栄螺の殻に栄螺の身　斎藤　夏野（H1・4）

初旅や人出をよその五合庵　小川　和恵（H3・5）

初旅の碇を揚げよ氷川丸　鈴木　文七（H13・3）

連結の嚙みあふこだま旅初　佐々木アヒ子（H14・3）

初旅や空の隅々まで青し　甲斐　有海（H25・4）

乗初（のりぞめ）　初電車

初電車沈みし夕日また現れて　柳沢　和子（S59・4）

初漕のオールを捧げ接岸す　服部　圭伺（H3・5）

初電車たひらな顔のならびけり　川崎　福子（H9・4）

篳篥の稽古へ夫や初電車　武井　成野（H13・5）

初電車たひらな川を渡りけり　市川　葉（H20・4）

打初（うちぞめ）　初鼓

松は枝を太く分ちぬ初鼓　鈴木　茂實（S63・4）

富士見ゆる終の栖や初鼓　上條　信子（H14・3）

舞初（まいぞめ）

舞初の母がペロリと舌出せり　杉山　幸子（S59・4）

初舞のシテのしづかな狂ひかな　山口美津紀（H11・4）

謡初（うたいぞめ）

濛々と雪の竹あり謡初　藤田　湘子（H6・3）

能始（のうはじめ）

衣擦の淋漓とありぬ能始　大庭　紫逢（H16・2）

初句会（はつくかい）

初句会昼餉早めて出でにけり　伊藤かづ子（H25・4）

仕事始（しごとはじめ）　初仕事

本流に喰い入る支流初出勤　鳥海　正樹（S44・3）

薄月の光はなる、初仕事　飯野　節子（S49・3）

陸続と仕事始の塵芥車　名久井清流（H10・4）

ブラウスの真白き仕事始かな　甲斐　有海（H24・4）

縫初（ぬいぞめ）

初縫はゆめの中にて紺絣　菊地　志通（S60・4）

鍬始（くわはじめ）

畑はじめ畦の焚火に了りけり　安達　徹淳（S44・4）

北晴れて麦一寸の鍬初め　永井　徳子（S60・4）

孝行を子には求めて鍬始　中村ひでよ（S61・4）

快眠の且快食の鍬始　宮地れい子（S63・5）

東の空尊びぬ鍬始　門屋　晶子（H12・3）

初山（はつやま）　山始

山始杉の挿し穂の明らめり　宮坂　静生（H2・4）

樵初（きこりぞめ）　初斧

初斧の谺のとどく法話かな　細谷　高秋（H5・3）

初漁（はつれふ）

能登金剛初漁の水脈かがよへり　竹岡　江見（H7・4）

漁始与謝の入江をひとまはり　白数　康弘（H15・4）

初漁や船頭ヨゼフ傘寿なり　野上和佳菜（H16・3）

手斧始（てうなはじめ）　初手斧

山が山恋せし神代初手斧　大庭　紫逢（S61・2）

初商（はつあきなひ）　福袋

川越えてからの川風福袋　鳥海むねき（H5・4）

東子より初商のしづくかな　奥坂　まや（H17・4）

買初（かひぞめ）

買初は個展の版画ハガキ大　柴田日出子（H7・4）

買初のペンの試し字大阪市　奥野　昌子（H23・3）

初映画（はつえいぐわ）　初キネマ

初キネマ巴里の夜明の中にゐる　亀田　蒼石（H25・5）

歌留多（かるた）

賭けて繰るかるた権現山に月　宅和　清造（S50・4）

桐の箱開けば歌留多こぼれ落つ　山田　陽子（S58・3）

一世の遺せしはんぱ歌留多かな　佐藤　四郎（H13・4）

夢いつもこの世に醒めて歌かるた　岡田　靖子（H20・3）

双六（すごろく）

双六や時化の番屋の灯の揺るる　星のぶあき（H23・4）

羽子板（はごいた）　羽子

姉の怪の羽子につきしといいふらす　上野まさい（S51・4）

手毬（てまり）

てまり唄新雪はまだ目に馴れず　瓦　京一（S50・1）

手毬三つ並べて夢のはじめかな　永島　靖子（S59・3）

手毬唄こたびは続く日和かな　高橋　三秋（S61・3）

母へ濤へ濤へ母へと手毬つく　小林　進（S62・4）

手毬唄古国の名を嫋々と　藤田湘子（H1・3）
青空へ石段つづく手毬かな　前川彰子（H3・3）
手毬唄みづうみ窪むところなし　布施伊夜子（H7・3）
手鞠唄むかし戦さに勝ちにけり　藤田まさ子（H7・3）
墓地へ出る道が遊び場手毬歌　加賀東鶴（H7・5）
国の名の伊勢にはじまり手毬唄　倉垣和子（H11・4）
手毬唄とも南朝の嘆きとも　竹岡一郎（H12・4）
手毬唄山径尽きることあらず　田代キミ子（H13・3）
はりつけの怨を隠せり手毬唄　山本良明（H13・4）
蔵王より薄日さし来ぬ手毬唄　松浦俊介（H14・4）
胎内の記憶あかねや手鞠唄　檜垣桂子（H15・4）
底力つけて波来ぬ手鞠唄　伊澤のりこ（H16・3）
花付けし畦の小草や手毬唄　山本和子（H16・4）
山くだる水はもどらず手毬唄　深山千鳥（H17・3）
海鳴の蝕む町や手毬唄　竹岡一郎（H18・4）
唄かなし手鞠に名所巡るなり　島田星花（H21・4）

独楽（こま）

まろびゐし独楽に触れけり真夜の階　藤田湘子（S40・1）
独楽入れし箱を日暮の姉が持つ　増山美島（S50・3）
夢占の凶禊んと叩き独楽　志摩龍史（S54・3）
負独楽のひとめぐりしてこと切れし　見目冠人（H2・4）
勝独楽は畳の縁（へり）をはしりけり　天地わたる（H5・4）
負独楽と勝独楽疵をわかちけり　橋本石斑魚（H6・4）
負独楽の色を戻して止りけり　西山敏子（H13・5）

負独楽のはじけし音の玲瓏と　野上和佳菜（H14・4）
いまさらの父恋の独楽廻しけり　吉橋　節子（H18・4）
独楽の子に耀ふ高嶺ありにけり　野尻みどり（H19・4）
澄む独楽のやがてわらりと朱を見する　島田　星花（H19・5）

破魔弓（はまゆみ）　破魔矢

切ツ先に若き闇あり破魔矢受く　岩崎破矢太（S57・3）
掲げたる破魔矢の杜の外の闇　島　蓉子（S59・3）
破魔弓や大沢崩けぶりたる　斎藤　夏野（H5・4）

ぽつぺん

ぽつぺんの子が楽隊に付きまとふ　山野未知魚（H2・2）
やつと鳴りぽつぺん続けざまに鳴る　蓬田　節子（H2・5）
ぽつぺんや吾にて終ふるわが家系　矢島　晩成（H19・4）

万歳（まんざい）　才蔵

万歳や真赤な月の雑木山　辻　桃子（S58・3）
下総の才蔵殊に厚化粧　塚原　白里（S61・4）

獅子舞（ししまひ）　獅子頭

乾き切る貨車の丸太や獅子の笛　島崎　和風（S44・4）
山風に見え獅子舞の畦づたひ　藤田　湘子（S45・1）
首のべて獅子舞すぐる櫟原　阿部　芹男（S48・3）
舞ふ獅子の歯のかたかたと早稲どころ　中野　柿園（S56・12）
落日の八ヶ岳（やつがたけ）へ獅子舞一礼す　岩永　佐保（S62・3）
獅子舞に高麗川の冷え至りけり　池田　暘子（H7・4）
藪越しに獅子の笛聞く長やまひ　星野　石雀（H13・2）
湖の真つ平らなり獅子頭　金子　登紫（H20・4）

獅子舞や框の高き百姓家　氣多驚子（H21・3）

傀儡師（くわいらいし）　くぐつ

傀儡師のひそかに飼へる四十雀　宮崎尚子（S57・3）

傀儡師の白息を吸ふ傀儡かな　椰子次郎（S64・1）

傀儡女の阿波の海光曳き来たり　荒木かず枝（H24・5）

懸想文売（けさうぶみうり）

懸想文弾かぬピアノの上にあり　前川彰子（H5・4）

行事

若水（わかみづ）

若井汲む檽の林を守る会　中本美代子（H9・4）

弓始（ゆみはじめ）

颯々の音を待ちをり弓始　藤田　湘子（S61・3）

根上りの松の豪気や弓始　志賀佳世子（H20・5）

成人の日（せいじんのひ）

雪摑む拳を空に成人す　荻田　恭三（S40・3）

海の光りで送る花束成人す　服部　圭伺（S41・3）

出初（でぞめ）

鳶どつと翔つや出初の打合せ　丸山　敦子（S59・3）

初芝居（はつしばゐ）

竹皮の鮓一本や初芝居　小川　軽舟（H15・3）

幕間の釘打つ音や初芝居　亀岡　和子（H22・4）

初場所（はつばしよ）

初場所も千秋楽の日脚かな　後藤　睦美（H2・4）

初場所の幟の下を尼通る　植竹　京子（H8・4）

七種（ななくさ）　七草粥　薺打

夕すずめ七種すめば子は散るよ　金田　眸花（S48・3）

恋ひすれば七種粥の芹薺　寒川四十九（S50・3）

せりなづな御形はこべら髪染めず　金子　うた　(S63・3)
みなゝい子のために蕪を打ちにけり　山本　雅子　(H8・4)
せりなづなすずなすずしろ父の世話　金子　うた　(H10・4)
七草のしちめんだうが大事かな　仲出川廣明　(H13・5)
山の子にごぎやうはこべらまだ明日　今野　福子　(H17・4)
七種や古今集よむ雪の朝　小川　利治　(H18・5)
七草や袖口濡るる割烹着　日高　智子　(H23・4)
せりなづなごぎやうはこべら老早し　秋山　福枝　(H23・5)
七草や一人息子の子だくさん　上山　育美　(H25・4)

若菜摘（わかなつみ）

充つるまで櫛燃えし日の若菜摘　沼尻　玲子　(S50・3)
きりぎしを鳥語昇れり若菜摘む　山本　貞子　(H11・5)

小豆粥（あづきがゆ）

松毬の火の穂宝珠や小豆粥　山本　良明　(H14・2)

成木責（なりきぜめ）

風こゝに集ふ近江の成木責　古川砂洲男　(S58・1)
子はすでに湖北のなまり成木責　中岡　草人　(H3・3)
一村に長子はをらず成木責　小松まさ子　(H4・4)

左義長（さぎちやう）

どんど　飾焚く

どんど焚くきのふから目のものもらひ　武田　重子　(S52・3)
左義長に羽を奪られてしまひけり　森　優子　(S53・3)
左義長に男のものを見られけり　鈴木　萩月　(S54・3)
輪飾の燃えて小さき輪を解かず　加瀬　律　(S60・5)
鉄橋をへだてて小どんど大どんど　中村まゆみ　(H4・5)

左義長の火入れ合図は磯ラッパ　山野未知魚（H5・5）
どんど焼炎の朱雀現じけり　吉沼等外（H14・4）
継親の恋しき飾焚きにけり　石田小坡（H16・4）
左義長の灰吹いて菜を摘みにけり　亀田蒼石（H19・4）
転げ来しものどんど火に蹴り返す　横沢哲彦（H19・5）

藪入（やぶいり）

やぶいりの夜の横浜の映画館　阪東英政（S47・4）
魚の骨抜く藪入の喉仏　井ノ口昭市（S54・3）

初詣（はつまうで）

カンテラを先立ててきし初詣　三浦巧享（H22・4）

恵方詣（ゑはうまゐり）

竹割つてこだまのしろき恵方かな　八重樫弘志（S48・3）
少々の土龍の土も恵方かな　飯島晴子（S56・3）
恵方より風のはなはだ匂うなり　田中かずみ（S57・3）
恵方より睡けざましの風吹けり　山田敏子（S60・4）
恵方よりシナトラ風の男かな　飯島晴子（S63・4）

白朮詣（をけらまゐり）　白朮火

すさのをのくしなだひめの白朮の火　石田小坡（H13・3）

初神楽（はつかぐら）

初神楽亀は池中に眠りをり　藤森弘上（H1・4）
大いなる蜂の空巣や初神楽　珍田龍哉（H15・4）
上流の山女焼きけり初神楽　川島満（H15・4）
初神楽吾に白狐の憑きにけり　芝崎芙美子（H16・4）

十日戎（とをかえびす）　福笹　初戎

福笹の笹の乾きも厄おんな　後藤綾子（S49・3）

盛り場の地下もさかり場初戎　阪口和子（H13・4）

初閻魔（はつえんま）

初閻魔猟夫小屋まで足延ばす　玉川義弘（H20・5）

初大師（はつだいし）

鳥が樹をえらびて昼や初大師　高橋増江（S56・3）

地べたに火焚くしたしさや初大師　小川軽舟（H18・2）

初不動（はつふどう）

豆腐屋の豆炊く匂ひ初不動　友野瞳（H20・3）

初彌撒（はつみさ）

浦人の誰もしづかに初彌撒へ　伊沢惠（H7・4）

窓秋忌（さうしうき）

窓秋忌雲はひかりをはこぶなり　榊原伊美（H25・3）

動物

初雀（はつすずめ）

初雀でんぐり返し見せようぞ　藤田　湘子（H12・3）

初鴉（はつがらす）

悪（わる）なれど町内の初鴉なり　藤田　湘子（H11・3）

鵠沼や松ひよろひよろと初鴉　木村　勝作（H14・4）

初鶏（はつとり）

初鶏や京を遠見の寺厠　景山　秀雄（S57・3）

初鶏や河内は放射冷却す　中岡　草人（H13・4）

嫁が君（よめがきみ）

神多き厨なりけり嫁が君　戸高　孝子（H12・4）

植物

歯朶(しだ)　裏白　歯朶飾る

うらじろや胸病む人は胸に手を　国重　勝之（S49・3）

花街や手桶にうかぶ飾歯朶　山本　良明（H15・3）

穂俵(ほだはら)　ほんだはら

ほんだはら潰し尽してからなら退(の)く　飯島　晴子（H10・8）

福寿草(ふくじゆさう)

表具屋に目利来てをり福寿草　飯島　ユキ（H9・5）

数学の答は一つ福寿草　小林　千晃（H15・5）

名を呼ばれたる嬉しさよ福寿草　阪口　和子（H18・4）

薺(なづな)　薺粥　薺摘む

きようだいの顔みにゆかな薺粥　小林　愛子（S51・3）

絵のなかの姉をさがしになづなつみ　金子　うた（S52・3）

身の毒のひとつは男なづな摘　布施伊夜子（S55・3）

なづな粥出雲は母の生れし国　深津　孝雄（H8・4）

雨おとのねぎらふごとし薺粥　中山　玄彦（H20・4）

大河より小川うれしき薺かな　德田じゆん（H20・4）

欲張つてみても十年薺粥　向井　節子（H24・5）

川老いて平たくなりし薺かな　髙柳　克弘（H25・5）

少年の恥ぢらふしろさ海盤車殖え　八重樫弘志　(S43・8)
人の死の昼を盛んに松喰ふ虫　荻田恭三　(S43・12)
こぶしことさら他人よそおう未明の種子　しょうり大　(S45・2)
檜葉揃う刃のきつさきに山曇り　鳥海むねき　(S45・9)
影を曳きずる盲人の杖昆虫館　加藤知路　(S45・11)
山の鳥くだるに白い飯を盛る　しょうり大　(S45・12)
居坐りし雲に暖色賭けてみむ　青木泰夫　(S46・4)
軍手ほど哀しきもののあるべかり　穂坂志朗　(S46・5)
ブイ浮沈花束ささげくる日暮　三村凪彦　(S46・7)
鯛泳ぐ夜へ笛太鼓幼しや　青木泰夫　(S46・8)
見える範囲は見ておく草鞋虫等も　工藤行水　(S46・9)
からすなど吊るされ飯を待つ老婆　しょうり大　(S47・7)
男らにたたみおもてのふちゆるぶ　しょうり大　(S47・9)
亀の居る夜蔭の遠くばかり思ふ　増山美島　(S47・9)
逢うは鮮らし雨期濡れの尾灯など　小林進　(S47・9)
獏が食う夢の果てにてマラソンす　山口峻逸　(S48・2)
暖流果つるあたり少女の口匂ふ　飯名陽子　(S48・4)
あまき嘘水草びびと魚にふれ　北原明　(S48・4)
温度計のぼりつめたりけもののかお　しょうり大　(S48・5)
指のおはなしセルゲイと蕾の木　小林秀子　(S48・6)
待つときの水かげろふの軒廂　細谷ふみを　(S48・6)
信心の一廻りして亀かわく　三村登志　(S48・10)
空耳にほつれる髪のめらめらと　北原明　(S48・10)
杉をかぞえる老人あすはすみれいろ　冬たけし　(S48・11)

堕ちてゆく耳あざやかな西の母　北原　明（S49・1）

かの后鏡攻(かがみぜ)めにてみまかれり　飯島晴子（S49・5）

大洪水孔子は琴や敲きけん　飯島晴子（S49・6）

白地図の星夜くるみの木を記せり　大屋達治（S49・7）

鈴の音のあとかたもなき箱枕　穂坂志朗（S49・8）

不死鳥を待つ水浴の一族や　小林　進（S49・10）

こんにやくのごときを好み在り経しか　田中ただし（S50・1）

日溜の風にまつ毛の反るすこし　石井雀子（S50・2）

子の晴着たたみて鳥の声細し　永井京子（S50・3）

足から見え光ゆつくり草の谷　穴沢篤子（S50・8）

コーランひと節塩採る岩を思ひけり　田原紀幸（S51・3）

こんにやくの葉の照りへ出て障りかな　寺内幸子（S51・9）

砂浜に真新しきは婆の顎　大森澄夫（S51・9）

山鳩の屍確かめに行かむ　長谷川きよ志（S52・5）

父に似し鬼幻燈をよぎりけり　大庭紫逢（S52・10）

身体を折つてうみどりの匂いさす　四ッ谷　龍（S52・11）

軍手して溺れしゆめのありにけり　寺田絵津子（S53・2）

鶏の一声巫女の一声漁太鼓　今岡直孝（S53・4）

羽音してみづみづしきは姉の死か　砧　健次（S53・5）

墓守の草うらないや節句すぎ　上田多津子（S53・6）

虫を刺すヘアピンの歌などはなし　服部圭伺（S53・11）

白い鯉沈む室生の系図買　山地春眠子（S53・12）

半鐘の日だまりへ無駄あるきして　田浪富布（S54・1）

鳶燃えて砂丘を転がり落ちる僕　四ッ谷　龍（S54・2）

朝市の磧つゞきに一つ岩　多田紀久子（S54・7）

天城越袂の時計狂いだす　寺沢　一雄（S54・11）

飛ばし占ふ柊の葉いちまい　座光寺亭人（S55・1）

狐憑の芍薬色の土踏まず　椰子　次郎（S55・3）

黒帽子桶の脾腹につまづきて　甲斐　潮（S55・4）

父逝くや母びようびようと山に入る　清水　滋生（S56・5）

南極寿星（カノープス）墜ち語部も卒（しゅっ）したり　山口　寥（S57・2）

青竹の伸びはうだいの夜なりけり　角田　睦美（S57・8）

わらじ虫はじいてみたり葬あと　内藤とし子（S58・2）

季語になき初諍ひを一寸せし　佐宗　欣二（S60・4）

ゴツホからキリコへなびく影澄む頃　小林　進（S62・3）

目（め）張鮨（ばりずし）割つてわれらが国見かな　飯島　晴子（S63・8）

もう一人ゐし幽霊画拝観者　細谷ふみを（H1・11）

何の記念四人そろひのスカーフは　田中志満子（H3・2）

泥亀の甲羅叩けば尿りけり　松井　大子（H10・10）

死ぬ朝は野にあかがねの鐘鳴らむ　藤田　湘子（H17・5/6）

荒海や能面に灯のゆらぎをり　山崎八津子（H17・11）

浮世舟流るるままに櫓を引くか　大沼　たい（H18・4）

幽霊の絵を見る妻を離れけり　小浜杜子男（H19・10）

老眼鏡つねに離さず何もせず　朱　命玉（H22・7）

索引

あ

い

き

し

す

せ

そ

た

な

ひ

ふ

へ

ほ

ま

み

よ

ら

り

後記

本書は、鷹創刊五十周年の記念行事の一環として企画された鷹会員による季語別俳句集である。

収録作品は、昭和三十九年創刊時より平成二十五年六月号まで鷹に掲載された、藤田湘子選及び小川軽舟選による「推薦句」を網羅した。（但し、あきらかな類句は削除した。）

「推薦句」は当初一〇句、その後二〇句、二六句等を経て、昭和五十六年一月号より三〇句となり現在に至っている。

昭和三十九年七月号から昭和四十年四月号まで等、「推薦句」の掲載が無い号もあった。それについては、平成四年四月号より始まった藤田湘子選による「鷹回顧展」（一〇句）の作品を当てた。

また、藤田湘子作品を三九三句（小川軽舟選）、「推薦句」以外の飯島晴子作品を二八〇句（奥坂まや選）、及び平成十七年主宰継承以後の小川軽舟作品を一〇一句（自選）、それぞれ加えた。

その結果、季語総数は二四八三、作品数は一五八五四句となった。

作品には掲載年月を明記した。昭和三十九年七月号は（S39・7）、平成二十五年六月号は（H25・6）で表した。

作品の表記及び作者名は、あきらかな誤植以外は原則として掲載時のままとし、新字旧字等、あえて統一しなかった。

片仮名の拗音促音は平成二十五年一月号から小さく表記することになったが、それ以前の作品については掲載時のままとした。（但し、作品によっては例外もある。）

なお、のちの句集収録時とは表記の異なる作品もあるが、これについても掲載時のままとした。

例えば、藤田湘子の「海藻を食ひ太陽へ汗さゝぐ」（『白面』）は本書では「海藻を食ひ太陽に汗ささぐ」、飯島晴子の「鶯に蔵をつめたくしておかむ」（『春の蔵』）は本書では「鶯には蔵をつめたくしておかむ」のままとなっている。本書から作品を抽く場合はその点留意していただきたい。

この『季語別鷹俳句集』が、鷹俳句五十年間の変遷の資料となり、また次代の鷹俳句の礎となれば幸甚である。

平成二十六年七月

編集委員会

小川軽舟　岩永佐保　大石香代子
大西　朋　奥坂まや　折勝家鴨
加藤静夫　狩野ゆう　黒澤あき緒
辻内京子　天地わたる　永島靖子
林田美音　山下桐子　山地春眠子

季語別鷹俳句集

編集――鷹俳句会
〒一〇二-〇〇七三
東京都千代田区九段北1-9-5
朝日九段マンション311
発行――平成二十六年七月五日
発行所――ふらんす堂
〒一八二-〇〇〇二
東京都調布市仙川町一-一五-三八-2F
発行人――山岡喜美子
装丁――和　兎
印刷・製本――三和印刷株式会社
定価――本体三二四一円＋税

ISBN978-4-7814-0684-8　C0092　¥3241E